百年中国通俗文学价值评估

史学书写卷

汤哲声 总主编
汤哲声 著

江苏凤凰教育出版社
Phoenix Education Publishing, Ltd

『十三五』国家重点出版物出版规划项目
国家社科基金重大项目『百年中国通俗文学价值评估、阅读调查及资料库建设』（项目号：13&ZD120）最终成果
国家社科基金一般项目『中国现代通俗文学价值体系建构与文献资料整理』（项目号：12BZW107）最终成果

图书在版编目(CIP)数据

百年中国通俗文学价值评估.史学书写卷/汤哲声著.—南京:江苏凤凰教育出版社,2021.10
ISBN 978-7-5499-9584-4

Ⅰ.①百… Ⅱ.①汤… Ⅲ.①中国文学-通俗文学-现代文学-文学研究②中国文学-通俗文学-当代文学-文学研究 Ⅳ.①I206.6

中国版本图书馆CIP数据核字(2021)第215147号

书　　名	**百年中国通俗文学价值评估·史学书写卷**
总 主 编	汤哲声
作　　者	汤哲声
策划编辑	章俊弟
责任编辑	刘国颖　陆　旬
装帧设计	夏晓烨
监　　制	杨赤民
出版发行	江苏凤凰教育出版社(南京市湖南路1号A楼　邮编210009)
苏教网址	http://www.1088.com.cn
照　　排	南京理工出版信息技术有限公司
印　　刷	江苏凤凰通达印刷有限公司(电话025-57572508)
厂　　址	南京市六合区冶山镇牡丹村6号(邮编211523)
开　　本	787毫米×1092毫米　1/16
印　　张	35.25
版　　次	2021年10月第1版
印　　次	2021年10月第1次印刷
书　　号	ISBN 978-7-5499-9584-4
定　　价	198.00元
网店地址	http://jsfhjycbs.tmall.com
公 众 号	江苏凤凰教育出版社(微信号:jsfhjyfw)
邮购电话	025-85406265,025-85400774,短信02585420909
盗版举报	025-83658579

目 录

第二编　中国当代通俗文学价值评估与体系建构

总论 “中国现当代通俗文学”辨析和价值评估标准的建构

何谓“通俗文学”一直是文学研究中的一个学术难题。只要提出一个释义,马上就有人提出反证,释义也就难以成立了。“通俗”就是浅显,可是被认为是中国现当代通俗文学重要现象的“鸳鸯蝴蝶派文学”却相当的典雅,其思想与文辞一点都不浅显。“通俗”就是通晓世俗,通晓世俗确实是现当代通俗文学的特点,但是被认为“精英文学”(这个名称并不科学,姑妄称之)的新文学也有相当多的通晓世俗的作品,例如老舍的小说。“通俗”就是平民意识、大众意识,平民意识和大众意识在通俗文学中表现得很充分,可是新文学同样提出“平民文学”“大众文学”的口号,在新文学的平民文学与大众文学的范畴中却不包含通俗文学。然而,对一种文学现象的研究,概念的明确是基本要求。对中国现当代通俗文学进行深入研究,就必须明确什么是“通俗文学”,进而进一步确认什么是“中国现当代通俗文学”。这虽然是一个难题,却必须解决。

为了科学有效地解决这个学科难题,本书提出先建立“道口”,再制定“路径”的思维方式。“道口”是指中国现当代通俗文学批评标准构建的“方向”,跑错了“方向”,余下全错;“路径”是指通过中国现当代通俗文学“道口”向前奔跑的“通道”,进入“通道”,就要遵守规则。

一、 通俗文学不是平民文学、大众文学和民间文学

中国文学本没有什么具体的标签。自清末民初开始中国文学被分门别类,被贴上了各种名号。1898 年 12 月梁启超在《清议报》上发表《译印政治小说序》,首次从日本引进了“政治小说”的概念。1902 年 7 月 15 日梁启超为即将发行的杂志《新小说》写了一篇具有广告性质的文章《中国唯一之文

学报〈新小说〉》，文章一口气提出中国小说的多种类型：历史小说、政治小说、哲理科学小说、军事小说、侦探小说、写情小说、语怪小说、札记体小说、传奇体小说等等。这大概是中国小说第一次被如此细分。这种将文学细分之风到"五四"时期继续延续着，且越刮越烈。陈独秀 1917 年 2 月发表于《新青年》上的《文学革命论》也是一口气将中国文学细分了六大类：贵族文学、国民文学、古典文学、写实文学、山林文学、社会文学。在这一系列的新命名中，与中国现当代通俗文学相近、相关的概念，主要有：平民文学、大众文学和民间文学。这三个概念常常被混淆于通俗文学，所以，首先要加以辨析。

平民文学的命名同样是在"五四"时期，最有代表性的文章是周作人 1919 年 1 月发表在《每周评论》第 5 号上的《平民文学》。周作人在这篇文章中提出了"平民文学"的两大标准："第一，平民文学应以普通的文体，记普遍的思想与事情……第二，平民文学应以真挚的文体，记真挚的思想与事实。"怕别人不能理解这两条标准，周作人专门做了解释："第一，平民文学决不单是通俗文学。白话的平民文学比古文原是更为通俗，但并非单以通俗为唯一之目的。因为平民文学不是专做给平民看的，乃是研究平民生活——人的生活——的文学。他的目的，并非要想将人类的思想趣味，竭力按下，同平民一样，乃是想将平民的生活提高，得到适当的一个地位。""第二，平民文学决不是慈善主义的文学。在现在平民时代，所有的人都只应守着自立与互助两种道德，没有什么叫慈善。慈善这句话，乃是富贵人对贫贱人所说，正同皇帝的行仁政一样是一种极侮辱人类的话。平民文学所说，近在研究全体的人的生活，如何能够改进到正当的方向，决不是说施粥施棉衣的事。"①从这些语言中可以看出，周作人提出的"平民文学"实际上就是两个含义，一是写世间平民老百姓的悲欢离合；二是对人类生活有着指导的作用。用这两个标准衡量通俗文学，通俗文学并不符合。通俗文学善写世间平民老百姓的悲欢离合，但只是一种直录，并没有"研究"的态度，更没有上升到"人的文学"的高度；通俗文学是在劝善，并没有指导的作用，也没有指出"如何能够改进到正当的方向"的能力。"平民文学"不是通俗文学，虽然此时的通俗文学一统天下，铺天盖地。周作人在文章中说得很清楚："在近时著作中，举不出什么东西"，他将此时的通俗文学称作"《玉梨魂》派"。如

① 仲密(周作人)：《平民文学》，载《每周评论》第五号第二版，1919 年 1 月。

果将后来代表新文学实绩的“文学研究会”的作品与周作人的说法相比较，“文学研究会”的作品可以看作为周作人“平民文学”的实践。从这个意义上说，“平民文学”实际上是指新文学①。

大众文学真正被提出是在“左联”成立以后，又被称作“文学大众化”。“左联”成立后，就设有“文艺大众化研究会”。1931 年，“左联”执委会在题为《中国无产阶级革命文学的新任务》的决议中，明确规定“文学的大众化”是建设无产阶级革命文学的“第一个重大的问题”。之后，“左联”对“文学大众化”展开过多次讨论，鲁迅、瞿秋白、冯雪峰、周扬等人都发表过文章。什么是“文学大众化”？冯雪峰说：“‘文学大众化’，一方面要提高大众的文学修养，一方面要我们在作品上除去那些没有使大众理解的必要的非大众性的东西，同时渗进新的大众的要素，使作品和群众的距离接近。”②也就是说，“文学大众化”就是要求作品能够被大众所理解，同时又能够提高大众的文学修养。问题是怎样才能实现“文学大众化”呢？左翼作家们并不排斥旧的文学形式，但要有所删除。鲁迅曾经专门就怎样利用旧形式写过文章，他说：“旧形式的采取，必有所删除，既有删除，必有所增益，这结果是新形式的出现，也就是变革。”③那么这些旧形式包括通俗文学么？不包括。此时鲁迅发表了演说《上海文艺之一瞥》，对“鸳鸯蝴蝶派”文学嬉笑怒骂。鲁迅、瞿秋白等人所指的旧形式主要是指民间文学，从他们所写的作品就可以看出，如鲁迅的《好东西歌》《南京民谣》，瞿秋白的《东洋人出兵》《上海打仗景致》等，都是对民间歌谣的借鉴。如果是通俗文学作家改编的民间传说，左翼作家则要求保留民间色彩，去掉通俗文学的痕迹。例如对《白蛇传》，鲁迅就曾发表这样的见解：“旧小说也好，例如《白蛇传》（一名《义妖传》）就很好，但有些地方须加增（如百折不回之勇气），有些地方须削弱（如报私恩及为自己而水漫金山等）。”④鲁迅要的是小说中的民间精神，去掉的是小说中的传统文

① 文学研究会奉行的原则是：“将文艺当作为高兴时的游戏或失意时的消遣的时候，现在已经过去了。”从“为人生”出发，他们主张“文学是一种工作，而且又是于人生很切要的一种工作；治文学的人也当以这事为他终身底事业，正同劳农一样。”见沈雁冰《文学研究会宣言》，《新青年》1921 年第 8 卷第 5 号，第 126—128 页。

② 洛扬（冯雪峰）：《论文学的大众化》，载《文学》1932 年第 1 卷第 1 期。

③ 鲁迅：《论“旧形式的采用”》，见《鲁迅全集》第 6 卷，人民文学出版社 1981 年版，第 24 页。

④ 鲁迅：《致何家骏、陈企霞信》（1933 年 8 月 1 日），见《鲁迅全集》第 12 卷，人民文学出版社 1981 年版，第 4 页。

化观念。“左联”时期的“大众文学”从本质上说是要用大众所熟悉的民间文艺的手法将“新的大众的要求”渗入其中，教育和启蒙民众，也就是人们常说的“化大众”。

常常与通俗文学的概念相混淆的另一个概念是民间文学。通俗文学是文学的一个分支，民间文学应该看作是民俗学的一个分支，两者分属于两个不同的学科，当然有着很明确的区分。民间文学的民俗学性质，周作人1922年在为《北京大学日刊：歌谣》写的《发刊词》就说得很清楚：“歌谣是民俗学上的一种重要的资料，我们把它辑录起来，以备专门的研究。”①“民俗”一词最早见于英国，它源自英语的folklore，原本的含义是“民众的知识”或“民间的智慧”(the lore of folk)。它在“五四”新文化运动中被翻译成了“民俗学”。根据现有的学科分类，民俗学的概念是：“一门针对风俗习惯、口承文学、传统技艺、生活文化及其思考模式进行研究，来阐明这些民俗现象在时空中流变意义的学科。”作为民俗学的一个分支，口承性是民间文学的本质特点，其中的民俗现象研究是其根本目的。由于民间文学有很强的大众性和民间流传性，很容易与通俗文学相混淆。郑振铎1938年出版的《中国俗文学史》开宗明义：“何谓‘俗文学’？‘俗文学’就是通俗的文学，就是民间的文学，也就是大众的文学。换一句话，所谓俗文学就是不登大雅之堂，不为学士大夫所重视，而流行于民间，成为大众所嗜好、所喜悦的东西。”②虽然说的是“俗文学”，郑振铎的这本《中国俗文学史》收集整理论述的还是中国民间文学，但是这样的书名和这样的定义，更使得通俗文学与民间文学混淆不清，以至于很多学者至今还是以郑振铎的观点作为研究中国通俗文学的出发点。

那么现代通俗文学与其他文学类型有没有交集呢？还是有的。最有效的结合是“解放区文学”，其中表现得最突出的是小说创作。赵树理的《小二黑结婚》除了体现出强烈的意识形态之外，在美学上最为突出的就是灵活运用章回小说体。当赵树理小说成为了“赵树理方向”，并且与“红色经典小说”联系在一起成为了中国小说主流形式之后，章回小说体也就被作为“中国作风、中国气派”的重要标志确认了下来。中国通俗文学的美学特征在最强烈的政治文学话语中得到承认和发扬，其中之味很值得细品。

---

① 《发刊词》，《北京大学日刊：歌谣》第1号，1922年12月17日。该《发刊词》为周作人所写，基本上是学界共识，虽然也有一些质疑的声音。

② 郑振铎：《中国俗文学史》，东方出版社2012年版，第1页。

二、 现当代通俗文学是中国传统文学的传承与演进

通俗文学以通俗小说为主,分析通俗小说可以基本了解通俗文学的性质。

欧美、日本以及中国港台地区只将小说分为非流行小说和流行小说,并没有精英小说和通俗小说之分。中国大陆文坛将小说分为精英小说和通俗小说,既有传统的影响,也是由现代中国文学实践所形成的。从中国传统文学渊源看,小说就是通俗的,没有必要在小说之前画蛇添足加上"通俗"二字。"小说家言,盖出于稗官,街谈巷语,道听途说者之所造也",《汉书·艺文志》中的这段话基本上确定了小说性质的通俗性。将小说与通俗挂起钩来是从历史演义开始。元末明初,罗贯中作《三国志通俗演义》。之所以取名"通俗演义",根据庸愚子作《三国志通俗演义序》中说,是想在"理微义奥"和"言辞鄙谬"之间创造一个说史的文体。"文不甚深,言不甚俗,事纪其实,亦庶几乎史,盖欲读诵者,人人得而知之,若《诗》所谓里巷歌谣之义也。"① "文不甚深,言不甚俗","人人得而知之"是演义体的特征。如果将演义看作历史小说,将历史小说看作通俗小说的文类,这大概是对通俗小说具有代表性的阐释。真正将某一类小说挂上"通俗"名号的是冯梦龙,他将宋话本看作不同于唐传奇的"通俗"类小说。"唐人选言,入于文心,宋人通俗,谐于里耳。天下之文心少而里耳多,则小说之资于选言者少,而资于通俗者多。"② "通俗小说"的名称也就由此形成。不同类型的通俗小说有着不同的风格,冯梦龙对通俗小说还做了这样的细分:"'私爱'以畅其悦,'仇憾'以伸其气,'豪侠'以大其胸,'灵感'以神其事,'痴幻'以开其悟,'秽累'以窒其淫,'通化'以达其类,'芽'非以诬圣贤,而'疑'亦不敢以诬鬼神……姑就睹记凭臆成书,甚愧雅裁,仅当谐史,后有作者,吾为裨谌……"③在这段表述中,冯梦龙还提到了另一个概念:"雅裁"。通俗小说是不同于"雅裁"而具有自我美学特征的一类小说。

---

① 庸愚子(蒋大器):《三国志通俗演义序》,见黄霖、韩同文选注:《中国历代小说论著选》上册,江西人民出版社 1982 年版,第 104 页。

② 绿天馆主人(冯梦龙):《古今小说序》,见黄霖、韩同文选注:《中国历代小说论著选》上册,江西人民出版社 1982 年版,第 217 页。

③ 詹詹外史(冯梦龙):《情史叙》,见黄霖、韩同文选注:《中国历代小说论著选》上册,江西人民出版社 1982 年版,第 229 页。

根据中国传统的通俗小说概念的发展演变，中国古代通俗小说概念的内涵应该具有以下要素：

它是一个相对的概念。不同于正史，也不同于民间流行故事，它是由文人创作的相对独立的文体。

它是一个世俗的概念。不同于“雅裁”，属于“谐史”，属于文学创作中的世俗风情的部分，如同《诗经》中的“风”。

它有一个发展的过程。它是应正史普及需要而诞生，并且从说史演义逐步地推演到虚构的文字创作之中。

它有一个基本的美学程式。不同的体裁有不同的情感表达方式和不同的美学诉求。

仔细辨析这些内涵，中国古代小说，除了唐传奇略有不同之外，其他小说都符合，特别是宋话本之后的小说创作。从雅俗之辨的视角出发，中国小说的概念实际上绕了一大圈，最后还是回归到本初：小说就是通俗的。

通俗小说最重要的美学特征是章回体。章回体最重要的特征是“章回”。虽然可以细分出很多变化，章回体的总体特征是将故事分成若干回，每回或七字或八字组成对子作为回目，结尾一般是“欲知后事如何，且听下回分解”，承上启下，吸引读者往下看。章回体受“说话”影响，由文人的拟话本而设定，由明清小说而定型。章回体成为了中国传统小说最重要的美学标志，自然也就为中国现当代通俗小说所承接。

虽然看似只是一种回目的设定，但章回体实际上为小说叙事做了一个程式的规范。它建立了以说故事为中心的小说范式。既然是说故事，传奇自然成为了说故事的人最重要的美学设计，否则故事不好看；“全知型”的叙事角度成为了说故事的人必然的选择，否则故事说不清；通俗易懂成为了说故事的人的传播追求，否则故事听不懂。传统小说的程式规定自然也被中国现当代通俗小说所承接。

从发展的角度上说，通俗小说代表着中国小说的传统，也就是“中国的小说”。进入近代，虽然外国小说被大规模地翻译到中国，中国的小说创作在潜移默化中发生着变化，但是总体来说，中国作家的创作还是传统型思维，即使是那些翻译小说也被“削删”成中国的脚穿中国的鞋。这种格局由于新文学登上文坛而打破。

新文学将西方文学作为中国文学创作的参照系。胡适在《建设的文学革命论》中明确地说："中国文学的方法实在不完备，不够作我们的模范。……怎样预备方才可得着一些高明的文学方法？我仔细想来，只有一条法子：就是赶紧多多的翻译西洋的文学名著做我们的模范。"①鲁迅，这位新文学创作最丰的作家，说自己的创作"大约所仰仗的全在先前看过的百来篇外国作品和一点医学上的知识，此外的准备，一点也没有。"②新文学可以看作是用西方的文化和美学形式写中国人和中国的故事。

对新文学的创作方法，通俗文学有一个从排斥对立到接受融会的过程。民国初年的"鸳鸯蝴蝶派"作家虽然受到新文学的批判，但其创作态度基本上是我行我素。他们心中甚至认为新小说就不算什么小说。这个局面由张恨水打破。张恨水的《春明外史》和《金粉世家》还是传统小说的文体。1930年他创作《啼笑因缘》时，开始将新小说的创作方法融入小说中，生动的人物形象刻画与传奇的世俗故事融会在一起，章回的设计不再是故事的起承转合，而是人物命运的沉浮。用他自己的话来说："到我写《啼笑因缘》时，我就有了写小说必须赶上时代的想法。"③说故事、写人物成为了现代通俗小说的改革方向，到了20世纪40年代，逐步成为了现代通俗小说的创作主流。这在张爱玲、徐訏、卜乃夫以及"东吴系"女作家群的作品中有着明显的呈现。1942年，通俗文学作家以《万象》杂志为阵地，发起"通俗文学运动"。④他们认为新文学具有新的思想和意识，但其欧化的形式使得普通大众望而生畏；旧文学的表现形式在中国具有较强的适应性，但是有些思想意识明显地落伍于时代了。现在应该是用旧的文学形式写新的思想与意识。他们对通俗文学的内涵做了以下界定：

通俗文学是以新内容新观念而组织新的通俗的观念。

要有一个生动的故事，要有一个出乎意料的结局。

要注意下列数点：1.题材忠于现实；2.人物个性描写深刻；3.不背离时代

---

① 胡适：《建设的文学革命论》，载《新青年》1918年第4卷第4号，第303页。

② 鲁迅：《我怎么做起小说来》，见《鲁迅全集》第4卷，人民文学出版社1981年版，第512页。

③ 张恨水：《我的创作与生活》，见魏绍昌编：《"鸳鸯蝴蝶派"研究资料(上卷)》，上海文艺出版社1984年版，第254页。

④ 1942年《万象》在第二年第四期、第五期上推出了"通俗文学运动专号"。这两期《万象》共发表了6篇相关文章。它们是：陈蝶衣的《通俗文学运动》、丁谛的《通俗文学的定义》、危月燕的《从大众语说到通俗文学》、胡山源的《通俗文学的教育性》、予且的《通俗文学的写作》、文宗山的《通俗文艺与通俗戏剧》。

意识。

在语言表达上，既要“周详”，“正确”，又要“经济”，不能啰嗦。

从这些表述可以看出，经过数十年的文学创作实践，通俗文学作家对新旧文学的创作特征和优缺点相当了解。他们提出的通俗文学内涵，也就是将数十年来创作实践证明的新旧文学中有价值的创作手法结合起来而已。

在中国通俗文学的实践中，金庸、古龙等人的武侠小说和网络小说是当代中国通俗文学创作中的两座高峰。与张恨水、张爱玲时代的通俗文学相比，金庸、古龙等人的武侠小说对中国通俗文学的内涵作出的最大贡献，是将中国通俗文学创作的眼界从国内扩大到国际。法国作家大仲马的小说和英国作家莎士比亚的宫廷剧，为金庸小说所接受。古龙的小说的国际视野表现得更为充分。现代的生命意识中的伤感、孤独以及排遣消费贯穿于他的小说始终，日本推理小说和英美“硬汉派小说”的创作风格是构成“古龙体”主要的美学来源。网络小说的创作视野更为多元和开阔。不仅仅具有中国主流文化内容，还有大量的原始文化和地域文化的书写；不仅仅涉猎欧美文化、日本文化，还有印度文化、伊斯兰文化；不仅仅是纸质书写的规范，还有网游、手游的要素等等。

中国通俗文学的创作正在经历着新的变化和美学裂变。何谓通俗文学？新的理论总结也必将随后而至。

三、 通俗文学的现代特征“五要素”

进入现代社会，通俗文学的概念辨析有了参照系，那就是新文学或精英文学。与新文学或精英文学相对比，通俗文学的内涵更为清晰。通俗文学现代特征应该具有以下五个要素：1.它是大众文化的文字表述；2.它具有强烈的媒体意识；3.它具有商业性质和市场运作过程；4.它具有程式化特征并有传承性；5.它是现代社会的世俗阅读。

如果将文化分成意识形态文化、精英文化和大众文化，那么通俗文学属于大众文化范畴。与大众服装、大众音乐、大众食品等各类大众类型一样，通俗文学具有大众文化的所有特征。它以社会约定俗成的价值判断作为是非的衡量标准，并展开优劣臧否的评判。中国的通俗文学是以儒家的道德文化为核心，辅以释道等文化观念建构，其以世俗价值判断作为评判标准。

民族精神和民族大义是为人之大节，道德伦理是为人之小节。在现代中国，写抗战文学最多的作家是张恨水等通俗文学作家，最为屈辱的形象是贡少芹等通俗文学作家塑造的“亡国奴”。奋起抗战展现的是儒家文化的国家意识，“亡国奴”刺激的是儒家文化的羞耻意识。同样，在通俗文学的社会小说、官场小说中，作家们并不在意那些体制问题或政治意识，而是津津乐道于小说人物的生活细节和生活作风。不是通俗文学作家格调不高，而是他们认为小节与大节紧密相连，一个人道德品质不好，怎么能治理国家呢？中国现当代通俗文学是中国城市发展过程中的大众文化产物。城市在发展过程中出现了市民阶层，中国市民阶层的性质和需求直接决定了通俗文学的基本性质，通俗文学是市民诉求的民间表现。现代中国，中国的市民阶层主要集中于上海、北京、天津等大都市里，中国现代通俗文学也主要集中在这些都市中，有很强的地域性，分为“南派”与“北派”。现代市民基本上由乡民转换而来，他们到城市来是为了赚更多的钱，同时，他们又是第一批全面地接受西方文明生活形态的中国人。这种心态直接决定了中国现代通俗文学的两大主题：渴望赚钱却又埋怨赚钱难；享受文明生活却又感叹世风日下。当代市民基本上都是移民，流动性很强，中国当代通俗文学没有了“南派”“北派”等地域性色彩，却具有很强的职业化特点。当代市民的诉求也发生了变化：职场生存和渴望发展、家庭安康和幸福追求成为了当代中国通俗文学的两大主题。如果将城市市民分为“高资阶级”“中资阶级”和“小资阶级”（李可《杜拉拉升职记》语），通俗文学是从“小资阶级”出发，眼望“高资阶级”，拼命挤进“中资阶级”，表现的是城市的世俗文化和市民的实际愿望。通俗文学具有文化观念上的世俗性、现实生活上的世俗性，还具有情感生理上的世俗性。与精英文学在哲学和历史空间追求人的生存价值不一样，通俗文学得以存活和流行的生命力之一是将阅读与人的本能欲望相契合：有些人有杀伐心理和争霸意识，武侠小说能满足你的要求；有些人有追寻真相的好奇心，侦探小说能满足你的要求；人都要抒发情感和表达欲望，爱情小说能满足你的要求；人都喜欢追根寻源和臧否是非，历史小说能满足你的要求；人都希望无所限制并喜欢徜徉于想象之中，科幻小说能满足你的要求……通俗文学对人性的表达不追求深刻，只是反映；不追求独特，只是本能，这就是一种大众化的世俗表现。既然表现的是普通大众的世俗性生活，通俗文学也就有了社会学、经济学、语言学、城市学等等多方面的元素。从这个层面上说，通俗文学是一座多元素且含量极为丰富的矿藏。

宋代的话本被看作中国通俗文学的开始。唐传奇等文人创作是个人写作行为，宋代的"说话"是说话人根据自己对故事的理解和观众的喜好，对民间故事的底本(或传说)进行改编，并以听众数量的最大化作为传播效果的追求，是一种改编传播的行为。"盖小说者，能讲一朝一代故事，顷刻间捏合"，"听者纷纷。盖讲得字真不俗，记问渊源甚广耳"。[①]小说要的就是故事"顷刻间捏合"，"听者纷纷"。传播行为和传播效果的追求，使得通俗文学对大众媒体有一种本能的契合。通俗文学利用大众媒体进行传播，在现代社会呈现出爆发状态。中国现当代通俗文学与中国现代大众媒体几乎同时产生，并如影随形。中国现代大众传媒的发展大致上有四个时期：一是清末民初之际的报刊创刊热；二是20世纪二三十年代书局迅速扩张和电影在中国扎根；三是20世纪八九十年代电视的普及；四是21世纪以来网络媒体的发达。中国现当代通俗文学的发展与中国现代大众传媒发展的四个时期高度重合。清末民初之际，中国文学是"鸳鸯蝴蝶派"文学一统天下。"鸳鸯蝴蝶派"作家全部是当时的报人，他们是作家，也是报纸的主编或者主笔。此时是中国文学期刊第一次大规模的创刊期，如果仔细追寻这些期刊的来龙去脉就会发现，这些期刊与报纸都有着直接的联系。黄人在《〈小说林〉发刊词》上曾这样说过："新闻报纸报告栏中异军特起者，小说也。"[②]将小说看作新闻在当时是一种观念。20世纪的二三十年代是现代通俗文学的"黄金十年"。通俗文学在此时的繁荣，书局和电影是两大助力。激烈的市场竞争使得书局均以通俗文学阅读作为一种营销手段，此时主要的通俗文学期刊均由书局主办，通俗文学的期刊连载成为书局书籍出版的营销试水者，期刊作品的市场反应好坏直接决定了书籍是否出版以及印数的多少。外来电影此时为中国老百姓所接受，其影响力迅速扩张。电影的大众意识与通俗文学天然地契合，很多通俗文学作家成为此时中国电影的编剧，而改编的剧本大多来自他们自己的文学作品。电影的热映又反过来推动了通俗文学作品的热销。20世纪八九十年代是当代通俗文学的"新时期"。凭借着电视剧的

---

① 吴自牧：《梦粱录》，见黄霖、韩同文选注：《中国历代小说论著选》(上)，江西人民出版社1982年版，第80页。

② 黄人(摩西)：《〈小说林〉发刊词》，见黄霖、韩同文选注：《中国历代小说论著选》(下)，江西人民出版社1982年版，第247页。

制作和播映，历史小说（如二月河的作品）、域外小说（如《北京人在纽约》）、公安法制小说（如海岩的作品）以及职场小说、家庭婚恋小说风行一时。21世纪以来，中国的网络小说成为通俗文学发展的新阶段。当下中国阅读市场上流行的通俗小说几乎都是网络小说的纸媒版。中国现代大众媒体对中国通俗文学影响深刻，它可以扩大、延续、终止通俗文学的创作与影响力。它不仅影响着通俗文学的价值判断和传播方式，还潜移默化地引领着通俗文学的美学特征的波动，清末民初之际的中国通俗文学作品有着很浓的“报刊味”；与影视制作相结合之后，通俗文学创作就有了更多的“影视味”；当下中国流行的那些网络小说则有着浓郁的“网络味”。宋代的话本是根据民间故事改编的脚本，不同的说书人就是民间故事改编的不同平台。中国现当代通俗文学的改编平台是不同的大众媒体，报刊连载、结集出版、影视改编、戏曲表演、曲艺演唱、网络写作，不同的大众媒体会根据各自不同的美学特征和主要受众的需求对通俗文学作品进行改编，甚至是再创作，从而形成名称统一的不同文类和不同版本，例如《啼笑因缘》《秋海棠》。中国现当代通俗文学与中国大众媒体亦步亦趋，将之称为“媒体的文学”也不为过。

说书人是一种职业，听书是要付费的，“说话”是一种商业行为。这样的传统由于现代报刊的出现得到延续与强化。报刊的发行与阅读是一种市场行为，当通俗文学作家与报刊同步并行时，文学创作也就成为一种市场行为。于是，将写作作为一种职业的文学创作也就产生于其中了。这些作家后来被称为“职业作家”。中国最早的职业作家是“鸳鸯蝴蝶派”，沈雁冰曾经批评他们的文学观念是“金钱主义”，[①]此语并不谬。职业作家的出现对中国文学创作生态产生了深刻影响。作家的创作观念、创作动力和创作手法所产生的影响还只是一个表面现象，更为深刻的是它似乎形成了一个传统，精英文学作家成为了“人生派”，通俗文学作家成为了“市场派”。这个传统至今有效，网络文学作家、影视文学作家以及那些产生市场效应的流行文学作家均被称为“通俗文学作家”。既然文学创作成为职业，让作品产生最大的经济效益，就成了职业作家的本能追求，市场运作也就应运而生。新文学作品也追求市场效应，例如《晨报》副刊的编辑孙伏园看到连载中的《阿Q

① 沈雁冰在《自然主义与中国现代小说》中说“旧派”小说“思想上的一个最大的错误，就是游戏的消遣的金钱主义的文学观念。”载《小说月报》1922年7月第13卷第7期。

正传》反响很好，就要求鲁迅继续写下去，小说从原来构思的六章，变成了现在的九章。为了取得更好的社会效益和经济效益，鲁迅、茅盾等新文学作家都为自己的作品写过广告。不过，与通俗文学作家比较起来，新文学作家的市场运作只能算是顺势而为，通俗文学作家的市场追求却可说是刻意而为了。通俗文学的市场运作一般是这样几个步骤：首先是广告轮番轰炸。几乎所有作品在连载前，出版商、编辑、作家都会在一些影响较大的报刊上刊登广告；然后根据作品连载时的反应，出版商和编辑会要求作家与读者产生互动（例如开设《读者信箱》、代抄连载小说等）；如果作品走红，就以作品刊登的位置为中心，售卖周围版面给广告商；作品连载即将结束时，宣布作品将要改编成影视剧或曲艺，大量作品改编的影视剧的广告充塞于各大媒体，一些与作品改编有关的演员的各种故事在民间流传；影视剧、曲艺如果热播或热演，就将其文字作品再一次整体推出，力争成为流行书。在中国现当代通俗文学发展过程中，这样的作品运作连缀不断，且精彩纷呈，一些作家与作品也就成为了一种现象，例如“张恨水现象”“金庸现象”“倪匡现象”“福尔摩斯现象”“郭敬明现象”等等。通俗文学出版商、编辑、作者、媒体是市场运作的主体，他们取得了效益，受众也能欣赏到优秀的通俗文学作品，形成了多赢的局面。市场运作使得很多通俗文学作家多了一抹商人的色彩。文学作品是一种文学表达，也是一种生产中的商品。作家一边进行着文学创作，一边如商人一般观察着作品的市场效应，并常常以市场效应来决定故事情节，例如张恨水写作《啼笑因缘》时，即一边在报纸上连载小说，一边在报上征求读者对情节发展的意见，小说的最终结果恰恰是读者的主流意见。这样的小说创作方式在当下的网络小说创作中得到广泛运用。网络小说的创作者十分关注每天的读者跟帖，是“赞”，还是“踩”，作者其实无所谓，他/她要关注的是读者对小说情节发展的意向，以此观察市场动向、调整产品结构，达到市场最大化的效果。市场运作给通俗文学创作带来了活力，是通俗文学赖以生存的生命源。

通俗小说就是类型小说。“说话者，谓之舌辩。虽有四家数，各有门庭。”①宋代的“说话”分为胭脂、灵怪、传奇、公案、朴刀、杆棒、发发踪参之事

---

① 吴自牧：《梦粱录》，见黄霖、韩同文选注：《中国历代小说论著选》（上），江西人民出版社1982年版，第80页。

等等。现当代通俗小说主要分成社会、言情、武侠、侦探、历史、科幻、滑稽七大类型。当下中国的网络小说常见类型大约有30种，其中玄幻、悬疑、穿越、新武侠、惊悚、后宫是创作量和点击量最多的六大类型。无论名称有什么不同，其中的美学内涵都具有很强的承接性，不外乎社会黑幕、英雄侠义、断狱勘案、朝代沉浮、神怪推理、趣闻轶事等等。类型是中国小说的"家数"和标志。凡是类型化小说均可称为"通俗小说"。中国通俗小说的类型化自然带来了中国通俗小说情节结构的程式化，社会小说涉及社会的各个方面，均是讲背后的事情及其成因；言情小说基本上是言情—变情—惨情三段式；武侠小说一般是五大模式：争霸、夺宝、行侠、复仇、情变；侦探小说一般是报案—破案—说案三个程序；历史小说正史、野史并不分明，借一些史实写人生的沉浮；科幻小说无论是"硬科幻"还是"软科幻"，都是要预测人类的未来；滑稽小说总是将社会中怪异的人和事放大，在可笑的行为举止中嘲笑丑恶……虽然不同时期通俗小说的情节结构的程式化有所变化，但大体思路基本如此。精英小说作家是以不同的人生态度和对人生观念的不同阐释形成不同风格，通俗小说作家是以小说创作中的不同类型和表现方法上的不同侧重形成流派。这些类型和程式是中国通俗小说的寄生地和文学表达，如果将这些类型和程式去除，通俗小说就不是"通俗小说"了，犹如京剧少了脸谱与套路，京剧也就不成为"京剧"了。既然是类型和程式化，讲故事就成为通俗小说情节的表达方式。讲故事是以事件的叠加，构成情节发展的波动起伏，以因果关系推动情节的发展前行，无穷尽的事件可以构成无穷尽的因果链，冗长与琐碎就成为了通俗小说最常见的弊病。为了避免或减少这样的弊病，事件的传奇（或者是离奇）和情节的曲折就成为通俗小说的必然选择。同样的，事件的离奇和情节的曲折是通俗小说的美学套路，如果将这一套路去掉，通俗小说也将不是"通俗小说"。不过，应该说明的是金庸对通俗小说的情节结构做了重大调整。他建构了说故事、写人物的通俗小说情节模式，传奇故事随着人物的成长和人物性格逐步展开，带来的不仅仅是通俗小说事件传奇和情节曲折的性格根据，还是通俗小说故事精练和结构完整的内在要求，道理很简单：由性格的展开而引发的形象塑造成为小说情节结构起承转合的内在驱动力，性格丰富了，再多的事件叠加，情节都显得精练；形象完整了，再漫溢的结构都显得完整。从这个意义上说，金庸小说为中国通俗小说的美学表现增添了新的要素。

大众文化的文字表述是指通俗文学的文化诉求，媒体意识是指通俗文学的载体表现，商业性质和市场运作是指通俗文学的运行过程，程式化是指通俗文学的美学特征。通俗文学的这些要素最后都要到阅读中落实。根据阅读史家的研究，阅读所要研究的应该是六个问题：谁读，读什么，在哪里，什么时候，为什么读和怎么读。①“任何一个版本的文本，都是作者为特定的读者市场准备的。”②新文学或精英文学以人生启蒙作为创作目的，它的理想读者是社会的精英人士，可以称作“精英读本”。通俗文学追求的是阅读者数量的最大化，努力地覆盖社会中各个读者阶层，并不为特定阶层而设定，因此，通俗文学可以称作“大众读本”。问题是不同的读者群有不同的阅读诉求，通俗文学创作很难顾及各个阶层的阅读需要，它必然有所侧重，而所侧重的一方一定是市场最大化的层面。现代社会中阅读最大化的层面显然是市民阶层，现代通俗文学也就是现代市民的阅读文本，也可以这样说，现代市民是现代通俗文学的主要读者群。当代中国，市民阶层的概念逐步淡化，通俗文学的追求大众阅读的目标没有改变，也可以这样说，大众是当代通俗文学的主要读者群。社会精英从文本的批判意识中感受到人生的启迪和社会的思考，作者的写作意图和文本意义基本重合，读的是作者对人生和社会的理解；而通俗文学却在悲欢离合的故事中感受到精神的愉悦和人生的共鸣，读的是生活本身，并从中关照自我，文本的意义在文本之外。精英文学依托的媒体侧重于专业化，理想读者的设定比较明确；通俗文学依托的媒体侧重于大众化，总是试图将理想读者的设定尽量全覆盖。并没有规定阅读精英文学和通俗文学的特定时间，不过，通俗文学的阅读更多是在闲暇之余，因为通俗文学的阅读追求的是消闲和放松，要求文本有好看的故事、曲折的情节和丰富的趣味，阅读方式当然不是什么寻章摘句，而是流畅地翻阅。1929年《红玫瑰》主编赵苕狂曾写过一篇《花前小语》提出了杂志约稿的标准。趣味、潮流、人情风俗、通俗化、群众化、阅读价值，是这篇约稿标准的关键词。这些关键词基本说清了通俗文学读什么和怎么读，并与精英文学做了切割。

应该着重强调的是，无论是精英文学还是通俗文学，其文本并不是互不

① 戴联斌：《从书籍史到阅读史》，新星出版社1987年版，第66页。

② 戴联斌：《从书籍史到阅读史》，新星出版社1987年版，第78页。

流动的，换言之，精英文学的理想读者也阅读通俗文学，而成为通俗文学的实际读者；通俗文学的理想读者也阅读精英文学，成为了精英文学的实际读者。不过，不论读者如何流动和如何转型，精英文学和通俗文学的基本形态和市场诉求不会变。因此，精英文学的阅读可称为“精英阅读”，而通俗文学的阅读可称为“通俗阅读”。

论及于此，中国现当代通俗文学的概念应该明确了。它的表述是：通俗文学是中国传统文学的延续，依托于大众媒体和市场运作，主要呈现中国传统文化精神的类型化的世俗化阅读。

四、中国现当代通俗文学批评标准构建的通俗性“路径”

百年中国通俗文学延绵不断地向前发展。朱自清曾有这样的描述：“新文学运动的开始，斗争的对象主要的是古文，其次是礼拜六派或“鸳鸯蝴蝶派”的小说，又其次是旧戏，还有文明戏。他们说古文是死了。旧戏陈腐、简单、幼稚、嘈杂，不真切，武场更只是杂耍，不是戏。而“鸳鸯蝴蝶派”的小说意在供人们茶余酒后消遣，不严肃。文明戏更是不顾一切的专迎合人们的低级趣味。白话总算打倒了古文，虽然还有些肃清的工作；话剧打倒了文明戏，可是旧戏还直挺挺的站着，新歌剧还在难产之中。“鸳鸯蝴蝶派”似乎也打倒了，但是又有所谓‘新鸳鸯蝴蝶派’。”①百年中国通俗文学不断地要被打倒，可是它一直“直挺挺的站着”，并以它的实绩显示了存在和辉煌。特别是当下中国的创作界，说现当代通俗文学创作占每年创作总量的半壁江山，还是个保守的说法。说现当代通俗文学的读者占现有的文学读者群的一半，也仍是个保守的统计。

与创作实绩相比较，中国现当代通俗文学批评明显滞后。为什么会出现这样的现象呢？是现当代通俗小说创作者的趣味低俗和读者欣赏水平低下，还是一些批评家的批评视角出现了问题？我认为指责作家和读者是没有道理的，应该反思的是批评家们。其根本问题是这些批评家的文化观念及其建立的文学批评标准带来的误差。主要表现在两个方面：一是文学的

① 朱自清：《论严肃》，见《朱自清古典文学论文集》，上海古籍出版社1981年版，第109页。

批评标准问题，二是文学的性质判断问题。

自新文学在“五四”时期登上文坛，新文学的批评标准一直是中国现当代文学批评的主流价值判断。新文学的批评标准由“五四”新文学作家的理论建设和创作实践建构而成。“用这人道主义为本，对于人生诸问题，加以记录研究的文字，便谓之‘人的文学’。”①“真心的先去模仿别人。随后自能从模仿中，蜕化出独创的文学来……所以目下切要办法，也便是提倡翻译及研究外国著作。”②周作人的这两段话可以看作中国现当代文学“新文学批评”的内涵，它的关键词是：人道主义、人生、模仿、独创、外国。鲁迅以及其他新文学作家以其创作为新文学批评标准增添了对象。鲁迅、茅盾等新文学作家、批评家们一百多年来的实践活动为新文学的批评标准确立了规范。中国现当代通俗文学根本就不在新文学的范围内，虽然也是写人生，要求模仿和独创，但是从创作目的上来说，通俗文学“为本”的不是“人道主义”；从艺术上说，通俗文学“模仿”的不是“外国”。事实上，周作人的《人的文学》和《日本近三十年小说之发达》两篇文章都将通俗文学排斥在文学之外，认为它们是“非人的文学”。鲁迅和新文学作家们也一直将通俗文学作为批判的对象。所以，用新文学的批评标准批评通俗文学，就会产生误判，价值判断都不准，何谈对作品真伪优劣的甄别？举个当下通俗文学作品批评的例子。刘慈欣的《三体》获得了第73届“雨果奖”最佳长篇故事奖。国内的批评界对小说展开了批评，很多批评文章谈《三体》的三个问题：一是追溯小说的影响源；二是分析小说中的人物形象；三是将小说中的社会伤痕和精英文学的“伤痕文学”进行比较，最后得出结论：小说独创性不够，人物性格不鲜明，社会分析不深刻。③这样的批评文章之所以分析不出刘慈欣《三体》的特点和魅力所在，原因是用新文学的批评标准批评通俗文学作品，自然说不到点子上。

对中国现当代通俗文学进行科学批评的另一个影响要素是其性质判断。“五四”时期新文学作家登上文坛以后，就将通俗文学视作批评对象。他们提倡“人的文学”，将通俗文学视作“非人的文学”，代表言论是周作人的

① 周作人：《人的文学》，载《新青年》1918年第5卷第6号，第578页。

② 周作人：《日本近三十年小说之发达》，载《新青年》1918年第5卷第1号，第42页。

③ 有关这方面最有代表性的批评文章可见《“刘慈欣与科幻文学”笔谈》，载《读书》2016年第7期。

《人的文学》。20世纪30年代以后，"左联"作家提倡无产阶级文学，他们将通俗文学视作"封建文学""小资产阶级文学"，代表言论是茅盾的《封建的小市民文艺》。众多评论者将通俗文学视作不严肃、不正经的文学，甚至是"黄色小说"或者"黑色小说"。既然是不正经、不严肃的文学，通俗文学的表现理所当然地被视为毫无价值。举个例子，1932年"一·二八"事变之后，通俗文学作家写了大量的国难小说和抗战小说，产生了较好的社会影响，但是新文学作家对此评价并不高，认为这些作品只是"在悲难的事件中打打趣而已"，并且认为他们根本就不配写这些国难小说和抗战小说，因为那是"健儿"的事情，不属于通俗文学那个阶级的事。[①]连写国难小说和抗战小说的资格都没有，写出来的作品当然就不值得一看了。20世纪50年代，在当时的图书整顿行动中，通俗文学干脆就被作为反动的、淫秽的、荒诞的图书而整肃下架了。

对通俗文学进行科学的批评，需要建立通俗文学的批评标准。文学是人类精神生活和物质生活的形象反映，形象反映的深刻性、生动性是文学创作和批评的终极标准。优秀的通俗文学作品一定是人性刻画深刻、情节表现生动的作品。文学创作的终极标准同样要求着中国现当代通俗文学制定出科学客观的批评标准。任何一类文学都受到意识形态的制约，根本不可能存在脱离意识形态而完全独立的文学。现当代中国通俗文学批评标准的制定需要宣导社会的正能量。但是"条条大道通罗马"，不同的"道"有不同的路径，不同的路径有不同的风景。所以科学的"通俗文学的价值评估标准"要契合中国现当代通俗小说的"性质"。

虽然其基本性质相对稳定，但通俗文学的性质也在流动。这些流动主要基于时代的变化而发生。中国现当代通俗文学与中国古代通俗文学相比而言有着很大的变化。中国古代通俗文学与民间文学和民间传奇密切相关，例如《三国》《水浒》《西游记》，而个人创作则往往被视作精英文学，例如《红楼梦》；中国现当代通俗文学是与中国新文学（或精英文学）相对的概念，与媒体文学和市民的阅读有着很大关系。中国当代通俗文学与中国现代通俗文学也有不同。中国当代通俗文学将文化视野扩展至世界流行文化与流

---

① 钱杏邨：《上海事变与"鸳鸯蝴蝶派"文艺》，见魏绍昌编：《"鸳鸯蝴蝶派"研究资料》（上），上海文艺出版社1984年版，第88页。

行阅读，而不仅仅局限于中国传统文化的现代解读和对新文化的借鉴；市民阶层也绝不仅仅是手工业者、小商人或者粗识字的体力劳动者等职业群体，而是拓展到整个城乡的金领阶层和白领阶层，与职业和文化素养越来越没有关系；具有操纵性的大众传媒统领着阅读市场，具有强大的力量，其结果是雅俗鸿沟越来越被抹平，通俗文学与精英文学的界限越来越模糊。强调通俗文学的性质的流动并不是说通俗文学性质难以确定和具有虚无性，而是强调一个时代有一个时代的文学特征。

中国现当代通俗文学有其稳定的性质。那就是中国现当代通俗文学的基本概念，这是中国现当代通俗文学的"道口"。从这样的"道口"进入，所制定的评估标准，就是通俗性"路径"。

五、中国现当代通俗文学价值评估的"三标准"

传统的标准。朱自清曾这样论述"鸳鸯蝴蝶派"小说："'鸳鸯蝴蝶派'的小说意在供人们茶余酒后消遣，倒是中国小说的正宗。……虽然重在'劝俗'，但是还是先得使人们'惊奇'，才能收到'劝俗'的效果"①。他认为文学的"标准"有两种表现形态："一是不自觉的，一是自觉的。不自觉的是我们接受的传统的种种标准。我们应用这些标准衡量种种事物种种人，但是对这些标准本身并不怀疑，并不衡量，只照样接受下来，作为生活的方便。自觉的是我们修正了的传统的种种标准，以及采用的外来的种种标准。"②为了分别这两种文学形态，他称"不自觉"的文学形态为"标准"，称"自觉"的文学形态为"尺度"。他认为"鸳鸯蝴蝶派"之类的通俗文学是中国文学的"正宗"，是不自觉的文学形态，应是中国文学的"标准"，而"五四"时期登上中国文坛的新文学是自觉的文学形态，是中国文学的"新尺度"："然而'人情物理'变了质，成为'打倒礼教'，就是'反封建'，也就是'个人主义'这个标准，'通俗'和'自然'也让步给那'欧化'的新尺度"③。朱自清的这些论述给我

---

① 朱自清:《论严肃》，见《朱自清古典文学论文集》，上海古籍出版社 1981 年版，第 110 页。

② 朱自清:《文学的标准与尺度》，见《朱自清古典文学论文集》，上海古籍出版社 1981 年版，第 5 页。

③ 朱自清:《文学的标准与尺度》，见《朱自清古典文学论文集》，上海古籍出版社 1981 年版，第 11 页。

们制定中国现当代通俗文学的批评标准以很大的启发。中国现当代通俗文学就是中国的传统文学在新时期的延续。中国现当代通俗文学具有传统性，中国传统文学的美学特点在中国现当代通俗文学中得以保持。1924年，鲁迅作《中国小说的历史的变迁》的演讲，将清代小说分成四派：拟古派、讽刺派、人情派、侠义派，并对这四派的代表作家作品以及表现特征进行了精彩的分析。在演讲结束时，鲁迅说："上边所讲的四派小说，到现在还很流行。"①鲁迅所说的那些流行的小说就是现代通俗小说，不过他们换了名称：神魔小说、社会小说、言情小说和武侠小说。这些小说在当代中国还在流行，只不过又换了个名称：玄幻小说、都市小说、奇情小说和新武侠小说。贯穿于不同阶段小说之中的一条线索，就是朱自清先生所说的"不自觉"的文学形态：传统性。这样的传统性有种种表现形态和很多变化，但是，其中最核心的要素始终不变：类型化与程式化。

文化的标准。通俗文学不单纯地宣扬人道主义，虽然人道主义也在其列；不随意识形态起舞，虽然意识形态的色彩在所难免。通俗文学是大众文化的文学表现，大众文化构成了通俗文学的所有要素，自然也就成为通俗文学价值评估的标准。首先是公共道德。公共道德是大众文化的基础，也是通俗文学价值评判的是非标准。在中国，传统的儒释道文化体系构成了做人的道德规范，也是中国通俗文学中的"好人"或"坏人"、复杂人性中的"好的"或"坏的"的评判标准。例如《甄嬛传》中传达出来的励志、奋斗是好的表现，腹黑、扼杀是坏的表现。面对复杂的文学人性，通俗文学绝不会将人性淋漓尽致的表现作为唯一的标准，也不可能以某一个人的意见作为评判标准，因为公众会以是非不分指责你，公共社会有一条公认的做人的底线，这一底线是公共社会最大的道德公约数，不可挑战。其次是公共空间。公共空间是通俗文学得以生存和发展的场域。为了获得最大的活力，公共媒介自然会被充分地利用。报刊、网络以及各种大众艺术、娱乐形式自然成为通俗文学的寄生地。为了获取更大的利益，公共空间的运作自然出现，经典文本在各大媒介和大众艺术中流动，成为通俗文学的表现常态。活力产生了，价值扩大了，利益获取了，泡沫也产生了。再次是公共文本。与精英文本预

① 鲁迅：《中国小说的历史的变迁》，见《鲁迅全集》第9卷，人民文学出版社1981年版，第340页。

设空间不同，通俗文学文本要求读者顺其思路，在生活的呈现（不是倾诉）中获取共鸣，让读者在解码中获取意义。正如费斯克所说："它是个充满裂隙的文本，刺激'生产者式'的观众写入自己的意义，从中建构自己的文化。"①传奇的生活、戏剧的情节、夸大的煽情、平白的语言等等，虽然粗糙，充满着"裂隙"，却刺激着受众。这些是通俗文学的文本色泽，如果将其抹去，通俗文学将索然无味。在评估通俗文学价值时，应该看到它们存在的必然性，并引导读者理解和辨别。最后是公共评价。通俗文学文本创作有着狂欢色彩，通俗文学的评价同样是众声喧哗。特别是当下的网络文学创作，对其评价更是充满着情绪化与粗鄙化。大众文化允许大众话语的存在，通俗文学的价值评估并不将这些公共评价一笔抹杀，而是从中分析出通俗文学文本创作的路径和作家创作的动力。大众文化是在恒定中流动，其恒定的成分构成中国通俗文学的基本要素，其流动的成分则构成了中国通俗文学的新鲜活力。

市场的标准。中国传统的"说话"本来就是一种商业行为。市场行情的优劣直接决定了商业行为的成败。文学创作的商业行为在清末民初之际得到了强化，并被制度化。报刊、出版社、网络的出现，给文学创作带来了更为便利的大众传播平台，却也使文学创作产生了中介。文学创作的过程实际上有两条平行的创造和传播路径，一条是精神路径，一条是市场路径。文学创作是一种精神创造，需要传播正能量，无论是精英文学还是通俗文学，以此建立评价标准都没有异议。问题的关键在于如何看待文学创作中的市场路径。首先要看到两个"客观存在"：一是市场性在中国现当代文学创作中是一个客观的存在，是否有好的效益是所有作家关心的问题和创作的动力；二是要看到通俗文学职业作家的身份是中国现当代文学中的客观存在。通俗文学作家是高度依赖于市场的作家群体。文学创作的中介和市场的要求使得绝大多数通俗文学作家对市场具有极大的依赖性，而非像大多数精英文学作家那样有着自己的社会职业，仅仅将文学创作视作个人的精神诉求。其次是如何评价通俗文学的市场性。当文学创作以金钱为导向时，文学市场就会出现大量的垃圾。这在通俗文学创作中表现得尤为突出。但是市场

① （美）约翰·费斯克著，王晓珏、宋伟杰译：《理解大众文化》，中央编译出版社 2001 年版，第 148 页。

对文学创作依然具有积极意义。市场就是一双看不见的手，直接决定了通俗文学经典的出现与否和通俗文学创作潮流的起伏。一部作品流行，跟风者众多，于是市场产生泡沫。读者审美疲劳了，产生泡沫的文学潮流很快被读者所抛弃。一部新的作品继而应运而生，再度流行，于是又引发新一轮阅读高潮。通俗文学阅读市场就是这样此起彼伏地滚滚向前。在这一过程中，文学经典确立下来。所以，通俗文学的市场路径也是清除创作泡沫的净化器，是通俗文学创作更新的动力源，在优胜劣汰之中保证着文学创作的活力。通俗文学的价值评估要建立市场的评估标准。它不能改变（也无法改变）通俗文学的市场路径，却需要（也能够）引导读者认知什么是通俗文学的优秀作品，什么是通俗文学的泡沫，它需要（也能够）引导作家创造通俗文学的新的优秀作品甚至经典，并对通俗文学阅读市场产生积极的作用。

六、 中国现当代通俗文学的价值评估和问题反思

有了相适应的批评标准，对中国现当代通俗文学的价值和问题，就可以进行恰当的分析。

中国民族文学观念和美学形式在中国现当代通俗文学中得以留存，并在其发展中取得新生。虽然“五四”新文学可以作为新的传统显示出价值，但是，没有中国现当代通俗文学，中国一脉相承的民族文学将会出现巨大的断裂。中国现当代通俗文学使得中国传统的文化观念得以传承。从民国初年的“鸳鸯蝴蝶派”文学一直到当下中国的网络文学，民族大义、国家观念、修身养性、惩恶扶弱、公平正义、侠义心肠、因果报应等中国传统的是非观念是文学作品中一以贯之的正邪、善恶、好坏的判断标准。中国现当代通俗文学使得中国传统的美学形式得以传承。章回体、演义体、类型化、程式化，中国现当代通俗文学继续展现着中国传统文学的形式。无论是文化观念还是美学形式，在新的阶段，中国通俗文学都有新的发展，但是不管接受了哪些新的元素，发生了怎样的变化，通俗文学的根都扎在中国传统中，并且保持着中国传统的基本模样。各国和各民族都有自己的传统文学观念和美学形式。欧美文学有着基督教文化观念、背景，有着人道主义的传统，它们有着哥特小说、西部小说等特有的美学表现形式；印度文学有着梵语文学以及后来的印地语文学，它们都有着十分浓厚的宗教意味；日本文学有着皇国观念

和情趣性、感受性的表达方式……这些都是各国、各民族文学的根。作为一个具有悠久文化传统的东方大国,中国也有自己文学的根,通俗文学是中国现当代文学中传承民族传统最突出的文学类型。传统文化也需要时代的纯化。优秀的通俗文学继承中国传统文化尤其是对道德人性进行纯化,这对于新文学过于强调个性、自我、欲望是一种纠偏,对于中国当下的文化自信与文化战略发展亦不无益处。同样,坚持优秀的传统文化的要素,对通俗文学的"向下"坠落也是一种修正。

通俗文学培育了现当代中国市民文学,并成为中国现当代文学的阅读主潮。这里讲的市民文学不是老舍、张天翼等人用新文学的观念写的市民小说,而是现代通俗文学作家用市民的观念写的文学,是指 20 世纪 20 年代以后中国现代通俗文学进入市场化阶段后的文学。19 世纪后半叶,以上海、天津为代表的现代都市不断扩展,现代市民阶层迅速形成。到了当代中国,市民阶层更为庞大。平民化、民间化的性质,使得中国现当代通俗文学成为都市市民生活的表现者,为都市市民意愿代言。现代都市是通俗文学的生存空间,市民阶层是通俗文学的生命线。新文学作家对市民文学的评价从来不高,有些评论家甚至将市民也列为批判的对象。由于新文学作家对市民阶层不屑一顾,甚至是激烈批判,故而与市民阶层处于隔绝的状态。新文学作品在此时的市民阶层中几乎没有市场,这使得通俗文学在都市市民中如鱼得水,一家独大。20 世纪 20 年代以后中国文学实际上是在新文学与市民文学两个层面发展。新文学承担着社会和人性的启蒙责任,并逐步地向革命文学过渡,市民文学则降低了自身的启蒙性质,逐步成为市场的文学。虽然在美学内涵上互相吸收,但从总体上说,它们各自发展。这样发展的结果是什么呢?在 20 世纪 30 年代,瞿秋白说过这样两段话:"'新文学'尽管发展,旧式白话的小说,张恨水,张春帆,何海鸣……以及'连环图画'小说的作家,还能够完全笼罩住一般社会和下等人的读者。这几乎是表现'新文学'发展的前途已经接近绝境了。"①"社会上的所谓文艺读物之中,新式小说究竟占什么地位呢?他实在亦只有新式知识阶级才来读他。固然,这种新式知识阶级的读者社会比以前是扩大了,而且还会有更加扩大些

① 瞿秋白:《鬼门关以外的战争》,见《瞿秋白文集》第 3 卷,人民文学出版社 1953 年版,第 629 页。

的可能。然而,比较旧式白话小说的读者起来,那就差得多了。一般社会不能够容纳这种新式小说,并不一定是因为他的内容——他们连读都没有读过,根本就不知道内容是什么,他们实在认为他是外国文的书籍。"①话虽说得过分些,却反映了一个事实:"五四"运动以来的新文学虽然发展着,但它只是知识阶层的读物,"一般社会和下等人的读者"则"完全"被"旧式白话小说"笼罩住,而将新文学视作"外国文的书籍"。当代中国,精英文学作家虽然不像现代新文学作家那样与市民阶层完全隔膜,却也很少介入通俗文学创作。如果从中国文学阅读状态的角度思考,新文学或者精英文学可以被称为现当代中国文学阅读的先导,市民文学或者通俗文学则是现当代中国文学阅读的主体。文学阅读的主体变革及其阅读兴趣和阅读发生变化具有重要的意义。只有文学阅读主体进入现代化,中国文学的现代化进行才算是有了实质性的价值和意义。根据哈贝马斯的理论,只有市民阶层对私人领域的事务加以关注,一种资产阶级的公共领域才算形成。②中国现代意义上的市民阶层也只有到了清末民初才真正形成,通俗文学作家作品使他们开始接受文学的思想启蒙和适应文学的新的阅读方式,中国文学的现代化得以呈现社会性、大众性。

通俗文学保留了中国小说世俗化的特点,有着相当丰富的政情、社情、民情、世情、语情等多方面的史料,却也存在着庸俗的流弊。世俗化是中国小说的特点之一。鲁迅将那些充分表现世俗化的明代人情小说称为"世情书",并作出这样的评价:"其取材犹宋市人小说之'银字儿',大率为离合悲欢及发迹变泰之事,间杂因果报应,而不甚言灵怪,又缘描摹世态,见其炎凉,故或亦谓之'世情书'也。"③在论清末谴责小说时,他又说:"其在小说,则揭发伏藏,显其弊恶,而于时政,严加纠弹,或更扩充,并及风俗。"④浓厚的世俗风味是中国小说的特点。中国现当代通俗文学延续着清末谴责小说的文学传统,保持着这样的风味。现当代通俗文学是中国政情、社情的文学

① 瞿秋白:《鬼门关以外的战争》,见《瞿秋白文集》第 3 卷,人民文学出版社 1953 年版,第 630 页。

② 哈贝马斯说:"形成这样一种资产阶级公共领域,其前提是市民社会的私人领域的公共兴趣不仅要受到政府当局的关注,而且要引起民众的注意,把它当作是自己的事情。"哈贝马斯:《公共领域的结构转型》,学林出版社 1999 年版,第 22 页。

③ 鲁迅:《中国小说史略》,见《鲁迅全集》第 9 卷,人民文学出版社 1981 年版,第 179 页。

④ 鲁迅:《中国小说史略》,见《鲁迅全集》第 9 卷,人民文学出版社 1981 年版,第 282 页。

记录者。晚清宪政改革、辛亥革命、袁世凯复辟帝制直到当下中国社会的改革和官场反腐，通俗小说都有详尽的描述，特别是1919年的“五四”运动和后来的中国人民的抗战生活，这些新文学描写不多的中国社会的政情、社情，通俗文学都有完整的描述。通俗文学是中国现当代民情、世情的表现者。报人的身份使得通俗文学作家时刻关注着民意的反应和变化，生活的环境使得通俗文学作家对世俗风情相当熟悉。晚清城市发展所带来的中国人对文明生活的惊奇和对世风日下的感叹、20世纪二三十年代中国金融市场的波动、20世纪40年代反饥饿反内战，一直到当下中国人出国、购房、炒股以及婚恋生活、职场生态等等，通俗文学在对生活的描摹中均有所表现。通俗文学追求阅读的最大化，故而其语言表达尽量满足读者的要求，俚语、俗语、吴语、网络语言等等，均在现当代通俗文学创作中留下了痕迹。新文学或精英文学作品也写世俗民情，主要是在世俗民情中写人物，在他们的作品中，世俗民情是人物形象塑造和人物性格展现的生活背景。通俗文学则将世俗民情写成故事情节，人物的活动是世俗民情的一个部分，特别是通俗文学常常将一些世俗民情作为一种生活知识贯穿于创作之中，通俗文学自然就成为了“世情书”。既然是“世情书”，通俗文学就不仅仅具有文学的价值，还有着丰富的世俗民情的价值。不过，由于通俗文学着力于表现世俗民情，记录和倾诉多于思考和评判，如果表现的世俗民情格调低下，其作品情节就很庸俗。例如晚清到民国初年一直流行的狭邪小说、黑幕小说，一直到当下网络小说所热衷创作的宫闱小说、后宫小说、盗墓小说等等，其中相当多的世俗民情描述格调低下，特别是这些格调低下的世俗民情描写又被裹挟在所谓的专门知识描述和传授之中，自然给读者带来了很多负面影响。

通俗文学给中国现当代文学带来了好看的故事，显现了文学消遣愉悦的一面，却也有相当数量的流于俗套、游戏浅薄之作。神奇妙想、层层环扣、曲折多变，编故事是通俗小说作家的长项。几乎每一部优秀的通俗小说都有情节精彩（或者离奇）好看的故事，它可以让读者看得废寝忘食，可以让读者看得神情缥缈，可以让读者看得玄思遐想，可以使读者读起来手不释卷。小说创作的目的是什么，这一直是20世纪以来创作界争论的话题，有人说是为了“新民”，有人说是为了“改造社会”，有人说就是“抒发性灵”。这些说法都有各自的理论和发生的背景。不过有一点应该明了，文学创作不管出于什么目的，文学阅读首先就是要寻求精神上的愉悦。文学作品应该具有愉悦性的追求，这样的观念并不是什么错误，而是小说的本质属性。通俗文学作家深深地明白“好看”是市场所规定的创作原则。中国现当代新文学或精英文学有着强烈的启蒙意识，更多展现的是中国现当代文学的理想性和严肃性；中国现当代通俗文学有着很强的市场意识，更多展现的是中国现当代文学的消遣性和愉悦性。中国现当代通俗文学在追求表现文学消遣性愉悦性上有很多积极的实践值得总结，特别是那些既有思想性、生活性，也有消遣愉悦功能的作品应该得到肯定，它们给中国现当代文学留下了很多亮色。不过，也应该看到中国现当代通俗文学创作中流行着一种游戏主义的创作态度，制造出很多偏离了正确思想性和健康生活性的无良、无聊的文学作品，它们充塞于各个时期的文学创作中。就以当下流行的那些网络小说来说，无良、无聊之作所占比例就相当大。这些无良、无聊之作总是打着消遣愉悦的旗号而流行，它们给通俗文学带来很多负面的社会印象。

中国现当代通俗文学在生产与消费中展现的市场竞争，刺激并丰富了中国现当代文学文化产业系统的运作行为，却也带来金钱导向、商业至上的弊病。通俗文学经典作品的产生往往都与市场的运作相伴而行。例如张恨水的《啼笑因缘》、秦瘦鸥的《秋海棠》等等，都可以看作中国现代通俗文学史上名作家、名作品市场运作的经典案例。在文学市场中，市场运作是文化产业的系统化工程，这中间，编辑是编剧，作家是演员，作品是道具，导演则是资本。现代文化产业之间的竞争不是什么思想理念之争，而是市场份额的争夺。竞争的结果是各文化产业获取各自的市场份额，最直接的效应是给文学市场带来了繁荣。最为经典的例子就是 20 世纪 20 年代世界书局和大东书局的通俗文学生产。竞争让它们在 1920 年后从商务印书馆和中华书局手中争夺到不少市场份额，也成为了 20 世纪 20 年代以后中国现代通俗文学与大众文化市场发展与繁荣强有力的推动者。新文学或精英文学也有不少市场运作行为，但是像通俗文学这样表现得如此丰富多彩、淋漓尽致的并不多见。中国现当代文学不仅仅是文化的观念、创作的观念，还有市场的观念；文学创作不仅仅是作品的文字写作，以及作品的传播，还有社会效益和经济效益的最大化。中国现当代通俗文学在此方面展示了特别的魅力。然而，一个突出的问题在于这种行为对经济效益的追求大于对社会效益的追求，带来的直接结果就是唯市场化、唯金钱化，这成为通俗文学被人诟病之处。其实，忽视社会效益的运作行为，伤害的不仅仅是社会，也有运作者自身。因为不注重社会效益之作，必然会受到社会的批评，必将行之不远，这样的案例在中国现当代通俗文学创作中比比皆是，例如现代通俗文学创作中的黑幕小说、当代通俗文学创作中的女性小说等生命周期就较短，昙花一现之后很快偃旗息鼓，作家和作品均受到社会不同层面和不同程度的批评。

第一编　中国现代通俗文学价值评估与体系建构

第一部分　观念与方法

第一章　家国观念的宣扬和传统人格的坚守

在新文化运动中产生的新文学主要接受了西方的文化观念，人性与人道主义是其主要的价值取向。中国现代通俗文学延续着中国传统文化的价值观念和做人的标准。中国传统的价值观念和做人的标准也就成为了中国现代通俗文学家国观念价值评估的出发点。在现代中国，新文学主要是西方文化的中国演绎，通俗文学则是中国传统文化的现代演绎，并具有自我的价值判断。

第一节　中国现代抗战文学的叙述者

20世纪初，中国社会一方面受到日本的侵略，一方面快速地进入了现代社会。日本的侵略所激发的屈辱情感和爱国情绪，自然就成为了作家们所关注的社会情绪和社会事件。与新文学作家的新文化意识不同，现代通俗文学作家坚持的是中国传统文化，坚持民族气节是做人的大节。当涉及国家和民族的危机时，他们几乎是本能地站在国家和民族的立场上，并为此发声。

自甲午战争之后，日本就成为了侵略中国的主要的国家。以侵略事件发生时间排列，1894年到1895年的甲午战争、1904年到1905年因与俄国争夺东北亚控制权日军在中国旅顺进行的大屠杀、1914年日德为争夺青岛以及周边地区控制权发生的战争、1931年“九一八”事变、1937年的全面侵华战争……日本侵略中国日益深入，中华民族的灾难日益深重。在这样的境况下，抗战文学自然成为了现代中国民族战争文学的主要内容。直接或间接描写甲午战争的小说，据日本学者樽本照雄在《新编增补清末民初小说目录》中统计有近 20 部。现在能看到的中国学者收集甲午战争最早的文集应该是阿英先生于 1948 年初版、1958 年由中华书局再版的《甲午中日战争文学集》。这部文学集除了收录 5 部小说外，还收集了大量的有关甲午战争的诗词、战争纪实和散文。这部文集收集的作品所表现的事件主要是 1894—1895 年的甲午战争到 1904—1905 年的日军旅顺大屠杀。中国文学同样有着很多记叙 1914 年之后日本侵华的行径的作品，其中新文学作家创作于 1938、1939 年的作品有阿垅的报告文学体长篇小说《南京血祭》以及《在雨中走着》等短篇小说、黄谷柳的纪实短篇小说《干妈》等。现代通俗文学作家有着更多的作品，从一定程度上说，他们是现代中国抗战文学的创作主体。

1914 年 8 月日本和德国在中国青岛开战。这两个帝国主义国家为了争夺中国国土在中国国土上打仗，给中国人民带来了极大的灾难。国难当头，群情激奋。在这一年的《礼拜六》第 46 期上，剑侠发表纪实小说《弱国余生记》，对两个强盗在中国土地上打架表示愤慨。《礼拜六》主编王钝根为这篇小说专门加按语："嗟我同胞，不起自卫，行且尽为亡国奴。"并宣布将第 51 期的《礼拜六》定名为"国耻"专号。从第 51 期《礼拜六》开始，王钝根连载他根据报刊材料撰述的《国耻录》。他在"序言"中说：

> 中国对日交涉失败，人民愤痛，莫可名言。军人学子，甚至自尽。呜呼哀哉！孰谓中国人民甘心为亡国奴耶？然而，痛者自痛，嬉者自嬉。彼冥顽无耻之官吏，吾不屑论。亦有僻处乡隅，目不见报纸，耳不闻国危，燕雀处堂，苦于无觉。苟有人焉，诏以世界之大势，中日之地位，安知其不能奋然兴起乎！……钝根不揣，就平日报纸所见，删其模糊影响之谈，节其触目警心之事，略加编次。不务文章，惟求热心士夫，广为传播，使村农野老、妇人孺子，咸知东亚和平之真相，而亟谋所以自处。

《国耻录》共刊 8 期，以大量实例揭示了日本军队对中国人民犯下的滔天罪行。语言悲愤而恳切，作者要唤醒那些"无觉"的中国人：中国快要亡国了。

"亡国奴"这个刺眼的词汇，在相当长的时间里不断出现在现代通俗文学作家的作品中。以儒家文化为中心的传统的文化是一种尊严教育、耻感教育。在这样的文化氛围中成长起来的通俗文学作家有着一种品德尊严和道德尊严。在上升到国家和民族的问题上，他们对“亡国奴”特别地敏感，可说是刻骨铭心。因为这个词除了屈辱的含义外，还有羞辱的意思。“亡国奴”是个什么样的形象呢？就如狗一样。在1922年5月出版的《星期》第10期上，包天笑发表小说《沧州道上》，用对比的手法写外国人和中国人的两个世界。为避车，火车停靠在沧州站。车内是洋太太、洋大人们凭窗浏览风景，车外是“衣衫褴褛白发飘萧的老妇人和赤脚蓬头遍体泥污的小儿”；车内香气扑鼻、四处飘散，车外“馋涎只在舌尖上似春泉汩汩而流”；车内不时地扔出“吃剩的肉骨和面包皮皮上的边皮”，车外是一个无腿的残疾人，一条黄狗、一条白狗在争食，“三色种狗互相争夺，互相瓜分”。完全是白描手法，给读者很强烈的情感冲击。没有国家尊严和民族尊严，国人就如一条狗一样在外国人面前争食，那是一种巨大的羞耻。20世纪20年代以后，一批“亡国奴小说”出现了。贡少芹的小说《亡国奴自豪语》，写一个中国青年骂印度巡捕为亡国奴，印度巡捕却向这位中国青年说：“我是亡国奴，诚然不错，你的国未亡我也知道，但就目前而论，我这亡国的人，还能管束你这未亡的人，你这未亡国的人竟没有权力奈何我亡国的人，怎么样？即此一端，我和你比较也足以自豪的了……”①作者在小说结尾说，他写这篇小说时“一副急泪辄泠泠下”，是“实欲使我国人闻此事有所觉悟也”。此时正在主编《半月》的周瘦鹃写了《亡国奴日记》《亡国奴家里的燕子》等小说，写“几个矮外国人”在中国土地上烧杀抢掠。

与“亡国奴”小说相辅相成的是大量出现的“国难小说”，其中尤以1931年“九一八”事变和1932年“一·二八”事变之后最为盛行。什么是“国难小说”？1932年《珊瑚》第11号上发表施冰厚《爱国小说的借镜》一文，做了如下解释：“足以激励爱国之小说，其艺术有正反两面。或写亡国惨痛，读之触目惊心，令人愤慨，或写爱国事迹，可以感奋。”②“国难小说”就是写“亡国惨痛”的爱国小说。此时写“亡国惨痛”的“国难小说”主要作品有含凉生的《国难中的苏州》、玉峰寄客的《国难中的昆山》、叶慎之的《国难中的太仓》以及郑逸梅的《沪变写真》。这些作品均以纪实的笔法写了“一·二八”事变中上

① 贡少芹：《亡国奴自豪语》，载《小说新报》1922年第5期。

② 施冰厚：《爱国小说的借镜》，载《珊瑚》1932年第1卷第11号。

海、苏州、昆山、太仓的社会状况。上海"一·二八"事变所引起的难民潮，茅盾的《林家铺子》中曾有间接的描述，通俗文学作家则有着直接的描绘，如王天恨的《失落》写"一·二八"深夜上海外白渡桥人挤人、挤死人的惨状，许廑父的《流离》写难民艰难的生活状态，徐卓呆的《食指短》写难民战后回到江湾时看到各种凄惨状况的情形。作家们描述的亡国之痛，触目惊心，令人凄然。20世纪40年代末，有"小张恨水"之称的天津作家刘云若在《一四七画报》上连载小说《粉墨筝琶》，描述日军在中国强征慰安妇："久不还乡，自然需要肉体上的安慰，于是无论住在哪里，就要就地解决。中国的妇女，许多受了蹂躏。不过日子一久，乡村妇女闻风而逃，有的一闻日本军队将来，便逃避山野之间，因饥寒致死的很多。由此人们更痛恨日本，纷纷投入抗日军中。八路势力的增大，也多由这种原因造成。日本军官很引为殷忧，就改计向都市征发妓女和各种卖淫妇人，分遣到各地慰劳军队。天津是繁华区域，征发的数目最多，一时莺燕纷飞，惨不可言……不过这事原取的是轮班制，一批送去，经过若干日期，便送回来，再换一批送去。无奈头几班在途中死走逃亡，所余不及半数，到地方又过着酷毒的生活，简直没几个能够回来。"①这大概是中国小说最早写到日军在中国强征慰安妇的文字。

阿英编的《甲午中日战争文学集》属于"国难文学"大系，所收作品的发表时间到清末民初。以上所述作家作品属于同一类型，基本上是国难作品，可以看作为《甲午中日战争文学集》之续。值得提出的是，1931年后，中国抗战文学的风格发生了变化，从一片哀鸣的"国难文学"中走向了高喊杀敌的"抗战文学"。

"一·二八"事变中中国第十九路军在上海奋起抗战，中国军队在对日战争中开始了正面的抵抗。与形势的变化相匹配，写抵抗事迹的"抗战小说"出现了。其中代表作品有邓启炘的《抵抗日记》。邓启炘是当时十九路军的一个连长，用日记形式写十九路军在上海的抗敌过程，小说具有很强的纪实性。程瞻庐的《不可思议》，写一个刻章世家的子弟如何放下刻刀拿起军刀参加义勇军的故事。顾明道此时发表长篇小说《国难家仇》，以"九一八"事变为背景，写东北人民如何建立义勇军奋起抗敌，小说开头就说："我想，日军在很短的时期内，几乎把我土地广大的东三省完全占领了

---

① 刘云若：《粉墨筝琶》，百花文艺出版社1987年版，第358页。

去，这样看来，谁说中国不会亡呢？政府始终不敢抵抗，平日勇于内战的总司令和军长们也没有决心与日军拼上一下。全国军民虽然激昂，可是只有空言而不能实行，这样迁延下去，东三省非我所有了。我辈生此乱世，自感怅触，倘然庸庸碌碌，老死牖下，一无建树，必然辜负了七尺之躯。不但如此，恐怕国家将亡，大家要做亡国奴，受人家奴使，不容你老死牖下呢！为今之计，我辈苟有爱国之心的，只有挺身而起，和恶魔奋斗，杀开一条血路，所谓坐而待亡，不如赶快自救。"①这一段话见解不凡。日军侵占上海后，顾明道写小说《血雨琼葩》在《申报》副刊《春秋》上连载，因多隐语，被日本人勒令停载。

对"抗战文学"贡献最大的当属张恨水。中国全面抗战爆发时，张恨水曾要弃笔从戎，回老家上山打游击，但未获批准。于是他就一心一意地写起抗战文学。②张恨水的小说创作大致上可分两个时期，以1931年创作《太平花》为界，前面基本上是以言情为经、社会为纬的社会言情小说，后面基本上是以抗战为经、社会为纬的抗战小说。③张恨水说日本人侵我是要奴役我辈："一旦明火执刃者夺门而来，视眈眈而欲逐逐，方将奴隶犬马我兄若弟，虽焚吾庐，流吾血，倾吾家焉，吾亦死而后已，犬马奴隶，所不能为也。"④作为文人，张恨水不能拿枪抗敌，但可以提笔激励。据学界统计，张恨水的创作大约2 800万字，其中有关抗战的文字就有800万字之多。他是现代中国创作抗战作品最丰的作家。他的抗战作品代表作有：《东北四连长》《鼓角声中》《热血之花》《天明寨》《弯弓集》《大江东去》《虎贲万岁》等。其中《大江东去》写了南京保卫战和日军的南京大屠杀。《虎贲万岁》写了抗战后期著名的"常德之战"。《虎贲万岁》是在常德保卫战之后一个月根据实际材料写成，作者说："一师人守城，战死得只剩下八十三人，这是中日战史上难找的一件事，我愿意这书借着五十七师烈士的英灵，流传下去。"⑤

---

① 顾明道：《国难家仇》，载《珊瑚》1932年7月第1卷第1号。

② 抗日战争爆发后，张恨水回自己的老家安徽潜山组织游击队，被推为司令。为了游击队的合法性，向当时第五战区报备，但遭拒。张恨水放弃枪杆子，到重庆拿起他熟悉的笔杆子写抗日文学。

③ 从艺术上说，《太平花》比较散乱，前面是一则言情故事，后面变成了一则抗战故事。这是因为张恨水正在创作《太平花》时，"九一八"事变爆发，张恨水宁愿牺牲小说的艺术完整，转而写抗战文学，并从此一以贯之。

④ 张恨水：《跋〈弯弓集〉》，载《上海画报》1932年第812期。

⑤ 张恨水：《虎贲万岁·自序》，见《虎贲万岁》，北岳文艺出版社1993年重印本，第1页。

阿英曾写《关于甲午中日战争的文学》一文，论述了文学界对甲午战争的反应："这一回战役在政治、军事上的经过是如此，反映在文学方面的又如何呢？当然不是象当时清廷的无耻投降。人民对这一回失败，都感到异常愤慨！他们不满意于不坚持抵抗，不满意于接受马关条约；反对日本对中国侵略，反对腐朽的统治阶级；情绪的高扬，较之鸦片战争时代更加激烈。"① 随着日本对中国侵略的加深，中国文学的抗战情绪越发激烈和高昂，通俗文学作家是重要的参与者。

第二节　爱国精神与共和制度的宣扬者

"南社"是在反清的旗帜下，主要由江南士子们组成的政治文化团体。清末民初的通俗文学作家几乎都是"南社"中人。徐枕亚、包天笑、叶小凤、朱鸳雏、刘铁冷、许指严、贡少芹、苏曼殊、陈蝶仙、范烟桥、周瘦鹃、姚民哀、胡寄尘、吴双热、赵苕狂等人都是"南社"的骨干分子。"南社"自 1909 年第一次雅集到 1936 年，前后活动了 27 年之久，社友达一千人。这个相当庞杂的社团基本上聚集了当时江南的所有文人，其活动主要是政治文化文学的写作和宣传。

"南社"成员都是传统型文人。他们具有很强的民族情绪，大多具有汉族情结，反对满清政府。在反清革命中，他们被称为是"文部队"，以此和武昌起义的革命军"武部队"并称。1912 年民国政府成立以后，他们拥护刚刚成立的共和政体。他们拥护共和政体主要是从民族主义的角度出发，对共和政体所主张的人权、民主和自由并没有深刻的认识，但是，这是他们革命奋斗的目标，他们也从中体会到一姓一人的专制体制的结束，一个新时代的到来。对外，他们反对帝国主义侵略，追求和维护国家、民族的尊严；对内，他们反对军阀的统治，他们认为军阀政府是对革命成果的窃取，是中国始终不能强盛的政治根源。因此，他们具有鲜明的爱国主义精神。

当袁世凯于 1915 年恢复帝制的时候，他们群起而反对之，成为了当时反袁的文化队伍。1915 年 12 月袁世凯刚刚称帝，叶小凤就在《小说大观》上发表《如此京华》，用"演义体"讽刺袁世凯的皇帝梦。袁世凯的皇帝梦破

---

① 阿英：《甲午中日战争文学集例言》，见《甲午中日战争文学集》，中华书局 1958 年版。

灭不久，贡少芹发表《洪宪宫闱秘史》，写袁世凯从称帝到破灭的始终，指出：袁世凯皇帝梦的破灭在于有违社会发展进程。对于军阀统治，通俗文学作家是嬉笑怒骂。1922 年，贡少芹发表小说《尘海燃犀录》，写当时北洋军阀的勾心斗角和生活的腐败。小说告诉人们：中国人就在这些人的统治之下，这岂不令人胆寒？1924 年，徐卓呆在《小说世界》上发表了长篇讽刺小说《万能术》，小说写中国在军阀的统治下，走向了毁灭。

1919 年"五四"运动爆发，署名"噱"的作者发表《山东土地自叹》；贡少芹发表《时事五更调》《学潮曲》。在《学潮曲》中，贡少芹对"五四"运动有这样的记载：

> 叹学生遭魔劫，提此事声先咽，都只为爱国热忱同心请愿团体结，一倡百和，早声嘶力竭，誓拼死忘生争交涉，不提防，势汹汹共殴枪击，惨凄凄肢残骨折，恨悠悠，听男啼女泣。
>
> ……
>
> 敬告同胞诸豪杰，强权究难讲公理灭，惟愿能万众一心早图自立。①

1915 年 5 月 9 日，袁世凯政府对日承认丧权辱国的"二十一条"。周瘦鹃极为愤慨，给自己起了个笔名"五九生"。1919 年"五四"运动时期，周瘦鹃已是《申报·自由谈》主笔。从 6 月 4 日到 6 月 28 日，他以"五九生"之名写了十多篇文章，对"五四"运动以及后来的罢工罢市发表评论，支持学生和市民的爱国举动。特别是 1919 年 6 月 4 日，北洋政府抓捕一千多名学生，6 月 11 日，周瘦鹃发表小说《晨钟——为北京幽囚之学子作》。他称这些学生为中国的"晨钟"，并署名"七年前之上海民立中学学生周国贤敬识"，以示自己与学生们同一阵线。对于"五四"运动，新文学作家正面描述的作品并不多，而通俗文学作家却有这些作品，应视为中国现代文学的珍贵材料。

关于国共两党的政治、军事斗争，现代通俗文学作家几乎不涉及。不过从个别作家隐晦的描述中，可以感觉到，他们有一个变化的过程，最后认为应该是兄弟联手，和为贵；一致对外，家和万事兴。举张恨水为例，《水浒传》

① 贡少芹：《学潮曲》，载《小说新报》1921 年第 3 期。

是张恨水所喜欢的经典作品之一，他一生在所作作品中不间断地对《水浒传》及其人物进行评析。1927年在北京时，张恨水就已经评点过宋江，将宋江写成一个“亦欲由盗取径而富贵耳”的不安分之人。1943年在重庆时张恨水又评点了宋江。在这篇新写的《宋江》中，张恨水对宋江有了新的评价：一是宋江“诚不得谓为安分之徒，然古之创业帝王，安分而来者，又有几人？”张恨水不再批评宋江不安分了，而是认为只有不安分才能创帝王之业；二是他赞成宋江接受招安，并认为正是由于接受了招安，宋江才成为了忠烈之士。他说：“宋以反贪污始，而以归顺忠烈终。以收罗草莽始，而以被英雄收罗终。分明朱温黄巢所不能者，而宋能之，其人未可全非也。”张恨水甚至认为宋江接受招安之举，其举动品格要高于那些历史上的“流寇”，是个大英雄、大豪杰，“乃知以往所知之不广，大英雄，大豪杰，实别有在，则反视藐躬，幡然悔改”；三是歌颂了张叔夜，“梁山人物，蔡京高俅促成之，而张叔夜成全之，此不得时之英雄，终有赖于得时之英雄欤？世多谈龙者，而鲜谈降龙之罗汉，多谈狮者，亦鲜谈豢狮之狮奴，吾于张叔夜识宋江。又于宋江，更识张叔夜矣。”①面对外族的入侵，国内团结，共同对敌，这就是张恨水在重庆时期的国家观念。在写这篇《宋江》之时，张恨水已经用这样的思想和人物写了他在抗战时期的著名小说《水浒新传》，这本小说后来受到来重庆谈判的毛泽东的赞扬。②国家意识至上，民族大义为重是他最高的价值判断。以此为出发点，他与国民党的高官接触，也欢迎共产党的领袖来渝。对于两党的斗争，他虽不明说，但心中恐怕并不赞成，说不定还将其看作中国社会乱象之一，从他的《八十一梦》之第二十四梦《一场未完的戏》中我们可以有所感觉。在这个“梦”里张恨水提出“家和万事兴”，对兄弟不和造成家庭动乱表示了不满。他利用修改小说的机会，将小说中有关内战的内容都删去了。他明确地表示，这样的删节“意义着重在停止阋墙，一致对外”，他还说：“将来战后，我们一方面要追叙全国将士无数的可歌可泣的故事，而一方面，我们也不可太忘记了当年内战的祸害，不是长期的内战，国家元气不可过分削

① 张恨水：《水浒人物论赞》，见徐永龄主编：《张恨水散文》第3卷，安徽文艺出版社1995年版，第243页。

② 1944年，毛泽东在延安接见重庆中外记者访问团，对记者赵超构说：“《水浒新传》这本小说写得好，梁山泊英雄抗金，我们八路军抗日”。见张纪著：《我所知道的张恨水》，金城出版社2007年版，第156页。

弱,抗战时代也许是另一个局面的。”为此,他还专门写过《中国人不打中国人》《不会再有南北朝》等文章。家里的事情,矛盾再大,也可以化解,一致对外,才是大事。这样的观念体现的还是爱国精神。

第三节　传统家庭伦理的坚守者

“五四”时期,新文化运动提出的两大口号曾经激动了很多青年的心。一是个性意识,冲破家庭的束缚,自由地发展自我,成为了一种社会追求。二是恋爱自由、婚姻自主,正如鲁迅小说《伤逝》中的女主人公子君所说:“我是我自己的,谁也没有干涉我的权利”。易卜生的《娜拉》以及胡适的《终身大事》等作品都曾影响一时。通俗文学作家是一批从小就接受中国伦理道德的文人,对于这两大口号,他们相当冷漠,甚至是采取排斥的态度,扮演着传统家庭伦理坚守者的角色。

他们反对那种以冲破家庭展示个性的做法,认为这是不忠不孝。《礼拜六》的主持人王钝根写了一篇小说《生儿观》,写牛舐犊先生和马爱驹女士含辛茹苦将三个儿子养大了,为了培养他们各自成材,夫妇俩不仅牺牲了青春,而且背负着一身的债,可是当老夫妻俩要求看在当年养育之恩的情面上向儿子们借点钱的时候,却听到儿子们这样的回答:“凡人生下儿女,就有教育之责,这是义务,算不得恩,况且父母生儿子的时候,并非真为了要生儿女,不过是自己娱乐罢了。却因男女生理上的关系,无意之间凑成了生儿女的结果,这哪里算的是恩呢?”将当时社会上的一些“非孝”的说词敷衍成一则忘恩负义的故事,作者的态度很明显,就是要讽刺那些个性主义者。与王钝根的讽刺不同,周瘦鹃从正面塑造了一个新时期的孝子形象:陈克孝。陈克孝是周瘦鹃小说《父子》中的主人公。此人功课好,体育也好,是个典型的新派学生,然而他对父亲却十分尽孝,无论父亲怎样打骂他,他都逆来顺受。后来父亲被汽车撞伤了,需要输血,他让医生取出自己的血救父亲。结果,老父亲救活了,而他却因总血管破裂而死。这部小说曾经受到郑振铎、郭沫若等人的点名批评,认为这是一种旧思想。[①]周瘦鹃的观点很明确,那就是

① 郑振铎说:“想不到翻译《红笑》《社会柱石》的周瘦鹃先生,脑筋里还盘踞着这种思想。”西谛:《思想的反流》,载《文学旬刊》1921 年 6 月 10 日第 4 号。郭沫若在《致西谛先生信》中也说,周瘦鹃的这篇小说是“笑话”。

即使是新派学生,孝道也是不可丢的。

讲究道德是通俗文学作家坚守的做人底线。1909 年,包天笑在《小说时报》上发表小说《一缕麻》。小说本来是要批判"盲婚"。"某女士"因为父母作主嫁给了一个傻郎。此郎之傻,连为女儿婚姻作主的父亲也感叹:"一个掌中珠,今乃投诸粪壤中矣"。可是既然已有婚约,诗书之家自当遵守,这是诚信。"某女士"出嫁第二天就染上了瘟疫,众人趋避,唯傻郎伺候左右。"某女士"病愈,傻郎却感染得病,离世而去。"某女士"大恸,觉得傻郎是"至诚种子",为其守寡,尽管过去的男友与其联系,也不为所动,这是报恩。作者感叹道:"至今人传某女士之贞洁,比之金石冰雪云。"这部小说后来被改编成评弹、电影、京剧、越剧等,在中国老百姓中广有影响。现代通俗文学作家几乎都写过言情小说,但是在他们看来感情和婚姻是两码事。感情可以抒发,婚姻还是要讲究规矩,"发乎情,止乎礼"。他们对那些"恋爱自由、婚姻自主"的口号嗤之以鼻。对这样的口号反对最激烈的作家是李定夷。在徐枕亚、吴双热在《民权报》副刊上发表《玉梨魂》和《孽冤镜》的时候,李定夷也在《民权报》副刊上发表言情小说《霣玉怨》。因此徐枕亚、吴双热、李定夷被合称为民初言情小说创作的"三驾马车"。《霣玉怨》写没落官家子弟刘绮斋和少女史霞卿的恋爱婚姻的悲剧。与其他言情小说不同的是,作家将悲剧的原因归之于一些偶然的因素。李定夷认为男女恋爱和结婚用什么方式并不重要,关键是"人品"要好。1915 年,他在主编《小说新报》时发表了两篇小说《伉俪福》和《自由毒》,对当时正在兴起的"恋爱自由、婚姻自主"的模式提出了批判。《伉俪福》用倒叙的手法写了一对在"父母之命、媒妁之言"的婚姻模式中结婚的夫妇,如何幸福生活了十年。他们之所以如此幸福,就在于他们的人品好,生活上不但处处谦让,而且总是为对方着想。小说向读者勾画了一幅典型的"先结婚后谈恋爱"的生活画卷。《自由毒》则专门写"自由婚姻"的可怕性。小说写一对年轻人在自由结婚的感召之下同居了,结果,男的嫖妓,女的偷人,一片乌烟瘴气。对这样的恋爱结婚,作者感慨万分:"男也无行女也荡,毕竟自由误终身",并将小说标为"警世小说"。

"五四"时期,鲁迅写了文章《我之节烈观》和小说《祝福》,对妇女的守节提出了强烈的批评。通俗文学作家对此同样持有不同的立场,他们均称颂妇女的守节行为。1916 年,李定夷在《小说新报》上连载他的"节烈小说"《廿年苦节记》。小说叙述了江苏武进的一名叫汤书岩的大家闺秀出嫁仅两个月，丈夫就病死了。看见丈夫死了，书岩痛不欲生，欲吞金殉其夫，后被救起。她的家翁（公公）这样劝她："祖姑年高，代夫尽孝，亦应尽之职，俟重闱百年后，殉夫未晚。"于是书岩尽心服侍祖姑、家翁。在家翁病危时更是割股疗亲。祖姑、家翁相继去世后，又抚养小姑直至出嫁。完成了这些事情以后，她已经守节十七年了。她自杀身亡，绝命书中写道："今日之死，实出本心，以不负十七年前之誓言。"对于创作这样一部小说，作者在小说《弁言》中说："晚近数十年间欧风美雨侵入华夏，自由之说行，重婚不为羞；平等之说行，伦常可泯灭。圣人云：邪说横行，甚于洪水，吾为此惧。端居之暇，思小说家言，以振末俗。"小说构画的是一个言行一致的守节寡妇的标准形象。与《廿年苦节记》具有同一思想的还有陈小蝶的《赤城环节》和周瘦鹃的《十年守寡》。陈小蝶《赤城环节》写一个古代节妇苦守的故事，这是一篇古代笔记小说的演绎，周瘦鹃却大加赞赏，专门写了一篇按语将它推荐给当代读者，说："叔季之世，伦常失坠，坚烈为黄节妇，百世不易见也……於戏节妇，可以风矣。"半个月后，他自己也写了一篇节妇小说《十年守寡》，小说写了一位守了十年寡的王夫人，终于守不住了，偷情生子。虽说王夫人的失节不应看作是她的罪，而应视作为旧社会一女不嫁二夫的罪，但从整部小说的情节来看，作者对王夫人采取批判的态度，守节时王夫人处处受人尊敬，失节后处处受到冷遇，连她 13 岁的女儿也瞧不起她，其结果相当凄凉。所以作者说，他是给王夫人做一篇"可怜文学"。

随着中国社会的现代化发展，相当一部分通俗文学作家对当时社会风气感到不满，认为中国社会正处于一个世风日下的时期，而造成社会风气恶劣的主要原因是从西方引进的那些思想、行为和做派。冲破家庭、自由恋爱、自主婚姻以及强调妇女解放均被他们看成是造成世风日下的外来的行为，当然要受到他们的排斥。另外，那些不孝敬父母和依据自由的模式恋爱、结婚以及寡妇再嫁的故事，很多都被视作行为不端的放荡事迹在社会中流传，广大老百姓对这些行为的印象并不好。通俗文学作家的那些小说也都是这些社会流言的汇集品，例如李定夷的《自由毒》就来自"听说"。坚持传统的家庭观念，一方面这是老祖宗留下来的行为做法，另一方面，他们也认为即使这些老派的行为做法可能对个人造成伤害，也不会伤害社会风气。所以新文学作家的观念在当时被大多数人看作激进主义，通俗文学作家的观念虽保守，却还有很大的市场。

第二章　中国现代市民意识的文学代言人

现代城市和现代市民阶层的形成是中国社会现代化的重要标志。现代通俗文学是以现代城市为主要的传播区域，并且以现代市民为主要的受众、表现现代市民意愿的文学。同时，市民又是中国城市现代化过程的亲历者，他们的荣辱得失随着城市现代化的过程而展现，因此现代通俗文学也是中国现代市民心态的记录者。从乡村中国到城市中国，中国的世俗生活发生着很大的变化，其中不同的区域展示着不同的特征，现代通俗文学对此有着生动的形象描绘。

第一节　中国现代市民意识的特征与通俗文学的市民思维

1843 年，英国在上海开埠，中国进入半殖民地半封建时期。在感受到民族屈辱的同时，我们必须看到，1843 年确实成了中国现代城市发展的起步年。当代历史学家曾以 1843 年上海开埠为坐标系作出如下表述：

开埠以前的上海，按照晚清人的说法，作为江苏省松江府下属的一个县，其地位与直隶静海、浙江临海、广东澄海相差无几，是一个普通的海滨县城。按照西方学者比较乐观的估计，在 1843 年以前，上海可以排进中国城市的前二十名，但排不进前十名，其规模远在北京、苏州、广州、武汉、杭州、成都、福州、西安、南京等城市以下。总之，在开埠以前，上海在中国的地位并不十分突出。

开埠以后，上海以超常的速度膨胀、发展，人口在 1900 年超过 100 万，1915 年超过 200 万，1930 年突破 300 万大关，成为中国特大城市，远东第二大城市，也是仅次于伦敦、纽约、东京、柏林的世界第五大城市。

在中国近代史上，上海显赫一时，其地位重要到令人瞠目结舌、匪夷所思的地步。①

城市发展的最大特征就是人口的增加。开埠之后，上海之所以人口以百万数递增，当然与经济的强劲发展有着密切的关系。人们到了上海来做什么呢？这就要分析上海的经济结构。当时英国人看中上海并在此开埠的重要原因是上海的地理位置，它外伸海外，内达腹地，是转运商贸的咽喉。因此，港口商贸中心就成为了上海最为重要的经济发展特征。与这样的经济特征相匹配的是金融业、房地产业、文化消费产业以及工贸加工业。据历史学家们的分析，开埠之后来上海的移民具有以下几个鲜明的特征：

一、商人是移民群体的龙头和骨干。开埠初期首先抵达上海的是闽粤商人，特别是广东帮……接踵而来的有苏州帮、宁绍帮等各地商旅，帮派林立。

二、移民来源广而杂，可谓天南海北、五湖四海之人汇集一处。

三、在来源如此广而杂的移民群体中，又以东南沿海诸省为多，其中江苏、浙江和广东尤众，三省移民占租界总人口的93%以上。

四、移民群体中以下层民众为主体，移民中当然不乏富商豪绅，但绝大多是迫于生计辗转谋生的下层民众。

五、移居上海的民众中，又以青壮年男子居多。②

这样的人群遍布于正在膨胀的上海各行各业，构成了上海的市民阶层。这样的市民阶层不同于农耕社会的乡民，也不同于欧美那些有着数百年积淀的公共市民，它具有以下特性：1.它是由迅速增加的移民所组成；2.移民们从小在乡间接受传统教育和民间教育；3.他们生活在租界中或紧靠租界，并以租界作为现代社会秩序的样本或参照系；4.他们主要从事商贸以及出卖劳力的工作；5.他们到上海是为了赚钱养家糊口；6.他们以男性青壮年为主。

---

① 熊月之主编：《上海通史・第1卷(导论)》总序，上海人民出版社1999年版，第2页。

② 熊月之主编：《上海通史・第5卷(晚清社会)》，上海人民出版社1999年版，第385页。

中国式的市民自然具有中国式的市民意识。

首先是开放的心态。这是由内外两个原因造成的。内在原因是他们来上海的目的是为了赚钱和养家糊口，为了达到目的就要接受并适应上海的生存环境。生存的压力迫使他们必须具有开放的心态。外在原因是租界效应。租界的社会环境、人文精神、生活状态确实高于内地，是移民上海的市民们心中的标杆和样式，那样的生活是他们的奋斗目标。开放的心态使得上海市民乐于接受新事物并具有创新精神，虽然这些新事物和创新只是欧美或者日本的社会形态、生活方式的中国移植，但是它们确实是中国第一：最早的现代金融体系、法律形态、电影放映、话剧演出、西洋音乐的演奏、体育竞赛，甚至最早的洋泾浜语都出现在上海。当时的上海是中国的外国典籍翻译中心。作为外国典籍重要的组成部分，外国文学作品在上海能够那么红火，与作为主要读者的上海市民的乐于接受的态度是分不开的。开放心态的另一个侧面就是欲望的释放。像纳妾嫖妓这样的事情在当时的内地虽然也可以，但是毕竟不是能大张旗鼓的事情，传统的道德观念足以形成巨大的制约力量，使人不敢胡作非为。但是在上海就可以大张旗鼓地做，甚至还可以攀比炫耀。吴趼人在他的小说中曾经这样介绍当时上海名花陆兰芬庆寿的场景："门悬彩灯，雇警察兵为之弹压。至日，来祝寿者，或马车，或肩舆，红顶者，蓝顶者，晶顶者，盖无六品以下之冠服焉，入寿室叩拜为礼。兰芬一子，甫五六岁，居然衣冠回拜。复有短衣秃帽者数辈，亦来免冠鞠躬为礼。于乎盛矣！北里称殇，大人、先生乃为之纡尊降贵，何物兰芬，乃能作此空前之举动。"①曾任北洋水师提督的丁汝昌一次路过上海，也无所顾忌到名妓胡宝玉的胡宅吃花酒，丁不懂行情，先是给胡100元酬金，胡全不买账，分予婢女。丁情知不妙，忙派人再送去300元方才了事。②上海也是一个产生欲望、释放欲望的地方，定力再高之人到了上海也守不住了。"申江自是繁华地，岁岁更张岁岁新。解取及时行乐意，千金一刻莫因循。"这是一则沪上竹枝词，很清楚地阐释了当时上海市民的意识。

其次是西方生活方式与传统观念的杂陈。虽然西方传教士开埠之后大量地涌入上海，宣扬着夹杂着民主博爱精神的西方宗教，中国绝大多数的市

① 吴趼人：《我佛山人短篇小说集》，上海文艺出版社1987年版，第331页。

② 吴趼人：《我佛山人短篇小说集》，上海文艺出版社1987年版，第334页。

民对西方的感受最深的还是其生活方式。虽然租界内很多生活文化娱乐设施对华人设置了很多限制，甚至是制定歧视性条款，但西方的生活方式以其文明性、先进性，依然强烈地吸引着中国人。另一方面，无论是富绅还是苦力，此时的上海市民几乎都是由乡民转化而成，以传统的文化观念作为立身的道德标准和是非评价标准，从小就浸润于市民的血液之中，难以改变。这就出现一种看似矛盾的市民意识：他们一方面享受着物质文明所带来的生活便利，并以开过眼界的姿态看不起内地人，自视甚高；另一方面，他们也感受到民族屈辱，对上海城市的物质性和欲望化表示谴责，认为世风日下、人心不古。

再次是淘金意识和精明的处事作风。移民背井离乡跑到上海来，目的很明确，就是生存和赚钱。为了很好地生存和更多地赚钱，就有了与之相匹配的手段。这样的目的和手段构成了上海市民浓厚的淘金意识。移民在未到上海之前总是不断地告诫自己：上海是个冒险的陷阱，不小心就会掉下去。可是到了上海之后，他们很快就变成了“上海人”，有了适应上海社会的生存和赚钱的手段。其原因在于，在上海淘金确实充满了风险，可是也确实能淘到金，于是各种生存和赚钱的手段在上海出现。一些人到上海办实业、办钱庄，通过上海的地域条件获取利润；另一些人通过投机型的商贸行业淘金，房地产的投机、金融投资投机、买办通事掮客投机，大量的商贸型投机行业层出不穷。其中与“洋”有关系的行业最为吃香，成为了上海社会的一大特色。1872 年 1 月 14 日的《北华捷报》上有一段新见闻：“在上海外国租界里有一种很引人注目的现象，那就是掮客的马车不断地在狭窄的街道上驰骋着，为数很多。由数目上看，可以证明大量的买卖是经过他们来成交的。”新的行业在上海出现是因为它能赚到钱，即使是卖苦力，赚的钱也比在自己的家乡多得多。淘金意识对上海市民意识造成的最直接的影响就是以金钱为中心的价值观念。所谓的“笑贫不笑娼”是指只要能赚到钱，什么手段就可以使用。《海上花列传》中内地女子赵二宝下海做妓女，全家欢天喜地。哥哥赵朴斋不仅写牌匾，还站在门前迎客，因为从此以后可以赚钱了。既然要赚钱，当然要防止亏钱，特别是不能被骗钱，精明的处事作风也应时而生。举个例子，作为先富起来的城市，当时的上海人被认为是有钱人，就有很多亲戚朋友向他们借钱。借，怕他们不还；不借，又怕伤了感情，怎么办呢？当时就有人定了这样的规矩：

一、绝对不要贪利息，任何一个相熟的人，向你出重利、求你抵押、加浮利、换支票以及一切供会、合伙等，不管利息多厚，都应该婉言谢绝，因为利息越大，受损失的机会越多。

二、如何去应付人情。有许多亲戚，或者尊长、师友，本来有恩于我，或是真正的有为人士，要是缺乏学费，或缺乏经营资本，应该爽爽快快予以援手，但是这种钱拿出去时，该要说明这不是借贷，而是赠予。

三、若干人不可开端。对于若干青年人，如果有时来向你开口借钱，你应该直接爽快，严词拒绝。借一分钱给他，就是害他一分，养成他借钱的习惯，断送他的一生。①

这样的规矩实际上是上海生活的处事总结。既有赚钱的头脑，又有防止被骗的戒心，上海市民有着其精明的一面。

中国现代通俗文学伴随着上海都市的崛起而形成。它以上海市民的生活为主要的创作来源，并以上海市民为主要读者群。上海市民意识决定了中国现代通俗文学的基本性质、主要文化内涵和发展走向，是现代通俗文学思维的基点。从发展的角度上说，中国现代通俗文学的发生是中国上海城市发展过程中自然出现的一种文化现象。

第二节　建立了一种看似矛盾却也统一的“上海观”

上海究竟是个什么样的地方？20世纪初的普通中国老百姓对它充满了敬畏：它正在快速地成为一个国际大都市，它似乎遍地黄金，来到了上海就能发财；它充满了神秘感。有先进的物质文明，这些物质文明的功效又在流传中被吹得神乎其神。尽管可能发财，尽管有很多新鲜的玩意儿，但中国的普通老百姓对其评价并不高。晚清作家李伯元在他的《文明小史》中写了一个老太太，听说儿子要到上海去，死活不同意，理由是“上海不是什么好地方，我虽然没有去过，老一辈的人常常提起，少年子弟一到上海，没有不学坏的，而且那里的混账女人极多，花了钱不算，还要上当。”上海就是一个欲望释放之地，在别的地方不可以的事情，到上海就可以。再举陈冷的《新西游

① 陈存仁：《银元时代生活史》，广西师范大学出版社2007年版，第277页。

记》加以说明。唐僧师徒四人在中国民间被看作本领高强、坚守道德之人。这一次为了考察新教到了上海，见到了很多新鲜事情，闹出了很多笑话：把高楼当作如来佛的手指，把报纸当作菜单，把印刷机当作灶和蒸笼，把洋车当作粪箕，把汽车和脚踏车当作哪吒脚下的风火轮，悟空想冲天被电线弹了回来，八戒想入地被水门汀撞了回来……更有意味的是，这四个人到了上海居然都变了：唐僧学会了大众演讲；悟空学会了敲诈；八戒到新学堂里鬼混，因为那里有漂亮的女学生；沙僧忙于结会结团……这则故事传达出这样的信息：上海有很多新事物，这些新事物连眼界那么大的“西游四人”都不知道；这些新事物有很多新功能，在这些新事物、新功能面前，本领再强大也施展不开。将上海看作罪恶的渊薮，人心恶劣，风气败坏，而且极易传染，这样的评价在中国普通老百姓心中有恒定性，到1949年也没有什么改观。那些写上海都市的通俗小说也就迎合了普通老百姓这样的“上海观”，并将其集中放大。

变幻魍魉、淫奢恶俗、大染缸，这些都是黑幕小说作家对上海的评价，但是，如果就此认为这些黑幕小说作家就真的对上海那么痛恨那就错了。如果我们细读作品就会发现，黑幕小说作家对上海的社会风气批评的同时，对物质文明以及成为最早接触到这些物质文明的中国人而自得、自喜，甚至是自傲。1917年，贡少芹在《小说新报》上连载了他的长篇小说《傻儿游沪记》。小说写一个来自江北盐城名叫邵一樵（少一窍）的傻儿游历上海的经历，并以此揭露上海社会的各宗黑幕，说明上海就是一个大陷阱。邵一樵因治天花而致傻，人称“傻公子”。由于父母四十岁上下才得一樵，溺爱异常。为了治傻病，让其结婚冲喜。谁知，在婚礼上，傻儿对着穿着新衣的新娘拼命叩头，大出洋相。这促使着父母下决心治好他的傻病，就让老仆王三带他到上海散散心。可是，他们一到上海，就受到了白相人邵伯龛（糟粕槛）和妓女胡丽卿（狐狸精）的捉弄，于是演出了一个江北人游大上海的喜剧：说印度巡捕头上的红布是小儿出天花的辟邪物，看哈哈镜时对着镜中的丑人大骂，用香蕉逗猴反被猴抓伤了脸，听电话以为是鬼叫，看戏时把舞台当作睡觉的大床，看高楼时仰头丢掉了帽子，吃大菜时被餐具割破了嘴皮……结果被胡丽卿用美人计榨光了钱财，流落在街头。此时幸亏作为刀笔吏的老父赶到上海，在老友的帮助下出了这口冤枉气。新奇的是，经过这趟上海之旅，傻儿的病竟然痊愈了。更奇的是，偏偏在病好之时，傻儿却又一病呜呼了。欺负乡下人，不择手段地骗人家的钱财，贡少芹显然是要揭露上海社会和上海人的恶劣之处。可是，就在揭黑的同时，贡少芹又大肆地嘲讽那些乡下人就是一个傻子，不知道印度巡捕，不识哈哈镜、动物园、大戏台、电话、高楼大厦……作家每写到这些乡下人没有看过的新鲜事物，无不竭尽描述之能事，其中自得之情溢于言表。更有意思的是，邵一樵到上海来是为了治疗他的"傻病"的。虽然受到了很大的磨难，花掉了一万多的冤枉钱，邵一樵的"傻病"毕竟给治好了。可是，治好"傻病"的邵一樵却很难在自己的家乡活下去，病愈不到半年竟死去了。在都市化的社会里受了罪，花了钱，邵一樵的"一窍"弥补了起来；但弥补起"一窍"的邵一樵却不能在讲究"礼仪"的乡间活下去，要活下去就只能"少一窍"。看来，邵一樵"傻病"的原因不在他自己，而在于环境。上海确实是个大陷阱，可是这个大陷阱却能治"傻病"，作家设计出这样的结果确实意味深长。这样的写作态度在包天笑的《上海春秋》中也有。只要写到风俗民情，作家一定会加上一些上海特有的"西物"。结婚时，新娘坐的是中国的花轿，披的却是后面有两个小姑娘拽着的纱巾，主持人是拖着小辫子的前清遗老，行的却是互赠戒指的定情礼（第十四回）。公寓的装饰上，客厅里的桌椅有中国的红木桌椅，还有一张麻将桌，房间里却是外国式的铜床、外国式的灯、外国式的卫生间，还有一个壁炉（第六回）。作家似乎告诉读者，这些都是你们没有看过的稀罕物，这就是你们没有看过的上海风俗民情。

既揭露上海的黑幕，又卖弄上海的物质；既说上海人诡计多端，又为自己是上海人而自得，这就是现代通俗文学作家的"上海观"。为什么会出现这样有反差的"上海观"呢？这与上海特色的城市现代化进程有很大关系。上海的都市化是在外国势力、外国资本强制推动下形成的，外国人在上海划地辟成租界，在中国建造国中之国，这是外国人的强权和中国人的屈辱。但是我们必须承认，由于社会发展的差异，这些外国人和外国租界确实给当时的中国带来了先进的管理方式和先进的物质文明，确实给当时的中国人开了眼界。上海都市化形成的同时也是一个移民化的过程。上海本地的人口并不多，它的人口是在周边地区人口移民下逐渐增多的。这些移民基本上是接受中国传统文化的士绅和"乡民"。上海都市的发展离不开工商业的发展，随着工商业的发展而表现出来的"商业心态"，以及与"商业心态"相辅相成的侈靡的消费文化和消费心态，与中国传统道德标准有着很大的差距；上海都市的发展同样离不开社会的开放，外国的文化生活和文化观念与中国传统的处世为人的标准也有着很大的差距。这些差距使得中国普通的老百姓在赞叹上海物质文明的同时，又鄙视上海的社会风气。现代通俗文学实际上就是从这些“上海观”和价值观演化出来的文学表述。

第三节　海派城市风貌在此留存

现代通俗文学伴随着城市的扩展变化而发展，纪实性、即时性和新闻性的写作倾向使得现代通俗文学成为了中国现代城市发展风貌的记录者。在现代中国，上海和天津是现代通俗文学的两大重镇，自然也就成为城市影像留存得最为完整的两座城市。

在上海通俗文学作品中，最具有城市史料价值的是海派狭邪小说。海派狭邪小说中塑造了一种特殊人物：嫖界英雄。最有代表性的人物就是张春帆的《九尾龟》中的章秋谷。小说中的章秋谷，其貌“白皙丰颐，长身玉立”；其才，“胸罗星斗，倚马万言”；其意气，“蛟龙得雨，鹰隼盘空”；其胸襟，“海阔天空，山高月朗”；其金钱，“日散千金，眼睛眨都不眨”；其武功，“拳棒极精，等闲一二十人近他不得”。在妓院里，他充分施展出才华，处理问题游刃有余，那些敲竹杠搭架子的妓女在他面前无不服服帖帖；那些吃过妓女暗亏的朋友找他帮忙解决问题，他总是马到成功；面对那些圈套和诡计，他又总是逢凶化吉，甚至会因祸得福。这么一个几乎是“全人”的人为什么整日在妓院里呢？小说用其母亲的话给他作了注解：“你平日间专爱到堂子里头混闹，别人都说你不该这样。只有我一个人知道你的意思，无非是为着心上不得意，便故意到堂子里头去这般混闹，借此发泄你的牢骚。”我们明白了章秋谷为什么自命为“憔悴青衫客”，明白了他为什么成为了“嫖界英雄”，是因为命运不济、事业难成，只能到妓院里的女人堆里去施展才华和发泄苦闷。这样的理由是每一个变成流氓的才子所打出的旗号。

海派狭邪小说几乎都是以名妓流传于社会的“事迹”作为故事情节。她们在小说中的“事迹”大致分为四类，集中表现在她们与嫖客之间的关系上：一种是人长得漂亮，又肯花钱的嫖客，像《九尾龟》中的章秋谷那样，是她们最欢迎的；一种是人长得不漂亮，但肯花钱，看在钱的分上，她们也假作笑脸相迎；一种是人既长得猥琐，又不肯花钱，偏又好色如命，他们往往是妓女们作弄的对象；还有一种是人虽没有钱，但为人诚恳，他们得到了妓女们死心塌地的爱，这样的故事往往是以悲剧告终。除了演绎各种故事之外，小说还比较详尽地介绍了当时上海色情业的各种“规矩”。男子在喝酒或看戏时写上一张小红笺，上写某公寓某妓女的名字，请人送至妓女的妆阁，请其来陪酒取乐，这便是“叫局”；在妓院里摆酒开宴，由妓女相陪，这叫“吃花酒”；几人相伴到妓家喝茶，这叫“打茶围”；邀请妓女乘车兜风，是当时上海租界的一大景观，人称“出风头”；茶楼请妓女前来说唱，人们在茶楼前边品茗边听书，还可以临时点曲，这叫“听书”；有些有钱人到书寓里去，点名妓专为他演唱，这称为“堂唱”；公子哥与妓女在大街上或公园里徜徉冶游，这叫“吊膀子”。另外还有租房子勾引良家妇女卖淫，称为“台基”；以色情诱骗敲诈客人，称为“放白鸽”“仙人跳”；妓女通过婚姻洗清债务，称为“淴浴”；专门从事于卖良为娼者，称为“白蚂蚁”；男女私通者，称为“轧姘头”等等。可以说，海派狭邪小说就是当时上海色情业的百科全书。

上海的色情业是伴随着上海的都市化进程而发展起来的，要表现上海的色情业就不能不表现上海的都市化进程，这就给海派狭邪小说带来了另一种史料价值。大饭店的开张、清明赛会、彩票的发行、上海50周年开埠纪念会、万国珍珠会的举办、张园的开园及游艺等多种都市景观，海派狭邪小说都有形象的表现。这种都市景观的记载甚至详细到“一碗面二十八文，四个人的房饭每天八百文”。从这些史料中我们可以感受到上海社会的“开化”程度。例如《海上花列传》中写“水龙”救火：

> 只见转湾角有个外国巡捕，带领多人整理皮带，通长衔接做一条，横放在地上，开了自来水管，将皮带一端套上龙头，并没有一些水声，却不知不觉皮带早涨胖起来，绷得紧紧的。①

这大概是中国文学作品中第一次出现消防龙头的描述。再例如《九尾龟》中写“红倌人”沈二宝骑自行车：

> 沈二宝貌美年轻，骨格娉婷，衣装艳丽，而且这个沈二宝坐自行车

① 韩邦庆：《海上花列传》，花山文艺出版社1994年版，第82页。

的本领很是不差，踏得又稳又快，一个身体坐在自行车上，动也不动。那些人的眼光，都跟着沈二宝的自行车，往东便东，往西便西，还有几个人拍手喝彩的。①

除了说明当时的上海妇女如此地抛头露面招摇过市，大家并不为怪之外，这大概也是中国文学第一次描写中国妇女骑自行车的情景。

海派狭邪小说是双语言系统，即妓女的语言用吴语，叙述语言和其他人物语言用官话。最早用吴语写作海派狭邪小说的是韩邦庆写的《海上花列传》，后来者纷纷效仿。综观这些海派狭邪小说语言，《海上花列传》显得细密，因此更为传神。《九尾龟》之后，就显得不那么纯正了，一些官话已经夹杂其中，到了《亭子间嫂嫂》，其语言也只是留着吴方言的尾巴而已。

韩邦庆为什么要用吴语写作，同代人孙玉声在他的《退醒庐笔记》中曾有这样一点记载：1891 年在一次同船旅行中，孙玉声劝告韩邦庆不要用吴语写作，因为看得懂的人少，还有不少吴方言有音无字，印刷起来也困难，但是被韩邦庆拒绝了，理由是“曹雪芹撰《石头记》皆操京语，我书安见不可操吴语？”“文人游戏三昧，更何况自我作古，得以生面别开。”②如果记载属实的话，我们似乎看到了韩邦庆用吴语创作小说的信心和企图，他就是要用吴语创作一部与《红楼梦》媲美的小说。韩邦庆等人用吴语写妓女的语言还有一个更深层次的原因，就是妓女会说吴语可以显示“身份”。清末民初时，天下妓女以吴地为最，吴地妓女以一口纯正的吴侬软语为最。《海上花列传》第 50 回中有一番各地妓女的比较说，说到广东妓女时，大家竟然产生一种恐惧感。即使妓女来自上海、苏州旁边的杭州，在当时的才子看来，也是“土货”。《人间地狱》中苏州妓女薇琴看见杭州妓女程藕舲，是这样评价的：“杭州的土货十有其九斯为下品，像这个人倒是不可多得。可惜还是一嘴的杭州土话，未免有些土气。倘若换了苏白，以她的身段态度则看不出是杭州人呢！”在《九尾龟》中，章秋谷有一次在天津遇见了一个自称是苏州人的扬州籍妓女，勃然大怒，当场揭穿，毫不留情。有意思的是，如果不做妓女了，语言马上就改过来了。《九尾龟》有个例子很能说明问题。小说中有个妓女叫

① 漱六山房(张春帆)：《九尾龟》(下)，荆楚书社 1989 年版，第 1093 页。

② 孙玉声：《退醒庐笔记》，山西古籍出版社 1995 年版，第 5 页。

陈文仙，昨天还挂牌，说的是苏白，今天嫁给了章秋谷为妾，马上就讲官话。为什么妓女要说吴语呢？这与吴语的传情达意有很大的关系。

关于吴语的特点，宋新在《吴歌记》中有这么一说：

> 吴音之微而婉，易以移情而动魄也，音尚清而忌重，尚亮而忌涩，尚润而忌燥，尚简捷而忌漫衍，尚节奏而忌平铺，有新腔而无定板，有缘声而无转字，有飞度而无稽留。①

据吴方言学家们研究，吴方言有七个音，分舒声和入声。有意思的是，词汇在成句时都不再是单字调，而是变化成新的组合调。既是音多、音清、音亮、音润、音简洁、音有节奏，组合起来又是有新腔、有缘声、有飞度，所以吴语说起来抑扬顿挫，婉转流畅，像在唱歌。吴语不用肯定否定句，例如“好不好”“行不行”“可以不可以”等，而是用“阿好”“阿行”“阿可以”等疑问句。另外，吴语还有一些特殊的语气词，例如“嗄”字，就常常运用于句尾。用这样的语言传情达意别有一番风味，柔弱之中却又含情脉脉，甜糯之间又有几分嗲味，如果再从女性的口中说出，似乎又多一些哀怨和娇媚的意味。我们来欣赏《海上花列传》中李漱芳的一段话。李漱芳被张爱玲称为“东方茶花女”。她欲嫁陶玉甫当正室而不得，渐渐地病了，躺在床上睡不着。她对来看她的陶玉甫说：

> 漱芳又嗽了几声，慢慢的说道：“昨日夜头天末也讨气得来，落勿停个雨。浣芳哩出局去哉，阿招末搭无娒装烟，单剩仔大阿金，坐来浪打磕铳。我教俚收拾好仔去困罢。大阿金去仔，我一干仔就榻床浪坐歇，落得个雨来加二大哉；一阵一阵风吹来哚玻璃窗浪，乒乒乓乓，像有人来哚碰，连窗帘才卷起来，直卷到面孔浪。故一吓末，吓得我来要死！难末只好去困。到仔床浪哩，陆里困得着嗄，间壁人家刚刚来哚摆酒、豁拳、唱曲子，闹得来头脑子也痛哉！等俚哚散仔台面末，台子浪一只自鸣钟，跌笃跌笃；我勠去听俚，俚定归钻来里耳朵管里。再起来听听

① 转引自徐华龙：《吴歌情感论》，见高燮初主编：《吴文化资源研究与开发》，苏州大学出版社1995年版，第464页。

雨末，落得价高兴；望望天末，永远勿肯亮个哉。一径到两点半钟，眼睛算闭一闭。坎坎闭仔眼睛，倒说道耐来哉呀，一肩轿子抬到仔客堂里。看见耐轿子里出来，倒理也勿理我，一径望外头跑，我连忙喊末，自家倒喊醒哉。醒转来听听，客堂里真个有轿子，钉鞋脚地板浪声音，有好几个人来浪。我连忙爬起来，衣裳也勿着，开出门去，问俚哚：'二少爷啥？'相帮哚说：'陆里有啥二少爷嗄。'我说：'价末轿子陆里来个嗄？'俚哚说：'是浣芳出局转来个轿子。'倒拨俚哚好笑，说我困昏哉。我再要困歇，也无拨我困哉，一径到天亮，咳嗽勿曾停歇。"玉甫攒眉道："耐啥实概嗄！耐自家也保重点个哩。昨日夜头风末来得价大。半夜三更勿着衣裳起来，再要开出门去，阿冷嗄？耐自家勿晓得保重，我就日日来里看牢仔耐，也无么用啘！"①

病中之女说出了苦夜长思，既婉转又凄清，既甜蜜又动情，吴语甜糯嗲味的魅力被充分展示了出来，说得陶玉甫心酸，听得读者动情。如果再把吴语和官话混夹在一起，读起来似乎另有一番风味。我们再欣赏《海上花列传》中的一段：

接着有个老婆子，扶墙摸壁，迤逦近前，挤紧眼睛只瞧烟客，瞧到实夫，见是单档，竟瞧住了。实夫不解其故。只见老婆子嗫嚅半晌，道："阿要去白相相？"实夫方知是拉皮条的，笑置不理。②

官话用短句，写的形态，中间再夹上一句吴语的长句，表的是情态，韵味十足。

第四节　北派通俗文学散发出浓浓"津味"

现代北派通俗文学是相对于现代海派通俗文学而以地域为界命名的现代文学创作群体。文学史上的概念要非常精确是不可能的，同时也不科学，只能是一个大致的范围。现代北派通俗文学的概念应该是：1.地域：以天津

① 韩邦庆：《海上花列传》，花山文艺出版社1994年版，第137页。
② 韩邦庆：《海上花列传》，花山文艺出版社1994年版，第137页。

为中心，旁及北京和1931年以后的东北区域；2.作家：既包括生活在北方的作家，也包括由其他地区迁徙到北方来的作家，例如从中部地区来北京的张恨水；3.作品：以发表在北方媒体上的小说为准。

清末民初之际京津地区也有一些通俗文学作家作品，但是和苏州、上海地区的通俗文学相比，京津地区形成不了气候，因为京津地区始终缺少一个作家群。就以北派通俗文学创作最活跃的天津为例，清末民初之际也只有赵焕亭、董荫狐等人的小说流行着。这种状况到张恨水小说流行后有很大的改变，一个通俗文学作家群在京津地区形成，他们的作品构成了20世纪现代通俗文学的“北派”。北派文学以其浓郁的地域特点为特色。

北派通俗文学以天津为中心，主要的北派通俗文学作家几乎都聚集在天津。这些作家创作出来的作品首先在天津取得影响，然后波及整个华北、东北地区，再影响到全国。解读这样的文学现象，要从现代天津的文化入手。

天津真正进入现代化城市阶段是在1860年的《北京条约》签订之后，其中一个重要标志是市民人口的急剧增加。据统计，天津在1860年开埠之前，人口只不过19余万，到了1948年，人口达到191万人，100年不到，人口增加到10倍之多。①与上海城市崛起以及市民的文化需求相同，这些人口主要是由初识字的产业工人、识字较多的小商业者和为城市功能服务的小职员等三个群体所构成。这些市民主要来自城市周边的农村，处于由“乡民”转化为“市民”的阶段。他们接受的是中国传统的伦理教育，又对城市的现代文明充满了新奇感；他们都从事于第一线工作，为能够饱腹而辛勤地劳作，他们关心影响生计的社会新闻要大于那些国家民族的大事；他们无暇（也无能力）对那些深邃的文学艺术进行思考，却对能够引起他们共鸣和愉悦大众的文化艺术充满了兴趣。快速扩张的市民阶层及其文化需求是北派通俗文学迅速发展的阅读基础。与上海的南派通俗文学创作略有不同是，进入20世纪20年代以后，上海的通俗文学创作与出版以书局为中心，例如大东书局、世界书局编辑了大量文学期刊并出版了很多通俗文学作品。以天津为中心的北派通俗文学也有一些文学期刊。据北派通俗文学研究专家张元卿考证，1921年至1930年间就有以《小说日报》《双星》杂志为中心、以《北京画报》《南金》为中心、以《月华》和《蜜丝》杂志为中心的不同的创作团

① 罗澍伟主编：《近代天津城市史》，中国社会科学出版社1993年版，第12页。

体。这些文学期刊没有产生多少影响，一是流行时间较短，二是主要模仿海派“鸳鸯蝴蝶派”小说写些言情小说，这些言情小说并不能吸引北方的读者。20世纪20年代后期，天津的报业开始崛起，并逐步繁荣。据统计，天津在1928年以前报纸有14种，到1937年报纸有58种，经过日本占领军清肃之后，到1946年还有51种，①其中著名的报纸有《大公报》《益世报》《庸报》《商报》《天风报》等，均是以刊登社会新闻和娱乐新闻著称的报纸。天津此时出现这么多报纸，其原因有三：一是作为出版集团的书局，一定会建立在政治文化的中心，处于北京旁边的天津缺少这样的位置；二是对于政治、文化新闻的采集，天津的报纸无法与北京的相比，它就会向社会新闻和娱乐新闻上努力；三是天津市民对这些社会新闻和娱乐新闻的报纸特别感兴趣，市民的文化取向和经济实力支持着这些报纸的生存和发展。这种状态一方面刺激了天津社会新闻、娱乐新闻的报纸快速发展，另一方面也培养出善于创作社会故事和娱乐故事的北派通俗文学作家。事实上，北派通俗文学就是在这个时期繁荣起来，那些著名的北派通俗文学作家都与这些报纸有着唇亡齿寒的依存关系，例如《大公报》与潘凫公、《益世报》与赵焕亭、《商报》与白羽、《庸报》与王度庐、《天风报》与刘云若、李寿民（还珠楼主），他们是当时天津著名的通俗文学作家，也是这些报纸的主要编辑，甚至是主编。由于主要依靠报纸连载刊登通俗小说，北派的通俗小说大多是长篇小说，有些是没完没了的连载，乃至冗长②。阅读阶层的庞大而稳定、市民需求的社会世俗化、新闻报纸的愉悦而经济适用，构成了北派通俗文学从创作、出版到阅读的良好的循环体制。

北派通俗文学在这个时期崛起的另一个重要原因是缺少制衡的力量。进入民国之后，日本的控制力在东北、华北地区日渐增大，特别是1931年东北沦陷之后，华北也成为了日本的扩展地区。日本人利用收买、增派顾问、创刊增发等手段控制华北地区的很多报刊，为了对抗日本的奴化宣传，国民政府和共产党人利用租界特殊的政治环境进行抗日宣传。由于通俗文学基本上不涉及政治，争斗的双方对此均采取听之任之的态度，特殊的政治环境造就了通俗文学繁盛地增长。20世纪20年代后期，上海逐步成为了新文

---

① 罗澍伟主编：《近代天津城市史》，中国社会科学出版社1993年版，第610、774页。

② 一个例子很能说明问题，当时严独鹤要求张恨水为南方的《新闻报》写小说时，提出了一个条件就是要短。所以《啼笑因缘》只有20多万字，而不同于《春明外史》和《金粉世家》那样100多万字。

学的中心，特别是“左联”成立以后，为了获得意识形态上的话语权，“左联”展开了一系列的文化批判，通俗文学虽不是“左联”批判的中心，却也受到第二波的集中批判(第一波是20年代初期对“鸳鸯蝴蝶派”的批判)，鲁迅、沈雁冰、郑振铎、阿英等人都写过很有分量的批判文章。相比较而言，此时北方地区的新文学的力量就弱多了，也就是生活在北京的周作人、沈从文、废名等“京派作家”。这些“京派作家”大多崇尚个性、具有名士作风，对意识形态的争斗冷漠相对，对市民大众的宣传不甚关心，属于大众文化的通俗文学在这样的环境下几乎是肆无忌惮地茁壮成长。上海是中国最大的商业文化市场，20世纪20年代，电影在上海风靡起来，对市场嗅觉特别灵敏的市民小说作家纷纷地将自我的发展中心拓展到电影领域，包天笑、周瘦鹃等人成为了此时最为走红的电影编剧，他们直接引领了此时中国商业电影大潮的出现。由于电影等时尚市场的失缺，北派的通俗文学作家没有受到电影等时尚文化的诱惑，他们孜孜不倦地埋头于文学的创作。因此从全国创作的视角看，此时北派通俗文学实际上成为了全国通俗文学的创作中心。

现代天津文化构成了现代北派通俗文学的文化特征，现代北派通俗文学同样以现代天津文化显示出价值。地处中国政治、文化中心北京旁边的天津进入现代社会以来就一直扮演着“亚官方”的角色，它是众多下野的政客、官僚、军阀以及前朝官员的落脚地、窥视地、养精蓄锐地。陈慎言在《故都秘录》的第一回有这样的描述：

> 有戴珊瑚顶穿团龙马褂的王公贝勒，有朝珠补褂小辫子的遗老，有挂数珠穿黄马甲红长袍的章嘉佛，有戴顶帽佩荷包的宫门太监，有光头黄僧衣的广济寺和尚，有蓄发长须阔袖垂地的白云观的道士，有宽袍阔袖拿大褶扇的名流，有礼服礼帽勋章灿烂的总次长，有高冠佩剑戎装纠纠的师旅长，有西装革履八字小髭的官僚……①

有旧有新，有文有武，有老有少，都是一些很有特色的“北派人物”，正是这些人构成天津的上层社会。这些人身在天津，心在北京，往返于京津之间，带回来的是真真假假的政治文化新闻、传说、轶事。这些新闻、传说、轶事成为

① 陈慎言:《故都秘录》，安徽文艺出版社1997年版，第1页。

了通俗文学最好的素材。争权夺利、专横跋扈、内心肮脏、生活腐败，北派现代通俗文学写的就是这些政治黑幕以及这些政治人物的家庭黑幕。对于那些政治上层人物的黑幕，身处市民阶层的通俗文学小说作家还只是风闻而已，对于中下层面的官场，他们却再熟悉不过了。于是他们笔下的小官僚和“小衙门”写得特别生动。耿小的在《行云流水》开头说：“我写小说的意思，以是暴露官场上的一点黑暗，而这点黑暗仅今写了万分之一而已……这部《行云流水》仍旧是写机关的女职员们，自然故事没有影射，起始仍要写位科长……实际上也许是局长，也许是会长，也许是校长……”科长、局长、会长、校长以及他们周围的各色人等如何地骗人骗钱、投机钻营、虚伪弄巧、不学无术就构成了现代北派小说作家笔下的一个个灰色的人生故事。官场揭黑和官场批判是现代北派通俗文学的特征，并以此与南派通俗文学善写社会黑幕、家庭黑幕区分了开来。

天津同样是华北地区“亚文化”的中心。上海处于吴方言地区，名士佳人，善于抒情，天津地处燕赵大地，侠气为重。燕赵大地传统的侠气在近代社会被鼓动、被刺激起来。天津开埠之后建立了九国租界。与上海租界相比，天津租界有着更多的政治意义，它建立在中央政权的旁边象征着一种威力，当然也激起中国官民的民族自尊感。晚清时期的天津成为义和团运动的一个中心城市有着很深的民族原因。到了民国，义和团运动没有了，但是义和团的故事和侠义精神却在天津流传和承继。民国初年霍元甲战胜俄国大力士的事迹无论是真是假，在天津最为人们所接受、所流传，说明天津对侠义精神有着很广阔的市场。这样的侠义精神如果与古代题材结合起来就是侠义小说，如果与江湖题材结合起来就是武侠小说，如果与天津当地的码头生活结合起来就是帮会小说。侠义小说、武侠小说、帮会小说成为北派通俗文学的特色，①有着传统的原因，也有着近代政治文化的逼迫。特别值得指出的是，与官场小说的揭黑、批判的态度不一样，北派通俗文学对这类充

---

① 武侠小说是北派市民小说的强项。1923年，南派作家向恺然（平江不肖生）作《江湖奇侠传》拉开了中国现代武侠小说的创作大幕。《江湖奇侠传》等作品虽然令人耳目一新，却也并不比包天笑、周瘦鹃等人的社会小说、言情小说更能吸引南方读者。20世纪30年代以后，武侠小说的创作由北派作家接了过来。武侠小说的创作顿时蔚为大观。现在我们所认定的中国现代武侠小说的五大家、四大派，即李寿民（还珠楼主）及其“剑侠派”，王度庐及其“侠情派”，白羽、郑证因及其“帮会派”，朱贞木及其“历史派”，都是由北派作家所组成。可以这么说，没有这五大家、四大派，中国现代武侠小说几乎没有什么特别的成就而言。

满着侠气精神的小说均以赞扬的态度表现之。例如帮会小说主要写天津“混混”。这些天津“混混”并不像人们想象中的那些地痞流氓的形象，在北派通俗文学作家的笔下，他们中的一些人为乡邻排忧解难，热心于公益工作；也有些人讲义气，不怕死，敢出头，平时多吃多占，关键时候也敢为民办事，他们是地方的黑势力，却也是地方上正义的主持者（可参见李燃犀的《津门艳迹》）。到了20世纪二三十年代，天津的曲艺开始繁盛起来，评剧成为了天津此时最受欢迎的大众戏曲，与北京社会盛行的京剧成抗衡之势。一些民间戏曲更是人才鼎盛，如京韵大鼓的刘宝全、梅花大鼓的金万昌、单弦的荣剑昌、莲花落的于瑞凤、河南坠子的乔清秀、乐亭大鼓的王佩臣、辽宁大鼓的朱玺珍、时调的高五姑、相声的张寿臣等人均出现在这个时候，他们将天津此时的曲艺推到了前所未有的热闹的程度。天津曲艺繁荣的一个重要的标志是这些曲艺团、戏剧团不再是街头演出，都有了自己的表演场所，于是也衍生出各种戏馆、书场、茶社、饭馆等等。这些曲艺的表演主要集中在租界和华界的结合部或者是城乡的结合部（例如“南市”等地），居住在那里的大多是中下层城市贫民，他们成为了这些大众文化的主要消费者。这些大众曲艺都是编故事的好手，它们既有传统的拿手的保留剧目，又不断增添新的内容。于是，它们一方面为通俗文学提供了绝好的材料，另一方面，那些曲艺的剧情也不断地给市民小说提供素材。大众的曲艺和大众的通俗文学互为依存、互为哄抬，给此时的天津大众文化不断地添彩加色，当然也给此时天津的大众文化带来了地韵十足的津味。

真正要体味北派通俗文学的“津味”，还是要进入其作品所描述的氛围之中。在北派通俗文学作品中“津味”表现得最充分的作家当数刘云若，他被称为“天津之魂”。当年他的《春风回梦记》出版时，其广告是这样写的：

名记者刘云若君十八万余言长篇巨著

社会言情小说

春风回梦记

名记者刘君云若，为身经地狱之人，故所著各种小说，文笔深刻，描写入微，曾刊载《天风报》之《春风回梦记》，尤为脍炙人口。书中以叙少年男女真挚纯洁之爱情为主干，旁及娼寮烟窟缙绅家庭社会百状之写真，如温犀禹鼎，烛物无遁形。而感情紧张，笔致缠绵，尤为独擅之胜，是以学士大夫与贩夫走卒同为刺激感动。全书十八万余言，后幅尤为波澜壮阔，情节诙奇。文笔则愈后愈健，结果更不落恒蹊，真足称为哀怨顽艳凄心动魄之好小说。①

《春风回梦记》是刘云若的成名作。到 20 世纪 40 年代末时，他大概写了 40 部小说，除《春风回梦记》外，著名的小说还有《小扬州志》《旧巷斜阳》《粉墨筝琶》等。他的这些作品都可以用以上的广告词来概括：社会百状之写真。

天津有着特有的码头文化，而最能体现天津码头文化的人物是“天津混混”。对这些人物生动的描述充分体现出刘云若小说的津味。天津混混往往用自戕的手法显示出勇猛，并以此来获取地盘。这些自戕手法血淋淋的，极为残忍。《旧巷斜阳》中有一个混混名叫马二成，是个混混世家出身。他的祖上为了争得地盘，曾经干过“油炸孩子”的事情：“马家先把孩子扔进油锅，一阵青烟，孩子就成了油条，还满不带相的预备炸第二个。他的对头一见马家炸孩子的惨样，心头一软，就善让了。”到了马二成这一代，继续保持着这样的狠劲。他与另一个混混过铁争地产，“用两个指头将那煤球捏起，只听得肉被炙得‘喳’的一声。马二成对过铁一笑，立把煤球放在大腿根的平坦地方。这一来真非同小可，立时一股青烟升起，腿上的肉呲啦呲啦发出声音，和厨房用热油锅煎鱼声音一样。只见那煤球靠肉部分，先见发暗，继而冒出浅蓝色小火焰，深黄色的油质循着大腿流到地上，一股腥臭的气味，立时弥漫院中，熏人欲昏。马二成居然面不改色，仍带笑容，望着过铁。”过铁虽然也是混混，却被这个场面吓傻了，“看得毛发森竖，面无人色，两腿不知因为赤裸受冻，或是惊慌过度，只弹琵琶。”显示刘云若写天津混混特色的是他还写了不少女混混。其中写的最生动的是《粉墨筝琶》中的大巧儿。这个大巧儿长得很漂亮，但是极其泼辣，人称“母老虎”。她“不骂街不说话”，有一次与一个巡警厮打，“不怕死，任他摔打，只不松手，”最后竟然将这个巡警撞翻在地，然后再到警局告状，结果这个巡警“挨了二十军棍，又被开革”。她的行为举止更是充满了混混气，她在争斗中胜了，采用“灌尿”刑罚惩治败者。所谓“灌尿”，就是舀一勺尿灌在败者的口中，败者自去，却再也称不上是个人物了。

① 原载于《天风报》1933 年 6 月 13 日第 4 版。

刘云若小说的特点是他将这些故事情节置于天津的平民社会中表现，因此有着很浓厚的地域神韵。天津是个九国租界城市，围绕着租界的是华人区，例如南市就是津味十足的地域，天津南市有很强的世俗气：

> 这场里客位颇多，里面一个肥头麻脸很像山东饭馆的人，立在一张破桌后面唱着怯大鼓……“众位压言仔细听，我这里整整鼓板，书就开了正峰”……那变戏法的正把一把铁片宝剑，由口内插入喉咙穿进腹中，吼吼作声的向四面作揖……“虎士连忙三脚两步跑开，恰躲到一个相面先生桌前”……①

这样的描述在刘云若的小说中相当多。刘云若的小说故事大多发生在华人区，故事环境是风尘女子常常涉足之地。烟馆、赌馆、茶楼、妓院以及黑黑的小巷之中的破旧的小屋，其中活跃着的是天津市井社会中的人物，因此小说散发出浓浓的世俗民风。以《春风回梦记》为例。小说一开始就写了一张烟馆掌柜的脸，说他“鬼脸上的表情，时时的变化不定”，变化的依据全在客人的行为举止和衣彩服饰。看见衣彩华贵、气宇轩昂者，他满脸堆笑；可一会儿“露出一脸怒容”，原来他要与“那缩在破沙发上吸烟的一个穿破棉袄的中年人”说话，要与那些坐在椅子上穷酸面目的人说话；可是过了一会儿他又“缓和了颜色”，因为与他说话的人换作为“旁边独睡的小烟榻上躺着的一位衣服干净面容枯瘦的小老头”。有钱人是大爷，无钱人是芥粒。赌馆里热气腾腾，“才一推门，只觉一阵蒸腾的人气从里面冒出来，熏得人几乎倒仰。接着又是人声嗡杂，仿佛成千上万的苍蝇聚成一团儿飞。”输家和赢家都头冒热气，只是一个是红了眼，一个是眼睛在发光。茶楼与戏院连在一起，台下喝茶，台上唱戏，买曲卖曲，捧角贬角，混成一片。小说用大量的篇幅写了妓院的生活。这是一个“脂粉地狱”。能够为老鸨弄来钱的红倌人可以吆三喝四，弄不来钱的人只能做下人，那些下人们受的是非人之罪。小说中两位伺候老鸨的丫头受不了这个罪，商量着投济良所，结果被老鸨发现了，“一顿打几乎没把俩孩子打死，每人身上都教她咬下一块肉”。小巷深处的破楼是小说主人公的住所。这里破旧的家具使人手脚无法伸开，屋外的冷风钻着墙

---

① 刘云若:《小扬州志》，百花文艺出版社 1986 年版，第 326—327 页。

缝进来，门口是黑帮人物在四处乱窜，门里是鸦片灯如鬼火一般。小说的世俗性还表现在对那些泼妇的语言的描述上。例如："我把你个王八蛋的蛋，老娘的精米白面，把你撑肥疯了，就忘了当初当茶壶的时候，穷得剩了一条裤子，我替你洗，你蹲在床上干……"这是马四姑骂罗九爷的话。这样的市井语言，马四姑说，老鸨说，如莲的母亲怜宝说，充斥于小说的始终。天津本是个世俗文化浓厚的码头城市，刘云若长期生活在市井生活的氛围里，对那些发生在身边的事太熟悉了，随手拈来，就成文章。

刘云若对说唱艺术比较熟悉。说唱艺术情节的铺设依靠戏剧性。《春风回梦记》的情节显然是将说唱艺术的戏剧性运用于其中了。陆惊寰到妓院与如莲相会的那一天正是陆惊寰的新婚之日，如莲为情病死之日也是陆夫人撒手人寰之时，整部小说就是一个大戏剧的关目。在这个大的戏剧性的结构中，又不断地穿插着一些小的戏剧性场面：怜宝与周七在烟馆里夫妻相认，如莲与陆惊寰在妓院里拜堂，如莲与陆惊寰熬着烟水互相度口自杀，如莲为了断绝陆惊寰的痴迷假戏假做，一直到最后的扫墓拜坟，似乎都与传统戏文里的那些情节有着忽隐忽现的联系。小说的语言也夹杂了不少评话腔，如："忽闻从隔巷吹送来一阵弦竹管声音，慢慢的把二人引得清醒，都抬起头来看时，觉得灯光乍然变成白苏苏的光，房子也似乎宽阔了许多，又对看了一下，都仿佛做了一个好梦。"如果拿着戏文的腔调读起来，那是铿锵有力。

这里特别值得一提的是1931年以后东北地区的通俗文学，它们也属于北派通俗文学范畴。据东北现代文学研究专家刘晓丽查找研究，东北通俗文学也蔚为大观。比如小说家陶明浚，一人就先后创作了99部言情小说[①]；沦陷时期的大型文化杂志《麒麟》《新满洲》等也都以刊登通俗文学为主。同时一些出版机构也刊印了大量单行本章回体通俗读物，其中社会言情小说有：张春园的《花中恨》，天籁生的《碎珊瑚》《醉黄花》《葬佳人》，穆儒丐的《新婚别》《如梦令》，冯玉奇的《月圆残宵》，陶明浚的《红楼梦别本》，赵任情的《浔阳琵琶》，程瞻庐的《风月泪史》，赵恂九的《春残梦断》，赵篱东的《美景良辰》，短篇言情小说集《再恋曲》等。武侠小说有：邓白云的《青衣

---

① 陶明浚，伪满洲国时期吉林师道大学教授，据他的学生高柏苍介绍，他当时以写"性"和作品繁多而著称，先后创作了99部通俗小说。《红楼梦别本》曾获"第二届盛京文学赏"。2004年8月16日，笔者在沈阳高柏苍家中访问，存录音资料。

女》，陶明浚的《双剑侠》《陈公案》，赵篱东的《密林残月》等。侦探小说有：李冉的《车厢惨案》，蹇庐的《李智侦探案》，短篇侦探小说集《巴黎防空地图》和《一〇八指纹》等。实话秘话谜话小说有：睨空的《韩边外十三道岗创业秘话记》《大兴安岭猎乘夜话记》，短篇小说集《英宫外史》和《菱角血》等。东北沦陷之后，日本推行的是所谓的"大东亚文化"，这些通俗文学作品运用中国传统文学手法创作，在这一特殊语境中，还具有一层保存中国文化的意义。

第三章　新闻型作家气质和现代报刊文学

与现代大众传媒有紧密的关系是现代通俗文学重要的“现代”特征之一。决定了它们之间的紧密关系的，是中国现代通俗文学产生的特殊背景和随之产生的中国通俗文学作家的文学观。与新文学作家大多兼有高校教授的身份不一样，现代通俗文学作家几乎都是报刊主编、编辑，或者是专栏作家，现代报刊意识对他们的创作产生了深刻的影响，说他们是中国现代报刊作家也是成立的。

第一节　现代通俗文学中的“副刊意识”

中国现代通俗文学与现代大众传媒的兴起几乎同时出现，中国现代大众传媒从诞生之日起就与现代通俗文学难解难分。相当长的时期内，中国知识分子的人生命运都与科举制度联系在一起。这种局面在 19 世纪末至 20 世纪初被打破了。1902 年清廷将科考内容从八股文改为了策论，1905 年 9 月清廷废除科举，推广学堂，中国的教育体制发生了重大的变化。教育体制的变革对以科举来安身立命的中国知识分子来说，无疑是断桥抽水之举。然而，历史在给这一代知识分子打击的同时，也给了他们机遇。此时报馆纷纷成立，这些断了晋身之阶的知识分子纷纷涌入了报馆，成为了中国的第一代报人。从此以后中国知识分子的人生命运开始与大众传媒联系在一起。这些报人都饱读诗书，论文学修养，他们都不差，论新闻的素质，他们几乎是无。他们大多受到过传统文化教育，多次参加科举考试，知识结构趋于传统。例如，《小说月报》的创办人王蕴章是清光绪年间的举人，中举时只有 16 岁；《新闻报》副刊主编严独鹤 14 岁就考中了秀才；《小说时报》《小说大观》《小说画报》的主编包天笑中过秀才；徐枕亚来自书香门第，他的祖父是当地名儒，“末代状元”刘春霖是其岳父，自己热衷于旧体诗词的创作，有较好的旧诗词根底；李定夷出生于“毗陵望族，江左世家”；王钝根是古文家王鸿钧之孙。他们大多具有深厚的家学渊源和传统文化教养。但是他们大多生活在上海周边地区的苏州、常熟，或者是开风气较早的广东，学过新知识，感受到新风气，所以他们的思想观念和知识结构属于乍新还旧的状态。进入上海后的这批文人都成为了现代中国第一批新闻人。

这种现象从当时的报纸文体就可以看出来，他们是用文学的笔法写新闻，文采斐然，铺陈有余，但事实记载却不多。① 有意思的是这些报章的“文学文体”在当时不仅有人写，还有很多读者喜欢看，所以当“新闻文体”成为报章的主流文体后，这些“文学文体”并没有消失，反而在新闻报章中自成一格，这就是副刊的形成。副刊的形成标志着文学创作作为新闻报刊的一个重要的组成部分被肯定了下来，也决定了中国的文学创作必然与新闻报刊有着密不可分的关系。随着副刊的热销，副刊开始向文艺性杂志过渡：以《民权报》副刊为大本营，派生出《民权素》《小说丛报》《黄花旬报》《小说新报》《小说季报》《五铜元》《消闲钟》等；从《申报》副刊《自由谈》、《时报》副刊《滑稽时报》、《新闻报》副刊《庄谐丛录》起家派生出《小说月报》《自由杂志》《游戏杂志》《礼拜六》《女子世界》《小说大观》《小说画报》《半月》《星期》《小说时报》《妇女时报》等数十种杂志。有的刊物如《自由杂志》《小说时报》本身就是报纸副刊的汇刊。②再分析那些通俗文学作家的文笔生涯，他们几乎都是报纸副刊或者文学期刊的主编。包天笑是《时报》副刊、《小说大观》《小说画报》等报刊的主编；许指严和贡少芹分别担任过《小说新报》的主编；周瘦鹃是《申报》副刊、《小说月报》《礼拜六》的主笔；徐枕亚、吴双热、刘铁冷是《民权报》副刊和《小说丛报》的主编；赵苕狂是《四民报》的主笔。他们发表的作品几乎都在他们的报刊上刊载过，然后再结集出版。凭借着这些报纸副刊和文艺杂志，中国现代通俗文学开始起步。

这批具有中国传统文学修养的新闻人，遇到了一个重要的历史机遇。19 世纪末 20 世纪初严复、夏曾佑、梁启超等人开始提倡小说界革命，并且将小说与民众启蒙联系在一起。这批新闻人有了用武之地。他们用文学创作的方式进行社会启蒙，既顺应了历史的潮流，也展示了自己的才华。在当时的报

---

① 中国早期报纸文体的论述可参见李良荣：《中国报纸文体发展概要》，福建人民出版社 1985 年版。

② 李良荣：《中国报纸文体发展概要》，福建人民出版社 1985 年版。

刊上，新闻和文学作品的区别并不明显，黄人在《〈小说林〉发刊词》上曾这样说过："新闻报纸报告栏中异军特起者，小说也。"显然，他是把小说等同于新闻。既是新闻工作者，又是小说家；既是小说，又是报刊文章。他们很多人是把小说当作新闻来写的。可以这么说，当时的新闻观念和小说观念相当的模糊。

他们一边创作文学作品，一边对于晚清以来的文学启蒙说加以修正和补充。吴趼人说："吾人丁此道德沦丧之时会，亦思所以挽此浇风耶？则当小说始。是故吾发大誓愿，将遍撰译历史小说，以为教科之助。"①这段话与严复、夏曾佑、梁启超的小说启蒙说一致。除此之外，他又增加一个观点，那就是"趣味说"。他认为那些"新著新译之小说"，只是些"怪诞支离之著作，诘曲聱牙之译本"，这样的小说是不能"深入脑筋"里去的，为什么呢？就是因为这样的小说没有趣味。小说要真正产生影响，就要有趣味，"读小说者，其专注在寻绎趣味，而新知识实即暗寓于趣味之中，故随趣味而输入之而不自觉也"。② "小说虽一家言，要其门类颇复杂，余亦不能枚举，要而言之，奇正两端而已。余畴曩喜为奇言，盖以为正规不如谲谏，庄语不如谐词之易入也。"因此要"借小说之趣味之感情，为德育之一助"。③

吴趼人的趣味启蒙观点在民国初年被"鸳鸯蝴蝶派"作家所强化。集中在民初文学期刊中的"鸳鸯蝴蝶派"作家主要是由报纸副刊的编辑们组成。作为正刊的补充和扩展，报纸副刊主要是写作和刊载知识性、趣味性、休闲性的文字。"鸳鸯蝴蝶派"作家虽然将副刊变成了期刊，但是"副刊意识"并没有改变。"晴曦照窗，花香入坐，一编在手，万虑都忘，劳瘁一周，安闲此日，不亦快哉。"④"虽曰游戏文章，荒唐演述，然谲谏微讽，潜移默化于消闲之余，亦未始无感化之功也。"⑤"纵豆棚瓜架，小儿女闲话之资，实警世觉民，有心人寄情之作也。"⑥"顾此虽名属游戏，岂得以游戏目之哉。且今日之所谓游戏文字，他日进为规人之必要，亦未可知也。"⑦首先是趣味和休闲，然

---

① 吴趼人：《月月小说序》，载《月月小说》1906 年创刊号。

② 参见吴趼人的《月月小说序》和《两晋演义》自序，具体信息见①和③。

③ 吴趼人：《两晋演义》(自序)，见黄霖、韩同文选注《中国历代小说论著选》(下)，江西人民出版社 1985 年版，第 235 页。

④ 王钝根：《出版赘言》，载《礼拜六》1914 年第 1 期。

⑤ 《眉语》编辑：《〈眉语〉宣言》，载《眉语》1914 年第 1 卷第 1 号。

⑥ 李定夷：《〈小说新报〉发刊词》，载《小说新报》1915 年第 1 期。

⑦ 爱楼：《游戏杂志序》，载《游戏杂志》1913 年第 1 期。

后是感化和规人，这些发刊词常常被人们所批判，认为是通俗文学游戏观的语言，其实它们就是清末民初的文学观念，只不过被“副刊意识”所强化了。

第二节 新闻视角和新闻体创作方式

新闻人的位置给现代通俗文学作家带来了新闻人的视角，给他们的文学创作带来影响。

这种影响首先就表现在国民的启蒙性上。中国报刊的舆论取向自梁启超等人 1896 年创办《时务报》而一变，从一般的社会、商情、文化的报道转为时政批评、新思想传播和国民教育。此时的梁启超是这样论述报人和报纸的影响的：“阅报愈多者，其人愈智；报馆愈多者，其国愈强。”①“有昨为主笔而今作执政者，亦有朝罢枢府而夕进报馆者，其主张国是，每与政府通声气。”②报纸在梁启超的眼中就是启蒙书，而报人则是与“国事”相连的启蒙者。自梁启超鼓吹之后，“启蒙说”也就成为了此时报刊舆论的主要价值取向，有些报刊完全成为了国民教育的启蒙报刊，除《时务报》外，《湘学报》《国闻报》《清议报》《新民丛报》《民报》，以及后来所谓的“竖三民”《民呼日报》《民吁日报》《民立报》和“横三民”《国民新闻》《民权报》《中华民报》，它们的政治立场和思想主张并不相同，但是它们的办报意识是一致的，都是把报刊当作抨击时政、启蒙国民的启蒙书。中国现代文学的价值观念也就在这样的舆论环境中形成了。严复和夏曾佑在为《国闻报》附印小说做的《缘起》中这样说：“且闻欧、美、东瀛，其开化时，往往得小说之助。是以不惮辛勤，广为采辑，附纸分送。或译诸大瀛之外，或扶其孤本之微。文章事实，万有不同，不能预拟。而本原之地，宗旨所存，则在乎使民开化。”③梁启超更明确，他提倡小说创作是“专在借小说家言，以发起国民政治思想，激励其爱国精神”④。宣扬爱国精神，提倡共和制度，关心民生问题，抨击社会弊病，现代通俗文学的家国意识与现代报刊意识相一致。值得提出的是，晚清以来，报刊一直提倡移风易俗，反对裹小脚，反对纳妾蓄婢，要求做一个现代文明人，

---

①② 梁启超：《论报馆有益于国事》，见吴嘉勋、李兴华编：《梁启超选集》，上海人民出版社 1984 年版，第 24 页。

③ 严复、夏曾佑：《本馆附印说部缘起》，载《国闻报》1897 年 11 月 18 日。

④ 梁启超：《中国唯一之文学报新小说》，载《新民丛报》1902 年 7 月 15 日第 14 号。

这也成为了那些副刊作家文学创作的重要主题。

现代报刊的核心是记载事实、传播信息，它决定了现代报刊的写实性、新闻性的文体特色。如果我们仔细考察中国现代通俗文学的创作思路，就会发现现代报刊的这种文体特色实际上也是中国现代通俗文学的一种特色。韩邦庆、李伯元、吴趼人、徐枕亚、包天笑、李涵秋等通俗文学作家描述的不再是古代文学所热衷的朝代的更替，而是实实在在的世俗生活，活跃在其中的不再是帝王将相，而是平民阶层的小商人、妓女、小市民以及落魄的知识分子。同样，使用白话在他们创作的小说和编辑的杂志中都已经相当普遍，有些杂志甚至明确提出以白话创作为"正宗"。例如 1917 年 1 月包天笑为其主编的《小说画报》写的《凡例》中就明确提出："小说以白话为正宗，本杂志全用白话体取其雅俗共赏，凡闺秀学生商界工人无不咸宜。"同年同月，胡适在《新青年》上发表了《文学改良刍议》，提出"文言已死、白话为正宗"的理论。当然，应该看到这些通俗文学作家们的平民意识的动力主要来自他们的新闻意识，他们是用平民的生活和浅显的语言教育和启蒙民众，不像"五四"新文学作家们从文化的高度看待这个问题，更没有"五四"新文学作家们的那种坚决的态度。不过，"五四"新文学的白话主张能够在短时期得到大众的呼应，与前段时期通俗文学作家们所做的努力和铺垫是分不开的。

现代报刊对中国现代通俗文学文体最深刻的影响还是在艺术结构上。晚清小说文体的特点鲁迅曾作过如此评说："头绪既繁，脚色复夥，其记事遂率与一人俱起，亦即与其人俱讫，若断若续，与《儒林外史》略同。"①鲁迅讲到了形成晚清小说文体的传统文学因素。其实，除了传统的文学因素以外，另一个原因就是报刊的影响。包天笑曾问吴趼人《二十年目睹之怪现状》是怎样写成的："吴先生笑着，给我瞧一本手钞册子，很象日记一般，里面钞写的，都是每次听得友人们所谈的怪怪奇奇的故事。也有从笔记上钞下来的，也有从报纸上剪下来的，杂乱无章的成了一巨册。他笑说：'所谓目睹者，都是从这里来的呀。'我说：'这些材料，将如何整理法呢？'吴先生道：'就是在这一点上，要用一个贯穿之法，大概写社会小说的，都是如此的吧。'"②这是新闻记者的社会新闻采访法，他们将之运用到小说创作中来了。其实，这是

① 鲁迅：《中国小说史略》，见《鲁迅全集》第 9 卷，人民文学出版社 1981 年版，第 292 页。

② 吴趼人当时几乎都是用这种方法创作小说的。参见魏绍昌编：《吴趼人研究资料》，上海古籍出版社 1980 年版，第 30 页。

清末民初流行的小说创作法,不仅吴趼人创作小说这样做,其他作家创作小说同样是这样做。[①]与吴趼人相同的还有写《茶寮小史》的程瞻庐,时人记载:"君偶出,见村妇骂街,辄驻足而听,借取小说材料。君得暇,啜茗于肆,闻茶博士之野谈,辄笔于簿,君之细心又如此。"[②]这些都是新闻记者的社会新闻采访法,他们将之运用到小说创作中来了。他们的小说素材也就是他们所收集来的那些新闻材料,他们所写的小说以"奇""怪"吸引读者,其文体也就是大新闻套着小新闻,若断若续,可以长至无穷。报刊新闻总是一事一议,在结构上常常将事情的结局或者最重要的信息放在文章的前面,这就是新闻导语。

中国小说的叙事模式受史传的影响很深,即使再短的文字,也是某人、某者、某也的排列。中国小说叙事模式的变革同样发生在清末民初,而变革的模式也正是"新闻导语式"。他们的小说常常用"某闻""又悉"等等新闻导语导入。最早用这种"新闻导语式"写小说的是吴趼人。用一段小序将原来的事后发表的议论放到前面来,就像新闻导语一样。吴趼人在《小说月报》上发表的那些"短篇小说"几乎都是这样的创作模式。

第三节　一群纯粹的职业作家群体和新闻文体的创新

现代报刊的一个重要特征就是它是一个产业。它看中文学创作是因为中国社会有着习文读书的传统,文学作品能够给它带来巨大的经营空间,带来巨大的利润。既然是一个产业,现代报刊与作家之间就有了契约关系。作家给它写小说,它就要付给作家报酬。写小说还可以卖钱,无疑给长期以来视舞文弄墨为闲适之事的中国文人带来巨大的刺激。于是,那些专门以创作文学作品为生的职业作家就诞生了。由于在相当一段时期内,创作文学作品的收入不菲,是一个名利双收的职业,职业作家也就成为了一个热门的行业。以 1904 年的稿费价格计算,上海报界文章的价格是"论说"每篇 5 元,而当时一个下等巡警的工资每月只有 8 元,一个效益较好的工厂的工人工资每月也是 8 元。在报章上连载小说,收入似乎特别好,同样以 1904 年的小说市价为例,一般作家的稿费是千字 2 元,名家的稿费是千字 3—5 元

---

① 余牖云:《涵秋轶事》,载《半月》1923 年第 2 卷第 20 号。

② 严芙孙:《程瞻庐小传》,见魏绍昌编:《"鸳鸯蝴蝶派"研究资料》,上海文艺出版社 1984 年版,第 550 页。

(如包天笑是千字 3 元,林琴南是千字 5 元),以每月写稿 2 万字计算(这一字数对当时的作家来说并不算多),每月的收入也有 40 元以上了。①更何况这些作家都是笔耕不辍,同时为数份报纸、刊物写稿,其收入是可想而知的。

职业作家的出现对中国现代通俗文学的影响极为深刻。中国传统的文学要么歌功颂德,要么个人遣怀,前者谓之"达",后者谓之"隐",从不对主流意识进行批评。现代报刊代表着相对独立的"公共舆论",它给作家们相对独立的人格空间。在传媒手段完全市场化的前提下,作家完全可以根据自己的文化观念和政治观念表明自己的生活态度。清末,作家们对官场嬉笑怒骂;民初,作家们反对袁世凯复辟;20 世纪二三十年代,作家们抨击社会;40 年代作家们积极投入民族解放战争。中国现代通俗文学作家们能够从各自的文化立场和做人的标准对主流意识形态进行批评,没有相对独立的现代报刊根本不可能。

儒家的人文精神使得中国的文人始终把"学"和"仕"联系在一起,做官入仕是人生正途,文学创作服从于做官入仕的根本目标,成为了这些文人的抒怀遣兴的载体。这样的人生目标使得中国的传统文学有着浓厚的"朝廷气"。职业作家的出现使得传统的人文精神发生了变化。职业作家把文学创作作为谋生的手段,为了活得更好,他们就必须使其创作服从于市场,尽管有些不甘心。他们的文学作品有着更多的"市场气"。市场的动力要比人生理想的动力显得更直接、更实在,也表现得更强烈。

它促使着作家们拼命地多写,道理很简单,写得多,钱就多。就创作数量来说,现代通俗文学作品远远超过新文学作品,根本的原因是文学创作不是什么副业,而是一种"工作",是吃饭的"饭碗",其中所产生的强烈的创作动力是不言而喻的。在市场的影响下,很容易使得职业作家们的文学创作跟风走、庸俗化;但是市场又促使着作家们拼命地写好,也拼命地花样翻新,道理也很简单,写得不好,总是老花样,就没人看,没人看就没有人请你写,也

① 参见包天笑《钏影楼回忆录》第 317 页和熊月之《上海通史》第 6 卷第 474 页。中国稿费制度的形成有一个过程,最早在报刊上发表文学作品是没有稿费的,如 1873 年 4 月 30 日《申报》在《本馆条例》上征求竹枝词时说:"如有骚人韵士有愿以短什长篇惠教者,如天下各名区竹枝词及长歌纪事之类,概不取值。"可以看出当时在报纸上发表文艺作品,不向作者收钱就不错了。但是到了 1877 年就有人有酬征稿了。1877 年 10 月 17 日《申报》刊登广告"有图求说",即为图画求小说一部,广告云:"择其文理尤佳者一卷,愿送润笔洋 20 元,次卷送洋 10 元,便即装印成书出卖,余卷仍发还作者,决不有误,惟望赐教为幸。"到了此时,编小说看来可以卖钱了。

就没有了钱。职业作家们的出现使得文学创作如产品般地产出，层出不穷，现代报刊信息来源不断，也使得作家们不断地花样翻新，老产品的市场饱和了就需要新产品来更新。文学作品似乎有了评判优劣的标准，那就是市场。

现代报刊给中国现代通俗文学增添了很多新的文体，这些新的文体实际上是新闻化的文学变体。例如谈丛、文苑、书评、影评、剧评等等，都成为了现代通俗文学散文门类的新的品种。这些新文体随着现代大众媒体一起诞生，在晚清的各类报刊上就已经很繁荣。当作家要借助现代报刊刊载自己的文学作品的时候，就必然要对现代报刊的一些形式进行文学化的变革，中国是如此，世界其他各国也是如此。

与古典小说相比，短篇小说是现代小说的一大特色。中国短篇小说产生于清末民初的通俗文学作家手中。短篇小说的形成并不是这些作家对之有特别的认识，而是由报刊所推动。报刊的篇幅有限，而且是分期发行。报刊的这种特殊性使得惯于长篇制作的中国作家很不适应。开始时，以报刊篇幅的大小决定长篇小说的中断处（如《瀛寰琐记》），但是这种不论小说内容（甚至不论一句话是否说完）就中断的做法大大减弱了读者的阅读热情。于是就改革为以章回作为长篇小说的中断处（如《新小说》），然而这种方法实行不久也出现了问题。就读者来说，他不愿意看这种断断续续的小说；就作者来说，他的创作热情不能得到持续，在创作过程中往往因为主观上的热情转移或客观上的报刊停刊而使作品半途而废，这也就是当时很多作品成为半截子的一个原因；就书商而言，他更不愿意作品的中断影响稳定的读者群。正因为这样，到《小说时报》（1909 年）时，就宣布每部小说一次刊完。然而，又到哪里去寻找这么多的长篇小说呢？而况这些作家都是整天为几个报刊写作的“忙人”，很难枯坐数月潜心创作的。在这样的情况下短篇小说也就成为了报刊小说的最佳选择了。这种变化可以从当时期刊刊载短篇小说的数量上看出，最早标明“短篇小说”作品的是《月月小说》（1906 年），仅是每期一篇。到了《小说月报》（1910）和《小说画报》（1917）时，每期均有 4—6 篇短篇小说，长篇小说已退居其后了。到了 1920 年，《小说月报》就明确宣布“惟以短篇为限，长篇不收”[①]。短篇小说被视为新时代的新体裁，被视为反映社会生活的“最经济的手段”，其中的原因当然很多，也是报刊“逼迫”的结果。

---

① 佚名：《小说月报征文广告》，载《小说月报》1920 年第 11 卷第 1 期。

第四章　开放的观念：传统美学的延续、外国文学的接受和新文学的融入

新文学作家努力将西方文学中国化，现代通俗文学作家努力将传统文学现代化。延续着中国文学的传统，现代通俗文学面前有两大文学参照系，一是外国文学，一是新文学。现代通俗文学正是通过对这两大文学参照系的吸收，创出了一条中国现代文学的新路子，将中国传统文学推向了现代化。

第一节　章回小说美学的现代化改造和发展

中国现代通俗文学主要文类是小说。除了侦探小说、科幻小说为“舶来品”之外，中国现代通俗小说的文类就是中国传统小说文类的延续。鲁迅在《中国小说的历史的变迁》中将清代小说分成四派：一、拟古派；二、讽刺派；三、人情派；四、侠义派。清末民初之际，这四派均被现代通俗小说继承了下来，拟古的作品主要散见在笔记掌故小说之中；由于现实生活的刺激和报刊对读者效应的追求，讽刺派一脉得以发扬光大，出现了很多社会讽刺小说，这些小说鲁迅在《中国小说史略》中称作“社会谴责小说”；人情派在现代通俗文学时期发展得也很充分，一类是延续着《红楼梦》的传统发展而来，由于主人公变成了嫖客与妓女，鲁迅在《中国小说史略》中将此类小说称作“狭邪小说”，一类是延续着《金瓶梅》的传统发展而来，只不过写的是转型期的中国都市生活，这些小说可看作为现代世情小说；侠义派在传统小说中的代表作是《水浒传》，到了现代通俗文学作家手中发展成武侠小说，走向了极为繁盛的时期。

作为传统文学的延续，最深刻的表现还是美学上的血缘关系。就小说而言，中国现代通俗小说完全延续着中国传统的章回小说结构。“明清章回

小说可谓中国之国粹，是中国小说家的一大发明创造，在世界小说之林独树一帜，具有鲜明的中国作风和中国气派。”①清末民初之际，由于受到现代报刊写作的影响，现代通俗小说家们对《儒林外史》式的“章回体”尤其青睐，“虽云长篇，颇同短制”；“全书无主干，仅驱使各种人物，行列而来，事与其来俱起，亦与其去俱讫”；“如集诸碎锦，合为贴子，虽非巨幅，而时见珍异”。②被认为是中国现代通俗小说开端之作的《海上花列传》，作者韩邦庆说他创作小说的方法是：“全书笔法自谓从《儒林外史》脱化出来，惟穿插藏闪之法，则为从来说部所未有。”③《儒林外史》是一个故事讲完再讲另一个故事，《海上花列传》的“穿插藏闪”之法是几个故事一起讲，交叉进行，几个故事的情节在发展中或隐或现，前后呼应。韩邦庆对小说的创作技法做了创新，但还是从《儒林外史》脱化出来，还是讲故事的纵向思维。不管这些优秀的通俗文学作家对中国传统的章回小说结构做了怎样的调整和改革，通俗小说的章回小说美学精髓未变，故事情节追求传奇，“无奇不传，无传不奇”，有头有尾，脉络清楚，上下连接，前后呼应，构成一个完整而统一的艺术整体。在创作技法上，虽然后来很多通俗小说作家对传统的创作方法做了调整，但是现代通俗小说与传统小说的接榫点还是传统过渡。

北派通俗文学崛起后，开始对传统的章回小说进行改造，最突出的成就就是基本上确立了“现代章回小说”的美学结构。

1934 年鲁迅就说过：“做文章的是南人多，北方却受了影响。”④此话不错，北派通俗文学作家都接受过中国传统文化的完整的教育，都是南派通俗文学的爱好者，不少人年轻时就生活在南方，并以南派通俗文学为楷模进行试笔，例如张恨水、李寿民⑤。到了他们创作的鼎盛时期，新文学创作已成绩斐然，活跃于这个时期的北派通俗文学作家都受其影响，有些人曾有志于成为一个新文学作家，例如王度庐、白羽。⑥张赣生在《民国通俗小说论稿》

---

① 王永健：《但闻风流蕴藉——明清章回小说中的性情》，苏州大学出版社 2011 年版，第 1 页。

② 鲁迅：《中国小说史略》，见《鲁迅全集》第 9 卷，人民文学出版社 1981 年版，第 221 页。

③ 韩邦庆：《海上花列传・例言》，《海上花列传》，百花洲文艺出版社 1993 年版，第 4 页。

④ 鲁迅：《北人与南人》，见《鲁迅全集》第 5 卷，人民文学出版社 1981 年版，第 436 页。

⑤ 张恨水 18 岁时就学于苏州蒙藏垦殖学校，开始写“鸳鸯蝴蝶派”式的小说、诗歌，向《小说月报》等刊物投稿；李寿民 17 岁时就读于苏州草桥中学（现苏州第一中学），开始了他的文学创作阶段。

⑥ 早年的王度庐是位新文化的批评家，曾用“柳今”为笔名，写下 140 余篇社会批判和文化批判的杂文；白羽在 1921 年认识了鲁迅和周作人之后，就曾立志做一个新小说家，为此，他多次写信给周氏兄弟求教写作。

中说："民国北派通俗小说则与南派不同，北派起步较晚，实际兴起于'五四'运动之后，除了早期作家董濯缨、赵焕亭尚保持着一些晚清的旧观念以外，作为北派主力的张恨水、刘云若、还珠楼主、白羽、郑证因、王度庐、耿小的等，实为受'五四'深刻影响的一代新人。"①张赣生的这段话说得很准确。北派通俗文学作家虽然创作的还是传统类型题材和章回体小说，但是他们主观上并不排斥新文学，并在有意无意之中接受着新文学的影响。另一方面，他们生活在繁盛的北方大众文化氛围中，对中国传统大众文艺相当熟悉，也相当喜欢。特别的时期、特别的环境构成了他们特有的文化文学观念，也给他们对中国现代章回小说进行改造创造了条件。

他们对现代章回小说的改造主要表现在三个方面。

写事转向写人。通俗小说均为章回小说（或者是改良型的章回小说），作为传统的延续，南派的通俗小说在社会现实的表现和白话创作方面为现代章回小说的形成作出了贡献，但是在小说的叙事模式上还是以写事为中心。以写事为中心的章回小说故事写得再传奇，也会造成冗长和重复的问题，这恰恰是南派通俗小说的缺点。《官场现形记》《二十年目睹之怪现状》是一个故事接一个故事的讲述，人物只是某个故事中的人物，并不贯穿始终。到了"鸳鸯蝴蝶派"的小说中新闻色彩更加浓厚，甚至将一些新闻传说直接插入到小说的情节之中，如包天笑的《上海春秋》等小说。北派章回小说的叙事中心逐步地从写事转向了写人。现代通俗小说作家中最早做出这样的尝试的是张恨水。1924 年张恨水创作了《春明外史》。在这部小说中，张恨水解决了怎样将章回小说中散乱的材料集中起来的问题。他把所有的材料都服从于一个人的命运，用一个人作为小说的主人公，从头到尾把故事情节贯穿起来。这个人物在这部小说中就叫杨杏园。他这样写给小说带来两大好处：第一大好处，小说有一个贯穿始终的人物，这个人就成为了小说的主脑，小说中的所有的事情都跟这个人有关系，材料再多，再复杂都不会凌乱。主脑就是小说中的根，从根子上伸展出去的各种枝枝叶叶就是枝枝有来源，叶叶有依据。第二大好处是小说有了一个完整的结构。人物的命运起伏和发展成为了小说主要的情节结构，通过完整地描述他的命运，小说结构自然就能完整地体现。小说中的杨杏园是来自安徽的一个报人。他来

---

① 张赣生：《民国通俗小说论稿》，重庆出版社 1991 年版，第 36 页。

到北京就是小说情节的起端；他到北京来看到各种各样的生活，这是小说情节的延伸；最后他死在北京，这是小说情节的结尾，整部小说的结构相当的完整。如果小说中没有一个贯穿始终的人物的话，就会无休止地永远地写下去，小说结构就不可能完整。虽然此时还有一些枝叶散乱叙述冗长的小说（例如李寿民的《蜀山剑侠传》），总体上说，张恨水之后的北派章回小说基本上是以人物命运作为中心的小说的叙事。

加强了心理分析。既然确立了人物的中心位置，心理分析就不可少。心理描写是西方小说的美学特征，最早是由南派章回小说作家引进和使用，到了北派章回小说家手中，心理描写已经是一种写作常态。张恨水自不用说，《金粉世家》中金燕西、冷清秋等人物的形象生动正是通过描述由社会地位、价值观念、人物个性的差异而造成的不同心理活动表现出来的。王度庐的"鹤铁系列"均是在情仇两难、恩怨两难、生死两难中做文章，人物命运的选择总是带来痛苦的心理煎熬，对心理煎熬的生动描写使得他的小说人物总给人留下难忘印象，江南鹤、玉娇龙、罗小虎等等都成为了中国武侠小说的经典人物。此时北派通俗小说中甚至还出现了以心理描写为线索的小说，白羽的《联镖记》写小白龙方靖被逼出江湖。方靖有着两副面孔，在其妻面前，他是一个饱读诗书的文弱书生，在同伙面前他是一个杀人越货的独脚大盗。在情意和匪气之间，在温文尔雅与面目狰狞之间，人物复杂的心理活动表现出不同的行为举止。不再是静态的心理描述，而是以心理活动为线索写故事发展，说明心理描写在章回小说作家手上已经运用得相当娴熟。

打破因果关系的叙述结构。中国传统小说一直崇尚"史说同质"说，写小说就是写野史，于是根据事件发展的历程，进行因果循环的叙述就成为了中国传统的章回小说体的基本结构。这样的叙事结构在清末民初南派章回小说中已经有了改变，倒叙体已经广泛运用。但是故事主体还是因果循环的描述。北派通俗小说作家对章回小说进行了一次结构性的改造，他们在章回小说的框架中打破了因果关系的描述，将时空倒转、重叠、停顿或者延长，其手法一点也不逊于新小说的结构。王度庐的《卧虎藏龙》是章回体小说，语言叙述上还有不少评书的色彩，但小说结构却采用倒叙的手法。玉娇龙的新疆生活、罗小虎的家庭惨变、高朗秋和耿六娘的匪盗生涯，这些小说的主要故事都是在倒叙中完成的。倒叙的手法首先就设了一个谜，一下子就抓住了读者的注意力，回忆的叙述又为前面的谜作了解释，故事情节的推进显得合情合理，小说的结构也显得紧凑。因此王度庐小说虽然故事情节也是不断地延伸，小说结构却显得完整和紧凑。刘云若的《春风回梦记》写富家少爷与风尘女子的爱情故事，故事情节并不出新，小说结构却颇有创意，插叙、倒叙娴熟地运用，使得故事情节十分紧凑，也使得人物形象有了厚重感。自如地运用叙事手法看起来也就是个事件叙述方法，实际上它揭示了通俗小说的叙述中心不再顾忌事件是否完整，而是关注人物形象、人物性格或者是人物精神是否完整，因此说，叙事结构的转变是小说叙事的根本性的变革。

北派章回小说美学内涵的现代改造，新小说显然是重要的影响源。需要强调的是，除了新小说之外，北派章回小说还吸收了民间艺术的营养。民间艺术营养的吸收使得北派章回小说的美学内涵更为丰润。世俗性、民间性本来就是章回小说的特点，土里土气、原汁原味的生活实态描述，历史、掌故、轶闻、趣事穿插其中，处处透现出地域的韵味，南北章回小说皆如此。北派章回小说不仅写城市世俗风情，还将很多民间传说现代化改造，融会到小说情节之中，例如张恨水《金粉世家》中的金燕西和冷清秋的爱情生活写得很生动。如果仔细推敲他们的爱情故事，就会感觉到“唐伯虎点秋香”“苏小妹三难新郎”等故事的影子；刘云若的《春风回梦记》故事情节显然是天津说唱艺术的小说版；白羽的《偷拳》则将历史上的很多民间偷艺故事转化成小说中的主要故事情节；郑证因《鹰爪王》中的拜山、破机关、挑黑道，黑门术语如数家珍，这些都是天津说唱艺术家评说侠义故事的拿手绝活。

北派章回小说实际上为中国小说建立了一种新的文体。这个文体有别于新小说，它的核心内容是：说故事、写人物。这种模式的建立对中国小说创作产生了重要的影响。如果仅仅是写故事，没有生动的人物形象和独特的人物性格，小说的格调就不高，美的东西就不突出。这是一些传统章回小说中常见的毛病。反过来说，如果仅仅是人物刻画，没有生动的故事，人物形象也不能生动地塑造，小说也不能吸引人，这是有些新小说存在的毛病。只有两者结合才能形成好小说。既接受一些新的要素，又坚持中国小说的特质，北派章回小说美学内涵的改造实际上体现出了一个极为重要的价值：现代小说“中国式”的现代化改造。

第二节　中国最早的翻译作家群体以及西方文学的美学接受

随着清末民初的通俗文学作家们竞相翻译外国小说，一股前所未有的外国小说热潮在清末民初传递开来，这些通俗文学作家们自然就有了另一个身份：翻译作家。当时翻译过外国文学的通俗文学作家有三十多位。他们是（按照他们翻译的外国小说出现的先后为序）：包天笑、周桂笙、陈景韩（冷血）、徐卓呆、许指严、王蕴章（西神）、李涵秋、张春帆、恽铁樵、周瘦鹃、贡少芹、张毅汉、徐枕亚、严独鹤、胡寄尘、程瞻庐、陈蝶仙、李定夷、程小青、叶小凤、李常觉、陈小蝶、朱瘦菊、陆澹安、姚民哀、许瘦蝶、吴绮缘、王钝根、顾明道、闻野鹤等等。其中包天笑和周瘦鹃的译作最有名。包天笑最著名的译作是由蟠溪子（杨紫麟）翻译、他润色的英国作家哈葛德（H.R.Haggard）的《迦因小传》下半部，以及教育小说"三记"《馨儿就学记》《埋石弃石记》与《苦儿流浪记》。周瘦鹃的译作很多，1917 年中华书局出版他翻译的《欧美名家短篇小说丛刻》一书中，汇集了翻译作品 49 篇，取材范围涉及英、法、美、俄、德、意、匈、西班牙、瑞士、塞尔维亚、芬兰等十多个国家的著名作家的优秀作品。该译本在当时受到鲁迅和周作人的高度赞扬，他们在同年 11 月为之撰写评语，建议教育部予以褒奖。[①]就影响而言，清末民初的译作中言情小说和侦探小说影响最大。言情小说的翻译自林纾 1897 年在福州刊行《巴黎茶花女遗事》之后，就一直是清末民初翻译的热点作品。至于侦探小说那就更多了，阿英说："当时译家，与侦探小说不发生关系的，到后来简直可以说是没有。如果说当时翻译小说有千种，翻译侦探要占五百部以上。"[②]这些言情小说和侦探小说也只是外国的流行小说，要说思想深刻当然比不上那些世界一流小说，值得我们思考的是为什么这些外国的流行小说在当时的中国就有那么大的市场需求呢？结论只有一个，那就是中国社会需要它们。

---

① 鲁迅和周作人在 1917 年 11 月间为之撰写评语，称它"用心颇为恳挚，不仅志在愉悦人之耳目，足为近来译事之光"；还以"昏夜之微光，鸡群之鸣鹤"为喻，以彰显此书"搜讨之勤，选择之善"。该评语登载于 1917 年 11 月 30 日《教育公报》第 4 卷第 15 期"报告"栏。

② 阿英：《晚清小说史》，人民文学出版社 1980 年版，第 187 页。

伴随着大量的煽情情节和语言，《巴黎茶花女遗事》等言情翻译小说都有一个共同的主题，那就是要求恋爱自由、婚姻自主。这些小说关注到个人切身生活的问题对正处于变革时期的年轻人来说极具吸引力。“可怜一卷《茶花女》，断尽支那荡子肠”，严复 1904 年写《出都留别林纾诗》中的这句诗很准确地表达出了当时的读者对那些言情小说译作的读后感。

同样，侦探小说除了曲折的情节之外，小说中所表现出来的法制意识也正切合寻求国体、政体变革的时代氛围。侦探小说翻译家周桂笙曾说过这样一段话：

> 盖吾国刑律讼狱，大异泰西各国，侦探小说，实未尝梦见。互市以来，外人伸张治外法权于租界，设立警察，亦有包探名目。然学无专门，徒为狐鼠城社，会审之案，又复瞻徇顾忌，加以时间有限，研究无心。至于内地谳案，动以刑求，暗无天日者，更不必论。如是，复安用侦探之劳其心血哉！至若泰西各国，最尊人权，涉讼者例得请人为辩护，故苟非证据确凿，不能妄入人罪。此侦探学之作用所由广也。①

从侦探学之中看到了“人权”，也就看到了与当时思想界的需求相一致的地方。

清末民初的小说翻译对中国小说最深刻的影响在于促进了小说观念和小说创作方法的变革，成为了中国现代通俗文学发生的另一个影响源。

首先是悲剧意识的确定。中国传统小说几乎没有什么彻底的悲剧，即使在现实生活中是悲剧，也要创作一个喜剧的尾巴，要么化蝶变树，让男女主人公的英魂飞翔在人间，相拥在天空；要么人鬼不了情，阳间实现不了的愿望到阴间去实现，即使是“白茫茫一片大地真干净”的《红楼梦》也被人留下一个“兰桂齐芳”的结局。中国小说真正悲剧的出现是在民初的那些“鸳鸯蝴蝶派”小说中。他们的小说都悲得很彻底，要么是主人公全死（如《玉梨魂》），要么是一疯一死（如《孽冤镜》），要么是一死一出家（如《贾玉怨》），小说的结尾总是让人压抑得透不过气来。“鸳鸯蝴蝶派”作家能够写出这些悲剧小说，不是他们忽然对小说创作观念有了新的认识，而是来自翻译小说的

---

① 周桂笙：《〈歇洛克复生侦探案〉弁言》，载《新民丛报》1904 年第 3 卷第 7 期。

启发和他们对翻译小说的借鉴模仿。以喜剧告终的小说关心的是故事情节发展的本身,表达的是作家的个人理想和社会期待;悲剧结局的小说引发的是对造成悲剧原因的背后力量的思考,有着更多对社会原因的挖掘和文化内涵的思考。如果我们将"五四"时期鲁迅等人的小说联系在一起思考的话,就更能够感受到那些翻译的悲剧小说所产生的影响多么深远。

中国传统小说是"全知型"的叙事角度。作者凌驾于故事之上,无事不晓、无人不知地描述故事中的人和事。传统小说的创作方法有优点,它可以清楚地有层次地描述出故事发生的来龙去脉。但是存在着两大缺点,因果关系的思考是一种线型的时间思考,线型的时间思考主要是些阐释性的说明,结构沉稳但却呆滞;"全知型"的叙事角度便于说故事,却不适合写小说,因为它不符合小说创作中对"真"的追求。小说要追求故事情节的合理性,"全知型"的叙事角度却偏偏让叙事者能够说出那些别人根本就不可能知道的事情,使其"失真"。传统小说创作中的这两大缺点在清末民初的小说中逐步得到了改善,促使这种改善的正是那些侦探小说的译作。

侦探小说实际上是一种非常讲究文体的小说,它以"设谜—解谜—说谜"作为情节结构,悬念的设置尤其重要。于是故事中最关键的情节往往被放置在小说开头,能够解释案件谜团的情节被重点描述,小说的时间安排完全根据故事情节的需要而设置,因此,侦探小说是一种空间小说。侦探小说塑造的是聪明过人的私人侦探。既要写出私人侦探超于常人之处,又不能将其写成一个神,真实性就很关键。侦探小说作家最煞费苦心之处就是怎样不给小说留下漏洞,让读者心服口服。为了追求真实性,从柯南·道尔写《福尔摩斯探案》开始,就给私人侦探增加一个助手,让助手来描述私人侦探如何神,又如何真,因此,侦探小说基本上是"半知型"的叙事角度,即:以第一人称的角度写小说。将私人侦探的神奇变成"我"的所见所闻所感,一切都是"我"的亲身经历,不由得你不信。

侦探小说的文体特点很快就被中国作家们所领悟,并落实到小说的创作之中。1903 年周桂笙在译侦探小说《毒蛇圈》时,根据译本向中国读者介绍说:

> 译者曰:我国小说体裁,往往先将书中主人翁之姓氏、来历叙述一番,然后详其事迹于后,或亦有用楔子、引子、词章、言论之属,以为之冠

者，盖非如是则无下手处矣。陈陈相因，几于千篇一律，当为读者所共知。此篇为法国小说巨子鲍福所著。其起笔处即就父母问答之词，凭空落墨，恍如奇峰突兀，从天外飞来，又如燃放花炮，火星乱起。然细察之，皆有条理。自非能手，不敢出此。虽然，此亦欧西小说家之常态耳，爰照译之，以介绍于吾国小说界中，幸弗以不健全讥之。①

用“父母问答之词”开头，正是侦探小说常用的艺术技巧：设置悬念。在周桂笙这番言论发表的数月之后，吴趼人就用“凭空落墨”的对话形式来写《九命奇冤》的开头了。到了民国初年，倒叙法已成为时髦的小说写作手法。

1907年，觚庵（俞明震）在《小说林》第5期上对《福尔摩斯探案》有一段十分精彩的评述，他说：

……余谓其佳处全在“华生笔记”四字。一案之破，动经时日，虽著名侦探家必有疑所不当疑，为所不当为，令人阅之索然寡欢者。作者乃从华生一边写来，只须福终日外出，已足了之，是谓善于趋避。且探案全恃理想规画，如何发纵，如何指示，一一明写于前，则虽犯人弋获，亦觉索然意尽。福案每于获犯后，评述其理想规画，则前此无益之理想，无益之规画，均可不叙，遂觉福尔摩斯若先知，若神圣矣，是谓善于铺叙……余故曰：其佳处全在“华生笔记”四字也。

这段话说明了中国人悟到了柯南·道尔的叙事奥妙：第一人称。吴趼人同样成为了中国最早运用第一人称创作小说的作家。他的长篇小说《二十年目睹之怪现状》成为了中国小说史上第一部用“我”贯穿起来的长篇小说。对这种尝试，当时就有人给予了很高的评价：“全书布局以‘我’字为线索，是聪明处，省力处，亦是其特别处。”②在短篇小说创作上，吴趼人也是第一个使用第一人称的中国作家，他的短篇名作《黑籍冤魂》《大改革》均是用第一人称创作的。中国小说的叙事角度从“全知型”向“半知型”过渡，是中国小说审美形态走向现代化的重要标志，西方引进的侦探小说在其中起到了重要

① 知新室主人（周桂笙）：《毒蛇圈》，载《新小说》1903年第8期。
② 魏绍昌编：《吴趼人研究资料》，上海古籍出版社1980年版，第78页。

的作用。

虽然林译小说的文言翻译在清末民初很有影响，但是并不能代表整个清末民初小说翻译的语言风格。事实上，清末民初大量的小说翻译是白话。如果要追溯小说的白话翻译，1872 年 11 月 11 日创刊的《瀛寰琐记》上连载的蠡勺居士译的《昕夕闲谈》就是较早白话翻译，请看开头：

英国波罗省有一小乡落，地名山桥镇，深坐万山之中，径路曲折，峰峦环抱，泉清土厚，居民稠密，果然是一个好去处哩，但是一层地方虽好，山水虽妙，尚非极为著名之处，又不在通衢大路之旁，故四时来游的人绝少。

清末民初时，翻译了大量作品的周桂笙、包天笑、陈冷血等人基本上是用白话翻译。用白话翻译小说固然有市场的需要，却也表明白话同样能写出美妙的小说。到了民国初年，小说白话创作已经渐成风气。可见白话译作是开风气者。

延续着中国传统文学，接受着外国文学的影响，中国现代通俗文学逐步形成了自己独特的美学特征。

第三节　“通俗文学运动”的倡导和新生代作家的新阶段

清末民初，现代通俗文学一直占据着中国文学的主流地位。新文学登上文坛之后，开始对它们展开了激烈的批判。面对新文学作家的批判，通俗文学作家基本上是默默地承受。一方面是面对新文学的那套理论，他们觉得高深而难以反驳，另一方面现代通俗文学作家并没有什么系统的文学理论，他们只是遵循自己对文学的理解进行创作罢了，其理论批评也只是一些传统的感想式的评点。当然，被讽刺挖苦狠了，他们也要感性地反驳几句。例如“五四”时期，沈雁冰、郑振铎等人在《文学旬报》上对通俗文学作家展开了激烈的批判和讽刺挖苦，通俗文学作家胡寄尘就写了《一个被强盗掳去的新文化运动者底成绩》，说一个被强盗掳去的新文化运动者在强盗面前发表了新文化主张，却被强盗释放了，原因是强盗们发现，新文化运动者的理论逻辑与他们一样。新文学作家说通俗文学作家是文丐，于是就有通俗文学作家化名"文丐"，专门写了一篇《文丐的话》，辨析谁是真正的"文丐"。不过，总体而言，面对新文学的批判，"五四"时期的通俗文学并没有什么像样的反驳文章。

"五四"以后，在新文学的影响下，通俗文学的社会批判意识明显加强，创作出一些有较强社会批判性的小说，但是他们的作品还是被新文学作家斥责为"旧文学"，特别是他们的那些"爱国小说"和"国难小说"被新文学作家指名批判，他们是怎么也不能接受了。在这样的背景下，1932 年创刊的《珊瑚》杂志提出了"新旧兼容"的口号。主编范烟桥提出："把国内作者的美底文艺逐渐地收拢来，贡献给读者。珊瑚的颜色有红有白，有青有黑，这小册子的文艺也是五光十色，什么都有一点。"[①]范烟桥的这段话还仅仅说明一个办刊态度。在该刊上发表众多理论文章的"说话人"就说得更深入了，他说："新文学派里，确有当得起'新'，够得上'文学'的作品。《礼拜六》派里，也有极'新'、极'文学'的作品"。[②]他对当时的"爱国小说"和"国难小说"作出了评价，他说："《林家铺子》确是'一篇观察极深刻的小说'。但是《往哪里逃》和他的姐妹篇《食指短》，实在是"一・二八"背景下很有意义的写实小说。我们似乎不应当因着他署名'卓呆'而不拉上新文坛去。否则这个'新'字，不过是一层面幕，还有她的庐山真面在里面呢。"[③]从这些言论可以看出，所谓"新旧兼容"是指小说的价值在于"读者的满意"，只要能得到"好评"，新旧文学都应该存在。至于怎样分小说的新旧，不能根据作者的姓名，而应看作品的内容。从中我们可以看出，受到批判的通俗文学作家不再沉默了，他们要为自己争名分、争地位。

进入 20 世纪 40 年代以后，通俗文学的创作更加繁荣，大江南北遥相呼应，其主体意识越来越明显，它们需要为自己建构文学理论了。此时正逢重庆、香港等地开展"文学民族形式"的讨论，地处上海的通俗文学作家也参与进去了。和重庆、香港等地的作家争论文学创作的"中心源泉"不一样，上海的通俗文学作家明确地要求开展"通俗文学运动"。"通俗文学"，这是中国通俗文学作家第一次给自己起了一个名号。什么是"通俗文学"呢？通俗文

---

① 范烟桥：《不惜珊瑚持与人》，载《珊瑚》1932 年第 1 卷第 1 号。

② 从第 13 期开始《珊瑚》开辟"说话"栏目，由署名"说话人"的作者对当前作家作品进行评论。至第 48 期《珊瑚》停刊时共发表文章 18 篇。"说话人"显然是笔名，真名不详。

③ 说话人：《说话(三)》，载《珊瑚》1933 年第 2 卷第 3 期。

学作家在《万象》1942年第2卷第4期和第5期上推出了“通俗文学运动”专号。这两期专号上共发表了6篇文章，它们是陈蝶衣的《通俗文学运动》、丁谛的《通俗文学的定义(附图表)》、危月燕的《从大众语说到通俗文学》、胡山源的《通俗文学的教育性》、予且的《通俗文学的写作》和文宗山的《通俗文艺与通俗戏剧》。这些文章在总结了中国现代文学的发展的同时，提出了“通俗文学”的美学原则。

20世纪40年代的通俗文学作家是从来不承认自己是“鸳鸯蝴蝶派”作家的。《万象》主编陈蝶衣曾说过一段话：“从我开始‘操觚’的时候起，就根本没有赶上‘鸳鸯蝴蝶派’的那一个时代，所以我对于所谓‘鸳鸯蝴蝶派’实在是很隔膜的。”①这段话基本上代表了40年代通俗文学作家的态度。在他们的眼中，“鸳鸯蝴蝶派”是指民国初年的作家作品，是“旧派”小说。那他们是不是新小说作家呢？也不是，他们认为新小说作家是鲁迅、茅盾、巴金等人，这些人的作品是“新派”小说。那他们是什么作家呢？他们自认为是超乎“旧派”和“新派”的“通俗文学”作家。他们的“通俗文学运动”也就是从这样的思路出发的。

他们认为当前阻碍中国文学发展的根本原因是中国文坛上出现的新旧文学两军壁垒造成的，而这种两军壁垒的状况又是人为的。“中国的文学，在过去本来只有一种，自古至今，一脉相传，不曾有过分歧。可是自从‘五四’时代胡适之先生提倡新文学运动以后，中国文学遂有了新和旧的分别，新文学继承西洋各派的文艺思潮，旧文学则继承中国古代文学的传统。虽然新文学家也尽有许多在研究旧文学，填写旧诗词，旧文学家也有许多转变成新文学家，但新旧文学双方壁垒的森严，却是无可否定的事实。”②他们认为，新旧文学双方都不能使得文学大众化。新文学具有新的思想和意识，但欧化的形式使得普通大众望而生畏；旧文学的表现形式在中国虽然具有较强的适应性，但有些思想意识明显地落伍于时代了，现在应该将新旧文学的优点结合起来，建立中国通俗文学的体系，只有通俗文学才能真正做到文学的大众化。“我们提倡通俗文学的目的，是想把新旧双方森严的壁垒打破，使新的思想和正确的意识可以借通俗文学而介绍给一般大众读者。”③从这

① 陈蝶衣：《编辑室》，载《万象》1942年第2卷第5期。

②③ 陈蝶衣：《通俗文学运动》，载《万象》1942年第2卷第4期。

些言论中可以看出，他们是想在“新文学”和“旧文学”之上建立一个“通俗文学”，并让中国文学统一在“通俗文学”的旗帜下，这显然是他们的一种理想。从文学渊源和他们的创作实际来看，他们都是从民初的“鸳鸯蝴蝶派”发展而来的，按照他们的话来说，是“旧”派文学，只不过他们在新的时期有了新的变化罢了。但他们对中国文学现状的分析还是有道理的，对中国文学发展的意见也具有积极意义。历史证明，各据一垒的新旧文学都不能创作出既有时代气息又具有中国作风的文学作品来，要使文学大众化，真正地得到发展，打破新旧壁垒的确是一个必要的前提。

这些“通俗文学运动”的倡导者们还对“通俗文学”的写作做了具体的要求。他们提出“通俗文学”的创作应该是：“在生动的故事中，更应注意下列数点：(1)题材忠于现实；(2)人物个性描写深刻；(3)不背离时代意识。”①“生动的故事”本是通俗文学的美学特色，而后面列出的三点正是新文学的特色。从这样的表述中可以看出，经过数十年的文学创作，作家们对新旧文学的创作特征及其优缺点有着相当的了解，这里所提出的“通俗文学”写作的具体要求，只不过是把通过新旧文学数十年来的创作实践证明有价值的创作观念和创作手法糅合起来而已。

现代通俗文学作家延续着中国古代传统文学而来，却从来不固步自封。清末民初之际，他们接受外国翻译文学的影响；新文学登上文坛之后，他们也接受新文学的影响。到了20世纪30年代，他们曾经提出“新旧兼容”的口号；到了此时，他们提出的“通俗文学”的理论同样是强调建立一种与时代相适应的新的文学体系。当然，他们提出的新的文学体系有着更多的自我的色彩，说明通俗文学作家此时的底气越来越足了。

20世纪40年代以后，现代通俗文学一批新作家出现在文坛，他们被称为现代通俗文学的“新生代”。主要作家有徐訏、卜乃夫、张爱玲、苏青以及“东吴系”作家、“复旦系”作家。这些作家创作风格各一，但是有一个共同特点：或在国内或在国外接受过现代高等教育，他们没有什么雅俗的概念，而是吸取了数十年来中国雅俗文学的优点，根据自己的好恶进行文学创作。因此，他们的文学作品将通俗文学创作推向了一个新的境界。

① 予且：《通俗文学的写作》，载《万象》1942年第2卷第5期。

第五章 现代市场文学的引领者与运作策略制定者

通俗文学市场的属性是被逼迫出来的。新文学登上文坛以前，通俗文学一统天下，在清末民初“新国民”的社会形态中，通俗文学还承担着启蒙民众的责任。自《小说月报》被新文学接编之后，通俗文学面临着生死存亡的紧要关头。走向市场，获取更多的读者，是唯一的出路。在市场路线的指引下，通俗文学运用了很多行之有效的运作策略。这些运作策略的使用不仅给现代中国文化、文学市场带来了活力和新的面貌，也给后来中国文学的市场化带来了示范效应。与其他大众媒体结合而带来更大的效应是市场文学的重要特点。与新文学比较起来，现代通俗文学与其他大众媒体结合得相当成功，轰轰烈烈且丰富多彩。

通俗文学是市场的文学，市场的文学当然有很多市场的运作策略。

第一节 “五四”新文学的批判逼迫现代通俗文学走向市场

对通俗文学的批判从晚清“小说界革命”就开始了。梁启超在《论小说与群治之关系》中就将中国传统小说看作“中国群治腐败之总根源”，将它们斥为“诲淫”“诲盗”。但是梁启超的批判并没有取得好的效果，因为他所处的时代缺少文化变革的大环境，他的理念缺少系统的、变革的文学观念和创作观念，他创作的《新中国未来记》也只是一则政治寓言。对通俗文学展开声势浩大并卓有成效批判的是“五四”时期。与梁启超空泛的批判不一样，新文学作家在批判的同时，还以外国的思想理论和文学理论作为参照系，建立了新的文化观念、文学观念和创作观念。这个时期，鲁迅、周作人、沈雁冰、郑振铎、郭沫若等人都写过大量的批判通俗文学的文章。其中有两篇文章最具代表性。

一篇是周作人的《人的文学》。周作人在文章中说:“我们现在应该提倡的新文学,简单的说一句,是‘人的文学’。应该排斥的,便是反对的非人的文学。”从这样的观点出发,他对中国传统文学进行了批判。他说:“中国文学中人的文学,本来极少。从儒教道教出来的文章,几乎都不合格”。他不仅这么说,还将眼前的通俗文学归纳为“色情狂的淫书类”“迷信的鬼神书类”“神仙书类”“妖怪书类”“奴隶书类”“强盗书类”“才子佳人书类”“下等谐谑书类”“黑幕类”“以上各种思想和合结晶的旧戏”共10种。他认为这些都是非人的文学,应该加以排斥。①

一篇是沈雁冰的《自然主义与中国现代小说》②。他说:

> (一)他们连小说重在描写都不知道,却以“记账式”的叙述法来做小说,以至连篇累牍所载无非是“动作”的“清账”,给现代感觉锐敏的人看了,只觉味同嚼蜡。
>
> (二)他们不知道客观的观察,只知主观的向壁虚造,以至名为“此实事也”的作品,亦满纸是虚伪做作的气味,而“实事”不能再现于读者的“心眼”之前。
>
> 思想上的一个最大的错误,就是游戏的消遣的金钱主义的文学观念。

通过这些批判文字可以看出新文学与通俗文学的分歧。文化观念上,新文学的核心是人道主义和人本主义。人道主义和人本主义来自西方,用周作人的话来说,是用欧洲的“人的发现”给中国文学“辟人荒”的。因此,新文学的文化观念具有的是“世界的眼光”。通俗文学是中国传统文学的延续,它表现的是中国传统的文化精神,其中做人的道德规范是核心内容。因此,通俗文学实际上是中国传统文化的道德文学,具有的是“中国的眼光”。文学观念上,新文学是将文学看作改造社会的工具,通俗文学是将文学看作怡情的消遣和赚钱的工具。在创作观念上,新文学强调的是以写人为叙述

① 周作人:《人的文学》,载《新青年》1918年第5卷第6期。
② 沈雁冰:《自然主义与中国现代小说》,载《小说月报》1922年第13卷第7期。

中心的创作模式,通俗文学强调记载性,它是以记事为叙述中心的创作模式。

新文学对通俗文学的批判取得了很大的成功,新文学登上了文坛。新文学取代通俗文学成为中国文学的"正宗",标志性的事件是从1921年1月第12卷第1期开始,《小说月报》由新文学人物沈雁冰接编。《小说月报》被沈雁冰接编后,所有的通俗文学作家稿件一律不用。通俗文学作家除了愤慨之外,也无计可施。他们只是多次地向商务印书馆申请专为被排斥在外的通俗文学作家设立一份刊物。1923年这份刊物终于面世了,那就是《小说世界》。虽然办了《小说世界》,挽回了面子,但失去了正宗地位的通俗文学究竟何去何从,开始时并没有清晰的思路。这从1923年创刊的《小说世界》上看得出来。这份期刊的创刊居然没有宣言或者启事之类的文字,这对于办刊必写宣言或者启事的通俗文学来说是一个很罕见的现象。只能说明一个问题,当时的办刊者也不知道应该将《小说世界》办成什么样的刊物。这样混沌迷茫的局面到1924年《红玫瑰》创刊和1925年《紫罗兰》创刊也并没有改变。这两份期刊的创刊词除了借红玫瑰和紫罗兰两种花卉对期刊夸耀之外,也没有什么明确的办刊方向的语言。但是,通俗文学作家清楚地知道,办刊必须有销量,没有销量所办的期刊还是要被别人夺去。他们失去《小说月报》的最直接的原因就是此刊在他们手上没有了销量,在沈雁冰手上就活了起来。[①]可是要他们跟风改版的《小说月报》,写当时很受读者欢迎的新文学根本不可能,一是他们没有新文学作家那样的文学修养,二是他们的"趋新"之路完全被新文学封杀了。此时的《文学旬刊》以及改版后的《小说月报》正在不遗余力地批判通俗文学。市场的挤压和新文学的封杀使得他们只能试水于市场,那就是"跟着感觉走"。这个感觉就是揣摩读者最喜欢读什么样的文学作品,从这三份通俗文学期刊的创刊号内容就可以看出编者的用心。《小说世界》创刊号的主要内容是科幻小说,《红玫瑰》创刊号的主要内容是滑稽小说和武侠小说,《紫罗兰》创刊号的主要内容是社会小

① 1921年通俗文学的老牌刊物《小说月报》转交给新派人物沈雁冰编辑,并不是商务印书馆的老板突然对新文学感了兴趣,而是读者对《小说月报》越来越冷漠,1920年第10期的《小说月报》只印了2 000份,是《小说月报》有史以来销量的最低点。沈雁冰接编后的1921年第1期的《小说月报》就印了5 000份,而且马上销完,第2期就印了7 000份。见李频著:《大众期刊运作》,中国大百科全书出版社2003年版,第301页。

说和侦探小说。①

没有准确的数据说明这几份期刊当时的销量，但有两个事实可以证明这些刊物很受当时读者的欢迎：一是它们是20世纪20年代中国办刊时间最长的文学期刊。市场的实践已经清楚地表明它们是当时生命力最强、最有活力的文学期刊。二是1929年《红玫瑰》主编赵苕狂经过“几度考虑，几度斟酌，决定下了一种方针”，提出了刊物的用稿要求。

> 一、主旨：常注意在“趣味”二字上，以能使读者感得兴趣为标准，而切戒文字趋于恶化和腐化——轻薄和下流。
>
> 二、文体：力求其能切合现在潮流，惟极端欧化，也所不采。
>
> 三、描写：以现代现实的社会为背景，务求与眼前的人情风俗相去不甚悬殊。
>
> 四、目的：在求其通俗化、群众化，并不以研求高深的文艺相标榜。
>
> 五、内容：小说、随笔、游记、各地通讯、学校中的故事、感想录等项并重，务求相辅而行，并不侧重于某一项。
>
> 六、撰述：聘定基本撰述员二十人和三十人。由主编者察其擅长于何路文字，并适应读者的需求，而随时请某人写某项文字。
>
> 七、变化：对于内容及体裁，当时时适应于环境而加以变化，不拘泥于一格。
>
> 八、希望：极度地希望读者不看本志则已，看了以后，一定不肯抛了不看，一定不肯失去了一期不看——换一句话：每篇都有可以一看的价值，那，读者自然会一心一意地想着它，不愿失去一期不看的了。②

从1921年失去《小说月报》阵地到1929年这份用稿要求的确定，可以看出中国现代通俗文学对这几年来文学定位的摸索和前行的实绩感到满意，是对自己创作成就的肯定和总结。与新文学作家以社团为中心有所不同，现

---

① 《小说世界》创刊号的主要作品有叶劲风的《十年后的中国》、哭厂译的《化学师的妻子》、林纾译的《情天补恨录》等。《红玫瑰》创刊号的主要作品有程瞻庐的《我之趣事》、徐卓呆的《开幕广告》、平江不肖生的《江湖奇侠传》等。《紫罗兰》创刊号的主要作品有王小逸的《春水微波》、张碧梧等人在其上发表小说的《侦探之页》。

② 赵苕狂：《花前小语》，载《红玫瑰》1929年第5卷第24期。

代通俗文学作家是以期刊为中心。期刊的用稿要求直接决定文学发展的走向。《红玫瑰》是20世纪20年代通俗文学标志性期刊，主编赵苕狂这番用稿要求实际上也就成为此时通俗文学发展方向的理论宣言。

1917年以后，在中国文坛上迅速崛起的新文学提出了文学的“写实主义”，此时的通俗文学也提出了文学要“力求其能切合现在潮流”，“以现代现实的社会为背景，务求与眼前的人情风俗相去不甚悬殊”。看似他们都强调文学要反映社会现实，但他们各自的态度很不同。新文学作家把文学创作看作是一种“工作”，一种“工具”，一种“X光”，一种“显微镜”，他们要求用研究的态度反映现实，而通俗文学只要“切合”现实潮流，“切合”眼前的人情风俗，他们是将现实作为背景来表现的。前者是将“现实”作为一种客体，作家自我作为一种主体，作家反映现实是主体分析客体；后者是将“现实”作为一种主体，作家自我作为一种客体，作家反映现实是主体融入客体的关系。

在审美形态上，通俗文学视新文学“陈义过高”“极端欧化”“研究高深”，而自我定位为趣味化、通俗化和群众化。既要反映现实，又要消遣愉悦，这种美学观一直为清末民初以来的通俗文学作家所坚持，此时又一次地得到了肯定。通俗文学开始追求作品的创作个性。他们不但对“极端欧化”的作品明确表示“有所不采”，而且要根据作家的创作个性加以组合，形成不同创作风格的作家团体。这一方面说明了通俗文学创作向纵深发展，另一方面也说明了此时通俗文学作家队伍相当庞大，而且相当稳定。

他们还明确了文学创作和杂志录用的标准，即：读者是否愿意看，读者看了以后是否“一定不肯抛了不看”。“读者意识”是通俗文学创作观的出发点和理论基础，也是通俗文学赖以立命和发展的生命线。

通俗文学此时的定位是中国现代通俗文学一次方向性的战略调整。在清末民初之际，通俗文学宣扬文学创作的消闲、愉悦、游戏功能，虽然被沈雁冰批判为“金钱主义”，但是总体上说，通俗文学还是强调文学创作的警世觉民。这是因为现代通俗文学是在晚清梁启超提出“新小说”和“新国民”的号召下出现的文学创作潮流。清末民初的文学是有消遣性的文字，但是主流是坚持共和、启蒙民众、移风易俗，批评婚姻的不自由以及不良的社会风气。1909年《小说时报》创刊，创刊号的首篇就是陈冷创作的《催醒术》，小说有这样的语言：“中国人之能眠也久矣，复安用催？所宜催者醒耳，作催醒术，作者起，立者肃，走者疾，言者清以明目，事者强以有力，满途之人一时若饮剧药，若触电气，若有人各于其体魄中与之精神力量若干，而使之顿然一振者。”作者是要将文学创作看作催醒中国民众的“催醒术”。在用文学作品启蒙民众的思想上，清末民初通俗文学作家的主流思想与后来“五四”新文学作家的主流思想基本一致。他们的差别在于，通俗文学要启蒙读者具有“新国民、新道德”的国民观念，“五四”新文学要启蒙民众具有人道主义的人性观念。这个时期的通俗文学降低了清末以来文学的“新民”意识和启蒙要求，他们完全为了生存而写作：走市场路线。

通俗文学市场化的定位给现代通俗文学带来了繁荣，社会、言情、武侠、侦探、历史等小说文类佳作不断。更令人钦佩和感叹的是在市场的拼搏中，此时的通俗文学作家开展了一系列的市场运作策略，那些市场运作策略既令人眼花缭乱又令人称道。

第二节　“三制一广”：作家中心体制、编辑负责制、读者互动制和广告传播

市场路线以市场效应作为价值判断，对当时大众文化市场最为深刻的影响是“作家中心体制”的建立。所谓的“作家中心体制”是指名作家引领创作潮流，以及文学报刊以名作家的创作为标志确立自我的市场份额。名作家就是指具有市场效应的职业作家，职业作家名气的大小决定了市场份额的大小。别看此时通俗文学作家以千位数计，真正数得上名的也就是那么十多人。这十多人分别是此时各种通俗文学文类的代表作家，例如张恨水以他的《春明外史》《金粉世家》《啼笑因缘》成为社会言情小说代表作家；向恺然以他的《江湖奇侠传》、李寿民以他的《蜀山剑侠传》、王度庐以他的《鹤铁》系列成为现代武侠小说代表作家；程小青以他的《霍桑探案》成为了现代侦探小说的代表作家；程瞻庐、徐卓呆以他们的一系列小说成为社会滑稽小说的代表作家……在那个热气腾腾的通俗文学市场中，真正能呼风唤雨的也就是这十多位作家，他们的一举一动都引起人们的关注。他们从市场中来，又成为市场的中心，影响着市场的走向，这是作家职业化的必然结果。从职业性质上说，职业作家是自由工作者，有着独立的思想观念和文学表达方式。文学期刊就是依靠一批思想和创作风格相近的作家维持，并以此形成自己的风格，文学期刊所形成的风格又反过来要求和巩固着它周围作家

们的思想观念和文学表达方式。职业作家和文学期刊的互相影响又互相制约的形态构成了文化市场的形态，其中起支撑作用的是那些职业作家，他们是期刊的“台柱子”。于是，我们看到了胡寄尘与《小说世界》，向恺然、程瞻庐与《红玫瑰》，程小青、徐卓呆与《紫罗兰》，张恨水、顾明道与《新闻报》副刊《快活林》……这些作家不仅仅是这些报刊的主笔，他们的个人风格也直接影响了这些报刊的风格。胡寄尘喜欢哲学，《小说世界》的思辨性就比较强；向恺然、程瞻庐世俗气息浓，《红玫瑰》就成为通俗文学最世俗的刊物；《紫罗兰》是通俗文学中名士气息最浓的期刊，这与程小青、徐卓呆的处事作风紧密相连；《快活林》成为当时社会言情小说和武侠小说两种类型小说的主要阵地，倚重的也就是张恨水和顾明道的创作强项。在市场化的环境中，文学期刊没有卖点就会消亡，而文学期刊的卖点也就是名家名作，作家自然就成为了各类文学报刊的中心。有的时候，一个名家的一部名作就能救一份刊物，最典型的例子是张恨水的《金粉世家》拯救了濒临倒闭的《世界日报》。①

既然名家如此重要，那么通俗文学在挖掘好作家方面就不遗余力(甚至是不择手段)。举两个例子。20 世纪 20 年代中期，包天笑创办《星期》，他挖出了此时蜗居在上海的向恺然(平江不肖生)。看见了向恺然的作品，嗅觉敏锐的书商们马上从中嗅出了商机。世界书局的老板沈知方一直追着问包天笑从哪里挖出这么一个宝藏者，得知地址之后，马上向向恺然约稿。当时上海的言情小说正在泛滥，为了寻求新意，沈知方就要求向恺然写剑仙一类的小说，于是就有了《江湖奇侠传》在《红杂志》上连载。《江湖奇侠传》的出现标志着中国武侠小说进入了现代阶段，产生了很好的社会和经济效益。看到这样的效果，沈知方干脆就将向恺然包了起来，也就是世界书局用高稿费买断向恺然的所有文字。出版社买断一个知名作家的所有文字，这大概是中国出版史的首例。②这样的买断不久就发生在程小青身上，此时的程小

---

① 张恨水创作《金粉世家》是被逼出来的。他当时正在创作《春明外史》。这个时候，奉系军阀闯进了北京。为了控制言论，他们把邵飘萍和林白水给枪毙了，又把张恨水供职的《世界日报》主编成舍我给抓了起来。《世界日报》的销量每况愈下，很快就要倒闭。在这样的情况下，成舍我请张恨水写一篇能吸引人的小说。尽管《春明外史》还没有写完，张恨水开始了他的《金粉世家》的写作。从 1927 年 2 月 14 日到 1932 年 5 月 22 日，这部小说整整连载 5 年多，是张恨水的小说中连载时间最长，也是篇幅最大的一部小说。小说的连载使得《世界日报》的销量不断上升，也培养了众多的“金迷”，其影响力超过了《春明外史》。举个例子，鲁迅是新文学的最著名的作家，但是他从来不将自己的小说给自己的母亲看，他推荐给他母亲看的小说就是张恨水的《金粉世家》。

② 包天笑：《钏影楼回忆录》，大华出版社 1971 年版，第 383—384 页。

青已经是中国知名的侦探小说作家，世界书局的沈知方就想用高稿酬买断程小青所有的侦探小说创作。程小青开始并没有答应，因为他认为这好像是“引鸟入笼”。被拒绝后的沈知方并不气馁，他知道程小青喜欢侦探小说，就让其为世界书局编一份侦探小说的期刊《侦探世界》。迎合了他的最想要的偏好，程小青终于抵挡不住了，为世界书局编了一年的《侦探世界》。既然是杂志的主编，自己的创作文字当然就要在自己的刊物上发表了，世界书局实际上得到了程小青的创作文字。一年之后，程小青觉得这样被圈住不行，就退出了《侦探世界》。但是沈知方并不想让他离开，于是拿出了更大的诱惑，让其用白话翻译《福尔摩斯探案大全集》。柯南·道尔是程小青崇拜的作家，之前就断断续续地翻译他的作品，翻译福尔摩斯的全部小说一直是程小青的心愿，此时让他主编翻译福尔摩斯的全部作品，程小青就又飞回了沈知方编织的“鸟笼”里。看见程小青又回来了，沈知方也就不那么客气了，不付稿费，只给世界书局的股票。虽然没有现金，但是程小青干得很卖力，因为他实在太喜欢福尔摩斯了。

所谓编辑负责制，是指将文学创作、发表以及产生影响视作一个整体工程，编辑负责整体策划和工程的制作。犹如一部影视剧，作家只能是演员，真正的导演是编辑。根据市场的动向，编辑会向合适的作家约稿；接到稿件后，编辑同样会根据市场的要求对稿件进行处理；稿件连载过程中，编辑会制造市场效应；稿件连载完毕，编辑会根据市场状态继续发挥市场的效应。以严独鹤处理张恨水的《啼笑因缘》为例。严独鹤向张恨水约稿时就明确提出了两个条件：一是不能太长，上海人不喜欢太长的长篇小说，没有耐心；二是要多加一点“噱头”，南方人喜欢看。我们现在看到的《啼笑因缘》只有20多万字，而张恨水之前的《春明外史》《金粉世家》均是100多万字。《啼笑因缘》不仅写多角恋爱，还出现了关氏父女这样的侠义人物，与当时上海文坛流行的情感小说、武侠小说相呼应，从中可以体会到这部小说是怎样执行着编辑的理念。

小说的稿子分批寄给了严独鹤，怎样分段连载那就是严独鹤的事，应该说，严独鹤相当用心。1930年3月17日《啼笑因缘》在上海《新闻报》副刊《快活林》上连载，后来在1930年9月24日的北京《世界日报》副刊《明珠》上连载。将这两份副刊不同的连载设计比较就会发现，《新闻报》副刊《快活林》上连载的《啼笑因缘》，每天都有一个相对独立的、完整的故事，给予读者相对完整的阅读体验，而《世界日报》副刊《明珠》连载的方式则显得比较随意。以《新闻报》副刊《快活林》上《啼笑因缘》最初连载的17天的故事内容为例：

> (3月17日)樊家树出场→(3月18日)来到天桥→(3月19日)天桥风物→(3月20日)进入茶馆→(3月21日)关寿峰出场→(3月22日)二人相识→(3月23日)关秀姑出场→(3月24日)二人相识→(3月25日)关寿峰与樊家树把酒话身世→(3月26日)沈凤喜出场→(3月27日)唱大鼓→(3月28日)赠酬→(3月29日)致谢，情愫暗生→(3月30日)樊被说服去北京饭店→(3月31日)舞场规矩及舞者心理→(4月1日)跳舞着装→(4月2日)何丽娜出场。①

经过严独鹤的悉心整理，每天连载于《快活林》上的《啼笑因缘》片段，故事显得相对完整。《啼笑因缘》中的几个主要人物：樊家树、关秀姑、沈凤喜、何丽娜，读者等了17天才陆续见到。然而这17天的连载，并非无意义的冗长的拖沓，而是从背景及人物身份的铺陈中，将人物一一牵出。这样的出场法很符合中国人"听书"的习惯。既有悬念，又相对完整，其中我们可以体会到编者是怎样搭住市场的"脉搏"推出作品的。

在《啼笑因缘》的刊载过程中，《快活林》同时开辟了《读者信箱》栏目，刊载读者的读后感、猜测故事情节的发展，甚至让作者张恨水出面解答。小说刊载一半时，严独鹤突发奇想，刊载了一篇"代抄小说"的启事，说是为了弥补那些半途看小说而又没有看到小说开头的读者的遗憾。1930年11月30日《啼笑因缘》刚连载完，严独鹤当天就在报纸上宣布，小说已由明星公司改编成电影。果然明星公司不久拍了正续集6部。就在电影《啼笑因缘》拍

---

① 将两份报纸副刊上的连载设计比较一下很有意思。1930年3月17日《新闻报》副刊《快活林》上连载的最后一段的结尾是写北平的好风景："风吹来，满地花纹移动，却有一种清香，沾人衣袂，家树觉得很适意，老是站了不动。"待到第二天连载的开头为："这时过来一个听差道：'表少爷，今天是礼拜，怎么您一个人在家？'"人物进场，下一个场景进入，故事由此开始，整个故事连载相当完整。1930年9月24日《世界日报》副刊《明珠》上连载的结尾不仅刘福已经出场，而且家树的话还没有讲完就断了下来："家树道：'北京的名胜我都玩遍了，你家大爷大奶奶昨天下午就要我到西山去。我是前天去的，不愿去，所以留下来了。'"而9月25日的开头为："刘福，你能不能带我到什么地方去玩？"相比较而言，《世界日报》连载的《啼笑因缘》让读者的阅读体验很不完整。以上内容均参见石娟：《〈啼笑因缘〉的两个版本——〈新闻报〉与〈世界日报〉之间的一段公案》，载《新文学史料》2010年第3期。

摄、放映之时，《快活林》主编严独鹤与严谔声、徐耻痕三人迅速成立了三友书社，抢先获得了《啼笑因缘》单行本的出版权。截至1933年1月30日，单行本已经销售5万余部。单行本最初的定价是2.6元。扣除给张恨水的版税和成本费，他们三人每人获利在万元以上。

《啼笑因缘》之所以能在1930年形成一种旋风，张恨水当然贡献巨大，背后的编辑严独鹤功不可没。

在市场的鞭策下，不仅作家们辛苦，编辑们也很辛苦。一份具有市场号召力的刊物无不是编辑们脑力、体力并举的结果。就说办刊中的几个技巧也可见他们的用脑处。一是不断地更改刊名，例如《新声》办了一年改名《红杂志》，《红杂志》办了两年，改名《红玫瑰》；再如周瘦鹃办的《半月》，办了两年，改名《紫罗兰》。每一次刊物的改名实际上是刊物的改组，一方面是主编、作者的大调整，另一方面是为了避免读者的审美疲劳。所以这些期刊的每一次更名都带来一次新的阅读高潮。二是刊物中的每一篇作品几乎都有推荐文字，那些重点作品，更是设置"作者读者问答"。三是对每一种期刊的装帧都很用心，例如每期《红玫瑰》封面几乎都是一幅滑稽画，因为《红玫瑰》的市场定位就是大众化路线。《紫罗兰》的期刊封面是松竹梅兰，因为《紫罗兰》的市场定位就是名士化路线。①再说体力，通俗文学期刊基本准时出刊，编辑们几乎对每一篇作品都作评说，有时还要填期刊的空白而补稿，考虑到他们的期刊不少是周刊，可以想象这些编辑们的工作量。通俗文学期刊编辑，都非常善于与各类作者打交道。一旦发现某位作者在读者中赢得了一定的影响，他们便会不遗余力地想办法向这位作者约稿。《晶报》主编余大雄人称"脚编辑"，就是因为他为了一篇稿件，可以想尽一切办法，并亲自上

① 举个例子。某年中秋节，《申报・自由谈》主编周瘦鹃说自己为"点缀令节，忽然心血来潮，想把版面排成圆形，以象征一轮团圆的明月，待向排字工友提出这个意图时，工友们都面露难色，说从来没有排过这样的版面，不但费工费料，时间上怕也来不及。我因报头和插画都是为了排作圆形版面而设计的，早已准备好了，非在报上让读者赏月玩月不可。于是急匆匆地跑下三层楼，赶到排字房里去，凭着三寸不烂之舌，向工友们说了不少好话，几乎声泪俱下；并且以我本人通宵守候着帮助排版，亲看大样作为条件，终于说服了工友们，立即动起手来。这一晚拼拼凑凑，拆拆排排，工友们费了很多功夫，尽了最大力量；我也实践诺言，通宵随侍在侧，直到东方发白，版面上出现了一轮明月时，这才感激涕零地，谢过了工友们，兴高采烈地回家去睡大觉了。这一页《自由谈》中秋号我至今珍藏着，今天捡出来看时，见有朱鸳雏的笔记《妆楼记》、程瞻庐的谐著《月府大会记》、李涵秋的小说《月夜艳语》等九篇作品，钱病鹤的插画《姮娥夜夜愁》……"（周瘦鹃：《笔墨生涯鳞爪》，见范伯群编：《周瘦鹃文集》第4卷，文汇出版社2011年版，第309—310页）

门，直到稿件到手为止。脑力、体力如此地付出，折射出的是市场的压力和编辑们的敬业。

为了扩大作品的影响力，通俗文学作家、编辑无一例外地将读者喜欢阅读当作办刊的第一要素，无不注意与读者搏感情，具有强烈的读者意识。他们建立与读者互动的制度。《谈话》《读者信箱》《人生信箱》《编辑部谈话》《交换》等等，通俗文学期刊均设立与读者交流的栏目。这些栏目涉及读者生活的各个方面，同时也为连载的小说摇旗呐喊。评价作品、猜测情节、代写结尾，这些通俗文学作家、编辑想尽一切办法来壮大连载小说的声势。

编辑们宣传推介作品的另一个手段就是广告。现代通俗文学在1892年韩邦庆的《海上奇书》出版之际就开始做广告。①但是这些文学广告基本上被淹没在大量的商业或教科书广告之中。进入20世纪20年代以后，现代通俗文学出现了繁盛局面，繁盛的通俗文学创作自然带来繁盛的文学广告。此时通俗文学广告繁盛还有两个新的要素。一是书局的介入。新成立的世界书局和大东书局，为了与商务印书馆和中华书局争夺市场份额，采用了通过通俗文学打开市场的经营策略。世界书局和大东书局办了很多通俗文学杂志，很多文学作品经过连载逐步地取得了市场的认可，然后由它们再结集出版。杂志连载和书籍出版形成互动，杂志上连篇累牍地刊载那些书籍广告，那些书籍也是附载数页的杂志广告。书局有着自己的发行网，有着几本甚至是十几本杂志，做起广告来可谓是声势浩大。二是通俗文学创作与商业电影的联姻。此时的电影正逐步成为中国民众最大的娱乐项目，很多吸引观众的电影均来自畅销通俗小说的改编。电影为了吸引更多观众就不断地打出广告，强调它改编于什么畅销书；书商为了攀上电影光环，同样是不断地打出广告，强调那部热映电影的原著是什么。于是作家、书商、导演，杂志、出版、电影都加入了广告大军，此时中国通俗文学的广告异常热闹、非常好看。

新文学作家也做广告，他们更多地强调社会功能②。通俗文学的广告

---

① 广告："海上奇书共是三种，随作随出，按期因售，以副先观为快之意，其中最奇之一种名曰《海上花列传》，乃是演绎……"（载《申报》1892年2月16日。）

② 例如鲁迅写的两则广告："《一个青年的梦》：日本武者小路实笃作戏剧，鲁迅译。当欧战正烈的时候，作者独能保持清晰的思想，发出非战的狮子吼来。""《出了象牙之塔》：日本厨川白村作关于文艺的论文及演说二十篇，思想透辟，措辞明快，而又内容丰富，饶有趣味，是一部极能启发青年神志的书。"（以上两则鲁迅作的广告均引自范用编：《爱看书的广告》，生活·读书·新知三联书店2004年版，第8页）鲁迅是要告诉读者，他所翻译的这两本书都是能够给人思考的。

强调的是文学的愉悦性。广告中用各种修辞手段强调作品如何吸引人，或者就干脆将作品目录、部分故事篇章全部照录作为广告内容。广告位置也十分讲究，它们经常将广告放置在那些畅销连载小说的旁边，例如张恨水的《啼笑因缘》连载时周边均是一些作家作品的广告。他们甚至用小说情节做广告，这种手法很像我们现在的一些影视剧将一些商品作为道具做些插播广告。如汪仲贤的《歌场冶史》：

上海的报纸上有一张《本埠附刊》，外埠人是永远看不到的。你在《本埠附刊》的分类小广告里，登两行脱离夫妻关系的小广告，不要说外埠人不看见，就是本埠的看报人也不会留心。你登了这条广告，以后无事最好，万一发生法律问题，你就可以避免重婚的罪名了。但是这个广告，只能你自己出面，律师可不能代表你出面，因为这是违法的事。①

再如顾明道的《奈何天》：

王志澄今天是满怀着一团游兴，左顾右盼，眺望不已。回过头来，却见大我已买了一份《新闻报》在那里看报，整个的脸都被报纸遮住了。他就把大我的手一拉道："密司脱李，你方才在校里不是已看过《新闻报》吗？怎么现在又购着细阅呢？好不奇怪！"大我一时没得回答，只得说道："我想看看《新园林》和《本埠附刊》上的长篇小说。"②

汪仲贤和顾明道都是《新闻报》附刊《本埠附刊》的主要作者，都有很多文字刊载其上。这些文字是他们自己写的，还是编辑加的，实在不可考，但目的都很明确，就是借小说做广告。

第三节　让文学走向文化：通俗文学与弹词、商业电影产生互动及其影响

在市场的推动下，一些取得良好效应的文学作品自然就要向其他大众

① 汪仲贤：《歌场冶史》，春风文艺出版社 1997 年版，第 280 页。
② 顾明道：《奈何天》，上海文化出版社 2006 年版，第 356 页。

艺术蔓延和渗透。这个时期通俗文学与大众艺术之间最引人注目的互动有二,一是通俗文学与弹词,一是通俗文学与商业电影。

弹词是江浙沪一带深受民众欢迎的一种民间曲艺。在相当长的时间内,中国通俗文学作家将弹词看作小说中的一种类型,称之为"弹词小说"。王钟麟《中国历代小说史论》中说:"章回弹词之体,行于明清。章回体以施耐庵之《水浒》为先声,弹词体以杨升庵之《廿一史弹词》为最古。数百年来,厥体大盛,以《红楼梦》《天雨花》二书为代表。其余作者,无虑百十家,亦颇有名著云。"[①]清末民初之际,徐念慈、夏穗卿、狄平子等小说理论家都持同样的观点,认为弹词是小说之一体。因此,清末民初有关小说理论的开创之作中基本上都提到了弹词。

现代通俗文学与弹词的互动自清末民初以来就很密切。很多通俗文学作家就是弹词作家。清末民初以来通俗文学作家创作的弹词主要有:陈蝶仙《潇湘影弹词》《自由花传奇》、张丹斧《女拆白党弹词》、李东野《侠女花弹词》、胡怀琛《铁血美人》、许瘦蝶《尚湖春》、程瞻庐《孝女蔡蕙弹词》、姚民哀《素心兰》、范烟桥《家室飘摇记》《玉交柯弹词》、谭正璧《落花恨弹词》、包天笑《玉女怨》、包醒独《鸦凤缘弹词》、郁霆武《红杏出墙弹词》等。

清末民初之际,弹词主要在书场表演。1922年上海创设无线电公司,开始电台播音。弹词也与这一新的传播媒体相结合,从书场走向百姓的卧室、厅堂,打开收音机听弹词,跟每天翻开报纸看连载一样成为市民日常娱乐生活的一部分。为了提高收听率,弹词名家成为各大无线电台争夺的对象,徐云志、周玉泉、薛筱卿、蒋月泉、严雪亭、杨振雄、朱雪琴、范雪君等一批响档名家都相继在电台弹唱。他们不仅唱弹词,甚至还充当新闻和广告词的报告员。表演平台的变化给弹词节目带来了更大的受众群体,反过来受到欢迎的弹词又因此有了更大的发展。新的发展需要新的剧本,同样受市民欢迎的通俗文学作品自然就成为弹词改编的主要来源。这个时期几乎所有的通俗文学名篇都被改编成弹词,其中影响最大的当然是张恨水的《啼笑因缘》。这部书的影响非常大,新开业的书场萝春阁第一次在上海开演就唱这部书,日夜场的听众达700人。

---

① 转引自周良:《苏州评弹旧闻钞》,江苏人民出版社1983年版,第271页。

弹词到20世纪40年代初再一次掀起高潮，这是由秦瘦鸥的《秋海棠》引发的。陆澹庵1945年春完成了《秋海棠》的改编。演出当天，近千座的书场加座至1 200人。表演者范雪君从此一炮打响，跃入名家响档行列，《秋海棠》成为其“看家书”之一，奠定了她在中国评弹界的地位。

同样，有些传统弹词的影响很大，书商们就请人将其改变成小说，最典型的例子是程瞻庐将弹词《三笑》和《换空箱》的故事融为一体，改编成畅销小说《唐祝文周四杰传》。

通俗文学与弹词更为深刻的影响还在于在互为改编和吸取营养的过程中美学内涵的互补。传统弹词主要改编自传统戏曲，结构宏大、刻画细腻，但同时也流于烦琐，同一件事往往不厌其烦地在不同人口中重复出现，因此情节进展缓慢。现在根据小说改编，不仅情节安排详略得当，如行云流水，一气呵成，还特别注重人物性格的刻画。在叙事方式和叙事角度上，也表现出许多小说的特征，甚至还采用了倒叙的手法，例如弹词《孤鸿影》。弹词艺术同样也影响了通俗文学创作，例如张恨水的《金粉世家》中金燕西对冷清秋的追求过程是：惊艳、盯梢、接近、好感、旅游、定情、新婚。这样的过程基本上是弹词《三笑》《苏小妹三难新郎》中的程式。

电影自1905年登陆中国后发展得并不好。早期的电影人知道，要使电影在中国扎根必须要有中国的特色，于是，他们最初拍摄了一些中国戏曲，所以电影最早被人称为“影戏”。但是电影中的戏剧又怎么有舞台上现场表演生动呢？“影戏”自然没有市场。之后，电影人又开始在中国传统小说中寻找灵感，可是传统小说同样不吸引人，更主要的是那些传统小说在中国老百姓的心目中已经定型，电影怎么拍都被认为是胡编乱造。正因为电影如此的窘境，清末民初以来，电影能不能在中国生存一直是讨论的话题。20世纪20年代初，中国电影开始从通俗文学作品中寻找素材。中国电影人开始认识到，电影不仅仅是表演艺术，还需要有新的生动曲折的故事情节。电影艺术从通俗文学中寻找灵感，是电影在中国得以立足并开始有了很大发展的转折点。电影人开始寻找通俗文学作家为他们编剧，吸引通俗文学作家的重要手段就是高稿费。包天笑是最早成为电影编剧的中国通俗文学作家之一，他的《空谷兰》是最早被改编成电影剧本的通俗小说之一，他是这样描述当编剧的感受的：“我也想不到后来电影编剧身价高贵，编一本剧本，价至数千元。可是俗语说的‘一分价钱一分货’，我这写五千字一个故事，拿他们一百块钱，比了当时两元一千字的小说价值已经高得很了。”①不仅是一个成名的机会，还有一个很好的经济来源，真是何乐而不为呢？于是，包天笑尽管从来不知道剧本是什么样子，也就敢编起电影剧本来了。此时，那些通俗文学名家周瘦鹃、徐枕亚、程小青等人几乎都是电影编剧，有些通俗文学作家甚至还自己开办了电影公司，例如朱瘦菊、徐卓呆。

对通俗文学作品的改编使得电影在中国真正扎根，其中根据向恺然的小说《江湖奇侠传》改编的电影《火烧红莲寺》和根据张恨水小说《啼笑因缘》改编的同名电影《啼笑因缘》做出了巨大的贡献。1928 年 5 月 13 日《火烧红莲寺》第一集上映就引起了轰动，紧接着一连拍了 17 集续集。1930 年 11 月 30 日《啼笑因缘》刚连载完，明星公司就宣布立即改编成电影，果然明星公司不久拍了正续集 6 集。这两部电影在中国都引起观影狂热。茅盾曾对《火烧红莲寺》引起的狂热发出如此感叹：“《火烧红莲寺》对于小市民层的魔力之大，只要你一到那开映这影片的影戏院内就可以看到。叫好，拍掌，在那些影戏院里是不禁的。从头到尾，你是在狂热的包围之中，而每逢影片中剑侠放飞剑互相斗争的时候，看客们的狂呼就如同作战一般，他们对红姑的飞降而喝彩，并不是因为那红姑是女明星胡蝶所扮演，而是因为那红姑是一个女剑侠，是《火烧红莲寺》的中心人物；他们对于影片的批评从来不会是某某明星扮演某某角色的表情那样好那样坏，他们是批评昆仑派如何、崆峒派如何的！在他们，影戏不复是‘戏’，而是真实！如果说国产影片而有对于广大的群众感情起作用的，那就得首推《火烧红莲寺》了。”②茅盾是对这部电影持批评态度的新文学作家，连他都对这部电影产生的疯狂状态连连感叹，就更不用说当时的报刊上那些连篇累牍的溢美之词了。中国电影也就在这样的狂热之中进入了新的阶段。就以明星公司为例，到 1927 年已经亏损近 2 万元，公司处于摇摇欲坠的状态。据电影学专家丁亚平统计，明星公司拍摄《火烧红莲寺》以后的 1928 年，依靠第 1—3 集盈余 47 393.93 元；1929 年，依靠第 4—9 集，盈余 25 505.79 元；1930 年，依靠第 10—16 集盈余 25 505.94 元；1931 年，依靠第 18 集盈余 19 986.83 元。③电影公司的亏盈还只是一个经济问题，其中最重要的信息是：外来的艺术形式——电影，在中国扎根了，

① 包天笑：《钏影楼回忆录续编》，大华出版社 1973 年版，第 96 页。

② 茅盾：《封建的小市民文艺》，载《东方杂志》1933 年第 30 卷第 3 期。

③ 丁亚平：《影像时代：中国电影简史》，中国广播电视出版社 2008 年版，第 35 页。

它开始有了广大的中国接受者。

《火烧红莲寺》《啼笑因缘》带来的小说畅销和电影热播的效应对中国文化市场来说，标志着中国现代通俗文学与电影“联姻”比翼齐飞的时代来临。只要稍微看看此时的那些电影片名就会发现通俗文学与电影几乎是同步前行，就以武侠电影为例：

明星电影公司：《火烧红莲寺》《大侠复仇记》《黑衣女侠》等；

长城电影公司：《一箭仇》《大侠甘凤池》《妖光剑影》《江南女侠》等；

天一电影公司：《唐皇游地府》《火烧百花台》《乾隆游江南》《施公案》等；

大中华百合电影公司：《大破九龙山》《火烧九龙山》《古宫魔影》《黑猫》《55号侦探》等；

友联电影公司：《儿女英雄》《红蝴蝶》《红侠》《荒江女侠》等；

……①

武侠为主，侦探为辅，加上大量的言情、滑稽，构成了20世纪二三十年代中国“商业片”的浪潮。

与电影的“联姻”也对通俗文学的创作产生了深远的影响。在市场上，它们联手互动，例如，电影《火烧红莲寺》取材于小说《江湖奇侠传》，那时《江湖奇侠传》是部畅销小说；当电影红火之时，《江湖奇侠传》又乘势结集出版，所打出的广告是：

江湖奇侠传改编火烧红莲寺

《火烧红莲寺》影戏，其情节皆取材于《江湖奇侠传》书中，本书，是不肖生第一部得意杰作，全部十一集，一百零四回，一百万言，自从这部书出版以来，全国轰动，人人爱阅，明星公司及大世界等，均在本书采取情节演义，价值之高，可想而知。本书叙述清代剑侠奇迹，五十余件，首尾联贯，又长江湖上见识，爱武侠者，非看不可，定价一至五集每集七角，六至十一集各九角，七折；全部十一集实洋六元二角三分，外埠函购

① 李少白：《影心探赜》，中国电影出版社2000年版，第256页。

寄费每集各八分半，全部二角一分，上海及各省世界书局发行。

——《红玫瑰》1930 年 2 月 8 日第 17 期

《江湖奇侠传》反过来借《火烧红莲寺》的势了。虽然电影只是借小说的故事开了一个头而已，但是确实是从小说中寻找到的灵感。

与电影“联姻”，小说创作者开始有意地向电影靠拢。观众对电影中侠客的“口吐飞剑”和“自天而降”特别感兴趣，只要银幕上一出现，就能引起一片欢呼，这种电影手法在李寿民等人的武侠小说中被大量地引用。黑气、黄气、橙气、红气、紫气，他小说中的剑侠们都是驭剑而行、口吐五气，神乎奇神。侦探小说讲究的是逻辑推理，此时也有人向电影艺术上靠。俞天愤将他的侦探小说的情节拍成照片，穿插在文字描述之中，理由是电影依靠表情和动作才那么风行，侦探小说要想取得好的效果也应该有表情和动作。电影的镜头影像描述已经成为了当时通俗文学重要的表现方式。

第六章　现代都市大众文化的传播者：期刊、小报、画报、副刊与书局

面对大众，面对市场，现代通俗文学的传媒是现代大众文化的组成部分，寓教于乐是这些传媒的基本定位。在现代中国，通俗文学期刊是生命最长、读者最多的大众期刊；通俗文学作家是现代小报主要的创办群体；通俗文学作家也是现代画报的主持人。通俗文学作家主持的副刊推出了影响力最大的通俗小说；以出版通俗文学为主的书局的出现不仅使得通俗文学创作出现了集团性，也促使现代通俗文学创作出现波段性。现代通俗文学的期刊、小报、画报、副刊与书局是现代通俗文学创作的阵地，也是现代中国大众文化得以形成的支点和作家表现的平台。

第一节　最有成就的编刊者：现代通俗文学期刊的三个阶段

自 1892 年韩邦庆自办文学期刊《海上奇书》后，陆续有《新小说》(1902 年)、《绣像小说》(1903 年)、《新新小说》(1904 年)、《月月小说》(1906 年)、《小说林》(1907 年)等刊物出现。自 1911 年辛亥革命前后到 1921 年，随着报刊创刊热的出现，中国现代通俗文学的期刊也出现了创刊热潮。此时通俗文学期刊不下百种，被视作现代通俗文学期刊创刊热的第一个阶段。此时出现通俗文学创刊热，主要原因首先是作为都市文化的重要的表现，市民们对文学作品的阅读热情高涨，曾朴的《孽海花》1905 年出版后，不到两年连续再版 15 次[①]。徐枕亚的《玉梨魂》出版不到

① 阿英：《晚清小说史》，人民文学出版社 1980 年版，第 22 页。

但是在 1911 年《小说时报》第 9 期上《小说新语》一文说："《孽海花》一书，重印至六七版，已在两万部左右，在中国新小说中，可谓销量最多者。"

两个月，就连印三版，达两万册。[①]而文学期刊更是每出一种，马上就产生影响，销路很畅。周瘦鹃在《〈礼拜六〉旧话》中说："《礼拜六》……出版之后，居然轰动一时，第一期销数达两万以上……"如此高涨的阅读热情，必然刺激文学期刊纷纷创刊。其次，作为一种产业，文学创作可以作为一种谋生的手段。包天笑说："那个时候，我正当壮年，精神很好，除了编辑报纸杂志以外，每天还可以写四五千字，在卖文上收入很丰。"[②]卖得出就能赚到钱，赚到钱作者就非常卖力，文学期刊当然就红火起来。再次是现代印刷使得批量生产成为了可能，成本低廉，质量上乘的文学期刊走进了千家万户，成为了精神消遣的佳品。

在现代通俗文学期刊的第一波创刊热中，最有代表性的期刊是《礼拜六》和《小说月报》(前 11 卷)。

《礼拜六》为周刊，创刊于 1914 年 6 月 6 日，至 1916 年 4 月出至百期停刊。由中华图书馆发行，初署王钝根编辑，19 期以后，署钝根、剑秋编辑。剑秋即孙剑秋。在第 100 期上，中华图书馆发了一个告示：由于欧战影响，时局不靖、邮递常误、纸价昂贵等原因，《礼拜六》暂停出版。这 100 期，被称为"《礼拜六》前百期"。中断五年后，1921 年 3 月 19 日《礼拜六》复刊，出至 1923 年 2 月 10 日第 200 期时终刊，仍由中华图书馆发行，编辑者署瘦鹃，理事编辑署钝根。周瘦鹃在《〈礼拜六〉旧话》中曾说，自 1921 年 9 月办《半月》以后，"我却依旧助钝根编《礼拜六》……直到一百三十余期，因自己精神不够，才归钝根独编"。所以说，复刊后的《礼拜六》，版权页上虽然一直署着"编辑者瘦鹃"的字样，其实只有前三十几期是由钝根和瘦鹃合作编辑，余下皆王钝根一人独编了。这 100 期，被称为"《礼拜六》后百期"。

《礼拜六》模仿美国富兰克林的《礼拜六晚邮报》而创刊。《礼拜六》每星期六出版。从刊名和出版时间上就可以看出，《礼拜六》追求的是休闲性和都市性，它给读者提供的是闲暇之日闲暇之情的精神食粮，这就是它的市场定位。也正是从这样的市场定位出发，中华图书馆聘王钝根为编辑，因为此时的王钝根正在编《申报》副刊《自由谈》，而且办得很有影响。王钝根主编

---

① 张静庐在《在出版界二十年》中也说：《玉梨魂》"出版不到一两个月，就二版三版都卖完了"，"我们如果替民国以来的小说销量做统计，谁都不会否认这部《玉梨魂》是最近二十年来行销最多的一部"。江苏教育出版社 2005 年版。

② 包天笑：《钏影楼回忆录》，大华出版社 1971 年版，第 376 页。

的《自由谈》走的就是休闲和娱乐的路线。事实上，王钝根办《礼拜六》就是将他《自由谈》的风格照搬过来，于是他就有这样的语言："买笑耗金钱，觅醉碍卫生，顾曲苦喧嚣，不若读小说之省俭而安乐也。且买笑觅醉顾曲，其为乐转瞬即逝，不能继续以至明日也。读小说则以小银元一枚，换得新奇小说数十篇，游倦归斋，挑灯展卷，或与良友抵掌评论，或伴爱妻并肩互读，意兴稍阑，则以其余留于明日读之。晴曦照窗，花香入坐，一编在手，万虑都忘，劳瘁一周，安闲此日，不亦快哉！故人有不爱买笑、不爱觅醉、不爱顾曲，而未有不爱读小说者。况小说之轻便有趣如《礼拜六》者乎？"[①]这样的语言后来受到很多人的批评，却很符合《礼拜六》的市场定位。在王钝根眼中，《自由谈》刊登的是文章，《礼拜六》刊登的是小说，体裁虽然不同，却都是为精神愉悦服务的精神食粮。

既然是为了消闲娱乐，文字就必须轻松幽默，充满睿智。能够写这样文字的文人大多是才子。其实只要看《礼拜六》的主要作者的名单就可以感觉到这些作家大多以才情著称，王钝根、周瘦鹃、陈蝶仙、吴双热、吴绮缘、陈小蝶、程瞻庐、叶小凤、严独鹤等等，均为当时著名的才子，所以《礼拜六》具有很浓厚的才子风格。

才子最重言情。才子的才情最适合的表现情景当然是与佳人相配，言情小说自然成为了《礼拜六》的首选。当时徐枕亚的《玉梨魂》、吴双热的《孽冤镜》正被读者们所热捧，《礼拜六》跟随其后，成为了当时发表言情小说最多的刊物，将言情小说推向了前所未有的程度。姜杏痴的《剑胆箫心》、梅郎的《双妒花》、陈小蝶的《香草美人》、吴双热的《蘸着些儿麻上来》等都是较有影响的中长篇小说。这些小说基本上都是《玉梨魂》或《孽缘镜》的翻版或延续。《礼拜六》言情小说创作得最多的无疑是周瘦鹃，周瘦鹃的短篇言情小说几乎每期都有。

才子最易愤怒。《礼拜六》前两百期的两年间，中国国内发生了三件大事件，即：日本强迫中国接受"二十一条"、袁世凯称帝和 1914 年 10 月 31 日日本和德国在青岛开战。对这三件大事，《礼拜六》同仁均表现出了自己的态度。特别是日本和德国在中国争夺土地，《礼拜六》同仁感到是这极大的耻辱，曾用专号揭露批判。

---

① 王钝根：《出版赘言》，载《礼拜六》1914 年第 1 期。

才子最爱炫才。《礼拜六》前 50 期主要是刊登小说，50 期后的涉及面渐渐广泛起来，到了后 100 期也就成为了一个综合性的文学杂志。小说、笔记、译著、译丛、隽语、琐闻、笑话、杂谈等花样繁多，文章均短小，却很有趣，显示出作者的智慧和幽默。前百期小说文言较多，语言华丽，充满着才子气息，例如王钝根《红楼劫》的开头就是这样的语言："秣陵少年，拥紫貂裘，临床而坐。窗外大雪初霁，瑶台玉树，疑是广寒宫阙。雪光穿窗入，映射少年之面，莹洁如玉，然玉无温，少年之面则温而软，作浅绛色，奕奕飞动，盖雏环小雯方搴红绒窗帘迎朝旭也。"这种语言给小说带来了一片缠绵之气，却也显示出作者的才情。后百期基本上是白话，却也是书面语浓厚。

才子均爱美。在当时众多的文学杂志中，《礼拜六》的编排和设计均属上等。为它题字作画的除了丁悚以外，还有王济远、叶中冷、吴芝瑛、张聿光、张丹斧、姚鹓雏、王大错、刘海粟等人，这些人均是当时的成名书画家。封面多系水彩画，虽是滑稽画为多，仔细品味却也能品出其中的韵味。每期都收有几张中外人物或风景的图片，可以说是图文并茂了。

《小说月报》创刊于 1910 年 8 月 29 日，月刊，商务印书馆发行。《小说月报》至 1931 年 12 月停刊，共 22 卷。从创刊号到第 3 卷第 4 期，由王蕴章主编。王蕴章去南洋后，由恽铁樵接编至第 9 卷第 1 期，之后仍由回来的王蕴章接编，至第 12 卷第 1 期起，改由沈雁冰接编，成为"文学研究会"的刊物。这里论述的是《小说月报》的前 11 卷。

1910 年创刊的《小说月报》显然是为了承继 1906 年因李伯元去世而停刊的《绣像小说》。在创刊号上的《编辑大意》说："本馆旧有《绣像小说》之刊，欢迎一时，嗣响遽寂，用广前例，辑成是报……"从《小说月报》前 3 卷的编排和风格上看，与《绣像小说》基本一致。到了第 3 卷第 7 期恽铁樵接编《小说月报》，刊物的风格发生了极大的改变。恽铁樵专门发表了《本社特别广告》，说：

> 本报自本期起，封面插画用美人、名士、风景、古迹诸摄影，或东西男女文豪小影。其妓女照片虽美不录。内容侧重文学，诗古文词，诸体咸备。长、短篇小说及传奇新剧诸栏，皆精心撰选，务使清新隽永，不落恒蹊。间有未安，皆从割爱。故能雅驯而不艰深，浅显而不俚俗，可供公暇遣兴之需，亦资课余补助之用。

杂志的封面和插图虽不能完全代表期刊的风格，却是刊物的一张“脸”。《小说月报》封面和插图不用滑稽的水彩画，而是用水墨画或者照片，显示端庄。可是在前3期还有一些妓女照片，现在恽铁樵说，这些“妓女照片虽美不录”，就不仅是端庄，而且是端正。在恽铁樵手上，《小说月报》发刊了“中国第一女侠秋瑾”“法国革命记功碑”“法国大小说家嚣俄”“十九世纪小说大家司各脱”等封面照。恽铁樵显然并不将文学仅仅看作是“遣兴之需”，还期望其有“课余补助之用”。

所谓“清新隽永，不落恒蹊”是意有所指，批评的就是当时市面上广为流传的言情小说。他对言情小说的态度在这篇《本社特别广告》中说得还比较含糊。在1913年《小说月报》第4卷第12期上，恽铁樵专门写了《特别广告本社函件丛录》一文论述他对言情小说的看法。恽铁樵认为中国当下的言情小说没有什么社会意义，是“山重水复”的重复和“流于淫荡”的无聊，他明确地说：“敝报中几乎摒弃不用”。

从文学的教化功能出发，恽铁樵编辑的《小说月报》摒弃言情，注重写实；极少炫才，注重教化。在他刊发的作品中，他的《工人小史》很有代表性，除此之外，还有在1913年4月《小说月报》第4卷第1期上，鲁迅以笔名“周逴”发表的文言小说《怀旧》，小说写乡村的教育情况。恽铁樵对这篇小说大加赞赏，写了“转弯处俱见笔力”“写得活现，真绘声绘影”“状物入细”等批语。程瞻庐是恽铁樵培养的作家。恽铁樵之所以那么看中程瞻庐，就因为程瞻庐的作品特别注重教化。当时刚涉足文坛的程瞻庐给《小说月报》投了一篇弹词《孝女蔡蕙弹词》，写孝道之贵。恽铁樵看后很是高兴，写信给程瞻庐高度评价，说：“选材道学而不腐，修同明爽而深隐……佩服佩服。”稿子还未刊用就预付稿费40元，后来稿子刊登了出来，觉得实在好，再追加稿费14元。

端正朴素的装帧和注重教化的作品内容，与《礼拜六》的才子气息相比，《小说月报》处处透露出的是君子的作风。

《小说月报》这样的办刊风格使得该刊后来转型为强调“文学为人生”的文学研究会的会刊，很是自然。前后时期的《小说月报》都强调文学的教化功能，只不过教化的内容和价值观有所差别而已。事实上，从《小说月报》第11卷开始就已经出现了改革的先兆，不断发表的《本社启事》以及连载的周瘦鹃翻译的易卜生的《社会柱石》已经为杂志的转型不断地吹风和作铺垫了。

自《小说月报》被沈雁冰接编之后，通俗文学与新文学分道扬镳，通俗文学进入了市场化时期，走向了全面的繁荣。与此同时，中国现代通俗文学迎来了第二波创刊热。为了给那些被赶出《小说月报》的通俗文学作家一个阵地，1923 年商务印书馆又办了一个刊物《小说世界》。商务印书馆办的这两份刊物销量均很好，影响也大。这就刺激了书局纷纷创办文学期刊，特别是新进的书局，为了抢占市场，往往用办刊开路。除《小说世界》之外，此时现代通俗文学期刊大致上可分："红色系列""紫色系列"和"彩色系列"。

"红色系列"是指《新声》《红杂志》和《红玫瑰》三种期刊。

民国初年上海大世界游戏场办了一份小报，名为《大世界报》，主编是海上漱石生（孙玉声）。该报周围聚集着一大批传统文人，并且还有一个打灯谜的组织叫"萍社"，社员将近千人，其中海上漱石生、天台山农（刘介玉）、陆澹安、朱大可、施济群等人都是"萍社"的中坚分子。当时大世界游戏场也放电影，有一天陆澹安与施济群看了一部外国侦探电影《毒手》，被电影的情节深深地吸引了，两人连续看了几遍以后，施济群就提议陆澹安将电影改编成小说。陆澹安果然花了一个星期的时间将电影改编成小说出版，销量居然不错。施济群兴奋之余就将祖屋卖掉两间办起了一份文学杂志。这个杂志叫做《新声》，于 1921 年元旦创刊。开始时，《新声》的主要作者和读者是"萍社"中人，渐渐地那些由于《小说月报》改编游离于文坛的传统文学作者和读者加入了《新声》的队伍，《新声》的声势壮大了起来。看到这样的阵容和成绩，很有商业眼光的世界书局老板沈知方就将施济群拉去，由他出资办一份杂志。当时世界书局为了引起人们的注意，将社址的门面漆成了红色，称作为"红屋"，于是新办的杂志就叫做《红杂志》。1922 年元旦《新声》杂志停刊，1922 年 8 月《红杂志》出版。《红杂志》的模式几乎照搬《新声》，只是资金更充裕了，将原来《新声》的月刊变成《红杂志》的周刊。《红杂志》停刊于 1924 年 7 月，共出 100 期，又有纪念号 1 期，增刊 1 期。《红杂志》出满 100 期后，改名为《红玫瑰》继续出版。《红玫瑰》改由赵苕狂为编辑，严独鹤为名誉编辑，同样是周刊，创刊于 1924 年 7 月。1928 年改为旬刊，陆陆续续出版至 1931 年，整个出版时间达 7 年之久，是现代传统文学杂志期刊寿命最长的期刊之一。从《大世界报》到《新声》，到《红杂志》，再到《红玫瑰》，这一条杂志系列被称作为"红色系列"。

讲述“红色系列”的前生后世主要是说明这个来自游乐场游戏小报的期刊系列最重要的特色是很强的世俗化倾向，它们是现代传统文学的“通俗读物”。

“红色系列”刊物最热衷的故事题材是平民生活的风俗世情。内容大多是寻常老百姓的生老病死、婚丧嫁娶，目的是劝俗劝善、醇正世风。最能体现“红色系列”刊物风格的作家是滑稽小说作家程瞻庐。程瞻庐仅在《红杂志》上就发表6部长篇小说，200多篇短篇小说和500多篇随笔小品。从《新声》一直到《红玫瑰》，几乎每一期上都有他的一两篇文章，说他是“红系列巨子”并不过分。

“红色系列”刊物也对中国的社会政治表示关心，但所取的视角却相当世俗化。例如，包天笑是位对时事政治比较关心的老作家，他在《小说画报》等刊物上曾发表了多篇相当严肃的爱国小说，然而同样是爱国小说，发表在《红玫瑰》上的却是写妓女生病的《倡门之病》。小说这样描述：妓女翠芳病了，各路好友送来各国的好药，吃下去均无效，最后翠芳自己服了中国的藿香正气丸，病也就好了。作者生怕读者看不懂作品中的含义，最后发表议论说：“梁翠芳之言可以增吾国外交，若英若美若日若俄，无不于吾国示爱，而欲起我沉疴，吾国亦不敢不表示其感谢之忱，然若在昏沉，则医药杂投，反促其无，吾国民安得如梁翠芳之自觅其正气丸乎？噫嘻。”将爱国的精神比作是妓女吃“中国的藿香正气丸”，不可思议，但是却符合刊物的风格。

世俗化的倾向使得“红色系列”中的小说更加追求故事化、情节化。作为刊物来说，当然是为了更加吸引读者，但是，创作风格的平民化却给传统小说带来了很多变化。为了平民风格，平江不肖生（向恺然）的《江湖奇侠传》将武侠小说从政治化转向江湖化，对现代武侠小说的风格转型产生了重要的影响；为了吸引平民读者，姚民哀将揭露黑幕和讲述江湖故事结合起来，创立了“党会小说”；为了切合平民的价值判断标准，程瞻庐总是在世俗生活中寻找行为与道德的落差，并从中产生滑稽感……世俗化的追求给传统小说开拓了新的空间，同样，具有世俗特征的“红色系列”作品也成为了20世纪20年代初中国传统文学转型市场化的重要标志。

世俗化的重要特征就是游戏性。“红色系列”中这种游戏性小说相当多，表现得最为突出的是“集锦小说”。所谓“集锦小说”是指一人接一人地连续写一部小说，总共近十人。由于续作者只关心怎样合理地续写以及怎样给后续者增加难度，所以整篇小说缺乏统一的构思，缺乏合理的布局，只能胡编乱造，但是胡编乱造之中却充满了游戏的乐趣。集锦小说在《新声》上很多，到《红杂志》和《红玫瑰》时期，越演越盛。“红色系列”中另一种游戏小说是“专号小说”，即用小说的形式来纪念有意义的日子，如“国耻号”“国庆号”“新年号”“春季号”“夏季号”“伦理号”“妇女心理号”“百花生日号”等，甚至还有“少年恩物号”“因果号”等等。不过，游戏性却也常有创新，例如俞天愤创作了一篇侦探小说《玫瑰女郎》，这篇小说也就是迎合《红玫瑰》杂志之名而写的一篇游戏作品，但是作者为了趣味性，根据故事情节拍了很多照片插在小说中。照片拍得并不好，却开了中国小说配照片排版的先河。

清末民初时传统文学期刊杂志封面一般是山水画，取其典雅，而从《红杂志》开始到《红玫瑰》的每一期都是近似漫画的水粉画，取其滑稽。刊物栏目十分繁杂，小说、诗话、笔记、笑话、影评，甚至还有一些科学实验。有必要说明的是，刊物编辑的态度都十分认真，特别是《红玫瑰》编辑赵苕狂，几乎每一篇重要作品之前都有他的评点和推荐，每一期的后面都有他的《编辑琐话》。考虑到《红玫瑰》的出版周期，仅此一项就可以看出赵苕狂的工作量了。

“紫色系列”主要也是三份杂志，它们是《半月》《紫罗兰》以及周瘦鹃的个人刊物《紫兰花片》。进入20世纪以后，书局之间的竞争日趋激烈，老牌的书局商务印书馆、中华书局已经站稳了市场，后起的世界书局和大东书局为了夺取更多的市场份额，均采用了利用传统文学的影响扩大市场份额的营销手段。这两个书局就成为了当时创办传统文学杂志的主要资助者。世界书局既然创办了“红色系列”，大东书局不甘落后，就办起了“紫色系列”。当时，中华图书馆有一个刊物叫《半月》，1921年9月创刊，半月刊。该刊销量并不太好，大东书局就将其盘了过来，然后将周瘦鹃从《礼拜六》中挖了过来，让他编辑《半月》。《半月》自第5期始由大东书局接编发行，周瘦鹃编辑。到1925年11月停刊，《半月》共出4卷96期。此时《红玫瑰》正在风行之中。大东书局就要求周瘦鹃再办一个刊物，于是周瘦鹃续办《紫罗兰》。《紫罗兰》仍是半月刊，仍由大东书局发行，创刊于1925年12月16日，到1930年6月停刊，也出了4卷96期。

与“红色系列”一样，“紫色系列”同样立足于市民阶层；与出生于游戏小报的“红色系列”不一样的是，“紫色系列”在追求趣味性和通俗性的同时，还带有较浓厚的名士作风。与“红色系列”的作家主要来自社会的草根阶层不一样，“紫色系列”的作家主要来自社会的精英阶层，或者是饱读诗书的传统知识分子，例如周瘦鹃、包天笑、毕倚虹；或者是留学生，例如徐卓呆。这些人又大多是南社中人。因此，“紫色系列”可以说是传统文学的“精英读物”。

曾是《礼拜六》的主要作者和编辑之一的周瘦鹃，将《礼拜六》感时劝俗的主题带到了他所编辑的刊物之中来了。“紫色系列”的作品大致上分四种类型：一是国难小说，以周瘦鹃的寓言小说《亡国奴家的燕子》最有影响。二是“问题小说”，主要有毕倚虹写妓女问题的“北里小说”和童养媳问题的“家庭小说”，张舍我的都市传奇也颇具特色。三是知识分子小说。新文学作家写知识分子侧重于人生价值的失落和追寻、理想道路的构造和幻灭，传统文学作家写知识分子侧重于讽刺他们的卑劣行径及精神空虚的人生胡调史。徐卓呆的《小说材料批发所》、汪仲贤的《言情小说家之奇遇》、张秋虫的《芳时》《烦闷的安慰》都是很有代表性的作品。四是侦探小说。经过了清末民初大量的翻译之后，中国的侦探小说进入了创作期。“紫色系列”开设的“侦探之页”开始刊载中国作家创作的侦探小说。这些侦探小说虽然质量不高，这些期刊却是中国作家最早的侦探小说创作实验地。

作为一个名士，周瘦鹃以爱美而出名。他的爱美的风格在刊物装帧上表现得十分充分。“紫色系列”的装帧是传统文学期刊中最具美感的。《半月》是细长型的小16开本，《紫罗兰》先是方形的20开本，后是长形的16开本，《紫兰花片》则是64开本，只有手掌那么大。《半月》的封面仅是一幅加色的素描画，《紫罗兰》的封面则是一张完整的背景画，而且每幅画下都有两句诗，例如“再三珍重临行意，只在横波一转中”“低头只作枯禅坐，莫把双眸注妾边”等等，可以算作是封面画意题解吧。长型16开本的《紫罗兰》封面更为精致，封面画还是时装仕女，但却用镂空的形态表现出来，即第1页将仕女的形态镂空，第2页插入画面将仕女的形态从镂空处露出来。《紫罗兰》中有一个《紫罗兰画报》的栏目，是一种彩色的折叠式的开本，很有特色。《紫兰花片》的封面也是一幅时装仕女画，每期的题签均由他的好友们轮流题写，包天笑、袁寒云、王西神、何海鸣、徐树铮等人均在其上留下了题签手迹。看得出来，周瘦鹃是将期刊的装帧当作工艺品来对待。

“彩色系列”主要是《珊瑚》杂志。《珊瑚》杂志为半月刊，创刊于1932年7月1日，停刊于1934年6月，共出48期。现代中国有影响的文学杂志都在上海编辑和发行，唯独这份《珊瑚》杂志在苏州编辑，在上海发行。"苏州特色"就成为了这份杂志的重要特点。近现代苏州最活跃的文人群体是南社。《珊瑚》杂志的主编范烟桥，是南社中人，《珊瑚》的主要撰稿人是：陈去病、柳亚子、胡朴安、邵力子、顾明道、程瞻庐、吴双热、包天笑、陈莲痕、周瘦鹃、何海鸣、徐碧波、汪仲贤等等，其中大多数是南社的重要成员。因此，说《珊瑚》就是南社办于20世纪30年代的文学杂志也未尝不可。创刊号上，主编范烟桥作题为"不惜珊瑚持与人"的发刊词，说明了办刊方针："珊瑚的颜色，有红有白有青有黑，这小册子的文艺也是五光十色，什么都有一点。"

《珊瑚》杂志的贡献要从这份杂志的三个特别的地方说起。

这个时期的中国正面临着两件大事，1931年东北"九一八"事变和1932年的上海"一·二八"事变。民族存亡，迫使着中国社会各个阶层的人都要表明自己的态度。此时，曾经活跃于20世纪20年代的大型通俗文学杂志几乎都已停刊，因此，《珊瑚》杂志也就成为了通俗文学作家表明政治态度的一个重要的窗口。作为具有民族气节的中国传统文人，《珊瑚》杂志上最令人感奋的文学作品就是他们那些"爱国文学"。主编范烟桥要求杂志承担起"文化救国"的责任，《珊瑚》杂志成为当时通俗文学作家写作"爱国文学"和表达爱国情绪的最为集中的刊物。从第7期开始，每期都刊登一份《爱国连索》的广告，即民间自发的爱国广告。杂志还专门出了"九一八"专号和"一·二八"专号。文学作品就更多了，有些作品艺术上并不出色，但是有着相当的鼓动性，例如顾明道写东北"九一八"事变的小说《国难家仇》。当时，十九路军在上海抗战，杂志中就有很多《拟十九路军军歌》的文字，例如王佩诤作的歌词："精忠兮报国，追岳家旗帜痛饮黄龙河时，我军乎奋武鹰扬，百战沙场，扫尽妖氛奠定我中原，我军乎神川无恙。"在那个时代背景下，读这样的文字确实感奋。《珊瑚》办了两年，爱国主义精神始终强烈，在当时并不多见。

20世纪30年代初的上海文坛，新文学和通俗文学两大阵营都有新的变化，新文学的"左翼文学"正在发展，通俗文学正处于巅峰状态。此时通俗文学重要作品是张恨水的《啼笑因缘》，并催生出一批《啼笑因缘迷》。根据向恺然的《江湖奇侠传》改编的《火烧红莲寺》之火还在熊熊燃烧着。因此，引来了左翼作家对通俗文学又一次的批判高潮。究竟怎样面对左翼文学的批评，《珊瑚》杂志必须做出回答。主编范烟桥是位学者型的作家，他曾在东吴大学教小说史，写过不少小说。对于文坛上新旧之争，他很不以为然。他认为文学创作应该是“五光十色”，“什么都有一点”。从第13期开始，《珊瑚》专门开辟了“说话”栏目，表明自我的文学态度并对当前的文学创作展开批评。这些署名为“说话人”的文章共18篇，既批评新文学作家的作品，也批评通俗文学作家的作品，摆出了一副超然的模样。“说话”开宗明义：“不管什么正统文学，什么鸳鸯蝴蝶派，什么自由主义，什么革命，什么不革命，什么破锣，什么破鼓等等，我以为有一点好处，足以引起我的同情的，应该褒他一下；我以为有一点破处，足以引起我反感的，贬他一下。自问弯曲了批评的意义，没落了批评的价值，缺乏了批评的态度。但是我是我，我有我的眼、脑、手，不能不如此看，不能不如此想，不能不如此写。”从这种批评态度出发，“说话人”对吻云的《红棉袄》、漱六山房的《反倭袍》、程瞻庐的《唐祝文周四杰传》、顾明道的《国难家仇》、白薇的《敌同志》、茅盾的《林家铺子》、汪仲贤的《烟犯》《万里江山图》、鲁彦的《兴化大炮》等作家作品做了专文评论。这些作家作品虽属新旧不同作家，“说话人”的评论则只论特色，不分新旧。

但是新文学作家却批评《珊瑚》是旧文学杂志，对此他们深为不满。“说话人”明确地说：“新文学派里，确有当得起新，够得上文学的作品。礼拜六派里，也有极新极文学的作品”。他举例说：“《林家铺子》确是一篇观察极深刻的小说，但是《往哪里逃》和他的姐妹篇《食指短》，实在是‘一·二八’背景下很有意义的写实小说，我们似乎不应当因着他署名‘卓呆’而拉不上新文坛去。”此时的新文学作家当然不会因为《珊瑚》杂志的呼吁停止对传统文学的批判，反而更加激烈了，例如鲁迅的《上海文艺之一瞥》、瞿秋白的《鬼门关以外的战争》、阿英的《上海事变与鸳鸯蝴蝶派文艺》等著名的批判文章均发表在此时。在《珊瑚》1933年第2卷第8期上发表了彳亍的文章《新作家的陈迹》，现全文录之如下：

刘半农（原名半侬，《小说大观》中时有作品）
鲁迅（前名周豫才，著文言小说甚多，发表于绍兴《越铎日报》副刊中）
施蛰存（前名青萍，著有《江干集》）
戴望舒（前名梦鸥，作品散见《星期》《半月》诸杂志）
黄中（即黄花奴，《小说新报》中，时见其作品）
俞长源（即俞牖云，作品见《小说丛报》）
老舍（原名舒舍波，《礼拜六》常见其作品）

楼建南(前名剑南,《礼拜六》中作品颇多)
叶绍钧(前名圣陶,《礼拜六》中作品颇多)
吻云(即许啸天)
苏凤(即姚赓夔)
杜衡(原名戴克重,昔年常有文字发表《小说时报》中)
滕固(原名若渠,昔年文言作品颇多)①

文章之中没有任何评论,但是作者的意图很明显,就是要揭鲁迅、刘半农等人的“老底”,说他们本来就是旧文学作家出身。

南社成员都是江南名士,他们办的刊物当然是名士气息浓厚。杂志中诗文较多,柳亚子的《亚子近作》、金鹤望的《天放楼近诗》、包天笑的《钏影楼诗话》等作品中,诗文均占有相当的篇幅。学术性较浓的考古文章有徐碧波的《中国有声电影的展望》、潘心伊的《书坛话堕》、胡寄尘的《文坛老话》、孙东吴的《八股文废话》、凌景埏的《〈再生缘〉考》、范烟桥的《沈万山考》以及陈去病编订的《孙中山先生家世表》、柳亚子的《柳亚子自传》《苏玄瑛正传》等,这些文章都有相当的学术价值。

《珊瑚》的装帧很朴素,虽然刊名题签也是名人逐期更换,封面的色彩仅是一色。有特色的是每期集中对一位作家介绍,并对下期主要作家作品进行预告,称之为“结网者言”。在刊物中还集中刊登名胜风景、文物书画、裸体美女的照片,作为“刊中刊”,称之为“珊瑚画报”。

自1941年底太平洋战争爆发、“孤岛文学”时期结束后,新文学基本上就撤离了上海。那些与政治时事不发生直接关系的通俗文学期刊开始盛行起来,中国现代通俗文学期刊进入了第三波创刊热潮。它们成为了此时上海地区的主要的文学期刊,这个局面一直持续到1949年。这些刊物最直观的特色在开本上,一些刊物的开本是方型,可称为“方型刊物”;一部分刊物的开本是窄型,可称为“窄型刊物”。在中国北方的京津地区,通俗文学期刊同样占据了重要的位置,它们常常图文并茂,因此常以“画报”称之。

“方型刊物”主要有四种:《万象》《大众》《春秋》《茶话》。《万象》月刊创刊于1942年7月27日,终刊于1945年6月1日,共出版了43期。《大众》月刊

① 彳亍:《新作家的陈迹》,载《珊瑚》1933年第2卷第8期。

1942年11月1日创刊，至1945年7月1日停刊，共32期。《春秋》月刊是陈蝶衣脱离《万象》以后所办的刊物。这份刊物从1943年8月15日创刊，一直到1949年3月停刊，从抗日战争一直延续到解放战争结束。《茶话》创刊于1946年6月5日，至1949年4月止，共出版了35期。从它们的办刊时间上就可以看出，"方型刊物"基本上覆盖了整个20世纪40年代。"方型刊物"都是综合性的大型刊物。它们的办刊方针如陈蝶衣语："我们不谈政治，不言哲理，不作大言之炎炎，惟为小言之詹詹。"不谈政治、不言哲理、不作大言，惟为小言，这样的办刊方针，完全可以理解，毕竟是一批通俗文学作家在恶劣的政治环境中办的刊物，刊物要想生存下去，就只能是"惟为小言"。

那么，它们写了一些什么"小言"呢？最出色的是对那些城市贫民在社会重压下的慌乱生活的描述。作品主要写了城市贫民的三方面的生活状态：一是贫困，代表作品有叶红的《绯色幽灵》《陋巷中》等；二是心态，这类作品比较多，有徐卓呆的《李阿毛外传》、罗洪的《变》、文宗山的《富贵里三十四号》以及潘予且（潘序祖）、丁谛（吴调公）等人的小说；三是"跑单帮"，"跑单帮"就是贩运生活物品，是当时市民为了生存而进行的谋生手段，此类作品出色的有肖阳的《达生篇》、白悠的《倒运汉走单帮》、慕容隽的《跑单帮》等。传统文学作家最善于写那些国故新知、历史掌故、生活随笔，而这些文字又能远离政治，于是便成为他们写"小言"的重要内容，包天笑、胡朴安、范烟桥、郑逸梅等人均有相当多的"小言"文字。特别值得一提的是《大众》月刊还推出一些纯粹的"美文"，尤以孙了红写得最好。1945年以后，反映社会现实问题的作品明显增多，《茶话》中有不少小说写得相当精彩。徐行的《陶家村》写一直隐居的桃花源人终于在"税捐、征兵、兵祸、强盗……面前不安起来"；包天笑的《屁美人》写新闻记者写那些违心文字，就是在放屁中讨生活；沈关生的《福二伯》说当时的国军为什么一打仗就倒过去，原因是"他们每个月的工钱拿来还买不到一包香烟……那些穿着上好料子衣服的军官们，进出汽车，住洋房……这些兵士谁愿意打仗"。这样的"小言"，显然火药味很浓。

20世纪40年代的周瘦鹃是十分忙碌的，他于1941年5月1日创办了《乐观》月刊，至1942年4月1日停刊，共出版12期。《乐观》停刊不久，在出版商的怂恿下，周瘦鹃于1943年4月1日复活了他的《紫罗兰》。该刊为月刊，出至1945年3月停刊，共18期[为了有别于他在二三十年代办的《紫罗兰》，下文称它为《紫罗兰》(后)]。大概是有意与那些"方型刊物"有别，他办的刊物的刊本都是窄而长，所以称作“窄型刊物”。这两份刊物的编辑方针，从周瘦鹃写的《〈乐观〉发刊辞》上就可以看出：“我是一个爱美成癖的人，宇宙间一切天然的美或人为的美，简直是无所不爱……我因爱美之故，所以对于这呱呱坠地的《乐观》，也力求其美化，一方面原要取悦于读者，一方面也是聊以自娱……愿大家排除悲观，走向乐观之路，抱着乐观，乐观光明之来临。”看得出来，40年代的周瘦鹃唱起了唯美主义的论调。由周瘦鹃主办的这两份杂志的装帧都相当精致。周瘦鹃在《紫罗兰》(后)上首发了张爱玲的处女作《沉香屑·第一炉香》以及她的第二部小说《沉香屑·第二炉香》。除了张爱玲的小说外，具有代表性的作品还有周瘦鹃的《新秋海棠》、程小青的《龙虎斗》、胡山源的《龙女》。此时，周瘦鹃还发表了他的《爱的供状》诗歌100首，记叙了他“一段绵延三十二年的恋爱史”，作为他“五十自寿的纪念文字”。写哀艳文字是周瘦鹃的拿手绝活，这100首充满缠绵的哀艳诗词一时赚取了读者不少眼泪。

现代通俗文学办刊物背后的“金主”有一个变化的过程。清末民初之际的刊物几乎都是从报纸副刊演变而来，“金主”是报纸。到了20世纪二三十年代，通俗文学期刊的“金主”主要是书局。20世纪40年代的这些刊物的“金主”比较复杂，有书店，例如《万象》是由中央书店主办；有社会团体，例如《大众》是由国学书室主办；还有的则主要是工商集团主办，例如周瘦鹃办的“窄型刊物”均是上海九福制药公司主办。既然“金主”出了钱，就要为“金主”宣传。40年代刊物上的广告是铺天盖地、五花八门，具有很浓厚的商业气氛。与市场接轨是现代通俗文学的一个特点，只是这个时期表现得特别明显。

第二节　让文字走向社会各个角落：小报的“四大金刚”

小说家李伯元于1897年在上海创办的《游戏报》是近代较早的小报之一。《游戏报》虽然标榜“假游戏之说，以隐寓劝惩”，但它实际上是市民读者们日常生活中“茶余酒后，适性陶情”的消闲资料，甚至希望为“前度刘郎”们作“冶游之一助”。《游戏报》篇幅小，即使是新闻也要追求趣味性，论说文字则讲究嬉笑怒骂皆成文章，努力为市民读者提供游戏指南，这些也都是后来的小报着力遵循的办报原则。

对现代通俗文学来说，影响最大的小报是并称为小报“四大金刚”的《晶报》《金钢钻》《福尔摩斯》和《罗宾汉》。

《晶报》是小报“四大金刚”之首。由于中国第一代新闻人是由传统文人组成，所以中国早期的报纸总是在大报之外办一份小报。小报是为了给那些善于舞文弄墨的文人提供一个平台，客观上也给大报的销售提供一个促销手段。《晶报》就是在这样的背景中产生的。《晶报》原是《神州日报》的小报，创刊于 1919 年 3 月 3 日。之所以定名为《晶报》是因为它每 3 日一期。《神州日报》办《晶报》是为了给那些文人写些文学之类的“软性文字”作为大报促销的赠送品，当然也允许其零售。所以最早的《晶报》也就是《神州日报》给订阅者的赠送品，没有什么独立性，发行量随《神州日报》而定。为了给《神州日报》服务，提高其价值，《晶报》开始时每期只印 6 000 份，售罄决不再印。可是《神州日报》没有想到，它的这一举动不但没有挽救《神州日报》，反而加速了《神州日报》的衰亡，因为人们都争着看《晶报》，每期零售一出就售完，《神州日报》反而更加无人问津了，为了维持《神州日报》的运转，《晶报》只能不断地加印。勉强维持到 1926 年，《晶报》终于脱离《神州日报》，独树一帜。《晶报》一直办到 1940 年 5 月 30 日终刊，是现代中国办刊时间最长、影响最大的综合性文学小报。

作为一份通俗文学的综合性小报，《晶报》栏目有小说、杂说、诗词、评说以及俏皮话、歌舞场、衣食住行等等，作品极多。就以连载的长篇小说为例，著名的作品就有李涵秋的《爱克斯光录》、包天笑的《冠盖京华》、姚鹓雏的《夕阳红槛录》、漱六山房的《最新九尾龟》、张恨水的《锦绣前程》等等。这些文学作品是《晶报》的主要文字，但是并不能显示出其特色，因为这样的文学作品其他期刊小报都有。《晶报》的特色是，它是中国现代文学作家的“自由谈”。

《晶报》有两个“掌门人”，一个是余大雄，负责外联，一个是张丹斧，负责内务。这两位虽然名为编辑，但是基本上是只“编”不“辑”。也就是说，他们拿到稿子不管是什么内容，即使是嘲笑《晶报》和他们自己的稿件的，只要不是谩骂，均一字不改地照发，正如创刊号上《叙》所说：“网罗当世之能文章者，各倾吐其所蓄”。舞文弄墨之人均敝帚自珍，文章都是自己的好，不喜欢别人改自己的文章，他们俩这种编辑方针当然大受欢迎。值得一说的是，开始的《晶报》是没有稿费的，最多到了年底送一份月份牌。即使如此，《晶报》的稿件也很多，作者也很多。只要稍微看一下《晶报》的作者名单就会发现有几百人，几乎囊括了现代中国所有的通俗文学作家。由于《晶报》的门户洞开，《晶报》就成为了当时中国通俗文学作家的最为热闹的一个议论平台。这些议论涉及政治、社会、文化、经济、文学、艺术各个方面。当然，文人谈得最多和谈得最好的还是文学。其中最有价值的文学讨论有三个。

一个是对"五四"新文学的批判和讽刺。《晶报》创刊之际正是新文学登上文坛，通俗文学被赶下文学正宗地位的时候。《晶报》成为了对新文学表达不满的一个传声筒。袁寒云在1921年7月的《晶报》上发表《辟创作》一文，说："说是新小说，若是象现在那一般狂徒，拿外国的文法做中国的小说……未免有点不知羞吧。海上某大书店出了一本小说杂志，从前有点价值，今年忽然也新起来了……变了非驴非马。"他这里所指的那本小说杂志就是《小说月报》。用中国的字说外国人的话、编外国人的句子，这是当时通俗文学作家对新文学的基本看法。当然也有一些文辞激烈的话，例如当时新文学作家说通俗文学作家作品不值得看，《晶报》上就有人写文章说新文学期刊只有包酱鸭的价值；新文学作家说通俗文学作家是"文丐"，《晶报》上就有笔名署"文丐"的人写了篇《文丐的话》，开头就是："我姓文，名丐，号讨饭"；还有人写《一个被强盗捉去的新文化运动者底成绩》，将新文化运动者比作"强盗"。

一个是对白话诗的讨论。对新文学的小说，通俗文学作家主要是对语言和文字、文法看不惯，对内容说不上什么。但是对于这些善于吟风颂月的文人们来说，对胡适提倡的白话诗实在是无法忍受了。大概胡适与《晶报》编辑张丹斧个人关系还不错，通俗文学作家对胡适及其白话诗批评并不如对"五四"新文学的批评那么激烈，只能说是一次讨论。说起来这件事还是胡适引起的。胡适与张丹斧熟悉，看见张丹斧办《晶报》，就投了一篇白话诗过来。1919年5月9日《晶报》发表了这首白话诗，就是后来胡适那首有名的白话诗《一颗星儿》，现将这首诗录之如下：

一颗星儿①

胡适

我喜欢你这颗顶大的星儿，
可惜我叫不出你的名字，

① 此诗收入《尝试集》时有改动，见朱自清选编：《中国新文学大系·诗集》，上海良友图书印刷公司1935年版，第2页。

我只记得，
每月月圆时，月光遮尽了满天星，总不能遮住你。
今朝风雨后，闷沉沉的天气，
我望遍天边，寻不到一点半点光明，
回转头来，
只有你在那杨柳高头，依旧亮晶晶地。

诗是发表出来了，但是张丹斧并不看好。1919年11月9日的《晶报》上发表张丹斧的文章《为什么新诗都做得不好》，说："胡君适之提倡诗界大解放，他不吝把金针度人，和盘将制造新诗的法子教给人。他自己做的新诗，诚然不能说坏，但说比他做的旧诗，要说好些，却真正未必。至于跟他学做新诗的那些人，越发去他远了。不过适之有时口内赞美他的朋友那几首新诗，却也不能说不好。我以为好虽好，却又不能如适之所说中国旧体诗'万做不到这样'的那句话。"张丹斧的意思是中国旧体诗并不如胡适所说，就做不到白话诗意境，他认为不但做得到，而且还做得比白话诗好。他还举了很多例子说明。胡适看到了这篇文章之后，就给张丹斧写了一封信。1919年11月18日的《晶报》将这封信发表了出来，信中有这样的话："你的《为什么新诗都做得不好》实在是一篇骂人狠利害的文章。但是你的'成见'太深，故不免有冤枉新诗的地方，和过誉旧诗的地方……我们做新诗的人，最共同的态度是'尝试'两个字。你是一个绝顶聪明人，我狠盼望你能破除成见，用你对我的新诗的态度来细心研究别人的新诗，承认我们有大胆'尝试'的权利，以后你自然也会变换现在的见解了。忙得狠，不能打笔墨官司，恕罪恕罪。"胡适显然是不同意张丹斧的评判，而且说"你不要再说了，再说我也不奉陪了"。胡适的这种态度激起了通俗文学作家的不满，他们对胡适的批判语言开始激烈起来。1919年11月21日的《晶报》上发表了张恨水的文章《纯粹新诗决做不好》。文章不再是什么商量的语气了，就是说新诗不好。之后，胡寄尘、姚鹓雏、张丹斧、余大雄均有文章批评白话诗，不过胡适没有回应。

一个是对中国戏剧改革的争论。通俗文学作家都是中国传统戏剧的戏迷，也是行家。对戏剧的评论当然就成为了《晶报》中一个重要的话题。可是1920年的《晶报》上，汪仲贤以"戏子"为笔名连续发表了5篇《敬告剧评家》的文章，说《晶报》上那些剧评都不值得一看，因为那些剧评家根本就不懂剧。这一下引起了《晶报》同仁的公愤，于是《晶报》又发表了一系列的以“剧评家”“看报人”“二号剧评家”“二号看报人”等署名的文章，一场混战开始。姚民哀的一篇文章痛斥了“戏子”，但却出言不慎，辱及梨园祖师，又引起了演员们的激愤，甚至威胁到以拳脚解决。最后是姚民哀到梨园公所，向梨园祖师磕头方才罢休。

《晶报》的文章不再是温文尔雅，都是直言直语，表露出来的是真性情，很是可贵。有一点应该特别提及，不管这些通俗文学作家如何争论，甚至是吵架，要动拳头，在民族大义面前却很凛然。《晶报》很需要广告，但是在1932年“一·二八”事变前后就是不登日商的广告，而且开着天窗，上面写“日商广告牺牲”。民族大义必须保持，这是通俗文学作家做人的基本原则。

小报“四大金刚”的第二位是《金钢钻》，1923年10月18日创刊，1937年8月13日停刊。在“四大金刚”中，《金钢钻》以登载文艺作品多而闻名。其他报“都不注重长篇小说，而《金钢钻》独致力于此”。《金钢钻》所刊言情小说最多，如拂云生（胡梯维）的《十里莺花梦》、拏云生（胡梯维）的《黄熟梅子》、汪仲贤的《恼人春色》都是颇受欢迎的，在连载后也都出版过单行本。此外如集锦小说《江南大侠》、爱去先生（王小逸）的《骚来女士外传》《人体展览会》、张恂子的奇情小说《虎窟双雏》、赵焕亭的武侠小说《剑底箫声》、程瞻庐的社会小说《雨中花》、汪仲贤的社会小说《角先生》，也各具特色。

“四大金刚”中的《福尔摩斯》最注重的是社会新闻，以揭破社会内幕、“往往载人所不敢载”为特色。《福尔摩斯》创刊于1926年7月3日，1937年停刊（1945年10月曾短期复刊）。该报注重揭露社会各界黑幕，特别注重新闻报道，常抛出一些惊人的消息，因此销路很广，但也常常被控。该报的连载小说没有多少特色，但网蛛生（平襟亚）的社会小说《人心大变》《人海潮》，也是颇为当时读者所称道的小说。

1926年12月8日创刊的《罗宾汉》被称为“戏报鼻祖”，“专注重电影界和戏剧界的小消息”。该报先后出过梅兰芳、荀慧生、程砚秋、尚小云、盖叫天、周信芳等南北名角的特刊，每期刊登戏曲界的掌故动态、趣闻轶事、花边新闻。1935年5月1日该报改为日刊，1937年“八一三”事变后停刊。《罗宾汉》同样不以连载小说见长，但所载小说数量颇多，题材丰富，当时的知名小说家如还珠楼主（李寿民）、冯蘅、田舍郎（陈亮）、王小逸、苏广成等都曾在该报连载小说。

除“四大金刚”外，值得一提的还有《东方日报》。该报创刊于1932年5月27日，断断续续出刊至1949年4月30日。《东方日报》所刊小说有孙了红的侦探小说，还刊登过汪仲贤、田舍郎、钟吉宇、王小逸等人写的多种类现的小说。其中周天籁的《亭子间嫂嫂》被认为是“海派倡门小说压卷之作”，轰动一时。当时的《东方日报》濒临倒闭，每天只印3 000份，而在连载了《亭子间嫂嫂》3个月后，销量竟增加到两万份。在周天籁准备结束该小说时，该报老板竟然多次阻止，因为“报纸即赖该文支持”，堪称通俗文学史上的佳话。

在北方，最值得注意的小报当属天津的《天风报》。《天风报》由原天津《商报》编辑沙大风创办于1930年，时为其副刊《黑旋风》编辑的刘云若发表了处女作长篇小说《春风回梦记》。《春风回梦记》写的是卖唱女郎与富家公子之间的爱情悲剧，情节曲折动人，其主人公又都是刘云若所说的可歌可泣的“至性人”，因而这部小说颇受读者欢迎，“学士大夫与贩夫走卒同为刺激感动”。刘云若本来无意靠小说创作成名，他写作《春风回梦记》“仅以游戏出之”，但结果却出乎他的意料，刘云若从此一发而不可收，终成一代小说大家，被誉为“五百年来无此奇”。除刘云若外，《天风报》还推出了武侠小说家还珠楼主李寿民。1932年初，新婚在即的李寿民为了筹措结婚费用开始创作武侠小说。7月起，其《蜀山剑侠传》开始在《天风报》上连载。当时的读者都没有料到，这部小说竟是一部集大成之作，它融武侠、剑仙、神话于一体，汪洋恣肆，想象超绝，开创了北派武侠小说创作之风。《蜀山剑侠传》总字数超过500万字，这样的篇幅也堪称通俗文学史上的奇迹。刊载了刘云若和李寿民这两位通俗小说家的处女作，《天风报》在通俗文学史上的地位不言自明。

第三节　引领文化的时尚：与文字作品相辅相成的大众画报

画报是从国外引进的一种视觉文化艺术形式。根据现有资料，中国最早的画报是由美国长老会传教士范约翰主编的《小孩月报》，创刊于1875年4月。[①]由于画报图文并茂、通俗易懂，很快就成为了上海文化的一道风景

① 熊月之主编：《上海通史·第6卷(晚清文化)》，上海人民出版社1999年版，第479页。

线。现代通俗文学与画报有着密切的关系，很多通俗文学作家是画报的主编，很多重要的通俗文学作品连载于画报之上，即使是那些纯粹的文艺杂志，只要是通俗文学作家主编一定是图文并茂。特别是自1884年《点石斋画报》创刊后，大众化、日常化、市民化成为了画报办报主要潮流，它以图像为通俗文学提供了形象依据，两者相辅相成，使得世俗的大众文化云蒸霞蔚。

与现代通俗文学最有互存关系的画报主要有：

《点石斋画报》，该画报创刊于1884年5月8日，得名于主办单位点石斋石印局。《点石斋画报》为旬刊，主笔者是吴友如，先后出版了44卷，有图4 647幅，历时14年，到1898年底停刊。《点石斋画报》最明显的特点是大众生活性，为正在快速发展的上海留下了最生动、最感性、最有生活性的图像资料。《点石斋画报》的大众生活性自然就为晚清的社会小说、狭邪小说提供了更生动的图像佐证。例如《海上花列传》中描述的上海通商庆典的花街游行，在《点石斋画报》第8期第57至第65页上就有图像表现，舞龙灯、水龙会，华商举着“通商大庆”的招牌。再例如晚清狭邪小说爱写妓院里妓女嫖客的秘闻，《点石斋画报》也爱画这些北里娼闾趣点，例如《妓客同逃》《大闹妓院》《和尚寻欢》等等。欣赏这些图画，阅读小说中的文字，自是各有妙趣、相得益彰。在同一时期、同一环境中用不同的方式表现共同的题材，使得小说和画报自然会产生互补的作用。

《上海画报》，该画报创刊于1925年6月6日，主办者为上海画报社。《上海画报》为三日刊，主编是毕倚虹、周瘦鹃，到1932年12月停刊，出版500多期。《上海画报》可以说是20世纪20年代上海都市发展的“立此存照”。与《点石斋画报》相比，《上海画报》用照片代替了图画，纸张画面更为精美和自然，这是科技发展带来的结果，自不用说。反映的生活极为广泛，对世俗的市民生活的关注同样是该画报的特色。与《点石斋画报》在生活中寻找趣点略有不同的是，《上海画报》似乎更愿意追踪社会热点事件，例如1925年发生在上海的“五卅”事件、当时上海社会所风传的上海美专模托儿事件等等，《上海画报》都是数期跟踪表现。这就体现出画家办画报和小说家办画报的不同。小说家常常将社会热点事件作为题材深掘之、描绘之。事实上，就在毕倚虹、周瘦鹃办《上海画报》的时候，毕倚虹的《人间地狱》正在周瘦鹃主办的《申报》副刊《自由谈》上连载，他还在《上海画报》上连载了两回《新人间地狱》；毕倚虹的好友包天笑正出版《上海春秋》。他们的小说也都写到了“五卅”事件和美专裸模事件。当然，无论是画报还是小说，通俗文学作家的态度自是相当传统。

《紫兰花片》，该画报是周瘦鹃的个人刊物，月刊，1922年创刊，1924年停刊，共出版24期。周瘦鹃是个十分爱美的编辑，怎样体现美呢？他给这份杂志配了相当多的照片和图画，封面是一张仕女画，每一期均由一个名人题词，里面是电影剧照、风景照，说是一份文学杂志，却似一份图文并茂的画报。《紫兰花片》所载作品均为周瘦鹃个人的译、著，每期有30多篇作品。这份杂志中最有代表性的小说是《老伶工》，小说明写老伶工劳作的一生，实写“文字劳工”的自我，十分感人。

《良友画报》，完全将《良友画报》视作通俗文学画报并不对，在这份画报流行的数十年中，不同的主编有着不同的文化价值取向，不同的价值取向又有着不同的文学需求。《良友画报》刊登过左翼文学，刊登过抗战文学。不过，现代通俗文学是该画报的文学主流。更为主要的是，该画报是当时上海时尚的标杆，在大众文化的价值取向上与现代通俗文学相一致。《良友画报》创办人和第一任主编是伍联德。自1926年2月15日创刊到1945年10月停刊的20年间，该画报共出版172期和两个特刊，刊发彩图400余幅，照片达32 000余张。在《良友画报》鼎盛时期，单期发行量达到了4万份，除中国本土外，还行销美国、加拿大、英国、法国、荷兰、澳大利亚、日本等诸多国家。当年凡是有华侨居住的地方，就有《良友画报》，赢得了“良友遍天下”的美誉。《良友画报》共经历了6任主编，除去1945年复刊的编辑张沅吉，对其产生重大影响的依次是伍联德、周瘦鹃、梁得所、马国亮、张沅恒。

周瘦鹃任《良友画报》主编时间并不长，也就是从1926年第5期到第12期，贡献却很大。他不仅使得这份画报得以生存，发展壮大起来，还为这份画报确立了大众文化与通俗文学的传统。作为一位具有很高知名度的通俗文学领军人物，他带领了一批“礼拜六”作家进入了《良友画报》，其代表作家卢梦殊、刘恨我、范烟桥、许也夫等“礼拜六派”作家的名字屡屡出现在画报上。作品有：卢梦殊的《鬼火烹鸾记》、刘恨我的《春梦余痕》、范烟桥的《变态心理的一例》、张碧梧的《海上荡魂记》、听潮生的《未来的公馆》、张毅汉的《红色的豆腐——一个印象》、徐冷波的《绅士的诞辰》、绡鹃女士的《颤动的心弦》、许吟华的《娼门之袜》、金智周的《魂游记》、异观的《脸之变化》、许茸余的《难乎其为母》、曹梦鱼的《司的克语》、月侣女士的《一件礼物》、孙似媚的《游沪记》、顾醉萸的《重九之夕》等。周瘦鹃之后，梁得所自1927年接任总编，他极力号召那些活跃于文坛的新锐作家加盟，于是，穆时英、施蛰存、叶灵凤等著名的新文学的海派作家在此汇聚，《良友画报》成为了当时海派文学的一个重要阵地。

《良友画报》最为突出的当然是对现代都市生活的形象描绘。摩登女郎、时尚购物、娱乐生活、体育实施、市井生活以及交通出行，特别是电影插图以及明星生活都是每期的主要画面。《良友画报》是现代中国都市生活的形象记载者，也是社会大众文化风气变化转向的引领者。

《北洋画报》，该画报创刊于1926年7月7日，报址在天津，初为周刊，后改为三日刊，从1928年10月25日第225期开始，改为每周二、四、六出版，至1937年7月29日停刊，共出版1 587期，照片2万多幅，1927年7月到9月还出版副刊20期。《北洋画报》创办人冯武越，主编主要有王小隐、刘云若、吴秋尘等。《北洋画报》发行量很大，引领了北方大众文化潮流10年有余，被当时的传媒界称作“北方巨擘”。《北洋画报》连载了多部长篇小说，且“津味”十足。创刊号上开始连载的喜明雨轩主的《津桥蝶影录》，写的就是作者身居天津20多年来的所见所闻。小说一刊出就产生反响，很多天津名人从中似乎找到了影子。之后，赵焕亭的武侠小说《山东七怪》等小说连载，北派武侠小说开始崭露头角。特别是刘云若的《换巢鸾凤》就是天津市民社会的众生相，小说一刊出就很吸引人。《北洋画报》另办副刊就是因为这些连载小说太吸引人了，但是文字太多又影响画报性质，只能另办副刊。

《北洋画报》停刊后，天津曾出现过一些画报，如《商报画报》《中华画报》《玫瑰画报》等等，其影响均未超越《北洋画报》，直到1939年《三六九画报》在北京创刊才又开辟了新的境界。《三六九画报》其实非“画报”，刊物中的照片、图画并不多，只是一份娱乐性综合性文学杂志，因为逢每月3、6、9日出版，所以有此名称。该刊于1945年抗战胜利后停刊。《三六九画报》停刊后又有《一四七画报》在1946年1月创刊，其刊物风格与《三六九画报》相同，只不过是逢每月1、4、7日出版，因此有此名称。该刊到1949年以后才停刊。这两份期刊依据着消闲、娱乐、大众的取向办刊，在京津地区流行了10年之久，成为了北派通俗文学最主要的载体。这两份刊物的特点就是写

《三六九编前琐记》的王泰来所说的“杂”。刊物每期约30页，国际时事、社会新闻、文艺戏剧、电影评论、文人轶事等等什么都有，不过连载小说还是占据主要位置，约占篇幅在一半以上，因此，这两份刊物成为了当时通俗小说的主要阵地，刘云若、耿小的、白羽、郑证因每人在其上所载小说不下10部。他们都是著名的北派通俗小说家。在这两份期刊社会效应和经济效应的影响下，此时在京津地区出现了一批画报，比较有影响的有《立言画报》《星期六画报》等等。这些刊物都模仿着《三六九画报》和《一四七画报》办刊，也都培养了一大批通俗文学作家，刊登一些通俗文学作品。

第四节　三个副刊，两个书局：现代通俗文学的最坚固的阵地

20世纪上半叶文坛上有“一鹃一鹤”的称谓。所谓“一鹃”是指周瘦鹃，所谓“一鹤”是指严独鹤。将他们两人并排称呼是因为他们分别执掌着三大副刊，而且时间很长。周瘦鹃先后执掌《申报》两大副刊《自由谈》和《春秋》近20年，严独鹤执掌《新闻报》副刊《快活林》(后改名《新园林》)时间更长，陆续达30年。这三个副刊成为了当时通俗文学作家的三块阵地，周瘦鹃和严独鹤自然也就成为三块阵地上的旗手。

两个书局是指世界书局与大东书局，它们以出版通俗文学期刊作品而著称。

《申报》副刊《自由谈》创办于1911年8月24日。周瘦鹃接编《自由谈》是1920年4月1日。到1931年12月1日，黎烈文接编《自由谈》，周瘦鹃在《申报》上另辟一个副刊《春秋》继续编了5年。《春秋》也就成为了周瘦鹃版的《自由谈》的继续。在周瘦鹃之前，《自由谈》的主编先后有王钝根、吴觉迷、姚鹓雏、陈蝶仙。《自由谈》的基本风格早在王钝根手上已经形成，那就是：消闲娱乐、知识趣味。这样的风格从王钝根最初设置的栏目名称上就能看出。这些栏目是“游戏文章”“海外奇谈”“岂有此理”“博君一粲”“口直心快”“千金一笑”等等。在不同的主编手上，虽有栏目的变化，但是副刊的办刊取向基本不变。周瘦鹃编《自由谈》以及后来的《春秋》也没有改变办刊的取向，只是在栏目的设置上和文体的选用上略有变化。栏目设置上趋向于精致化，他将《自由谈》分成小栏目，每个小栏目上用一幅画作为刊头，每幅

画还配上一句诗。周瘦鹃是通俗文学的名士派，他的名士作风显然影响了他的办刊风格。在文体选用上，他还是延续着重灵性、重趣味的选材要求，不过，他明显地增加了连载小说的分量。在他编的《自由谈》以及后来的《春秋》上，发表了张恨水的《小西天》《东北四连长》、秦瘦鸥的《秋海棠》等名作。

《新闻报》副刊《快活林》创刊时间并不晚，是严独鹤进《新闻报》的1913年。《快活林》从《水浒》取意，1932年"一·二八"事变爆发，《快活林》停刊半年，改名《新园林》副刊，将《快活林》改名是因为生活在这样的时代社会中实在是快活不起来，取名"新园林"是为了开辟一个新时代一个新社会。与《自由谈》的主编不断变换不同，《快活林》及以后的《新园林》均为严独鹤一人执掌，因此副刊的个人风格十分明显。严独鹤是小说家出身，曾经写过《人海梦》等长篇小说。他执掌的《快活林》(《新园林》)虽然也刊登众多的灵性休闲文章，对连载小说却显得特别重视。在连载小说上，他最为得意之举是发表了顾明道的武侠小说《荒江女侠》，以及将张恨水引进上海并发表了他的社会言情小说《啼笑因缘》。特别是张恨水的《啼笑因缘》不仅给他及《新闻报》带来了巨大声誉，也给他带来了不菲的经济效益。体现《快活林》(《新园林》)很强势的个人作风的一个重要标志是在副刊的右上角上每期都有严独鹤的时评"谈话"，文字不多，却幽默风趣常见锋芒。这些"谈话"很受人们欢迎，后来被出版成册。报纸副刊都承担着为正刊争取更多资源、更多读者的任务。为之，严独鹤想了不少点子，他将一些小说的版权卖给一些厂家，将连载小说和公司广告混杂在一起连续刊登在报纸上，例如吴绮缘的《小桃红》《奇人奇事录》《新镜花缘》等小说的版权就卖给了烟草公司，这些小说连载时就变成了烟草公司的冠名刊登。严独鹤很注重与读者的互动，副刊特别设置了"读者来信"的栏目，刊登读者的小说读后感。有时，还让读者去猜小说的结尾。这些做法取得了很好的效果。《申报》的销量一直保持在15万份左右，《新闻报》曾经一度达到20万份。这些发行量在当时是一个惊人的数字。

值得一提的是，通俗文学副刊编辑除了刊登文学稿件之外，自己还是副刊的写手。他们往往对一些社会民生问题加以评论，因此这些副刊就成为了社会民意的平台。周瘦鹃、严独鹤都是民国社会评论著名作家，主持的《自由谈》《春秋》和《快活林》(《新园林》)办刊时间贯穿于20世纪上半叶，他们也就成为了这个时期中国很多文化事件的见证者和参与者。

现代通俗文学作家几乎包揽了现代中国报刊上的社会评论写作。除了“一鹃一鹤”主持三大副刊之外，张恨水在20世纪20年代就是北京《世界日报》和《世界晚报》的主要作者。从1938年重庆时期开始，张恨水任《新民报》编辑，后任经理一直到1949年。很多在文学创作上很有成就的作家，他们也是一些报刊的专栏作家，例如武侠小说作家王度庐，就曾以“柳今”的笔名在《小小日报》上撰写了100多篇社会评论。现代通俗文学作家写的社会评论，内容极其广泛，几乎无所不谈。不过，“讲得最多的，还是社会黑暗和民生之多艰。‘金钱’和‘窝头’是两个出现频率很高的词儿，作者认为，只要抓住这两个关键词，就可发现结症之所在。”①写市民关心的事，品市民关心的人，诉市民心中的苦，泄市民愤懑的气，现代通俗文学作家扮演着市民代言人的角色。

20世纪20年代之后，有两个书局直接介入了通俗文学创作市场，一个是大东书局，一个是世界书局。1916年创办的大东书局，1924年扩充改组为股份公司；1917年创办的世界书局，1921年改组为股份有限公司。它们都采用了办通俗文学杂志和出版通俗小说的手法争取读者、扩大市场份额。

它们之间展开了激烈的竞争，也将通俗文学的创作推向了新的高潮。最典型的例子是侦探小说的出版：1925年大东书局组织翻译了《福尔摩斯新探案全集》，销量很好。不久，他们又把“反侦探小说”法国作家勒白朗的《亚森罗萍案全集》推上了文坛，销量也很好。世界书局看到了大东书局出版侦探小说取得了这样好的成绩，很受刺激。精明的世界书局老板沈知方在大东书局的版本中看到了自己的生财之路。他发现大东书局的版本是文言翻译。文言一定会影响读者阅读，影响销量。1927年他就组织人用白话又一次地将柯南·道尔的作品翻译了一遍，出版了《福尔摩斯探案大全集》，结果，卖得比大东书局的版本还要火，世界书局大赚了一笔。书局有更雄厚的资金支持和更完备的发行网络，它们出版通俗文学作品，常常具有“集团性”的特点。中国20世纪二三十年代的很多“社会小说丛书”“侦探小说丛书”“香艳小说丛书”都是这两个出版社出版的，而且都取得了好的效果。另一方面，它们将很多名作家作品捆绑在一起推向市场，读者看这些作品一本也舍不得丢，那就一起买。既有读者看，又有出版社出，作者和出版社都赚

① 徐斯年：《王度庐散文集》，天地图书有限公司2014年版，第7页。

了钱，形成了一个多赢的良性发展的局面。

在集中出版通俗小说的同时，两个出版社还竞相创办了通俗文学杂志。大东书局代表刊物是《红杂志》《红玫瑰》等“红色系列”，世界书局代表刊物是《半月》《紫罗兰》等“紫色系列”。民初时通俗文学期刊基本上是同人刊物，刊物的钱完全依靠期刊本身来赚，因此，寿命都比较短，而书局办刊物有了强大的经济支撑，刊物的寿命都比较长。有了钱，期刊的质量和影响力都有了很大的提高，对读者和作者都有更强的吸引力。书局办刊物当然是为了经济效益，书局可以选择那些产生好的效益的连载小说出版。对作者也是一种刺激，你的作品好，作品就有发表、出版两次机会，这对作家的创作无疑是一个很好的促进。有了这些条件，这些期刊上连载的通俗小说特别多，它们周围聚集的作家也特别多，成为了20世纪二三十年代中国最主要的通俗文学期刊。

书局与报纸不同。报纸的主业是新闻，文学作品只是副业，而书局不同，书局就以出书为主业，当大东书局和世界书局以出版通俗文学为主打品种时，通俗文学就是这两个书局的主业。书局财大气粗，与作者的关系也在发生着微妙的变化。过去作者写作品可以到处投稿。作者成了名，各个刊物就会向他约稿，作者有自己的自由性。现在是书局控制着发表和出版，一旦哪位作者成名了，它就会将这位作者承包下来，专门为自己服务。为了追逐利润的最大化，书局不仅追逐热点，还制造热点、制造卖点，于是我们就看到20世纪二三十年代图书市场上社会小说热、家庭小说热、工商小说热、女性小说热等等层出不穷，冲在这些图书出版热潮浪尖上的是那些通俗文学作家，而推动这些图书出版热潮的背后的推手则是那些书局。1927年上海文坛流行休闲文学热，有4本书很有市场，它们是:《吃的经验》《住的经验》《嫖的经验》《赌的经验》。这样的休闲文学热就是大东书局煽动起来的，它们在年初就开始在全国征稿，然后在各种刊物上大做广告，随后再将这4本书推出，销量极好。于是各出版社效仿之，一场休闲文学热就此形成。

第二部分　作家与作品

第七章　风云际会新人物:“鸳鸯蝴蝶派”

严格地说,“鸳鸯蝴蝶派”是民国初年中国通俗文学的一个文学流派。后来,被很多评论者和很多文学史编撰者放大到整个现代文学时期,成为了现代通俗文学的代名词。在众多的文学批评和文学史中,“鸳鸯蝴蝶派”就是一个颇有嘲讽意思的贬义词。之所以嘲讽贬低“鸳鸯蝴蝶派”,其中一个重要的原因是新文学作家曾经激烈地嘲讽批判过他们。其实,“鸳鸯蝴蝶派”也就是那个时期一个乍新还旧的文学团体,是中国传统文学的继承者,也是中国新文学的引领者,他们代表着中国文学现代化的一个发展方向。

第一节　旧乎新也:“鸳鸯蝴蝶派”、星社、青社

与文学研究会、创造社等文学社团流派不一样,“鸳鸯蝴蝶派”并没有什么创作宣言,也不是什么组织严密的文学团体,它只是以文学杂志为纽带、以文学趣味相近的中国传统文人们为主体对象、活动于清末民初松散的文学社团流派。“鸳鸯蝴蝶派”是新文学作家给予他们的名称。据记载,最早用这样的称呼的是周作人。他在1918年《新青年》第5卷第1期上发表《日本近三十年小说之发达》一文,谈论到中国文学流派时说:“此外还有《玉梨魂》派的鸳鸯蝴蝶体、《聊斋》派的某生体。”以后胡适、鲁迅、茅盾等人在文章中就逐步用“鸳鸯蝴蝶派”称呼他们,到了写现代文学史的时候,他们也就理所当然地被冠以这个名称。

“鸳鸯蝴蝶派”究竟是什么样的社团?它的一个特征就是传统型作家占主导地位。他们是沿袭着几千年中国文化传统的新时期的文学传人。他们具有很强的民族情绪,大多具有汉族情结,反对满清政府。他们拥护刚刚成立的

共和制度，并不是因为共和制度所表现的人权、民主和自由，而是认为刚刚建立的共和制度是汉族人建立的政府。同样是从民族主义的角度出发，他们具有强烈的爱国主义思想。他们反对帝国主义侵略，因此，他们成为了现代文学史上写“爱国小说”“国难小说”最多的作家。他们反对军阀的统治，认为军阀政府是卖国政府，是中国始终不能强盛的政治根源。民族主义在他们看来就是中国人的气节，这是大义。从生活经历上说，“鸳鸯蝴蝶派”作家都是在科举场上跌打摸爬多年的文人。历史的变化使得他们失去了考取功名的机会，但是，中国传统的道德观念已经渗透于他们的言行之中，仁爱忠孝、诚信知报、修己独慎，成为了论人知世的基本标准。只要简单翻一翻“鸳鸯蝴蝶派”的小说就会发现，做坏事的人，一定是道德败坏者，做好事的人则一定在道德上也是一个君子。所以说，“鸳鸯蝴蝶派”小说也就是道德小说。

坚持传统文化，就以为“鸳鸯蝴蝶派”作家是一群整日只会寻章摘句的“书蛀虫”那就错了。在实际生活中，他们是中国最后一批风流倜傥的传统名士。他们的形态风姿在很多小说的描述中可以体会到。《海上花列传》从第 39 回开始写以号称“风流广大教主”的齐韵叟为首，包括高亚白、方蓬壶、华铁眉等在内的名士在“一笠园”里的风流生活，他们拥妓点香、喝花酒填词、以四书五经中的典故做秽亵文章，以点配青楼女子为乐趣并以为雅。在自况色彩很浓的毕倚虹的《人间地狱》中，我们还可以看到那些已经具有现代职业的名士们的生活状态。柯莲荪、姚啸秋、赵栖梧或者在报馆里操刀，或者在银行里办事，生活不如齐韵叟那么优游，但是他们同样追求名士生活，坐谈风月、看花载酒、互为欣赏、互为唱和。特别值得一提的是他们接待和尚朋友苏玄曼上人时用的竟是招妓吃花酒。苏玄曼上人被认为影射的是苏曼殊。作者这样描述苏玄曼上人：“虽说是自称和尚，但见他诗酒风流，酒色不忌，性情孤洁，语言雅隽，并且文擅中西，诣兼儒佛，实在算得如今一位硬里子的名士了。”（第 20 回）这个和尚也真了得，不仅酒肉照吃、风月照弄，还是一个“品花”高手。他对身旁的妓女有这番评论：“老老实实一句话，秋波这孩子这般光艳明秀，确是出类的人才，我一见就赏识她。尤其好的是天真未凿，颦笑之间还夹着三分稚气，两分憨态。这种稚气憨态，女儿家只有十四五岁的时候有。过此以往，光艳有余，娇憨渐去。这个时候真是极好的时代，所谓好花看在半开时。”从这番评论中可以感受到这位和尚的“品花”水平。名士风流即使是整日混在妓院里也是本色不变。《九尾龟》里的章秋谷是一个浪迹于妓院里的人，但他也是相貌堂堂，能文能武，眼界和品位都高人一筹，成为众妓女心中的一颗明星，成为了"妓院法院"中的法官。

"鸳鸯蝴蝶派"这样的名士作风是从哪里来的呢？有两方面的原因很值得一说。

一是江南士族的传统风气。清盛时"士大夫必游"的五都会是北京、南京、杭州、苏州、扬州。北京和南京是科举之门，到那里去是为了寻求功名。杭州、苏州、扬州则是风景秀丽之地，士子到那里是为了显示归隐气质和清流姿态。后三座都会都在江南。江南地区读书风盛，士风绮丽，"江南财赋地，江浙文人薮"，这个区域本就是才子佳人尽情处。"鸳鸯蝴蝶派"作家几乎都是出生在苏州、杭州和扬州地区，主要活动场所是上海。徐枕亚、包天笑、周瘦鹃、李涵秋、李定夷，这五个人被称为"鸳鸯蝴蝶派五虎将"。其中四个人来自苏州及其周边地区，即使最远的李涵秋，也不过是离苏州稍远一点的扬州人。所以说，"鸳鸯蝴蝶派"作家身上的那些名士气质是与生俱来的。

二是"鸳鸯蝴蝶派"作家与南社的关系。江南文化只是传统，这些作家身上的名士气息在清末民初得到进一步张扬主要是因为南社。在反清的旗帜下，清末民初之际江南的士子们纷纷结团结社，其中最著名的就是南社。这个相当庞杂的社团基本上聚集了当时江南的所有的文人，"鸳鸯蝴蝶派"作家几乎都是南社成员，具有很浓的"南社色彩"。南社的活动极具名士做派：倨傲不逊，不拘小节；拥美醉酒，吟风弄月；互为唱和，众人雅集。郑逸梅在《南社成立及其他支社》中对南社成立时的情况有这样的描述："社员和来宾共十九人，先后都到了，开了两桌，菜肴是船上备着的，一方面喝酒，一方面选举职员……选举既毕，觥筹交错，酒兴勃发，大家都带着醉意，高谈阔论，忽然谈到诗词问题，亚子为人不解世故，是很率直成性的，闹出一个小小的笑话来……""鸳鸯蝴蝶派"的名士作风就是南社作风的翻版。作家们常常以酒为媒，聚集在一起高谈阔论，其地点不拘，甚至在妓院里，包天笑在他的《钏影楼回忆录》里有这样的回忆："如苏曼殊在上海，极为高兴，主人为他召集许多名花坐其侧，我有句云'万花环绕一诗僧'。在座大都是南社中人，无容讳言，二十年颠倒于狂荡世界，诚难自忏也。"南社成员都有很多斋名，"鸳鸯蝴蝶派"作家不仅有斋名，还以花品为序，以稗品喻人，如以"细密"喻包天笑，以"娇婉"喻周瘦鹃，以"哀艳"喻徐枕亚，等等，名士气十足。

才子写小说首先选择的就是才子与佳人的故事，你写一部，我写一部，民初的言情小说也就这样被哄抬了起来。才子写小说一定要炫耀才气，因此，此时的言情小说几乎都是文言写作，诗文并茂，用词典雅，如徐枕亚的《玉梨魂》就是一部骈文小说。深深男女情，浓浓才子气；一把辛酸泪，莫云作者痴。民初言情小说就是这些江南文人的精神写照。除去那些贬义，将这些作家称为"鸳鸯蝴蝶派"确也符合他们的气质。

历史也给这批江南文人提供了机遇。清末民初以来，新兴的现代传媒在上海蓬勃发展起来，办报、办杂志一时成为了时髦的产业。所以中国科举制度的废除，对江南文人并没有什么影响，他们纷纷进入报馆、杂志社，成为了各种报刊、杂志的主笔。他们也许对现代报纸、杂志的新闻性没有多少认识，但是他们善于文学创作，于是他们就在各种刊物上写小说、写诗歌，互相应酬，互相哄抬，十分热闹。

于是"鸳鸯蝴蝶派"作家就有了双重身份，他们是中国最早的报人，又是小说家。从事新闻工作的经历和操作方式对他们文学创作生产体系的改变产生了至关重要的作用。新闻刊登在报刊上，小说也刊登在报刊上；新闻写作有稿费，小说写作当然也有稿费；新闻写作需要"读者效应"，读者多，报纸销路广，记者就成为了名记者，小说创作同样需要"读者效应"，读者多，报刊的销路广，作家就成为了名作家。既然记者是一种工作，新闻是一种事业，作家自然也成为一种工作，写作自然也成为一种事业。既然创作文学作品的收入不菲，是一个名利双收的职业，作家也就成为了一个热门的行业。中国第一批职业作家就出现了，这就是"鸳鸯蝴蝶派"作家。

他们是真正意义上的市场化的职业作家。他们不同于鲁迅等人将市场作为生存的手段进行社会启蒙和思想启蒙，而是完全将市场视为能否生存的生命线。他们也进行社会批评，依赖的是市场所提供的现代传媒。"鸳鸯蝴蝶派"作家们能够从各自的文化立场和做人的标准对主流意识形态进行批评，没有相对独立的经济空间根本不可能。他们把文学创作作为谋生的手段，为了活得更好，他们就必须使其创作服从于市场(尽管有些不甘心)。他们的文学作品有着更多的"市场气"。在市场的逼迫下，文学创作很容易跟风走、庸俗化；但是它又促使着作家们培养了很强的创新精神。他们要拼命地写好，也拼命地花样翻新，道理很简单，写得不好，总是老花样，就没人看，没人看就没有人请你写，也就没有了钱。于是，我们看见了"鸳鸯蝴蝶派"在受到新文学批评之后，不但没有衰竭，反而在 20 世纪二三十年代走向全面的繁荣。从民初的社会小说、言情小说全面地扩展至二三十年代的武侠小说、侦探小说、科幻小说、滑稽小说等各种文类。我们也看到了他们在二三十年代小说创作中的社会批判明显加强。二三十年代的上海不仅是中国经济的中心,还是新文学创作的中心。在上海创作小说,要想得到市场,没有"新"的气息就不行。举个例子说明,早期的张恨水以创作社会言情小说为主,他创作了《春明外史》《金粉世家》和《啼笑因缘》,前两部创作、发表在北京,后一部创作、发表在上海。《啼笑因缘》不同于前两部的地方最突出的是两点,一是写了社会压迫,二是建立了人物中心,小说所展示的悲剧是时代的悲剧,也是沈凤喜等人的性格悲剧。这两点正是新文学的特征,张恨水将之纳入通俗小说的创作之中,将中国通俗小说提高到一个新的境界。这是张恨水自己的努力,也是上海创作气氛的影响,正如他自己所说:"到我写《啼笑因缘》时,我就有了写小说必须赶上时代的想法。"①"鸳鸯蝴蝶派"的这些变化可以说是来自作家们的价值观念的变动,但是更主要的原因是市场的需求和市场的动力。

历史就是这么有趣,中国社会的现代化就在地域特点浓厚的中国江南地区开始了,于是一批熟读圣贤书的江南才子就成为了中国现代文学的开创者。他们身上的传统性、地域性和身处社会变革大环境中的现代性混杂在一起,这些特征也构成了他们的文学社团流派"鸳鸯蝴蝶派"的特征。

这个松散的文学流派到 20 世纪 20 年代初在全国文学社团结社热潮中倒是结了两个社,一个叫青社,一个叫星社。

青社成立于 1921 年上海的半淞园。主要成员有包天笑、周瘦鹃、何海鸣等人。出版刊物《长青》周刊。这个社团延续时间不长,刊物办了 5 期就停刊了,其社员大多移入星社。星社于 1922 年的农历七月七日在苏州留园成立,之所以题名为"星社"是因为这一日为"七夕",是牛郎、织女双星渡河之辰。最早的发起人只有范烟桥、顾明道、姚赓夔等 9 人,后来扩展到 36 人,号称"三十六天罡",再后来因上海的那些名士文人加入而扩展到 105 人,并且力图将总人数定于 108 人,以凑水泊梁山之数。星社的活动场所主要在苏州,地点一般选择在园林和一些有厅堂客院的社员家中,苏州的那些

---

① 张恨水:《我的创作与生活》,见魏绍昌编:《鸳鸯蝴蝶派研究资料》(上),上海文艺出版社 1984 年版,第 254 页。

妇女都是做点心的高手，所以开始时相聚的方式是茶话，后来嫌茶话热闹不够，改为酒集。星社的最后一次雅集是1926年2月21日在苏州的沧浪亭。星社的主要刊物是小型报《星》，大约出版35期后改名《星报》，再出版70期止。出版了两本小说集《星光》，还办了《小说家言》《罗星集》两个刊物，这两个刊物也各只有1期。无论是活动方式和作品的风格，青社和星社都可以看作为"鸳鸯蝴蝶派"的延续。

青社和星社的影响并不大。时代正在发生变化，那种老名士的做法虽然还能热闹一时，但毕竟已不能产生多大能量了。再加之南社的影响力和凝聚力都在下降，社员们的向心力不足。这两个社团可以看作为"鸳鸯蝴蝶派"掀起的最后两轮涟漪。随着这两个社团的结束，"鸳鸯蝴蝶派"时代也就算过去了。

第二节　邪乎正也："鸳蝴派"狭邪小说

狭邪小说也被称作为"冶游小说"，由于写的是妓家的故事，鲁迅在《中国小说史略》中将这类小说称作为"狭邪小说"。在《中国小说史略》中鲁迅认为以1892年的《海上花列传》为界，前面虽然写了妓女北里，总体而言只能算是《红楼梦》的微澜，真正地写妓女嫖客故事的应从《海上花列传》开始。鲁迅说：

> 然自《海上花列传》出，乃始实写妓家，暴其奸谲，谓"以过来人现身说法"，欲使阅者"按迹寻踪，心通其意，见当前之媚于西子，即可知背后之泼于夜叉，见今日之密于糟粕，即可卜他年之毒于蛇蝎"（第一回）。则开宗明义，已异前人，而《红楼梦》在狭邪小说之泽，亦自此而斩也。①

鲁迅认为《海上花列传》的出现是与传统的告别。当代通俗文学研究专家则认为它是"现代通俗小说的开山之作"②，还有人提出是"中国现代文学的起源"③。范伯群教授在他的《中国现代通俗文学史》中为此列出了六个

① 鲁迅：《中国小说史略》，见《鲁迅全集》第9卷，人民文学出版社1981年版，第263页。

② 范伯群：《中国现代通俗文学史》，北京大学出版社2007年版，第14页。

③ 栾梅健：《1892：中国现代文学的起源——论〈海上花列传〉的断代价值》，载《文艺争鸣》2009年第3期。

"可信而实证的根据"：

> 一、《海上花列传》是率先将频道锁定、将镜头对准"现代大都会"的小说；二、上海开埠后成为一个"万商之海"，小说以商人为主角，也以商人为贯穿人物；三、在当时的小说中，它是率先选择"乡下人"进城这一视角；四、《海上花列传》是吴语文学的第一部杰作；五、作者曾"自报"他的小说结构艺术——首先使用了"穿插藏闪"的结构法；六、韩邦庆是自办个人文学期刊第一人。①

除了以上所提六个理由之外，《海上花列传》最重要的现代意义还表现在它是一部现代"移民小说"。对文学作品来说，移民文学就题材上说相对地不同于写农耕社会生活的古代文学，它属于现代文学的一个类型。在中国社会现代化的进程中，上海起到了先锋队的作用。上海自开埠以来，从一个海边小城迅速成为国际大都市，被看作中国社会现代化的风向标。《海上花列传》写的就是大量的江南财富怎样随着商人们进入上海，大量的劳动力怎样快速地聚集在上海，并开始形成了城市市民阶层。如果说中国社会的现代化以上海开埠开始，《海上花列传》实际就是上海社会现代化进程的文学记录。

中国历史上的大规模移民不外乎两大原因，一是因为战争而避祸，二是因为穷困而寻求果腹。《海上花列传》的移民有了新的意义，很多人移民于上海是因为上海工商业的迅猛发展和劳动力的量的需求，他们来上海是为了淘金，这些移民被看作商品的流动和商品积累的重要标志，看作现代社会的文化特征。到上海就能赚到钱，在清末民初的中国已经成为了社会的"共识"，于是各式人等都涌进了上海"淘金"。但是新移民到上海"淘金"要遇到各种问题，还有很多陷阱，弄得不好就要"着道"，这也是一个社会问题。韩邦庆说，他写这部小说是为了劝诫那些新移民们不要落入陷阱，但是最让读者凛然的倒不是那些劝诫的话语，而是那些所谓的真实的故事中闪现出来的当时上海特有的"移民文化"："淘金"和"着道"。"淘金"的方式有多种，"着道"的花色有多样，其心态之恶劣，手段之肮脏，令人咋舌。小说侧重写了来到上海是为了做生意的赵朴斋，怎料一到上海就陷入"花丛"，结果被弄

---

① 范伯群：《中国现代通俗文学史》，北京大学出版社2007年版，第14页。

得人财两空在街上乞讨。赵朴斋为什么会“着道”，就因为妓女花言巧语的骗局和同行们天衣无缝的设局。小说中那些“着道”之人无一不是带着“淘金梦”来，又无一不是怀着一颗破碎的心而去。可是当我们同情赵朴斋的遭遇时，却又感受到了上海社会正在弥漫着的一种新的价值观念，那就是现代社会的商业关系的信息:金钱的观念和交易的观念。这样的价值观念似乎很伤人，却也很诱人。小说中的赵朴斋受了骗，退出这个角逐场，回到乡下去了吗？没有，他不过将这次变故看作为一次交学费，他将用他的移民经验再从新的移民那里赚回他的钱。更有意思的是赵朴斋的妹妹赵二宝随母到上海追寻陷在妓院里无法脱身的哥哥赵朴斋，要把哥哥带回去。谁知，到了上海以后的赵二宝不但带不回哥哥，反而觉得做妓女能赚大钱，自己也就“落到堂子”里。其母其哥表示支持。赵朴斋置家具、写牌匾，从此“趾高气扬，安居乐业”。他们的朋友也不觉其耻，不断结帮，前来哄抬(第35回)。“笑贫不笑娼”是因为娼能赚到钱。小说不是用家破人亡的例子说明道德的失缺，而是打着揭黑的旗号写人与人之间的金钱交易和商品意识，以及趋利的社会心态。从这个意义上说，《海上花列传》记载的是现代城市文化发展的一个过程。

还可以列出很多根据说明《海上花列传》的现代意义，例如，《海上花列传》是最早的一部大量运用广告进行宣传的中国小说，是最早记载上海新市民心态和生活状态的中国小说等等。但是不管列出多少根据，有一个事实不可改变，即:它是一部以妓院为背景写妓女嫖客生活的狭邪小说。现代通俗小说以一部狭邪小说为起点，是否就降低了其文学意义呢？这就需要从历史、现场和文学的角度思考问题。以妓女为主要人物的文学作品古今中外皆为传统，中国的唐传奇、宋诗词、元杂剧以及明清小说皆留下很多经典作品，冶游自当风流，《海上花列传》只不过是传统的延续和新的发展;而况上海开埠之后，色情业确实相当繁盛，成为了当时上海文化的一个重要标志，人称“洋场十里，粉黛三千”“妓馆之多甲天下”。更为重要的是从当时上海都市发展的角度看，冶游狭邪确实是个适合的视角。对中国这个时期娼妓问题进行深入研究的美国学者贺萧是这样评说此时中国的娼妓现象的:“妓女被赋予了变动的多重性的意义，这就要求我们不能再用超历史的方法谈问题，例如称娼妓业为世界上最古老的职业;也不能局限于一个个朝代地列数高等妓女的书籍和文字记载。我们必须超越以上做法，对性劳务进行因时因地的、历史化、本地化的研究。娼妓业从来就是从事性服务、性买卖的行业,但我们可以从这样的交易中了解多得多的内容:例如性的意义、其他的社会关系,以及人们如何通过性这个媒介展开政治权力和文化转型、国民性和文化归依感等等问题的讨论。”①在妓女形象的背后,有着社会、政治和文化等问题的思考,这是研究此时中国娼妓问题的价值所在。具体到《海上花列传》,刘半农这样说:“他写成的书虽然名目叫《海上花》,其实所有不止是花,也有草,也有木,也有荆棘,也有粪秽,乃上海社会中一部分,混天糊涂的人的欢乐伤心史。明白了这一层,然后看这书时,方不把眼光全注在几个妓女与嫖客身上,然后才可以看出这书的真价值。”②妓女狭邪只是故事人物情节而已,《海上花列传》的“真价值”是背后的社会变动、文化变动和审美价值的创新,具有划时代的意义。

韩邦庆(1856—1894),江苏松江(今属上海市)人,字子云,号太仙,别署大一山人、花也怜侬。1892 年 2 月自办刊物《海上奇书》,在其上连载《海上花列传》至 30 回。1894 年出版石印本全本,共 64 回。

《海上花列传》之后,狭邪小说创作在清末民初达数十种之多,其中影响较大者有孙玉声的《海上繁华梦》和张春帆的《九尾龟》。

孙玉声(1864—1939),上海人,原名家振,字玉声,别署海上漱石生、警梦痴仙。长期担任《新闻报》编辑,又曾创办《笑林报》等小报,其文章散见于清末民初各小报上,最著名的小说是 1903 年由上海笑林报馆印行的《海上繁华梦》,1908 年上海商务印书馆出版平装铅印本。

张春帆(1872—1935),江苏常州人,原名张炎,字春帆,别署漱六山房。《九尾龟》最早刊于 1906 年的点石斋,以后作者陆续写作,至 1910 年有 192 回,共 12 集,至 1924 年有 384 回,共 24 集,小说还没有写完。

对于清末以来的狭邪小说,鲁迅的评价是:

> 一到光绪末年,《九尾龟》之类出,则所写的妓女都是坏人,狎客也像了无赖,与《海上花列传》又不同。这样,作者对于妓家的写法凡三变,先是溢美,中是近真,临末又是溢恶,并且故意夸张,谩骂起来。③

---

① (美)贺萧著,韩敏中、盛宁译:《危险的愉悦》,江苏人民出版社 2003 年版,第 6 页。

② 刘复:《读〈海上花列传〉》,见《半农杂文》,星云堂书店 1934 年版,第 241 页。

③ 鲁迅:《中国小说的历史的变迁》,见《鲁迅全集》第 9 卷,人民文学出版社 1981 年版,第 339 页。

鲁迅说的"溢美"是指清中期的《花月痕》《品花宝鉴》《青楼梦》等小说,"近真"是指《海上花列传》等小说,"溢恶"则是指《海上繁华梦》和《九尾龟》等小说了。应该说,鲁迅的评价相当到位。

与《海上花列传》追求写实不同,《海上繁华梦》追求的是警醒。作者在小说的自序中说:"为欲警醒世人痴梦也……因作是书,如释氏之现身说法,冀当世阅者或有所悟,勿负作者一片痴心。"①小说的上半部分两位男主人公分别担当"警醒"和"现身说法"的角色。谢幼安以警醒者的姿态出现,一方面帮助那些沉湎于花丛者排忧解难,另一方面不断地指点迷津,警醒沉湎者;杜少牧以现身说法者的姿态出现,在花丛中一次次上当受骗,钱财耗尽。小说后半部分,让杜少牧浪子回头,以"过来人"的姿态警醒那些还沉湎于花丛中的"痴梦者"。既然这些男人都是上当受骗者,那些妓女当然均是"恶妓",她们为了钱,虚伪而狡猾,把花丛变成了陷阱。到了《九尾龟》,除了"恶妓"和上当受骗者之外,还多了一个专门惩治"恶妓"的嫖界英雄:章秋谷。因此《九尾龟》除了警醒之外,还有了另一层含义:惩戒。为了表现章秋谷的英雄事迹,小说对妓院妓女的恶迹写得极为充分,乃至于达到夸张的地步。

经过了溢美、近真、溢恶,狭邪小说的社会意义不断地消退,逐步变成了嫖界小说了。这样的小说受到新文学批判也就理所当然了。若由于这些小说后来的发展不尽如人意,受到批判,就全面否定这类小说的意义,却也不符合中国文学发展的事实。

第三节　悲乎欲也:"鸳蝴派"言情小说

古往今来,世界各国,言情都是小说创作的主要题材。1887 年严复、夏曾佑在《国闻报》上发表《本馆附印说部缘起》。在这篇被梁启超称作为"雄文"②的文章中,将言情称为"公性情"。他们说:"何谓公性情,一曰英雄,一曰男女……茫茫大宙……有人以来二百万年,其事伙矣,其人多矣,而何以惟曹、刘、崔、张等之独传,而且传之博而大也?……所以英雄之性、男女之

---

① 孙玉声:《〈海上繁华梦〉自序》,见《海上繁华梦》,江西人民出版社 1988 年版,第 1 页。

② 梁启超:《小说丛话》,载《新小说》1902 年第 1 号。

情盖几几乎为礼乐文章之本,岂直词赋之宗已也……论其必然之势,则可以二言断之曰:非有英雄之性不能争存,非有男女之情不能传种也。"[①]小说只有凭借英雄之性和男女之情才能流传,中国晚清小说创作热潮一开始就给言情确立了重要的地位。

再一次大张旗鼓地宣扬情在小说中作用的是吴趼人。1907 年,他在小说《劫余灰》中提出了他的情的理论:

> 上自碧落之下,下至黄泉之上,无非一个大傀儡场,这牵动傀儡的总线索,便是一个"情"字。大而至于古圣人民胞物,与己饥己溺之心,小至于一事一物之嗜好,无非在一个"情"字的范围之内。非独人有情,物亦有情。如犬马报主之类,自不能不说是情,甚至鸟鸣春,虫鸣秋,亦莫不是情感而然。非独动物有情,就是植物也有情。但看当春时候,草木发生,欣欣向荣,自有一种欢忻之色。到了深秋,草木黄落,也自显出一种可怜之色。如此说来,是有生机之物,莫不有情。[②]

吴趼人的情的理论相当泛化,他将情推诸万事万物之上。严复和夏曾佑是思想理论家,还是对情的理论予以肯定;吴趼人是小说家,不仅竭力宣扬小说中的情的作用,还身体力行,创作了很多言情小说。他此时写了《恨海》《劫余灰》《情变》三部小说,分别标注为"写情小说""苦情小说"和"奇情小说"。因此吴趼人及其小说理论对此时言情小说创作产生的影响巨大。

此时走传统言情小说创作之路的是陈蝶仙。陈蝶仙(1879—1940),杭州人,原名陈寿嵩,字栩园,号蝶仙,后改名陈栩,别署天虚我生等。陈蝶仙言情小说代表作是《泪珠缘》。小说第一、二集写于 1900 年,至 32 回;小说第三、四集写于 1907 年,至 64 回;小说第五、六集写于 1916 年,至 96 回,未完。纵观小说,言情内容主要集中在第一至四集中,到第五、六两集基本上属于社会小说了。在小说的《自序》中,作者说《红楼梦》之后,几乎所有的言情小说都脱不了其窠臼,他写这部小说就是要走出一条新路。不过,这只不过是作者的心愿而已。从小说的结构、人物设置以及故事情节的铺排,都可

① 严复、夏曾佑:《本馆附印说部缘起》,见黄霖、韩同文选注:《中国历代小说论著选》(下),江西人民出版社 1985 年版,第 2 页。

② 吴趼人:《劫余灰》第 1 回,载《月月小说》1907 年第 10 号。

以看到《红楼梦》的影子。

真正代表此时言情小说成就的是下面三类小说：

第一类是怨情小说，代表作是徐枕亚的《玉梨魂》。徐枕亚（1889—1937），江苏常熟人。原名觉，字枕亚，别署泣珠生、东海三郎等。徐枕亚以1912年连载于《民权报》上的《玉梨魂》而成名。这部小说在当时极有影响，1913年出版单行本，销量达10万册，直接引发了民初中国文坛上言情小说热的出现。

《玉梨魂》写一位英俊潇洒的小学教师何梦霞寄住在无锡富绅崔家。崔家有一位寡妇白梨影，“乃二十余绝代佳人也”。两人由相互欣慕到相恋，暗中常有书信往来，诗词酬答。白梨影为了医治何梦霞的“情病”，想出了一个“接木移花之计，僵桃代李之谋”，将小姑崔筠倩许配给了何梦霞。崔筠倩是个进过女校、素来向往自由的“新潮人物”，对这场包办婚姻非常不满，痛苦郁闷，而何梦霞却始终钟情于白梨影，三人都怨都恨，要解决矛盾只有死路一条了。白梨影得了病死了，崔筠倩也自怨自艾地死了。历经爱情婚姻磨难的何梦霞，渡海东去，求学日本。辛亥革命时参加武昌起义，以身殉国。临死前，他怀中还揣着那本与白梨影互相酬答的诗词集。

小说写了一个寡妇的恋情，并对这样的恋情表示理解。作者写白梨影“韶华未老，欢爱已乖，莲性虽驯，藕丝难杀，深闺寂处，伤如之何？名士坎坷，佳人偃蹇，相逢迟暮，未免情牵，此不足为梨嫂病也。”年轻的寡妇在长期的寂寞之中生出一点感情来是十分正常的。但是，理解并不代表赞赏，作者赞赏的不是这种感情，而是对这种感情的处理。小说中尽管描述这对才子佳人的感情十分浓烈，但他们在行动上没有一点逾礼。在一个屋檐下生活，他们很少见面，见面之后，也是泪眼相对，不说几句话。“两下飘零，相怜同命，一身干净，未染点污，虽涉非分之机，要异怀春之女。发乎情，止乎礼义，感以心，不以形迹。还珠有泪，赠佩无心，其痴情可悯，其毅力足嘉，彼司马文君，应含羞千古矣。”发乎情而止乎礼，这就是徐枕亚通过这则寡妇恋爱的故事所表达出来的文化观念。值得提出的是，并没有什么外界的力量要求男女主人公这么做，发乎情止乎礼是男女主人公的自觉行为，是他们自觉地将自己纳入所谓的“做人”的规范之中，“梨影固非荡子妇，梦霞亦非轻薄儿，不能不止乎礼义”。他们生的是君子之情，言的是君子之语，行的是君子之路。小说虽然提出了敏感的寡妇再嫁的话题，描述出来的故事还是传统的情理之争。寡妇有情，却不能再嫁，为了避免痛苦，就要避免堕落情网，这部小说也就成为了怨情之作。

第二类是痴情小说。这类小说认为情是可爱、可亲的，那些阻碍情的发展的一切束缚都是可恶、可憎的，它们对情的追求达到了痴迷的程度。代表作家作品是吴双热的《孽冤镜》。吴双热(1884—1934)，江苏常熟人。《孽冤镜》是吴双热1912年与徐枕亚的《玉梨魂》隔日连载于《民权报》副刊上的小说，1914年2月出版单行本。与《玉梨魂》一样，《孽冤镜》也曾经激动了无数读者的心。“不堪率听啼更鸟，强自孤吟折翅冤，举世更悲同调伙，无边孽海孰为援”。还有什么比“举世更悲”还要悲呢？这首出现在单行本扉页上的题词很能说明当时《孽冤镜》的影响力。

《孽冤镜》全书24章。作者以第一人称的自叙体写好朋友王可青的悲剧故事。王可青的前妻是个又丑又恶的盐商的女儿，前妻死后，他来到了常熟散心，见到了薛环娘。两人有了恋情。却遭到父亲的反对，逼他又娶了个官员之女。薛环娘呕血而死。王可青扶病在薛环娘墓前祭奠，死于他乡。这部小说还是中国传统文学中的“棒打鸳鸯两边散”的模式。值得关注的是作者的创作意图。在小说出版单行本时，作者写了篇《自序》，在《自序》中作者明确地阐述了他的写作意图：

> 嗟乎！《孽冤镜》胡为乎作哉？予无他，欲普救普天下之多情儿女耳！欲为普天之下多情儿女，向其父母之前乞怜请命耳！欲鼓吹真确的自由结婚，从而淘汰情世界种种之痛苦，消释男女间种种之罪恶耳……而种种之痛苦以朕，欲矫其弊，非自由结婚不可。自由婚之真谛，须根乎道德，依乎规则，乐而不淫，发乎情而止乎义。

作者明确地指出旧式的婚姻制度和婚姻形式是一切痛苦、一切罪恶的根源，明确地喊出了“自由结婚”的口号。但是，他将这一切的改变都建立在向父母请命的基础上，所以《孽冤镜》可以称作为“请命模式”。

第三类是哀情小说。这类小说以生离死别作为故事情节，极其哀怨。代表作家有苏曼殊和周瘦鹃。苏曼殊(1884—1918)，广东香山人，原名戬，字子谷，法号曼殊。他的《断鸿零雁记》于1912年5月12日到8月7日连载于上海《太平洋报》，1919年上海广益书局出版单行本。这部小说写了一个名叫三郎的出家人在未婚妻雪梅的帮助下到日本寻母，寻到母亲后受到了爱抚。母死后感情失落，却又得日本少女静子的爱恋。正在他与静子爱恋之时，得到了未婚妻雪梅不从父母逼其再嫁绝食而亡的消息，匆匆回来，欲祭奠其妻，终因无法寻到其墓而不得。读此小说先是感觉很新奇，一个出家人尘缘未尽，寻情觅爱，接着就会被情节所打动，在生离死别上大做文章，很是令人动情。加上文辞秀美，整部小说就有一种飘忽的哀怨之感。

周瘦鹃(1895—1968)，原名祖福，后改名国贤，号瘦鹃。苏州吴县(今苏州市区)人，生于上海。周瘦鹃的言情小说主要创作于民国初年。周瘦鹃的言情小说基本上属于"离别模式"。所谓"离别模式"是指现实生活中的离别与人物感情的冲突，小说将感情揉碎了写。周瘦鹃言情小说的代表作品是《留声机片》和《此恨绵绵无绝期》。《留声机片》写了一个叫情劫生的人情场失意后，到"恨岛"整整度过了 8 年，临死前将自己的思念之情录在留声机上，寄给了他的情人。这段断断续续的临终遗言，一片爱意，一片恋情，极为酸楚。他的情人听了这段遗言后不能自已，终于在自忏自艾中死去。《此恨绵绵无绝期》写的是新婚二月的新郎在战场受伤，回到家中死去，新娘深闺忆郎而亡的故事。小说从新娘的角度写作，新郎未死之前写新娘的念夫之情，新郎死后写新娘的悲夫之情，特别是新娘临终之时的声声呼唤更是凄楚之极。周瘦鹃的这些言情小说的情节均比较生硬，估计他是从外国小说的翻译中寻找到的灵感，然后再铺衍些中国人的生活和自己的感受，但是，由于他对外国小说创作方法比较熟悉，特别能调动和表现小说人物的心理活动，而心理活动又特别适合言情小说的描述，因此，他的言情小说总能打动很多读者的心。民国初年，周瘦鹃创作的言情小说的数量巨大，被称为"哀情巨子"和"衷情小说专家"。当时"鸳鸯蝴蝶派"作家陈小蝶就曾评价说："瘦鹃多情人也，平生所为文，言情之作居什九，然后多哀艳不可卒读"，并作了两首诗送之："弥天际地只情字，如此钟情世所稀，我怪周郎一支笔，如何只会写相思"；"细写柔情泪未干，滴来纸上太心酸，鲛绡揾后还重揾，啼杀红鹃夜欲阑。"①

言情小说的创作给现代通俗文学带来不好的声誉，因此他们被称作"鸳鸯蝴蝶派"，也成为了日后新文学批判通俗文学的主要根据。但是，一种文

① 陈小蝶：《午夜鹃声·附记》，载《礼拜六》1915 年第 38 期。

学现象的出现必然是社会文化的反映，必然有一种新的文学进展蕴含在其中。范烟桥对这个时期的言情小说有这样的评价："民初的言情小说，其时代背景是辛亥革命以后，'父母之命，媒妁之言'的传统的婚姻制度渐起动摇，'门当户对'又有了新的概念，新的才子佳人又有了新的要求，有的已有了争取婚姻自主的勇气。但是'形隔势禁'，还不能如愿以偿，两性的恋爱问题没有得到解决，青年男女为此苦闷异常。从这些社会现实和思想要求出发，小说作者就侧重描写哀情，引起共鸣。"①这样的分析比较中肯。随着当时共和政府的建立，共和意识自然越来越强烈，前一段时期严复、梁启超等人鼓吹的人权、民主的思想也就成为共和意识的主要内容。对于年轻人来说，最为敏感的就是恋爱和婚姻模式。虽然还达不到像鲁迅《伤逝》里的子君那样喊出"我是我自己的，他们谁也没有干涉我的权利"的程度，但是对于恋爱的不自由、婚姻的不自主的不满还是溢于言表，还是说出了不少"大逆不道"的话。寡妇能不能再嫁，恋爱能不能自由呢？这不仅仅是婚姻模式的问题，还涉及对伦理道德等中国传统文化的评判。《玉梨魂》中，主人公何梦霞死于武昌起义的城楼之下，虽是比较牵强，却也表现出作者追求时代性的努力。从思维观念上说，言情小说的主观意图并不出新，但它提出的话题很具有时代性，并且由此引发的阅读效果有相当积极的意义。这种积极的意义在与"五四"时期鲁迅等新文学作家的作品结合起来思考就更为明显了。"五四"时期，鲁迅等人通过妇女"节烈"的问题对扭曲人性的中国礼教展开激烈的批判（如《祝福》《我之节烈观》等文的创作）。他们的这些观点能够在当时的社会上得到大多数人的响应，《玉梨魂》《孽冤镜》以及那些哀情小说所做的先期的心理准备和情绪上的铺垫功不可没。

《红楼梦》自诞生以来，对言情创作的影响就一直延绵不断，其后的作品手法虽有创新，精髓还是"红楼"。到了清末，一把"新薪"添加其中，使得言情之火有着别样的火红，这把"新薪"就是林纾翻译的《巴黎茶花女遗事》。这部被称为"外国的《红楼梦》"的小说成为了此时中国言情小说的重要的影响源。从美学角度上说，"鸳蝴派"的言情小说是中外言情小说融合、变革的一次有益的尝试，为后来中国言情小说的发展开辟了一条发展路径。

① 范烟桥：《民国旧派小说史略》，见魏绍昌编：《鸳鸯蝴蝶派研究资料》（上），上海文艺出版社1984年版，第272页。

它影响着此时言情小说悲剧意识的形成。从审美意识上说,《玉梨魂》所表现出来的悲剧意识具有现代美学性质,虽然它没有“五四”新文学提倡悲剧意识的自觉性,但是它首先去掉了中国传统悲剧作品的虚饰的结尾。这样的故事和这样的情感倾诉对中国读者来说也许并不适应,但它却以真实性和纯真性对读者产生了巨大的冲击力。它的悲剧意识是《巴黎茶花女遗事》对中国作家启发的结果。

“鸳蝴派”言情小说运用了多种艺术手法构造了此时言情小说的悲剧氛围。《玉梨魂》主要运用四六骈文进行写作,大量地运用诗词,文气缠绵,辞气横溢。这是中国明清以来的才子佳人小说文风的延续,具有传统性。但小说的结构安排显然受到当时在中国很流行的翻译小说《巴黎茶花女遗事》的影响,特别是小说的结尾处。它显然是模仿《巴黎茶花女遗事》采用凭吊的形式安排故事的结局。在《巴黎茶花女遗事》中“叙述人”在亚猛的陪同下到马克的墓前凭吊,《玉梨魂》中的“叙述人”在秦石痴的陪同下到崔府探寻。相比较而言,《巴黎茶花女遗事》的结尾比较简单,而《玉梨魂》中环境写得极为详细,再加上《解连环》和《送我门来》两首“悲秋”词,小说气氛一片肃杀。《孽冤镜》同样受到了《巴黎茶花女遗事》的影响。可青艳遇、私定盟约、回家被拘、偷传书信、环娘自杀、可青病疯、殉情墓边、后人凭吊,从这条悲剧的线索之中可以看到《巴黎茶花女遗事》的影子。与《玉梨魂》不同的是,《孽冤镜》的人物安排和情节发展颇有《西厢记》的味道。王可青和薛环娘可看作是张生和崔莺莺,“我”则是红娘。小说忽喜忽悲,似喜又悲,悲剧之中穿插着这些喜剧情节,使得整部小说的感情发展跌宕起伏。周瘦鹃此时创作的言情小说均在结尾处渲染悲剧气氛,或是声声呼唤,或是心理独白,都是《巴黎茶花女遗事》式的悲剧结尾。

“鸳蝴派”言情小说就情论情,大量地无节制地煽情把小说推向了滥情的程度。这些小说受到新文学作家的严厉批判,说它们是“眼泪鼻涕”小说。其实就是通俗文学作家自己也对这些言情小说逐步泛滥展开了反省。早在1915年《小说月报》第6卷第4期上,主编恽铁樵专门写了《本社函件最录:答刘幼新论言情小说书》一文论述他对言情小说的看法。恽铁樵认为中国当下的言情小说没有什么社会意义,是“山重水复”的重复和“流于淫荡”的无聊,他明确地说:“敝报中几于摒弃不用”。在《小说月报》1916年第7卷第3期的《本社函件最录:再答某君书》中,他评论了《红楼梦》《儒林外史》

《西厢记》三部作品。他认为《红楼梦》《儒林外史》是上品，因为"《红楼梦》写情俗于表面，写兴衰兴亡于里面；《儒林外史》侧重社会"。而《西厢记》就不能算是上品，因为"《西厢记》仅言男女而无归束以后的事，此可谓有宾而无主"。虽然此时言情小说创作非常热闹，反对的声音也是始终不绝。

新文学登上文坛之后，"鸳蝴派"的言情小说在文坛上基本绝迹，它的复兴要到20世纪40年代无名氏(卜乃夫)等人的出现。

第四节　黑乎镜也："鸳蝴派"社会小说

从文学流变考量，现代社会小说应从清末"谴责小说"论起。"谴责小说"是鲁迅在《中国小说史略》中对清末社会小说所起的名称。在《中国小说史略》和《中国小说的历史的变迁》两部作品中，鲁迅集中论述了李伯元的《官场现形记》、吴趼人的《二十年目睹之怪现状》、刘鹗的《老残游记》和曾朴的《孽海花》。对这些小说，鲁迅做出这样的评价：

> 戊戌变政既不成，越二年即庚子岁而有义和团之变，群乃知政府不足与图治，顿有掊击之意矣。其在小说，则揭发伏藏，显其弊恶，而于时政，严加纠弹，或更补充，并及风俗。虽命意在于匡世，似于讽刺小说同伦，而辞气浮露，笔无藏锋，甚且过甚其辞，以合时人嗜好，则其度量技术之相去亦远矣，故别谓之谴责小说。①

鲁迅这段话，将这些小说分析得相当清楚了。因为"政府不足与图治"，这些小说基本上是掊击政府，揭露弊恶。"辞气浮露""笔无藏锋""过甚其辞""合时人嗜好"，这些小说的风格特点，鲁迅虽未点明原因，应该是与小说素材来自报刊新闻，又是在报刊上连载有关。

鲁迅点出的这些小说，都是批评政府官场，可以称作为"官场谴责小说"。它们可以看作为现代社会小说的开始。稍后一点，"鸳蝴派"作家推出了两类社会小说，一类是工商界小说，一类是政治畅想小说。这两类小说更加合乎上海社会的发展进程。

---

①　鲁迅：《中国小说史略》，见《鲁迅全集》第9卷，人民文学出版社1981年版，第282页。

工商界小说的代表作是姬文的《市声》和恽铁樵的《工人小史》。姬文，生平情况不详。《市声》从1905年2月《绣像小说》第43期始，陆续连载至1906年4月《绣像小说》第72期上，第72期是《绣像小说》的终刊期。小说连载共25回。小说1908年由商务印书馆出版单行本，共36回。这部小说的叙述比较散乱，但其内容很有价值。首先，小说不再像狭邪小说那样，一写到商人就是冶游或者是揭黑，而是将中国民族工业在中国的发展以及遇到的各种打击和挫折作为小说的故事情节。小说第一次将中国民族企业的发展与外国资本的争斗写进了小说。小说一开始就写以华兴为代表的宁波商人在收购蚕茧上与外国资本竞争，即使吃亏也要做，"原要吃亏才好！我这吃本国人的亏，却教本国人不吃外国人的亏，我就不算亏了。"华兴的这句话既有志气，也是无奈。其次，写了民族工业在中国的失败。小说中华兴败了，后来的李伯正也败了。失败原因固然有外国资本的压迫，民族资本家之间的内斗是根本的原因。再次，小说明确地提出了"实业救国"的主张，并以此塑造了几个为救国而奋斗的工程师形象，最为出彩的是汽车工程师刘浩三。这位一心要将自己的所学奉献给国家的学子，却报国无门。这部小说没有后来茅盾的《子夜》有名，也没有《子夜》艺术上的精湛，却是中国工商业小说的首创之作。

同样有首创之功的还有恽铁樵的《工人小史》。这是中国第一部写现代产业工人生活的小说。恽铁樵(1878—1935)，江苏武进(今江苏常州)人，原名树珏，字铁樵，别署焦木、冷风、黄山。恽铁樵是著名的编辑、小说家和医学家。作为《小说月报》的主编，这份刊物在他手上进入辉煌时期。恽铁樵离开《小说月报》后，潜心于中医研究，主办《铁樵医学月刊》20期，著有《药盦医学丛书》8卷。《工人小史》载于1913年《小说月报》第4卷第7期。小说写了一个名叫韩蘖人的船厂工人一天的生活。"晨光熹微中"韩蘖人在极困中被喊醒，夫妻俩商量如何躲债；"汽笛声复作"，韩蘖人"急投箸起，狂奔出门去""若汽笛声止，门则随扃，后至者不复得人，而半日工资扣除矣"；到了中午，工人千余"潮涌而至"，中午休息时间"为时仅四十五分"。韩蘖人在这一天中被克扣了工钱、受到电车售票员的侮辱、遭到工头的毒打，以至于被开除出厂。作者叙述语言平实，内容相当纪实。

一个新崛起的工商城市，中国商人和工人在其中的生活究竟如何，这两部小说所写内容谈不上生动，却很真实。

“鸳蝴派”的政治畅想小说延续着梁启超的《新中国未来记》的思路而展开,故事性和政治想象力都有明显的进展,代表作家是陆士谔。陆士谔(1878—1944),江苏青浦(今属上海市)人,原名守先,字云翔,号士谔。与恽铁樵的人生道路正好相反,他早年研究中医,悬壶济世,后转为小说创作。他的小说创作主要有两大题材,政治畅想小说和武侠小说。他的政治畅想小说的代表作是《新水浒》《新三国》《新中国》《新野叟曝言》等。

陆士谔的政治畅想小说有个特色,他总是借着“旧的书名与人物名,而写新的事”,按照阿英的分类,也可称作“拟旧小说”①。陆士谔的政治畅想小说虽是拟旧,却有强烈的现实意义,其中渗透着作家本人的社会价值判断。小说有着强烈的现实社会批判色彩。例如《新水浒》,写梁山上的好汉听说朝廷正在变新法,也成立了梁山会,并派众会员下山从事各种新事业。蒋敬与时迁合伙办起了忠义银行,郑天寿来到雄州办起了尚德女学校,陶宗旺以大公馆做妓院,扈三娘开办夜总会,侯健在江州开办军衣铺,李立、李俊办起了揭阳岭矿务公司,汤隆、刘唐开办铁路,林冲任陆军学堂监督,卢俊义造筑铁路,萧让开办《呼天日报》,武松在清河开办运动会,石秀买彩票中了头彩……重阳节后,各人上山汇报收益,结果扈三娘第一,李逵非但一文未赚,还亏了本。这部小说讽刺的是什么呢?就是讽刺当时正在借办新事业搜刮百姓的那些官员们,他们就是打着新招牌的强盗。由于是拟旧小说中的人物,小说就有了“曲笔”的效果。从现实需要出发写人物的行为举止,让这些人物的形象与读者心目中的既有模式形成反差,从而达到讽刺批判的效果。小说语言轻松幽默,描写诙谐有致,让读者在阅读中得到某种意会。

如果说社会批判还是清末民初社会小说的流行色的话,神采飞扬的强国畅想就充分显示出陆士谔政治畅想小说的特色了。显然是受到梁启超的《新中国未来记》等政治小说的影响,陆士谔的每一部政治畅想小说都有大量的政治议论和治国治民的方案,都为中国构画了一个美好的“强国境界”。这些议论和方案要比《新中国未来记》完备、丰富多了。陆士谔的《新野叟曝言》这样勾勒中国的未来:“未来”的中国已是一个法制社会。医学振兴、农业机械化,特别是中国的人口实现了平稳增长,因为中国实行了“计划生育”的政策:禁止早婚、禁止娶妾、民需有恒产,所入款项能够仰事俯蓄者才准婚

① 阿英:《晚清小说史》,人民文学出版社1980年版,第177页。

娶。“未来”的中国已是一个军事强国。制造了棉火药、火炮，海陆两军全球第一，还制造了 10 只飞艇，它们的名称分别为：醒狮、游龙、飞虎、鹏搏、鹰扬、摩云、扫霞、赛电、赶月、移星。这 10 只飞艇不但能够漫游世界，还能漫游宇宙。“未来”的中国已占领了欧洲。“全欧七十二国都已与中国订立条约，最重要者约有六端：承认中国为欧洲上国，七十二邦俱奉中国为正朔。承认孔教为欧洲之国教，七十二邦当共同保护。耶稣纪年及阳历日分，当永远废止。赔偿中国共费金磅一千兆，七十二邦分摊按年交纳。欧洲七十二邦语言文字，各国互歧，殊不适用，嗣后悉皆废去，改用汉文汉语，有敢仍用欧文欧语者，以大不敬论。中国钦派驻欧总监大臣一员，驻治波而都瓦国，凡七十二邦内政外交，悉禀承该大臣，然后施行。”“未来”的中国还征服了月球和木星。月球和木星是中国的物资基地，中国每年都派 100 只飞艇到月球、木星，运回各种物资，以供日常使用。用不完给欧洲七十二邦，因此，“中国人民的生活差不多个个是小康”，“在上海举办了国际博览会”，“全世界无论哪一国所有的东西几乎没有一样不是中国货”……真是一曲“强国畅想曲”。让中国强盛起来是每一个有民族心的人共同的愿望。究竟什么才是强国呢？陆士谔心目中并没有什么理论模式，他只是从被帝国主义列强欺侮的直觉之中感受到强国就是有别的国家无法阻挡的武器（如飞艇），就应该去征服别国、争做盟主，就应该迫使别国签定不平等条约。这是一种复仇形态的“强国梦”，给读者更多联想的是中国的社会现实。

与这些酸楚的政治畅想相比，小说中那些科学幻想让人充满着神奇之感。以《新野叟曝言》为例，文礽所率领的中国少年们是坐了 10 条飞艇（显然是指当时刚出现的飞机）上了月球。月球是水晶为地、祖母绿为树；接着上了木星，木星是黄金为地、钻石为山。作者将木星世界写得光怪陆离，兔子有水牛那般大，蝙蝠有七尺多长，河蚌更为奇观，一片河蚌壳可以做一间屋的屋面，那里面的珍珠当然就大得吓人，最大的形如香橼，重达一斤。作者在写这些奇异的事物时，还处处和科学印证，为他的想象提供依据。他写飞艇的制造，详细地解说了当时飞机的制造之法；写月球世界虽有宝藏，却无动植物，人类难以生存，理由是由于地壳运动使其失去了水分，并以此想到了地球的未来，说明保护地球的重要性；写到木星世界之所以物大宝多，原因是它离太阳近，动植物自然就长得茁壮奇大，宝藏自然就特别丰富。无论这些解说是否合理，那些离奇的描述似乎都有了科学的论据。

政治畅想小说是政治小说、科幻小说和中国传统的小说模式相融合而形成的一种小说文体。它借一点历史的"因由"，随意铺染，古人与今人相杂，古事与今事相间。对读者来说，可以从作品人物的变迁之中得到新奇的感觉，从而增加阅读的兴趣；对作者来说，根据现有的作品形式进行再创造，既有较大的写作空间，又给情节的设计带来了便利。

民国以后，社会小说向两个方向发展，一是世情小说，一是黑幕小说。

此时世情小说的代表作家作品是李涵秋的《广陵潮》。李涵秋(1873—1923)，江苏扬州人，名应漳，字涵秋，别署沁香阁主、韵花馆主等。《广陵潮》最初名为《过渡镜》，1909 年最早连载于武汉的《公论新报》，后来转到上海的《大共和日报》和《神州日报》连载，从 1914 年开始由震亚书局分集陆续出版单行本。这是一部在民国初年产生广泛影响的小说。小说 100 多万字，从中国的鸦片战争一直写到"五四"前夕，具有史诗性质。小说的特色在于写作视角：一是它不直接写那些大事件，而是写在那些大事件发生时普通市民、士绅的生活状态，因此各种生活形态、街谈轶闻成为了故事的主要情节，是"小"说，而非"大"说；二是它顾及大事发生时中国社会的变化，但是着笔却在扬州(古称广陵)，是"广陵"的潮，因此各种地域风情、风俗民俗均得到生动表现；三是它虽也学《儒林外史》的结构，却有几个贯穿始终的人物，因此情节也就有了一定连续性。正因为这样，这是一部具有世俗民情的比较完整的史诗性的社会小说。

既享受物质文明的便利，又感叹世风日下；既为开眼界而自得，又为道德沦丧而摇头。现代通俗文学作家对上海都市化、现代化的进程一直处于矛盾的纠结状态。文明的一面要坚持，黑暗的一面要揭露，大概就是从这样的心态出发，1916 年 9 月上海的《时事新报》开始征集揭露黑幕的文章，征文启事上说："本本源源，尽情揭露……共除人道蟊贼，务使若辈无逃形影，重光天日而后已"。①启事发出后，很快就得到了积极的响应，于是一股揭黑之风在文坛上吹刮了起来。这股揭黑之风，不仅吹刮在报界，还吹刮到出版界和创作界。很多书局开始出版揭黑文章汇编，其中最有名的是 1918 年 3 月中华图书集成公司出版的路滨生编辑的《中国黑幕大观》。这些揭黑的书籍销量很好。据 1921 年再版时《中国黑幕大观》的广告上说："是书系描写

---

① 《黑幕大悬赏》启事，载上海《时事新报》1916 年 9 月 1 日版。

龌龊社会，揭发奸恶人心，至详至确，故发行未满三年，印行业已六版，足见全国欢迎。”[①]在这样好的销路刺激下，一些作家开始专门创作“描写龌龊社会，揭发奸恶人心”的小说了。

“黑幕小说”是鲁迅在论到清末谴责小说的影响时，赋予某些末流的谴责小说的名称。他说：“其下者乃至丑诋私敌，等于谤书；又或有嫚骂之志而无抒写之才，则遂堕落而为‘黑幕小说’。”[②]鲁迅将“抉摘社会弊恶”者作为“谴责小说”，将“丑诋私敌”和“有嫚骂之志而无抒写之才”者斥之为“黑幕小说”。鲁迅这样的区分是为了说明“谴责小说”的意义，但是，用这样的标准去寻找“谴责小说”可以，寻找“黑幕小说”就很难，因为自清末以来中国的小说就一直以暴露的态度表现社会现实的，究竟什么是“抉摘社会弊恶”，什么是“丑诋私敌”，很难说清。其实，那种完全以小说作为攻讦别人的“谤书”在当时并不多见，仅“有嫚骂之志而无抒写之才”的小说，当时以市场效益为首位的出版商也不愿意出版。

其实，社会小说就是以揭示重大社会事件背后的故事和公众人物背后的隐私作为情节的小说，它以传奇性和私密性满足读者的好奇心使其获取阅读快感。是否是黑幕小说，主要的评价标准是小说的社会导向。对于黑幕小说，周作人曾经作出这样的评价：“我们决不说黑幕不应该披露，且主张说黑幕极应该披露，但决不是如此披露……我们最要注意的点是人与社会交互的关系。中国人的根性怎样？他们怎样造成社会？又怎样被社会造成？总而言之，这中国人与社会能否长进？能否改好？能否存在？”[③]一方面只是暴露黑幕，另一方面不仅仅暴露“黑幕”，还需要对“黑幕”进行评析，要引导读者对社会作出思考，这就是社会小说，如果局限于暴露，那就仅仅是“黑幕小说”了。

---

① 《再版广告》，见《中国黑幕大观》，中华图书集成公司1921年再版，第1页。

② 鲁迅：《中国小说史略》，见《鲁迅全集》第9卷，人民文学出版社1981年版，第292页。

③ 周作人：《论黑幕》，载《每周评论》1919年1月第4号。

第八章　中国特有：武侠小说、党会小说、历史小说

武侠小说是中国特有的小说类型。自司马迁《史记》开始，武侠人士和武侠文学想象就是中国文学重要的组成部分。如果以《水浒传》作为中国古代武侠小说的高峰，将《七侠五义》等公案小说看成古代武侠小说与现代武侠小说的衔接，现代武侠小说最重要的特征就是体现出来不同于古代武侠小说的"现代性"，最重要的价值就是为现代中国读者提供了充满着阅读快感的文学想象。张恨水并不喜欢武侠小说，但是他也强调武侠小说的社会意义："为什么下层阶级被武侠小说所抓住呢？这是人人所周知的事。他们无冤可伸，无愤可平，就托诸这幻想的武侠人物，来解除脑中的苦闷。"[①]除了社会意义之外，武侠小说另一个价值在于，对相当一部分人来说，武侠小说的阅读给其带来精神上的特别的愉悦。

党会小说实际上是武侠小说的类型剥离，也是清末民初以来党派秘社现实活动的文学推演。现代武侠小说与现代党会小说走上不同的道路，前者走向江湖，后者扎根民间。

在传统的话本中，"说史"就是一个重要门类。清末小说类型分类时，"说史"被称为"历史小说"，并被梁启超等人提升为开启国民意识的重要文类。20 世纪 20 年代以后，虽然还有不少作家以史论今，但是总的趋势是走向商业化，一部分作品热衷于宫闱秘史的演绎，它们被称为"宫闱小说"，一部分作品热衷于掌故逸闻的探秘，它们被称为"笔记小说"。历史小说放在这一章中评估，因它与武侠小说、党会小说一样，具有传统性。

第一节　武侠小说进入江湖

武侠小说渗透着中国传统的文化精神，展现着中华武功的魅力。武侠

① 张恨水：《武侠小说在下层社会》，载《前线周刊》1945 年第 1 卷第 4 期，第 10—13 页。

小说古已有之，但是真正的成型还是从《水浒传》算起，因为中华武功在这部小说中第一次被美学化了。从司马迁写《刺客列传》和《游侠列传》开始，中国的武侠人物似乎就被分成两类，一类是为统治者卖命与江山朝廷更替联系在一起的侠客，一类是崇尚自由与表现自我个性的侠客。《水浒传》将一批崇尚自由、表现自我个性的侠客转变成替统治者打江山的侠客，并认为这是中国侠客的一条正路。这样的观念一直沿续到清末民初的武侠小说中。清末民初的武侠小说大致上分为两类，一类是根据历代野史、笔记，整理、编撰而成的武侠人物和侠义故事的汇编，比较有影响的作品有林纾的《技击余闻》、钱基博的《技击余闻补》、姜侠魂的《雍正一百零八侠》《女子武侠大观》、陆士谔的《古今百侠英雄传》、许慕羲的《历代剑侠全传》等等。另一类则是武侠小说创作，此时比较有影响的武侠小说作家有叶楚伧、陆士谔、张恂子、李定夷、姜侠魂、孙玉声等，其中陆士谔的武侠小说最多，大约有 20 部。清末民初的这些武侠小说的创作理念基本上是《水浒传》的江山取向，并由于驱除鞑虏、恢复汉室的政治理念而得到强化，基本上可以看作武侠版的政治理想小说。

中国武侠小说的创作理念在 20 世纪 20 年代发生变化，标志性的转折是由向恺然的《江湖奇侠传》《侠义英雄传》和赵焕亭的《奇侠精忠传》完成。中国武侠小说由追求“江山意识”的政治理想取向转向了进入江湖、归入民间。

向恺然(1889—1957)，名泰阶，又名逵，字凯元，笔名不肖生，祖籍湖南平江县，常署平江不肖生。赵焕亭(1877—1951)，名黼章，字焕亭，又字幻亭，常署赵绂章，河北玉田县人。

《江湖奇侠传》自 1923 年 1 月始连载于《红杂志》，后来，《红杂志》改版为《红玫瑰》，小说继续连载。至 106 回后，向恺然回老家湖南，由赵苕狂续写，至 160 回结束。《江湖奇侠传》刚刚连载时，《申报》有一则广告：“本书著者不肖生！他就是身怀绝技的剑侠，这书中的剑仙侠客，都是他的师友，这书中神怪的事实，都是他亲身经历的，所以这部书实情实事，与那向壁虚造的小说，根本不同。书中关于湖南方面的剑侠奇迹，略述如下，你如果不信，随时随地找一个湖南朋友问问，就能证明确有其事了。”①这则广告词透露

① 《江湖奇侠传》广告，载《申报》1923 年 1 月 5 日第 2 张第 8 版。

了一个信息：平江不肖生自己是个身怀绝技的“会家子”。此话并不虚。向恺然自幼习武，到处拜师学艺，拳脚功夫了得。他会武，而且研究武术。1907年他自费到日本留学，在日本弘文学院学习语言，在此期间他拜师王志群，醉心于武学研究，成为了当时为数不多的中国武术研究者。回国之后，他热心于拳术推广运动，是中国早期武术运动的活动家。

《江湖奇侠传》的贡献首先就表现在它使得中国武侠小说从“江山”转向了“江湖”。《江湖奇侠传》从浏阳、平江两地农民争“水陆码头”写起，最后演化成昆仑、崆峒两派江湖人士的争斗，演绎的是一则典型的江湖故事。小说的价值取向的转变给武侠小说带来的最大的好处是拓展了小说的传奇空间。武侠小说本来就是以传奇取胜，在“江山意识”的要求下，武侠的传奇性只表现在武侠人物的行为动作上。武侠小说转向“江湖世界”后，武侠的传奇性不仅是行为动作，还有他们的生活环境。神秘的深山古刹、险峻的丛山老林、荒凉的戈壁沙漠、古怪的水中小岛，这些是武侠人物生长的地方，也是他们打斗的场所。传奇环境的拓展，明显地加强了武侠小说的纵深感。同样，在“江山意识”的要求下，武侠人物再神奇，也是次要人物。当武侠小说转向“江湖世界”后，武侠人物就成为了小说中的主要人物。这些武侠人物的精神世界、心理变化、性格脾气成为了小说不可缺少的描述内容。武侠人物的武功更神奇了，个性更分明了，但更真实了，因为他们有了性格根据。《江湖奇侠传》中无论是正面人物吕宣良、杨天池、柳迟、笑道人，还是反面人物甘瘤子、了因、智远、常德庆，都写得那么生动，其根本原因就在于此。传奇的行为动作、传奇的生活环境、传奇的人生经历和传奇的性格脾气，它们连成一起，构成了传奇的江湖世界。这样的武侠小说怎么不吸引人呢？《江湖奇侠传》所开创的路子显然被后来者继承了下来，以后那些畅销的武侠小说几乎无一例外地将写“江湖”作为小说的价值取向，即使是写“江山”，也是江湖世界中的“江山”（如金庸的小说）。甚至小说人物的一些行为举止，也常被后来者所模仿，如笑道人收徒的做法、吕宣良的那两只亦友亦徒的鹰，在以后的武侠小说中经常看见。

《江湖奇侠传》广为流传的另一个原因是小说的民间立场。小说中穿插了大量的民间故事，民间争斗，荒山淫僧，巧遇奇人，得道成仙，那些在民间流传的人和事，被作者写成小说人物和故事在小说中不断地描述着。小说将这些在民间耳熟能详的故事与江湖的神奇境界融合在一起，构成了一个个似真似幻、亦虚亦实的传奇的故事情节。这样的故事情节讲究的是阅读的愉悦性，读者们读起来感到很熟悉，也很亲切，它符合广大市民的阅读兴趣。更为重要的是作家在处理这些情节时所表现出的民间立场。小说中正面人物与反面人物在武功的神奇上并没有什么区别，他们的正、邪之分在于他们的处事为人的态度上。正派人物均讲究忠、孝、义和行为操守，邪派人物均是些不忠、不孝、不义，不遵守行为操守的不法之徒。忠、孝、义和行为操守是中国的广大市民阶层判断一个人的好坏、善恶的最基本的标准。小说中正、邪之争以及正派人物对邪派人物的惩罚，演化在市民的心中就是对善恶之争的阅读期待。小说的价值判断与民间的道德立场完全是一致的。像红姑那样有着神奇的武功，又是善的化身，当她在危难之际从天而降，惩罚那些不法之徒时，怎么能不引起市民们的激动和狂热呢？作家还以相当的篇幅对清末大案“张汶祥刺马”作了重新演绎。把这位刺客演绎成了“屈死专制淫威下的英雄”。故事的演绎显得相当的曲折和神奇，这是小说的需要，从中表露出“为民说话，为英雄正名”的态度很能迎合市民们的心愿。

就人物描写、环境开拓和作家立场来说，向恺然的这部《江湖奇侠传》对中国武侠小说的发展具有开创性意义，但是小说结构却令人失望。民国初年，向恺然写的《留东外史》也是以域外揭秘而取胜，但小说的结构却显得相当的凌乱。《江湖奇侠传》的结构稍有好转，但也很散乱。一个人物出现，就铺演出一则故事，几则故事说完，再回到主要情节中来，小说中的枝蔓很多。有时这些故事套故事的叙述就靠大段的人物语言来完成，显得相当冗长。对于小说结构的毛病，作家大概有所感觉，于是他就做了一番辩解：“这件案子叙述到这里，却要撇开它，再叙述那红莲寺的知圆和尚了。为写那知圆和尚一个人的来历，连带写了这十多回书。虽则是小说的章法稍嫌散漫，并累得看官们看得心焦，然在下写这部义侠传，委实和施耐庵写《水浒传》曹雪芹写《石头记》的情形不同。《石头记》的范围只在荣、宁二府，《水浒传》的范围只在梁山泊，都是从一条总干线写下来。所以不致有抛荒正传，久写旁文的弊病。这部侠义传却是以义侠为范围，凡是在下认为义侠的都得为他立传。从头至尾，表面上虽然也似乎是连贯一气的，但是那连贯的情节，只不过和一条穿多宝的丝线一样罢了。这十几回书中所写的人物，虽然有不侠的，却没有不奇的，因此不能嫌累赘不写出来。”（第 106 回）从这番表白中可以看出作家还没有明白长篇小说详略得当、主线分明的基本要求，还仅仅是以

"奇"作为标准来创作小说的。这样的小说认识,不仅是向恺然有,当时的通俗小说作家们几乎是一致的。中国武侠小说的结构真正完善起来,那是金庸小说的贡献。

几乎在《江湖奇侠传》发表的同时,向恺然发表了另一部长篇小说《近代侠义英雄传》。这部小说同样彰显了他的江湖意识和民间立场。小说以王五和霍元甲为贯串人物,以王五救谭嗣同、霍元甲与俄国大力士比武为主要故事情节写民族气节和爱国情怀。如果说《江湖奇侠传》侧重于江湖"武艺",《近代侠义英雄传》就侧重于江湖"武德"了。

1923 年南方的向恺然发表《江湖奇侠传》,同年,北方的赵焕亭发表了《奇侠精忠传》,因此文坛上有"南向北赵"之说。这部 218 回的长篇武侠小说写的是清乾嘉年间一些奇侠助官兵平乱镇恶,为保江山建功立业的故事。从小说的价值取向上说,还是清末公案小说"江山意识"的思路,大侠助官府平叛捕盗。赵焕亭善说书,小说故事性强,但结构松散。小说的贡献在于,较早地建立了武侠小说的成长模式。小说写杨遇春、杨逢春、于益、叶倩霞等怎样从孩子变成了为国为民的大侠,奇遇自不可少,理念的成熟更为重要。成长模式以后成为了金庸小说主要的创作思路。

同样为现代武侠小说的创作思路作出贡献的还有顾明道。顾明道(1897—1944),江苏苏州人,原名景程,别署正谊斋主等。顾明道创作起步较早,1914 年就开始发表作品,最初是写言情小说。后来,他看见向恺然的武侠小说那么热销,转而写武侠小说,最初他的武侠小说影响并不大,一直到 1928 年他在《新闻报》上连载《荒江女侠》而使他在武侠小说创作上"扬名立万"。《荒江女侠》的特色可用八个字概括:"琴剑联手,行走江湖"。"琴剑联手"是指女侠方玉琴与师兄岳剑秋的情爱故事,"行走江湖"是指他们两人路上涉入险地、除暴安良。江湖世界的描写是向恺然的路子,行侠江湖是顾明道的贡献。

第二节 《蜀山剑侠传》:民国武侠小说中的奇葩

李寿民(1902—1961),四川长寿县人,原名李善基,后改名李寿民,笔名还珠楼主。从 1932 年起他创作《蜀山剑侠传》,以"蜀山"为核心创作了近 30 部武侠小说,构成了庞大的"蜀山系列"小说。他的小说以剑仙为主人公,想象奇特，被视为中国现代武侠小说剑仙派代表作家。

相比较小说，人们对作家李寿民的认知程度并不够。李寿民1902年出生在四川的长寿县(今重庆市长寿区)，青少年时期就曾“三上峨眉，四登青城”。峨眉天下秀，青城天下幽。对两座名山的游览和迷恋以及畅想、神游为他后来创作小说做了准备。他为什么取名“还珠楼主”呢？这就要讲到他的曲折的恋爱经历了。20世纪20年代中期，他随母到苏州，在苏州认识了一个姑娘叫文珠。文珠漂亮聪颖，而且弹得一手好琵琶。两人确认了恋爱关系。为了家庭的李寿民辗转到北方数省劳作，在天津他做过天津警备司令傅作义将军的中文秘书等职，后来随傅将军的英文秘书段茂盛定职在天津电话局。此时，他得到信息，他的苏州恋人文珠堕入烟花巷成为了妓女，对他打击很大，成为了他终生的隐痛，于是他给自己起了一个笔名“还珠楼主”。在朋友的介绍下，他成为了当时天津大中银行董事长孙仲山家二小姐孙经洵的家庭教师。谁知他与孙二小姐谈起了恋爱。孙仲山不同意，最后闹到对簿公堂。在孙二小姐的力争中，李寿民赢得了官司，与孙二小姐成婚于天津日租界秋山街(今锦州道)。筹备婚庆需要钱，李寿民到处筹措。刚好沙大风的《天风报》急需一部连载小说。沙大风找到他，答应稿费从优，李寿民答应了。李寿民之前没有写过小说，开始时他用“还珠楼主”的名字小心翼翼地写了几段，不料，引起了读者的热捧，《天风报》销量激增。沙大风整日围着他转，促他写稿，他也一发不可收。

代表着李寿民武侠小说创作成就的是“蜀山系列”本传《蜀山剑侠传》(正、后传)。这部小说的主干故事非常简单，写以峨眉山剑仙为首的正派与其他邪派争斗的故事。这部小说对中国现代武侠小说创作做出了突出的贡献。

这是一部以中国道家文化思想为主，其他文化思想为辅的武侠小说。小说总体框架是峨眉山剑仙正值五百年的渡劫时刻，偏偏遇到了峨眉第三次斗剑大会。群仙功力最弱之际却又到了最关键的时刻，群仙一方面要避难，另一方面又要迎战，于是斗魔也就成为了峨眉山剑仙渡劫的一个组成部分。在这样大框架下，小说写了三英二云、七矮和四大弟子等众峨眉弟子的修炼成长，其中尤以李英琼最为突出。李英琼的成长颇有得天之助的意味，每遇一次磨难就有一次奇遇，她得神芝、神剑、神雕、神猿，参秘图，看秘籍，成为了峨眉剑仙的一代新主。在打斗上最常见的是飞剑搏斗，五色气体，正邪缠杀，颇似道教门神哼哈二将的吹气神功。

道家文化为《蜀山剑侠传》的文脉开启了想象空间。道家文化的核心是人通过自身的修炼可以达到抗御自然的自由境界。所谓的“修炼”就是与天斗、与地斗、与己斗，当然也要与魔斗。《蜀山剑侠传》的主要情节线索就是众剑仙在修炼过程中的磨难和前行，其目标就是达到神仙的境界。既然要达到神仙境界，就要坚持善行，反对恶行。与儒家学术中以道德作为善恶的标准不一样，道家学术中善和恶是以神性和魔性作为精神支柱，因此道家文化中的善恶就有更多的灵异和玄幻。《蜀山剑侠传》正是以神性和魔性作为正派与魔派的划分标准。在“峨眉开府”的情节中，正派人物大大小小、上上下下悉数到场，每一个人的出场均是从天而降，仙风道骨，充满神灵之气：

> 佛光隐后，随听遥远空中，隐隐几声佛号，声到人到，紧接着一阵旃檀异香自空吹堕。众仙知道神僧将降，妙一真人方令奏乐礼拜。面前人影一闪，一个庞眉皓首、怀抱婴儿的枯瘦长身瞿昙，一个白眉白须、身材高大的和尚，一个相貌清奇的中年比丘，身后还随定一个相貌古拙、面带愤怒之色的老和尚，已在当前出现。四位僧、尼到来，也未见有遁光云气，只是凌虚而立。众仙十九认得，第二人起是白眉和尚、芬陀神尼和晓月禅师。那领头一个，自是久已闻名的千岁神僧天蒙禅师无疑。忙即一同顶礼下拜不迭。三位神僧、神尼也各合掌答谢道：“贫僧、贫尼等，有劳诸位道友远迎，罪过，罪过！”
>
> ——第 7 卷第 217 回

而魔派人物出场几乎是地下钻出、山中蹦出、棺中潜出或水中冒出，相貌狰狞，魔气弥漫：

> 忽听四壁吱吱鬼声，一阵风过处，烛焰摇摇，变成绿色。众人毛发皆竖，不知是吉是凶，俱都顾不得杀人，各把剑光法宝准备，以观动静。一霎时间，地下陷了一个深坑，由坑内先现出一个栲栳大的人头，头发胡须绞作一团，好似乱草窝一般；一双碧绿眼睛，四面乱闪。众人正待放剑，法元、俞德已知究竟，连忙拦住。一会现出全身，那般大头，身体却又矮又瘦，穿了一件绿袍，长不满三尺，丑怪异常。不是法元、俞德预

先使眼色止住，众人见了这般怪状，几乎笑出声来。法元见那人从坑中出现，急忙躬身合掌道："不知老祖驾到，我等未曾远迎，望乞恕罪。"说罢，便请那人上座。那人也不谦逊，手一拱，便居中坐下。这时鬼声已息，烛焰依旧光明。法元、俞德便领众人上前，又相介绍道："这位老祖，便是百蛮山阴风洞绿袍老祖。练就无边魔术，百万魔兵，乃是魔教中南派开山祖师。"

——第1卷第30回

道家讲究金丹术，金丹又分外丹术和内丹术。内丹术继承综合了服气、胎息、守一、存思等功法。小说中正派和魔派均练这些守气之法。外丹术在道家中是炼丹炼丸，通过外在的物质的功效延年益寿。小说中将这些丹丸化成外在的辅助力量。正派人物得到的是神猿、神雕以及秘籍等神助，从而功力大增；魔派人物或者是喝血，或者是在男女交合之中摄取元气，从而魔力日进。道家向往神仙，神仙府第当然景色绝佳，小说中的那些正派人物居住环境无不是琼瑶仙境，仙气环绕；与此相反，那些魔派人物均出现在荒野棺场、野地僻谷，森森然，瘴疠之气弥漫其间。《蜀山剑仙传》文化形态多样，道家文化是它的内息气脉，沿着这样的气息脉象，这部小说的很多文学想象也就经脉分明了。

当确立了道家文化的文学想象之后，《蜀山剑侠传》在中国武侠小说史上的地位也就彰显了出来。首先，它有别于武侠小说的儒家传统，为道家武侠树立了一根标杆。其次，小说对何为侠客做了新的诠释。何为侠客，传统评价标准基本上还是建立在道德层面和社会层面上。众多的武侠小说中的大侠，最后都成为了一个君子，是个儒家之侠。《蜀山剑侠传》也有儒家之侠的追求，但是只表现在行为行事的过程中，它还有一个终极目标，那就是顺天而行的天人合一。真正的大侠可以顺天而活、长生不老；可以法力无边、降魔伏妖；可以逍遥快乐、品性馨香……既有的武侠小说道德层面强调的是做君子，社会层面强调的是有所为，《蜀山剑侠传》为中国武侠小说建立了一个精神层面，这个精神层面又是以道家境界作为参照体系，是道法自然。因此说，《蜀山剑侠传》中的大侠实际上是道家之侠。再次，中国传统的灵异武功得到了发扬光大。在《水浒传》之前，中国武侠小说中的武功都是灵异武功，例如东汉末年的《燕子丹》、唐传奇中的《聂隐娘》《昆仑奴》等。自《水浒传》起，中华武功进入小说，成为武侠小说武功主要招式来源。《蜀山剑侠传》对中华武功不感兴趣，它连接的是中华灵异武功，并成为了集大成者。中华武功再神奇都是人挥拳掌、舞枪弄棒，灵异武功是神化物件、御气而行，取敌首于千里之外。《蜀山剑侠传》主要是用剑，得道者能御剑而行，随心所欲。与之前写灵异武功的小说不一样，《蜀山剑侠传》写灵异的剑术似乎有了文化根据，那就是道家的御剑术。人剑合一、御气为剑，那是道家修炼金丹大道的最高境界。丹成气成，气成剑成，《蜀山剑侠传》写了一个道家武功的修炼过程和至高境界。如果说《水浒传》将中华武功引入小说，提升了中国武侠小说的武功境界，《蜀山剑侠传》则开创了道家武功的新的天地，并且为中华灵异武功寻找到了文化根据。

《蜀山剑侠传》被认为是一本奇书，其想象力至今无人能及。《蜀山剑侠传》之奇是承中国神魔小说之传统，接现代文学、艺术、科学之想象，显作家自身之才华而构成的想象空间。

关于中国神魔小说，鲁迅曾作如下表述："此思潮之起来，也受了当时宗教，方士之影响的。"鲁迅接着这样描述此类小说的形成过程和表现形态：在彼此的争斗之中，儒释道终于在调和容受中合为"同源"，成为"正道"，再来攻击这非同源的异端，于是就形成了小说中的正与邪。①与《西游记》《封神传》《三宝太监西洋记》《绿野仙踪》等中国神魔小说同一源流，《蜀山剑侠传》写的是道教裹挟着其他"正道"和魔教的"邪道"之争。中国神魔小说的神奇想象自然也就承接了下来，成为了《蜀山剑侠传》想象的出发点。

中国神魔小说基本上是三大系统："神"系统、"魔"系统和打斗系统。既然是神，当然行为规范，形象端庄，有理想有抱负；既然是魔，就是行为残暴、相貌狰狞，只逞私欲而后已；既然是打斗，邪不压正，魔高一尺、道高一丈。这三大系统同样构成了《蜀山剑侠传》的想象思路。李寿民不仅承接了中国传统神魔小说精髓，还有所扩大。他将中国传统的神仙小说中的神仙想象融进了正派人物塑造中，例如《穆天子传》中周穆王在昆仑山瑶池见西王母，那种场面在《蜀山剑侠传》中被演化成"峨眉开府"。他将中国传统的志怪小说中的志怪描述融进了邪派人物的塑造中，巫术、幻术、鬼魅精怪、人鬼相通、人兽相同，《蜀山剑侠传》中的种种描述都能与《山海经》《搜神记》《绿野

① 鲁迅：《中国小说的历史的变迁》，见《鲁迅全集》第9卷，人民文学出版社1981年版，第327页。

仙踪》等志怪小说联系起来。至于小说中的那些神奇的打斗基本上是神仙人物和怪异人物的行为的推理想象。中国的传统的神魔小说给了李寿民小说想象的起点，他尽量地挖掘、借用、发挥和创造，运用得淋漓尽致。

真正显示《蜀山剑侠传》想象艺术成就的是李寿民对这些传统因素所作的现代嫁接。《蜀山剑侠传》是20世纪现代中国的一部武侠小说，李寿民是生活在20世纪现代中国的知识分子，时代、环境和作者的知识修养都决定了小说创作中的现代嫁接和现代思考。《蜀山剑侠传》的现代想象表现在哪里呢？以下这些因素是其连接点。

一、现代小说中的人物成长模式。将人物放置到社会环境中磨炼，在逆境中成长为一个成熟的人。这是现代小说常见的创作思维，一方面写出了人物性格、丰富了人物形象，一方面写出了社会状态，在人物和社会的碰撞和融合中显示出作品的深度。现代武侠小说写人物成长模式的作品最早大概是1923年出版的赵焕亭《奇侠精忠传》，李寿民的《蜀山剑侠传》延续着这样的创作思路。

二、科幻小说的影响。欧美和日本的科幻小说自清末民初之际进入中国，就一直受到读者的欢迎和小说家们的关注，中国的小说创作开始增加了很多科幻因素。清末民初，陆士谔创作《新野叟曝言》写水晶为地、祖母绿为树的月球世界，写兔子如牛、蝙蝠如鹰、珍珠如香橼、蚌壳如屋面的木星世界，小说的想象使人很容易想到已在中国流行的法国作家儒勒·凡尔纳的科幻小说《八十日环游世界》。1924年中国作家徐卓呆在《小说世界》上连载长篇科幻小说《万能术》，写地球突然停止运转的惯性运动，结果是地上的所有的生物全部被抛向天空，大海水流倒灌，气流逆行乱窜。小说奇异的描述引起了当时读者的一片哗然。科幻小说中这些神奇的描述在《蜀山剑侠传》中都被演绎成灵异现象。

三、电影拍摄技巧的影响。进入20世纪20年代之后，中国电影从默片进入了有声片时代，电影技术日新月异。恐怖、侦探、神魔、武侠等各种商业片借助着神奇的电影艺术，画面更为神乎其神，令人惊悚。例如《火烧红莲寺》，飞剑在天空嗖嗖而行，红姑在天空上下飘舞，那些神怪更是恐怖，毒蛇将舌头变成一座桥，在行人通过时卷舌而吞。由于过于怪异和恐怖，《火烧红莲寺》曾经被当局勒令停映。电影艺术是一种形象艺术，它给观众带来了深刻的感官刺激。《火烧红莲寺》风行之时正是李寿民的《蜀山剑侠传》创作顺畅之际，夹携着电影的灵异之风，面对着正处于对电影狂热状态之中的观众，以争取最大市场化为创作目标的李寿民自然会将很多惊悚场面文字化。

四、科普的影响。进入现代之后，物理学、化学、生物学等各种现代学科进入中国国民教育系列。在20世纪30年代初，科学普及从学校教育走向社会，如1933年创刊的《科学画报》、1934年创刊的《太白》等杂志都是在社会上具有广泛影响的科普读物。无论是教科书还是科普读物，都是图文并茂地解析大自然的奥秘、讲解生物界的神奇。了解自我、熟悉大自然、懂得生物界的思潮在20世纪30年代的中国社会逐步地渲染开来。科普为人类和大自然的神奇现象寻找科学的根据，同样也为李寿民的灵异创作提供想象的合理性。

作为一个生活在那个时代，对文学艺术那么爱好，对各种灵异事件那么敏感，对读者的阅读感受那么关注的作家来说，李寿民对正在变化中的文学叙事方式，对那些正在弥漫于社会各阶层、成为街头巷尾谈资的灵异现象一定相当关心。再看他的作品，以上所论述的现代文学、艺术和学术的影响似乎都能找到脉络。他也许并没有对某一种形式刻意地追求，却潜移默化地受其影响。

优秀作家的才华之所以高于一般，就在于他的艺术感悟力出众，他组织的文字所形成的艺术张力超于一般人。无论我们追溯到多少影响源，《蜀山剑仙传》想象空间的形成还是依赖于李寿民的文字构建，这就是个人的才华展示。在多种文字组织方式上，最能显示李寿民文字组织才华的方式有两个，一是演绎，二是组装。

先说演绎。中国的民间传说中有恶人恶报的说法。恶人之报总是相当可怖、可怕，李寿民将那些想象更加形象化、具象化。例如中国民间传说中那些负心人将要受到万虫噬咬的惩罚。小说中有一个宠妾虐妻的负心人赵长素，小说形象化地演绎了他受惩罚的场景："神魔刚一咬住人身，便自缩小，仍只拳头般大，白发红睛，目射碧光，各将利口咬紧赵长素的肩臂前胸，连吮带吸，咀嚼有声。赵长素满脸惊怖之容，疼得连声惨嗥，已无人色……那三魔鬼本在吮吸人的精血，就这共总几句话的功夫，赵长素人已消瘦大半，成了皮包骨头，疼得凶睛怒突，目光如火，布满红丝，周身冷汗淋漓。"将魔鬼之凶和受虐人之痛写得如此形象，恐怖感得到渲染。由于这些传说一直潜藏于人的心底，此时被作者挑破，作如此描绘，读之令人心惊。

再说组装。关于这个问题，倪斯霆先生曾有一段表述："30 年代吴云心先生在天津电话局与还珠楼主共事时，有一次问及书中那些怪兽是怎样想出来的。还珠答：'容易得很，取任何昆虫，如蝗虫、椿象、青蛙、蚯蚓、螳螂等，放大若干倍而描写之，其凶恶诡异之状便可以想象。'"此外，作者本人也曾于 20 世纪 50 年代中期在报纸上披露过他当时写作的情况，大意是说，用高倍放大镜去观察各种昆虫，通过高度夸张，再添上别的动物的爪、牙、角、尾，便描绘出世间所没有的怪物了。以蚂蚁为例，若把它扩大一万倍，再加上大象的鼻子、犀牛的尖角和鳄鱼的尾巴，就可以描写出恐怖的怪物了。① 把自然界的各种生物进行物理组装，将其无限放大，再用奥妙的玄理去表现它，写出来的形象既怪异，似乎也很般配。

金庸说过："文学的想象力是天赋的。"②用这话评价李寿民正适合。当然，天赋的想象力不是虚空的，它依据着作家丰富的生活经验和文化修养。

《蜀山剑侠传》叙述比较散漫，特别是后面，甚至有些散乱。此种弊病客观存在，不必讳言。章回体小说常常是故事生动，叙述冗繁，这是特点，也是缺点。这样的冗繁又由于报章的连日刊载而得到了强化。李寿民创作《蜀山剑侠传》获取更多的经济报酬是重要的动力，自 1932 年起每日在《天风报》上刊载千字余，连载三月合成一集。一直写到 1948 年已出 50 集，小说还未写完。每天必须写一定数字的文字才能得到相应的报酬，李寿民写作的辛苦可想而知(何况不是每天仅仅写《蜀山剑侠传》一部小说呢)。这样的写作状态实在是难以做到每日都文思泉涌，每日写出来的文字都能前后照应。恐怕再有才华之人也难以做到。考虑到李寿民这样的写作状态，就不难理解为什么《蜀山剑侠传》的故事情节有前紧后松、文字冗繁、时有重复的现象了。其实这种状况在张恨水、金庸等报章小说家那里都有。但是与他们相比，李寿民缺少了修改的机会。张恨水、金庸的小说在结集出版的时候都对报章连载文字做了修改，李寿民的结集出版只是报章连载文字的归拢合并而已。

然而，《蜀山剑侠传》却又有较强的可读性，为什么呢？一是作者的有意补救；二是故事的生动性；三是作者的文字才华高超。作者很清楚一笔荡开

---

① 倪斯霆：《民国时期天津通俗小说创作与出版史话(二)》，载《通俗文学评论》1998 年第 1 期。

② 金庸：《抚今追昔话当年——金庸、池田大作对谈录之三》，载《明报月刊》1997 年第 4 号。

数十回，故事主干就会散漫，他就采用归纳的方式做个前后铺垫。小说从第1回到第14回写李英琼因避祸来到峨眉山，然后就开始写有关峨眉山的事件，一直写到第41回，再回到李英琼身上。由于这一笔荡出去太远，读者也许都忘记了主干故事，于是他就写了这样的文字来过渡：

> 至于灵云姊弟陪朱文到桂花山求取灵药，以及峨眉门下这些小剑客的许多奇异事迹，后文自有交代。那本书中最重要的女侠李宁之女英琼，自前文中出现后，久已不与阅者相见。现在成都比剑已经告一段落，从今日起，便要归入英琼等的本传，引出英琼峨眉学剑，偶遇昆仑派赤城子接引莽苍山，月夜梅花林中斗龙，巧得紫郢剑，重牛岭斩山魈，百余马熊感恩搭熊桥，五侠战八魔等故事，均为全书中最精彩处，尚祈阅者注意为幸。闲话少提，书归正传。
>
> ——第1卷第41回

这是一种补救文字，虽然这样的补救文字有些“硬”，还是把读者的思绪拉回到故事的主干。更重要的是他还对故事的后来的发展做了预告。这说明作者在小说写作时至少是有一个阶段性的总体构思的。

李寿民很会讲故事。在小说中几乎每出现一个人物、一件神器，作家都会演绎成一则精彩的故事。每一则故事起承转合，娓娓道来，很有中国评书之韵。虽然使用的还是中国传统小说中常用的偶遇、巧合、突变等手法，但是故事都相当的离奇，读起来就有了新鲜感和刺激性。下面以第61回到第70回为例说明这个特点。从第61回开始写八魔中的两个淫荡的魔头钱青选和厉吼遇到了仇人黄玄极，然后叙述黄玄极的身世，是一个违背门规被惩罚的故事；接着叙述两个魔头袭击黄玄极却受到追云叟的打击，这是一个螳螂捕蝉，黄雀在后的故事；接着写黄玄极与赵心源偶遇结伴而行，一路上遇到很多朋友，如心源、许钺等人，这些人又牵扯出很多事情，于是他们开始除暴安良、扶弱惩强，为什么要做这些侠行之事呢？当然就要叙述那些土豪恶霸强盗邪魔欺男霸女之事，小说又开始揭露社会上的很多丑恶，写了很多黑幕故事；接着就是惩黑的故事……一个故事接着一个故事，这支笔越荡越远，总体上看，小说故事很冗长和烦琐，但是每一则故事单独分开看，却相当有趣。淫荡之事、逐出师门、复仇打斗、记录黑幕、惩黑除恶等等，每一个故事都曲折而有趣,很吸引人的眼球。将这些有趣的小故事一串串地奉献给读者,以致令人目不暇接,这是李寿民讲述故事的基本手法,也是抓住读者延续阅读的诀窍。

作者的文字才华确实高超。除了神奇的故事和神奇的人物、武功技艺之外,小说中的写景状物当是一绝。欣赏两段文字:

> 第三日天明,英琼出洞凝望,见大雨已停,朝阳升起。枝头好鸟,翠羽尚湿,娇鸣不已。地下红瓣狼藉。远近百十个大小峰峦,碧如新洗,四围黛色的深浅,衬托出山谷的浓淡。再加上满山的雨后新瀑,鸣声聒耳,碧草鲜肥,野花怒放,朝旭含晖,春韶照眼,佳景万千,目穷难尽。这一幅天然图画,漫说记者一支秃笔难以形容,就起历代画苑的名贤于地下,也未必能把这无边山色齐收腕底。英琼见天已放晴,这雨后山谷,又是这般佳妙,不禁狂喜起来,在这无限春光中徘徊了一阵。忽然一阵轻风吹过,桃梅树上的残花,如白雪红雨一般,随风缓缓翻扬坠落地面,不禁动了归思。
>
> ——第1卷第48回

> 直到飞出老远,方始回顾,见右侧横着一条奇长无际,不知多粗的气体,别的一无所见。天色上下一片混茫,也与平日所见天色不同。只面前银色极光布满遥空,下半齐整如前,上半长短大小参差不齐,宛如一大片倒立着的天花宝盖,璎珞流苏,不往下垂,根根上竖。霞光电射,银雨星飞,与上次陷空岛北极磁光正好相反。只见万里长空,上下四外只此一片极光,不见一点云彩与别的景物。极光虽然非常好看,却不能照远,近身一带仍是黑沉沉的,并且越往前走,遥望极光越发鲜明,所行之处反更黑暗起来。心中奇怪,仍想前途总有光明,一味疾飞。哪知人已飞到南极尽头,转眼重又走入极边地窍。由地轴中通行,穿出大地底层,只消冲破最后一关,便到了小南极左近,附在地体旁边的天外神山之上。
>
> ——第9卷第265回

前一段写的是地面上看峨眉山,展现的是秀美;后一段写的是天空中看南极,展现的是壮美。感觉得到李寿民有着很好的中国传统文学的修养,景中有境界，境界有气势。在长长的故事阅读中时而遇到这样的文字，每一次都有眼中一亮、心中一颤之感。

经典小说的价值在于前有开创，后有泽被。《蜀山剑侠传》之所以至今还为人们所关注、所传诵，一个重要的方面就是它对后来的武侠文化的发展产生了重要的影响。它是中国武侠文化的一座富矿。或概念演化成情节，或情节继续传承，或元素发扬光大，从中国传统的神魔小说到《蜀山剑侠传》，再到当下的武侠小说、玄幻小说，其故事情节有着一脉相承的演进。

第三节 北派武侠小说中“三流派”

北派武侠小说的繁盛到20世纪30年代才真正到来。李寿民开了先河，他的一系列道家剑仙武侠小说使他成为了众人瞩目的作家，跟风者极多。在武侠小说创作的热潮中，出现了王度庐、白羽、郑证因、朱贞木等一批成绩突出，具有特色的作家。他们与李寿民一起被称为“北派武侠小说五大家”。

王度庐(1909—1977)，出生在北京贫困的旗人家庭，原名葆祥，后改名葆翔，字霄羽。他没有上过大学，但他曾在北京大学做过旁听生，自学过大学课程。北京大学的文学气氛和他的大量的阅读使他对一些新思想和外国小说有一定的了解，并有自己的心得体会。他的生活阅历和文化修养都对他的写作帮助很大。王度庐是著名的社评家。1926年17岁开始，王度庐就在《小小日报》上开设“谈天”“小言”专栏写社会评论。从1926年到1936年，王度庐用自己的本名王霄羽和笔名“柳今”在其上发表社会评论140余篇。王度庐在20世纪二三十年代主要写侦探小说和言情小说。他的侦探小说主要有《半瓶香水》《黄色粉笔》《红绫枕》《红手腕》《自鸣钟》《触目惊心》《惊人秘柬》等等；他的言情小说主要有《战地情仇》《玉藕愁丝》《缠命丝》《燕燕莺莺》《蝶魂花骨》《古城新月》《虞美人》《落絮飘香》等等。他写侦探小说和言情小说数量不少，但并不突出。王度庐的名声还是由写武侠小说而带来。王度庐是从20世纪30年代末开始写武侠小说，并逐步成为他创作的主要文类。王度庐大约写了10部武侠小说，其中最有名的是“鹤铁系列”，它们是《鹤惊昆仑》《宝剑金钗》《剑气珠光》《卧虎藏龙》《铁骑银瓶》。这5部小说自成一体，又各自独立地写了五代武侠人物的恩怨情仇。

王度庐的武侠小说是侠义、侦探和言情的结合体。侠义是指他的小说中江湖生活和价值判断标准，侦探是指他的小说结构，言情是指他的小说的感情线索。王度庐是中国现代武侠小说侠情派的代表作家之一。

王度庐的小说以《卧虎藏龙》影响最大。小说的主人公是李慕白、俞秀莲、玉娇龙、罗小虎以及高朗秋和碧眼狐狸耿六娘等人，他们的生活就构成了一个江湖世界，李慕白、俞秀莲的惩恶除奸、是非分明的行径成为主导小说的价值观念。这就是一种侠义精神。江湖世界少不了出色的景色描写，这部小说最出色的景色是对新疆大漠的描写，这是玉娇龙与罗小虎相识、相恋的地方，写得既苍凉和博大，又多情和妩媚。不过，这样的侠义精神和环境描写几乎每部武侠小说都有，而王度庐武侠小说有其独特之处。

小说从侦破"青冥剑"失窃开始，追寻到玉娇龙，发现九门提督之女玉娇龙看似大家闺秀，却是一位身怀绝技、争胜好强的女盗。她是一个身兼秀气和盗气的女性。两种身份成为描述这个人物的出发点，它使得玉娇龙有了两种形象和复杂的性格；也是小说设计情节的基本思路，它使得故事中有了很多的谜，有了更多的奇。一个大家闺秀，又怎么会有武功，又怎么会有如此的盗气呢？小说对此做了相当合理的解释：她的师傅高朗秋和师娘耿六娘，一个是诈骗秘籍自学成材的落魄文人，一个就是靠打家劫舍为生的江洋大盗。他们两个都是身怀绝技的正被追捕的江湖高手。他们的言传身教使得玉娇龙不出闺门就已经盗气十足，只不过被她的秀气掩盖起来而已。两种身份的描述也生动地表现出玉娇龙的心态。师傅未死之前小说侧重地写她的心计，她偷录秘籍、纵火灭迹、控制"师娘"、偷学武功，她的师傅对她也奈何不得，惊呼："我为人间养大了一条毒龙"。师傅死了以后，小说侧重写她的争胜好强。她偷盗"青冥剑"，是她认为自己的武功最高，她说："宝剑就跟传国玉玺似的，玉玺是有德者居之，无德者失之，宝剑也是，谁的武艺高就谁使用。"于是她手持宝剑与俞秀莲斗，与李慕白斗，与那些自以为是的捕快强盗斗，即使被围困至死地也不顾。然而，她的本性并不坏，她容貌美丽，行为端庄，对蔡氏父女充满同情，对父母非常孝顺，对"师娘"的所作所为根本不屑。她原想做一个知书达理的闺中女性，但是环境不允许她这么做。她的"师娘"就是一个强盗，作为她的徒弟必定要受其影响；她也想改"邪"归"正"，将偷盗出来的剑放了回去，但是婚姻所迫使得她将放回去的宝剑再一次偷盗出来。小说将玉娇龙放到不得已的环境中写她的盗气，写她的本性，亦邪亦正，亦邪还正，真实可爱。小说的最后真相大白，玉娇龙也漂泊关外。整个故事就是一个侦探小说的结构，根据侦探小说的设谜—破谜—说谜的结构展开。在这个大的侦探故事的框架中还有一些小的侦探故事，例如蔡氏父女追捕耿六娘、九门巡捕追捕黑夜骑马人、官兵追捕土匪罗小虎等等。以侦探构思武侠小说使得武侠小说不仅具有江湖生活的新奇和神秘，而且悬念不断，这是王度庐的武侠小说超于当时众多武侠小说作家之处。

更生动的是王度庐小说中的感情描写，他特别善于描写正邪难辨、爱恨两难的感情纠葛。玉娇龙在她的感情世界中遇到了两个男人。父母安排的是出身世家的"探花"鲁侍郎，而她爱上的是沙漠中的强盗"半天云"罗小虎。两个男人有着两种形象和性格，鲁侍郎形象猥琐，心胸狭窄，但少年得志，满面春光；罗小虎剽悍粗犷，心胸坦荡，但少小磨难，性格鲁莽。从理性上说，玉娇龙应该嫁给鲁侍郎，但性格的差异如此之大，使得玉娇龙一刻也不愿意和他在一起；从感情上说，她与罗小虎最为习性相投，自从相识以后，她就时刻地思念他，但他们的身份的差距如此之大，他们也不可能结合。既要有一个好前途，又要性格相投，是玉娇龙的择偶标准，于是，她试图改造罗小虎，要他脱离匪籍，寻个官做。她对罗小虎说："英雄不论出身，只要将来你能够致力前途，不必做大官，我就能……"然而，罗小虎做不成官，又不能做官。亦恨亦爱，亦恨还爱，玉娇龙在情感上处于爱恨两难的境地。小说的最后，玉娇龙与罗小虎缠绵一夜，然后飘然而去，这的确是最好的结局了。

"鹤—铁系列"中最精彩的小说除了《卧虎藏龙》之外，还有最后一部《铁骑银瓶》。这部小说除了写了玉娇龙和罗小虎最后的结局之外，还写了玉娇龙的儿子韩铁芳和养女春雪瓶的缠绵爱情故事。

通俗文学创作喜欢跟风，正当众多作者跟风李寿民、王度庐写剑仙、侠情时，白羽和郑证因以不同的创作风格出现在读者面前，他们成为了中国现代武侠小说技击派的代表作家。

白羽(1899—1966)，祖籍山东东阿，出生于天津，原名宫万选，20 世纪 20 年代改名宫竹心，30 年代写武侠小说时用笔名白羽。现代中国直接与鲁迅有联系的通俗文学作家不多，白羽大概是唯一的一位。1921 年 7 月，当时正在北京做邮递员的白羽偶得周作人的地址，十分欣喜。作为一个文学爱好者，白羽十分崇拜周作人等文化名人。打着借书的名义，白羽写信给周作人。过了数日，他接到了署名周树人的回信。当时白羽不知道周树人就是鲁迅，只是猜测大概是周作人的兄弟。于是，从借书、谈人生理想到请推荐作品，白羽与周树人通起信来。周树人几乎每信必复，并且告劝："先生想以文学立足，不知何故，其实以文笔作生活，是世上最苦的职业。"①一直到1921年9月3日鲁迅复信给白羽才告知他周树人就是鲁迅。白羽得到这封复信时吃惊而又狂喜，当即唠叨地写了一大堆吃惊的话回复而去，不一日收到鲁迅回复劝他不必吃惊，上有这样的话："鲁迅就是姓鲁名迅，不算甚奇。唐俟大约也是假名，和鲁迅相仿。"②终于在1921年9月28日下午，白羽到八道湾拜访了鲁迅和周作人。白羽后来在他的自传《话柄》中有这样的记叙："在苦雨斋见了鲁迅和作人先生，我昂然地坐在两个文学家面前，大谈一阵。鲁迅先生透视的刺人的眼和辛辣的对话，作人先生的温柔敦厚的面容和谈吐，给了我很深的印象。"之后，白羽又拜访数次，周作人将契诃夫小说英文版借给他让其翻译，白羽翻译了五六篇，都是由鲁迅介绍给《晨报》刊登了出来。

白羽的第一部武侠小说是1926年创作的《青林七侠》，据说是受张恨水之托而写。不过纵观白羽的创作历程，此时白羽写武侠小说只能说是偶尔为之，白羽真正的兴趣是写社会评论和杂文，显然，他是受到周氏兄弟的影响。白羽在天津的《中华画报》《北洋画报》《东方朔》、北京的《晨报》等刊物上发表社会评论和杂文200多篇，1931年至1933年在他担任编辑的《中华画报》上就有100多篇。武侠小说作家王度庐也写过很多社会评论和杂文，白羽的社会评论和杂文与王度庐的不一样，他不是站在市民立场上写作，而是站在一个社会观察家的角度上写作，因此政治色彩很浓，对当时的政府有着严厉辛辣的批评，他是学着周氏兄弟的文笔进行着社会批评和文化批评。

有着新文学思维的白羽又怎么写起武侠小说来的呢？这与他的贫困生活有着很大关系。白羽真正大规模地写武侠小说是从1938年2月在天津《庸报》上连载《十二金钱镖》开始的。1938年11月这部小说出版单行本，白羽作了《自序》，其中有这样的话："雕虫小技，壮夫不为；辞赋尚尔，况丛残小语？叙游侠于传奇，托体愈卑；杂俚谚以谐俗，等之平话……将非懦夫，谁肯为之！……生不逢辰，少遭家难，析笔浪迹，一事无成……不贤识小，再为冯

① 鲁迅：1921年8月26日信，见《鲁迅全集》第14卷，人民文学出版社1981年版，第393页。
② 鲁迅：1921年9月9日信，见《鲁迅全集》第11卷，人民文学出版社1981年版，第400页。

妇，书成自记，掷笔喟然！”[①]白羽显然是对自己创作武侠小说不齿，“雕虫小技”“懦夫所为”多为自责之语。白羽这样的心态可做两方面理解：当时的天津已成为沦陷区，全国军民都处于抗战宣传的激愤之时，他为自己此时写休闲的武侠小说感到羞愧。更主要的原因还是武侠小说创作与他的新文学创作理想不合。可是新文学创作不能解决他的炊饮之急，毕竟做到周氏兄弟那样的文化大家并不容易，也就只能“不贤识小，再为冯妇”。

《十二金钱镖》给白羽带来了社会和经济的双效益，也促使着他全心致力于武侠小说创作，主要作品有《血涤寒光剑》《毒砂掌》《武林争雄记》《牧野雄风》《联镖记》《大泽龙蛇传》《偷拳》《摩云手》等等，大概二十部。

白羽的武侠小说有两个特点，一个是写江湖中人，一个是写人性武侠，前者是指小说题材，后者是指小说的美学特征。以他的《联镖记》为例。《联镖记》写的是一个复仇的故事。小说的生动之处在于写了镖客和黑道的生存法则。生活在这样的圈子里，可以发家致富，可以大碗喝酒、大块吃肉，有着惬意和豪气的一面，但是，这毕竟是刀口上舔血的生活，有着不得不做的游戏法则。根据这样的法则，就要妻离子散，家破人亡，就要置性命于不顾。小说中林廷扬与邓氏兄弟结仇，并不是有意为之，是护镖道上有规矩，同伴有难，不得不救；飞蛇邓潮不但杀了林廷扬，还要杀其妻子，灭其门庭，如此惨毒，也是生活所迫，他的身上背负着杀兄、辱嫂、杀侄、灭嗣的深仇，此仇不报，岂能为人；至于小白龙方靖出手相援，更是迫不得已，他明知邓潮助他是别有用心，但是受人之恩，必要舍身相报。真是生在江湖，身不由己。既然没有什么善，也没有什么恶，只有舍身相救和相拼，小说中的故事情节也就被演绎得十分惨烈。林廷扬和方靖，一个是名镖头，一个是名侠盗，两人却身不由已地拼命相搏，结果，一个命丧船舷，一个遁水逃亡；邓潮一路追杀林廷扬的妻小，手段歹毒，为的是不要数年后“姓林的老婆孩子翻过手来”。他们锲而不舍地投入和所作所为的残酷非道中人不能理解。江湖人士的江湖人生，江湖人生又有了江湖性格。只要是武侠小说都会写到江湖生活，白羽的小说出彩在于写江湖中人。新文学经历给了他创作武侠小说很大的帮助，他的武侠小说能够如此生动地描述人物性格和人物心态显然得益于新文学的创作手法。

① 白羽：《十二金钱镖·自序》，百新书店股份有限公司1949年版，第1页。

江湖人与侠客略有不同，侠客们大多飘忽山林、重义轻财，江湖人是市井中人，既重义也重财。与生活的拼搏使得江湖人侠义之中有着商人的气息，正直刚毅之中也有几分冷酷无情。因此，白羽的小说人物身上更多体现出世态炎凉和现实生活。《联镖记》中两个人物写得最为生动，一个是飞蛇邓潮，一个是小白龙方靖。邓潮为了报仇整整隐忍了15年，从一个性格张扬的豪匪巨盗变成了阴毒多谋的复仇者。他逼方靖为其报仇，运用的就是商人的手段，投其于利，蔽其之弊，甚至连自己的性命都不顾，充满了狡诈和阴谋；他追杀林廷扬的妻子时就是一个急红了眼的赌徒，不择手段地要扳过"血本"，要获取最大的利益，残杀无辜而不惜。小白龙方靖有着两副面孔，在其妻面前，他是一个饱读诗书的文弱书生，在同伙面前他是一个杀人越货的独脚大盗。在情意和匪气之间，在温文尔雅与面目狰狞之间，作家写出了他的复杂的心态。白羽笔下的人物没有什么理想化的色彩，是一种几近冷酷的白描，倒是比较真实的。

白羽的武侠小说对金庸、梁羽生均有影响。据说梁羽生笔名中"羽"就与他爱读白羽小说有关系（梁羽生原名陈文统）。当年，金庸和梁羽生在《新晚报》共事同处一个宿舍时，争论的话题之一就是谈白羽小说的读后感。

除了社评和武侠小说的创作之外，白羽还是个金甲研究专家。他的金甲研究大概从1937年开始，其文章散见在《立言画报》《庸报》等杂志上。开始时他还是边创作小说，边研究金甲，到了1945年之后，金甲研究成为了他的主要工作。1990年，由宫以仁、高成元、刘荣华整理的白羽《金甲证史诠言》书稿在香港《中华国学》第二期刊出。这部书稿可以看作是白羽金甲研究的学术总结。

现代文学中的武侠小说铺天盖地，大多纸上谈武，真正的会武之人写武侠小说，一个是向恺然（平江不肖生），另一个就是郑证因了。据说郑证因太极拳打得很好，会使一手漂亮的九环大刀。

郑证因（1900—1960），出生在天津运河边的一个古村落——西沽，原名郑汝霈，号证因。郑证因家族世居于西沽"郑家大楼后"一带。这个地方是天津江湖色彩最浓郁的地方之一，脚行林立。原来这里是郑氏的地盘，后来"大混混"杨氏在此发迹，郑、杨两大家族开始争斗，地方上帮会厮斗极为惨烈。到了近代，西方文化进入此地，建立了不少教堂，最有名的教堂是西沽教堂。八国联军进入中国时，将清政府建立在这里的武库摧毁。1912年在武库的旧址上创建了北洋大学。因此，西沽又成为了天津中外雅俗交融之地。

郑证因的小说被人称作“帮会技击武侠小说”，从他的武功和出生可以追溯其原因。郑证因的“帮会技击武侠小说”究竟有什么特点，我们从他的《鹰爪王》中可以充分感受。《鹰爪王》是郑证因1941年起连载于北平《三六九画报》上的长篇小说，流传于当时的津京地区，是他“帮会技击武侠小说”的代表作。《鹰爪王》主干情节很简单：号称“鹰爪王”的淮扬帮帮主王道隆早年与凤尾帮结怨，眼前徒弟又被凤尾帮所掳，新仇旧恨聚积在一起，使得他寻找凤尾帮总舵所在地“十二连环坞”进行决战。小说就是以这样的主干情节为线索，枝枝蔓蔓地引出了各类江湖人物，再从这些江湖人物身上演化出各种江湖故事，形成了皇皇150万字的武侠巨著。

小说写得最精彩的当是江湖帮会的描写。帮会不同于门派和镖局，它组织严密，帮规森严，行事并不分什么黑道、白道，也不遵守什么江湖规矩，完全根据自己的意愿办事，杀富济贫、杀人越货，什么都干，属于江湖世界中的黑帮组织。《鹰爪王》中的凤尾帮，有外三堂、内三堂，“所有老一辈的，不掌职司的，全请进福寿堂，由本帮养老。”每堂上有总舵主，下有众多分舵和香堂。为了统制整个帮规，设立十大戒律，首动尾摇，触一点而引发全身，俨然是一个组织严密的黑社会。小说并没有在淮扬帮与凤尾帮之间分出正邪和善恶来，而是客观地写了一场帮会的争斗。鹰爪王王道隆挑战凤尾帮虽是挟隙而来，却是意气居多，凤尾帮虽是得罪在先，也是帮中小人、败类所做。小说写了不少凤尾帮剪除帮中小人、败类的事情。如双头鸟姜建侯犯了七大门规，被帮中七老按门规砍了七段，手段是残忍，赏罚却分明；又如女屠户陆七娘为了满足自己的淫欲，掳来淮扬帮弟子，引起两帮之争，其行为也为帮中大多数人所不耻。黑道之中有自己的原则，盗气之中不乏侠义，如书中人物所言：“盗亦有道”。既是江湖中的黑帮组织，就有它的神秘性。凤尾帮见尾不见首，王道隆要“拜山”凤尾帮，首先就要找到总舵所在地；凤尾帮组织严密，要找到总舵所在地，还要了解凤尾帮的组织结构。当一层层神秘的外衣被剥开之后，王道隆等人来到了凤尾帮的所在地：雁荡山的“十二连环坞”。展示在他们眼前的是按照八卦生克之理修建的庄院，是一个神秘的所在。其他武侠小说作家作品也有写到帮会之争的，但是如此正面地写两帮会之争，并且写得如此详细、如此到位者，《鹰爪王》首屈一指。

帮会是一个封闭的社会，它有自己的组织原则，也有自己的行话，这些行话被称为“切口”。郑证因对这些“切口”相当熟悉，在小说中如数家珍。如：“并肩子！敌人扎手，扯活！”（弟兄，敌人厉害，快走！）“并肩子念短吧！火窑外可有鹰爪子趟过来了。”（弟兄，别说话，店外面有官兵走过来了。）“火窑里跟他照照相，弟子看也保不定他们就许已着了道儿。”（店里面跟他会会面，弟子看来他们已经中了计了。）“踏青子，斩盘带推包。”（串茶馆，相面带治病。）帮会中除了武功高强的舵主、分舵主和众多的香主之外，还有各种身怀绝技的奇异之人。就人物形象的塑造而论，小说中写得最成功的是三个人：一是万柳堂。他是鹰爪王王道隆的师弟，不仅武功高强，而且医道高明，被称为“神医”。他在杀富济贫的同时，还救死扶伤。他为人厚道，聪颖过人。小说写出了他的“神”，在他身上作者演化出很多神医解难症的故事。二是胡半颠。这是一个武功高强的术士。小说中他的照面不多，看似满嘴谶语，一派胡言，细想想，却蛮有道理；看似手舞足蹈，脚跟不稳，仔细一看，招招都在点子上。半颠半颠，似颠不颠。三是女屠户陆七娘。小说中她是淫欲的象征。她不但被淮扬派追杀，由于触犯帮规，也被凤尾帮追杀，但每次都逢凶化吉，靠的就是她做出的娇态和淫态。这个人物时隐时现地出现在小说中，每一次出现都有不同的表演。这样的帮会语言和帮会人物演化的形态各异的帮会故事，使得这部小说的帮会气息十足。

小说中涉及的江湖人士不下百人，每人都要施展一套武功，但写得决不雷同，这完全得益于作家的武学知识，如“龙形穿手掌”“燕子飞云纵”“没羽无声神火针”“一百七十三手神拳”等等，这些武功的名目有些可能来自武学典籍，有些可能就是作家自己的创造，但是不同的名目就有不同的招数，不同的招数就有了不同的美学语言，如“黑虎伸腰”“金丝倒缠腕”“一鹤冲天”“懒龙翻身”等等。作家根据这样的美学形体细细地描绘，整个武打场面就有了舞蹈的成分。这些打斗的地点也不相同，或是在悬崖上打，或是在屋檐上打，或是在水下打，或是在竹尖上打，每一场打斗，又都要借形、借物、借势，形态不一，煞是好看。有时候收不住笔，作家干脆就来一段武功描述：

胡灿施展的是抹眉刀法，魏振邦却是五虎断门刀。这两柄刀上下翻飞，劈、剁、扎、拿、压、展、抹、砍、勾、滑，一招深似一招，一式紧似一式。这位乾山续命神医万柳堂施展开淮扬派空手入白刃的工夫，施展的是短打七十二式中的三十六式进手的招数，搂、打、腾、封、踢、弹、扫。

变化无穷，虚实莫测。手、眼、身、法、步、腕、胯、肘、膝、肩，疾徐进退，刁拿锁扣。体似飘风，忽隐忽现，忽进忽退。就凭这两柄刀，依然占不了上风。

有些卖弄，但不得不说郑证因对技击套路的熟稔。武侠小说少不了武功的描写，郑证因显然将中国武侠小说的武功描写向前推动了一大步。它没有了腾云驾雾、驭剑而行的神话色彩，而是以中华武术为摹本写了实实在在的武功；它描绘的武功也不是点穴，或是掷镖等一两个招式，而是样样都写，招招皆神，武功描写走向了广泛化。

郑证因走上写武侠小说的路子也是因为一个机缘。最初，他是白羽请去做武侠小说创作的技击顾问。后来，自己写起武侠小说来。现在列有郑证因之名的武侠小说近百种。他的武侠小说主要有《鹰爪王》系列、《太白奇女》系列、《铁狮王》系列、《女侠黑龙姑》系列等。

朱贞木（1905?—?），浙江绍兴人，原名桢元，字式颛，笔名贞木。朱贞木从 20 世纪 20 年代起就供职于天津电话局，一直到 1945 年抗战胜利。抗战胜利后，一批原来的工作人员回到电话局，朱贞木这些留守人员被逐步淘汰。据说，他后来开饭馆为生。不过，有一点可以肯定，不管他的生活发生了什么变动，他的武侠小说创作并没有停止。1950 年 4 月他还在上海正气书局出版了后来被认为是他的最优秀的武侠小说《七杀碑》。此时，上海的出版风气发生遽变，《七杀碑》大概属于“漏网之鱼”。事实正是如此，不久上海开始查禁反动、淫秽、荒诞图书。朱贞木所有的小说均被列为查禁之书。朱贞木武侠小说有两大系列：苗疆系列和历史系列。苗疆系列的代表作品有《苗疆风云》《罗刹夫人》等等；历史系列的代表作品有《龙冈豹隐记》《虎啸龙吟》《七杀碑》等等。比较而言，历史系列展示了朱贞木的个性，所以他被视为中国现代武侠小说历史派代表作家。

朱贞木的小说明显地受到李寿民的影响，走的是“述异”之路，特别是他的苗疆系列小说。他的苗疆系列小说将故事的发生环境放置于苗疆之地，与李寿民将故事环境放置在蜀山一样，取的都是奇景奇境、异风异俗。李寿民善于用现代科技手段写奇禽异兽，朱贞木同样用现代科技写奇禽异兽：“突见对面岩顶射下两道碧莹莹的奇光，从对面高高的岩顶到藏身的大枯树，中间还隔着一大片黑沉沉的林影子，这样遥远，岩顶上发射的两道光闪，竟会照射到藏身的树上来。”这是《罗刹夫人》中写怪蟒出现的那一刹那。从对那双神奇的眼睛的描写就可以感受到怪蟒之巨大，作者显然是参照了当时出现的探照灯的情景加以描写。不过，与李寿民的小说比较起来，朱贞木写得还是有“度”的。他不像李寿民那样，写得人兽不分，生死无界，他笔下的人就是人，兽就是兽，人总是能制服兽；生就是生，死就是死，生命终是有限的。所以朱贞木的述异还没有达到神话的地步。

朱贞木的小说最为人们称道的还是他的历史系列。其实他的小说分为苗疆系列和历史系列只是指小说的题材各有侧重点而已。正如广告所言，朱贞木很喜欢“操取明末轶事”为题材，即使是那些苗疆系列小说也是写明末清初的苗疆社会，只不过述异为主、历史为辅而已。他部分武侠小说被称为历史武侠小说也就因为小说有了一个历史主干故事，构成的是历史为主、述异为辅的格局。他的历史武侠小说的代表作品是《七杀碑》。为何叫“七杀碑”，朱贞木在《序跋》中有这样的交代：

> 张献忠踞蜀，僭号“大顺”，立圣谕碑于通衢，碑曰：“天以万物与人，人无一物与天，杀，杀，杀，杀，杀，杀，杀。”即世所传七杀碑也，碑文“杀”字，不六不八，而必以七，何也？蜀中耆旧有熟于掌故者，谓余曰，献忠入蜀，屠杀甚惨，而屡挫于川南七豪杰，恨之也深，立碑而誓，七杀碑者，誓欲杀此七雄耳。七雄为谁？华阳伯杨展、雪衣娘陈瑶霜、女飞卫虞锦雯、僧侠七宝和尚晞容、丐侠铁脚板陈登皞、贾侠余飞、赛伯温刘道贞是也……

朱贞木说，这段文字来自偶得的一部破书之中，这也许是小说家言。但它给这部小说奠定了一个基调：这是一部以张献忠进川为历史背景的武侠小说。

《七杀碑》可以分前、后两部分，前半部分以杨展打擂台为情节中心，以明末社会变动为背景，侧重于介绍七侠的生平奇事；后半部分以张献忠入川为线索，侧重于描述七雄纵横川南保全至众的事迹。小说描述了张献忠入川时的残暴，小说写道：“从谷城到歇马河这一带已被张献忠，屠城洗村，杀得鸡犬不留，鬼哭神嚎……官道上难得看到有个人影，河里漂着的，岸上倒着的，走几步便可瞧见断头折足的死尸。饿狗拖着死人肠子满街跑，天空成群的饥鹰，公然飞下来啄死人肉吃。一路腥臭冲天，沿路房屋，十有八九，都烧得栋折墙倒，劫灰遍地。抬头看看天，似乎天也变了颜色，显得那么灰沉沉的惨淡无光，简直不像人境，好像走上幽冥世界。”江山如此之乱，越显江湖的英雄本色。这个世道越乱，就越显示出七位大侠的重要性，只有他们才能使得这个世道转乱为安；张献忠越是残暴，越是显出七位大侠所作所为的正义性，只有他们才能除暴安良。明写张献忠，实写七位大侠，江山和江湖相得益彰。小说中还写了张献忠入川时的很多古怪的事情。张献忠不但残暴，而且十分狡诈。他为了鼓舞士气，避免部下分心，就将部下身边的女人和自己身边的小妾的小脚砍下，堆成“小脚山”。这些事情显然来自野史笔记中的记载或者是作家自己的编造，放在历史小说中似乎还需要仔细地辨认一番，放在武侠小说中则毫无顾忌。武侠小说写历史无需辨认它的真实性，历史只是武侠情节的一张皮，只要合得上武侠情节的身，尽管挑离奇的写。《七杀碑》中的历史就是这样的“历史”，它使得小说中的传奇性、趣味性和历史性杂糅在一起。

小说第28回的回目是“英雄肝胆，儿女情长”，写的是杨展一时性起在塔儿冈的楠木大梁上刻下了这八个字。这八个字实际上道出了作家塑造小说侠义人物形象的基本的思维模式。作家借小说人物之口对这八个字做了解释：“你们要知道，有了英雄肝胆，没有儿女心肠，无非是一个杀人不眨眼的混世魔王，算不得真英雄。有英雄肝胆，还得有儿女心肠，亦英雄，亦儿女才是性情中人，才能够爱己惜人，救人民于水火，开拓极大基业。这里面的道理，便是英雄肝胆，占着一个义字，儿女心肠，占着一个仁字，仁义双全，才是真英雄。”小说一开始就演绎了“巫山双蝶”的侠情故事：双双行侠，情深意笃，红蝶病死，黑蝶出嫁。接着就演绎他们的后代杨展与陈瑶霜的侠情故事：两小无猜，情意绵绵，行侠仗义，深明大义。这两则故事分为了前后两代数十年，有着很多的感情纠葛和江湖恩怨。围绕着这些感情纠葛和江湖恩怨又牵扯出很多侠义人物。这些人物面貌不同，性格各异，大多都有一个侠情故事。

既有历史故事和侠义情长传奇经历，当然还少不了述异的点缀。与这些光彩照人的侠义人物相比，小说中还有很多诡异的人物。伴随着这些人物的则是一些诡异的行为。漂亮的女孩婷婷却与一条双头蛇相斗，那蛇“遍身赤斑，隐似鳞甲，头下尾上蟠在一条横出的粗干上，身子并不十分大，形似壁虎，前半身长着四条短腿，紧抓着树干，下半身一条尾巴，比前半身长得多，不到一丈，也有七八尺，可怕地并生着两个蛇头，头顶上长着鸡冠似的东西，鲜红夺目，四只蛇眼，其赤如火，两个怪蛇头，朝着下面那女子，此伸彼缩，不断地发出急促的'国国……'的怪叫……”“活僵尸”练的是“五毒手”，打斗起来像只大蝎子；铁拐婆婆发起怒来，头上萧疏的白发竟状同刺猬。

小说的整体结构是章回体，但作家做了一些改良。他将章回体惯有的回目改成了报章连载小说的章节标题，如“新娘子步步下蛋”“疑云疑雨”“秘窟风波”“齐寡妇”等等，口语化很强，显得自由活泼。

如果我们将朱贞木的《七杀碑》与金庸、梁羽生等人的新派武侠小说结合起来考虑，就会发现，朱贞木的《七杀碑》等历史武侠小说实际上成为了金庸、梁羽生等新派武侠小说的先声。历史的背景、传奇的人物、述异的情节、改良的文体不都是金庸、梁羽生新派武侠小说的特点吗？从这个意义上说，朱贞木扮演的正是现代武侠小说走向新派武侠小说的过渡者的角色。

第四节　党会小说：武侠小说的“黑道”阐释

自清朝建立之后，“反清复明”就成为了很多人革命造反的政治口号。这些人后来秘密结社、结帮，逐步地江湖化、帮派化、神秘化。晚清时期，孙中山为了推翻清政府，提出了“驱除鞑虏”的口号，依靠这些社团、帮会进行了一次次的起义。这些社团、帮会以及他们所具有的侠义精神、武功技艺也就被赋予了革命的色彩。以这些社团、帮会人物及其活动为故事情节的小说在现代文坛逐步流行起来，它们被称为“党会小说”。党会小说创作最优秀的作家是姚民哀。

1923年5月6日凌晨，中国出了件轰动世界的大事。山东抱犊岗孙美瑶联合各地土匪，在沙沟、郭庄一带袭击津浦路上的旅客列车，绑架了中外旅客百余人。这就是当时震惊中外的“临城劫车案”。3个月后，姚民哀以此为题材写了《山东响马传》在《侦探世界》上连载。1924年小说由世界书局出版，出版时编辑赵苕狂还找来12张照片刊登于其上，每张照片旁各附赞词一篇，给每个人一个绰号，这就是当时影响一时的“响马照片”。整部小说被打造成《水浒传》一般。这部小说给姚民哀带来了巨大声誉，给世界书局带来了巨大效益。于是姚民哀在世界书局的督促下开始了一系列的小说创作。

姚民哀(1893—1938)，江苏常熟人，原名朕，又名肖尧，字天亶，号民哀。姚民哀的"党会小说"以1923年的《山东响马传》为始点，以1926年的《荆棘江湖》为成型结构，以1929年、1930年的《四海群龙记》和《箬帽山王》为成熟标志，构成了一个完整的系列。他的小说的党会性质表现在三个方面：一是他的小说之中都有一个组织，这些组织做的基本上是侠义之事；二是他的小说人物或多或少都有着清末秘密党团和秘密帮会的知名人士的影子，而且具有高超的武功；三是小说中穿插着大量的帮规行规的介绍。1929年他的小说《四海群龙记》在《红玫瑰》上连载时，赵苕狂作序说，姚民哀的小说"党会为经，武侠为纬，珍闻秘史，洒洒洋洋，独树一帜"。这样的评价基本上说出了姚民哀"党会小说"的特点。

真正的侠客都是独行的，而姚民哀小说中的侠客不仅隶属于一个组织，而且这个组织都有一个明确的纲领。《四海群龙记》中有一个"三不社"，即：一不做官，二不为盗，三不狭邪。其准则的第一条就是："带有革命色彩之无产阶级，与根深蒂固的资产阶级开始奋斗。奋斗结果，现尚未定。"《箬帽山王》中有一个"箬帽党"。为什么叫"箬帽党"呢？党魁杨龙海说："因为吾中华是农业国，顶要紧的是得到农民的信仰，其次就挨到各厂家的大小工人。据俺的思想，我党要做到，凡是戴箬帽的农、工两项男、妇都信从了本党，才算贯彻党义，达到成功目的，故而叫做箬帽党。"这些"党义"显然是作者根据道听途说的当时一些政党的"党纲"编撰出来的，写在小说中，倒增加了不少神秘色彩。以江湖帮会而论，《水浒传》等武侠小说所写就是，所以从文学渊源来看，党会小说是武侠小说帮会描述的延续。不同的是，党会小说将江湖帮会提升到秘密党团的层面，有理论，有纲领，当然也有革命的行动。

姚民哀的小说多以人物为中心写江湖秘事，这个人物往往已有很多故事在民间流传。在《箬帽山王》的《本书开场的重要报告》中，姚民哀向读者显示了一下他肚子里的"货"。他说：

> 被我探访确得实的秘党历史，以及过去、现在的人物的大略状况，也着实不少。除了已经说过的孙美瑶、峒坑的四大王、姜伯先等之外，尚有杭州的马德芳、顾瑞哥，吴江何家六，震泽倪财宝，江阴章少良，南京苏大官，江北伏龙、潘凯渠，南通薛老四，无锡沙大，海州云北，徐州桑海山，浒浦葛绣锦，如皋、泰州杨家老九、老十、老十一三弟兄，安徽鲍老

四，营口计庆星，以及过去的人物如余孟亭、夏竹深、曾国璋、刘贵狗、李达三、部三、马永贞的妹子、夏小辫子的女儿、范高头的妻子等人所干的事迹。倘经一位大小说家联缀在一起，著作一部洋洋洒洒的宏篇巨著，可以称为柔肠侠骨，可歌可泣，足有令人一看的价值。

谁有本领将这些人和事连缀起来写一篇鸿篇巨著呢？非姚民哀本人不可。根据探访来的这些"秘党历史"写作，小说就有了"揭秘"的性质，而读者的兴趣也就在对这些传奇人物故事的探秘中。

姚民哀小说另一个吸引人的地方就是在描述党会秘史时对江湖切口的介绍。作者确实对江湖相当熟悉，说起江湖切口来如数家珍，就是人物介绍也是很地道的江湖语言。小说《四海群龙记》中说到邓国人每次都能做开香堂的代表，之所以有这样的资格，除了他仗义疏财之外，还在于他对帮规的熟悉。作家有这样的描述："好在他自己本帮虽属嘉北分支嘉兴卫，其余各帮，如江淮泗总帮、嘉海卫帮、新河四帮、新河六帮、枕前帮等船有多少，兑粮若干，停何处，装兑哪里粮米，进京打什么旗帜，平日扯何种旗号，吃什么水，以及正副三堂六部，七飞八走，粮船共有多少帮次，船上多少钉，多少眼，三般家法，十大帮规，有眼无钉，无钉无眼三块板，三棵倒栽树，七叉九弯三不到，三刀八相八仙庵等秘密法规，国人肚子里都滚瓜烂熟，尽可为人代表慈悲。"这样的语言频频出现，小说自然会散发出浓厚的江湖气息。

姚民哀是常熟人，其父善评弹，常常登台演出。9岁时，姚民哀就随父在江浙城乡奔波，也时常登台演出，人称"大小朱"（其父随舅姓朱）。晚清时在南社与革命党人相识，参加了南社、光复社以及中华革命党。当时的革命党为推翻清政府，与各地的秘密党会关系密切，姚民哀身浸其中，参加过很多秘密党会的反清活动。这样的活动不仅给他提供了创作题材，也决定了他的政治立场。他笔下的秘密党会均具有高昂的爱国主义精神，即使写绑匪的《山东响马传》也是褒奖有之，他将匪首孙美瑶写成了一个现代宋江，将这些绑匪的所作所为写成"官逼民反"。在《四海群龙记》和《箬帽山王》中就更是正面歌颂那些秘密党人如何为国为民舍生忘死，如何扶弱惩强济世济民。《四海群龙记》写镇江"三不社"首领姜伯先的革命活动，其事迹处处暗指当时镇江的革命党赵声的事迹，只是将赵声写成了青红帮首领。据说，小说发表后曾经引起那些革命党人不满。《箬帽山王》写姜伯先死后，同志杨龙海到太湖继续结党革命的事迹。这样，他的小说就有一个模式：党会加革命。丰富的清末民初的秘密党会的事迹（虽然不少是虚构）和正面地评述秘密党会的历史地位（虽然不少是褒奖过头），使得姚民哀的党会小说有了一定的史料价值。

说评弹出生的姚民哀将小说也写成了“评弹体”。用评弹的方式写小说，好处是将小说情节关键处发挥得淋漓尽致，总能“抓住”读者；缺点是结构很散漫。评弹开头都有一个与主体故事相接相离的小故事，评弹如此设计目的是为了留住先来剧场听书的听众。姚民哀的小说也是如此，先说上一段小故事，而且常常笔一荡就是几章。这样的写法要不是有丰富的党会秘史穿插其中吸引读者，实在是很难卒读。

第五节 历史小说：历史也是一种演绎

“贵真”和“贵虚”的概念产生于清末小说界革命时期。1902 年梁启超创办的《新小说》提倡历史小说创作。梁启超认为中国人读正史觉得很厌烦，读演义却很有兴趣，所以他要把历史小说作为民众启蒙教育的手段，他说：“专在借小说家言，以发起国民政治思想，激励其爱国精神”①。当时的历史小说中最符合梁启超小说观念的作品是吴趼人的《痛史》，这部发表在1902—1906 年《新小说》上的小说写的是南宋灭亡的过程，以此影射当时中国的社会现实。梁启超对于历史小说的观念和吴趼人的这部小说的创作方式实际上为 20 世纪历史小说确立了一条重要的创作理念：“贵虚”，即以历史作为素材创作与现实社会相关的“历史小说”。吴趼人的《痛史》还没连载完，他就受到了很多批评，人们指责他不应该虚构历史。于是，1906 年，他开始写第二部历史小说《两晋演义》。在序言中他就提出“历史小说不能虚构”的主张，“以《通鉴》为线索，以《晋书》《十六国春秋》为材料，一归于正。”②历史有什么就写什么，即遵循“贵真”的创作原则，反映历史的真实。由此，从晚清吴趼人开始，现代历史小说便出现了两条不同的创作路径：“贵真”和“贵虚”。围绕着这两条路径，20 世纪的历史小说家和评论家们一边

① 梁启超：《中国唯一之文学报〈新小说〉》，载《新民丛报》1902 年 7 月 15 日第 14 号。转引自黄霖、韩同文选注《中国历代小说论著选》（下），江西人民出版社 1985 年版，第 31 页。

② 吴趼人：《〈两晋演义〉自序》，载《月月小说》1906 年 9 月第 1 号。

创作不止，一边又争论不休。

最能代表"贵真"历史小说创作路径成就的当数蔡东藩的《历朝通俗演义》。蔡东藩(1877—1945)，浙江萧山人。除了几次因避让战祸离开家乡之外，基本上是蜗居乡里开蒙馆课徒。1911 年受同乡友人邵希雍之托，蔡东藩为当时兴起的新学堂编撰一些读本。1916 年他撰写的《清史通俗演义》出版，受到了好评。在出版商和读者的促进下，他开始了《历朝通俗演义》的撰写。到 1926 年，他依次出版了《西太后演义》《元史通俗演义》《明史通俗演义》《民国通俗演义》《宋史通俗演义》《唐史通俗演义》《五代史通俗演义》《南北史通俗演义》《两晋通俗演义》《前汉通俗演义》《后汉通俗演义》，共计 12 本，从秦始皇一直写到民国，共两千多年的中国历史。全书 1 040 回，651 万字。

这部大型的通俗演义的特色正如前面广告所言，是："历史的眼光，文学的笔调，小说的趣味，教育的价值。""历史的眼光"是指所有故事都是来自正史，"言必以据"，小说家言坚决不用。即使正史上没有的，但是很有可能存在的历史事件，蔡东藩也经过亲自考证，决定取舍。例如他写《唐史通俗演义》时就将"红拂夜奔，虬髯让室"的故事写了进去，他在回末写上一段考据文章，说明理由。有的时候，实在不能考证出真伪，他就加上一句"以不断断之"，告诉读者，这样的历史事件他只是大致断定。"文学的笔调，小说的趣味"是指他的小说不是什么历史事件的记载，而是将历史事件化成通俗的故事，用形象性、描述性的语言写出来。例如他写陈胜、吴广托鬼神立威的一段文字："那声音即从古祠中传出，顺风吹来，明明是'大楚兴，陈胜王'二语。更奇怪的是丛树中间，隐约露出火光，似灯非灯，似磷非磷，霎时间移到那边，霎时间又移到这边，变换离奇，不可测摸。过了半晌，光已渐灭，声亦渐稀了。"这样的文字在他的小说中很多。故事性和描述性给他的小说带来了可读性。"教育的价值"固然是指这是"用白话写成的一部二十四史"，有读史的教育价值，还有蔡东藩的"史识"。他的小说的正文基本上根据历史事件展开，很少评论，他的评论主要在小说的开头结尾，或者在章回结束时写上一段。例如他在《前汉通俗演义》的开头就有这样一番话："咳！这皇帝两字的头衔，并不是功德造就，实在是腥血铸成。试看暴秦历史，有什么皇猷？有什么帝德？无非趁着乱世纷纷的时候，靠了一些武力，侥幸成功。他遂昂然自大，唯我独尊。还有一种千古纪念的事情，就是我国的君主专制，实是嬴政一人，完全造成。”这一段话让读者感受到了蔡东藩身上的现代文人的气息。

与严谨的“贵真”历史小说相比，“贵虚”的历史小说的写作要轻松很多，因此作品很多。代表作家作品有张恂子的《红羊豪侠传》、黄小配的《洪秀全演义》、李宝忠的《永昌演义》、杨尘因的《新华春梦记》、濯缨的《新新外史》等。

“贵虚”的历史小说也就是借历史事件和历史人物写作者的思想理念。作者的思想理念要吸引人，出新至关重要，于是翻案之风在这一类小说中大行其道。张恂子的《红羊豪侠传》就是一个典型的例子。在小说的第一回中，作家就明确了他的创作理念：

> 那市上流行的小说，在下早已见过，不是把太平天国骂一个狗血喷头，左一声“发匪”，右一声“洪逆”，便是把洪秀全、杨秀清恭维得和蜀汉时代的昭烈帝、武乡侯一般无二。过犹不及，在下以为这都不是历史小说的正轨。至于在下编这一部小说，第一，先去掉成见，是非功过，一听读者批判；第二，那年代的先后，道路的远近，都有根据。至于结构，一方面除掉国家大事以外，做小说都免不了要有些穿插。所以这部小说，以太平天国的历史为经，以英雄儿女可歌可泣的事迹为纬，写将出来包管和市上流行的大不相同。

很清楚，张恂子创作这部历史小说就是要给太平天国翻案，就是要与那些市上流行的小说不同。那么怎样才能具有差异性呢？首先是立场。小说的立场正如小说广告所言，“纪洪杨开国烈烈轰轰的大事业，写满清宫闱鬼鬼祟祟的丑历史。”[①]为什么说，太平天国就是“烈烈轰轰”，清廷宫闱就是“鬼鬼祟祟”呢？作者找到一个服众的理由，那就是太平天国就是一次“种族革命”。在现代中国谈论“种族革命”总是能得到一些政治喝彩的。从这样的立场出发，作者竭力渲染洪秀全、萧朝贵、杨秀清等人的大智大勇、威武不屈，竭力贬损清廷以及曾国藩、李鸿章等人的卑鄙伎俩、小人得志。问题是怎样解释一些历史事件呢？例如太平天国的内讧和失败。作者也想出了一个好答案：女人是祸水。小说将太平天国的悲剧设计成洪宣娇和傅善祥的

① 《红羊豪侠传》广告，载《新闻报》1930 年 3 月 11 日。

争风吃醋而带来的结果。这样的设计给太平天国的那些悲剧英雄一个体面的借口,因为中国人的传统观念中,英雄从来都是爱美女,死于美女手中并不损害英雄形象。另外,讲英雄美女的情爱故事也给小说带来了看点。

无论是“贵真”,还是“贵虚”,历史小说的创作均是“有所为”,作品的风格还是偏于严肃。20世纪20年代之后,在通俗文学走向市场化的影响下,历史宫闱小说开始风靡文坛。历史小说有着启蒙的意识,宫闱小说就是依据一点历史背景和历史人物写宫廷的情爱事件,也就是幻想浪漫。现代宫闱小说极多,代表性作品有:许啸天的《唐宫二十朝演义》《明宫十六朝演义》《清宫十三朝演义》;张恂子的《隋宫秘史》;徐哲身的《汉宫二十八朝演义》;张有斐的《列国宫闱秘史》;孙静庵的《清宫秘史》;苏负红的《隋炀帝风月演义》等。这些宫闱小说基本上是“大同小异”。

先说“小异”。“小异”是指作家们所声称的创作目的略有不同。最有代表性的言论是许啸天和张恂子。许啸天在《唐宫二十朝演义》的《自序》中说,他写这些小说就是“要把那班帝王社会寄托的宫廷描写出来,使人恍然于帝王亦犹是人也,无可神圣,且比我们清白小百姓分外的野蛮淫秽,他尤其是我们清白小百姓的仇人,窃夺我们生命财产的大盗”。这段话中有三个意思,一是说明,这些帝王并不神圣,与我们老百姓一样是人;二是表明立场,这些帝王是我们的仇人;三是告诉读者,这些帝王不如我们,我们是清白的人,帝王是野蛮荒淫的人。既然是仇人的野蛮荒淫之事当然就不必为他们讳言,而应是淋漓尽致地揭露他们。许啸天为他写帝王的宫闱之事找到了理由。善于做翻案文章的张恂子不是要贬这些帝王,而是要将这些帝王当做英雄来描写。他在《话说隋朝三十七年》的《自序》中说:“我在历史上,最佩服两个人,一个是秦始皇,一个便是隋炀帝。”为什么呢?凭着秦始皇的所作所为,“要是生在现代,定然会做一个热烈的革命家。”隋炀帝尽情地享乐,“他也知道人生不免一死,为享乐主义而死,死得自然有意义。”张恂子也为自己写帝王的宫闱之事找到了理由,虽是宫闱之事也是隋炀帝的英雄之举。

无论是褒是贬,作家们也只是为他们写帝王的宫闱寻找理由而已,他们写的故事内容基本相同,一是帝王们的情事,二是帝王们的淫事,这是他们的“大同”。这些情事淫事在那些笔记野史中都有记载,也都曾于民间流传,因此所写之事似乎都有一点历史的影子。作者将这些情事淫事化解开来,细说其中的来龙去脉，成为了一个一个的传奇故事，因此所写之事既有香艳的色彩，也有揭秘的好奇。这些作家都有很好的文学修养，都是当时通俗小说的著名写手，倒装穿插，娓娓叙来，诗词典章，点缀其间，因此所写之事都有很浓郁的文学性和词章性。有一点应该特别说明，这些宫闱小说虽是写情事淫事，笔墨并不淫秽，甚至还有点雅致。可以胡乱地浪漫想象，可以轻佻暗逗，甚至可以作假，但是绝不涉秽，这是通俗文学作家们的做人的底线，传统的社会道德是他们安身立命之本。

民国初年，有一本书很流行，那就是《石达开日记》。书的开头有这样的话："石在大渡河为川军唐友耕所败，进至老鸦漩，势穷被缚。在狱中，述其生平事迹，及天王起事以来与清军相持胜败得失之由，为日记四册。"这本书是由世界书局出版，一版再版。人们争看这部《石达开日记》，还引起了学术界的争论。就在人们议论纷纷的时候，作者许指严出来说话了，告知大家这是他伪造的一本日记，并且说明了伪造过程。这本伪书给出版社带来巨大效益，当然也给许指严带来了不菲的稿费。不过，拿了这个钱的许指严心情并不开心，他说过：兔毫秃尽身垂老，换得人间卖命钱。这大概就是许指严造伪书时的心态。虽然这是一本伪书，人们却从中领略了许指严文笔的魅力：在掌故和考据中描述历史事件和历史人物的野谈趣闻。

许指严（1875—1923），江苏武进（今江苏常州）人，名国英，字志毅、指严，别署苏庵、不才子等。虽然许指严为伪造《石达开日记》而羞愧，却激发了写掌故野史的思路。沿着这样的思路，许指严开始了他的笔记小说的创作。开始时写了一本《南巡秘记》。这本小说写的是乾隆南巡的故事，他基本上一事一篇，写的是民间传说趣闻轶事，却煞有介事地考证寻典，于是那些民间故事似乎都有了根据。由于此书销量很好，很快就卖了 2 万多本。在热销的鼓舞下，他就从乾隆朝扩展到整个清朝，写了《清秘史十叶野闻》。《清秘史十叶野闻》是许指严乃至整个民国最有代表性的笔记小说，销量极好。小说还是一事一篇，由于时间跨度较大，因此每件事情都是一些大事，例如《九王轶事》写的是清初多尔衮"摄政"的事情，《圆明园修复议》写的是慈禧如何利用公款为自己修园子的事情。这些都是刚刚过去的还留在人们脑中的前朝大事。许指严将其考证了一番，告诉人们其中的秘闻秘事，当然是很吸引人。除了事件本身的吸引力外，许指严还运用了两个手段让小说吸引读者。一是鲜明的批判态度，小说中处处以"清人"称呼之，以显示汉族的立场，处处讥讽其“虎狼”，以显示道德的判断。这样的态度很能迎合辛亥革命之后社会的主流情绪。二是不忘记加上一点“艳事”，特别是写那些帝王们如何地抢占民女和宫廷行乐，例如《豹房故事》《四春琐谈》等等，在满足读者“猎奇”的同时，还满足了读者“猎艳”的心态。

许指严出生在江苏武进，据说他的祖父曾经做过京官，而又喜欢打听一些官场轶闻。到了老年，退养在家的祖父就将向许指严这些孙辈们讲轶闻当作一件乐事，而许指严又特别喜欢听，在《近十年之怪现状》的《序言》中，许指严有这样的描述：“予幼即嗜闻古今轶事野老放言。尝侍先祖父夜宴，辄得野史一二，则津津忘倦。”后来许指严到上海做中学历史老师，与朋友相聚，只要听说是清朝的轶闻，必定追问到底，然后回家记录下来。对清朝轶闻如此感兴趣，在现代文人中最知名的人物非许指严莫属。除了《南巡秘记》《清秘史十叶野闻》之外，许指严的笔记小说还有《京华新梦》《古今艳史大观》《三海秘录》《泣路记》等等。因此，许指严有“民国笔记小说大王”的称号。

笔记小说复兴是20世纪40年代。当时中国的一些作家对异族统治者和现实生活表示不满，却又不能直接反对，于是借古讽今的笔记小说流行起来。例如谭正璧根据《洛阳伽蓝记》的故事改写笔记小说《琵琶行》，写南人秦奴才在北齐人的统治下如何忍气吞声，最后还是失去了自己儿子秦小奴，昏厥过去的秦奴才说了这样的话：“这……这都是……向人……谄媚……的结果”，奴隶的生活连猪狗都不如。此时笔记小说影响最大的是平襟亚的《秋翁说集》。《秋翁说集》主要写市民的生活困苦和社会的混乱，《孔夫子的苦闷》写从不谈利的孔夫子在物价上涨的情况下终于坐不住了，巧立名目地向门徒增收各种费用；他的另一部小说《贾宝玉出家》写贾宝玉原想出家一了百了，却不想和尚也吃花酒，也收干女儿，终于发现世界上没有“方外之人”。这样的笔记小说受到当时身处其中的市民们的极大欢迎。

第九章　域外移植:侦探小说、科幻小说、域外小说

现代中国侦探小说和科幻小说的翻译成就高于创作成就。侦探小说和科幻小说都是诞生于西方工业革命时期的文类,其中传达出的民主和科学的观念对清末民初的中国国民来说,是一次现代国民意识的启蒙教育。中国的现代侦探小说和现代科幻小说的创作并不丰盛,却也延绵不断。侦探小说和科幻小说都是清末民初国外引进的小说新文类。由于中国没有,中国作家创作的侦探小说和科幻小说所有的特色都可以看作为新的特点;同样由于是外国引进,中国侦探小说和科幻小说的价值评估的参照也就只有外国的美学标准,而具有中国特点自然也就成为了这两类小说的价值构建的出发点。域外小说与侦探小说和科幻小说没有美学关联,放在一章中评估,是因为它也是现代中国文学的新的文类,更主要的是,它也涉及通俗文学作家的世界文学观的问题。

第一节　侦探小说意义和创作的艰难跋涉

侦探小说是清末民初小说翻译的热点作品类型。阿英说:"当时译家,与侦探小说不发生关系的,到后来简直可以说是没有。如果说当时翻译小说有千种,翻译侦探要占五百部以上。"[①]侦探小说为什么在当时的中国就有那么大的市场需求呢?结论只有一个,那就是中国社会需要它们。侦探小说除了曲折的情节之外,小说中所表现出来的法制意识也正切合寻求国体、政体变革的时代氛围。侦探小说翻译家周桂笙曾说过这样一段话:

盖吾国刑律讼狱,大异泰西各国,侦探之说,实未尝梦见。互市以

① 阿英:《晚清小说史》,人民文学出版社1980年版,第187页。

来，外人伸张治外法权于租界，设立警察，亦有包探名目。然学无专门，徒为狐鼠城社，会审之案，又复瞻徇顾忌，加以时间有限，研究无心。至于内地谳案，动以刑求，暗无天日者，更不必论。如是，复安用侦探之劳其心血哉！至若泰西各国，最尊人权，涉讼者例得请人为辩护，故苟非证据确凿，不能妄入人罪。此侦探学之作用所由广也。①

从侦探学之中看到了“人权”，也就看到了与当时思想界的需求相一致的地方。

长期封闭的中国打开国门，向外国寻求治国之道时，引进来的一切事物都让中国人开了眼界，兴奋不已。此时的中国思想界要求“新国民”意识，侦探小说向中国人灌输着新国民意识。对于翻译小说的品位高低的评判，作品是平台，接受者的需求才是根本。

晚清时期，与侦探小说的翻译红火相比较，中国作家创作的侦探小说几乎没有。1906 年吴趼人看到这样的情况有些着急，他要告诉读者侦探小说并非外国专有，中国也有。于是，他就编了一本《中国侦探案》出版。在该书的《序言》中，他要求读者在读外国侦探小说的同时，读一下他编的这本书，“而一较量之，外人可崇拜耶？祖国可崇拜耶？”吴趼人的爱国之心确实应该肯定，但是他所编辑的《中国侦探案》只是从中国民间传说和古人笔记中收集来的 34 则刑事案例，也只是一本公案小说汇编而已。

侦探小说译作一统天下的局面一直到了 20 世纪 20 年代初才开始有所变化。中国作家创作的侦探小说开始登上文坛，成绩突出者有俞天愤、陆澹安、张碧梧、赵苕狂、张无铮。当然最优秀的中国侦探小说家是程小青和孙了红。

俞天愤(1881—1937)，江苏常熟人。他在《白巾祸》的序言中说自己开创了中国侦探小说创作的三个第一，一是他是第一个创作侦探小说的中国人；二是他是第一个将侦探小说的情节进行实地表演的中国人；三是他是第一个将侦探小说的情节拍成照片的中国人。从现有的史料看，第一个“第一”只能说明作家对侦探小说的热爱，后两个“第一”符合实际。小说《白巾祸》中就有作者将故事情节拍成的照片作为插图附在后面，照片虽然拍得不

① 周桂笙：《〈歇洛克复生侦探案〉弁言》，载《新民丛报》1904 年第 3 卷第 7 期。

好，但在当时确属首创之举。

俞天愤的小说大致上分两大系列，一是以“余”为私人侦探的《中国侦探谈》和《中国新侦探案》；一是以金蝶飞为私人侦探的《蝶飞探案》。侦探小说大多以都市为背景，俞天愤的侦探小说却将背景放置于城镇，这就给他的小说带来了两个特色。一是强烈的匪盗色彩，一是浓厚的乡土气息。他的小说中的罪犯往往是土匪，因此案件的侦破也就是扫除匪患。当然，那些警察总是愚笨如豕，只有私人侦探才是保境安民的英雄。俞天愤的小说里没有什么大饭店、大酒店，只有到处挂着裕源堂、恒丰号之类老牌商铺的街道，有着典型的江南城镇的人文环境、地理环境和民俗环境。他的小说还常常夹杂着一些亚社会内容，给小说带来了神秘色彩。例如他的小说《双履印》中就有这样一段句谜：

此万等紧事不便那汝到
时〇时可穿一坏放〇破
同事心财分弗只物散要
要〇全若怪嘴存嘴〇我
风我风无紧家弗情四喜

侦探开始怎么也读不通，后来想起中国江湖社会流行用“跳字读”来传递情报，再看到最后有“四喜”两字的暗示，就四字一跳读之，果然就读通了：

此事汝可放心，只要嘴风紧，万不到穿破。财物全存我家，等便时一同分散。若嘴风弗紧，那时坏事，弗要怪我无情。四喜。

字谜一破，案子就破了。字谜、句谜都是中国传统的文字技巧。俞天愤将其写入小说自然增加了本土色彩。

陆澹安（1894—1980），江苏吴县（今江苏苏州）人，原名陆衍文，字澹安、澹庵。他大概是中国侦探小说作家中唯一的法学大学生，早年在上海江南学院学习法律。不过，体现在他小说中的不是他的法学知识，而是他的现代读书人的作风。他的小说中的私人侦探叫李飞，因此他的侦探小说统称为《李飞探案集》。李飞是个大学生，有个新婚妻子既是见证人，也是助手，这种搭配浪漫而多情;他做私人侦探不为钱,也不为名,就是兴趣,满足爱好而已,因此他破案就有了更多的潇洒和愉快。陆澹安特别善于设计连环案,一案既了再出一案,一个悬念接着一个悬念地出现。读他的小说很像游苏州园林,既赏心悦目,又曲径通幽。作为苏州人的陆澹安显然是将家乡的美景融进小说创作之中了。

张碧梧(1897—?),江苏扬州仪征人。他是从翻译外国侦探小说开始走向文坛的。1921 年时他曾创作过一部长篇侦探小说《双雄斗智记》,写东方侠盗罗平和霍桑(程小青笔下的私人侦探)斗法。这部小说的"西洋味"很浓厚,如果不是有几个中国人的名字,就会误认是一部外国翻译侦探小说。20 年代后期,张碧梧小说中的自创意味明显增加了。原因就在于他寻找到了一个创作视角:中国家庭。由血缘关系维系的中国家庭衍生出的种种矛盾形成的一个个案件成为了小说的主要情节,张碧梧的小说自然就有了本土的色彩。他的小说也有一个总称《家庭侦探宋悟奇新探案》。从中国家庭可以写到中国社会,从中国社会可以写到中国文化,这本来是中国侦探小说创作很好的路径,可是张碧梧做得不够。他的小说基本上是家庭内部矛盾,涉案较多的是小偷小摸。因此,读他的小说总有一个感觉:视角准确,开掘不深。

赵苕狂,生卒年代不详,浙江人。赵苕狂在文学史上的主要成就是主编杂志《红玫瑰》。他的小说量并不多,侦探小说就更少了,较有名的侦探小说也就是《少女的恶魔》《鲁平的胜利》,有"门角里的福尔摩斯"的称号,也就是说,他只是一个填边角的侦探小说作家。可是,他设计的小说视角却相当新颖。别人都将笔下的私人侦探写成最后的胜利者,他的私人侦探总是失败,因此被称为"失败的侦探"。小说中的私人侦探叫胡闲,因为崇拜福尔摩斯就整日穿着一件西装,手持一根文明棍,虽然不会抽烟,口里却总衔着一支雪茄。此人出口幽默,语言调侃,热爱侦探却头脑不清,因此他办案从来没有圆满过,留下很多破绽。大概就是因为他总不能破案,而又挂着"侦探"的头衔,一些别有用心的人总是找他破案,因此,他的生意特别好。小说妙就妙在,随着胡闲的折腾,案件渐渐地明朗起来,小说中的胡闲还不知道凶手是谁,小说外的读者应该都明白案件的来龙去脉了。所以说,胡闲破案,虽败犹荣。

张无诤就是后来写《包氏父子》《华威先生》的张天翼。他的《徐常云新探案》大约有十多篇,基本上发表在《半月》杂志上。从故事情节上讲,张天翼的小说并不突出，甚至有些简单，但是他特别善于篇章结构的布置和人物形象的描写。例如他有一篇小说叫《X》。小说开始就写一个得了健忘症的男青年，为什么得了健忘症呢？这是第一个悬念。这个青年偶尔看见一只“野猫牌”火柴盒，大叫一声后居然成为了疯人，这是为什么呢？这是第二个悬念。当人们寻找他时却发现了一具尸体，是不是这个男青年呢？这是第三个悬念。悬念设置之后，作家开始释疑了。最后当然是原来如此。一个简单的事情写得悬念重重，一个普通的人物写得十分夸张，这就是张天翼小说的特点。

虽然这些作家作品各有特色，但总体上水平并不高。优秀的侦探小说需要有法治精神、历史思考和人性刻画，此时中国的侦探小说也就是在翻译和阅读外国侦探小说的过程中，模仿和学习侦探小说的创作技巧、写中国人的生活铺衍而成，所以他们只是侦探小说创作中的“学步者”。其实，就是这样的“学步”，中国侦探小说作家走得也相当艰难。1924 年几位侦探小说作家同仁办了一份专门刊登侦探小说的杂志《侦探世界》。可是也只办了一年就停刊了。在第 24 期的终刊号上，赵苕狂写了篇《别矣诸君》，诉了这样的苦经：“侦探的作品太少。同文中，做别的种小说的却很多，做侦探小说的，不过寥寥数人。并且侦探小说，比别的一般小说，来得费时，来得难做。不要说别人了，就是这几位侦探专门作家，也都视为畏途，轻易不肯落笔。……编辑的时间太短。半月一期。编辑别种杂志，或者很觉从容。编到侦探杂志，那就十分困难了。因为就把这半月中，全国侦探小说作家所产出来的作品，一齐都收了拢来，有时还不敷一期之用。……读者的责备太多。读者对于侦探小说，意见最是纷纭。”这些还仅仅是侦探小说创作层面上的问题。但是，就是这样的问题也已经难倒了中国作家。

第二节　程小青、孙了红：侦探小说创作的两条路径

如果要问中国侦探小说作家作品中影响最大的是谁，回答是肯定的，那就是程小青和他的《霍桑探案》。程小青（1893—1976），上海人，原名程青心，号茧翁，曾用名福林（乳名）、程辉斋。其实，程小青原来设计的大侦探的名字不叫“霍桑”，而叫“霍森”。1914 年秋，他参加《新闻报·快乐小品》征文，写了一篇侦探小说《灯光人影》，给小说中的侦探取名“霍森”。可是排字

工人误植，将“霍森”排成“霍桑”。程小青一看，“霍桑”也不错，干脆将他的大侦探取名“霍桑”。

程小青的侦探小说中规中矩，属于传统型的侦探小说。

程小青曾对他的小说结构作过这样的介绍：“我觉得这一种自叙体裁，除了在记叙时有更真实和更亲切的优点以外，而且在情节的转变和局势的曲折上，也有不少助力。譬如写一件复杂的案子，要布置四条线索，内中只有一条可以达到揭发真相的目的，其余三条都是引入歧途的假线，那就必须劳包先生的神了，因为侦探小说结构方面艺术，真像是布了一个迷阵。作者的笔头，必须带着吸引的力量，把读者引入迷阵的核心，回旋曲折一时找不到出路，等到最后结束，忽然把迷阵的秘门打开，使读者豁然彻悟，那才能算尽了能事。为了布置这个迷阵，自然不能不需要几条似通非通的线路，这种线路，就须要探索中的辅助人物，如包朗、警官、侦探长等等提示出来。”①从文本的目的上说，侦探小说就是写怎样辨认凶手，而侦探小说的可读性就在于凶手的最后辨认往往在一般人的预料之外，同时又在逻辑推理之中。侦探小说作家为了达到这样的效果，在写作过程中一方面大量地设置迷局，而另一方面又为他最后确认的结局作铺垫。他们常用的方法就是“多线索障眼法”，即设置多条近似的线索，让读者发挥自以为是的想象，得出错误的结论，而作者却指出一条令读者难以置信的线索，通过推论让读者确认这是正确的。这是一种侦探小说创作的传统手法，爱伦·坡和柯南·道尔大量地使用过。在中国，对这种手法使用得最为娴熟者就是程小青。

程小青小说的传统型特点，还表现在对私人侦探的刻画和整部作品的谋篇布局上。和爱伦·坡的杜宾、柯南·道尔的福尔摩斯一样，程小青的霍桑在整个侦破过程中表现出了超乎寻常的智慧和神勇。他不被表面现象所迷惑，能够在复杂的谜团之中保持清醒的头脑；能在意想不到之处获取很有价值的证据；他行动敏捷，论辩有力，常常在别人束手无策之时带来新的希望。与他相比较的是那些官方侦探，他们思维简单，行动迟钝，常为小利而大喜，他们每前进一步都来自霍桑的启发。小说的结构也是传统的先设悬念后释疑的惯用手法。读者和涉嫌者在预料之外自然会产生众多的疑问，随着这些疑问被一一地剖析，涉嫌者解脱了，读者也就在其中获得了阅读快

① 程小青：《侦探小说的多方面》，见《霍桑探案汇刊》第2集，上海文华美术图书公司1933年版。

感。这种写法在侦探小说的创作之中是常见的。

程小青是柯南·道尔的《福尔摩斯探案集》中译本主要翻译者之一。他的侦探小说有着较强的模仿痕迹。但是，程小青毕竟是中国的侦探小说家，小说之中处处显露出时代特征和中国的道德标准。他的小说故事发生的环境基本上是上海，特别喜欢写舞场。舞场作为中国20世纪二三十年代的社会风气的窗口，在其中发生的故事本身就充满了时代的气息。程小青笔下的霍桑孜孜研求的决心和缜密过人的智慧与西方的那些私人侦探是一样的。但是，他有两个独特之处。一是他爱憎分明的观念。“你瞧我几时曾向人家讨过功？我所以这样孜孜不息，只因顾念着那些在奸吏、土棍、刁绅、恶霸势力下生活的同胞们。他们受种种不平的压迫，有些陷在黑狱里含怨受屈，没处呼援。我既然看不过，怎能不尽一分应尽的天职？我工作的报酬就在工作的本身。”①他扮演着一个惩恶者的角色。二是他的“道德观念”。“在正义的范围之下，我们并不受呆板的法律的拘束。有时遇到那些因公义而犯罪的人，我们往往自由处置。因为在这渐渐趋向于物质为中心的社会之中，法治精神既然还不能普遍实施，细弱平民受冤蒙屈，往往得不到法律的保障，故而我们不得不本着良心权宜办事。”②什么是“良心”，那就是中国道德。他又扮演着一个教化者的角色。惩恶者和教化者不仅使得霍桑为人谦和，行为规范，彬彬如一君子，还直接影响了他的办案。他常常以道德代替法律。凶手犯罪只要“事出有因”，他就只查原因，不追究责任；或者隐瞒真相，惩恶助善；或者私放真凶，另寻出路。为善者即使行凶也有善报，作恶者即使被杀也死有余辜。这些法律上决不允许的做法，霍桑屡屡为之。霍桑的形象和行为迎合了中国读者的阅读心理，却不符合侦探小说的生活性和真实性，变成了思想启蒙书；不符合侦探小说中人物的定位以及形象的生动性，变成了一部单纯的案件侦破始末记。现象表现在程小青的霍桑身上，根源却在中国的道德文化与侦探小说美学追求的差异上。

程小青可以看作是欧美古典型的侦探小说在中国的传人，不过他也加了不少“中国佐料”。从民国初年开始，程小青一直致力于《霍桑探案》的创作。1942年起，世界书局陆续出版了《霍桑探案袖珍丛刊》，共计30册：《珠

① 程小青：《逃犯》，见《霍桑探案5》，群众出版社1987年版。

② 程小青：《白纱巾》，见《霍桑探案7》，群众出版社1987年版。

项圈》《黄浦江中》《八十四》《轮下血》《裹棉刀》《恐怖的活剧》《舞后的归宿》（又名《雨夜枪声》）、《白衣怪》《催命符》《矛盾圈》《紫信笺》《魔窟双花》《两粒珠》《灰衣人》《夜半呼声》《霜刃碧血》《新婚劫》《难兄难弟》《江南燕》《活尸》《案中案》《青春之火》《五福党》《舞宫魔影》《狐裘女》《断指团》《沾泥花》《逃犯》《血手印》《黑地牢》。1949 年之后，他还写了一些小说，但他的小说成就最高的无疑还是《霍桑探案》。

程小青不仅给中国文坛提供了真正意义上的侦探小说，也是中国侦探小说理论研究的开创者。现代中国的侦探小说理论十分贫乏，除了那些感想式的评点之外，也就是程小青的著述了。他写过《谈侦探小说》《侦探小说的多方面》《科学的侦探术》等长篇侦探理论文章。程小青认为侦探小说是社会表现、科学思考和文学想象的结合体。他的这些侦探小说的理论文章是一个出生在平民阶层的东方侦探小说作家的思考，很有自己的特色。

在现代侦探小说作家中能与程小青比肩的是孙了红。孙了红不同于程小青对欧美侦探小说的跟风，他追求表现中国文化，因此可以将他的侦探小说看作文化型作品。孙了红（1897—1958），浙江宁波人，原名咏雪，小名雪官。他涉足文坛大概是 1925 年左右，此时，他参加了大东书局出版的《亚森罗苹案全集》的白话翻译，并在《侦探世界》上发表《傀儡剧》等小说。《傀儡剧》是第一次出现“东方侠盗鲁平”形象的小说。从小说艺术上说，《傀儡剧》等小说并不出色，因此，此时的孙了红与当时众多的侦探小说作家一样，只是一个“学步者”。孙了红的小说真正成熟，并自成一家，也就是《万象》时期。他在《万象》上发表了《血纸人》《三十三号屋》《鬼手》《蓝色响尾蛇》《窃齿记》等小说。此时他的小说几乎篇篇都是精品，使得他跻身于中国侦探小说一流作家的行列。

和程小青走“福尔摩斯—华生”的路不同，孙了红学习的是法国作家勒白朗的《亚森罗苹奇案》的创作模式，塑造了一个东方侠盗：鲁平。别人以侦探为主体，他是以侠盗为主体；侦探破案为了正义，侠盗破案却常揩油沾光；侦探破案正大光明，侠盗窥情却不择手段。所以说孙了红的小说又可以称为“反侦探小说”。

侦探小说是“舶来品”，自清末民初进入中国以后一直受到读者的欢迎。但是，将外国侦探小说的翻译作品和中国作家创作作品相比较，就会发现，中国作家那些创作作品有很多“外国味”。这就说明了一个问题，侦探小说在中国的本土化的问题还没有真正解决。而本土化的问题不解决，就很难说侦探小说创作在中国已经成熟了。孙了红努力地将中国传统文化渗透于侦探小说的创作之中，其代表作是《血纸人》。这部小说讲述了一则令人难以置信的故事：靠囤积粮食发财的"米蛀虫"王阿灵在12年前杀人发了不义之财，受害人临死前曾发出了毒誓："谁是害死我的，谁要遭更惨的报应！"12年后改名为"王俊熙"的王阿灵果然被人杀死。12年前的毒誓在12年后准确地应验了。人间有情，历史无情，小说充满了戏剧性。悬念和巧合的情节发展、血淋淋的杀人场面、活灵活现的血纸人，爱恨交织的谋杀，小说对读者有强烈的吸引力。但是这些小说技巧在其他侦探小说中也能看到。《血纸人》与其他小说不同的是，在离奇的小说情节中表现出了中国传统的文化思想：因果报应。小说一开始就由雪性大师说出这样的做人的警句："因果间的关系，如同形影一样，世间决没有离形独立的影，也决没有远离影子的形。"因果报应就像一只巨大的手掌操纵着小说中的人物，让他们各自表演着自己的角色。王阿灵为了获取别人的钱财，置人于死地，结果自己难逃一死，双手空空而去；王阿灵的妻子为父报仇理所当然，但手段过于歹毒，所以也未得多少财产。作者试图告诉人们：人生在世，应该行得正，坐得稳，不义之财不可取，不善之举不可做，否则难得善报。因果观念是中华民族的道德观，对人们的行为举止有很强的束缚力和支配力，孙了红把它放在如此曲折离奇的小说中表现出来，其感染力是不言而喻的。把小说的价值观念扎根于中国传统的文化之中，《血纸人》实际上为中国侦探小说的本土化开启了一条很有价值的创作道路。不仅有中国的人名、中国的事情，还要有中国人的思想，只有这样，中国人才会认为这样的小说是中国的小说。致力于对传统文化的诠释可以看作中国侦探小说走向成熟的一个标志。正因为如此，孙了红的小说可看作传统型的侦探小说。

除了传统文化诠释之外，孙了红小说还有两个特别之处。一是他的小说不讲究现场勘察和实事推理，常常是通过心理分析，追寻犯罪事实，探究罪犯真凶。从心理分析之中寻找出为什么，这也是他的作品引人入胜的一个重要的原因。小说展开的故事情节，着重分析的犯罪心理，揭破的一个个案件，实际上是人的心态的一次次曝光。黑幕被揭开了，但究竟是谁之过呢？大概已不是道德败坏所能概括的了，作者促使着人们向更深层次思考，要求人们在扭曲的心态中寻找答案，在人欲横流的现实社会之中追溯原因。

无钱就要被人鄙视，自然就要不择手段地弄到钱，就是谋财害命也不顾，既然你用不义的手段弄到不义之财，我又为何不能用同样的手法，让你交出别人的血汗钱呢？这些做法只不过是以其人之道还治其人之身，是咎由自取。这就是《血纸人》给我们的心理分析。鲁平和霍桑不同，他不是侦探，只是一个“侠盗”，他并不需要将罪犯绳之以法，只要揭破犯罪事实就可以了。如果作品仅仅停留在犯罪事实的曝光，也只是揭开了黑幕而已，除了引起人们的好奇心之外，很少有内心的感召力。孙了红的高明在于在这些被曝光的犯罪事实的背后又演绎出一个个令人感叹的辛酸的故事，描画出了一个个令人同情的扭曲的心灵。这样来批判社会就要比那些仅仅批判社会风气的作品深刻多了。二是孙了红一般不直接介绍案件，更不是平铺直叙地说明破案过程，他很注意制造神秘而恐怖的场面，在气氛的极度渲染中演绎出离奇古怪的事件。《血纸人》具有强烈的压抑感的悲剧意识。从场景上说，小说所选取的都是四面密封的场所：讲经堂、电影院、空荡的客厅、时刻出现血纸人的卧室以及四面堵塞着人的杀人现场；从故事情节上说，是血淋淋的场面穿越时空一个接着一个地串联在一起；从人物命运上说，似乎谁也不是最后的胜利者；从语言上说，一句句充满宗教色彩的语言不断地掷向读者的心头……所有的这一切构成了一张密不透风的网压在读者的心头，使人透不过气来。孙了红常常用一种“定格”的手法突现一些神秘而恐怖的场面。那只半夜摸人颈脖、冰冷而僵硬的带着锋利指甲的鬼手（《鬼手》）；大雨滂沱的半夜，窗户被大风刮得咣当咣当响，空旷的大厅中间，晕黄的手电筒灯光下出现了一具面带笑容的尸体（《蓝色响尾蛇》）；停尸房间，两位姑娘正在给尸体化妆，忽然窗外传来了一阵阵嘘嘘的声音（《窃齿记》）……这些绘声绘色写得十分逼真的场面使得读者感到震颤，留下了极其深刻的印象。为了加强小说的阅读效果，孙了红还把神秘而恐怖的气氛引入了人物的心理状态描写上。《血纸人》中那位发了大财的暴发户整日在恐怖的气氛中喊着“忏悔”，既可怜亦可恨；《窃齿记》中那对青年男女在旁倾听鲁平笑谈他们的犯罪过程，不听不忍，欲走又不甘，既害怕又愤怒；《囤鱼肝油者》中那位海上“闻人”似醉似醒、似死还活地漫游了半条街，不断地问自己是谁，既神秘亦可怖。写小说人物的心理状态，很容易使读者进入作者所设计的感情境界之中去。读者随着作品中的人物紧张而紧张，愤怒而愤怒，激动而激动，视觉、听觉、嗅觉和触觉均被充分地调动起来了。可以明显地看出，孙了红受电影表演手法的影响很深。民国时期，英美的恐怖电影在中国很是流行，孙了红的小说有着这些恐怖电影镜头的痕迹。

与他的小说中的人物很相似，孙了红很少出现在大众视界中，显得很神秘。陈蝶衣在《万象》1942 年第 12 期上曾做这样的介绍："不修边幅，金钱到手辄尽，爱过漂泊的生活，他结过婚，但是没有妻子，却又有一个名义上的儿子。"这是并不多见的描述孙了红的文字材料。

第三节　沉重的中国现代科幻小说

中国传统文学中没有科幻小说，只有神话故事、怪异小说等幻想小说，科幻小说是外国引进的小说类型。中国在晚清大量引进科幻小说。最早被引进的科幻小说作家是法国作家儒勒·凡尔纳(Jules Verne)。他的最早的中译本，是卢籍东译的《海底旅行》(《今译《海底两万里》)，发表于 1902 年。之后，一股凡尔纳的科幻小说的翻译热很快就兴起了，影响很广的译作有 1906 年陈绎如、薛绍徽翻译的《八十日环游记》，它改编自法国著名科幻小说家凡尔纳的《环游地球八十天》。值得注意的是薛绍徽在译文的序言里概括了科幻小说的三大特点，这是目前为止可查证到的最早的对科幻小说的评论。这三大特点是：(1)"若福格者……游览以赢虚布蒜，如月绕地，如星经天，蚁磨旋周，无虑凿空博望，乌轮返舍，奚翅挥戈鲁阳"。这里指的是小说记述的奇闻逸事，开阔了读者的视野，拓展了读者思维，有利于创新精神的培养。(2)"凡此艰难，胥关智力，全凭忠信，利涉波涛"。小说推崇诚信求实的品质，倡导勇于奋进，不畏险阻，要具冒险精神。(3)"虽太史辅轩，殆不过是，极风人旨趣，复何以加"。[①]读者从小说中可体会异域民俗民风。

据统计，在 1901 年至 1910 年间，中国译介发行的科幻小说总数在百部以上。从 1902 年到 1914 年，同一原著的重译本不计在内，凡尔纳的作品共翻译出版了 14 种。这个时期凡尔纳的日本模仿者押川春浪的科幻小说也被大量引进中国，据统计，从 1904 年到 1911 年共有 8 种。[②]对于科幻小说的

① 薛绍徽：《八十日环游记序》，清宣统三年(1911)刻本《黛韵楼文集》卷一，国家图书馆出版社 2010 年版，第 104 册，第 10 页。

② 施蛰存：《翻译文学的输入》，见本社编：《中国近代文学的历史轨迹》，上海书店出版社 1999 年版，第 293 页。

译者而言，他们希望借此通俗小说的形式来“开启民智，救亡图存”，希望小说中普及性的科学思想能触动麻木不仁的群众的神经，振奋他们的民族精神，特别是培养青少年积极进取的心态。如鲁迅所言，科幻小说能“经以科学，纬以人情”①。科幻小说翻译家试图以科学幻想的描写形式，宣扬科幻发明的神奇功能，让民众在震动心魄的阅读后，对科学产生认同感并接受科学，从而达到用科学来启民智、兴国邦的目的。这种观点与当时用小说“新民”的时代要求相一致，科幻小说被看作是具有奇特想象力的改造社会的工具。正因为上述广为接受的立场，西方大量科幻小说被源源不断地引介进来。

外国科幻小说的翻译热潮很快就带动了中国科幻小说的创作。现代中国，中国科幻小说经历了强国科幻、讽刺科幻和邪恶科幻三个时期。

强国科幻是指清末民初时期的科幻小说价值取向。1904 年荒江钓叟创作了中国第一部科幻小说《月球殖民地小说》。如果说这部小说还仅仅是借用了凡尔纳小说中的道具演绎故事，那么到 1905 年徐念慈创作灵魂出窍、上天入地的《新法螺先生谭》，1908 年吴趼人创作的穿越时空的《新石头记》，中国的科幻小说创作则已经显得相当成熟了。凡尔纳等人的作品在讲述科学历险的同时也宣扬一种乌托邦生活，是一种“享乐型科幻”。有意思的是，中国科幻小说创作虽然是受到科幻小说翻译的影响，却并没有接受“享乐科幻”，而是宣扬一种“强国科幻”，并由此产生出浓厚的忧患意识。徐念慈的《新法螺先生谭》中的“我”在金星上见到了“换脑术”，首先想到的是换中国国民之脑，“我国深染恶习之老顽固，亦将代为洗髓伐毛，一新其面目也。”小说中的“余”上天入地一番后，最后还是要落在上海开一个“脑电学习班”，以更新中国人的脑子。吴趼人的《新石头记》中的“文明境界”是作家对照贫弱的中国社会现实所描绘的乌托邦式的“强国梦”。贾宝玉进入的那个神秘的国家简直就是一个科技强国，而治理这个科技强国的国君叫“东方强”。中国科幻小说并没有多少生活科技化，却对军事科技化表现出了强烈的兴趣。此时几乎每一部科幻小说都详细地描绘了“飞艇”，并无限地夸大了“飞艇”的作用。此时中国本土科幻小说表现出的是对科学的推崇，承载

① 鲁迅：《月界旅行·辨言》，见陈平原、夏晓虹编：《二十世纪中国小说理论资料 第 1 卷 1897—1916》，北京大学出版社 1997 年版，第 67 页。

了浓厚的忧患意识，书写了富国强兵的愿望。

进入20世纪20年代以后，这样的强国科幻虽然还有延续，例如叶劲风1923年创作的《十年后的中国》等，但是强国理念的理想性毕竟与混乱的中国社会现实形成巨大的反差，于是一种讽刺科幻就自然出现了。讽刺科幻的代表作家作品是徐卓呆的《万能术》。徐卓呆（1881—1958），江苏苏州人，原名傅霖，号筑岩，由筑岩谐声卓呆，笔名有徐半梅等。徐卓呆早年留学日本学体育，回国后倡导广播体操，是我国最早的广播体操的设计者之一。他演过话剧，办过电影公司，写过大量的滑稽戏剧和滑稽小说。1924年，徐卓呆在《小说世界》上连载了长篇小说《万能术》，将中国科幻小说带到了讽刺科幻阶段。小说写一个叫陈通光的仆人忽然得到了千里眼、顺风耳的本领，而且可以根据自己的意念指挥宇宙之中的一切事物，成为了一个"超人"。他的这个本领给内阁中的"吃饭总长"知道了，将他请来显神通，解决全国吃饭问题。陈通光意念一动，天上果然下了白米，哗啦啦地湮灭了房屋，堵塞了河流，阻塞了交通，更主要的是农民起来造反了；为了平息农民的造反，天上就开始下钞票，结果通货膨胀，市民起来造反了。只能问神灵，有什么办法解决问题，神灵的指示是：限令日辞职，否则寸断而死。为了不辞职，不死，内阁总理命令陈通光让地球停转。地球戛然停转了，结果由于惯性作用，人和那些动物飞上天摔死了，没有摔死的也被涌上的海水淹死了，世界上只剩下一个人，那就是陈通光。作者通过这样一个故事想说明什么道理呢？只是头痛治头，脚痛治脚，不解决根本问题，病痛只能是循环往复，直至死亡。这就是徐卓呆对当时军阀政府治理国家无能的讽刺。社会的剧烈动荡使得此时的中国人首要的需求是生存，而不是畅想。利用科幻小说对统治者治国无方进行讽刺的作家作品还有老舍写的《猫城记》。

现代科幻小说最优秀的作品还是顾均正1946年出版的科幻小说集《和平的梦》。顾均正（1902—1980），浙江嘉兴人。《和平的梦》是一部具有里程碑意义的优秀的科幻小说。

小说收了顾均正创作的三部科幻小说《和平的梦》《伦敦奇疫》《在北极底下》。三则故事都是写一些阴谋家、野心家利用科技手段怎样欺骗人类、征服人类。《和平的梦》写如何利用无线电集体催眠，《伦敦奇疫》写如何在空气中利用化合反应制造病毒，《在北极底下》写如何利用磁性控制地球。小说显然是写的一种"邪恶科幻"，给中国科幻小说创作开创了一个新的时代。它让中国的科幻小说不再是站在中国和中华民族的角度思考问题，而是站在世界和人类的高度思考问题。更深刻的意义还在于，顾均正揭示了科技的另外一面，即：科技不仅能造福人类，还有可能残害人类，甚至是毁灭人类。事实上，顾均正写这些“邪恶科幻”就很受当时刚刚结束的第二次世界大战的刺激。一些美好的科技一旦被恶人所利用，其后果不堪设想。

顾均正的科幻小说还提供了中国科幻小说的新的创作方法论。科幻小说需要丰富的想象力，之前中国的科幻小说作家的想象力也不逊色，但是主要是上天入地、腾云驾雾，显然是受到中国神怪小说的影响，只不过让那些神奇的本领有了些合理性。顾均正小说的想象力的独到之处是如何发挥科技的力量，于是科技人员（或邪或正）成为了小说的主角，如《和平的梦》中的李谷尔、《伦敦奇疫》中的斯坦其尔、《在北极底下》中的卡梅隆都是世界顶级的科学家，他们创造出来的科技当然很神奇，李谷尔创造的是催眠乐曲，斯坦其尔创造的是清香气体，卡梅隆创造的是人造铁合金磁矿。

之前的科幻小说作家只是写些飞艇、光电等物品，几乎不写其中科学原理（也没有能力写）。顾均正是 20 世纪 30 年代科普小品写作的积极参与者，他的“科普论”显然是他写科普小品的延续。他提出的创作方法对中国科幻小说作家提出了更高的要求，那就是不仅要具有文学写作的才华，还必须掌握科学知识。当然，如何能够将两者融合就更需要科幻小说作家的特殊才华了。这种科技想象没有科学知识、没有合理的科技推导无法做到。从这个角度上说，顾均正是中国科幻小说作家中真正展开科技想象的第一人。

第四节　悲苦和荒唐：中国现代域外小说的两种面相

不管国门是怎样被屈辱地打开，晚清的中国确实逐步地与世界连在一起了，于是一些中国人在国外生活、劳作和学习的小说出现了，这类小说可称为“域外小说”。这批域外小说，有写抵抗侵略而抒发强国强种的小说，如高太痴的《梦平倭奴记》；有写外国历史演进的小说，如沈惟贤编辑、高尚缙鉴定、张茂炯述章多达 60 卷的《万国演义》；有写外国悲苦生活的小说，如陈独秀的《黑天国》。但是影响最大的还是两类：一类是写中国劳工在美国受虐待的经历。1896年以后美国从中国雇佣大批劳工开发西部，这是中国第一次外出劳工潮。这类小说基本上讲述这些中国劳工的故事，代表作品有《苦社会》(作者佚名)。一类是写中国留学生在外学习生活的情况，代表作品有向恺然的《留东外史》、严独鹤的《人海梦》和陈辟邪的《海外缤纷录》。这两类小说的创作取向，可分别用两个字来概括，写劳工的小说可概括为"悲苦"，写留学生的小说可概括为"荒唐"。

《苦社会》共48回，前22回写主人公在国内的穷困潦倒。22回后随着主人公被作为劳工送到美国，小说展示了中国劳工非人生活的悲苦画面。要到美国去，首先是坐海上的运工船。劳工船的生活条件极差，如闷罐一般的潮湿、污秽和黑暗，很多人在船上就死了，"原来下面七八十个横躺着，满面都是血污，身上也辨不出是衣裳，是皮肉。只见脓血堆里，手上脚上锁着链子，全然卸下，洋人俯身一看，才晓得死的了。手脚的皮是脱了，骨是折了，不觉也泛出唾涎，呕个不停。立刻叫水手到上面，拿来七八个大竹篓，用铁铲把这些腐尸铲下，吩咐连篓丢下海去。"到了目的地，幸运活下来的劳工也是像牲口一样劳作，劳动强度超过想象，死亡人数更是不可计数。这部小说艺术性并不高，没有什么精密的构思，更谈不上生动的人物描写，就是如讲述事件一般如实地记述，而小说也恰恰就是在这样的记述中显示其真实性的可贵价值。

向恺然是著名的武侠小说作家，最初却是以域外小说《留东外史》成名。《留东外史》写的是清末民初中国留学生在日本的事情，是他"留学日本时之所见所闻"。向恺然曾经两次到日本留学，不过，他并没有参加革命党，也不想获得什么文凭，他醉心于武术，到处访问各位大师，对武学倒有些研究。也正因为与江湖社会接触较多，使得他对中国留学生的各种生活轶闻、花边新闻了解较多，这也成就了他创作了这部《留东外史》。关于这部小说写了什么，其实小说一开始作者就有交代：

原来我国的人，现在日本的虽有一万多，然除了公使馆各职员，及各省经理员外，大约可分为四种：第一种是公费或自费在这里实心求学的；第二种是将着资本在这里经商的；第三种是使着国家经费，在这里也不经商，也不求学，专一讲嫖经，读食谱的；第四种是二次革命失败，亡命来的……第一种、第二种，与不肖生无笔墨缘，不敢惹他；第三种、第四种，没奈何要借重他作登场傀儡。远事多不记忆，不敢乱写。从民国元年起，至不肖生离东京之日止。古人重隐恶而扬善，此书却绌善而崇恶。①

从这段话中，基本可以了解这部小说的概况了。这是一部以自我的亲身经历为题材，从“恶”的角度写那些不求实学、不做正事的日本留学生的荒唐生活的小说。小说中有一个若隐若现的主人公，叫黄文汉。小说以他的活动为中心，写在日本如何“讲嫖经，读食谱”。黄文汉自诩：“我平生经过的女人，或嫖或偷，总数在二百以上”。他不但到处吃，到处嫖，还有理由。有一次在妓院中他与两个日本兵打了起来。日本士兵说，你老远地跑到这里来求学，今天是星期一，你不去上学，到这里胡闹？黄文汉是这样回答的：“你知道我是来求学的吗？我说句失礼的话你听，我在国内的时候，听说贵国美人多，最易勾搭，我家中祖遗了几十万财产，在国内嫖厌了，特来贵国研究嫖的。今日就算是我上课的时间，难道你可说我来坏了吗？”（跛子点评：强词夺理，但是对外国人说这话，却是痛快。）说得荒唐，评得邪乎，这个点评的跛子估计就是作者向恺然了。小说的结尾，向恺然写了三愿：“一愿后来人莫学书中的人，为书中人分过；二愿书中人莫再做书中事，为后来人做榜样；三愿后来的竟学了书中人，书中人复做了书中事，就只愿再有不肖生者，宁牺牲个人道德，续著《留东外史》，以与恶德党宣战。诸君勉之。”打着劝惩的旗号写恶事，这是当时“黑幕小说”常用手法，从这个角度上说，《留东外史》也可以列入“黑幕小说”之列。

严独鹤是著名的编辑，小说创作并不多，但是他的《人海梦》却很有影响，就因为写到了海外生活。《人海梦》前半部分写国内的学生生活，后半部分随着主人公华国雄留学日本开始写在日本的中国留学生生活。与《留东外史》不同的是，《人海梦》将讽刺的矛头对准的是中国驻日本公使以及那些官员。公使赵雨卿不但无能，而且是个十足的洋奴，他十分看不起中国，他说：“你可知道优胜劣败是天演的公理么？日本人能欺负人，就是日本人的好处，中国人要受人欺侮，就是中国人的丑处，如何能不责备自己，反去怨恨别人？老实说，假如我做了日本人，也乐得欺负人咧。”这么一个人做日本公

① 向恺然：《留东外史》第一回，见王继权等编：《中国近代小说大系》，百花洲文艺出版社 1991 年版，第 1 页。

使，又怎么能维护中国留学生的利益呢？小说对留学生的描述却比较正面。小说写了一个女革命党人的形象，叫冯蕊仙。大概是受到秋瑾的影响，小说将其塑造成一个女侠。既然要革命就有被抓获的危险，冯蕊仙也数次被抓获，但是，每次都能逃脱，这与她的美貌有很大关系，这样的描述显然是作者增添的"噱头"了。

陈辟邪，生卒年代不详，浙江慈溪人。《海外缤纷录》是1927年连载于上海《商报》的长篇小说，1929年由卿云书局出版，共40回，其写作旨趣与《留东外史》相似，只不过小说将故事的背景放置到法国和德国。在小说开端，照例有一番说明："这样花花絮絮的社会，自有许多形形色色的奇闻趣事，现在就把中国留学界的情形，做个开场白吧。"开场白之后，作家就放开了笔写中国留法学生荒唐的事情。1930年2月22日《新闻报》上有一则《海外缤纷录》的广告：

> 宣布中国见所未见的巴黎怪事，发表中国闻所未闻的巴黎人肉市场的丑史。
>
> 俗云：巴黎多美人，所以巴黎的丑事亦独多，因为巴黎的美人，性多淫荡，一人数夫不足为奇，加之她们都具有媚人的手段，只要会想到你，你无论是一个铁石心肠的人，也能使你心回意转，所以巴黎的纪事独多，本书乃专门记录巴黎琐事，共有一百多回，长篇累牍一气呵成，看来真回回有动性之气。
>
> 欲知本书是否佳作，请看本告白上面的专载，便可明白。

这则广告用巴黎美人以及各种丑事来吸引读者，固有广告的夸大，却也说出了小说中的不少事实。与《留东外史》略有不同，小说不用劝惩的牌子，作者明确地说，小说没有什么意义："我自己原晓得这部书不是有益世道人心之作，我做着玩玩，无非是遣有涯之生；读者工余之暇，读这部书玩玩，也无非遣有涯之生罢了。"[①]从故事内容上说，这部小说的确如此。不过，从史料角度上看，小说还是有价值的。作者将当时留法、留德学生真真假假的新闻轶

---

① 陈辟邪：《海外缤纷录》第一回，见魏绍昌编：《鸳鸯蝴蝶派研究资料》（上），上海文艺出版社1984年版，第30页。

事均写在小说中，例如当时的司法部长王宠惠与郑毓秀的情爱事情在海内外知识界广为流传，小说将这些事情写入其中。小说也用了一定的篇幅写了作者 20 世纪 20 年代到法国勤工俭学的过程，写了留法学生的生活状态。作者是亲身经历者，这些史料也就显得相当真实。

此时的域外小说真实地表现出当时中国人的国际地位，一是劳力输出，一是智力学习。虽是悲苦与荒唐，却从一个侧面用写实的笔法写出了中国劳工和中国留学生的实际状况，记录了国人对这些“涉外者”的心态。

第十章　都市世情:都市小说、滑稽小说、弄堂小说

现代通俗文学多指都市小说。本章所讲的都市小说,是指专门描写都市世情的文学作品。将其单独列出,是因为通俗文学在描写都市世情方面特别擅长,体现了现代通俗文学的特有价值,有着很多优秀的作家作品,而都市世情又恰恰是新文学的薄弱环节。滑稽小说和弄堂小说也是都市小说,不过表现的取向不同,都市小说意在揭黑,滑稽小说意在嘲笑;都市小说面向于社会,弄堂小说流连于市民。

第一节　黑幕之后的都市存真

上海社会突飞猛进的发展给作家们提供了无尽的话题,清末以来的现代通俗小说几乎都离不开上海题材。进入 20 世纪 20 年代以后,出现了一批专写上海都市新事业、新人物和新事物的作家,他们为前行中的上海都市留下了历史写真。这批作家中最有成就的是包天笑、江红蕉、汪仲贤和平襟亚。他们的小说专门揭露都市黑幕,所以可称之为"都市黑幕小说"。

包天笑(1876—1973),江苏苏州人,又名公毅,字朗孙,号包山,笔名有天笑、天笑生等。包天笑最著名的都市黑幕小说是《留芳记》和《上海春秋》。

1922 年开始写作的《留芳记》,按照作者的原计划,是想以梅兰芳为贯串人物写一部 80 回或者 100 回的民国野史,但只写了 24 回,这部小说也就成为了一部未完小说。从现在的 24 回小说来看,作者的创作意图没有达到。小说也就在"絮果因伶官追火,红妆青简史话遗闻"的"楔子"中提到梅兰芳出身,接着就写吴佩孚,吴佩孚之后写袁世凯。小说事情杂乱,没有中心,结构松散,支离破碎。开始时还可以用黑幕故事吸引读者,但是重复的黑幕故事只能是事件堆砌。小说虽然不成功,但是还是有很多人喜欢看,为什么呢? 除了包天笑的名气和出版前大量的炒作,读者就是要看当时那些

风云人物背后的故事。例如小说重点描述的就是袁世凯如何称帝的过程。对于刚刚过去的还强烈地留在中国人记忆中的这个人物和事情,无论是真是假,小说都满足了读者的好奇心。

也许是从《留芳记》的创作中寻找到了小说的卖点是什么,包天笑在《留芳记》出版后不久,1922年10月他就专门写了一部揭露社会黑幕的社会小说《上海春秋》。对于这部小说的创作目的和创作过程,作者说得很清楚:“都市者,文明之渊而罪恶之薮也。觇一国之文化者,必于都市。而种种穷奇梼杌变幻魍魉之事,亦惟潜伏横行于都市。上海为吾国第一都市,愚侨寓上海者二十年,得略识上海各社会之情状。随手掇拾,编辑成一小说,曰《上海春秋》,排日登诸报章。”由此可见,《留芳记》写的是北京,《上海春秋》写的是上海;《留芳记》写的是风云人物的传奇故事,《上海春秋》写的是重大事件的来龙去脉;《留芳记》写的是政治变迁,《上海春秋》写的是都市风气。正如广告所说,《上海春秋》是“一部极妙之上海社会现形记”。

小说以很多轰动上海滩事件作为故事情节,揭示其背后的故事。小说中有一个很典型的例子。20世纪20年代初,上海的美术界开始用人体模特儿。此事曾在中国社会引起轩然大波,遭到当时的军阀当局的封杀,也遭到中国普通老百姓的反对,被认为是“有伤风化”。包天笑将这一事件写进了他的《上海春秋》。小说中那些嘴里喊着“高尚事业”的人都是些围着漂亮女孩子转的色迷。小说不仅这样描写这些人,还借书中人物对那些主张用模特儿的人作出这样的叱呵:“他们当校长当教员的,自己也有老婆,既然说是高尚事业,怎么不叫自己的老婆、妹子、女儿去当模特儿呢?却要在外面雇佣苦人家的女儿去做呢?”很显然,这样的语言出自包天笑的笔,却来自老百姓的口。包天笑是站在民间立场上评述此事,使得他的这部小说能在普通老百姓中取得共鸣。

小说记载了当时上海社会的各种都市风情。小说的故事直接来自生活,来自中国普通老百姓身边日常的生活,它有着很浓的生活气息;又由于作家对生活材料的编织关注的是是否具有新奇性,是否是老百姓所叙谈的话题,因此小说就有很强的传奇性。生活气息和传奇性是这部小说吸引读者的两大法宝,也给这部小说带来了一定的城市发展的史料价值。这种史料价值突出地表现在两个方面。一是新旧杂糅、不中不西的时代的人情民俗。结婚时,新娘披的是后面有两个小姑娘拽着的纱巾,坐的却是中国的花轿；行的是互赠戒指的定情礼，主持人却是拖着小辫子的前清遗老（第十四回）。公寓的装饰是外国式的铜床、外国式的灯、外国式的卫生间，客厅里还有一个壁炉，但是桌椅却是中国的红木桌椅，还有一张麻将桌（第六回）。小说给这座城市留下了特定时代的剪影，具有特殊的风味。二是小说在无意中记录下了上海在扩展过程中的特定阶层的移民生存技巧和心态。《上海春秋》主要是写商贾人家在上海的"春秋史"。作家本意是写他们来到上海以后在各种社会风气的浸染下如何地荣盛衰败，却留下了他们在荣盛衰败过程中的各种技巧和心态。小说用了相当大的篇幅写了苏州裁缝陆运来的发家史和衰败史。陆运来之所以能够发家是因为他知道在上海裁缝要想发财，就要"专做公馆中奶奶、小姐、姨太太和堂子里先生们的衣服"。这些人有了面子就有钱，为了面子不问钱。精明、钻营和外松内紧的商人心态是陆运来能够在激烈的商业竞争中取胜的关键。但是，偌大的财产却在具有与他相同素质的儿子陆荣宝的手中衰败了。花天酒地固然是重要的原因，根本的原因还是他在股票市场上的失利。精明、钻营和外松内紧毕竟还是传统的个人发家致富的手段，而将这种手段用于更讲究社会化、信息化的资本投机市场时是显然不够的。陆荣宝跟不上商业游戏规则的迅速变化，有再高的个人素质也是要失败的。包天笑对他笔下人物的盛衰只是从道德层面上给予褒贬，也许没有认识到还有更为深层的原因。但是，他的客观的描述却是一份相当有价值的形象的资料。

以揭示重大社会事件背后的故事和公众人物背后的隐私作为小说情节，以传奇性和私密性满足读者的好奇心和阅读快感，包天笑的这两部小说成为都市黑幕小说的代表作品。

江红蕉（1898—1972），江苏苏州人，原名铸，号镜心，别署老主顾。江红蕉编过《家庭》杂志，写过一些短篇小说，但是给他带来声誉的还是他的长篇小说《交易所现形记》。《交易所现形记》连载于 1922 年至 1923 年包天笑主编的《星期》杂志上。由于这部小说有很强的纪实性，因此影响较大。

要对这部小说有更多的认识，首先就要了解发生在 1921 年底至 1922 年初中国金融市场上的"信交风潮"。1904 年中国就有了交易所，但主要是日资为主的外国资本在其中经营。1914 年北洋政府颁布《证券交易所法》。之后，上海证券物品交易所于 1920 年 7 月开业；1921 年 5 月由原来的上海股票商业公会改组成的上海华商证券交易所开业。这两家中资经营的交易所开业之后，引起了上海乃至全国的股票买卖狂潮，也使得交易所赚了很多的钱。在1921年5月至11月间，上海成立了百余家证券交易所，平均一两天就成立一家，经营范围涉及各行各业。有些人办不成交易所，就办起了炒作本公司股票的信托公司，这段时间里，上海市场上一下就出现了十多家信托公司。到了1921年12月底，银行开始收缩银根，再加之法租界发布了严禁股票交易欺诈的21条，交易所、信托公司纷纷倒闭关门。一大批中小商人和广大股民在倒闭声中纷纷破产，妻离子散、上吊、抹脖子、跳黄浦江的故事频频发生并广为流传。这就是20世纪20年代初的"信交风潮"①。"信交风潮"未息之时，《星期》杂志就以此为题材连载了一部长篇小说，这就是江红蕉的《交易所现形记》。

股票交易对资本的流通和企业的扩资有着重要的作用。20世纪20年代初，以中资为主的交易所在上海成立，在一定程度上说明了中国民族资本力图摆脱外国资本的控制以求获得更大的发展。"信交风潮"无疑给了中国民族资本以重大的打击。上海的金融市场再一次为外国资本所控制。《交易所现形记》中隐约地谈论到这一问题。小说主要描述的交易所名称叫"支那交易所"，最后倒闭了，被日资为主的"宇宙交易所"接盘了，其中的含义是十分明显的。不过，这只是这部小说的纪实性的特点，作家的认识似乎没有这么深刻，小说的兴趣也不在这里。小说的兴趣在于解决读者心中的很多疑团。

身经此事的人最关心的是交易所、信托公司为什么会如此地一哄而上，而又如此地一哄而下呢？为什么别人赚了钱，自己就亏本了呢？《交易所现形记》首先解答的就是这个问题。小说非常详细地叙述了交易所产生的过程。小说告诉读者，它根本不是什么正经的事业，而是来源于几个商人的赌博游戏和日本破产商人的投机。小说一开始就告诉读者，交易所就像麻(将)、围棋、扑克、牌九一样，是一种"玩活"。交易所能在上海成立就是符合上海"赌博"的社会风气，迎合上海大众"玩钱"的社会心理。既然是赌博，就有各种各样的作弊在其中。小说描述了交易所的股东如何制造风波，交易员如何地窥探机密为自己谋利，经纪人如何联手操纵股价。在这样一个"玩钱"的漩涡中，那些中小股民怎么能不亏本呢？都以谋取不法的钱财为目的，股票交易的过程就成为了社会的钱财从分散走向集中的过程，成为了破

① 熊月之主编：《上海通史》第8卷，上海人民出版社1999年版，第142页。

产者和暴发户形成的过程。大家都穷了，就那么几个人富了，这样的交易所能不关门吗？小说利用人物的语言对交易所作了这样的评价："那里是做生意，委实是一种赌。这种赌法完全是把身家性命作孤注一掷，赢了就买汽车、买房子、讨姨太太，花天酒地的胡用，赚来的钱也不积肉。要是输了呢，不是逃匿，便是寻短见。你想这种交易所，害人不害人。"赚钱的人和输钱的人完全是两种活法。小说在揭露交易所黑幕的同时，还写了赚钱的人如何大把花钱，写了输钱的人如何吞烟、上吊。

更为可怕的是，交易所不仅是害人的赌场，它还使得中国社会风气日渐败坏。既然是互相欺诈，从中又可以迅速地致富，那些所谓做人的道德就毫无价值可言。朋友反目、伙伴散伙、兄弟相斗、六亲不认，这样的故事在小说中一个接一个地叙述。为了突出世风日下的状况，小说详细描述了两对生徒欺师的故事。对这两对生徒来说，他们的老师不仅是授业的塾师，而且是人生成长过程中的恩师。然而，这些生徒一进入交易所，人心就变恶了。一个是挪用、私分老师的钱财，还装腔作势，卖弄人情；一个是欺上瞒下地贬低老师的人格，还故弄玄虚，假作正经。交易所就像一个大染缸，毒害了人心，污染了社会。

就像一部"解密书"一样，《交易所现形记》没有什么特别的写作技巧，也没有什么描写深刻的地方，它就用纪实的笔法写了那场"信交风波"的全过程。它以作家自己的认识，加之道听途说来的各种"真人真事"的演绎，似乎解答了读者心中的各种疑团。这是外国资本侵占中国经济的手段，是外国人设计的一个金钱的圈套，其目的就是控制中国经济赚中国人的钱。这是一个"玩钱"的黑暗的赌场，正经的人岂能不输？这是一个弄坏社会风气的邪气，被卷入其中，岂能不恶？小说言辞铮铮的答案，表达了当时的社会情绪，表达了20年代那些既要赚钱，又讲究人格的中国市民的文化心态，似乎也给了那些输了钱的中国中小股民们一个追根寻源的说法。

都市中最大的社会阶层是市民，社会百业，市民百态。现代通俗文学作家最善于写上海市民。汪仲贤之所以能成为都市小说著名作家就在于他特别善于写都市中的"白相人"。所谓"白相人"是指上海城市中一种整日无所事事、混吃骗喝的二流子。汪仲贤（1888—1937），安徽婺源（今属江西）人，名效曾，字仲贤，别号优游，笔名陆明悔，U·U等。汪仲贤是位戏剧家，热衷于新派戏的写作和演出。他曾创作过两部长篇小说《歌场冶史》和《恼人春色》。《歌场冶史》写戏剧演员在社会中的堕落,《恼人春色》写一场离奇的婚变。这样的小说情节在通俗文学中屡见不鲜,并不出众。他的小说最引人注目的就是写了"白相人",代表作品是《角先生》。何谓"角先生"呢?作者写道:"上海的白相人,弄到走投无路,生机告绝的时候,连短衫裤都剥下来当饭吃了,他们便赤裸裸地去钻在棉花胎里,卧待机会的到来。这种英雄落难的窘态,个中人的术语也叫做孵豆芽。豆芽的形状是两瓣嫩黄色的脑袋,……下面连着一具精裸洁白的身体,只因饿得瘦了,身躯剩绝细的一根,像豆芽一样苗条。脑壳的围圆却依旧很大,正似豆芽的小身体顶着一颗大黄豆一样。孵豆芽须在阴湿之处,不能见天日,他们也钻在小客栈里,无面目见人。"汪仲贤是个剧作家,他特别善于戏剧化地描写人物。如果因为看见汪仲贤如此的描述,就以为白相人是多么可怜,那就错了。他们这样的形象只是没有机会而已。他们只要有一丝机会,就会装疯卖傻、敲诈勒索。小说中的男女主人公角先生和角嫂嫂,在被子里终于想到了一个主意,那就是以揭露隐私为要挟,敲诈那些曾经与他们有过关系的人。果然,他们陆续地有钱进来了,于是他们又张牙舞爪起来。就像老鼠一样,躲在洞里窥视着事物,一有机会就一跃而起,咬住事物,再钻回洞中,这就是白相人的生活。

平襟亚(1894—1980),江苏常熟人,原名平衡,号襟霞阁主人,笔名网珠生、秋翁。平襟亚的都市小说名作是他的50回长篇小说《人海潮》。这部小说1927年3月由新村书社出版,不到半年,连版3次。小说中写得最有趣的事情是"花国"中选总统,居然还选出了总统、副总统,还有总统训话等等。不过从故事情节发展渊源来看,这样的故事情节还只是晚清以来狭邪小说的继续,小说中那些老鸨、妓女的语言也是吴方言,妓院故事也还是黑幕揭露。这部小说之所以能算得上是一部都市小说佳作是因为它写了一批混迹于上海的文化人。所谓的"人海潮",一是指人流滚滚地流进上海,二是指那些上海文化人特别善于制造"潮"。为什么要制造"潮"呢?书中人物说:"我们只消迎合潮流,无往不利,发财可以计日可待"。在这部小说中,作者很生动地写了上海文人怎样制造各种出版潮,并在其中获利。

第二节　人性虐杀中捧出一掬倡门之泪

倡门小说是由清末民初的狭邪小说发展而来。经过了溢美、近真、溢恶，狭邪小说进入20世纪20年代以后，经历了第四变：问题。新文学登上文坛以后，要求文学关心人生，关心下层民众的生活，提倡“问题小说”。生活在当时文化环境中的现代通俗文学作家还在写着狭邪小说，但是创作取向悄然地发生着变化。倡门小说不再是局限于妓院妓女嫖客的揭秘，而是将娼妓问题看作一种社会问题，从这个意义上说，都市倡门小说，是现代社会小说中的重要类型。现代都市倡门小说影响最大的是毕倚虹的《人间地狱》。

毕倚虹（1892—1926），江苏仪征人，笔名有春明逐客等。《人间地狱》是毕倚虹1922年1月5日起连载于周瘦鹃主编的《申报》副刊《自由谈》上的长篇小说，至1924年5月10日，共载60回，50余万字，未完。1925年，《上海画报》创刊，毕倚虹在其上续写了3回。1926年，毕倚虹去世之后，包天笑将此书续完，共80回。这部小说由于写了几位上海名士在上海妓院中的冶游，是民初海派冶游小说的延续，但是活跃于其中的这几位名士有着当时上海名人的身影，因此，这部小说当时很受人们关注。

毕倚虹去世后，出版商将《人间地狱》结集出版，很多报刊都刊登这样一则书刊广告：

> 繁华上海是不是人间地狱？
>
> 抢—绑—奸—杀，这是地狱式人们的行为，上海不是地狱何以此种事常常发生？已故的毕倚虹先生的伟作《人间地狱》是不仅说表面地狱式的上海，而且详细描写反面的地狱式上海，天堂里的人们啊，何妨一看地狱的现象！①

阅读了这部小说，就会发现广告词耸人听闻，作者笔下的“人间地狱”并不是如广告所言是“抢、绑、奸、杀”等地狱式的行为，而是写人的地狱式的痛苦感受。作家在小说第一回中就阐明了自己的观念：“凡世人所受用的苦恼即是地狱，快乐就是天堂。地狱、天堂不过是苦乐的一种代名词……因此在下发下一个愿心，将这些人间地狱中牛鬼蛇神、痴男怨女、狰狞狡猾的情形，憔悴悲哀的状态一一详细的写他出来，做一幅实地写真。”显然作者要写的是一种痛苦，而这种痛苦发生在妓院的冶游中。冶游妓院怎么会有地狱般的痛

① 该广告刊登于1923年1月23日出版的《申报》。

苦呢？因为冶游者在妓院中失恋了。这个冶游者就是小说主人公柯莲荪。他的恋爱对象是妓院中的“小先生”秋波。柯莲荪虽然出身中产之家，却无法满足妓院大笔的银钱的要求，无法为秋波赎身，柯莲荪只能看着自己的红粉知己在“红粉地狱中熬刑”，而自己在“烟花之地煎熬”。最后，秋波死于传染病。柯莲荪买不到秋波的人，而要向老鸨买秋波的骨。一番痛苦的缠绵化成一掬痛苦悲怆之泪。

除了煽情之外，这部小说之所以吸引人，还在于小说故事背后的纪实的影子。这个小说主干故事化自于一件真实的事情。当时毕倚虹、包天笑与苏曼殊是好朋友。苏曼殊虽是和尚，但每次到上海，都找他们两人吃花酒。苏曼殊碍于和尚的身份自己不叫局，却总是自己点名让他们叫。苏曼殊阅人众多，品位很高，每一次都能叫到一些上品的妓女来。有一次，他让毕倚虹叫位“小先生”，名叫乐弟。乐弟漂亮憨厚，让毕倚虹真的动了心。以后，毕倚虹每次叫局均叫乐弟，而乐弟也痴迷于毕倚虹。他们俩的关系也就在上海文人圈子里传开。毕倚虹想与乐弟进一步发展，却没有钱，受阻于老鸨。毕倚虹为之常常长吁短叹，备受煎熬。也就在这个时候，毕倚虹开始了《人间地狱》的创作，其情、其事、其境，他全部倾注于小说之中，小说的主人公柯莲荪是他自况，秋波当然就是他心目中的乐弟了。毕倚虹是个才子，毕业于上海公学，气质儒雅，写一手好诗文。因此《人间地狱》虽写妓院，却似《红楼梦》，虽写妓女，却有才情。至于那些冶游妓院的才子们当然都儒雅风流了。请看玄曼上人（苏曼殊）出场：“虽说是自称和尚，但见他诗酒风流，酒色不忌，性情孤洁，语言雅隽，并且文擅中西，诣兼儒佛，实在算得如今一位硬里子的名士了。”连和尚都是风流才子，而况他人。一群风流才子冶游妓院，将妓女们视作小鸟依人的才女，作诗填词，感时伤情，《人间地狱》也就是现代版的《青楼梦》《花月痕》。另一方面，小说竭力批判妓院和老鸨之恶，将妓院看作人间地狱，“悟来纸醉金迷地，正是烟花地狱场”。有情难以倾诉，《人间地狱》虽是批判妓院，却还是透出才子佳人的气息。

倡门小说是写妓女身心痛苦的社会批判小说，如果说毕倚虹仅仅写了《人间地狱》是完全不能与“倡门小说”同调的。也就在《人间地狱》刚刚连载的时候，毕倚虹写了篇小说《北里婴儿》，使得毕倚虹也成为了倡门小说的代表作者之一。小说写妓女蕙娟怀孕也要挺着大肚子接客，生了孩子被老鸨抢走，生养不足一个月又要接客。有一天蕙娟被老鸨喊进屋，指着一个小婴儿说是自己刚刚收养的一个小男孩，让其称作弟弟。蕙娟明知这是自己的孩子，却还是称这个小男婴为弟弟。后来这个小男婴死了，蕙娟被喊去看一眼，可是就在蕙娟大哭伤心之时，叫局的催促声又逼着她接客。小说意在说明，妓女没有妻性（不知婴儿的父亲是谁），没有母性（不能称婴儿为儿子），没有女性（没有情感倾诉的权利），只是一个赚钱的肉体工具。这部小说没有《人间地狱》中那些缠绵和风流，具有很强的现实性和社会批判性。小说一发表就受到了著名的倡门小说作家何海鸣的高度赞扬："不想我抛了一块砖，竟引起如今许多玉块儿来。我真喜欢得了不得。"①

何海鸣说自己的小说是"砖"那是太谦虚了。真正写"倡门"的小说的是他的作品。

在题材上倡门小说与民初的狭邪小说相同，但是在价值取向上不同于民初狭邪小说。狭邪小说意在写黑幕，倡门小说意在写批判，它是写妓院妓女的现实人生和悲苦生活，将娼妓当做一个社会问题来写。"倡门小说"的名称最早出现于何处，已无可考，但是当时《礼拜六》《半月》等杂志上对出现娼妓问题的小说均标为"倡门小说"。1926 年大东书局还专门出版一本《倡门小说集》。倡门小说中最为人称道的作品有毕倚虹的《北里婴儿》、包天笑的《烟篷》、姚民哀的《倡门之女》等等。当然最有代表性的作家作品是何海鸣及其作品。

何海鸣（1887—1944），湖南衡阳人。年轻时曾参加革命党。1911 年辛亥革命爆发时，他是汉口军分政府少将参谋长。他参加过辛亥革命、讨袁战争，袁世凯曾经用十万大洋买他的人头。后逃往日本，写下著名的《讨袁计划书》。袁世凯死后，他回到北京，卖文为生，取笔名"求幸福斋主"。起初写些掌故小说，后来写倡门小说。

何海鸣的倡门小说较多，常为人们提及的作品有长篇小说《十丈京尘》、中篇小说《倡门红泪录》以及《老琴师》《倡门送嫁录》《妓债》等短篇小说。何海鸣的倡门小说大致上分为两类，一类是将妓女写成沦落风尘的有情人，于是这类妓女往往成为落魄政客、落魄文人的精神慰藉所，当然，也就演绎成一双可怜人批判社会不公的平台。《十丈京尘》中的主干故事就是写失意政客刘子壮与妓女冰尘之间的感情波澜，并从中批判社会的黑暗；《倡门红泪

① 何海鸣：《评倚虹所撰的〈北里婴儿〉》，载《半月》1922 年第 1 卷第 20 期。

录》写落魄文人“我”在妓女春红那里得到了温暖，帮助她从良而不得的痛苦。这一类小说常常将批判的矛头指向社会，认为社会造成娼妓存在，社会造成娼妓生活的窘迫与痛苦。如果说这一类小说还带有作者的理想型，另一类小说就更多的是娼妓生活的实录了。最有代表性的小说是《老琴师》。小说写一个颇有名气的老琴师培养了一个“小先生”阿媛。阿媛长相俊美，聪明异常，一副好嗓子更是出众。老琴师喜欢不已，倾囊相授。三年学成，阿媛才艺双绝。此时，老鸨开始逼着阿媛出局卖唱，老琴师跟随其后，虽然感觉到阿媛唱给那些俗物听太浪费了，但是每次阿媛一唱，老琴师倒也是个慰藉。可是不到一年，老鸨却要让阿媛拍价卖身。结果卖给了一个克扣了5 000两军饷的军官。只是一夜，阿媛的嗓子就沙哑了，“唉，这个天生的女艺术家，给昨晚一宵轻轻毁了。可怜她人生问题中的两大部分——贞操和艺术，都被万恶的金钱断送给那个军官大爷了”。可是，悲剧还没完，军官偏要阿媛高声唱曲给他听。在老鸨的逼迫下，阿媛只唱了一句就大口吐血。看此情形，老琴师心如刀绞，扔下了琴，说：“我不干这个造孽的事，不吃这门害人的饭了。”说完，出门而去。小说显然是对妓院中“金钱万能”的批判，其故事具有很强的纪实性。

被看作现代狭邪小说终结之作的是周天籁的《亭子间嫂嫂》。周天籁(1906—1983)，安徽休宁县人。周天籁最早创作儿童文学，成名作却是狭邪小说《亭子间嫂嫂》。《亭子间嫂嫂》最早连载于1938年的《东方日报》，1942年出版单行本。所谓的“亭子间嫂嫂”就是散落在弄堂里的暗娼。她们往往住在最便宜的“亭子间”里独门独户地做生意。由于生活在市民区中，她们往往在众人面前掩饰自己。但是，她们越是掩饰，越是引起市民们的好奇，她们的所作所为自然就成为了市民们茶余饭后、街头巷尾的谈资。这一部小说写的就是一个名叫顾秀珍的“亭子间嫂嫂”的故事，把她的那些隐秘的生平、隐秘的行为以及隐秘的思想揭示在众人面前。这样的小说当然能满足读者们的阅读欲望，小说流行起来也就不足为怪了。

为了吸引读者，小说当然写了很多“亭子间嫂嫂”顾秀珍的隐秘的事情，但是，读者在感到新奇之余心情却相当的沉重。因为读者从她的凄苦的生平、善良的本性以及悲惨的结局中看到了社会的黑暗和可怕，看到一个女性的可怜和无奈。顾秀珍并不想当暗娼，但是工厂倒闭了，她没有经济来源；抽鸦片的父亲经常来敲诈，她无路可走；道上的“大哥”不断地要孝敬，她做了暗娼就无法停下来。正如书中的落泊文人朱道明所说:“其实她不这样干便没有饭吃,世上决没有生活有得解决的人而去干下贱的事的。”不做暗娼就吃不上饭,是社会把她推上这条路的。顾秀珍也“宰客”,也花言巧语地骗钱,然而每做“出格”的事之后,她又深深地后悔,有时还给被“宰”的人一些补偿。这些言行表现出了顾秀珍那份被铜臭掩盖住的纯真懦弱的心灵。顾秀珍最后凄惨而孤独地死了,就像一粒微尘被风吹去,无声无息。写到这里,作者向读者提出了问题:“一个妓女的一生是这样的下场么?这是谁害了她的?我要问一问这到底是谁害了她的?”结合顾秀珍一生的经历,作者的责问很能在读者心中引起共鸣。

《亭子间嫂嫂》固然也在揭秘,但作家的创作态度非常明确,他是要告诉读者“一个卖淫妇斑斑血泪,使你知道一切妓女非人生涯的痛苦”。很明显,作家是要把卖淫妇的存在和卖淫的痛苦的生活当作社会问题来看待的。从这个意义上说,《亭子间嫂嫂》可以看作是一部“社会问题小说”。清末民初兴起的狭邪小说以这部作品为标志,也就算终结了。

第三节　嘲讽酸腐笑口葫芦

首先为“滑稽小说”立了名号的是1906年创刊的《月月小说》。主编吴趼人不仅首开了滑稽小说的栏目,还在栏目下刊载了大陆著的《新封神传》,这是中国现代通俗文学史上第一部标有“滑稽小说”名称的作品。

虽然有些研究者认为滑稽小说是中国通俗文学的新的门类,并且认为它的产生受西方小说的影响,但理由并不充分。①现代滑稽小说主要还是接受中国传统的滑稽文学的影响而产生。司马迁将那些出口成章、机智巧辩、对答如流的宫廷俳优称为“滑稽”人物,并在史记中为他们列传。西汉东方朔也就成为了“中国式之滑稽始祖”②。之后中国滑稽文学一直得以发展,中国现代滑稽小说只是中国滑稽文学的现代延续,而那些现代滑稽小说作家也往往以“现代东方朔”自称。

其实,现代通俗文学作家几乎每个人都写过一些滑稽小说或者滑稽诗

---

① 张赣生:《民国通俗小说论稿》,重庆出版社1991年版,第25页。

② 林语堂:《论幽默》,见《有不为斋文集》,人文书店1941年版,第5页。

文。真正致力于滑稽小说创作并产生影响的主要有四位作家。他们是程瞻庐、徐卓呆、张秋虫和耿小的。

程瞻庐(1879—1943),江苏苏州人,原名文棪,号望云居士。他最早以写弹词成名。民国初年,他写了部弹词《孝女蔡蕙弹词》投给了《小说月报》,主编恽铁樵认为写得不错,准备发表,就预付了稿费。弹词后来发表出来了,恽铁樵再看一遍,认为写得实在太好,感到前面预付的稿费太低了,于是再发稿费。恽铁樵的这一举动被传为文坛佳话,也使得程瞻庐一举成名。程瞻庐后来转为写滑稽小说,而且数量极多,代表作品有《茶寮小史》及其续编、《黑暗天堂》《众醉独醒》《快活神仙传》《葫芦》《滑稽新史》《情茧》《童树的年轮》等等。后面5部小说都发表在《红玫瑰》上,因此,程瞻庐有"红玫瑰巨子"之称。

程瞻庐可被看作中国现代滑稽小说的世俗派。他基本上是以平民的角度、世俗的眼光臧否是非。他的小说主要写两种题材,一是讽刺知识分子的酸腐;二是批评社会风气的败坏。他对当时的教育制度和知识分子基本上持批评的态度,无论是新是旧,都对平民不负责任,他在《茶寮小史》中曾有这样的评述:"……新的,新得不可开交,旧的,旧得莫名其妙,新的推倒纲常,扫除名教,只指望摧烧二千余年圣经贤传,拆散二十二行省学宫文庙,旧的锢塞聪明,冬烘头脑,只指望诵韩文把鳄鱼吓退,读孝经把黄巾咒倒……你们有程度的人,先自颠倒,却叫没知识的人,怎不胡闹?"他把新知识分子称为"鹦鹉派",是鹦鹉学舌,跟着外国人跑,将旧知识分子称为"蝙蝠派",善变,却见不得阳光。社会最需要的是"平民派",却始终不见。对社会风气,他同样持批评的态度,一方面是所谓的新人物到处招摇撞骗,另一方面是很多的迷信的做法形成很多愚夫愚妇,因此一片黑暗。程瞻庐小说的"俗"还在于他基本上是说民俗滑稽故事。这些故事取之于世俗生活,听之于民间传言,婚丧嫁娶是故事的基本素材,地方绅士、名士就算是最高的社会阶层了,大量的是乡村儒生、市井中人,茶寮是他写得最多的故事发生场所,动物是他最喜欢解构的滑稽形象。举两个例子,他写过一篇短篇小说《酸》,写两个遗老到茶馆喝茶在门口偶遇,谁也不肯先进门,两人一阵推搡,一起挤进门;在桌前谁也不肯先坐,一阵推搡,一起落座;最后付茶钱,两人争着付钱,结果散落了几个铜板在地上,两个人看都不看那些散落在地的铜板,出门去了。尽管读者对这两人的迂腐感到可笑,但是还是佩服他们遵守礼法的清高姿态。但是作者又加了一笔，将读者对他们的那一点佩服也化成了笑声。这两个遗老出了门以后又各自偷偷地回来，趴在地上寻找散落的铜板，两个人在桌子底下又见面了。再举一例。程瞻庐的《葫芦》是30年代连载于《红玫瑰》上的滑稽小说。这部小说曾经吸引了众多读者，是30年代《红玫瑰》的当家小说。小说情节很离奇，一边是为懒猫送葬，家人戴孝，风光无限，一边是名士之死，无人问津，冷冷落落；上面躺着的是一只硕大无比、身穿寿衣的肥猪，下面跪着的是黑压压的一地人群；地里自动钻出了一个石碑，地上是吓到了一帮乡人……这就是《葫芦》写的故事情节。怎么一回事呢？原来，这只懒猫曾经在无意中打翻了一碗毒药，放毒药的人正是那位名士；肥猪曾在旅馆失火之时背着商人泅水逃难，商人由此发家，从此将肥猪视作福星供养；地里埋些黄豆就会推着石碑拱出地面，要的就是乡人们顶礼膜拜……这就是《葫芦》写的故事背后的故事。另外，他的小说语言也相当的市井化，例如《茶寮小史》中有一句相当出彩的市井语言："小鬼头，你敢取笑老子，且试试老子的拳头滋味，管教你全副脊筋，变成拍碎的绿豆饼！""拍碎的绿豆饼"这个比喻十分贴切，十分新鲜，仔细想想也十分形象。俗念、俗人、俗形、俗地、俗语，从世俗之中写是非颠倒，写人兽不分，写愚夫愚妇，写酸人酸态，程瞻庐在其中挖掘滑稽的趣味。

徐卓呆就不同了，他颇有名士风采，他属于中国滑稽文学的名士派。徐卓呆的创作风格与他的文化修养有很大的关系。程瞻庐生于苏州，活动于苏州，是个地地道道的市民作家，徐卓呆虽也是苏州出生，却是传统作家中为数不多的留学生。他是清末留日学生。由于受到当时留日学生演"新剧"的影响，他成为了当时颇为流行的"新剧"的演员，还编过近30部"新剧"剧本。20世纪20年代初，电影开始时髦起来，徐卓呆也办了一个名叫"蜡烛"的电影公司，自编自演了近10部喜剧电影。他真正地开始写滑稽小说是在20世纪30年代。由于他有较为开阔的文化视野和丰富的创作经验，他的滑稽小说品位比较高，一出手，就得到满堂喝彩，在众人的哄抬之下，他干脆就专心写起滑稽小说来，成为了现代中国写滑稽小说最丰的作家之一。他的代表作品有《乐》《何必当初》《万能术》《女侠红裤子》《李阿毛外传》等。

对知识分子的嘲讽是滑稽小说不变的主题，徐卓呆也不例外。不过，与程瞻庐那些嘲讽老文人的酸态腐气不同，徐卓呆嘲讽的是那些新文人的作假作恶。这些新文人有着好的学历，却没有好道德。20世纪20年代短篇小说开始流行，而且以会写短篇小说作为新文人的标志，文坛上出现了造假之风。对此现象，徐卓呆写了篇《洋装的抄袭者》讽刺小说抄袭者。小说开始先说一段抄袭的技巧，后面附上了一篇短篇小说。不久，他又发表了篇《告发抄袭者》的小说，披露上期《洋装的抄袭者》背后的故事，还附上一份小字典，告诉人们抄袭者常用的技巧，例如："乔治"改"宝玉"、"乒乓"改"围棋"、"香烟头"改"瓜子皮"等等。两部小说，读之，令人忍俊不禁，思之，令人唏嘘不已。徐卓呆显然是对那些顶着新的光环，不学无术、四处招摇撞骗的所谓的新文人十分反感。他认为这些人不仅是社会的造假者，还是社会的作恶者。他曾经写了一篇小说《甚为佳妙》倾诉自己的讥讽。小说中的主人公王鹿希是一位研究后期印象派的所谓艺术家，此人"头发长得披到肩头，头颈里，一个黑绸做的大领结，足足有戏台上武生胸口那个白绸子的彩球一样大小。穿一身黑呢洋装，肩头和背上，都有一星星的白屑。这是头发中的头垢，因为不用木梳去剿灭，它就猖獗到衣服上来了"。就是这么一个人物，描画了一年物产地图都没有能画好，还能用十分卑劣的手法将编辑部主任赶走，自己坐了上去，从此他整日坐在办公桌前"双手拿着报纸，一只左脚搁在桌上，口中连连念着：富丽堂皇……主任一番……甚为佳妙"。虚浮自私、言肥行卑，小说充满着徐卓呆对那些新人物的讥讽和藐视。这部小说受到很多人的追捧，被《红玫瑰》杂志推崇为作者三四年创作中"唯一杰作"。

不像程瞻庐只是在滑稽故事中劝诫读者怎样做人，徐卓呆喜欢在滑稽的情节之中寻找一点人生哲理。当时就有人评价他的小说"隽永有味，弥含哲理，实能脱尽滑稽小说窠臼自成家数者"①。在徐卓呆看来，他所推崇的人生哲理具有普世价值，既可治国，也是做人。为了说明人本来就是平等的，是社会造成的社会等级差异，他写了一篇小说《浴堂里的哲学家》，小说写人脱了衣服全一样，因此他评述说："万恶衣为首，百善裸为先"。他写过一篇小说《无进步的乡村生活》(一名《牧童阿八的无味日记》)，标为"未来派滑稽小说"。小说开头用数排省略号，然后写了七八则内容完全相同的乡村生活日记，从早晨起床、喂鹅、下田、收工，一直写到晚上睡觉，篇篇如此，只是日记的时间有变化而已，然后再是数排省略号，小说结束。结尾有一个"作者按"，说："若连着阿八的儿子、孙子等续下去的日记一起算，那是恐怕

① 赵苕狂：《徐卓呆传》，见《卓呆小说集》，世界书局 1924 年版，第 1 页。

世界最大的藏书楼还及不上他的多，不过内容还是那么千古相同的无变化无进步无趣味……”这篇看似很古怪的小说表达什么意思呢？周瘦鹃加上一段编者按，说得颇好：“卓呆此作说牧童阿八无进步的乡村生活，天天像一片刻板的文章，其实城市生活也是如此，我觉得我的生活天天照旧毫无进步又十分枯燥乏味，还有种种的痛苦种种的烦恼，因为这生活发生出来，几乎逼我达到自杀的境地，反不如牧童阿八的乡村生活，虽无进步还有天然的情趣，唉，阿八，我羡慕你。”生活就是毫无情趣的刻板的文章。徐卓呆总是喜欢写一些生活片段用夸张的手法放大，给读者一些思考的余地。

20世纪40年代，徐卓呆还写过一部小说，叫《李阿毛外传》。20世纪40年代的后期，中国民间有两个人名字很响亮，一个是“王保长”，一个就是“李阿毛”，“王保长”活动于农村，“李阿毛”活跃于城市。徐卓呆笔下的“李阿毛”是个骗子，到处骗吃骗喝，小说由12篇小故事组成，12篇故事也就是12种骗术。可是看完小说，读者似乎并不恨他，除了“李阿毛”骗术有趣之外，更主要的是你不得不承认，他行骗有道。20世纪40年代的中国，“反饥饿”是平民的重要的社会诉求，“李阿毛”骗些吃喝实在是万不得已。读者会从“李阿毛”的行骗之中感觉到生活的艰难和苦涩，对他那些做法的同情大于谴责。小说写到这个份上，不能不说是徐卓呆的智慧。

张秋虫出生在杭州的一个富庶家庭，曾经在上海接受过现代教育，吃穿不愁的他后来一直在社交界混迹。最初的时候，张秋虫的文学创作也只是一个“串堂跑会”的角色。大概也就在1925年左右，在一些杂志上偶尔可以看到他的名字。据他自己说，他当时也很满足于这样“打打文字祭”的生活。有一次，他和朋友张冥飞闲聊。张冥飞对他的才华大加赞赏，却对他小有成就就自满的心态十分可惜。张冥飞对他说：“人家杨尘因写了一部《新华春梦记》，虽然并不怎么样，流行数十年没有问题，向恺然创作了《留东外史》5本竟然可以称作不朽之作。非常可惜您到现在还一事无成。”听到这样的评价之后，张秋虫深有感触。于是他就剃了一个和尚头，闭门著书。功夫不负有心人，经过了4个月的努力，他终于创作出来一部自以为能够拿得出手的作品，这就是1930年1月由中央书店出版的小说《新山海经》。这部小说确实给他带来了巨大声誉，也成为了现代滑稽小说的一部经典作品。

为什么叫“新山海经”呢？郭璞作《山海经叙》中说：“物不自异，待我而后异，异果在我，非物异也。”也就是说，大千世界本有各异的万事万物，没有什么可奇怪的,“不怪所可怪”。张秋虫不同意这样的看法,他说,这是因为生活在其中的人由于惯性常使得本来很奇怪的事情变成平常,变成“熟视无睹”了,应该是“怪其所怪”。所以,他在“山海经”前面加上一个“新”字。

在这样的创作原则之下,张秋虫放开笔墨,尽情地搜罗1928年前后发生在北京的各种怪事。有妓女的“元老派”和“太子派”之争,有小报记者捧角毁角之伎俩,有道学家之女如何不道德,有新婚之妇如何抛弃新郎,有张作霖、张学良父子的矛盾,也有冯玉祥的倒曹反吴……小至家庭琐事,大到国家之变,千奇百怪,应有尽有,正如广告所言:“描写荒淫暴虐之军阀远不如盗匪;描写吮疮舐痔之官僚远不如龟奴;描写妖冶浪漫之名媛远不如娼妓;描写捧伶媚妓之文人远不如娈童。”①就像一个装满各种怪异事件的百宝箱,张秋虫一件件地展示,让人目不暇接。由于张秋虫写的是都市的滑稽生活,他也就可以称作“都市滑稽小说家”。

如果仅仅是这样写怪异之事,张秋虫的《新山海经》也就不值得在此推崇了。因为这种怪异之事的汇集本在通俗小说作家那里并不少见,例如李涵秋的《广陵潮》、陶翠寒的《民国艳史演义》、包天笑的《上海春秋》等等,都是运用这样的手法写的小说,而且在当时都颇有影响。与其他小说不同的是,张秋虫的《新山海经》集中写了一种现代社会的“胡调人”。什么是现代社会的“胡调人”?1928年6月21日,张秋虫在《紫罗兰》上发表了一篇小说《烦闷的安慰》。小说主人公叫西君。此人的言行为现代社会的“胡调人”作了注解。他们都是接受过现代教育的青年人,却混迹于各种场所消费人生。问题是他们对周围的环境和自己的所作所为的胡乱和恶劣都十分清楚,但是,他们就自甘堕落、自愿胡调。小说中的西君有这样的话:“一个人能够没有心肝没有脑筋是何等可以快乐的事啊……我也在睡梦中寻生活,而头脑却无时无刻不是清醒的,这是没有法想的。”睁着眼睛胡调,清醒地走向死亡,就是这些现代社会“胡调人”的生活取向。

《新山海经》中有三个贯穿小说始终的社会“胡调人”:金一刀、江竟无、祖终穷。这三个人都曾接受过新式教育,都曾有过远大的理想,也都算是“才子”。但是他们的理想在现实社会中无法实现,于是他们都混迹于花界之中。他们知道所做的一切不是“畜生道”就是“饿鬼道”,但是不做“畜生”

① 该广告刊登于1930年2月20日出版的《新闻报》。

和“饿鬼”，他们又能做什么呢？对于这些现代社会的“胡调人”，张秋虫认为不是他们不想好好做人，是社会让他们做不成好人。张秋虫在小说中说了这样一段话：“读书时代的青年，不知怎的都会有那么大的志气……等到出了学校的门，投身到法力无边的社会里去，或者因为娶妻生子穿衣吃饭的关系，少则三五个月，多则三五个年头，志气便渐渐地消灭了，宗旨也渐渐地改变了……于是他发现以前的见解是错误的，是幼稚可笑的，他现在总算觉悟了，有了经验了，走到政治上光明之路了……”社会的法力那么强大，要想适应它就只能混下去，问题是有些人不愿意混下去，却又无力向社会抗争，怎么办呢？于是“胡调人”就出现了。张秋虫说：“身无媚骨，不知道降志辱身，不知道趋炎附势，穷愁潦倒，不能取悦世人，自己知道一肚皮不合时宜，这一辈子没有得意的希望，索性自暴自弃，狂放不羁，不敢再作奢愿……他的怨毒之气，上彻云霄，恨不得拿切菜的刀杀几个人泄忿，恨不得来一个大地震，使全世界的人同归于尽。即使这个目的达不到，至少也得弄死一个婴婴宛宛的女性，这口气也就平了些儿。再不然，自己死在任何女性的身上，也是情愿的。”（第十一回）反正是“将近无”“祖宗穷”了，干脆就“精一刀”，胡调自我，胡调人生。在张秋虫看来，现代社会的“胡调人”还是反抗社会压迫的一种表现方式呢。

其实，现代社会的“胡调人”形象也并不是张秋虫的创造。民国初年著名的“狭邪小说”《九尾龟》中那个“嫖界英雄”章秋谷可算是第一个现代社会“胡调人”。明明知道是“畜生道”“饿鬼道”偏要在其中混，总要找个理由吧，于是怀才不遇、社会不合就成为了最好的遮羞布，“做个信陵君”，期待被重用就成为了他们最好的心理安慰。当然，从文学史的角度上说，这些现代社会的“胡调人”还是有一定价值的。它告诉我们，现代文学中不仅有精神扭曲的知识分子，报国无门的知识分子，还有一批充满着怨气胡调于社会的知识分子。

良好的教育和个人的生活经历使得张秋虫的小说不仅生活气息浓厚，文字也相当生动。举个例子说明。《新山海经》有一个细节写妓女好君的形象：“好君又吸了两口烟，昂着头，微噘着嘴向上，用一个食指在颊上酒窝儿中轻轻的连戳了几下，朱唇中便有无数小圈儿，只有指环大小，连珠般冒出来，比小孩儿拿竹笔套管吹皂荚水还要好玩。金一刀看呆了，好君一笑，又将香烟屁股远远的向痰盂里一撂，听那嗤的一声，又从挎袋里掏出一片留兰香糖，含在嘴里，嚼了一嚼，用舌尖儿送到牙齿上，两个指头抵着拉出来，便有吧的一声响。金一刀惊得眼珠乱转，好君笑得花枝乱颤，手再一拉，那橡皮糖便像蜘蛛屁股后的丝，足足有几尺长，上下一般粗细，而且不会中断。”这样声情并茂的描写，小说中到处都有。这要比民初那些传统文学作家的写作水平高多了。艺术水平高超是《新山海经》畅销的原因之一，在此，应该特别提及。

耿小的(1907—1994)，北京人，名文濂，字郁溪，笔名小的(取《水浒传》中的自称“小的”)、晓堤。1927年从北京师大休学后，主要活动于以北京为中心的华北地区。他的文学创作主要在20世纪二三十年代，此时他的作品覆盖于京津地区所有的报章，是北派通俗文学的优秀作家。在北派通俗文学作家中，耿小的以北派滑稽小说创作而闻名，其滑稽小说代表作是《云山雾沼》《时代群英》和《滑稽侠客》。

耿小的的滑稽小说具有北派通俗文学的特点，他不写南派滑稽小说中常有的邻居吵架、姑嫂相悖、家庭婚姻、市井风貌，他喜欢写国家的治理、知识的污染、社会的丑闻等题材。耿小的是一个接受过现代高等教育的作家，他的文化视野要比清末民初的那些通俗文学作家开阔得多，明显地受到外国滑稽幽默小说和中国新文学的影响，特别善于抓住人物形象的特征将之放大到滑稽的程度，达到幽默的效果。因此，他的滑稽小说品位较高。

《云山雾沼》标为“乐趣滑稽游戏小说”。小说同样是以滑稽小说作家最喜欢写的“西游四人”作为主要人物，同样是写他们在现代社会遇到各种滑稽的人和滑稽的事情，同样是讽刺当代社会各种丑恶现象。具有自身特点的是，他将“西游四人”写成了正义的化身，特别是孙悟空从一个赎罪的行者，变成了一个拯救社会的超人。在孙悟空的治理下，小说的最后说：“经此天上地下人间，三全其美，各自相安，大获成功”。这部1947年出版的小说显然增加了作家的现实关怀。这样的现实关怀同样表现在他的其他小说中。《时代群英》写的是一批明明不学无术而又故作风雅的文人，组织一所“觉始女子学校”如何地骗吃、骗喝、骗女人，将学校变成一个污秽所在，小说表现出对当时的教育制度的不满。《滑稽侠客》写两个武侠迷一路拜师学艺带来的种种笑话，故事很俗套，但是将华北的各种民情世风写得那么生动，在现代通俗文学作家中并不多见。

耿小的创作小说受到了中外讽刺幽默小说的影响。《滑稽侠客》中那两个武侠迷形象的组合以及他们的行为就是中国式的堂吉诃德和桑丘。他特别善长的人物形体夸张描写有着《儒林外史》的启发，我们来欣赏他在《时代群英》中写的一场师生篮球赛：

> 到了时间，由高始觉吹笛子，两边队员站好。教员队往北打，学生队往南打。头一下球就到了关仲闻(耳聋者——引者注)手里。关仲闻抱住便自往南跑，大家全笑起来。贾克礼直喊："回来，回来。咱们往北打。"关仲闻哪里听得见，跑得还是真勇。笑得大家直不起腰来。评判员的哨子也听不见，结果，还是把球投进篮去了，他还很得意似的。后来，经大家告明了他，他才觉不好意思，重新另来。先还打算这个球不算，但女生不认可，只得算是教员们输了两分。第二个球开始，又被关仲闻抢着。汪笑我(口吃者——引者注)直喊："怕怕怕司。怕，啊司。"关仲闻虽然没听见，可是看见了，便把球递给汪笑我。汪笑我是近视眼，拿着球找不着人。只见罗国贤(罗锅者——引者注)嚷。罗国贤不会讲外国话，他也道："怕怕怕司。怕，啊司。"他以为外国话就是这样说呢。汪笑我闻其声不见人，原来他站在人家后面呢，后来见他转了出来，便一球追了过去，不料球去的硬一点，罗国贤站不住脚，抱着球，往后一仰，两腿朝天，那形状像个老鼠抱鸡蛋，全场便炸了地雷似的轰笑起来……

这段文字没有什么思想意义，也就是个形体滑稽。但是作者的艺术技巧相当高明，让那些具有滑稽形体的人在篮球场上奔跑又怎么能不可笑呢？他让我们想起《儒林外史》中严监生、范进等人物的形体形象。

滑稽小说都是寻求笑外之意和丑中之美。在会心一笑之后，若有所思，这就是优秀滑稽小说的魅力。应该说，他们四人都做到了。

第四节 油盐酱醋弄堂百相

通俗文学作家主要是市民作家，他们大多生活在上海的弄堂里面。世俗的文化修养和平民的生活环境使得他们的小说具有很强的弄堂原生态性质，可以称作原汁原味的"海派弄堂小说"。这批作家中成就较高者有王小逸、苏广成(王大苏)、蓝白黑(汪焚稻)、陈亮(田舍郎)等。他们是当时上海《大英夜报》《商报》《飞报》《大报》等报纸的副刊编辑，并在其上发表作品。这里主要分析王小逸和陈亮的代表作品，以论述“海派弄堂小说”的特点。王小逸(1895—1962)，江苏南汇县川沙镇(今上海市)人，原名次鑫，字镕生、小逸，笔名很多，著名的有“捉刀人”等。陈亮(1911—1989)，江苏丹阳人，笔名有“田舍郎”等。王小逸是20世纪30年代“海派弄堂小说”的代表作家，他的代表作品有《春水微波》《石榴红》《王公馆》《同功茧》等。陈亮是40年代“海派弄堂小说”的代表作家，他的代表作品有《小梅香》《小裁缝》《三姑娘》《阴错阳差》等。

“海派弄堂小说”写的是上海生活，却是上海社会风气的最激烈的批判者。他们笔下的上海社会就是一个充满着陷阱的大黑缸。《春水微波》写一个出生于弄堂的平民女孩丁慧，为了改变自己的命运与一个富家子弟叶兆雄谈恋爱，结果被叶兆雄玩弄，成为了叶的姨太太。不甘心的丁慧自己闯社会，想做个电影明星，结果又被编导们算计，空手而回。叶兆雄的父亲前来安慰，却要霸占她。绝望的丁慧只能跳进了黄浦江。可是她这一跳又能给社会带来什么呢？上海滩上照样是灯火通明，黄浦江照样是“春水微波”。通过婚姻改变自己的命运，同样的故事出现在陈亮40年代的小说《阴错阳差》中。小说写的是小市民出身的兄妹俩，为了挤入上流社会而把自己的婚姻当作跳板的故事。与《春水微波》中的纯真的丁慧不一样，这对兄妹也算是有心计的人，他们挖空心思攀上富贵之家，为了达到目的忍辱负重到了令人不齿的地步。可是他们怎么斗得过黑暗的社会呢？最后兄妹两个同样是人财两空。作家们的这些描述透露出他们的社会价值判断：上海社会存在着贫富两个阶层而且等级森严，贫民想要成为富人根本不可能；在上海社会中纯真的本性根本无法生存，这个社会就是一个充满着算计的社会，虽然市民阶层也有一些小聪明，但是根本就不是富人阶层的对手。这样的价值判断表现出的城市市民的立场，几乎蕴含在所有的“海派弄堂小说”之中。

这类小说最生动的描述当然还是上海市民心态和生活状态。小说中人物都是那些在上海滩挣命的小生产者、小职员、小商小贩以及女工等，人物改变命运的历程构成了小说的主要情节。特定人群的奋斗史使得他们的小说具有浓郁的市民气息。他们的小说几乎都是围绕着一个或者数个市民女性的婚姻命运展开。这些女性的命运几乎都是以悲剧告终，有意味的是作家在写这些悲剧形象时，除了指责社会不公之外，还指出市民女性本身的缺陷是造成悲剧的重要原因。这些市民女性不再是完全被动地被社会或者家庭投入到凶险的陷阱中，而是多少带着主动投入到陷阱之中，成为了社会的牺牲品。陈亮的《小梅香》中的女主角是烟厂里的一个女工，由于生得漂亮成为了厂里有权有势的人的追逐对象，结果被厂里权利最大和钱财最多的王厂长软硬兼施地娶为小老婆，最后在无聊的生活中撞火车自杀了。小梅香的悲剧来自社会的黑暗，也来自她自我的人生观念。我们可以与郁达夫笔下的另一个烟厂女工陈二妹（《春风沉醉的晚上》）做个比较。小梅香并不像陈二妹那样厌恶自己的烟厂而是十分喜欢自己的烟厂，这固然是生活所迫，更主要的是她以能去烟厂工作为荣耀，她可以在同伴面前获得羡慕的眼光，可以得到从厂长到车间主任的另眼相看，虚荣心是爱厂的主要动力；她对厂里的那些"管理人"也不像陈二妹那样深恶痛绝，相反是怀有私心地利用他们，为了得到一点好处，她允许他们在她那里得到一些好处；她明知道王厂长娶她是为了玩弄她，就是经不起金钱的诱惑而愿意上当。明明知道是陷阱，还是要往里面跳，其中有市民阶层改变命运的强烈愿望，有生活压力的无奈，也有虚荣心的推动。

"海派弄堂小说"生动地描述了上海市民众生相。罗红的小说《变》中，房东李三爷发了好长时间的狠心，买了块一阵风能"刮"起来的肉。他用手指挑着肉走到两家从不见肉腥的房客家中大谈肉的价钱和肉的滋味，无非是炫耀一下而已。可是他来到另外两家有钱的人家，看见人家的桌上摆放着整块的肉，他的心里又不平衡了，大骂社会不公。这些人生活贫困，但是都十分要面子，姑娘明明是往火坑里跳，但是只要是嫁了一个有钱人，回娘家时有汽车坐，邻里争看羡慕不已，父母就会得意万分，觉得身价倍增，至于以后怎样似乎并不顾及，即使以后混得不好，也要竭力保持住面子上的风光（《小裁缝》）。他们都精明强干善于经营，知道怎样赚钱，失败了也不气馁，总是寻找机会东山再起（《石榴红》）。他们也互相猜疑，互相勾心斗角，但在对待黑势力上又互相帮助、互相支持，知道依靠集体的力量才能生存（《小梅香》）。这些市民勤劳，但并不那么朴实，多少带有点狡猾。他们总是以自己的切身利益为出发点，如果直接触及自己的切身利益，他们也能团结（《石榴红》）；他们也讲道德，但是在金钱面前，似乎就很软弱无力。同样，那些地痞、流氓、白相人已没有一点中国传统的侠义精神（与"津派小说"相比较），只剩下奸诈和霸道（《三姑娘》）……这就是上海的市民的生存状态和生存技巧，它们散发出了这座城市的浓浓的市民文化气氛。搅动这样的文化气氛的一根魔棒，就是金钱！

有意思的是，虽然小说的描述使人对金钱的力量留下了非常深刻的印象，但是小说的作者却显得很清高，他们在小说中不断地对市民的那些势利的行为给予谴责，他们总是让那些势利人的努力落空，让他们以悲剧告终，他们还不时地在小说中加上“我们的人格是没有代价的”（《阴错阳差》中沈杰仁语）这样的豪言壮语，来显示他们的自尊。说实在的，小说的这些批判理念只表现在语言和小说的结尾上，故事的内容却有着对金钱的赞许，明显地表现出作家对金钱力量的认可情绪，渴望而不可得，批判的理念在小说人物的实际行为面前显得多么虚弱和苍白，所以读他们的小说经常有作家批评理念和小说的实际描写形成巨大反差的感觉。为什么会有这样的矛盾心态呢？这与这些作家的生活环境与文化理念的差距有关。这些通俗小说作家本身就是市民，他们整日生活在市民生活的环境之中，对生活的熟悉使得他们的小说符合生活的实际，可是，他们又都以小说家自居，既然是小说家，总是要启蒙劝诫读者应该怎样生活。这些通俗小说家们又能用什么文化思想启蒙劝诫读者呢？只能是传统的道德观念，尽管这些道德观念在现实面前是那么虚空，他们也只能这么说。

要论政治理念、文化理念，通俗小说作家的“海派弄堂小说”比不上新文学作家的“海派小说”。但是，有一点是新文学作家比不上的，那就是本色。他们创作小说就是根据生活的原样，再加上自己的一点生活感受铺衍而成。王小逸、陈亮等人都长期生活在上海弄堂里，他们生活的那条弄堂什么人都有，他们小说中的那些人和事都有生活原型。本色使得他们的小说具有特殊的吸引力。环境是曲折的弄堂、小店的铺面、吆喝的叫卖声和不时散发出来的小菜的香味；人物是来去匆匆的女工、交头接耳的市井女性、善于应变的买卖人、四处溜达的白相人和奸猾霸道的帮会中人。市民最热心、最有兴趣的话题莫过于生死婚嫁和那些突变、奇遇的事件，而这些话题正是这些“海派弄堂小说”涉及最多的素材。所以尽管这些“海派小说”的结构并不严谨，有些小说简直就是社会生活材料的堆积，人物形象也不够鲜明，性格的展现被全知型的故事的叙述所淹没。但是这些小说能够得到市民们的共鸣。为什么呢？道理很简单，小说所谈论的话题就发生在这些市民们的生活中，再加上作者的编织使这些话题有了传奇的色彩，新奇感又贯穿其中，这样的小说能不对市民读者产生吸引力吗？

第十一章　浪漫传奇:社会言情小说、新浪漫小说和女性婚恋小说

自徐枕亚的《玉梨魂》等小说受到新文学批判之后,“鸳鸯蝴蝶派”的言情小说停歇了。一直到20世纪20年代张恨水出现,言情小说才再一次出现。不过,在张恨水的创造之下,此言情小说非彼言情小说,而是以社会描述(批判)为经,以言情为纬的社会言情小说。张恨水的社会言情小说有着一定程度的社会思考,有着刻骨铭心的爱情想象,是现代型的言情小说。秦瘦鸥的《秋海棠》、刘云若的《春风回梦记》等小说是张恨水社会言情小说的继续,但都有自我的发展。这些作家作品构成了现代通俗文学社会言情小说的价值和成就。新浪漫小说和女性婚恋小说是20世纪40年代通俗文学新生代作家的作品。这些作家作品最重要的价值在于:有着更多新文学或者外国文学的文学视野,有着更多的现代色彩。他们是现代通俗文学发展前行中的重要标志。

第一节　悲剧悲情社会批判

将社会小说的批判和言情小说的缠绵结合在一起,构成了社会言情小说,这是张恨水的贡献。张恨水(1895—1967),安徽潜山人,原名张心远,1914年投稿时,从南唐李后主《乌夜啼》“自是人生长恨水长东”词句中截取“恨水”二字作为笔名。1918年任安徽芜湖《皖江日报》总编辑,开始了前后30年的“报人”生涯。“五四”运动后,受新思想影响到北京求学,但苦于生活压力,1924年入《世界晚报》,并开始了真正的文学创作。张恨水的小说主要分成三类,一类是社会言情小说,代表作品有《春明外史》《金粉世家》《啼笑因缘》等;一类是抗战小说,代表作品有《大江东去》《弯弓集》《虎贲万岁》;一类是社会讽刺小说,代表作品有《八十一梦》《五子登科》等。张恨水

不仅小说数量多，还对中国传统章回小说做了现代化改造，可称为“中国现代通俗文学大师”。

《春明外史》1924年4月16日开始连载于《世界晚报》副刊《夜光》。小说写一个叫杨杏园(张恨水的原名叫张心远)的皖籍新闻报人在北京5年，最后客死在北京的故事。杨杏园住在安徽会馆，整日埋头写作，他要用一支笔养活家里8口人。从个性和素质上来说，杨杏园为人正直，洁身自好，对社会邪恶势力非常不满，却无力抗争，只能腹诽心谤；他痛恨官场腐败，不愿意与堕落文人为伍，但有时又不得不与他们周旋，内心苦闷疲惫；他满腹辞章，孤芳自赏；他不甘与世俗合流，却又随遇而安；他多愁善感，情场上却屡屡失意；他要赡养老母，培育弟妹，终于累病。这是一个洁身自好的有着才子气的文字苦力。如果将张恨水个人在北京的生活与杨杏园对照起来看，我们可以看到其中张恨水的影子。

“春明”是北京的别称，《春明外史》当然就是北京的野史。北京20世纪20年代的大杂院、酒楼、妓院、赌馆、会馆，还有特有的政治文化环境，如议会、豪门、高级酒店等等都在张恨水的笔下细腻生动地描写了出来。特别吸引人的是小说中的很多故事就是当时发生的社会热点事件，很多人物就是当时活跃于中国社会的热门人物。有些张恨水研究者将这些事件和人物的原形揭示了出来，什么人是徐志摩(时文彦)，什么人是陆小曼(余兰痕)，什么人是张宗昌(鲁大昌)，什么人是胡适(何达)等等。事实上，当时很多人花几个钱买一份《世界晚报》也就是为了看这些新闻事件背后的新闻。例如，当时徐志摩是全国有名的风流才子，他与原配夫人张幼仪以及林徽因、陆小曼的故事是当时的人们很关心的才子绯闻。其中究竟有什么人们不知道的香艳的秘密，张恨水从新闻的角度娓娓道来，人们怎么能不喜欢看呢？

当然更吸引读者的还是小说中的杨杏园与两个女人的感情纠葛，前一个是妓院里的雏妓，叫梨云，杨杏园深爱着她，却无钱为她赎身，只能为她送终；后一个是位知识女性，叫李冬青，他也爱着她，但李冬青身有暗疾他们不能成婚。最后李冬青为杨杏园送了终。这两条线索，一横一纵，构成了整部小说的结构。张恨水很擅长写言情，写得十分煽情。如此大规模地写社会生活的小说在当时的上海并不稀奇，但是北京没有。20世纪20年代的北京是新文化、新文学的中心，以鲁迅小说为代表的新小说显示的是社会批判和文化批判，正在北京的知识阶层中流行。张恨水的《春明外史》实际上是南方“鸳鸯蝴蝶派”小说的北移，它填补的是北京市民小说的空白。尽管我们说，张恨水的《春明外史》是“鸳鸯蝴蝶派”小说的北移，但是在北移中张恨水对“鸳鸯蝴蝶派”小说做了重大的改革。他将原来分离的社会小说和言情小说合在一起，形成了以“社会为经、言情为纬”的社会言情小说模式，这是张恨水对中国通俗小说的重大贡献。

《春明外史》使张恨水成了名，他成为北京地区几乎是家喻户晓的人物，这给他带来了巨大的声誉。

《金粉世家》从1927年2月14日到1932年5月22日在《世界日报》上整整连载5年多，是张恨水的小说中连载时间最长，也是篇幅最大的一部小说。小说的连载使得《世界日报》的销量不断上升，也培养了众多的“金迷”，其影响力超过了《春明外史》。

《金粉世家》的核心思想是“空”。这个“空”，不是一无所有，而是看“空”一切。小说的原序中有这样的话：“嗟夫！人生宇宙间，岂非一玄妙不可捉摸之悲剧乎？吾有家人相与终日饮食团聚，至乐也。然而今日饮食团聚，明日而仍饮食团聚否？未可卜也。吾有吾身今日品茗吟诗，微醺登榻，至逸也。然则今日如此，明日仍如此否？又未可知也。”人生无定，空为上，这是《金粉世家》的思想。金家贵为总理，可是又有什么呢？还不是散的散、败的败；金燕西与冷清秋的爱情那么热烈，也没有什么，最后还不是各奔东西。在书的第111回，写金太太上了西山，临走前她对大儿子说：“我老实告诉你罢，我今年54岁，中国外国，前清和中华民国，无论哪一种繁华世界，我都经过了，如今想起来又在哪里？佛家说的这个空字，实在不错。”一片白茫茫大地真干净。小说写到快结尾的时候，张恨水的两个女儿，大的叫慰儿，小的叫康儿，在二十天内染上猩红热相继去世。张恨水刚开始写《金粉世家》的时候，慰儿才4岁，她还踮着脚送水果盘子，每一次张恨水都摸摸她的头，总是说：“别打搅父亲，父亲在作《金粉世家》。”小说前后写了5年，慰儿9岁了，却死了，张恨水很痛心。所以小说越写越凄凉，到了结尾一片肃杀：曾经是车水马龙的金府门庭冷落，秋风残照，何等凄凉。读这样的小说可以感叹人生的不定。在这个思想上《金粉世家》与《红楼梦》是相通的。其实这部小说不仅是思想观念上，在小说结构以至于人物性格刻画和情节细节描写上，都有《红楼梦》的影子。很多人称《金粉世家》为“民国《红楼梦》”。

金燕西与冷清秋的爱情故事在小说中只能称得上是一条副线。冷清秋是才子气加上平民性格，金燕西是才子气加上纨绔气息。他们俩的相同点是都有才，这是他们两人能够在一起的基础。但是冷清秋的素质是平民，这倒不是因她出生在平民家庭，而是她知书达理、平等待人，她为人质朴，看不惯那些公子哥们或小姐们的所作所为。金燕西的素质是公子哥，说他不爱冷清秋是不对的，但是他对冷清秋的爱有着很多好奇新鲜，以及在追求之中产生的快感和冲动。这样的爱难以长久，随着好奇新鲜感消失，追求已经变成了得到，爱情也就没有了，他玩坤角、玩交际花，成为了一个典型的纨绔子弟。他们两个人在一起，作者与其说写他们谈恋爱、结婚，不如说是为了进行人格素质的对比。

《啼笑因缘》连载于1930年3月17日至11月30日的上海《新闻报》副刊《快活林》，同年12月由上海三友书社出版单行本。接着又陆续被改编成话剧、电影、各种地方戏曲、连环画等等。

作为现代中国的一部具有广泛影响的小说，《啼笑因缘》的吸引力首先就在于它提供了一个现代爱情模式，勾画了一个“三角恋爱”的情节。樊家树与沈凤喜相爱是一见钟情。一见钟情式的相爱似乎没有传统的“媒妁之言，父母之命”那样稳重，但它的基础是男女双方的感情，是男女双方的不计社会地位和经济水平差异的两情相悦，恋爱和婚姻的主动权在青年男女自己的手中。这样的恋爱模式对20世纪30年代初的中国人来说还是相当“现代”的。小说以樊、沈为中心，还设计了樊家树和何丽娜、樊家树和关秀姑两条感情线索。樊、沈之爱是书生与民间女子之爱；樊、何之爱是书生与富家女子之爱；樊、关之爱是书生与侠女之爱。三位女性的社会地位和角色的不同，构成了三个情感表现的艺术空间：沈凤喜纯真而懦弱，何丽娜貌美而达理，关秀姑侠义而内秀，三种不同的性格使得三个情感表现空间各有不同的韵味。“三角恋爱”实际上就是写了三组不同的恋爱故事。当这三组各有特色的恋爱故事又互相纠葛在一起的时候，就能制造出很多悬念和伏笔，制造出很多感情的风波，这样的小说怎么能不吸引人呢？值得提出的是，现代中国小说常见的“三角恋爱”的模式就首创于《啼笑因缘》。写青年男女爱情悲剧的言情小说古已有之，清末民初的“鸳鸯蝴蝶派”时期更盛，但是，不管感情写得多么缠绵，结局写得多么凄惨，男女主人公都是“一对鸳鸯”或者是“一对蝴蝶”。张恨水的《啼笑因缘》是“多对鸳鸯”和“多对蝴蝶”，这无疑开拓了言情小说的表现空间，对后来的小说影响极大。

张恨水的《春明外史》和《金粉世家》写的是官宦人家，追求的是史诗的效果；《啼笑因缘》是一部平民小说，追求的是平民精神。小说中的平民精神首先在樊家树身上表现出来。他不选择何丽娜，是因为何丽娜身上有“浮华气”；他与关秀姑没有缘，是因为他的性格不适应“十三妹”；他爱上沈凤喜就因为她的本色，而且是刻骨铭心的爱，即使是沈凤喜失身，他也不在乎。他不仅爱上沈凤喜，还出资供沈凤喜上学，努力将其培养成一个知识女性。虽然是富家子弟，是大少爷，但其意识和行为均充满了平民精神，因此，樊家树可称为“平民大少爷”。小说的平民精神还表现在对军阀残暴的批判上。一场美满的婚姻硬是给军阀巧抢豪夺地破坏了，男女主人公一个被逼疯，一个出走，被棒打开来。这种毫不讲理地依仗强势对平民百姓进行欺压的行为，是广大平民最为愤怒的事情。欺压平民百姓的人也决没有好下场，军阀刘德柱暴尸荒野，小说情节的设计带有一定的理想性，却给广大平民一种心理上的慰藉。值得一提的是，这部小说站在平民立场上说话的时候，还对平民中自私自利、患得患失的狭隘心态提出了批判。樊、沈的婚姻悲剧固然是军阀巧抢豪夺造成的，但与沈凤喜的家人的推波助澜也有很大的关系。他们开始同意樊、沈的交往是因为樊家树有钱，他们后来又要沈凤喜嫁给刘德柱，是因为刘德柱比樊家树更有钱，而且还有势。小说重点刻画了沈凤喜的叔叔沈三玄，此人是一个钻营投机的势利小人，他一手将沈凤喜推下了火坑。有了这一层认识，张恨水对社会、人生的见解要比其他通俗小说作家深刻。

张恨水后来回忆说，他写《啼笑因缘》要有意识地赶上时代，“当然，我所谓赶上时代，只不过我觉得应该反映时代和写人民就是了。”①他的这种意识给他的小说带来了新的气象，即：言情小说不再是单纯地写男女之情，而是将男女之情与时代精神、社会批判结合起来，是言情和社会的结合。这样的小说被称为“社会言情小说”。

社会言情小说在20世纪40年代初再一次引起阅读热潮，那是秦瘦鸥的《秋海棠》的刊出和出版。秦瘦鸥（1908—1993），江苏嘉定（今上海市）人，原名秦浩，笔名瘦鸥。上海商学院（今上海财经大学）毕业。1934年他曾翻译过德龄的《御香缥缈录》。他的成名还是因为创作了社会言情小说《秋海

① 张恨水：《我的创作与生活》，载《文史资料选辑》1980年第70辑第168页。

棠》。秦瘦鸥的《秋海棠》有三个版本。从 1941 年 2 月到 12 月连载于《申报》副刊《春秋》上的,可称为"连载本"。1942 年 8 月由金城图书公司结集出版的,可称为"金城版"。1957 年上海文化出版社重印的《秋海棠》,可称为"57 版"。三种版本有三个结尾。连载本的结尾是当罗湘绮带着梅宝赶到小阁楼上看秋海棠的时候,秋海棠已经去世了。没有等到与心上人见面就去世了,读者一片哗然,意见很多。读者的意见大致上分为两类,一类说这个结尾显得太残酷了,难道就不能让他们见一面吗?对这样的意见,秦瘦鸥不接受。第二类意见认为这样的结尾太一般了,似曾相识。对第二类意见,秦瘦鸥倒是接受了。于是,在金城版中,作者让秋海棠在罗湘绮和梅宝赶来之前跳楼自杀。这个结尾有些意义,因为秋海棠最不愿意的是让罗湘绮看到他那张丑脸,要让他的美永远留在罗湘绮的心中。因此这个结尾为人们所认可。到了"57 版"中,秦瘦鸥让罗湘绮与秋海棠见了面,秋海棠在控诉了一番军阀的暴行之后,累死在舞台上。显然,"57 版"的结尾点了这部小说的政治价值的题,有着更多的时代色彩。对于"57 版"的结尾,我们不必苛求地指责作者,在那个时代和环境中,不点出小说的政治意义,小说又怎么能再版呢?有一点应该值得我们注意,那就是不管小说怎么改,秦瘦鸥都要秋海棠死去。让秋海棠死才是这部小说真正的价值,如果让他活下来,小说的价值就荡然无存了。

为什么这么说呢?这就要从《秋海棠》的独特之处来分析了。

《秋海棠》与张恨水的《啼笑因缘》在题材上有不少相似之处,同样是姨太太的感情故事,同样是批判军阀的残暴,同样是一部社会言情小说。但是,小说在表现男女爱情上却有着不同的角度。《啼笑因缘》中樊家树和沈凤喜的爱情被拆散是由于军阀的蛮横无理和小市民的患得患失的思想。《秋海棠》中秋海棠与罗湘绮的恋爱和同居从当时的法律上讲是不合法的,因为罗湘绮尽管是被骗娶的姨太太,但她也是一个有夫之妇。正是这个原因,小说将男女感情分为两个层次,一种是欲望,一种是爱情。为此,小说专门列出一章谈论"爱与欲的分野",小说驳斥了世间所谓男女之间只有欲、没有爱的言论,肯定了爱的存在及其伟大的力量:"数不尽的痴男怨女,甘心为着另一个人,忍受一切的痛苦,甚至抑郁憔悴而死,粉身碎骨而死,断头沥血而亡……这可不是仅仅利害或肉欲的追求所能促成的吧?其间显然是有一种不可思议的伟大的力量的,那是什么?除了爱,世界上没有别的东西可以产生这样狂热的魔力了。”从这样的理论出发，小说中的男女感情也就被分成了两个层次，袁宝藩骗娶罗湘绮、王太太追求秋海棠是欲望的表现，他们一个是霸占，一个是挑逗；秋海棠与罗湘绮同居是爱情的表现，爱情是一见钟情，是心心相印，是不分社会地位、等级身份的，是“甘心为着另一个人，忍受一切的痛苦”的感情。处于这个位置上的秋海棠和罗湘绮的感情就显得相当的纯洁，而这样纯洁的感情却被合法的“欲望”拆散了，很能引起读者无限的同情和感慨。

小说的上半部分写的是男女的爱情，下半部分写的是父女的感情。那种亲情之爱的深厚同样深深地震撼了读者的心。为了将梅宝培养成人，秋海棠付出了自己的一切，他给梅宝穿最好的衣服，上最好的学校，自己的病不管怎么严重也不愿花一分钱；为了不让自己的丑陋影响孩子的声誉，他甚至要求梅宝在外人面前称自己是家中的伙计。脸上的伤疤使得他不愿意见人，但是为了梅宝，他到处求人，甚至做二等武生，到舞台上去“打英雄”。一颗慈父的心，献出的是一片慈父的爱。女儿梅宝不但聪慧漂亮，而且十分善解人意，秋海棠那张丑陋的脸，其他孩子见了纷纷躲避，“但梅宝却像没有看见一样，时常扑在他的怀里，把自己一张苹果似的小脸贴到她爸爸的颊上去，两手紧紧地勾住了他的头颈，好久不放。”梅宝以她的爱昵滋润着秋海棠那干涸的心田，是他能够生活下去的生命的源泉。

与这些感情的磨难相伴的是美的破碎。秋海棠与罗湘绮的结合本来就是美的结合。在他们第一次见面时，罗湘绮眼中的秋海棠是“朴实无华的衣饰，和英俊轩昂的气概”；秋海棠眼中的罗湘绮是“那样的稳重，那样的淡雅，美固然是美到了极处，但庄严也庄严得不可再庄严”。“朴实无华”和“淡雅”是外表之美；“英俊轩昂”和“稳重”是内在之美。这样内外均美的结构是来不得半点残缺的，一旦破坏就无法黏合。小说中，秋海棠的容貌被毁了。秋海棠被毁了容，他们的美的结构就残缺了，这也预示着他们的悲剧结局。事实上，从秋海棠被毁容之日起，他就处于生死两难的境界。他不能够死，是因为他要培养出他们的“爱的结晶”，是要培养出一个新的美。但活着也没有意义了，因为他已不可能与罗湘绮结合了，秋海棠已经变“丑”了。小说的后半部分袁宝藩已经死了，但是秋海棠与罗湘绮还是不可能结合，丑，对他们两人的爱情来说似乎比袁宝藩更难逾越。秋海棠实际上是在躲避与罗湘绮的重见中度过了后半生，是在梅宝有了依靠后，自己不愿在罗湘绮的心中留下丑的瑕斑的心理期盼下结束了自己的生命。能够相见，又不能相见；渴望相见，又强忍不见，不能相见，却又使女儿产生了很多的误解。秋海棠心中的伤痛要比脸上的疤痕疼得多。感情的描写在小说的后半部分又是一番境界。

小说能够吸引读者还在于作者描绘了很多煽情的场面。脸上被划上一个十字疤痕对唱花旦的秋海棠来说是致命的打击。小说详尽地描绘了整个行动的全过程和秋海棠从“破口大骂”到“失去知觉”的形态的变化。这样的描写很能煽动读者对军阀残暴的憎恨和对秋海棠的同情。为了写秋海棠与梅宝的父女情深，小说设计了一场丑父冒雨到校接女儿的场面。在众目睽睽之下，父女俩表现出的无尽的爱真是感天动地。

秋海棠非死不可，否则小说爱和美的力量就无法发挥。金城版的小说结尾写得最好。千辛万苦之后，母女终于要相认了，这显然是小说的一场重头戏。相疑、相认，再相疑、再相认，感情和理智的互相节制，写得有张有弛，使得一直关心小说主人公命运的读者的心时紧时缓，始终被悬置着。人物的结局更是让人唏嘘不止，匆忙赶来的罗湘绮看到的只是一辆运尸车，秋海棠自杀了。这样的结局真是让读者们心痛不已。可以看出秦瘦鸥是一个写情的高手，他能够多方面、多角度地调动读者的感情，使得那些读《秋海棠》的读者一直处于阅读期待之中，读后还对小说的主人公难以释怀。

能不能让秋海棠不死呢？这是广大读者的愿望。秦瘦鸥坚决不答应，可是发表他的小说的周瘦鹃答应了。周瘦鹃不久写了一部《新秋海棠》，让秋海棠复活，与罗湘绮、梅宝生活在一起。但是《新秋海棠》的反应平平。事实证明，还是秋海棠死了好。

秦瘦鸥是周瘦鹃发掘出来的新作家。1940 年秋，时为《申报》副刊《春秋》编辑的周瘦鹃为了发掘新作家，向社会征求小说。秦瘦鸥送来三部小说的梗概。周瘦鹃一眼就看中了其中的一部小说，这就是《秋海棠》。《秋海棠》在《春秋》连载时就产生了很大的影响，结集出版后被不断地重版、再版，并很快被改编成电影。电影中的秋海棠临终之前满身血迹大声控诉社会不公的形象，曾经触动过无数人的心。一部小说能够引起整个文化艺术界如此的反响，除了《啼笑因缘》，就是《秋海棠》了。

被称为“小张恨水”的是天津作家刘云若。刘云若（1903—1950），天津人，原名兆熊，字渭贤。1930 年刘云若主持《天风报》副刊《黑旋风》，并在其上连载他的《春风回梦记》。这部小说在京津地区大受欢迎，人们争相阅读，报刊集中评说。刘云若一下子成为了天津的名作家。成名之后的刘云若辞掉了编辑的工作，专心写作。到20世纪40年代末时，他大概写了40部小说。代表作品有《春风回梦记》《小扬州志》《旧巷斜阳》《粉墨筝琶》等。

在《春风回梦记》的《自序》中刘云若有一段自述："书中不愿有头巾气、书卷气，而江湖气不能免，脂粉气亦多，是则为笔势所趋，不可撄逆者也。"所谓的"头巾气"和"书卷气"指的是名士气息，因此，他与民国初年上海的那些"鸳鸯蝴蝶派"作家作品区分开来。所谓的"江湖气"和"脂粉气"指的是天津特色。换句话说，他的小说写的就是津味小说，并势不可逆。

小说中的"江湖气"写的是天津混混。别以为天津混混就只是死缠烂打，耍泼耍赖，他们也有自己的规矩和原则。他们收黑钱，但是却也尽心尽责地成为一方的保护人和是非的判决者。《春风回梦记》中的华老二，人称"二大爷"，平时并不出面，但是在最关键的时候总是能掌控局面。小说中有个泼辣女性马四姑到处耍泼耍挟别人。有一次，她又在耍泼，别人都不敢劝，二大爷来了，"猛地将她肩膀一拍，那马四姑猛吃一惊，回头想骂，及至瞧见是那老头，便赔笑叫道：'二大爷呀，您来了！'"此时马四姑还要闹，"那老头儿听了，白眉一皱，满眼倏的放出凶光，把拐棍拄得乱响道：'马四姑，你要知道是我二大爷在这儿劝你。'马四姑抬头看看他，又低下头，便不敢再喊了。"即使是那些女混混，要想能够称霸一方，还是要得到民众的信任，而要想得到民众信任，处事公道必不可少。侠有侠道，混有混道。生动的天津混混的事迹描写和稀奇古怪的规矩介绍，充满着的是津味十足的"江湖气"。

"江湖气"一般是刘云若小说中的副线，"脂粉气"则构成了刘云若小说中主要情节，讲述的是爱情故事。不过，他小说中"脂粉气"并不高贵，散发出来的是廉价的油脂气味和刨花油气，那些女性不是市井女性就是风尘女性，她们的故事往往是以悲剧告终。例如他的成名作《春风回梦记》，写的是一位已婚的少爷陆惊寰与风尘女子何如莲的爱情故事。它的传奇色彩在于男女两人的社会地位的不同，他们的爱情必然引发很多传奇的故事；男女两人竟然是同父异母的兄妹，这样的身份演化出的爱情故事更是令人称奇。小说是以悲剧告终，陆惊寰的夫人和何如莲为情双双病死，陆惊寰远走日本。小说最后是在亲朋好友墓前凭吊中结束的。将传奇故事与悲剧女性形象的刻画联系在一起，生动地写出了一个落难女子为了获得爱情的态度的坚决和获得了爱情之后表现出来的疑虑、担忧、多愁善感的复杂的心态。这样的故事情节在他以后的小说中多次出现。从小说情节上说,刘云若多少受到了翻译小说《茶花女》和徐枕亚的《玉梨魂》的影响。

第二节　传奇言情意在虐心

要论作品的销售量,自1930年发表《啼笑因缘》后,就一直是张恨水占据榜首。这种局面到1943年被打破了。这一年徐訏的《风萧萧》连载于《扫荡报》,小说连载完旋即出版。小说引起了读者争相阅读,成为了20世纪40年代在大后方最为畅销的一部小说,以至于有人称1943年为"徐訏年"。徐訏小说和同时期的无名氏的小说被称作"新浪漫小说"。说其"新",是在于他们的小说不同于"鸳鸯蝴蝶派"小说将言情置于家庭生活,也不同于张恨水等人的小说将言情置于社会生活,而是将言情放置于一个传奇的生活境界中。言情还是这样,故事产生的背景变了,言情就有了另一番感觉。

徐訏(1908—1980),浙江慈溪人,原名伯訏,笔名有徐訏、东方既白等。

对徐訏小说的解读一定要了解他的学术背景,他在1931年北京大学哲学系毕业后,转北大心理学系学习。1936年到法国巴黎大学修哲学博士学位,获博士学位。他虽然学的是哲学和心理学,酷爱的却是文学,并笔耕不辍,创作繁多。因此他的作品基本上是以传奇的爱情生活为经,以心理分析为纬,宣扬一种人生价值的哲学玄思。徐訏是戏剧、小说家。戏剧作品主要有《母亲的肖像》《生与死》《黄浦江头的夜月》《兄弟》等,小说主要有《鬼恋》《吉布赛的诱惑》《荒谬的英法海峡》《精神病患者的悲歌》《阿拉伯海的女神》《风萧萧》等,另外还有小品、散文作品。1949年以后,徐訏定居香港创作了《江湖行》等作品。

《风萧萧》之所以如此地吸引读者,首先就在于它的现实主义的题材。小说写的就是眼前正在进行的抗日战争,是一部抗日小说。但是,与当时为数众多的抗日小说不同,它不是写敌人的残暴,不是写中华民族抗日情绪的激奋,也不是写抗日前线的正面的战斗,而是写在敌人后方的秘密工作和秘密工作者为了民族利益献身的精神。小说中的三位女性具有各自特殊的社会背景,白苹是中国间谍,梅瀛子是美国间谍,海伦是美国侨民。她们有着共同的敌人,又有各自的集团利益,因而,她们时而联合,时而争斗。她们的工作是获取敌人的情报,其所作所为显得相当的惊险而神秘,这就构成了一则间谍故事。从这个意义上说,《风萧萧》可以看作中国谍报小说的先驱。既有新颖的题材,又有浓厚的当代生活气息和顽强的时代精神,这样的小说最能吸引当时身在其中的读者了。

小说吸引读者的另一个原因是它的情节构思。它讲述了三位女性的爱情经历。三位女性都长得非常美丽,白苹“脸庞生得非常明朗,大眼长睫,丰满的两颊,薄唇白齿,一笑如百合初放”,她是“海底的星光”;梅瀛子“有着东方的眼珠与西方的睫毛,有东方的嘴与西方的下颏,挺直的鼻子但并不粗高,柔和的面颊,秀美的眉毛。开朗的额角,上面配着乌黑柔腻的头发,用各种不同的笑容与语调同左右的人谈话”,她是“太阳下的生命”;海伦“有明朗的前额,秀长的眼梢,非常活泼的脸庞,配着挺美的鼻子,眼珠碧蓝,娇稚含羞的视线永远避开人们的注视”,她是“稳定平直匀整的河流”。这三位女性都爱着青年哲学家徐,她们与徐的关系也就形成了靓女与俊男的多角恋爱的关系。在这则故事中有着恋爱小说常见的感情的波澜、感情的纠葛,有着男女爱情的缠绵和生离死别的痛苦。小说中的哲学家徐是小说的叙述者,也是三位女性爱情生活的连接点。他爱着三位女性,却不愿与任何女性结婚,他称自己为独身主义者。他这样做并非作秀,完全是由他的爱情哲学所决定的。他认为人的爱情生活有两重境界,一重是肉体的,也是世俗的,它是低层次的;一重是精神的,也是纯净的,它是高层次的。他与三位女性关系也就是一场高层次的爱情生活,他说:“爱只是我自己的想象,而没有一个人爱过我,她们爱的也只是自己的想象。”根据这样的诠释,小说中的爱情故事也就变成了充满了精神意念的哲学故事。

以现实的社会生活作为舞台,演绎一场传奇浪漫的爱情故事,再将爱情故事上升到心理和哲学的层面,这就是徐訏作品的基本思路。在世俗化的题材下包裹着的是哲学的内核,这是徐訏的作品最大的特色。作品中的生活、爱情和心理哲学故事互为映衬,融为一体,是作家创作中努力的目标,也是读者评判他的作品成功圆满的重要指标。

徐訏是话剧、小说的双栖作家,他的小说有着浓厚的话剧色彩。《风萧萧》结构就像一部多幕剧。整个故事情节就建立在一次偶遇上:在一个夜晚,哲学家徐救了一位从事秘密工作的美国军官史蒂芬。这一次的偶遇打开了故事情节的大门。这个开头就如一部话剧的楔子。以后是徐与三位女性在偶遇中相识,这些偶遇的情节又是重复的:环境是卧室、赌窟、舞场、客厅等场景的置换；人物是一个美丽的女性接着一个美丽的女性上场；情节是一个恋爱故事接着一个恋爱故事的表演。情节的发展犹如话剧场次的展开。在梅武公馆里中国间谍、美国间谍与日本间谍的决斗是小说的结局，也就是话剧的最后一幕。最后徐留了封信给海伦，然后悄悄地离开，这也是话剧的尾声中常见的做法。对话剧艺术的借鉴，构成了徐訏小说的“空间结构”，他的小说故事的环境和情节经常重复，但是阅读起来并不单调，重要的原因是人物的个性不一样。重复的环境和情节只是提供一个相同的舞台而已，不同的人性的人物表演就有不同的人物形象，不同的人物形象表演就有不同的人生故事。话剧艺术的影响当然也有负面的作用。小说还是要靠人物形象和人物性格来表现人生哲理，徐訏的小说叙述语言和人物语言都很多，好在徐訏有着哲学和心理学的学术背景，说出来的话都颇有哲理性，使得浪漫的情节又意味深长，很有韵味，倒也别致。

无名氏(1917—2002)，出生在南京，祖籍扬州，原名卜宝南，后改名卜乃夫，无名氏是他的笔名。无名氏早年曾就读于北平俄文学校。无名氏成名于1943年创作的《北极风情画》(连载在《华北新闻》上时名为《北极艳遇》)。借着这股热度，无名氏接着创作了《塔里的女人》，又引起了一股阅读热潮。

两部小说的故事情节基本一致，都描画了一对青年男女的爱情悲剧。《北极风情画》写抗日战争中退守到西伯利亚托木斯克小镇的韩国军官林偶遇俄罗斯少女奥蕾利亚，他们相恋相爱，然而部队的开拔，使得两人不得不分手。分离之后的奥蕾利亚在痛苦的感情折磨之中死去，同样痛苦的林则陷入自责中不能自拔。《塔里的女人》是写外科医生和提琴手罗圣提偶遇“校花”黎薇，他们相恋相爱，却因为世俗的成见不能结合。黎薇在不幸的婚姻中神经错乱，罗圣提则在痛苦和自责之中隐匿在华山。这种由纯情走向变情，再由变情走向惨情，是言情小说的基本模式，这两部小说的基本情节并不例外。小说的动人之处在于，它淋漓尽致地展现了恋爱的感情波澜。初恋时的矜持、热恋时的热烈、分离时的痛苦、诀别时的惨痛，作者以相当坦率和富有感情的语言将它们推到了无以复加的地步。爱情是生命之源，有了爱情，生命之花就灿烂夺目，没有爱情，生命之花就枯萎死亡。小说中的“爱情至上”的宣扬有着很强的理想化和美学化色彩，但在红尘滚滚的现实世界却显得那么的崇高，那么的滋润，它的确是打动了读者心灵中纯真纯美的那一面，满足了读者对理想人生的幻想。

缠绵悱恻的爱情故事当然动人，使读者唏嘘不止的还有小说中所表现出的那种忏悔意识。《北极风情画》中的林在总结他的人生时，说出这样一段话："在生活里面，你常常可以碰到一种不可抗拒的神秘阻力。这种阻力，你年轻时，还不见得怎么沉重，有时候，只要你咬一咬牙关，摇一摇头，说一个'不'字，它似乎就退开了。但是，随着你的年龄增加，额上的皱纹加深，它一天一天变得强大起来。到了最后，你连摇头说个'不'字的勇气都没有了。不，不是没有勇气，是没有兴趣。年轻时，你觉得这种摇头是可赞美的。中年后，你感到这是可笑的。终于，你承认它是一种坚不可拔的存在。它像神话中的狮妖，砍掉它的脑袋，它的第二个脑袋立刻会长出来。砍掉第二个，还有第三个，第四个，第五个……这种滋味，一个年轻人是体味不出的。必须等第一根白发出现在头上的时候，你才开始咀嚼。"自我的过失并不推托于客观事件，而应由自我来承担；自责的痛苦并不因为岁月的变迁而遗忘，而是越来越深刻。忏悔的意识已经进入了灵魂，伴随其一生，以至达到不可自拔的地步。这样的忏悔意识具有了宗教的色彩，是托尔斯泰等俄国知识分子的"原罪"意识。两部小说中的两位男主人公不仅"负罪"地忏悔，还有"赎罪"的行动。一个在冰天雪地的华山之巅狂歌祭拜，一个遁入空门终身伴随古刹孤灯。作为一名北平俄文学校的毕业生，无名氏在小说中显示出了他的文学修养以及俄罗斯的忏悔文化。

浓重的忏悔意识和自责的赎罪行动，不仅给爱情故事抹上了一层神秘的色彩，还给小说的情节发展带来了一种宿命的意识。《北极风情画》中的林在那个寒冷的夜晚，别人躲在屋里取暖，而他偏偏出了门，偏偏那天奥蕾利亚为了追逐男朋友在冰天雪地里狂奔，他们偶遇了；当他们热恋到不可分离之时，偏偏部队要开拔了，偏偏奥蕾利亚不能随部队而行，他们不得不分离了，他们从相遇到分离就像被安排好的一场爱情游戏，这场游戏一结束，奥蕾利亚也就没有生存的空间了。到了《塔里的女人》时宿命的意识显得更为浓重。那么美丽骄傲的黎薇在那么多的宾客之中偏偏碰上了罗圣提，偏偏又热烈地爱上罗圣提，而罗圣提又是一个已婚的男子，这是一场注定失败的恋爱悲剧，但偏偏让她盛开怒放着。就好像有一只无形的手，男女主人公的命运被其摆布着、支配着。据说，《塔里的女人》的书名就是一种暗示，它来源于挪威作家汉姆生《牧羊神》中的一段话："女人永远在塔里，这塔或由别人造成，或塔由她自己造成，或塔由人所不知的力量造成。"而罗圣提出家取名“觉空”，万事皆空，似乎更意味深长了。

爱情故事的展开，就是忏悔陈述的开始，也就是宿命游戏的开始，作家并不在乎小说中有多少社会生活，而是要表现一种思想，一种情绪和一个人生观念。与这样的创作追求相适应的是两部小说所展示的故事环境。《北极风情画》所展示的是一个冰封的世界。故事中的叙述人出现在冰天雪地的华山之巅，讲述的是发生在冰封三尺的西伯利亚的故事。低吼的旋风，凛冽的寒气，刀刃似的冰凌，风沙般的雪粒，严酷的环境中有着一位性格如火的漂亮姑娘，演绎着一个激情奔放的爱情故事，这是一幅“北极”的“风情画”。《塔里的女人》展示的是一个纯美的世界。故事的叙述人虽然还是在华山之巅，但是环境变了，它不是冰天雪地，而是天高月明，新鲜的空气中流淌着如泣如诉的提琴声。在接下来的故事叙述中，环境更是高雅优美，或者是音乐厅，或者是客厅，或者是空气微醺的林荫大道，或者是微波荡漾的玄武湖畔。环境如此的高贵优美，男女主人公如此的潇洒貌美，他们演绎着一个催人泪下的缠绵的爱情故事。爱情故事、人生的理念和出尘脱俗的环境，构成了这两部小说理想的色彩和浪漫的特色。

据说，《北极风情画》来源于一个真实的事情，它讲述的是后来成为韩国开国第一任总理兼国防部长的李范奭的爱情经历，①当然，卜乃夫做了不少加工。

两部小说之后，无名氏的主要创作是《无名书稿》。《无名书稿》共 6 卷，分别为《野兽、野兽、野兽》《海艳》《金色的蛇夜》《死的岩层》《开花在星云之外》《创世纪大菩提》。六部小说分别以革命、爱情、罪恶、宗教、禅宗、乌托邦为主题，注重对人类生活形式的表现，尤其是对人类心灵世界的深入探索。全书写法多样，表达形式丰富，是诗体小说、哲理小说和散文小说的混合文体。

第三节　爱情臆想一片苍凉

20 世纪 40 年代中国文坛上出现了一批女性通俗文学作家，这批女性学历高，均致力于婚恋题材创作，她们的生活观念各不相同，酸甜苦辣，五味

---

① 李范奭(1900—1972)，1916 年化名李国根进入云南陆军讲武堂。1919 年到中国东北、韩国进行抗日活动，是韩国抗日民族英雄。李范奭被认为是无名氏小说《北极风情画》男主人公的原型。

杂陈。

这批女性作家中最有影响的是张爱玲。张爱玲(1920—1995)，出生于上海。自1943年在《紫罗兰》上发表《沉香屑·第一炉香》之后，就受到人们的关注。之后，她发表的每一部作品均引人注目。将张爱玲视作现代通俗文学的新生代代表作家的理由有四：一是她是现代通俗小说的忠实读者，而且有自己的阅读体会。她说："我对于通俗小说一直有一种难言的爱好。"① 她对现代通俗文学作家韩邦庆的《海上花列传》、张恨水的《春明外史》、毕倚虹的《人间地狱》、朱瘦菊的《歇浦潮》均有相当到位的评价；二是她的处女作发表在周瘦鹃主编的《紫罗兰》上，以后不少重要作品的发表都在通俗文学期刊上，起码说明她很关注这些通俗文学期刊；三是她的小说的题材基本上是女性的婚恋故事，以故事题材区分雅俗并不确当，但是婚恋故事确实是通俗文学的传统类型，而在20世纪40年代形成了一股新的创作风潮，张爱玲也在这个风潮之中；四是她的小说追求故事性、传奇性。这是中国传统小说所具有，而又被现代通俗文学作家所继承延续的美学风格。张爱玲的小说文化内涵丰富，人性挖掘深刻，与其他很多通俗文学作家一样，是接受新文学、外国文学以及中国民间文学的结果，是中国现代通俗小说的发展。

张爱玲的小说是婚恋小说。小说背景并不广阔，也就是家庭，但却进入了女性情感世界的纵深地带。与其他同样写女性情感的婚姻小说相比，她的小说的独特之处在于她的创作视角。她的小说不仅是为女性寻找生活中的位置，而且是对女性的情爱心理提出疑问和批判。正因为如此，她笔下的女性形象不再是令人赞美的美的化身或者是令人同情的受难的象征，也不再是性别对比中写女性社会地位强弱，而是在自我的经验世界里写女性情感世界的自我困惑。有困惑就有疑问，有疑问就会带来思考，有思考就有不同答案，有不同答案就有一种惶惑之感，这也许就是张爱玲常说的"苍凉"(张爱玲有时用"荒凉")的意境吧。

张爱玲小说的另一个独特之处在于写感觉。这种感觉来自作家对生活的观察，来自张爱玲对生活的特有的感悟。女性性格的描写、女性心理的表现、传奇故事的叙述都是张爱玲小说的优势，但是这样的优势在中国现代文学中均有作家与之比肩，而生活感悟是张爱玲小说独有的。《沉香屑·第二

① 张爱玲：《多少恨》，见《张爱玲文集》第2卷，安徽文艺出版社1992年版，第279页。

炉香》中罗杰被视为“不正规”之后，作者用这样的语言写一般女性对他的态度：“她们鄙视他，憎恶他，但是同时她们畏畏缩缩地喜欢一切犯罪的人，残暴的，野蛮的，原始的男性。”对那些所谓的“坏男人”既鄙视又喜欢，这样的感觉大概只有女性能写出来的。再例如《倾城之恋》中范柳原与白流苏吵架后，两人和好：“她忽然爬到柳原的身边，隔着他的棉被，拥抱着他。他从被窝里伸出手来握住她的手。他们把彼此看得透明透亮，仅仅是一刹那的彻底的谅解，然而这一刹那够他们在一起和谐地活个十年八年。”从生活引发人生感悟，再将其升华到哲理的空间。这样的描写叙述在张爱玲的小说中时常可见，从中透出的是作家的才气、女性的敏锐和知识者的修养。

20世纪40年代与张爱玲齐名的女作家是苏青。苏青(1914—1982)，浙江宁波人，原名冯允庄，最初发表作品署名冯和仪，后署苏青。苏青婚恋小说的代表作是《结婚十年》和《续结婚十年》。苏青小说的故事情节实在是毫不起眼。它就写了一个知识女性的婚姻经历，结婚、怀孕、生子、家庭搬迁、夫妻的口角、丈夫的外遇、离婚分手是故事的情节线索，平常的饮食男女、琐碎的柴米油盐、絮絮叨叨的家长里短是故事中的主要情节。这是一部典型的少妇生活的小说。这样的小说为什么能吸引大批的读者呢?

原因首先就在于这些毫不起眼的故事情节。它是琐碎的，却是日常生活必须的；它是平常的，却是人人所经历的。写的是天天都会发生的身边的事，说的是常常听到的熟悉的话。作家不追求多少文化内涵和社会的批判，而是追求话语的亲近感和亲切感。这些事和这些话来自一个离婚女人的自述，其中有许多隐秘，有许多怨恨，又有许多的情绪发泄，但读者并不想在思想观念上得到多少提升，而是在阅读中满足好奇心，在情感上得到共鸣。苏青在小说里向读者倾诉着一个家庭妇女的不幸、痛苦和无奈，追问着家庭妇女的位置何在。苏青的这些倾诉对那些身受其事或害怕身受其事的女性读者来说有着更多的感情交流。小说中的怀青如果能够忍受屈辱，她可以维持破碎的婚姻，然而，她选择了离婚。离婚对当时的女性来说是相当激烈的反抗之途，大多数女性做不到，但怀青的举动却能得到理解，很多读者会在她的举动之中得到感情上的宽慰。小说中的怀青把夫妻之爱看成是一场梦：“世间上没有永远的春天，也没有久长的梦，梦将醒时人家偏要来给你称赞上一阵贤惠美丽，那等于再催眠，徒然增加一番难堪，到头来还不是事过境迁?”离婚了，梦醒了，从婚姻的束缚中摆脱出来的女性身体是自由了，但精神上是不是就很快乐呢？怀青告诉读者并不是，这场婚姻已留下了永远不能割舍的牵挂，留下了永远也不能愈合的伤疤，它时时隐痛，咬噬着你的心。小说的最后把这样的复杂情感化成了祝愿："愿我的孩子们幸福，愿贤幸福，愿婆婆幸福呀！十年的往事都像云烟般消散了，忘记我，让我独自在永恒的光辉下悄悄地替你们祝福吧。"在小说《后记》中苏青则站出来说："我带着十二分惋惜与同情之感来写完这篇《结婚十年》，希望普天下夫妇都能够互相迁就些。能过的还是马马虎虎过下去吧，看在孩子的份了，别再像本文中男女这般不幸。"怀青不是一个绝情的女人，而是一个得不到爱而走向绝望的女人；离婚并不是感情上的解脱，而是有了更沉重的负担。《结婚十年》不仅描述了家庭女性的不幸，还描述了生为女人的不幸。这是这部小说最有价值的地方，也是小说中女性主义的阐述最为深刻的地方。张爱玲曾经这样描述苏青："很容易把人幻想得非常崇高，然后很快地又发现他卑劣之点，一次又一次，憧憬破灭了，于是她说'没有爱'。微笑的眼睛里有种藐视的风情，但是她的讽刺并不彻底，因为她对于人生有着太基本的爱好，她并不能发展到刻骨的讽刺。"①这样的描述说得相当到位。

这部小说吸引人的地方还有它生动的民情风俗的描写。苏青是宁波人，写的是一个宁波女人在宁波结婚、生子、离婚的爱情婚姻故事。随着故事情节的展开，自然要展现大量的传统的宁波民情风俗。然而，时代毕竟到了 20 世纪，宁波又是一个沿海城市，此时宁波的那些民情风俗开始了西洋化。苏青将这些不中不西的民情风俗写得生趣盎然。小说的第一章就写了一场"新旧合璧的婚礼"。为了追求时尚，这对新人将婚期定在 10 月 10 日"双十节"；为了显示是知识青年，将婚礼放在青年大礼堂举行。但是婚礼的整个程式又是传统的，上轿、抱轿、出轿、拜堂、闹新房，一样不少。更有趣的是，新娘穿的是曳地的西洋婚服长裙，脚上却穿着一双红缎绣花鞋。不中不西的婚礼写得有声有色，增强了小说的可读性，同时也是对小说中的两位主人公不中不西性格的暗示，为下面的不中不西的家庭生活奠定了基调。

当张爱玲、苏青崛起于上海文坛之时，梅娘开始在北方走红，当时文坛有"南张北梅"之称。梅娘（1920—2013），吉林长春人，原名孙嘉瑞，笔名有敏子、孙敏子、梅娘（早年丧母，谐音"没娘"）。主要作品有《小姐集》《鱼》

---

① 张爱玲：《我看苏青》，载《天地》月刊 1945 年 4 月第 19 期。

《蟹》《小妇人》《夜合花开》等。作为女性作家，梅娘与张爱玲、苏青一样，都以描写女性婚恋生活而见长，都在小说中为女性寻找社会地位和家庭地位。她们的区别在于，张爱玲的小说有着更多的文化底蕴，苏青的小说有着较强的女权主义意识，而梅娘则更多地表现女性的婚恋心理。她的小说似乎有一个模式：一个已婚的少妇或者是一个外室，或许是因家庭出身卑微，她们与丈夫的社会地位和家庭地位形成了差距，丈夫对她们的爱情正在逝去。通过一些琐碎的日常生活写这些少妇怎样抓住正在逝去的爱情构成了小说的主要情节。因此，她的小说可以称为“闺中小说”。

1943 年周瘦鹃说：“近来女作家人才辈出，正不输于男作家，她们的一支妙笔，真会生出一朵朵的花儿来，自大可不必再去描龙绣凤了。”[①]这段除了是赞美张爱玲、苏青之外，主要是赞美在他主编的《紫罗兰》上发表小说的那些女性作家。这些女性作家大多毕业于东吴大学或东吴附中，因此被称为“东吴系”，其成员主要有施济美、汤雪华（汤雪华未上过东吴大学，但其寄父胡山源在东吴大学任教。胡山源被视作“东吴系”的精神领袖）、俞昭明、邢禾丽、郑家瑷、杨琇珍、程育真、陶岚影、叶枚珍、练元秀等人。1944 年谭正璧编《当代女作家小说选》时，曾选了 16 位女作家的 16 篇作品，其中“东吴系”女作家的作品就有 6 篇。

对于“东吴系”作家的小说风格，谭正璧在《〈当代女作家小说选〉前言》中说：“她们的作品既有一种柔婉的力，同时也可说是一种柔婉的风格。”“柔婉的力”比较准确地概括了她们小说的风格。

先说“柔婉”。她们的小说有一股浓浓的感伤气息。婚恋嫁娶、生离死别是她们小说的主要的故事情节，例如施济美的小说《永久的蜜月》写一位蜜月中的女子的遐想。幸福的生活包围着女主人，反而使得女人对过分幸福的生活感到怀疑，于是她仔细地回忆了她的恋爱生活，她觉得“扑鼻的幽香自令人陶醉”，那么未来呢？她感到惊悸，但是她的梦又告诉她：“万全的爱，无限的生，永久的甜蜜……”就如一杯浓浓的牛奶，味道醇正，满口香甜。汤雪华的小说就如一杯浓浓的咖啡，入口虽苦，却也余香满口。她的小说《死灰》写一个立誓不嫁的“自由人”，在 40 岁时终于明白了一个女人没有夫妻之爱和母子之爱只能过着“死灰”的生活。小说力图说明，家庭生活虽然

---

① 周瘦鹃：《写在紫罗兰前头》，载《紫罗兰》1943 年创刊号第 3 期。

不是最好的去处，但毕竟是女人的归宿。俞昭明的小说没有那么香甜，有的只是浓浓的酸味，是一碗酸菜汤。她的《三朵姑娘》写开饭店的三朵姑娘与三位大学生似恋非恋的浪漫故事。在三位大学生都自以为三朵姑娘非己莫属时，三朵姑娘宣布自己已和店中伙计订了婚。正在吃醋溜鱼的三位大学生感到了口酸心酸。幸福伤感，孤独伤感，恋爱伤感，人生无定、情爱无常是她们小说的主要的情绪导向。不仅小说情节和思想充满着伤感，小说的语言也是一种抒情散文式的絮语倾诉。在如泣如诉的语言中倾诉无定无常的爱情故事，怎么能不伤感呢？为什么会形成这样的小说风格，当然与她们的女性身份有很大关系，情感细腻、风格婉约本来就是女性文字的长项。除此之外，还有三个特殊的原因。一是她们在成长过程中都深受中国古典文学的熏陶。"东吴系"女作家大都有十分良好的家庭教育背景，施济美的父亲施肇夔，曾在外交部工作，是顾维钧的得力助手，其母是名门闺秀，熟读诗词，又擅书法；俞昭明的父亲曾是一名书记官，后迁居苏州，俞昭明因而在吴地长大；程育真的父亲即程小青；练元秀虽然自小丧母，但她 16 岁之后一直生活在六姨父张珍侯的家中，张珍侯几乎与当时著名摄影家郎静山齐名，同时与很多文人，如周瘦鹃等，都是非常要好的朋友；即使不幸如汤雪华，其成长经历中也一直深受寄父胡山源的照顾与教育。她们都接受过真正意义上的现代教育。二是由于她们大多在东吴大学读书，都受到当时在东吴大学任教的胡山源的影响。作为"五四"时期的"弥洒社"的重要成员，胡山源的文艺观是既反对功利性，也反对纯艺术性，强调的是作品的美和灵感，注重的是作家的才气和表现力。如果将"东吴系"作家的作品与胡山源的文艺观联系起来看，就会发现 20 世纪 40 年代的胡山源是在培养他的"弥洒社"的女弟子了。三是她们当时都是女大学生。邢禾丽就读于东吴大学国文系，施济美和俞昭明都毕业于东吴大学经济系，郑家瑷曾先后就读于东吴大学国文系、英文系和圣约翰大学教育系，练元秀则先是进入上海大同大学化工系，后改入商学院管理系就读，杨琇珍则毕业于东吴大学社会学系。"她们大都来自传统旧家，传统女性端庄文雅、温柔多情的特点在她们身上还多有留痕。"[①]正因为这样的风格，"东吴系"女作家又被称作"小姐作家"[②]。

---

① 汤雪华：《汤雪华自传之二・十年笔耕》，载《苏州杂志》1993 年第 2 期。

② 陶岚影：《闲话：小姐作家》，载《春秋》1944 年第 1 卷第 8 期。

再说“力”。20 世纪 40 年代的中国社会处于动荡之中，生活在这个时代中的作家根本躲避不了动荡的现实，即使这些被称作“小姐作家”的也不能免。于是她们的小说中也会出现一些具有批判色彩的小说。例如汤雪华的《红烧猪蹄与小蹄髈》、俞昭明的《黑芍药》、邢禾丽的《上帝的信徒》等，这些小说中对统治阶级充满着嘲讽，对小人物充满着同情。其实，仔细分析她们的小说就会发现，尽管她们对爱情抱着一种又追求又惶恐的状态，却始终表现出一种执着、刚毅的精神状态。看似柔弱，却是刚强，这些女作家的个性都渗透在小说的描述之中，只不过刚强被柔婉包裹着而已。

稍微提及“复旦系”作家群。这些作家大多是男性，主要来自复旦大学，因此称之为“复旦系”，其主要成员有周楞枷、刘春华、心期、旅江、河鱼等。将这些男性作家放在这里论述主要是说明他们当时与“东吴系”女作家一样很活跃。“复旦系”作家群的作品主要发表在此时的《小说月报》上。这些男性的青年作家不写婚恋心理，而是写性爱生活。在他们的笔下，性爱具有超自然的力量，好像人类的一切活动都是围绕着性爱展开的。此时，这些青年作家有一个理论：“不在‘色情文化’之是否害人，而在‘色情文化’之如何界说；再彻底一点，不在‘色情’之应否绝缘，而在‘色情’之如何欣赏。”①这是一个相当离奇，也相当有害的理论，它把色情文学的社会影响推向了读者，就好像读者吃了毒药，不追究下毒人的责任，反而责怪读者为什么要吃，这显然是不合常理的，但当时这些青年作家就是这么狡辩的。同时这种理论也打开了色情小说的创作大门，各种性爱描写任意地穿插在各种类型的小说之中，在他们的笔下，人都成了不能控制情欲的动物。这些为数不少的小说，给 20 世纪 40 年代的文坛带来了很不好的影响。

---

① 河鱼：《文艺的需要——关于所谓色情文学》，载《小说月报》1940 年第 3 期。

第十二章　嬉笑吟唱:通俗诗歌、通俗散文和通俗戏剧

偏要在诗歌、散文、戏剧中划分什么是雅致,什么是通俗,没有可能。这里所说的通俗诗歌、通俗散文和通俗戏剧都是以刊而分,以人而定,即:凡是通俗文学期刊上刊登的通俗文学作家创作的诗歌、散文和戏剧都称为通俗诗歌、通俗散文和通俗戏剧。通俗文学作家几乎不写新诗,也很少将自己创作的古典诗歌刊登在刊物上。他们最热衷的诗歌创作是模拟民间歌谣创作的"拟歌谣"。清末民初的时候,他们创作这些歌谣启蒙民众,是当时启蒙文学的重要组成部分;20 世纪 20 年代以前,他们创作这样的诗歌讽刺当权者,是当时滑稽讽刺文学的组成部分。现代通俗文学作家们都有很好的国学修养,与新文学作家汲取外国美文的营养创作现代散文不一样,清末民初之际,通俗文学作家主要是对中国传统散文的继承和延伸,在中国现代散文创作中是别一样的风格。到了 20 世纪 20 年代以后,通俗文学作家开始接受新文学的影响,此时,他们创作的散文其实与新文学作家没有什么两样了,例如张恨水的散文。通俗文学戏剧主要是指民初的文明戏。很多通俗文学作家是文明戏的主要演员与作者,例如徐卓呆、汪仲贤、朱瘦菊等人。这些人以后又成为中国早期电影的开路人。

在现代文学中通俗诗歌、通俗散文数量极多,它们构成了别一样的风景线。通俗戏剧存在的时间并不长,却也别具风格。

第一节　劝俗与拟作:清末民初的启蒙歌谣[①]

在社会激烈动荡的晚清,要求文学创作贴近现实、启蒙民众自然成了创

① 本节撰写参照了苏州大学裴颖的硕士论文《清末民初文学期刊中的"杂歌诗"研究》,特此说明。

作潮流，将“以俗入雅”的艺术手段引入诗歌创作成为趋势。这样的要求在梁启超等人的“诗界革命”的提倡下变成了政治思想运动，又在报纸杂志的创刊中成为了可能。中国文人又怎样写那些通俗诗歌呢？他们所熟悉的民间歌谣也就应运而生了。1902年梁启超编《新小说》就将“杂歌谣”列为一个栏目，之后陆续出版的文学期刊均开设“杂歌谣”之类的栏目，只不过名称各有变化，如“文苑”（部分后改为“艺府”）、“杂歌谣”“时调唱歌”“歌谱”等。这些名称的变化说明栏目所收的作品体裁广泛。但是不管名称如何变化，不外乎是诗、歌、曲、谣等多种体裁的诗体形式。

这些歌谣内容广泛，但是均贴近现实，就是那些抒情遣怀的作品也不例外。其中最有价值的部分是直面现实、启蒙民众的作品。如公约的《纪江北灾》就是反映灾区情况的作品：

> 录录府中趋，日食一升饭。文书如束笋，发绒每愁叹。吁嗟江北灾，旱潦迭为患。飞蝗十数县，赤野草不蔓。上游沂运决，濒海滷倒灌。连岁烛烽火，无地不糜烂。辛苦数残黎，余生堕冰炭。府库悬若磬，转饷况无算。民饿虽可忍，趋死便为乱。火急请发粟，踟蹰越宵旦。颇闻上都豪，一掷累千万。歌哭自天怜，此事谁复案。不见秋冬交，比户炊烟断。鬻儿易斗麦，鬻妻值过半。忍死别离难，疾赴隔啼唤。腐草甘如荠，土块白如粲。肠充面枯槁，瞬息人鬼判。北方水利失，耕凿宁未惯。遂令江淮间，不居等前贯。振民讵有例，天灾宜可惮。潸焉诉共人，苦语匆河汉。①

全诗共21句，描写了蝗灾、旱灾等严重的自然灾难，也描写了受灾人民流离失所、卖儿鬻妻的凄凉惨状，这些又与朱门富豪一掷千金的行径形成尖锐对比，成为社会众生相的真实写照。触目惊心的灾荒使得人民生活遭受到了巨大的威胁，然而高高在上的统治阶层却依然花天酒地，这种鲜明的对比在诗中形成了巨大的张力，不仅直接抨击了现实，而且让读者能够深思——是什么造成了这样的局面？除此之外，还有审言的《和公约纪江北灾》、含光的《见梁公约纪江北灾诗为之悲叹次韵书后》、二舲的《和梁大纪江北灾元韵》

① 公约：《纪江北灾》，载《小说月报》1915年第6卷第10期。

等诗歌叙写灾难。

1911年辛亥革命之后，几千年的封建帝制一朝之间变成了“共和”，这突然的变化让各个社会阶层都有些措手不及。旧的制度不可能一下全部废除，新的文明体系也还未来得及建立，政权的争夺、战争的苦痛、官吏的腐败、百姓的疾苦，这些都在民国初期社会中轮番上演。作为时代的歌者，诗人拥有着敏锐的感觉与细腻的心思，他们目睹这样的现实，心有所感，于是发声，创造出契合时代脉搏、反映社会现状、联系民族兴衰的作品。在这些作品中，他们会毫不留情地撕开民国的伤痕，抨击社会，如诗隐的《用烟花女子叹十声调》：

中华民国谈革民叹一声，第二次起风潮好不惊心，南京城断送了多少财和产，可怜他妇女们半走了枉死城。吴淞口，各屯营，老百姓入地叹无门，战伤中尸首如山积，不过是为权利动刀兵。

中华民国开议院叹二声，廿一省派代表总是虚名，想议院掷墨盒甚至挥拳打，为只为三两言拼了性命争。领薪水，数百金，逛窑子花酒闹纷纷，论人格各省公推定，谁想到都是些假斯文……①

这首小调从一个颇为独特的角度反映了民国建立以来的一些重大改革和举措。诗人写了谈革民、开议院、考知事、借外债、争选举、出白狼、爱自由、演新剧、失青岛、排日货这十件大事，其中的大多数是民国开启后的新气象，这些本来是值得歌颂和称赞的，然而作者却以讥讽的语调唱出了这些事件背后的实情。这一声声的唱词以层层剥离的形式向我们展示了一个真实的民初时代。

启蒙民众的歌谣就更多了，内容极为广泛。大致可分四类：

第一类是呼吁改革社会的陈腐陋习，劝诫烟、酒、嫖、赌等不良风气以及破除迷信等活动。如天地寄庐主人倚声的《戒吸烟歌仿梳妆台五更》：

一更儿里，望妆台，手扶着栏杆叹了一声咳，悔不该上了鸦片烟的瘾，思想起黑籍人好不苦哉。贪玩耍，恋裙钗，吃两口，助精神，好把心

① 诗隐：《用烟花女子叹十声调》，载《小说新报》1915年第3期。

开，纵有良朋来相劝，反说道，上不了瘾，偶尔怕何来。

二更儿里，瘾上来，也在那烟馆里把灯开，漫漫的抽小土不过瘾，除非挑陆作图别的抽不来。卖老枪，烟铺开，一两八钱，渐渐长起来，也不知误了多少正事，消磨了有用的身，费了些无用的财……①

作者以一个吸食鸦片者的切身体会告诫人们吸烟的毒害。“悔不该，到如今，倒卧在当街，可叹我，抽洋烟，送了性命。劝诸君，早早戒，无病又无灾”，句句振聋发聩，而结尾的几句更是引人深思。

除了抨击吸食鸦片之外，还将黄、赌、馋、奢一网打尽，如寄恨的《拟缪莲仙嫖赌吃着四戒》：

清净堪夸，风月场中未足嘉，填欲真无价，囊空方才罢嗏。辜负妙年华，且伤风化，问花寻柳轻薄人人骂，因此上，迷溺娼妓多破家。

勤俭堪夸，摴蒲场中未足嘉，一掷不计价，罄囊方才罢嗏。蹉跎妙韶华，且犯国条，游手好闲浪荡人人骂，因此上，酷嗜赌博多破家。

断荠堪夸，海错山珍未足嘉，淡薄真无价，不饥方才罢嗏。莫自逞豪华，油煎雪化，妄称口福贪谗人人骂，因此上，餍饫膏粱多破家。

朴实堪夸，锦绣丛中未足嘉，章身宁有价，御寒方才罢嗏。一腋诚奢华，千金浪化，人贫世富装饰人人骂，因此上，纨绔子弟多破家。②

这首时调先后批判了好色嫖娼、嗜赌败家、贪食无度和奢侈腐化等四个时人易犯的错误，以看似平淡实则讥讽的口吻向听者娓娓道来。作者在全篇并未表明劝说的意图，但是句句唱词都有发人深省的意蕴。吃喝嫖赌导致的结果也是触目惊心，具有很强的现实警世作用。

第二类提倡以民主、自由、平等思想教化民众，启迪他们的智慧，建立起全新的道德理念和体系。如雪如的《麟在槛　思自由也》：

麟在槛，凤在笯，不如泽雉五步一饮十步啄，和声率臆欢相呼。黄

① 天地寄庐主人倚声：《戒吸烟歌仿梳妆台五更》，载《绣像小说》1903年第3期。

② 寄恨：《拟缪莲仙嫖赌吃着四戒》，载《小说新报》1915年第10期。

钟鸣，笙竽止，腼颜钳口奉一子，心局棒芜脑灵死，与臣隶兮隶臣台，尻高首下兮践踏如草莱。中朝达官有奴性，九陛伏谒色死灰，壅塞思想界，斫除廉耻根，骋奇立说罪谤圣，授官任职须谢恩。世事重重有压制，森森罗网避何地，梏形囚性伤自然，仰天长唏痛无泪。①

这首诗歌讲述的是麟和凤生活在笼中，虽然地位尊贵，但却比不上乡野的泽雉，因为泽雉可以"和声率臆欢相呼"，而麟和凤却只能生活在牢笼中，不得自由。麒麟和凤凰正象征了在朝中为官的"中朝达官"们，他们当朝为官，对上级唯唯诺诺，低头哈腰，做人的自然本性被压抑。作者的创作目的正如自己所标明的那样"思自由也"。

第三类是女性启蒙。女性启蒙是清末民初文明启蒙的重要组成部分，相当多的杂歌谣写这方面的内容。如松琴的《女学生入学歌》：

二十世纪女学生，愿为新国民。校旗妩媚东风轻，喜见开学辰，展师联队整衣巾。入学去，重行行。

脂奁粉盝次第抛，伏案抽丹豪。修身伦理从师教，吟味开心苗，爱国救世宗旨高。入学好，女同胞。

缇萦木兰真可儿，班昭我所师。罗兰若安梦见之，批茶相与期，东西女杰并驾驰。愿巾帼，凌须眉。

天仪地球万国图，一日三摩挲。理化更兼博物科，唱歌音韵和，女儿花发文明多。新世界，女中华。

紫裙窣地芳草香，戏入运动场。秋千架设球网张，皓腕次第攘，斯巴达魂今来飨。活泼地，女学堂。

鱼更之跃灯花红，退习勤课功。明朝休沐归家同，姊妹相随从，励志愿作女英雄。不入学，可怜虫。②

这首诗全篇共六段，每段末二句都对女学生入学进行夸赞和勉励，更有对不入学的嘲讽。这首学堂乐歌整体上洋溢着一股欢欣的气氛，同时也展示给

① 雪如：《麟在槛 思自由也》，载《新小说》1903年第5期。
② 松琴：《女学生入学歌》，载《女子世界》1904年第1期。

人们女子接受教育一派欣欣向荣的风貌。此外,类似的诗歌还有《女学开校歌》(铁池)、《十二个月女学生》(寄恨)、《甲辰秋开女校歌》等文本,均结合社会现实进行描述。

女性启蒙当然少不了争取婚姻自主权。如高燮(笔名吹万)写作了《题自由结婚第一编十首》,呼吁婚姻自由,鼓励爱情自主;随后又写了《题自由结婚第二编十首》,将鼓励婚姻自由的主张与国家乃至世界历史演进的风潮相结合,呼吁女子改变旧时柔弱的面貌,戎装上阵融入革命的洪流,将沉沉女界黑暗闭塞的风气一扫而尽,成为一名文明的国民,这种将个人权利与国家兴亡结合起来的诗歌内容正是这一阶段杂歌谣的鲜明特色。

第四类是儿童教育启蒙。梁启超对此特别关注,在其主办的刊物《新小说》中共刊登了儿童诗歌7首:

> 第一期:《爱国歌四章》(少年中国之少年)、《出军歌四章》(岭东故将军)
>
> 第三期:《幼稚园上学歌》(人境庐主人)
>
> 第五期:《警醒歌四章》(张敬夫)
>
> 第七期:《新少年歌》(剑公)
>
> 第八期:《爱祖国歌》(自由斋主人)
>
> 第十期:《粤讴新解心四章·劝学》(珠海梦余生)

这些诗篇都刊登在"杂歌谣"栏目下,比较切合儿童的身心特点,适合于他们的传唱,多以爱国主义为主题,只是侧重点略有不同而已。

杂歌谣的艺术既有中国古典诗歌的影子,也有对中国民间歌谣的模仿,最有特色的是不少作品将一些新语句写入其中,以追求诗歌的新思想和新意境。

新语句主要依靠的是新名词,而新名词又来自国人所未闻的西方新事物,既可以是直接引自原文,也可以通过音译、意译得来。"意大利""太平洋""二十世纪""骨摩甯"(Good morning)、"阿拿大"(日语"亲爱的"的意思)等外来词汇,还有"铁路""运河""飞艇""鱼雷""扶桑"等新名词都给诗歌注入了一股全新的气息,形成了对传统语言的冲击。新语句入诗的目的是表现新思想和新意境。如藐庐的《新万古愁曲》:

(初拍)世事糊糟，问那个主张人道，什么五洲图，都染的是血和膏，什么万国史，都涂的是肝和脑，更凭你蚁穿九曲通航线，蛛网千丝成铁道，侦寻南极探北极，凿断土腰通海腰，弄这虚嚣。

(入拍)卢梭氏，你说什么平等好，孟德氏，你唱什么自由乐，那不识势的亚丹氏，你著什么原富稿，苦力终同牛马劳。那不明理的达尔氏，你论什么进化道，物竞更助强权暴，更有那惹祸招非的发明家，沸水跃出蒸汽机，纸鸢分来电光耀，空中飞艇恣游行，海底鱼雷惊炸爆，这都是文明利器杀人不用刀……①

作者在十二支曲子中措辞激烈，把18—19世纪西方的启蒙思想家、重大发明者以及有着丰功伟绩的元首们痛骂或者嘲笑了一番，然后把我国中华五千年的文明夸上了天，到最后却笔锋一转，开始叙述丧权辱国的切肤之痛，痛陈贪官污吏的盘夺剥削，嘲讽爪牙走狗的趋炎附势。作品中的思想观念也许有局限性，但是作者眼界开阔，运用的语句不得不说相当新鲜。

第二节　隐喻与才艺：现代滑稽诗文

通俗文学作家都有很好的文学功底。有意思的是除了个别作家之外，他们对中国古典诗歌创作兴趣并不大，而对写滑稽诗文特别感兴趣，他们的机智和才华几乎都挥洒在其中。进入民国之后，几乎所有的通俗文学期刊均增加了刊登滑稽诗文的栏目，根据文类形式来分，这些栏目大致上有《文》《赋》《说》《言》《问答》《解》《捷径》《拟卦》《序》《传》《记》《赞》《铭》《疏》《书》《启》《檄》《状》《刺》《歌》《宝塔诗》《新乐府》《词》《词话》《联话》《笑话》《灯谜》《酒令》《集对》《开篇》《五更调》等等。不但文类繁多，写法也是多种多样，揩油文、酒色财气赋、拍马吹牛说、卖拳者言、形影问答、寻开心解、孔方经、野鸡卦、升官图序、饭桶传、色国探险记、蚊赞、烟宝铭、求东海观音救世疏等等，五花八门，一应俱全。这些作品反映的生活面极广，真是人间应有事，书中尽有之，表现出来的思想情绪相当复杂，但是都追求一种名士气息，因此文中充满着作者的睿智和风趣，都是些最饶有风趣的滑稽诗文。不少滑稽

① 藐庐:《新万古愁曲》，载《小说月报》1911年第2卷第7期。

诗文后来出版了，其中有 5 种可以看作代表作。

民国初年影响最大的滑稽诗文集是 1921 年 3 月上海共和书局出版的贡少芹所编选的《新式滑稽丛书》。这部书收集了五百多篇诗文，这五百多篇诗文基本上能反映出 1911 年辛亥革命以来通俗文学作家创作滑稽诗文的成就。这部滑稽诗文集中有相当一部分作品就是插科打诨的游戏消遣之作，但是最吸引人的还是对时政的关心。诗文涉及辛亥革命、袁世凯复辟帝制和“五四”运动。这些诗文打着“滑稽”的旗子，写的是正经的大事。

1923 年上海世界书局出版了赵苕狂编的 4 部诗文集《滑稽世界》。这 4 部诗文集将讽刺的矛头对准了当时官场和社会风气。不像《新式滑稽丛书》那样写得血脉贲张，而是将锋芒藏在曲折和隐晦之中，写得妙趣横生。例如程瞻庐有一篇作品，叫《元宝一席话》，说雄虾居中，金橘、橄榄、鸟蛋、乌菱各占四方，组成了一个元宝内阁，互相争吵着要当总理。正当它们争吵得异常激烈不可开交的时候，主人来了，“可怜元宝内阁里的五位阁员完全牺牲，都一一下野了(不是下野，是下咽，野咽谐声)。”20 世纪 20 年代初期军阀掌权，掌权者更替频繁，这篇文章讽刺之意不言而喻。程瞻庐还有一篇文章叫《苍蝇大闹森罗殿》，更是一篇杰作。苍蝇为什么闹森罗殿呢？因为这些苍蝇都是被人拍死的，死得冤屈，于是阎王让它们转回阳世。阎王让它们转做劳工，它们不愿，因为太苦；转做文人，它们也不愿，因为太酸。阎王仔细端详这些苍蝇，发现它们个个钻头觅缝，喜热恶凉，忽然恍然大悟，说自己糊涂了，怎么不根据所好派发差事呢？它们宜入利禄之途，以遂钻谋之技，于是，阎王说：“着尔等转世投胎，做个官僚去吧。”这句恩旨一下，果然一片嗡嗡的谢恩声，一飞冲天，各自投胎转世去了。写到这里，作者似乎意犹未尽，此时急脚鬼又冲进森罗殿报告：“鬼门关外有盈累万的蚊虫冤魂，前来闯关……”离奇之中有所为，滑稽之中有所指，时政讽刺之外都涂上了一层游戏的保护色。《滑稽世界》虽言滑稽，却是批判。

1930 年上海广益书局出版了胡寄尘编选的诗文集《怪话》。编者在《编辑意图》中说，此书所收的内容“共有四类，一曰怪谈，二曰怪事，三曰怪文，四曰怪诗”。《怪话》虽然还谈谈国事，但是锋芒明显收敛了很多，例如游戏文章《逸世黄华》说：“中华民国已有四总统，曰孙逸仙，曰袁世凯，曰黎黄陂，曰冯华甫，各取一字而联络之，适成‘逸世黄华’四字。”这样的时政文字除了文字游戏的趣味外，已经没有什么讽刺批判的气息了。不过《怪话》诗文集很追求文章的“可深玩味”，就是说要让读者从文章中读出人生哲理来。这大概与编者胡寄尘好哲学、喜玄思的个人爱好有关系。这类文章自然是胡寄尘本人作品为多，例如《苦与乐》：

> 一心想乐，便是苦，一心悲苦，便是乐，何也，苦乐本无界限，乃因比较而生，我脑中所虚耗之境为极苦，则我身体所实受之境便觉乐矣，我脑中所虚耗之境为极乐，则我身体所实受之境便觉苦矣。

《怪话》不写世而写味，说明传统文学的诗文出现了一些个人理想型的作品，虽然看起来有些空泛，作者并没有忘记自己的社会责任心，创作态度颇为严肃。

1948年杨乐郎将他30年代至40年代发表在《飞报》上的诗文结集出版，名为《洋泾浜猎奇录》。作品集前有十多人为之写序，当然都是吹捧为多，只有一个叫凤三的人说了一句比较地道的话：“批评家认为从麦克辛高尔基的作品里可以嗅到草原气息，我说从《洋泾浜猎奇录》里嗅到女人肉香与暴发户的铜臭等等气息。”正如凤三所说，这部诗文集就是以上海都市社会为背景写奇人、奇事、奇闻、奇见。这里有可笑的爱情故事，如《舞女爱煞戏子》《悲旦表情》《一封情书》等；有邻里之间的可笑事，如《天井里养鸭》《老油条脆麻花》《一顶帽子二块下摆》；有死要面子活受罪的《尿急打喷嚏》《电梯里浇龙》《舞场里量地皮》；有虚情假意自作多情的《中国人的客气》《外国派头》《同行拆货》；也有白相人的恶作剧，如《心里噱头》《开冷气》《上海姑爷》……作品涉及上海社会的各个阶层和各类人等，生活面极为广泛，都市感和市民性很突出。但是与前面几部诗文集比较起来有一种浮光掠影为奇而奇的感觉，作者显然是用猎奇的眼光寻找生活中的噱头之事。此类诗文在传统文学中面广量大，算是一种时尚文体。

1918年3月上海中华图书集成公司曾出版了路滨生编的《中国黑幕大观》，将当时的政界、军界、学界、商界等各方面的隐私丑闻揭露出来。这样的作品曾经受到新文学批判。确实，尽管编者说编此书的目的是为了让人感到社会黑暗、人心险恶，但是实际上有“作恶教科书”之嫌。受到新文学批判之后，这类诗文集暂时冷寂了下来，可是不久，一部同样性质的诗文集在19世纪20年代后期出版了，这部诗文集还受到很多人的追捧，这就是骆大荒编的《荒唐大观》。在书的前面，编者写了几句箴言："行为可以荒唐，心术荒唐不得；身体可以荒唐，事业荒唐不得"。从这样遮遮掩掩的文字中，我们明白这部书的基本内容是以很多荒唐之事作为题材，写发生在其中的充满着小技巧的有趣的人和事。这类写荒唐之事的诗文世情气息很浓厚，生活记载也很生动，但是所写素材的价值实在太低。

诗文创作具有强烈的个人色彩，写起来也不难，每个人都能写，每一种思想、情绪、牢骚、怪话都可以用它来表达，得意时写之，失意时写之，苦闷时写之，胡调时亦写之，因此诗文作品数量极多，社会思想容量也极大。以上五种诗文集只是从五个角度反映了传统文学作家诗文创作的风貌。究竟怎样评价诗文创作价值呢？艺术性当然是个标准，思想性更为重要。1926 年郭作良编了一本《幽默笑话集》，他在序中说了这样的话："真的笑话是有深刻的寓意的，所谓笑话亦可以解释为笑里有话。"此话不错，"笑里有话"可以看作对这些诗文水平评价的标准。

第三节　性情与修养：现代通俗散文

由于身处新旧时代交替之时，清末民初的通俗文学作家都善写各类讽刺滑稽文章，这可以看作时代之文。但是，他们还是接受过严格的传统文化教育、饱读诗书的文人，还善写闲情逸致的美文，也可看作是他们的性情之文。严格地说，美文没有什么通俗高雅之分，说它们是通俗美文，只不过因为它们出自通俗文学作家之手，或者是刊登在通俗文学期刊杂志中。民初，一批通俗文学作家的散文被选登上文坛。通俗文学作家喜欢互为唱和，这批散文选名称中都有一个"墨"字，例如徐枕亚的《枕亚浪墨》、吴双热的《双热嚼墨》、徐天啸的《天啸残墨》、刘铁冷的《铁冷碎墨》、闻野鹤的《野鹤零墨》、朱鸳雏和姚鹓雏的《二雏余墨》等等。这些散文集中几乎什么都有，是一种杂文集。这批散文集中，读之最有韵味的应该就是刘铁冷的《铁冷碎墨》。

要说写小说，在民初这批通俗文学文人中，刘铁冷不算出色，他写的那些言情小说只能看作是徐枕亚的《玉梨魂》和吴双热的《孽冤镜》的余韵；要说写讽刺滑稽文，刘铁冷也赶不上徐天啸、闻野鹤等人，但是他写的美文却是极为出色，现引他在《冷庐忆语》中的一段文字欣赏：

宝应湖东多柴田，淮阴驿西岸亦然，故居民多编芦作屋。其粗者以芦笆为壁，上涂以泥，顶覆以蓑。其精者择洁白之柴，尽去其稃，粲粲作黄金色，颇雅丽。复编作花笆，重贴壁间，以为装饰。其顶覆以茅，耸其脊，颇类高啄之檐牙，别饶风致。其屋之四周，又常围芦为短垣，而旁树以柳。三春时节，桃花与菜花竞艳，柴门半掩，呜呜犬吠相闻，俨然隐士居也。不知此间风土者，恒鄙其陋，实质富家亦多此构。盖柴为产出品，价廉工省，犹黄岗之多竹楼耳。清初许日安守淮，爱其制，归田后，仿为之，名曰淮屋，常邀戚友吟咏其中，谓园林中偶置一区，可入画图。

刘铁冷是江苏宝应人。江苏宝应有一宝应湖，养一方水土。刘铁冷对宝应湖极为喜爱，在他的文章中多有描述。以上这段描述介绍的是宝应湖边一种极具风土意味的茅屋，不必鄙其陋，而应羡其境。作家细细道来，描述之中夹杂着品味，渗透出一股名士气息。这是明清小品文的笔风。如此的笔风在当代作家汪曾祺的散文和小说中也出现过。

通俗文学作家中没有专门的美文家，但是善写美文，这与他们文人习性有很大关系，小说需要完整的构思和完整的情节，美文就是思想、情绪的片段，随看、随想、随写，通俗文学作家们都热衷于如此写作，再加之他们大多是报刊编辑，编辑报刊需要他们补白填空，工作的需要也使得他们笔耕不辍，因此，他们的美文创作量自然不少。就以张恨水为例，读者都知道他是一个小说家，其实，他写的美文也不少，有近千篇之多，美文集就有近十部，早年有《湖山怀旧录》，后来又陆续出版《西游小记》《东行小简》《还乡小品》《山城回忆录》等，到了重庆，他的美文创作也不曾断过，其中有相当数量的美文达到了情、境、景俱佳的状态。举他的《北平的春天》欣赏。

张恨水的《北平的春天》发表在 1946 年 3 月 9 日、12 日的重庆《新民报晚刊》上。此时随着抗日战争的结束，大批逃亡的人士开始回归，身在重庆的张恨水等着机会回北平，心焦如焚，望眼欲穿，他写下了这篇北平春天印象的美文：

还有一个印象，我是不能忘的。当着春夏相交的夜里，半轮明月，悬在胡同角上，照见街边洋槐树上的花，像整团的雪，垂在暗空。街上并没有多少人走路。偶尔有一辆轿车骡车，车把上挂着一个白纸灯笼，得得的在路边滚着。夜里没有风，那槐花的香气，却弥漫了暗空。我慢慢的顺着那长巷，慢慢的踱。

在美景美境的描述中流淌出来的是张恨水对北平的魂回梦牵，写出了那个时期身处大后方的一代逃亡人的心境。

现代通俗文学作家中，侦探小说代表作家孙了红也是一位写美文的好手。他的美文未见成集，主要散见在20世纪40年代的各种期刊中，举他的《小楼上的黄蜂》为例。孙了红的《小楼上的黄蜂》发表在1944年《大众》杂志第19期上。散文先详细地描写他所住的那个"三层小阁"："我在这里完成我的最大的享受，也在这里试作生命上的最大的挣扎。"接着写黄蜂在这小阁楼上筑巢的过程，"在我的床顶上面，建立了两个蜂国"；再写"我"与这些黄蜂如何地相濡以沫，互为关照。然而乐极生悲，本来咯血不止的"我"终于进入医院，令人奇怪的是"这两个蜂巢在我进医院不久，竟已尽数飞走，变成蜂去楼空了"。这篇散文看起来是写黄蜂作巢的过程，实际是作者的自况。此时的孙了红得了严重的肺病，接受着大众的资助，他在借黄蜂感叹人生。他和它们都是辛劳不止，而且都是一些"小生命"，"都是在这个人世面上作苦难挣扎的漂泊者"，最后都是"人去楼空"。既写文中的情趣，又写文外的情思。孙了红的散文没有张恨水的作品那样大气，却同样是情由境生，令人感动。

通俗文学作家虽然创作了很多优秀的现代美文，既有的文学史却几乎没有注意到这些作品，它们被疏漏了。如果将这些作品纳入我们的视野，现代中国散文不仅出现更多的风格各异的优秀作家作品，一些史学概念也有重新思考的必要。例如，现代中国美文也许并不是从周作人的美文开始，清末民初之际具有明清散文风格的作品创作就没有断过；中国现代美文的辉煌时期延续至20世纪三四十年代，抗日战争和解放战争时期不仅仅解放区有优秀作品，国统区同样有优秀作品。

现代通俗文学作家社会文化杂文特别多，特别是那些身为报刊的主编或主笔的作家。以周瘦鹃为例，作为《申报》副刊《自由谈》的主笔，从1919年5月31日在《自由谈》发表第一篇文章起，他独自在这个副刊上开辟了6个专栏"小说杂谈""影戏话""紫罗兰庵随笔""新拾遗""情书话""名人风流史"，之后又增加了"欧战余话""艺文谈屑""歇浦零话""瀛寰消息""兰簃杂识”“科学小谈”等多种栏目。可以想象，周瘦鹃的创作量是多么大。这些杂文内容极其广泛，最为精彩的是文化杂文和社会评论，其中“影戏话”大概是中国最早的电影评论之一，常为后人所提及。社会评论更可以看作中国现代社会发展的民舆史。例如1919年6月初为声援北京学生运动，上海工人相继罢工，商人罢市，连同早已罢课的学生，形成了“三罢”抗议浪潮，史称“六三运动”。从6月4日起至28日周瘦鹃以“五九生”为笔名，开辟“见闻琐言”专栏，一共写了14篇文章，主要报导上海工人罢工和商人罢市的壮举。在6月8日的报导中说：“上海竟罢市了。华界租界中大大小小的商店，都一起关上了门，停止营业……医学家说：病人临死的当儿，神经昏乱了，往往要发一种死物狂……我说眼前北京政府的举动不是很像死物狂么？一日间平白地拿了一千多个热心爱国的好学生，似乎要坑死他们才罢。”在6月9日的报导中说：“罢市已一连三天了。昨天我见许多商店的门上都在贴着‘不去国贼不开门’‘不诛国贼不开市’的纸条儿……我听说几天来北京学生因为拿得太多了，没有这大监狱容纳他们，就把个大学法科做一临时监狱。我说何不把个北京城改造一所天字第一号的大监狱。先把北京学生和附和学生的小百姓一齐拘禁了起来，第二步就把通国罢课的学生、罢市的商人也一网打尽，都去关在这大监狱中，四面用二十万兵马团团围住，绝他们的饮食，瞧他们生生饿死，岂不爽快？只可惜没有这个魄力罢了。”这样的杂文既是舆情，也是导向。

在中国副刊编辑上能与周瘦鹃媲美的是严独鹤，他同样是杂文大家。1919年6月6日，严独鹤在《快活林》上开辟了“谈话”栏目，第一篇文章为《同胞听着》，自此，严独鹤的“谈话”一写便是二十年。栏目开创之后，上至政局时事，下至社会民生，无所不谈，有时轻松诙谐，有时深刻泼辣，亦庄亦谐，以其清新明快的风格备受读者喜爱。1929年之前，严独鹤的“谈话”几乎每天一篇。

现代通俗文学作家特别喜欢写笔记文章，尤以回忆性笔记文章写得最好。正因为如此，几乎每一份通俗文学期刊都会开辟笔记文章的栏目，特别是20世纪40年代，由于特殊的社会环境，通俗文学作家会自动地避开政治话题，这些回忆性笔记文章往往会成为杂志的主要栏目。例如1942年11月创刊的《大众》月刊，从创刊之日起就连载通俗文学作家的长篇笔记文章，例如张一鹏的《不知老之将至斋随笔》、包天笑的《秋星阁笔记》、屈弹山的

《望绝自纪》、胡朴安的《病废闭门记》、丁福保的《余之书籍癖》、张叔通的《余之记者生涯》、范烟桥的《寄琐散叶》、郑逸梅的《蕉窗砚滴》《谈艺脞笔》《负疴散记》《销寒漫笔》等。这些都是文坛上的老作家，他们的文风显得老练沉稳，或忆人，或忆事，或是读书笔记，或是感怀人生，人事、知识、识见融为一体，充分显示出他们的人生履历之丰富和人生修养之深厚。

第四节　时尚与时装：现代通俗戏剧

从美学角度不可能区分戏剧的高雅和通俗。这里所论述的通俗戏剧主要指两方面的作品，一是晚清至"五四"之前中国的戏剧作品，理由是此时中国文学是由通俗文学占据主导地位；二是"五四"以后通俗文学作家创作的戏剧作品，依据的是约定俗成的以作家和期刊区分现代文学雅俗的概念。

与整个文学改革趋势相合拍，晚清戏剧酝酿着改革的冲动。1904 年，陈佩忍、柳亚子等人创办了我国最早的戏剧专门杂志《二十世纪大舞台》，明确提出了戏剧应"以改革恶风俗，开通下等社会，提倡民族主义，唤起国家思想为己任"①。将戏剧作为启蒙的工具，这样的改革呼声，在当时得到很多戏剧改革人士的呼应。他们认为戏剧对启蒙下层民众最有感化的效果，天僇生说："然教育兴矣，其效力之所及者，仅在于中上社会，而下等社会无闻焉。欲无老无幼，无上无下，人人能有国家思想，而受其感化力者，舍戏剧末由。"②在他们的倡导之下，一批具有新思想、新题材的新编杂剧、传奇和乱弹剧本涌现了出来。代表作品有梁启超宣传国家思想的《劫余灰》《新罗马》《侠情记》传奇三种。当秋瑾案发生后，谱秋瑾及徐锡麟的传奇、杂剧多至十种，剧中充满了民族斗争和爱国情绪。除此之外，还有反对美国迫害华工的南荃居士的《海侨春传奇》、宣扬妇女解放的玉瑟斋主人的《血海花》等等。传统戏曲同样增加了影射的内涵，被称为"近代第一位戏剧改良家"的汪笑侬表演的三骂——《骂阎罗》《骂安禄山》《骂王朗》，影射着对当时清王朝腐败和昏君奸臣的痛恨。

为了凸显启蒙宣传的效果，这些戏剧作品明显增加了说白。例如梁启

① 《二十世纪大舞台丛报招股启并简章》，载《二十世纪大舞台》1904 年创刊号。

② 天僇生：《剧场之教育》，载《月月小说》1908 年第 2 卷第 1 期。

超的《新罗马》，一开始就是一个一千八百字的主人公道白，从自我介绍“俺乃意大利一个诗家但丁的灵魂是也”，说到意大利的历史和现今的状态；从“东方一个病国”的病状讲到如何拯救，其中还穿插了关于戏剧有如何高明的感化作用的宣传。像这样的长篇说白成为了改革戏剧的明显特征，几乎每戏都有。

体现通俗戏剧高潮的还是辛亥革命前后在长江中下游地区流行的新派剧。新派剧的表演团体主要有春阳团、进化团，而这两个团的主要成员又来自稍早在日本成立的春柳社。新派剧能够吸引观众依靠的是时事性。它的影响最大的几部戏《热血》《猛回头》《不如归》《共和万岁》《美人心》《社会钟》等都是密切结合时事政治的戏剧。当清朝政府倒台，人们一定会追寻政权更替的原因；当一个被神秘笼罩着的朝廷被推下了神坛，人们一定会推究神秘之下的真实。这就是这些时事政治新派剧能够流行的社会原因。在社会风气逐步沉稳下来后，观众对这些政治新派剧的热情逐步淡化，为了抓住正在减少的观众，新派剧开始转向家庭伦理剧的创作，有影响的剧作有《家庭恩怨记》《恶家庭》《一元钱》等等。这些剧作主要宣传家庭文明，要求当时的妇女做一个新式女性和移风易俗。从时事政治转向家庭伦理，新派剧的转向并不错，因为时事政治剧写的虽然是中国的政治事件，但有着很浓厚的日本新派剧的色彩，特别是日本著名的新派剧《不如归》的影子渗透于中国各个新派剧之中，转向家庭伦理剧，中国文化反而有了明显的表现。更为主要的是，看戏的观众妇女占有很大比重，家庭伦理剧对这类观众有着吸引力。可是新派剧流行了几年后就很快退出了舞台，其原因是表演方式的粗糙和表现态度的随便。

新派剧的表演方式主要是“幕表制”。所谓“幕表制”是将戏剧的主要故事情节和主要演员角色写成一张表，贴在幕后提示演员，具体的表演就让演员在舞台上随意发挥。这样的表演形式在表演时事政治剧时还有生命力，此时的演员在台上对时事政治侃侃而谈，对黑暗腐败现象竭力抨击，总是能博得阵阵掌声，此时的观众被演员的激情所打动，而不是被表演技术所感动。所以，当时的新派剧演员均是“铁嘴铜牙”的言论派演员。可是到了表演家庭伦理剧的时候，这些激情的演说也就失去了感染力，没有生动的故事情节和感人的表演细节根本留不住观众。开始时新派剧演员还是认真地演出，随着名声响起，他们也开始实行“行头制”，将角色分成能、老生、小生、旦、滑稽五种。他们的表演形式越来越随意，为了追求观众的笑声，"往往任意动作，任意发言，什么剧情身份，性格，甚至情理，一概都不管。"[①]这样的表演形式就形同儿戏了。更使人不能接受的是"若干堕落的新剧家，自己在台上演戏，眼光却总是逐鹿于包厢的女宾席上，下得台去，不是和青楼中人勾勾搭搭，就是与姨太太一类女性往来。真可以说是无耻之尤，令人一想到就有恶心的感觉"[②]。这样堕落的演员人数虽少，却给新派剧带来很不好的影响。新派剧逐步失去了观众，也就自然消失于舞台。新派剧逐步退出舞台后，部分演员开始逐步转向了滑稽戏表演，成为当代还流行于长江中下游地区的现代滑稽戏的开端。当然，现代滑稽戏已经不同于民初新派剧，是一个新的曲艺品种了。

在现代通俗文学作家中最著名的戏剧作家和表演家是徐卓呆。这位留日学生的专业是体育，却对戏剧表演极有兴趣。在新派剧从日本移到中国来的民国初年，他就成为其中的活跃成员。此时徐卓呆既是编剧又是演员，他写过时事政治剧《烟囱》和家庭伦理剧《母》，曾在著名新派剧《猛回头》《社会钟》中扮演过角色。1917 年，他曾和欧阳予倩等人被南通企业家张謇派往日本考察俳优教育。回来后，新派剧已经退出了舞台，但是他兴趣不减，开始致力于滑稽剧本创作。在 20 世纪 20 年代，他大概创作了十多部滑稽戏，代表作品有《宴会后》《马尾》《拘魂使者》等。这些滑稽戏主要写一些生活中的偶遇和误会，追求笑点，思想性不足。不过徐卓呆深感满意，只要这些戏有演出机会，他自己就会在其中扮演一个角色，有时是"每天演一出，直演了一个多月"[③]。

① 洪深：《从中国的"新戏"说到"话剧"》，《现代戏剧》1929 年第 1 卷第 1 期。
② 周剑云：《剧坛怀旧录》，载《万象》1944 年第 4 卷第 3 期。
③ 徐半梅：《话剧创始期回忆录》，中国戏剧出版社 1957 年版，第 14 页。

第二编　中国当代通俗文学价值评估与体系建构

第十三章　当代通俗文学文化语境构建

通俗文学是市场的文学。中国通俗文学能够生存和发展必须依赖于两大条件，一是文艺政策的开放，这是政治环境；二是市场经济的繁荣，这是社会环境。依据这两大条件，中国当代通俗文学的复苏是在20世纪70年代末到80年代，走向繁荣是在20世纪90年代以后。与现代通俗文学相比较，当代通俗文学最重要的特点是：1.不仅仅以精英文学作为创作参照系，还以世界精英文学和流行文学作为创作参照系。从这个意义上说，当代中国通俗文学是世界流行文学的重要的组成部分。2.大众媒体有了重大的发展，特别是电视媒体和网络媒体，已经成为了当代人类娱乐活动和接收信息的重要传播手段。对于具有新闻媒体性质的通俗文学来说是一个重要的发展机遇，也是美学形式、创作理念发生变化的催化剂。3.中国传统文化观念和美学思维渐行渐弱。当代通俗文学作家接受的都是现代教育，具有世界眼光和娴熟地操作新媒体的技能，他们写作的文学作品，被称为通俗文学，主要依据是文学作品的类型化。4.形成了海峡两岸暨香港、澳门的通俗文学格局。它们之间有着密切的联系。但是由于政策文化背景和地域文化不同，所呈现出来的通俗文学有着各自的特点。以上可以视作当代通俗文学价值评估的出发点。

第一节　当代通俗文学进入新的时期

自新文学登上文坛之后，中国的通俗文学就处于被批判状态。这样的批判进入1949年之后提高到新的层面，已不仅仅是文学艺术界内部的批判，而是政治的整肃和学术的批判。正统的文艺政策将通俗文学视作不正经的文学，甚至是“黄色文学”或者“黑色文学”。直接体现这样的文艺政策的是对通俗文学的多次整肃，其中最彻底的是20世纪50年代。一系列的

"扫黄打黑"运动使得北京、上海等地的大量通俗文学作品在民间基本上被销毁一空。

批判的另一个声音来自学术界，它们视通俗文学为不入流、低俗的文学。以20世纪50年代北京大学、复旦大学、山东师范大学出版的中国现当代文学史著作为例，几乎毫无例外地将通俗文学视作中国现当代文学的"逆流"。

在这样的政治学术环境中，留存下来的通俗文学类型小说在中国大陆只能与社会形势结合在一起，例如侦探小说；或者成为一种社会启蒙工具，例如科幻小说。作为一种文学流派的通俗文学当然也就不存在了，它的美学形式只能寄寓在其他的文类当中。不过，在中国台湾地区和中国港澳地区，通俗文学还在继续发展着，并且进入了新的时代。

1978年以后，随着中国文艺政策的松绑，中国大陆的通俗文学也在逐步宽松的氛围中复苏。首先是以金庸为代表的台、港地区的武侠小说和以琼瑶为代表的台、港地区的言情小说在80年代的中国大陆得以流行。他们的小说能够流行，而且表现得那么的强烈，相当程度上是因为这些小说迎合了此时中国大陆读者的感情需求。他们小说中所宣扬的传统文化精神和道德诉求，使得经过了十多年阶级斗争洗礼的中国大陆的读者得到了文化上和道德上的慰藉；他们小说中所表现的情感纠葛，使得干涸了十数年的中国大陆的读者的心田得到了情感上的滋润。所以说，台、港通俗小说此时在中国大陆流行，其真正的价值在于它唤起了中国大陆读者的文化价值和道德判断的回归，开启了中国大陆读者情感之河的闸门。

在这样的氛围中，中国的通俗文学复苏了，但是并没有什么新创作的作品，只是改编了一些流行小说的旧作，或者是跟在台、港小说后面蹒跚而行。例如1983年聂云岚根据王度庐的小说《卧虎藏龙》改编的《玉娇龙》在《今古传奇》上连载，引起了很大的轰动，除了因为这部小说出自大陆的作家之手外，更主要的它是一部优秀的"武侠小说"。但是，这只是一部旧作的改编。再例如1987年，四川作家田雁宁、谭力以"雪米莉"为名，发表了三部长篇社会小说《女带家》《女老板》《女人质》，构成了雪米莉的女人系列，在社会上掀起了一阵"雪米莉热"，但是，这三部小说无论是名称还是内容都是模仿台、港地区的社会小说。比较而言，1949年之后一直为政治服务的科幻小说和侦探小说较快地恢复着自我的本色，有一些出色的作品。1978年童恩正在《人民文学》上发表了《珊瑚岛上的死光》，小说获得"1978年全国优秀短篇小说奖”。不久,这部小说被改编为电影,在全国引发了一阵科幻小说的创作热。已经转型为公安法制小说的侦探小说,开始增加人性的剖析和悬念的设置,代表作品有海岩的《便衣警察》和王亚平的《神圣的使命》。这些小说与当时的“伤痕文学”同调,但是有了一些类型小说美学上的特色,一时颇受欢迎。

这种状况到20世纪90年代发生了根本性的改变。武侠小说和言情小说热大大地降温,取而代之的是以随着中国的改革开放而出现的以各种社会热点为创作题材的作品,以及由于观念的更新而带来的对历史传奇题材、国际传奇题材的深刻的思考和描述。中国通俗文学的发展进入了新的时期。

复苏后的通俗文学最为热闹的是那些纪实文学。反映已故的国家领导人生平的作品首先登上文坛。由于这些领导人的特殊的社会背景,从他们的生平经历的阅读中可以了解大半个世纪发生在中国的历史事件的内幕,同时“走下神坛”的领导人,也可以让读者从一个普通人的角度了解他们的喜怒哀乐,满足读者的求知、猎奇的阅读需求。观念的变革带来社会道德准则的变动,经济体制的变革带来了劳动力的大迁徙,于是,有关婚恋、独生子女、知识分子、出国留学、企业明星、农民工、下岗职工等各种新时期的新现象都成为了纪实文学的重要内容。20世纪90年代后期,纪实文学反映社会现实显得更加敏锐和深刻。它们不再仅仅对一些社会现象进行描述,而是将读者引向更深层次的思考,如反映中国改革开放过程的社会小说和众多的以反腐倡廉为内容的作品。这些作品在揭示事件内幕和描写权与法激烈斗争的同时,还提到了中国走上富裕之途的各种形态和中国行政管理体制的弊端问题,显示出了通俗文学作家观察生活、评判生活的能力明显地加强。纪实文学的创作是一种群体型的创作潮流,声势浩大,发展迅猛,且生生不息,成为新时期通俗文学的一个亮点。

1991年,曹桂林的《北京人在纽约》出版,接着这部小说被改成电视剧热播,产生很大影响,标志着新时期通俗文学的文类创作登上了文坛。之后,中国通俗文学创作迅速地进入了繁荣时期,作品数量难以统计,内容极为广泛,占据当下中国文学阅读的大部分市场。大致上当代通俗文学可分为三个部分。

一是跟着时代走的社会文学。1992年中国开展了反毒禁娼运动,出现了一些写黑道生活的作品;1993年经济大潮滚滚涌来,商战、“大款”生活和洋淘金成为了通俗文学的创作热点；1996 年开展了声势浩大的严打活动，公安刑侦成为了主要的创作题材；1997 年以后，改革开放中的一些深层次的问题开始暴露出来，改革开放模式的反思和反腐倡廉成为人们关注的两大问题，官场文学也就应运而生；环境污染日益严重，生态文学很快出现；社会竞争日趋激烈，青春、职场励志文学就很受欢迎。对身边发生的事情特别地关注，是通俗文学创作的传统和优势。从“五四”时期通俗文学与新文学明确分野之后，通俗文学就以其反映社会生活的及时性吸引了大量的读者。“五四”运动、军阀混战、抗日战争、反饥饿反内战等等，这些新文学很少直接反映的现代社会题材，通俗文学都有详细的描写。所以说，从发展的角度来看，新时期以来通俗文学写社会热点问题只是“五四”以来通俗文学的创作传统和优势进一步的延伸和发挥而已，但是历史决不是简单的重复。新时期的通俗文学反映现实社会热点的范围明显地扩大，它不再仅仅局限于城市，它还写了农村；不再仅仅是政界、商界、学界，还写了领袖人物、留学生、少数民族等各种社会阶层；不再仅仅写中国，还写国际，甚至是太空宇宙。通俗文学反映的社会生活面有了前所未有的扩大。

二是传统文类的创作。虽然价值取向不同于现代通俗文学，数量也不多，传统通俗文学文类中有三种文类在 1949 年以后还存在着。姚雪垠以他的《李自成》为历史小说竖着不倒的旗子。新时期以后，历史小说的复苏和发展最为强劲，成为了新时期通俗文学最有成就的文类。1949 年以后，正宗的侦探小说没有了，取而代之的是公安法制小说。由于宣传的需要，公安法制小说的创作一直延绵不断，在不同的时期起着不同的政治作用。新时期以后，公安法制小说努力地“去政治化”“去英雄化”，其实质就是要寻回侦探小说原有的特征。随着“追求科学”“追求知识”的口号不断地响起，1949 年以后，科幻小说的创作也没有间断过。虽然也是随着形势而波动，科幻小说每个时期都有代表作家作品。

三是网络小说新文类的创作。网络的出现将中国通俗文学创作推到了一个新阶段。中国的网络小说也就有 20 年的历史。网络小说文类各网站不尽相同，大致有三十多种，其中六种小说最多：玄幻、悬疑、穿越、盗墓、新武侠和后宫。玄幻小说将人物的活动空间分成两个世界，一个是人间世界，一个是修真世界，人物在其中穿越；悬疑小说以一个或数个神秘的谜团(并不完全相同于侦探小说的刑事案件)作为故事线索展开故事情节，注重的是文化气氛；穿越小说又称作“历史架空小说”，是以历史作为小说元素，主观地将古今打通，让人物穿越其中；盗墓小说可以看作是玄幻小说的发展，只不过将修真世界改成了古墓；新武侠是指金庸作品之后的武侠小说，主观性和去道德化是重要的标志；后宫小说只是借一点历史的因由演绎当代的故事，可以看作古代版的“职场小说”。网络小说的产生有着多种的原因，将中国的传统文化（包括原始文化）与世界流行文化结合在一起，将文字创作与电子传播（影视和网游）结合在一起，将书面写作与网络写作结合在一起，是三个重要的影响源。

第二节　当代通俗文学的基本特征和文化语境

与现代通俗文学比较起来，当代通俗文学发生了变化。这是新的文化语境和社会的要求决定的发展趋势。当代通俗文学复苏发展之际，中国精英文学正是“伤痕文学”“寻根文学”创作热的时候，精英文学通过政治反思和文化反思寻求着新时期文学的发展之途。港台的通俗文学则以相当成熟的创作模式给正在复苏的通俗文学提供了很有影响的参照系。港台的通俗文学继承着 20 世纪 40 年代以来中国通俗文学传统的文化价值观，继承着 40 年代以来中国通俗文学创作模式的变革。当代通俗文学起步就有了新的面貌。

现代通俗文学对现实生活总是采取一种“镜子说”。[①]当代通俗文学作家反映社会生活的态度不同，他们不仅是进行客观的描述，还有理性的分析；不再用几声感喟表明自我的是非态度，还对社会问题发生的原因作出深层次的思考。态度的转变使得当代通俗文学反映生活的力度大大地加强了。作品所展示的不仅有精神上的愉悦，还有对社会、人生的认识和启悟。优秀的通俗小说常使读者在获取阅读快感之时，掩卷长思。1991 年曹桂林的《北京人在纽约》出版，接着引发了“域外小说”创作热，这些小说的创作素材正是基于当时中国大陆重要的社会现象：“出国热”“洋淘金热”。“域外小

① 民国初年李涵秋在《广陵潮》第 51 回中说：写小说“不过借着这通场的人物，叫诸君仿佛将这书当一面镜子，没有紧要的事的时辰，走过去照一照，或者改悔得一二，大家齐心竭力，另造一个簇新的世界，这才不负在下著书的微旨”（李涵秋：《广陵潮》，凤凰出版社 2014 年版，第 443 页）。这种“镜子说”的创作观是当时社会小说作家所共同遵守的原则。

说”记载了当时中国人的域外观和生活观。1997年连载于《今古传奇》第5、6期上的冯治的纪实小说《中国三大村》,写了走在中国农村改革开放前列的天津的大邱庄、江苏的华西村、河南的刘庄的历史变化,写了它们各自的带头人禹作敏、吴仁宝、史来贺的升降沉浮。中国的改革开放是从农村开始的,中国改革开放的成就又以农村最为突出。作品虽然只写了中国的三个村庄,我们却感觉到了整个中国正在发生的翻天覆地的变化,感觉到了这块东方热土所散发出的巨大能量。说一部作品浓缩了中国改革开放的全过程,这样的评价是不过分的。这部作品之所以如此震撼人心,除了它所表现的对象是中国改革开放的热点地区和风云人物之外,还在于它在历史变迁的表现中提出了中国改革开放中的深层次的问题,引起人们深入思考。中国农村的改革开放依靠“能人效应”,事业的发展与个人的眼光、个人的素质直接联系在一起。这就是发生在禹作敏、吴仁宝、史来贺身上的悲喜剧,又何尝不是中国改革开放众多的带头人所思考的问题呢?中国的改革开放说到底还是需要依法治国,这当然是我们的读后感了。对中国官场体制进行思考的是官场反腐小说,如陆天明的《苍天在上》等小说、阎真的《沧浪之水》等小说、王跃文的《国画》《苍黄》等小说。官场小说是当代中国最具有现实性和批判性的文学作品。通俗小说紧跟着中国改革开放的历史进程,对中国改革过程中的一些深层次问题展开了思考。1997年第3期的《今古传奇》上王葳、夏洛特发表了小说《甜蜜的折磨》。这是一部言情小说,写了一个“第三者”的故事。小说情节没有什么特殊的地方,但它提出了这样一些问题:爱情是婚姻形式决定的,还是感情所决定的?是婚姻形式束缚感情为不道德,还是感情无视于婚姻形式为不道德?这些问题显然触及了当代恋爱婚姻的敏感话题。不仅好看,而且可思,新时期的通俗文学对社会生活的介入明显地加深。

到了跨世纪之交,通俗小说创作中的一些文化思考展现了出来,一方面是对中国传统的伦理道德展开思考,这类思考主要表现在那些描写家庭伦理生活的作品中,家风以及家庭成员间的纠葛、中国式结婚和离婚、第三者和婚外情等等都在叩问着中国人的道德价值和道德底线。另一类是在中外文化的对比中评价中国文化的得失,这类小说往往出自具有外国生活背景的作家手中,如虹影、戴思源、卢新华等人的作品,这些文化小说都呼应着跨世纪前后对中华民族精神本源的思考。可以明确地说,20世纪90年代以来中国大陆的通俗小说是随着中国文化、政治、经济的演变而演变，相当及时地表现出急遽变化中的中国社会生活。如果我们再从此时中国精英小说的状态思考，这些通俗小说就更具有社会价值。20 世纪 90 年代以来中国大陆的精英小说在社会价值的坚守中大踏步地后退，所谓的“消解崇高”“消解权威”，所谓的“新写实”“新历史”，不管是怎样的自我欣赏，都是对社会价值的回避，甚至放弃。社会价值的追求是新文学以来中国精英小说最重要的特色之一，到 20 世纪 90 年代却让位给了通俗小说，实在是意味深长。

在经过了 20 世纪 80 年代一段复苏期之后，人们更为关注现在和将来发生的事情，于是，作为文化和情感补偿的港台武侠、言情小说自然就会退潮；中国的改革开放是在国际大环境中整个社会的变动，自然会出现很多热点问题。随着中国改革开放的深入，越来越和人们的切身利益相关，人们不仅要知道发生了什么，还要知道为什么会发生，以及发生的事情会产生什么结果。读者对社会的参与性迫使着文学创作（无论是通俗文学还是精英文学）必须对社会生活作出深层次思考，任何缺少深度的文学创作都没有市场，都被看作浅薄无聊或无病呻吟。时代给通俗文学提供了巨大的创作空间，也要求通俗文学具有更广阔的思考空间。

当代通俗文学对社会生活的介入与通俗文学创作、编辑队伍的认知水平有很大的关系。当代通俗文学的作家、编辑队伍不再是仅仅接受过传统教育的旧式文人，而是在新的教育体制培养下成长起来的文学新生代。他们的文学修养和思想水平完全能够适应社会的变化和读者的需求，也清楚地明白数十年来雅俗文学美学追求上的优劣，更主要的是他们在文学创作或作品编辑时，根本就不受某类美学标准的束缚，而是根据自己的审美标准进行审美选择。通俗文学对社会生活的介入，对作家来说，是相当自然的事情；对编辑来说，也是一个起码的用稿标准。

当然，通俗文学对社会事件或生活态度的介入又和精英文学作家的方式不一样。它们不是仅仅将某一件社会事件或一种生活态度作为生活背景来抒发自我的生活哲理和人生感情，而是将自我的文化价值和是非判断渗透到情节的编织和矛盾的纠葛之中去。也就是说通俗文学继续保持着它的传奇的色彩。故事是曲折的：坎坷的生活、离奇的人生、富贵的转换、敌友的难辨……环境是特别的：西域的沙漠戈壁、南国的灯红酒绿、荒岛的奇石怪兽、域外的民情民俗……感情是极致的：生与死、爱与恨、忠诚与背叛、老实与奸佞……这些通俗文学惯有的美学风格，当代通俗文学继续保持着。但是，作家绝非单纯地演绎传奇故事，而是在传奇故事的演绎中写人生命运的起伏，在世俗的生活描写中显露感情的好恶，人物命运的起伏和作家感情的流露也就表达出作家自我的人生思考，也就向读者讲述着做人的道理。因此，当代优秀的通俗文学作品往往是从大俗之中取得大雅的艺术效果。

当代通俗文学建立了在传统文化中的写人的创作模式。不是在文化的冲突中写人，而是在文化的认同中写人，当代通俗文学写人实际上是写在传统文化中如何做人，其标准就是中国传统的伦理道德。

当代通俗文学中传统的伦理道德是辨别是非的标准，符合中国传统的伦理道德者就是人格健全者，人性健康者，就受到称赞；不符合中国传统的伦理道德者就是人格残缺者，人性邪恶者，就要受到谴责。当代通俗文学中风头正劲的家庭亲缘小说、商战小说、域外小说等都是以此来塑造作品中的正反面人物的。小说往往从道德和金钱的较量中，演化出人格、人性健全者和人格、人性的残缺者的较量。在中国传统的文化体系之中除了儒家文化之外，还有道家文化、佛家文化和大量的原始文化。小说故事玄虚，气氛神秘，甚至阴森恐怖，但是不管小说的情节是多么的荒唐，人物的得失是如何的非理性，在那些时来运转或好报和恶报之中，伦理道德健全总是背后的真正的支配力量。

是否遵守传统的伦理道德也是测量人格、人性是非发生变化的测量剂。人格、人性的变化首先是从自我的品行开始的，这是新时期那些写英雄沉浮的人物传记小说、写当权者起落的官场小说刻画人物的切入点。这些人物的堕落与他们违纪违法有关，是受到当代中国社会的主流意识所谴责的。通俗文学作家写他们的违纪违法的同时，更喜欢挖掘和描写他们堕落的根源：私心膨胀和道德败坏。

传统的伦理道德还是制约人情、规范人性的度量衡。通俗文学喜欢写奇人、奇情，喜欢写人的原始欲望，并常常将其推向极端。当代通俗文学写这些奇人和奇情时，总是在他们离奇的行为举止中写他们的“良心”的发现，这一“良心”往往来自人物潜意识之中的伦理道德的突然萌发，于是古怪的人物和古怪的性情之中也就有了那么几分暖色，几分可爱。

传统的伦理道德是人格、人性的文化制约，又是提升人格、人性境界的文化助力。文化的圆满和人格的健全糅合在一起写，这是当代通俗文学写人最成功的作品。可惜,这样将文化和人格糅合在一起写的通俗文学作品在新时期还是不多见的。

这一时期,也是外国文化大量地进入中国的时期,它们对中国的通俗小说创作产生了极大的影响。

20 世纪 80 年代以后,外国的流行小说(往往与影视形式一起)大量地进入了中国。言情小说[如美国作家玛格丽特·米切尔(Margaret Mitchell)的《飘》]、硬汉派小说[如美国作家达希尔·哈米特(Dashiel Hammett)的《马耳他雄鹰》、雷蒙德·钱德勒(Raymond Chandler)的《长眠不醒》]、暴露小说[如美国作家西德尼·谢尔顿(Sidney Sheldon)的《天使的愤怒》、阿瑟·黑利(Arthur Hailey)的《大饭店》《航空港》]、哥特式小说[如英国作家达夫妮·杜·莫里埃(Daphne du Maurier)的《蝴蝶梦》]、侦探间谍小说[如阿加莎·克里斯蒂(Agatha Christie)的《东方快车谋杀案》《尼罗河惨案》、约翰·巴肯(John Buchen)的《三十九级台阶》、伊恩·弗莱明(Ian Fleming)的 007 系列小说],以及日本的侦探推理小说、北欧的犯罪小说,外国各种类型流行小说都进入了中国,而且在中国十分流行。这些小说以其特有的文化背景和情节模式给受其影响的当代中国的通俗文学抹上了一层当代性的色彩。

20 世纪欧美和日本的流行小说有一股很强烈的反传统的情绪。它不再是金钱与道德决斗场上的裁判,不再是社会价值的维护者,而是对现有的社会的准则提出疑问,对既有的行为规范提出反叛。这种疑问和反叛甚至将矛头指向人类行为的基本的规则。这种精神价值的转换与人们的精神价值的失落有很大关系,政治的激烈动荡、经济的剧烈起伏造成人的道德标准的空虚,而又没有新的精神价值能够填补这样的空白,迷茫和疑问,责难和反叛也就成为了必然的选择。应该说外国这些流行小说所带来的文化和情绪在当代中国有相当的市场,它迎合了自改革开放以来相当一批精神价值失落者的心态,也影响了当代中国通俗文学的创作。在那些以当代社会生活为题材的爱情小说、都市新潮小说和留学生小说之中都或正或反地表现着这样的精神情绪。但是,表现这些精神状态的作品在中国并不能如欧美、日本那样在通俗小说创作中占主导地位,成为一种主流意识,即使稍为风光一时(如卫慧、棉棉等人的“新新人类小说”)也形成不了大的气候,反而成为人们指责的对象。中国的流行文化有着主流意识的强烈的介入,有着传统文化的强大的制约，在主流社会中并没有形成精神价值的空白。因此，这些外国的流行文化在小说的情节背景中能引起共鸣，一旦将其移植到中国的现实社会之中就没有着落感，就要受到主流意识和传统文化的排斥，就会引起绝大多数读者的反感。

对这些外国的流行小说，中国通俗文学作家对其情节模式的注意要大大地超过对文化价值和精神状态的吸收。中国当代通俗文学作品大量地吸收了这些外国流行小说的情节模式，也对其进行了相当实际的改造，如中国20世纪90年代婚恋小说中的“婚外情”，社会小说中对政坛黑幕的暴露，侦探小说中的犯罪心理的分析，武侠小说中的“硬汉派精神”。这些情节模式的形成，其生活源泉当然来自本土，其创作思维很大程度上却来自外国流行小说。但是，中国通俗小说的情节模式有着自身的特色。“婚外情”实际上是宣扬一种婚姻、性爱分离的婚姻观，在外国的流行小说中婚姻并不一定战胜性爱，而中国的通俗小说中性爱一定是最后的失败者，小说中的“婚外情”最后一定是以悲剧告终；外国流行小说暴露黑幕并不一定有结果，中国通俗小说则一定会有一个圆满的答案；外国流行小说中的犯罪心理的分析一定是引向社会批判，中国通俗小说中的犯罪心理的分析总是演化成狡猾的狐狸与高明的猎手之间的关系；外国流行小说中“硬汉派精神”显示出某种个性，很少涉及道德（甚至道德并不高尚），中国通俗小说中个人意志的倔强最后总是和人格的健全联系在一起。中国通俗小说的情节开始时是放开的，结尾则一定要收回来，很少留下遗憾，这样的情节模式常常受到人们的批评，被视为“蹩脚的结尾”或“创作套路”。其实将这样的情节模式放在中国文化环境中去考虑，对作家们的这些做法还是可以理解的。说到底，不管中国通俗小说情节模式如何地变化，它要在中国国土上得到承认，就必须在主流意识和传统文化中进行。

第三节　当代通俗文学的期刊、网站以及与影视剧的互动

通俗文学期刊比通俗文学创作复苏得要快得多。1981年7月《今古传奇》创刊。这个刊物一出版就产生了很大的影响。其发行量节节攀升，据说最高一期达到了270万份。《今古传奇》创造了中国期刊史上的“传奇”。中

国出现了通俗文学期刊、小报的创刊热。在1986年左右，通俗文学期刊、小报达到200种。经过了一段时期的调整、整合，进入20世纪90年代以后，文学期刊、小报稳定在九十种左右。其中影响较大的有《今古传奇》(1981年7月创刊)、《章回小说》(1985年1月创刊)、《传奇文学选刊》(1985年1月创刊)、《中国故事》(1985年11月由《中国故事选刊》改名)。这些期刊的发行量都在数十万份。20世纪80年代中期开始，中国的出版机构开始陆续地向市场转型。出版机构惯有的生产型、宣传型转向了生产型、宣传型和经营型，利润的追求成为了出版社重要的经营目标。在这样的背景下，西方的“畅销书”的经营理念开始被引进到中国的出版界。从选题的策划、文本的写作到编辑印刷、出版销售，“畅销书”的理念将中国出版社推向了市场。出版社出版多少通俗文学作品难以统计，三分天下有其二，这种说法并不为过。

通俗文学的期刊、小报以及图书，目标很明确，就是争取读者。为了做到这一点，无论是编辑还是作者，都是紧跟着社会时代的变化追逐着热点问题组稿和创作，这些作品也就成为了表现时代、表达民意的一个窗口。在美学风格上追求通俗性、民间性，显示的是中国作风、中国气派。在愉悦、消遣中警示觉民，当代通俗文学期刊、小报以及图书还是延续着现代通俗文学的道路。

进入21世纪以后，通俗文学的纸质出版明显萎缩，网络写作逐步成为了通俗文学创作的主要平台。网络写作是当代通俗文学重要的发展时期，我们将另章论述。

无论是纸质出版还是网络写作，当代通俗文学都与影视剧有着密切的关系，大众性和市场性是使得通俗文学与影视剧紧密联系在一起的动力。影视剧迅猛发展需要通俗文学源源不断地提供素材，而通俗文学作品一旦被改编成影视剧就有了更广阔的市场，作家就有了更大的知名度。举个例子，流潋紫的《甄嬛传》在网络上连载时并没有很大影响，这类历史宫廷题材的网络小说实在太多了，可是一经改编成电视剧就产生了巨大影响。巨大的需求关系和经济效益、社会效益都促使着通俗文学创作快速地向影视艺术靠拢，可以这么说，通俗文学在当代如此红火与影视剧的需求和煽动有直接的关系。

影视剧对通俗小说创作的影响更为深刻。当今的电视已经作为一个

"家庭成员"并已介入家庭事务中成为了家庭中重要的对话对象，观看影视剧则成为了绝大多数的家庭每日必需的休闲项目。通俗小说给影视剧提供了最佳的剧本，而影视剧又将通俗小说的创作推向了一波又一波的高峰。当下的通俗文学创作受到了影视剧要求的影响。影视剧是一种当代艺术，无论是历史悠远的古代生活，还是虚无缥缈的太空世界，要使得当代观众感兴趣，都要与当今社会的思想感情联系在一起。通俗文学作品要想得到影视剧的注意，首先就要求作品具有现代意识。影视剧是一种视听艺术，它运用"蒙太奇"的手法将动态的画面连接起来。它在结构的调度和画面的处理上有独特的艺术要求。它围绕着一个中心，可以将古今中外、现实虚拟、具体抽象等各种人事结合在一起，结构紧凑，高潮迭起，节奏加快。影视作品在5分钟之内没有高潮，没有悬念，观众就会转换频道。当影视的艺术结构被引进到通俗文学的创作中时，通俗文学的惯有的事件和人物的交待就受到了很大的冲击。通俗文学作品就必须改变传统的故事铺垫、背景介绍的叙事习惯，就可以运用画面的调度和叠化减去很多的铺垫。运用了影视艺术，通俗文学作品的结构就严密起来，节奏就紧促起来。影视剧主要依靠画面表述，因此意境的构造和身体语言的倾诉显得特别重要。当今通俗文学作家们显然注意到影视艺术的这一独特的魅力，将画面表述广泛地运用于他们的小说创作之中。那些富有质感、有很强的艺术穿透力的画面描述已成为了很多通俗文学作家致力追求的美学效果。在当今的通俗小说作家中，将影视艺术结构运用到小说中最为成功的是李碧华。她的小说历史跨度都很长，场面描写也很大，却又相当的紧凑和内敛，主要就得力于影视艺术结构的运用。电影主要依靠画面表述，因此意境的构造和身体语言的倾诉显得特别重要。在金庸、古龙、琼瑶、二月河、唐浩明等人的小说中，有很多篇章是可以当作影视剧本来读的。影视艺术无疑给通俗小说创作带来了新的活力，增添了通俗小说的很多美感。

其实，当今的文化出版、传播业和通俗文学都不是独立存在的，它们是互相依存的一张网，给这张网注入活力的是"市场"，给这张网巨大压力的也还是"市场"。在这张网中，各种艺术的美学内涵在有所提高的同时，却也对各自美学个性有所伤害，这是一把利、害兼备的双刃剑。影视艺术与通俗小说同为大众艺术，但是影视剧毕竟不同于通俗小说，它们一种是视听艺术，一种是印刷艺术，不同的传播方式又使它们有着不同的美学追求。影视艺术是一种即时消费，它会利用生动和曲折的故事把观众留在影视厅，但它一定会把故事的来龙去脉交代得很清楚，观众出了影视厅之后只有感情上的波澜，不会对人物的命运作过多的思索；影视艺术是平面艺术，它只能通过人物行为和表情传达出人物内心的信息，无法对人物复杂的心灵进行更为深刻的挖掘；影视艺术又是一种表演艺术，无论是隐是显，它的感情诉求都是直诉式的。而想象空间的预留，隐秘心灵的开掘，情感诉求的渗透正是语言艺术的长项，也是人们认为通俗文学做得不够的三大问题。向影视艺术靠拢，却丢弃语言创作的美学内涵，这正是当下通俗文学创作所面临的问题。

第十四章　中国作风："红色经典"小说中留存命脉

"红色经典"不是通俗小说，却是将通俗小说美学要素运用得极为娴熟的小说类型。"红色经典"实际上是政治意识形态的价值取向和传统通俗小说的文化美学的结合体。将"红色经典"放在这里论述主要是说明两个问题，一是说明"红色经典"通俗化的特点；二是说明作为一个流派，1949年以后，相当长的一段时期内通俗文学不存在了，但是通俗文学的美学特征却伸展到最为强烈的意识形态小说形态之中去，说明通俗文学的美学特征具有普遍化的意义。

第一节　"红色经典"小说通俗化的政治动力

"红色经典"是一个约定俗成的称谓，指的是新中国成立前后以中国新民主主义革命斗争历史和中华人民共和国成立初期以社会主义改造运动为题材的、在当时产生过重大影响的一批"革命历史小说"，主要包括文学史上所谓的"三红一创，青山保林"，即1957年吴强的《红日》、1957年梁斌的《红旗谱》、1961年罗广斌和杨益言的《红岩》、1960年柳青的《创业史》、1958年杨沫的《青春之歌》、1960年周立波的《山乡巨变》、1954年杜鹏程的《保卫延安》和1957年曲波的《林海雪原》这8部长篇小说，加上发表于建国前丁玲的《太阳照在桑干河上》(1948年)和周立波的《暴风骤雨》(1948年)，一共10部"红色正典"。另外还有这一时期其他一些影响较大的可称为"红色次典"的长篇小说["次典"的说法是黄子平在《"灰阑"中的叙述》(上海文艺出版社2001年版)一书中提出的]，大致有：马烽和西戎的《吕梁英雄传》(1949年)、袁静和孔厥的《新儿女英雄传》(1949年)、孙犁的《风云初记》(1951年)、知侠的《铁道游击队》(1954年)、李英儒的《野火春风斗古城》(1958年)、刘流的《烈火金钢》(1958年)、冯志的《敌后武工队》(1958年)、冯德英的《苦菜花》(1958年)、李晓明和韩安庆的《平原枪声》(1959年)等。

严格地说，“红色经典”是政治小说。“红色经典”创作的理论纲领是毛泽东1942年发表的《在延安文艺座谈会上的讲话》。《讲话》集中阐述了五个方面的问题，即文艺为工农兵服务、文艺的普及与提高、党的文艺工作与统一战线、文艺批评的标准和文艺工作者的思想与立场，其核心是文艺要为工农兵服务和如何服好务的问题。这五个方面的问题都具有很强的政治要求，但是怎样将这些政治要求宣传到广大工农兵中去呢？通俗的手法就成为了必然途径。以周立波的《暴风骤雨》和丁玲的《太阳照在桑干河上》为例，可以看到“红色经典”的作家们是怎样完成政治要求和通俗美学“两结合”的过程。周立波在谈到《暴风骤雨》的创作时曾说，“毛主席在延安文艺座谈会讲话以后，新文艺的方向确定了，文艺的源泉明确地给指出来了，我早想写一点东西，可是因为对工农兵的生活和语言不熟不懂，想写也写不出来”，后来到了东北参加了土改运动，“天天跟农民和工农出身的干部一块儿生活和工作，我跟他们学到各种各样的活的知识和活的语言”。①和周立波一样，丁玲也是从国统区来到延安的作家，同样有从工农兵生活中吸取营养的过程。丁玲在毛泽东的《讲话》之后来到东北参加土地革命，她的《太阳照在桑干河上》是此时生活创作结晶。此时的中国工农兵熟悉的不是外国小说和中国“五四”以来的新小说，而是中国传统的通俗小说。中国的通俗小说就是中国传统文化重要的组成部分，其表现“不仅在于中国通俗小说的内容广泛涉及中国传统文化的各个方面，也不仅在于中国通俗小说的艺术表达方式具有鲜明的特色，体现着中国传统文化的个性，更主要的是中国通俗小说渗透在中国人千百年来的生活当中，发挥着潜移默化的作用”②。既然小说创作“要从工农兵生活中来”，通俗小说美学要素的活用就成为了这些作家与工农兵生活相结合的必要途径。从“红色经典”作家构成来看，除了丁玲和周立波之外，杜鹏程、吴强、梁斌、柳青、孙犁、马烽、曲波等人几乎都有同样的生活经历。

第二节　“红色经典”小说通俗化的叙事策略

1.“章回体”形式的借鉴

章回体是中国古代长篇通俗小说的基本样式，它以分回标目、分章叙

① 周立波：《〈暴风骤雨〉是怎样写的？》，载《东北日报》1948年5月29日。

② 张赣生：《民国通俗小说论稿》，重庆出版社1991年版，第3页。

事、情节传奇、内容通俗、语言晓畅、模拟说话艺术为主要特征。章回体形式被“红色经典”作家拿来，尤其在传奇色彩比较浓厚的小说中加以采用。丁玲曾说：“作家要注意继承、发扬民族传统和中国气派。从体裁上说，章回小说就是中国小说的传统，《三国演义》《水浒传》《红楼梦》都是章回小说，我家的年轻人都喜欢看这些。我们要有志于写出今天的《三国演义》《水浒传》来。”①“红色经典”小说《吕梁英雄传》《烈火金钢》《新儿女英雄传》《林海雪原》《铁道游击队》《平原枪声》等都将“新酒”成功地装进了章回体这“旧瓶”中。

章回体的回目最初是单句，后来开始出现双句，再后来有了对仗工整的对句。从“红色经典”的回目设置看，《吕梁英雄传》和《烈火金钢》采取了比较工整的对句形式，但每一回的字数并不完全统一，如《吕梁英雄传》回目最短的是7个字相对的，如“日本鬼兴兵作乱　康家寨全村遭劫”“入虎穴活捉日寇　得胜利未打一枪”等；最长的是9个字相对的，如“参加自卫团以真冒假　处死谍报员把假当真”“父亲骗女儿恩绝义断　岳丈害女婿狗肺狼心”等；《烈火金钢》回目的对句最长的有10字相对的，如“毁公路老百姓暴风卷土　歼敌人八路军猛虎出山”；最短的也是7个字相对的，如“史更新一弹突围　独眼龙两次逃命”等。而《林海雪原》《新儿女英雄传》《铁道游击队》《平原枪声》等的回目则不追求工整和对仗，有的一个回目用2～3个字的一个词概括，如《林海雪原》的“血债”“捉妖道”等，《新儿女英雄传》的“事变”“共产党”等，《铁道游击队》的“出山”“打冈村”等，《平原枪声》的“毒手”“兄妹俩”等；有的回目是字数长短不一的一个单句，如《林海雪原》的“蘑菇老人神话奶头山”“苦练武，滑雪飞山”等，《新儿女英雄传》的“鱼儿漏网了”，《铁道游击队》的“老洪飞车搞机枪”“山里来了紧急命令”等，《平原枪声》的“夜走清扬江”等。总之，无论“红色经典”的回目设置是否工整，都达到了让读者预知故事内容的目的，满足了读者的阅读期待，并在一定程度上引起了读者的阅读兴趣。

2. 英雄传奇的情节模式

通俗小说擅长讲故事，传奇性的故事情节是最能体现通俗小说趣味性和娱乐功能的要素。“红色经典”的趣味性主要表现在英雄故事的传奇上。

① 《丁玲谈文艺创作自由等问题》，载《人民日报》1985年6月24日第7版。

以战争题材的小说为例，战争题材本身就很容易唤起读者的阅读兴趣：战争环境的惨烈和壮阔，枪林弹雨中两军对垒的紧张刺激，英雄出生入死却终能化险为夷等，都使小说充满了悬念和吸引读者的魔力。在《红日》所描绘的三场壮阔的战役中，第一役是从失利的涟水战役写起的，凸显了战争的残酷和曲折，使读者一下子就处于紧张的阅读气氛中，并对后面的战役中我军如何反败为胜充满了好奇和期待。由于“红色经典”是战争题材为多，“历险探求”[①]就成为了作家写传奇情节的常用手法。“历险探求”的传奇故事最容易勾起读者的猎奇心和窥视欲，读者在一个个秘密和悬念的展开中将获得最大的阅读快感，而小说结局也在主人公历险后的成功中走向圆满和完整。像《林海雪原》《铁道游击队》《烈火金钢》等被称为“历险探求传奇小说”。《林海雪原》的传奇性恐怕是“红色经典”小说中最突出、最引人入胜的了。仅有36人的小分队在白皑皑的林海雪原中神勇地剿灭一个又一个顽匪，传奇的故事中充满了惊险、紧张和刺激，尤其是孤胆英雄杨子荣只身闯入威虎山智斗匪徒的历险故事不但在当时家喻户晓、妇孺皆知，就是在今天也成为影视争相改编的热点。《铁道游击队》这支由火车飞人组成的小队伍，在勇敢机智地打击日军鬼子的过程中上演了一个个精彩的历险传奇故事，搬上银幕后连同那首浪漫的《微山湖》一起留在了人们的记忆中。《烈火金钢》曾被有的论者称作抗战文学中最具传奇色彩的小说，和敌人拼刺刀的史更新、用大刀砍杀敌人的丁尚武，还有进城买药的肖飞都是极富历险传奇色彩的英雄，后经评书家袁阔成等人改编成评书播讲，更是家喻户晓。《野火春风斗古城》讲述了曲折传奇的敌后工作，从杨晓冬进城，汇合金环、银环姐妹和梁队长等同志一次次地与敌人巧妙地周旋，直到成功策反敌伪团长、奇袭敌伪司令部等等。即使写大规模现代战争的作品，最出彩的也是那些历险传奇的情节，例如《保卫延安》留给人们印象最深的还是周大勇及其连队的脱离大部队、沙漠迷路、打粮站等历险传奇故事。历险传奇的魅力就在于读者的阅读情绪会始终跟随着情节的发展而波澜起伏，难以平静。

---

① 什么叫“历险探求”？加拿大文学批评家诺斯罗普·弗莱说：“传奇一旦获得一种文学形式后，便往往暂且描写一系列次要的冒险事件，逐步导致一次水到渠成的重大险遇；这一重大险遇在开头时业已声明，等到它完成时故事便圆满收场。这一重大险遇便是赋予传奇以文学形式的成分，我们称之为‘历险探求’。”《批评的解剖》，陈慧等译，百花文艺出版社2006年版，第269页。

3. 侠义人物和小人物的塑造

《红旗谱》中朱老忠的形象深受读者喜爱，最能展现朱老忠英雄形象的是他粗犷豪爽的性情和疾恶如仇、行侠仗义的复仇壮举。朱老忠身上具有传统英雄侠士的品质，如为了给朱老明治眼睛，他丝毫不吝惜自己的血汗钱；对严志和一家更是时时伸出援手，帮忙操办严家老母亲的丧事，卖自家的牛供严家小儿子江涛上学，千里迢迢去探望被捕入狱的严家大儿子运涛，等等。这些传统英雄侠士身上所具有的品质使人很容易联想到《水浒传》中那些重义轻财、疾恶如仇、讲究团结的梁山好汉们。小说"确立了一个经典的民间传奇——中国式的恩怨情仇的叙事格局，确立了一个经典的传奇英雄的形象，那是路打不平、刚烈血性的中华奇男儿"①。这一经典的民间传奇故事向上承接着《水浒传》的英雄传统，向下又迎合了读者的好奇心和欣赏趣味。《红岩》讲述的故事包括重庆"中美合作所"集中营的狱中斗争、重庆城内的学生运动和地下工作以及农村根据地的武装斗争，许云峰、江姐等英雄与敌人斗智斗勇的故事固然深入人心，但双枪老太婆周旋于警察局等传奇故事更加强烈地吸引了读者。同朱老忠一样，双枪老太婆也是一位疾恶如仇、侠肝义胆的英雄，她善使双枪，在与敌人斗争的过程中不屈不挠、胆识过人、智勇双全，在她身上既有革命者英勇顽强的品质，作为女性，又蕴含着深沉博大的母性情怀。《红岩》先后被改编成电影《烈火中永生》和豫剧《江姐》，还有个快板书《劫囚车》说的也是这个双枪老太婆的故事，参与《红岩》修改的张羽在《我与〈红岩〉》中谈到，关于双枪老太婆的描写，大幅度地删去了她的一次入城活动。因为三稿中有过多的传奇色彩、惊险场面，这可能把小说带入歧途，变成一部惊险小说，把读者的注意力引到曲折离奇的情节里去，冲淡了监狱斗争的艰苦性以及主要描写对象的性格特征，从而改变《红岩》早已确定的严肃主题，削弱作品的思想力量和意义，因而不宜过多使用此种手法。②从中可以看出，即使是后来我们读到的修改后的小说文本，双枪老太婆所具有的传奇色彩仍然是其中的亮点之一，可见修改前的传奇色彩更加浓厚。

除了侠义人物外，小人物形象也是"红色经典"人物塑造的一个亮点。《暴风骤雨》中有个生动鲜活的小人物——车把式老孙头，他是个替别人赶

① 戴锦华：《镜与世俗神话》，中国人民大学出版社 2004 年版，第 281—283 页。

② 参见张羽：《我与〈红岩〉》，载《新文学史料》1987 年第 4 期。

了二十多年大车的老一辈农民，他对马的感情在小说中是通过很多的细节描写体现的，其中有这样一段：老孙头起来，跑到柴垛子边，担根棒子，撵上马儿，一手牵着它的嚼子，一手狠狠地抡起木棒子，棒子落到半空，却就扔在地上，他舍不得打。老孙头对马爱恨交加的复杂心态其实也在某些方面反映了作家对这个人物的复杂感情。老孙头的形象在很多读者眼里是整部小说中最具个性色彩的人物典型。“老孙头这种人是农村里贫雇农阶级中的中间分子，是群众思想动态的代表人物”，因而也“成为《暴风骤雨》写人物写得最突出的一个”[①]。在他复杂的多重性格中既纠缠着根深蒂固的旧的落后思想，又有纯朴善良渴望翻身过上好日子的新思想的萌芽，因为符合人物的真实和生活的逻辑，老孙头身上很少有类型人物的平面化和脸谱化缺陷。显然，作家在塑造这个小人物的时候继承了古典文学喜剧人物的描写传统，周立波在《关于〈山乡巨变〉答读者问》中说，“中国的古典小说，如《水浒传》和《儒林外史》，都是着重人物的刻画，而不注意通篇结构的。我读过这些小说，它们给了我一定的影响。”[②]具体体现在人物语言的诙谐幽默，以及由此带来的浓厚的民间味道和亲切轻松的喜剧氛围。和正面英雄的传奇故事增添了文本的趣味性和可读性一样，老孙头这类来自底层的散发着民间智慧和滑稽的小人物也为小说的趣味性增色不少。

周立波另一部长篇《山乡巨变》中小人物亭面糊的身上也有着老孙头的影子，小说将亭面糊放置在大量与吃喝有关的场景中，让他在这些民间的喜剧场面中充分展示他“亭面糊”的可爱和可笑，周立波曾经说，这个形象“并不是我周立波凭空臆造的，也不是坐在书房里想出来的，而是我从生活中找到的。亭面糊基本上是个生活原型。他的真名叫邓益亭，他是我交的一个知心朋友，还同我有点拐弯抹角的亲戚关系。1955 年，我带着家室，从北京回到益阳农村体验生活，就落脚在桃花仑的竹山湾，和邓益亭‘打’邻舍，同他合住一个小院。我和他相邻一年多，朝朝相见，夕夕相处，工余饭后坐在一起谈天，天南海北，社里家里，无话不谈，有话必说。他是个用牛的老把式，特别爱牛，有时即使骂牛，也能从骂声中体察到他对牛的爱。我常和他

---

① 蔡天心：《从〈暴风骤雨〉里看东北农村新人物底成长》，《周立波研究资料》，湖南人民出版社 1983 年版，第 304 页。

② 周立波：《关于〈山乡巨变〉答读者问》，《周立波研究资料》，湖南人民出版社 1983 年版，第 386 页。

一道下田做工夫，他驭牛犁田，我搭田角，细细观察他用牛的架势，骂牛的神态，干累了就坐在田塍路上歇气扯淡。邓益亭爱喝两杯酒，我家里炒了点好菜，或是来了客人，就邀他过来喝一杯，他酒到嘴边，兴也来了，话也多了，酒醉面糊的性格，就展现出来。所以，我们搞写作的，要写好人物，首先要熟悉人物，注意观察能反映人物个性的细节和语言，使人物的形象在自己头脑中活起来，这样你的笔下才能生'花'，写出来的人物才会有血有肉，跃然纸上”。小人物的成功给小说增色不少，但作家也因此遭到了一些质疑，不过周立波始终坚持认为，“文艺作品要忠实于生活，不能任意拔高，一个从旧社会里走过来的农民，一夜的功夫，就能变为'高、大、全'的英雄吗？尽管'文革'中，有人给了我许多'莫须有'的罪名，但我理直气壮，毫不屈服。”①与老孙头相比，亭面糊的性格被赋予了更多的喜剧色彩，显然作家也倾注了更多的笔墨和情感。

第三节　世俗化场面和民间语言价值

世俗化的场面是通俗小说常用的故事背景，虽然“红色经典”的场面描写多注重宏大壮阔的一面，但也不乏世俗化场面的描摹，“大吃大喝”的饮宴场面就是其中一个比较重要的方面，因为饮宴本身就是世俗生活最基本的构成要素。当然，这一点在仅将吃喝看成维系生命必需之物的英雄身上几乎没有体现，相反的，“红色经典”小说在小人物身上一定程度地保留了有关吃喝的世俗化描写。

《山乡巨变》中与吃喝有关的场面描写不少，并且这些场面又总是与亭面糊、菊咬筋、秋丝瓜、符贱庚等这些小人物相关联。亭面糊，绰号“酒面胡”，是个糊里糊涂、贪吃喝却又不失可爱的乡下老农。他的每一次出场仿佛总能和吃喝搭上关系，最有趣的一次是亭面糊喝酒误事的场面，小说第21节以“镜面”这种烈性的好酒为标题，用将近二十页的篇幅绘声绘色地记述了故事的经过，成为小说中十分精彩的片断。鉴于这一片断的确十分精彩，故在此摘引并说明一二：亭面糊到落后分子龚子元家里本来是要动员他入社的，结果反在龚子元的“盛情”款待下，“把劝他入社的任务丢到九霄云外了”。作者这样描写亭面糊在面对“吃喝”诱惑时的情态：“一听到酒，面糊

① 曾瑞华：《在立波同志家里作客》，载《三周研究会》2006年8月17日。

心花都开了。他笑得合不拢嘴，眼角的皱纹挤得紧紧的。”亭面糊贪馋地望着玻璃酒瓶子，四样下酒菜（熏鸡、腊肉、炒黄豆、辣椒萝卜），“满心欢喜，但在外表上，竭力装作毫不在乎的样子。”几杯酒下肚后，打开话匣子滔滔滚滚地说个没完，就是没有一句与入社相关。回家的路上由于醉酒连人带烟袋滚下水田，弄得“脸上、手上、身上、脚上净是泥浆子，好像泥牯牛一样”，十分狼狈。最后一节的“欢庆”中，亭面糊的欢庆方式自然更是离不开酒菜：当亭面糊上街为社里卖了红薯换来钱后，“忽然间，鼻子作怪，闻到一股他十分熟悉的醉人的香味。”吃喝的欲望被勾引起来之后，又忍不住进了饭铺子，先后要了八两老镜面酒，又要了一碟油炸黄豆和一碟熏舌子做下酒菜，虽然花的是公款，不过他吃得很“爽快”，因为他一边喝酒一边思索着以后可以从自己工分里扣除这八角酒菜钱，所以当儿子责怪他花公款吃喝他还能颇“理直气壮”地辩白，最后还是盛妈卖了一只鸡还了公家的钱，并且剩下的一元多“打了几两酒回家，切了点烘腊，进贡给面糊”，等等。虽然在“红色经典”小说诞生和书写的年代，饮宴场面在很大程度上被庄严宏大的革命斗争场面所遮蔽和消解，然而严肃的革命话语本身也存在世俗性的一面，这股在宏大主题遮蔽下的潜流，以一种顽强而有力的姿态给读者展示出民间最富魅力和韵味的世俗生活。

周立波《山乡巨变》的语言生动活泼，散发出一种清新的泥土味道，是民间语言运用成功的典型例子。小说中小人物亭面糊的形象和语言给人留下深刻的印象，亭面糊是一个既可气又好笑的农民，他在外面和气恭顺，在家里却总要摆出家长的威严虚张声势地“发躁气，恶神恶气地骂人，也骂鸡和猪和牛”。他简直是不停嘴地挨个骂崽子崽女：“你来筑饭不筑，你这个鬼崽子？”“还不死得快来洗脚呀，没得用的家伙？”“我抽你一巡楠竹丫枝”“要吃楠竹丫枝炒肉啵？”“我一烟壶脑壳挖死你”“捶烂你的肉”。后来有一次当已经是社里新会计的二崽摆出公事公办的派头，因亭面糊没有条子而驳回了他的借贷要求时，他为了保持住家长的面子也顾不得在大庭广众之下，就对儿子“破口痛骂”起来，完全没有了往日在外人面前的和气样子：“你这个鬼崽子，吃得油胀，变成了横眼畜牲了，亲老子都不认得了。口口声声，要么子条子，真要抽巡条子了，没得用得鬼崽子。”亭面糊骂起牛来更是有趣得很：“你这个贼×的，老子没有睡，你倒想困了？我一家伙抽死你。”正如作者随后所发的议论一样，“他的这些动了肝火，或者根本没有认真生气的痛骂是禁不起科学分析的。他骂牛是贼养的，又称自己是牛的老子。”亭面糊虽然骂牛，也是爱惜牛的，下雨天还要给牛戴上草帽，生怕牛挨了雨淋会像人一样头痛，而牛也理解甚至喜欢亭面糊的这种特别的交流方式，以至于“听惯了面糊老倌的亲昵的痛骂，没有这个，好像是缺少了什么”。对人对牲口的出口便骂，亭面糊有他自己的理论：“有些家伙，不骂不新鲜。”

此类语言不仅发生在父母打骂子女方面，也表现在夫妻对话和吵嘴之中。《山乡巨变》中的菊咬筋由于是有名的看《三国》的角色，不仅对别人，就连对自己堂客说话也要“略施小计”，菊咬筋常常骂他的堂客（妻子）是“没得用的黑猪子”“蠢东西”“蠢宝”，并以此来“控制她，压服她”，“久而久之，这些骂语，造成了一种条件反射的气氛。她好像觉得，自己真正有一点愚蠢，而他的确是聪明极了。”因此夫妻二人的对话总是充满了生趣，让人忍不住发笑。如菊咬筋与他堂客不想入社所作的对骂表演：（菊咬筋）“再提个离字，我把你打成肉酱。”（菊咬筋堂客）“我肏你王家里祖宗三代。打了我，你会烂手烂脚，捞不到好死的，你会爸死，崽死，封门死绝，你这个遭红袍穿的，剁鲁刀子的。”副社长谢庆元因他堂客吃醋引发的两人之间的打骂虽然不是作戏，两人也是真的动怒甚至动刀，也同样充满了喜剧性的色彩。当堂客质问他“招引些么子烂草鞋到家里来？”谢用一只手封住堂客双手道：“你发疯了，皮子痒了？”而堂客则边用口去咬丈夫的手边骂：“我跟你拼了，你这个短命鬼。”一时兴起的谢操起菜刀要“结果你这猪婆子！”堂客则披头散发地一边奔跑，一边嘴里乱叫：“救命呀，不得了，反革命分子杀人了！”“你来，你来打吧，你这个恶鬼，捞不得好死的，剁鲁刀子的。”虽然这些对话中不乏“恶毒的诅咒”成分，但显然读者并不会认为这些诅咒的脏话有什么实际所指，它们（骂人话）只是为了达到吵架的热闹效果而被随口倾泻出来的，听的人和说的人都不必负任何责任，夫妻也不会为了这些表面上恶狠狠的脏话而反目成仇，相反“更觉得夫妻和睦”。当庆儿娘当着外人面“手指头剜着朱老星的脸门子”高喉咙大嗓子地骂丈夫“成天价是脱了裤子放屁！”时，朱老星“并不认为是什么侮辱”，反而“浑身越是觉得滋润”，并且“日子长了，听不见这种声音，看不见这样颜色，他就觉得过得清淡，没有意思了”。可以这样说，在毫无保留的言语宣泄和释放中，读者感受到的是源自民间的浓厚的生活气息和粗俗的热闹①。

---

① 本节文字参阅了韩颖琦《通俗小说的叙事策略与“红色经典”》一文，见汤哲声主编《中国现代大众文化与通俗文学三十讲》，高等教育出版社 2011 年版。

第十五章　时代脉搏：当代域外小说、商战小说、纪实小说

追逐社会热点是通俗文学的重要特点。社会热点会有很多话题，给文学创作带来丰富的题材。社会热点的追逐是获取读者的最有效的途径。对眼前那些轰轰烈烈的事情的关注和询问，永远是生活在其中的读者的最大的好奇。正因为如此，纪实性就成为通俗文学重要的美学特征。通俗文学的纪实性表现在三个方面，一是迅速而及时地反映社会的变化；二是记载和表现世态生活和社会情绪；三是揭示和呈现社会热点背后的故事。中国的改革开放是以打开国门、融入世界作为标志，当代通俗文学创作也是中国人走出国门的域外小说开了头。滚滚而来的商业大潮是中国改革开放进程中最鲜明的特征，通俗文学同样抓住了这个社会的脉搏，进行了生动的世俗化表现。大众读者喜欢看眼前的人和事，熟悉的人和事，20 世纪 90 年代以后，通俗文学各大期刊都开设了有关纪实小说的栏目，推出了一批具有现实意义的作品。这些小说，题材广泛，体裁多样。与精英文学相比，通俗文学的人生价值的思考显得比较浅，但是对社会百态、人生百态以及生活百态的生动展现，通俗文学具有明显的优势。

第一节　地狱还是天堂：当代域外小说

真正拉开中国当代通俗文学创作的是域外小说。

从 20 世纪 80 年代开始作为中国改革开放的重要标志，中国国民可以比较自由地移居国外，于是通过劳工输出、海外留学、亲缘移民、资本移民、出国经商等各种途径，中国移民们带着不同的目的流入不同的移居国。这些人活得怎么样？国内的人急需知道，经历了特别人生历程的移民们也急需表达。20 世纪 90 年代，一批以描写中国人移民海外遭遇特殊经历的小

说先后问世,回答了这些问题。

20世纪90年代前期,域外小说作品主要是描写中国人在域外闯荡,通过自身的努力,由经济上一无所有到立稳脚跟,进而获得异国政治认同的过程。此时的作品给读者大量地呈现异域风情与文明,揭开异邦的神秘面纱,表达人们对"域外"的好奇。代表作家作品有:曹桂林的《北京人在纽约》《美国上空的中国夜莺》、刘观德的《我的财富在澳洲》、周励的《曼哈顿的中国女人》、樊祥达的《上海人在东京》、王周生的《陪读夫人》、毕熙燕的《绿卡梦》、王小平的《刮痧》等。

1991年8月,中国文联出版公司出版发行的曹桂林的长篇小说《北京人在纽约》被认为是当代第一部域外小说。

曹桂林(1947—　),生于北京,中学毕业后担任艺术团演奏员,20世纪80年代初携妻子赴美国,在纽约创立时装公司,任公司总裁。《北京人在纽约》这部带有自传色彩的长篇小说,描写了一对同为演奏员的北京夫妇,带着梦想来到美国淘金,他们一到纽约便落入了贫民窟,期望与现实产生强烈落差,但他们没有屈服于现实,美好的梦想使得他们坚持下去,丈夫王起明给中国餐馆洗盘子,妻子郭燕给服装厂勾半成品毛衣,勉强解决了温饱问题。经过几年的努力,他们创立了自己的服装公司,优秀的经商才能使得他们在商场中频频获胜,极大地改善了物质生活,从而在美国打下根基,成为成功的美国新移民。当他们在美国拥有了一定的经济基础后,他们把留在国内的女儿接到美国,女儿才是他们的真正梦想,满以为女儿的到来会满足他们的精神需求,可是,女儿一踏上纽约这陌生的土地就误入歧途,吸毒品、交往黑社会、骗父母的钱、离家出走,以致最后死于黑社会的枪下,王起明夫妇梦想破灭。

小说主要分为两部分,以女儿宁宁来美国为界,前半部分主要是描写王起明夫妇艰难创业并成功的过程,后半部分则是描写宁宁在美国这一社会环境中失足、王起明夫妇希望破灭的过程。命运弄人,王起明夫妇赴美创业为的是女儿的美好将来,而当他们成功创业时,女儿却在美国死去,作者如此"残忍"地安排情节,对于长期以来受儒家传统文化熏陶的中国读者来说,似乎太残酷、太无情了,让人难以接受,然而这就是美国的现实,在美国这样的事只是一件小事、几乎每天都会上演。作者正是想告诉读者,美国就是这样的社会——"儿童的天堂,青年人的战场,老人的墓场"。曹桂林在书的前言中说："虽然我在美国有不少的财产，和不小的生意，但我在精神上只是个零。"①王起明的经历正是对这句话的印证。王起明这一代移民虽然在经济上获得了成功，但他们的精神却是一片荒凉的沙漠，极度空虚贫乏。初到美国，为了生计，同时受到美国奢侈的物质生活的诱惑，他们对生活还是有激情的，但随着经济上的独立，他们最初的矜持完全放松了，他们开始寻找情人，并有了玩妓女的经历，王起明背着妻子与阿春约会，对妻子的山盟海誓早已抛到九霄云外，他小丑似地学习美国老板走路的步伐，摆老板的架子，妻子也开始爱慕虚荣，把精力放在衣着和打扮上。在生活的逆境中，夫妻双方还能相濡以沫，在生活的顺境中，夫妻双方便同床异梦了。如果说在中国社会里，受伦理道德的束缚，人的劣根性还不太容易暴露的话，那么在美国社会美国文明里，人的劣根性将暴露无遗，它会使人的精神变成一片荒原。

在传统的国人想象里，美国应该是天堂，遍地是黄金，中国移民们巨大的移民热情，也正是来自美国是天堂的认识的驱动。这部小说向国人大量展示了美国的社会风情，描写了美国的社会环境，给读者一种感性上的冲击，一方面是高度发达的物质文明，另一方面是污秽黑暗的现实社会。

改革开放之后出国的新移民们在国外究竟活得怎么样？《北京人在纽约》的作者大概太过于展示他的某些理念，小说的一些情节安排显得不太自然。同样，也是为了理念的阐述，一些人物形象还比较概念化，例如宁宁，她的出现、表现和结局概念化的雕琢都很明显。但是，这部小说适时地满足了读者的阅读期待，再加上电视剧的改编和热播，它产生了很大的影响。

1994 年，曹桂林发表了《北京人在纽约》的续集《纽约上空的中国夜莺》。这部小说由《北京人在纽约》描写王起明的创业经历，转为探讨在美国社会中移民的精神归宿问题。

与《北京人在纽约》中强烈的主观判断不一样，周励的《曼哈顿的中国女人》似乎对祖国和移民国的文化作出了客观的评价。周励，1950 年初出生于上海，1969 年曾在解放军黑龙江生产建设兵团劳动、上学、当医生，1978 年返沪，1985 年到美国。《曼哈顿的中国女人》，北京出版社 1992 年出版。小说先在京城轰动，而后又风靡全国。这部小说描写了一位旅美女华人回顾她成长经历的故事，她作为女强人在美经商成功，从而步入上流社会。和

① 曹桂林：《北京人在纽约》，中国文联出版公司 1991 年版，《前言》第 2 页。

大多数移民对移民国产生抵触情绪不一样，小说主人公融入了美国的文化中去了，她对纽约不吝赞美之辞，在她眼中“纽约是一个奇迹，是一座美丽的国际大都市”，她言必称“在美国”，俨然美国人身份给读者介绍美国的民俗风情、法律规章，字里行间流露出她生活在纽约的自豪之情，因此，当中国留学生枪杀教授时她感到羞愧与自责，当她回顾国内的陈年往事的时候，她显然不自觉地以美国的文化标准来衡量一切，其视角由域外面向本土。然而可贵的是，作者在转换创作视角时，并没有走向极端，以美国的文化标准来否定国内的一切，她始终保持冷静平和的心态审视一切，美国对她来说并不是天堂，而是美好与罪恶并存，祖国虽有不尽如人意的地方，但那是生她养她的故乡。作者在这部小说中刻意回避了对中美文化冲突的问题做出决定性判断，而是努力“客观地”陈述，例如小说第一章写中国的推销员工作勤奋，付出多回报少，美国则与之相反，对此，作者并未评说谁是谁非，只是对两者的不同进行了比较，其中的文化判断、社会判断，读者自会体会。

《曼哈顿的中国女人》对文学史的贡献还体现在文体上，它开创了纪实性的域外小说文体。20 世纪 90 年代的域外小说作家几乎都有移民背景，对移民的生活经历进行“真实”记录成为了作家们常用的创作思路，因而他们的小说往往带有自传性质。“真实性”往往也是这类小说打动读者的一个手段。也许由于周励曾做过记者，她在创作小说时将很多新闻手法融汇于其中，小说中对纽约商场的体验、对童年的记忆、对初恋的重温、对北大荒生活的回归以及一些留洋经历描述都穿插着新闻笔法，甚至在她的作品中使用真实姓名，因而让人读来更觉真实、亲切、可信。她的这种创作手法对 20 世纪 90 年代中后期的域外小说创作产生了重要影响。

20 世纪 90 年代后期，域外小说大规模地把创作视角转向文化领域，作家们集中笔力描写东西方文明冲突，并积极探讨个体在文化冲突中的精神归宿问题。此时域外文学的文体呈多元发展，散文体、笔记体、日记体时有出现，对整个移民域外的过程做详尽描述，但反映文化冲突的域外小说仍是此时域外文学的主导文体。

1993 年 12 月，上海文艺出版社出版发行的作家王周生的《陪读夫人》就体现出这种文化冲突的创作倾向。小说表现了一个陪读夫人域外陪读的心路历程。夫人弃职携子远渡重洋、相夫陪读，寄居富有的美国家庭中，由于文化背景、价值观念、生活习惯的巨大差异，中国家庭和美国家庭时时弹奏出不和谐的音符。小说一开始蒋卓君和露西娅就因为婴儿的睡姿问题而发生争执，中国几千年沿袭下来的习惯，让婴儿仰天睡，而美国人的传统是主张婴儿趴着睡，他们认为婴儿朝天睡会回奶窒息而死，中国人则以为婴儿趴着睡会妨碍呼吸，不利于肺部发育；此后她们又围绕婴儿吃手指、晒太阳、餐桌礼仪、夫妻关系等一系列问题而意见相左，在这样的交锋中，蒋卓君这位典型的中国母亲因不适应而产生精神压抑，她作为东方女性的自尊受到伤害，电话风波终于成为她离"家"出走的导火索，可是当她置身于纷繁复杂的美国社会中，却产生了更大的迷茫。作家并没有一味陷于文化冲突陷阱中，而是试图找出解决问题的途径，这种探索是可贵的，可作家提出的解决途径说服力却不够，作家以乔丹的男性霸权对露西娅施加压力，使得她接受蒋卓君，蒋卓君让步回"家"，这样的结果看似圆满，实质上并没有解决问题，危机只是被暂时掩盖而已，短暂的融合预示着更大的冲突。

孤独是每一个域外生活者所面临的问题，环境的生疏、语言的隔膜、人际关系的稀少，这些只是一些外部的原因，真正的原因应该是文化的差异，这是毕熙燕的长篇小说《绿卡梦》给读者留下的深刻印象。小说女主人邹易是一桩婚姻的第三者，为了脱离这段畸恋，她移民澳洲。她原想在澳洲获得心灵上的慰藉，却不想更陷入了孤独的痛苦之中。小说精彩的部分还有对处于中澳两个不同地域中的人对婚姻的不同观念的描写。在西方的当代社会中，婚姻包含了性关系，可是性关系却并不代表婚姻，性关系有随便和严肃两个层次，随便的性关系并不代表婚姻，严肃的性则更多地是把婚姻当作一种责任，一种带有法律意义的承诺，它更多地与财产分割、子女抚养权联系在一起。中国社会主流风气中，婚姻始终是建立在感情基础上的，物质的成分对中国人的婚姻而言是其次的。虽然身处西方世界，邹易这一代留学生还是倾向于中国式的婚姻。小说安排一个外国人奥斯卡和一个中国人姜建明同时追求邹易，很有意思的是邹易最终选择了奥斯卡这个外国人。为什么呢？澳大利亚人奥斯卡给邹易讲了一个完全体现中国文化精髓的具有禅宗意味的故事，以暗示、开启邹易，而典型的中国人姜建明却现实地以地位和物质为条件，以西方的崇尚金钱的价值观来追求邹易。乍一看，读者会感觉角色错位了，仔细品味，却发现作者正是通过角色互换来传达她的文化观念：文化并不因为国籍一成不变，它的变化还在于不同的选择和接受。

20 世纪 90 年代后期表现文化冲突最有名的域外小说是王小平的《刮

痧》。这部小说从事情的起因、事情的发展到事情的结局完全放置在中西文化的对比中展开。刮痧是中国民间传统的医疗手法，在美国医生眼中，刮痧是残忍的伤害，毫无科学根据，成了虐待子女的证据；在中国社会里，教育子女完全是父母的事，而在美国一旦父母被认定为有虐待儿童倾向，父母教育子女的权利就可以被政府剥夺；作为中国传统文化中正义象征的孙悟空，在美国人眼中却成了无恶不为的妖魔；让孩子自己玩在中国是寻常事，许大同却因为去警局接迷了路的老父，把不满 12 岁的儿子同同单独留在家中失去了对子女的监护权。小说的情节充满了戏剧性，戏剧性的根源是文化背景的差异，导致了相互间的误会与曲解。很有意味的是事情的结局，作者选择了在圣诞节这天，让许大同冒险扮成圣诞老人爬楼去看望儿子同同，法官为父子情深所动，终于越过法律程序，允许许大同一家团圆相聚。似乎是中国式的温情战胜了美国法律的呆板，仔细品味却感觉到了当代域外人的辛酸：异体文化融合、吸纳、认同的尴尬与迷茫。

最初的域外小说很少写到性，20 世纪 90 年代后期性的描写在域外小说中明显增多，一方面是作家趋利的行为，当“身体写作”形成了一种不可忽视的创作现象时，文学作品描写性似乎就成为了一种趋势，一些域外小说家出于商业目的加大了对性的描写力度，这些打着“域外”的旗号纯粹追求感官刺激的作品应归于“垃圾文学”一类。另一方面，20 世纪 90 年代后期也有不少域外小说将对性的认识理解为文化的一部分，并从中展现中西文化的冲突，骁麒的《重返伊甸园》可视为代表作。

第二节　欲望还是疯狂：当代商战小说

以经济生活和商场战争为表现题材的商战小说，在当代社会小说的创作数量上，占据了半壁江山。在以经济建设为中心的基本路线提出后，中国社会在 20 世纪 90 年代出现了空前的商业大潮。在滚滚的商业大潮中，人生、人性都有了一个全面施展和表现的机会，也有了一个摔打和评判的空间。如此红火的创作素材，通俗小说作家们怎么能忽视呢？与滚滚的商业大潮一样，商战小说也滚滚而来。

中国大陆的商战小说创作是随着梁凤仪“财经小说”的引入而兴起。

梁凤仪财经小说给中国大陆的文坛吹进了一股强劲的商战小说之风。

这些小说给很多作家提供了创作的范本，也给很多作家在创新上提供了依据。这两方面的影响可以从滑翔的《丽宫》和豆豆的《背叛》中看出。滑翔，原名朱华祥，《丽宫》最初刊载于1997年《今古传奇》第1期。2008年出版小说《新闻界》。豆豆，原名李雪，《背叛》连载于2000年《啄木鸟》第1—4期，2013年出版长篇小说《天幕红尘》。

和梁凤仪财经小说一样，《丽宫》也描写了一个报复与反报复的商场故事，贯穿其中的是夫妻双方的爱情破裂。梅君日夜思念在经济特区创业的丈夫许智，于是她只身来到深圳寻夫，却发现丈夫已经发迹，并移情别恋。梅君了解真相之后，痛不欲生。为了复仇，她艰苦创业、苦心经营，终于成就了自己的一番事业，最后她联合盟友共同击垮许智。这部小说模仿梁凤仪财经小说的痕迹很为明显，还是女强人复仇的基本思维。梅君有着《九重恩怨》中江福慧的影子，她虽然没有庞大家族产业的经济背景，却有军区司令员女儿的显赫身份，她同样具有叱咤风云、左右商场的实力，而许智正是另一个杜青云，也具有一个由贫穷而暴富、心智扭曲的悲剧性格。这部小说同样将感情放置于与金钱的对抗中展现。为了牵制梅君、保全自己利益，许智坚决不与梅君离婚，但当梅君以诱人的商业利益为条件，他立即在离婚协议书上签了字，在商场中婚姻就是金钱交易的筹码，其情冷漠，令人唏嘘，正如小说题词所述："椰岛大款万千，谁人属精神富翁？特区高楼林立，哪座是心灵丽宫？"

怎样超越梁凤仪，是商战小说作家们所遇到的挑战，豆豆的长篇连载小说《背叛》显然是想为商战小说创造出新的空间。这部小说在情节上突破了梁凤仪财经小说"报复＋反报复"的单一模式，爱情与金钱的冲突也不是其表现的主题，作品试图表现高智商经济犯罪的内幕来展开个人与社会的冲突，将危机四伏的商战与情感欲望交织描写，从爱情的侧面来窥视经济社会对现实生活、对灵魂人性的冲击与异化。

爱情还是这部小说的基本情节，然而梁氏小说中"夫妻情变、反目成仇"的经典模式，在《背叛》中只成为铺垫与絮语，主人公一见钟情、相知相恋，为了事业奋起他们在商场中挣扎抗争。但是，尽管他们感情真挚、才华横溢，非法的取财之道最终注定了他们毁灭、沉沦的悲情命运。同样是"商情＋爱情"的梁氏模式，过程和结果却截然相反。梁氏小说往往先是情感破裂，而后通过商场手段彻底抛弃故情旧怨，最终又在商场中重获新的爱情，是由破裂到圆满,《背叛》则先是在商场中结成相濡以沫、至死不渝的爱情,而后又在商场中经历坎坷,在客观因素的作用下走向灭亡,是由圆满到破裂。

《背叛》不再以女性为中心,而是努力塑造出血肉丰满的人物群像,其中描写最为成功的便是宋一坤这一人物形象。宋一坤的性格极为复杂,他貌似平庸、胸无大志却善于心计、智商过人,表面漫不经心,对世事却洞察秋毫,冷漠寡言的背后有着一颗火热的心肠。宋一坤来自农村,他具备农民优秀的品格,重情义、讲义气,同情弱者,对爱情忠贞不渝,然而在商场中,他笃信无情无义的竞争原则,受利益驱动不惜违法犯罪,他处处体现出人与鬼的双重人格,像宋一坤这样立体化的人物形象在梁氏小说中是不多见的。

《背叛》中对死亡气氛的渲染,体现出对人性价值追问的哲学意蕴。此外,同样是对商业知识如数家珍,但更多地是对偷税、漏税、洗钱、假合资、非法集资等黑幕的描述,因此,它满足了读者的好奇心理。

尽量地有别于梁氏小说,《背叛》在商战小说中就有了自己的文学价值。

上海籍作家徐俊夫是这个时期一位重要的商战小说家,他根据自身的股场经历潜心创作了《股海搏杀》和《股场亡灵》两部连续的中篇小说,将商战小说引向了一个新的创作空间。徐俊夫把梁凤仪财经小说中"复仇+爱情"的情节割裂开来,分别体现在《股海搏杀》和《股场亡灵》中。《股海搏杀》以股场的金钱搏杀为背景,以复仇为外壳,表现的是正义与邪恶、公与私格斗的内核。小说塑造了一个股场上近乎完美的人——"股神"曲云锋。这是一个没有任何裙带关系返城的知青,可是他却能在股市中叱咤风云、呼风唤雨,然而金钱并不是他称雄股海的目的,他为的是报昔日好友夺妻杀子的不共戴天之仇,他运筹帷幄、设置陷阱,使得仇人四面楚歌,身陷十面埋伏还不自知,最终暴死股场。作者注意到对人物内心世界的刻画,曲云锋在股场上有手腕、有魄力,是无所不能的股神,内心却怀有普通人的愿望,他渴望拥有一个温暖的家,有贤妻陪伴左右,有娇儿绕膝攀背。充满陷阱、无情、阴谋的股场,迫使曲云锋不由自主地无情复仇,对稳定、悠闲、平和生活的向往又使得曲云锋痛苦和迷茫,现实生活和精神追求构成了曲云锋复杂的人物性格。小说带有一定的江湖色彩,复仇的情节惊险、神秘、充满智慧与悬疑。《股场亡灵》则探讨了股场中爱情的本质。股票市场无爱情是小说的结论。小说中刘佳明和黄慧丽的爱情经历了两次冲击。第一次是经理试图利用权势逐鹿情场,以高职厚薪为筹码清除情敌,威逼利诱刘佳明,黄刘二人抵住了物欲的诱惑，维护了爱情的坚贞。可是一进入股市，再坚贞的爱情也会垮掉。在第一次爱情冲击中那么坚定初恋的黄慧丽在股场中居然与满身铜臭味的周国胜一拍即合，于是黄刘的爱情经历了第二次冲击。在这次冲击中金钱完全击败了爱情，曾经的爱情誓言变成了无法兑现的谎言，人在股票面前显得那么的卑微与渺小。股票不仅战胜了爱情，而且还玩弄爱情。在爱情的幌子下，刘佳明也卷入了股票的潮流之中。对股票知识一窍不通的他，居然在股票大亨们的操纵下三天之内成了股评家，最后在骗人和被骗的旋涡中走向了毁灭。

股票为人们提供了一条谋取钱财的捷径，它的刺激、惊险、诱人，暗合了当代人浮躁、趋利、冒险的心态，给商战小说提供了绝好的素材。在徐俊夫的《股海搏杀》和《股场亡灵》前后，反映股票商战比较成功的小说还有杜建平、戚克强的《赢钱前后》，易迪的《股海遗梦》，园静女士的《股海情殇》等作品，它们都是以股市的风云变幻为背景，考察人性在这种此起彼伏变动中的善恶表现。2015 年中国股票大起大落，更激起了有关股票的小说创作，股票小说批量出版成为了通俗文学出版界一道特殊的风景线。

大陆轰轰烈烈的经济改革规模之巨、范围之广，梁氏小说所表现的香港工商社会不能相比。但是，大陆的市场经济起步的时间并不长，没有香港工商社会那么成熟，还有着市场起步阶段的各种“硬伤”和“软伤”。这些市场起步期出现的各种现象也就成为了大陆商战小说的特色。

中国大陆的市场经济与“能人经济”有直接的联系。这些能人都曾是市场经济的弄潮儿，他们的沉浮就充满了商战的气息。20 世纪 90 年代中期，几部以纪实的手法描写了商界人士成功创业经历的小说引人注目。徐俊夫的《上海民营股份企业第一人》记录了上海申华实业股份有限公司董司长瞿建国艰难创业的历史；贾昭衡的《重庆火锅王》描述了闻名遐迩的火锅大王蒲世全血与泪交织的创业足迹；张国维的《中国私营跨国民航第一人》记述了中俄合资航空公司董事长王学文创办私营跨国航空公司的传奇经历。这些小说旨在写人，由人及事、由事及理，都表达了一个共同的主题：创业艰难。小说一改往昔描写血腥的商场争斗，从正面的角度来考察商场生活，具体的创作中形成了“起步维艰”“排除万难”“成功创业”的模式。虽有简单化的倾向，这些小说还是开创了商战小说的一个新的领域。

在强烈的经济利益驱使下，经济犯罪在中国商业大潮中显得相当严重，当代的商战小说对经济犯罪的揭露可谓不遗余力，成为了大陆商战小说的一大特色。1996 年第 6 期《今古传奇》上登载了杨黎光的《百万巨骗的泡影》，讲述了一个公司经理以欺骗的手段，骗取银行的贷款、中饱私囊的故事。书中对诈骗手段的描述令人心有余悸。主人公温迎龙一生就是想成为百万富翁，可是由于缺乏经商才能，他的梦想只能成为泡影。缺少经商才能，却很能钻体制的空子，他觉得经商就是不停地算计别人也不停地被别人算计。他以“先存后贷”的形式向银行贷款 150 万元，又以“拆东壁补西墙”的怪招去填补亏空，随后又以“抵押贷款”的方式弥补新的亏空，从而形成一种恶性循环。温迎龙拿国家的钱还个人对银行的贷款，用银行的贷款去行贿银行的实权官员，以获得更多的贷款，玩的是“空手套白狼”的把戏。骗子固然可恶，留给读者的却是更多的思考：为什么那么多的人就那么容易受骗；为什么温迎龙就那么容易行骗。很多问题已经超越了故事的本身。

孙琅的《无罪的逃犯》则揭示了另一种经济犯罪的方式——恶意诬陷。出身于贫寒之门的申克增，是一位奉公守法、照章纳税的私营企业家，然而在两起经济活动中，他遭遇了商场合作伙伴密谋策划的诬陷，于是这位昔日的商界名流，走上了逃亡之路，做了孤独的草原的牧羊人。9 年以后，书中夹着的一张小纸条成了救命稻草，他得到了平反雪冤，但是此时的申克增已身心俱创。这部小说基本上是遵循着正义必将战胜邪恶的传统思路展开的，并没有什么新意，值得思考的同样是故事背后的问题。物欲的诱惑当然是商场诬陷根本动力，但是诬陷的成功决不仅仅是商人单纯的行为，它还需要权力部门的帮衬产生的土壤，这部小说明确地提出了政府工作部门工作不力，客观上孕育了诬陷犯罪的生成，有些国家工作人员有意地缘情判案，主观上造就了诬陷犯罪的生成。

在这类商战小说中，还有很多表现商场借债、逃债、讨债的小说。这些小说多为短篇，像汤雄的《持枪索债》、胡飞扬的《破产》、牛正春的《李大头赴宴》、刘军的《讨债》等，这些作品揭露了形形色色的商场借债、逃债、讨债方式，陪酒借贷、美女公关、武力讨债、招“贤”催款等招式。这些小说的内容虽是荒诞不经、滑稽可笑，但读后却颇有余味，例如《破产》中的主人公提出的一个观点：“企业破产是一种完美的逃债方式”，为什么呢？启人深思。

20 世纪 90 年代的经济犯罪与官场腐败成为了严重的社会问题。不法商人为寻求政策的庇护而行贿身居要职的官员，官员利用手中的权力谋取非法收入，这种罪恶的权钱交易导致了“官商勾结”。“官商勾结”给商战小说提供了绝好的素材。这一时期对这一现象揭露得比较深刻的作品是钟道新的《非常档案》。

钟道新，1951年生于北京，中国作家协会会员。早在1992年他就发表了以股票交易为题材的长篇小说《股票大亨的儿子》，颇受好评。《非常档案》是其又一部长篇商战力作，小说以金融界为中心，描写现代大都市中一群“灰色贵族”的经济生活和日常生活图景。书中最为精彩的是对商界不法分子行贿政府官员的细节描写。在金钱面前，不法商人和贪婪官员存在共同的利益一致性，尽管他们在权钱交易中承担的风险各不相同，但非法敛财却是他们共同的“合作目标”。商人行贿官员，挖个陷阱让官员往里钻，官员明知是个陷阱也敢往里跳，因为收贿之前他已经预测了各种风险存在的可能性，并采取了相应的对策，从而为自己解除了后顾之忧。身为工商局局长的刘心之就是这样的一个贪官，他将非法获得的“有形资产”分成若干形式，存放在若干个地方，让人无法追查，还通过各种手段获得并控制“无形资产”。什么叫“无形资产”？就是既是受贿而来，又不留下把柄的资产，例如当商人行贿时，表面上他装作高风亮节拒受现金，可是态度暧昧，言语间流露出对金钱的爱好，商人也投其所好，宣称先存钱在公司，随时可以取现，这样就留下这笔属于他自己别人又无法查对的“无形资产”。贪官的狡猾、奸商的无耻在这部小说中被作者刻画得十分深刻到位。

小说还揭露了很多不法商人聚敛财富的卑鄙手段。而这些手段能够形成并得逞，正是在某些权势者支持的基础上，钻了国家经济体制的一些漏洞所造成的。例如怎样将银行的钱化为己有，小说就有精彩的演绎。按银行惯例，应该监督贷款方贷款的使用情况，项目进展到什么程度，贷款就拨付到什么程度，以减少银行的风险。但是中国的银行又是国家体制，它必须按时地完成任务，而商人就是利用银行官员急于完成任务的心理，侵吞巨额贷款，然后慢慢分解、消化到个人的账户上，最后有借无还，以银行形成呆账、死账而告终，不了了之。再例如股份制改革。国家本意是想通过这样的体制改革将企业推向市场，从而建立现代企业制度。然而，在执行中这样的改制行为常常成为聚富的手段。很多企业打着改制的幌子，通过各种名目，将国家资产收入个人的腰包。作者在揭露这些商场罪恶时，都融入了这样的创作理念：商场腐败还不是最黑暗的，商场和政府公共部门的勾结腐败才是最黑暗、最有危害性的。

20世纪90年代的商战小说是时代的产物，是中国经济生活一个重要侧面的艺术记录。这类小说数量很多，但是比较起来精品佳作并不多，为什么呢？有些问题很值得我们思考：商战小说决不仅仅是表现商场争斗的激烈，各种阴谋诡计，它还应该对市场经济体制上的弊端进行深刻反思。黑暗面固然要揭露，但是制造黑暗的根源更应该揭露。当表现与反思、感性与理性、批判和建设结合起来时，商战小说就不会仅仅是追求情节的曲折性，就会向更深的空间开掘，就会成为可读性强又有思想深度的作品。在商场中刻画人性，这一时期几乎每一部商战作品都注意到了，但是几乎每一部作品都没有能注意到人性是多元化的。在与金钱的较量中，并不是所有人的人性都是扭曲的，就是人性扭曲了也是有种种原因、方式、行为和心态的。不是从商战的角度写人性，而应该从人性的角度写商战，这大概是商战小说写人物应有的创作思维。梁凤仪财经小说对大陆商战小说的出现起到了重要作用，但是也为大陆的商战小说规定了先在的结构。凡商战创作，必是商战与爱情、复仇与阴谋、成功与失落并存。这样的模式当然不是梁氏小说专有，但是确实还是梁氏小说最好。另外，20世纪90年代大陆的商战小说以中短篇结构居多，长篇叙事结构的商战小说凤毛麟角，这同样与作家们拘泥在梁氏小说的结构模式中左顾右盼不无关系。

第三节　魔鬼还是天使：当代纪实小说

当代最早的纪实小说出现在20世纪80年代中后期，是以主流、精英的姿态出现的，大众化的纪实小说则出现在20世纪90年代初期，主要是新时期公认的一些大陆通俗文学一流期刊，像《今古传奇》《章回小说》《民间故事》《通俗小说报》《中国故事》等登载大众化的纪实小说作品。这些优秀的通俗小说杂志都相继开辟了纪实小说专栏，如《今古传奇》的“中篇纪实小说”“长篇纪实小说”，《章回小说》的“风云人物纪实”“大案要案纪实”“农村问题纪实”等专题纪实，《通俗小说报》的“纪实文学”栏，一些杂志还不定期推出纪实文学专号发表纪实小说，一时间纪实小说成了通俗文学期刊版面的重要组成部分。

最初，纪实小说多为一些中短篇，内容主要涉及两个方面：一、回顾历史名人轶事。最多的是那些回忆已故领导人的纪实小说作品，如张涛之的《力挽狂澜》、汤雄的《陈毅和他的幺妹》、何志强的《命运，同国家主席相连》、金正纯的《陶铸在鄂中》等小说，对党和国家领导人的生平及相关趣闻进行客观描述。回顾作家逸事的纪实小说作品也比较多，如杨耀建的《文坛奇才张恨水》等作品。此外有关战争纪实，以及20世纪30年代十里洋场上海的奇人趣闻的纪实小说也屡见不鲜。二、记录当时社会上一些产生局部影响的社会事件。如知青小说罗学蓬的《同归于尽》对鲜为人知的知青生活内幕进行反映；记录要案侦破过程的纪实小说，如张世春的《人头邮案》、曹德权的《亡命黑道》、王楚华的《死证》等小说也数量可观。此外还有一些反映偏僻山村以及农村问题的纪实小说。此时的纪实小说主要是历史的回顾，艺术性较弱，结构相对狭小，长篇不多，特别是一些纪实小说还不能正确处理纪实小说与新闻、传记文学的关系，他们甚至把小说当作新闻、传记文学来写，使得此时的纪实小说新闻色彩十分浓厚。

20世纪90年代中后期，纪实小说作家们不再沉迷于回顾历史、捕捉名人的野史趣闻，而是直接面对现实生活、关注当下社会问题，并表现出强烈的社会使命感。20世纪90年代中后期的纪实小说大体上有三类题材：农村纪实、要案纪实和热点纪实。

农村纪实小说主要是反映改革开放政策下的农村的新气象、新变化，以及探讨农村改革的新走向、新问题。1997年《今古传奇》第5期上发表的冯治的《中国三大村》是一部典范的农村纪实小说。小说共分为《风风雨雨大邱庄》《人间天堂华西村》《大旗不倒说刘庄》三个部分，分别对天津的大邱庄、江苏的华西村、河南的刘庄三个小村子成功改革的历史进行了真实记录，进而对中国农村改革的深层次问题提出思考。《中国三大村》之外，农村纪实小说的代表作品还有张宇的《新鲜的神话》、向华的《中国第一"包"》、解永敏的《多事的乡野》、魏得胜的《敲起锣来打起鼓》等一系列作品。这些作品涉及当代农村改革中方方面面的问题，概括起来主要有三大方面。一、总结农村改革成功典型的经验教训以及对农村改革模式的反思。《中国第一"包"》记录了安徽凤阳小岗村农民顶住压力搞土地承包的事，文章字里行间流露出对农民开创精神的褒扬，这对于鼓舞农民解放思想、勇于创新的改革勇气具有积极意义。《新鲜的神话》记录了南街村的神话，南街村是河南省临颍县县城南关的一个小村子，这个村子至今仍保留许多"文革"中的生活习惯和管理模式，可是南街村却是河南省的首富村，其保守的发展模式与华西村、大邱庄、刘庄的创新模式大相径庭，作者在此提出一个新的问题：发展的模式不是唯一的，改革不能盲从，因地制宜才是正确的思维。二、揭露农村中依然存在的严峻问题。改革开放虽然加快了农村现代化的进程，但伴随着现代化进程又产生了许多新的问题，而且，在一些偏远地区愚昧无知的现象仍十分严重。《多事的乡野》围绕乡村沃野发生的十个惊心动魄的故事，通过典型的个案反映当前农村急需关注的问题：《转亲悲叹调》——买卖婚姻；《辍学伤心泪》——贫困辍学；《连环高利贷》——民间放贷、借贷；《服毒绝命人》——自杀问题；《上访"马拉松"》——人民信访难；《打工变奏曲》——打工者生存危机；《传教信教篇》——精神空虚；《包"小婆"》——传宗接代的封建思想；《乡间贼人帮》——农村黑势力；《风水宅基地》——愚昧迷信。每一个问题都触目惊心，发人深省。这一纪实小说形式别具一格，每一小节之后作者都发表评论、见解，启人思考。三、对农村基层组织建设、司法体制建设、民主选举机制建设的探讨。农村基层组织是农村改革具体实践的领导核心，它在领导农民致富的道路上发挥着举足轻重的作用，因而建立高效率、合法化的农村基层组织迫在眉睫。《敲起锣来打起鼓》记录了一个高考落榜和一个役满复员的青年与农村恶势力进行斗争，带领乡亲共同致富的过程。小说对农村司法体制建设、民主选举机制建设表示担忧，对于引导深化农村改革意义深远。

要案纪实主要是对20世纪90年代社会上发生的一系列重大案件的始末进行披露与揭秘。改革开放使中国面貌焕然一新，发生了翻天覆地的变化，但是大案要案也此起彼伏，成为严重的社会问题。纪实小说对这些案件积极跟踪，以文学的形式记载下来，具有醒世的作用。

要案纪实小说的地域性比较强。纪实小说家们往往以正副标题的形式对此界定，正标题是含有隐喻意义的文学性标题，如"阳光地带""八千里路云和月"等标题，副标题则是对案发地点以及案件类型的说明，如"A省少管所采访记""丹东特大盗车案侦破纪实"等，副标题揭示了案发的地理空间，作者在具体的创作中也尽量遵循了案发地的民俗风情。比较有特色的是作家高红十有关上海地区要案纪实小说作品。1997年、1998年、1999年高红十在《啄木鸟》杂志上分别发表了三篇纪实小说《为了母亲的微笑——记上海浦东九五·五·三案》《死亡游戏——虹口93·10·6案》《173个夜与昼——侦破上海黄浦 4·14 抢劫案》，三部作品都是记录 20 世纪 90 年代中期发生在上海的重大刑事案件，这些案件在当时都产生了十分恶劣的社会影响，严重扰乱了上海社会的稳定和平，为了凸显案件的真实，作家在创作中坚持使用上海地方方言进行人物对话，显示出鲜明的地域色彩，读者读来真实可信。

要案纪实小说具有严密的推理性。大部分的要案纪实小说在副标题中都出现了“侦破”字眼，如张新建的《赵州桥作证——河北赵县“5·7”抢劫杀人案侦破纪实》、孙纯福的《放纵的代价——郴州“10·10”特大杀人案侦破实录》等等作品。要案纪实小说实际上是侦探小说的变体，它带有侦探小说浓厚的推理性。神秘、惊险、悬疑是侦探小说的三大审美功能，环环相扣的悬念激起读者的强烈探秘欲，小说对犯罪行为的判断剖析，以及运用逻辑学和心理学的知识进行合理推理，去破解悬疑的过程，就是为了满足人们急于了解案件真相的心理。要案纪实小说在坚持真人真事的基础上进行了创作手法上的探索：要案纪实侦探小说化。《子夜罪恶》就是一部推理严密的要案纪实小说。当警员们发现现场没有蛛丝马迹可寻之际，他们没有迷茫失望，而是冷静思考，从头复原事件表面，重新开始。假象也是对本质的一种反映，警员们合理推断，最终疑窦顿解、柳暗花明，终于揭开事实的真相。

要案纪实小说形成了由案写人的创作模式。要案纪实小说几乎都形成了一个歌颂性主题，纪实小说家们在设谜——解谜——说谜的过程中，往往以赞叹的口吻来表达对公安干警的敬佩之情，他们几乎一致强调，如果没有勤勤恳恳、不畏强暴、吃苦耐劳的干警们，许多案件将无法告破，一个案件成功的背后一定有一群全心全意为人民服务的好警察。作家们在表现他们的英雄气概时，不吝笔墨。《173 个夜与昼》中李家华支队长说“当一辈子刑警，干两辈子活儿，苦了三代人”，当警员董方亮要去抓捕重犯时，他对黄修业说：“万一我光荣了，让我儿子长大当刑警，还坐我那办公桌”，这些细节描写体现出了警察的平凡与伟大，作家的赞美之情不言自明。

热点纪实是对 20 世纪 90 年代社会上产生的热点问题进行反映的纪实小说。它和农村、要案纪实小说只关注社会某一领域不同，它关注整个社会。它有一个前提，即这一问题是否成为公众普遍关心的社会热点。20 世纪 90 年代的热点纪实小说比较有代表性的作品主要是以下几部：

姜鹏飞的《追寻梦中的月亮——中国十年移民黑潮》，这部纪实小说对非法移民现象进行全面反映、分析与评价。小说先对当代移民潮的渊源进行揭示，进而指出移民现象的两重性，一方面移民确实对世界经济的交流与联络具有不可磨灭的功绩，另一方面移民的存在也不可避免地成为任何国家不可忽视的社会问题，尤其是非法移民的存在，更是令各国移民局及相关部门头痛不已。小说通过个案揭露了非法移民形形色色的手段，并分析了非法移民造成的社会危害，是一部全面考察移民现象的纪实小说。

黑子的《一件可怕的事情》是一部关于"二奶"生活的中篇纪实小说。20世纪90年代"包二奶"成为一种社会现象，这部纪实小说对这一问题进行了剖析。小说以缪斯斯的"二奶"生活经历为例，分析说明了"二奶"现象是人类感情世界中的自私、畸形的生活现象，于男方而言，他们看中的是女方的美貌和身体，对女方来说，她们贪图享乐、安逸而出卖自己的青春和美丽。自私和占有是"二奶"现象的根源，彼此根本没有感情可言。这部小说以惨剧的结尾来暗示："二奶"之路必将走向无法收场的结局。

相梓、中英的《决战九江》是一部反映军民联合抗洪抢险的纪实小说。1998年6月中旬，连日的暴雨使得江西五条主要江河水位暴涨，近百万民众的生命财产安全受到威胁，五百年未遇的恶性洪灾使得江西人遭遇了惨重的自然灾难。面对洪魔，公安民警带领广大民众，用钢铁般的意志和血肉之躯奏响了一曲抗天之歌，他们用自己的生命保护人民、保护国家的财产，正如小说结尾所说"滚滚长江东逝水，浪花淘尽多少英雄"。这部纪实小说气势宏大、场面感人、可歌可泣。

王林的《沉重的喜悦》描述了农村学生因经济困难而无法入学的真实生活小说。偏僻的小山村有史以来产生了第一个考上北京大学的学生，村里人为之兴奋不已，全村举行了简陋的庆祝仪式，可是兴奋过后便是苦恼，因为大学学费使得他们不堪重负，于是全家人变卖家当，村里人也竭尽所能，确保其能准时报到。小说由喜到悲，感情起伏很大，但却朴实感人，表达了农村人对知识的渴望，也对农村教育问题提出责问，读起来沉甸甸的。

20世纪90年代热点纪实小说名目繁多，除了以上几部外还有"笔墨官司纪实"：许凤仪的《扬州书案》；"神童作家纪实"：刘绍振的《我的胞兄刘绍棠》；"明星纪实"：沈冠生、沈海清的《世界超级名模》；"超短篇纪实小说"：鲁南的《借西方一个节日》等多部作品，杂乱之中显示出20世纪90年代纪实小说在数量上的繁荣。

20 世纪 90 年代纪实小说题材极为广泛，缉毒、缉私、反黑、移民、农村、反腐、校园、打工、民工……几乎涉及生活的各个方面，而且在时间上也非常及时，其速度不逊于新闻报道。由于纪实小说还是"小说"，作家就不必完全拘泥于客观性，而是可以根据客观的事实进行主观的评论，因此，作家们对那些社会问题都深度地介入，褒贬好恶在作品中都溢于言表。艺术性上，20 世纪 90 年代的纪实小说有了明显的发展，不仅是长篇作品增多，而且一些表现技巧的运用相当娴熟。素材剪裁、结构组合、人物形象、细节描写、感情抒发，这些小说技巧已经相当圆满地运用于真实事件的描述和真实人物的刻画之中去了。纪实小说方兴未艾，正在发展之中，其美学优势也正在展现出来，有着广阔的前景。

20 世纪 90 年代描写都市人生存状态和精神状态的都市小说独树一帜。严格地说，都市小说只是社会小说的一个生活侧面，之所以单独论之，是它们所表现问题具有特有的"都市味"，这些"都市味"又布满了当代社会的神经末梢。

大款生活是都市小说最引人注目的题材。1993 年白天光写了两部小说《大款奶奶的群落》和《大款爷们》。小说笔走"极端"，尽写些大款们的奇事：有人一掷 30 万为了换取一吻；有人为报仇愿付出 45 万元的高价；有人出价 30 万为狗买坟穴；有人竞价"钓鱼"（找舞伴）；有人为活 150 岁花巨款做实验；有人花巨款专门收购靓女的唇印；也有人人还未死先买好祭文；甚至有人为做麻将收购人的骨头……小说用语调侃，笔锋机智，读之令人忍俊不禁。但是，如果仅仅限于叙述奇人奇事，那还只是反映了社会的那一群寄生阶层的荒唐和空虚的生活，只能满足读者的某种好奇心而已，这两篇小说的成功之处在于通过这些荒诞的行为举止的描写，对社会施以狠狠的针砭，给读者留下弥久的回味。例如大款阿久收集麻将成瘾，当听说最珍贵的是人骨做的麻将时，就出资 10 万征集可供做一副麻将的人骨。消息传出后，第一位献骨者是懒惰者，第二位献骨者是求爱者，第三位献骨者是见人就脱衣的女人，阿久都嫌他们的骨头贱，拒绝了他们的请求。"第四位献骨者是一位中年人，戴一副近视镜，进门后，急忙把门关上，像一个罪犯似地说道：'阿久先生，我实在无奈，才做出这种决定。我用了半生的精力写了一本论著，因它是纯学术的东西，一定不会畅销，出版社也很难出版，我只好自费出版。我是大学教授，残废后，并不影响我的教学，我可以坐轮椅讲课……'"一方面是买人骨做麻将牌，另一方面是卖自己的骨头出学术著作；一方面要买，花多少钱在所不惜，一方面愿卖，明知残废也心甘情愿。人生的价值倒向了不该倒的一方。在《手虎的穴地》中作者还写了一条狗与一位大学教授争墓穴的故事。最后是狗主人以30万巨资争得教授那块“风水宝地”，教授只好“屈葬”在狗的墓穴的下坡了。大学教授的价值还不如一条狗，如此写法似乎有些刻薄，但的确戳到了社会的某些痛处，使人感慨万分。以荒诞的手法写社会，社会小说一直有这样的传统，《大款奶奶的群落》和《大款爷们》在新时期做出了努力。与这些写大款生活的小说相比，还有一些写大款争斗的小说也很有意味。这些小说都强调成为大款要有动力，那就是屈辱生活中的复仇意念。雪宇的《新基督山伯爵》中的林福平之所以成为了大款是因为妻子嫌他穷而与人私奔，为了出一口贫穷的窝囊气和报复，成为了大款。徐俊夫的《造恶者》中的苏英莲成为款姐的根本动机也是为了报复。为了钱，她被好色的领导抓住把柄而长期霸占达两年之久，致使她丧失了生育能力。为了报复泄恨，她不择手段成了大款。这些小说充分演绎的故事情节是大款报复的过程。林福平效法洋基督山伯爵，神秘莫测又惊心动魄地实施他的复仇计划；苏英莲则将复仇的对象付诸弱者身上，选择领导单纯而善良的女儿作为报复对象。这些小说也无一例外地指出，无论复仇是否成功，大款的心灵都是失败的。林福平用钱来完成他的复仇计划，但是报复并没有带给他快感，最后他那狼嚎般的一声哀号积聚了他多年的辛酸与郁闷，也暗含了他对自己行为的大彻大悟；苏英莲在公司俨然一个一呼百诺的君主，其实她的内心很痛苦，因孤独而生痛苦。金钱上的富有和精神上的贫乏是当代社会对大款们的世俗的评价，也是这类小说所遵循的基本的创作思路。

周祥先的《生死之间》同样是一部探讨大款情感世界的都市小说，不过，它换了一个角度。身为大款的林洪挥金如土，情人无数，但他始终征服不了一个令他真正心动的女人罗旋，因为罗旋不相信甜言蜜语、山盟海誓，需要的是实际的行动。但是，林洪出现经济危机时，那些情人朋友离他而去，众叛亲离，生死之间，只有罗旋与他共进退，两个人在患难之中找到真爱。这部情节相当俗套的小说同样在探索大款们的情感世界。

显示当代都市生活特征的另一个话题是“白领阶层”的婚姻爱情问题。表现“白领阶层”的婚姻爱情的小说数量极多，其中的核心话题是如何对待

“第三者”。几乎所有的涉及“第三者”的小说都将其看作为悲剧，但是对这些悲剧的思考又流露出作家不同的价值观念。洪都的《遭遇外遇》写的是妻子有了外遇而被丈夫杀害的悲剧故事。虽是妻子“越轨”，却得到了小说作者深深的同情。有情才有性，这似乎是很正常的事。于是，即使是结婚十周年纪念日，妻子也不愿与丈夫在一起，也要与情人共度良宵。后来妻子发现情人另结新欢，也没有暴跳如雷，她很释然，在她看来没有了情自然就没有了性。当妻子决定重回丈夫的怀抱时，惆怅、寂寞、嫉妒、仇恨的丈夫却杀害了自己的妻子。故事的结局迎合了大众的道德底线，但是留给读者的伦理的思考也许与故事的结局并不一样。对这一问题的思考更为深刻的是王葳、夏洛特的《甜蜜的折磨》。这部小说的情节并没有多少新意。少女爱上了已婚男人，已婚男人为了摆脱这种尴尬的境地，就将少女介绍给自己的儿子。把小说搅成婚外恋和多角恋爱是言情小说常用的手法，因为这样的关系最容易写成感情的磨难。小说的结尾同样是在社会的压力之下男女主人公分手了，这是现有的“第三者”小说中的必然结局。小说的深刻之处在于，它通过一则平常爱情生活的描述，引发对当前爱情婚姻形式的思考。在当今社会中，男女之间的感情随着婚姻形式的确定也就被锁定下来，在已婚男女之间再出现移情别恋均被视为非分之想，而被指责为不道德。这部小说却提供了另一条思路，已婚男女之间的移情别恋是客观存在的，而且是美好的，真正丑恶的东西是那些束缚移情别恋的有形和无形的绳索。作品中的每一个人都是善良的，他们的冲突来自各自的思维习惯。小说的结尾暗示着生活又将恢复正常，但是感情的伤口真的能愈合吗？留给读者深深的回味。

当代都市小说对生活在都市中的边缘人也进行了反映。都市边缘人主要有两种形态：一是生活在都市社会底层的人；一是来自农村的打工者。他们也就成为了都市边缘人小说的主要的描述对象。都市边缘人是弱势群体，他们在经济上相对贫乏，社会地位较低。在世俗观念主宰的社会下，他们被人瞧不起，社会对他们的关注也不够，甚至将其遗忘。当代都市小说一般都是依据“人穷志不短”的原则写他们的传奇人生。邱伟鸣《巅峰的枪手》中赵剑锋与爷爷相依为命，为了生存，他不得不被黑社会利用做枪手打桌球赌钱，尽管他从心底厌恶这种生活，但贫穷的现实逼得他无路可退。但是，当他们在贫穷与良知之间进行选择时，他们毫不含糊地选择了后者。为了救两个不幸的女孩，他们毅然折断手中的球杆，与黑社会斗争到底。孙少山的《垃圾箱里的女人》关注的是都市中另一种边缘人生活。老刘是都市中捡破烂的，无意中他在一个垃圾箱里捡到了一个失忆的女人，他没有因为她是个精神障碍者而置之不理，而是精心照料她，老刘的真诚与呵护终于使垃圾箱里的女人恢复记忆，当女人离他而去时，老刘却成了精神病患者。单纯的真诚、善良品质的歌颂和离奇的故事情节的铺叙显得这类小说比较俗套，却给喧闹的都市小说留下了一份亮色。写农村打工者的小说感情色彩和故事情节要复杂得多，作者对他们的奋斗和生存以及由此带来的不幸或成功给予了更多的关注。张晓东的《死亡瞬间》以心灵独白的方式记录了一个打工妹的都市经历。她离开家乡，在工厂做女工，靠微薄的工资生活，后来成了老板的情妇。她天真地以为老板对她是真感情，当新鲜感不再，老板原形毕露，逼她卖身。她逃回了家，本以为在家可以躲避一切罪恶，可是邻居的闲言碎语、父母的咒骂逼得她走向了死亡。安之的《跟老狐狸们游戏》则以轻松、调侃的口吻讲述了三个闯荡都市的农家女与黑社会以及政府腐败势力智斗而立足的故事，从道德的角度看，她们采取的以恶制恶的斗争策略是不道德的，然而在异化了的当代都市社会中，这些生存手段却是边缘人可能的选择。从悲剧走向喜剧，同样是写都市边缘人举步维艰的生存状态，读来却有另一番风味。

第十六章 问题寻脉：军旅小说、生态小说和官场小说

通俗文学对社会问题都相当敏锐，这当然也是来自市场的驱动。军旅小说是一种怀旧，也是政权的思考和价值观的重塑；生态小说关注人类发展中的和谐与平衡；官场小说是对中国管理体制的表现与思考。这些都是中国社会改革进程中值得关注的方面。对待社会问题，现代通俗文学采用的是“镜子说”，读者看小说就像照镜子一样，可以正衣冠、明黑白，作者的价值观念常常以揭露为主，这样的小说常常沦为“黑幕小说”。当代通俗文学对社会问题是一种深度介入，作者的价值观念贯穿于小说之中，这些小说就成为了“问题小说”。精英文学也写“问题小说”。通俗文学与精英文学表现形态不一样，精英文学是将这些社会问题作为人生沉浮的社会背景，从中进行人性的拷问。通俗文学将这些社会问题变成传奇故事，人生也是一种传奇。通俗文学将问题的思考隐藏在故事之中，显得很好看。所以说，中国当代通俗文学不是意识形态的宣教，却很好地扮演了社会思考和社会情绪的宣导。有些问题批判得比较激烈，有些现象表现得比较夸张，当代通俗文学形象生动地表现着社会的正能量。

第一节 军旅小说：历史造就英雄

如果将写部队生活作为军旅小说的主要内容，传统小说《三国演义》《水浒传》也可以算上。这类作品中国现代通俗文学中没有，是当代通俗文学的一个亮点。当代军旅小说从“红色经典”小说中演化而来。与那些“红色经典”小说相比，作为通俗文学类型的当代军旅小说只不过更加注重人性表现，注重故事性和情节性。由于这类小说又往往被改编为影视剧，所以影响很大。当代军旅小说作家作品较多，其中三位作家比较出色，他们是都梁、

石钟山、徐贵祥①。

都梁，20 世纪 50 年代出生，祖籍江苏，出生在知识分子家庭，少年参军，曾服役于坦克部队，几年后复员回京，做过教师、公务员、公司经理、石油勘探技术研究所所长，现为自由撰稿人。2000 年 1 月解放军文艺出版社出版长篇小说《亮剑》，同名电视连续剧热播以后，都梁进入了他的小说创作高峰期：2001 年 12 月发表 36 集电视连续剧剧本《血色浪漫》，讲的是几个历经"文革"的北京青年的故事，由润亚影视传播有限公司拍摄为同名电视剧；2004 年的长篇小说《血色浪漫》，2006 年的长篇小说《狼烟北平》先后由长江文艺出版社出版。都梁的军旅题材小说，既有古代通俗小说的传奇色彩，又吸收了现代外国小说的一些手法，是传统与现代的统一，在英雄性格与凝重历史的统一方面达到了一种匠心独运的新高度。

《亮剑》是一部战争艺术和传奇色彩融会贯通的主旋律作品。主人公李云龙是一个重诺轻生、铁骨柔肠、豪气干云、肝胆照人，一生都在血与火中搏斗的名将。他的人生信条是：明知是死，也要宝剑出鞘，这叫亮剑；即使牺牲，也只有用前胸去迎接子弹，而不是用后背。他告诉他的孩子："军人流血不流泪，要有和敌人拼命的勇气，面对强敌，连眉毛都不许皱一下，军人的荣誉感比生命都重要。"都梁用冷静凝重的笔触书写李云龙的军旅生涯，以其经历为主线，从他任八路军某独立团团长率部在晋西北英勇抗击日寇开始，直到他在 1955 年被授予将军为止，讲述他富有传奇色彩的一生，同时也再现了中国解放战争、抗日战争到建国后的那段岁月。在这部小说中，英雄与历史的关系是全新的，英雄不是在顺应历史中消失自我，而是在审视历史中时刻把握着自我。小说没有回避矛盾，不粉饰，不盲从，内涵十分丰厚。小说中，爱国精神与英雄主义、铁血丹心与人世常情、斗智与斗勇、友情与爱情交相辉映。"面对强大的敌手，明知不敌也要毅然亮剑。即使倒下，也要成为一座山，一道岭。"这句话就是李云龙，这位"战神"式将军的一生写照。

"说故事、写人物"是通俗小说一个非常重要的叙述模式，都梁的小说《亮剑》可以说是运用通俗小说的叙述模式将军旅题材小说创作推向了一个新的高峰。都梁的小说一直都是靠着好看的故事而赢得众多的读者的，在

---

① 以下军旅小说分析，参阅了王莹《军事小说》、马小康《间谍小说》中的文字，见汤哲声主编《中国现当代通俗小说赏析》，苏州大学出版社 2011 年版。

他以后的一系列作品《血色浪漫》和《狼烟北平》中，我们也都看到了令人拍案叫绝的传奇故事。《亮剑》追求的不再是简单的崇高意义上的爱国主义和英雄主义的颂歌，而是追求小说的故事性、传奇性，运用传统的民间文化因素和侠义小说中夸张、浪漫、通俗、生动的写作手法，将小说的传奇色彩推向了极致。如果说以前的军旅小说让我们记住了英雄，那么《亮剑》还让我们记住了英雄们的传奇故事，这些传奇故事才是最能抓住当代大众读者眼球的关键，也最符合大众读者的阅读心理与阅读习惯。正因为他对故事与人物所作出的传奇性渲染和处理，大大提高了小说的可读性，从而使大众读者读得间不容发，酣畅淋漓，如三伏天饮甘泉，一气读完而后快。因此故事性、传奇性是《亮剑》获得大众读者青睐的重要原因，也是他成功的秘诀。

英雄主义历来是军旅文学表现的主题，英雄的创造是否也需要与时俱进呢？对于“英雄”人物塑造的改革也是《亮剑》成功的重要原因。都梁完全摆脱了以往军旅小说人物塑造的“高、大、全”等模式，而完全呈现出通俗小说中江湖人物式的塑造。在这个江湖中的英雄更像侠客，女人也不再只是附属的牺牲品，“左右手”文武将军、对手、敌人、汉奸叛徒齐上阵……大众读者在《亮剑》中看到的不再是单调的英雄美女模式，也不再仅仅是战争的敌我格局，而是在一个更广阔的视野中去感受一个全新的江湖中的风云人物，从而能在更大层次上获得满足。

都梁笔下的英雄虽然不再像以前的英雄一样完美了，但却让大众读者感觉到这才是真实的英雄。《亮剑》中农民出身的李云龙有着底层人民身上的一些生活习惯与特点，诸如抠脚、蹲在椅子上、吃完大蒜和别人说话、粗俗等嗜好，还天生蛮横、霸道，有着农民式的狡猾，在小说的第一页就通过后勤部长告诉读者——你狗日的就不像个当兵的；而谈到无组织无纪律、犯错惹事更不用提了，李云龙天生就是一个天不怕地不怕的人，打仗是把好手，惹事也是把好手：李家坡阵地，他才不管什么军事理论，率领独立团挥舞着鬼头刀杀入环形工事，山崎大队全军覆没；带着魏和尚和国民党团长楚云飞联手大闹县城，击毙小队长以上之全部军官，日本司令官重新更改其悬赏价格——李云龙项上人头，大洋十万元；得知自己的警卫员魏和尚被黑云寨的二当家山猫子暗箭所伤，并将其头颅挂在树枝上，他悲愤至极，才不管什么他们已经加入八路军，也不管新二团独立大队的新番号，更不管八路军的不杀俘虏的政策，更别提是对已经被收编的武装了，李云龙直接把前来阻止的孔捷关起来，直冲黑云寨，血洗山庄，因此职务被降两级，而在他看来，只要给魏和尚报了仇，就是变成战士也值了……

中国的老百姓自古以来都崇尚英雄侠客，一些民间文学中的英雄都是会飞檐走壁、刀枪不入、百步穿杨的侠客，《亮剑》中的英雄不再是简单的"忠"，最能征服大众读者的英雄魅力是他们的有情有义，是他们身上所具有的一些江湖色彩：在和关东军的大战至尾声时，日军中尉挥舞刺刀作困兽之斗，赵刚拎着驳壳枪赶来准备开枪射击时，李云龙阻止"千万别开枪，白刃战有白刃战的规矩，我李云龙往后还要在这一带混呢，不能让鬼子笑话我的部队没拼刺刀的本事，这有损我的名誉"，俨然一个讲规矩的江湖中人；在向战士介绍游击战的时候，他是这么说的："只当自己是啸聚山林的山大王……摸营、伏击、挖陷阱、打闷棍、绑票，反正只要是对着鬼子汉奸，你爱干什么就干什么……"更精彩的是当他有意娶秀芹为妻的时候，他的理论是"要娶老婆全团弟兄们都娶，要不然一起当和尚"。李云龙的角色是迥异于传统军旅小说中的英雄形象的，他有情有义：他可以为一个警卫员的死哭得死去活来，不惜一切为其报仇；他可以为江湖面子只身赴鸿门宴；他不分国民党、敌人，只要是真正的军人，他都欣赏；他对精心组建起来的特种部队里的每一个战士都心疼至极，可以在最困难的时候倾其家中所有的钱想尽一切办法给他的战士买粮食……

《亮剑》还有一个重要的改革，即摆脱了所谓的革命爱情论，李云龙不再是以往小说塑造中的不食人间烟火的圣人，而是一个同样有七情六欲、敢爱敢恨的凡人。李云龙对江南美女田雨一见钟情，立即斩钉截铁地得出结论——这个田雨就是我将来的老婆，然后就开始了他在战场上熟谙的欲擒故纵的战术，并在伤口痊愈准备离开医院之前发起总攻，终于拿下了这个才貌双全的年轻美人。这段人人羡慕的婚姻不但没有影响到李云龙的革命，反而令他更有激情参加战争，用他的话说就是——是将军在哪儿都是将军。

军队作为一种独特精神气质的载体，能有效地将小说的所指脱离一般生活层面的高度，军旅小说因此一直在人们视线以上的部分闪烁，而军旅小说的这种特质在成就军旅小说的同时，也埋下了军旅小说发展出现瓶颈的隐患。我们不能不承认军旅小说的创作长期以来都存在着主题拔高，高处不胜寒的不足，而以《亮剑》为代表的 20 世纪 90 年代军旅小说创作的通俗化倾向和叙事策略在一定程度上降低了小说创作的叙事起点，对军旅小说创作来说是一种可贵的回归，回归生活，回归大众。

石钟山，1964 年生于吉林，1981 年入伍。先后当过空军雷达兵、航空兵，曾在总后某院校工作。1997 年转业后，在北京市广播电视局和北京电视台工作。现为武警总部政治部专业作家。石钟山当战士的时候，就开始了文学创作，最初是写诗、散文。1984 年，《解放军文艺》发表了他的小说处女作《热的雪》，从此石钟山开始了小说创作之路。他的主要作品有长篇小说《白雪家园》《飞越盲区》《男人没有故乡》《向北、向北》《影视场》《军歌嘹亮》《玫瑰绽放的年代》《遍地鬼子》《大院子女》《地上，地下》等，中短篇小说集 4 部，共计 500 余万字。短篇小说《国旗手》获《小说月报》第八届百花奖。根据石钟山小说改编的电视剧《激情燃烧的岁月》《军歌嘹亮》《幸福像花儿一样》《母亲，活着真好》《角儿》《玫瑰绽放的年代》等，以其独特的艺术魅力征服了广大观众。石钟山善于在平淡中叙事，他在小说中塑造的多是平民英雄，有向着平静的日常生活归隐的倾向，叙述的大多是和平时代的军人生活，力求在平淡的生活中塑造一群不平凡的人物形象，给我们带来的也都是另一种军旅生活群像。

一部家喻户晓的《激情燃烧的岁月》使更多的读者和观众知道了石钟山的名字。《激情燃烧的岁月》是根据石钟山的“父亲”系列小说中《父亲进城》等小说改编的。《激情燃烧的岁月》在看似平淡的叙事中再现了一代有理想主义支撑、具英雄主义气概的纯粹军人的精神世界、情感生活。

《激情燃烧的岁月》主要叙述了中年军官石光荣和年轻的部队文工团员褚琴之间长达 34 年的婚姻生活。在部队进城的欢迎仪式上，充满青春活力的褚琴强烈地吸引住身经百战的石光荣，他凭借军人的天性立即发起进攻，终于与心爱的人举行了热烈单纯的军人婚礼。长期的战斗生活使部队和战友成为了石光荣生命中的一个部分，这让褚琴认定丈夫的心里只有战争和战友。因而在部队中，石光荣呼风唤雨，如鱼得水；在家庭生活中，他显得很孤单，很力不从心。孩子们长大了，个个性格倔强，成长环境的差距使得他们与石光荣之间的代沟尤为明显。石光荣为了孩子们能成为真正意义上的战士，往往采取极端手段，这经常使石光荣在家中陷入了四面楚歌的境地，褚琴不能容忍石光荣对孩子的严厉，也不能忍受石光荣在家庭生活中的独断专行。时间是一个伟大的教师，长期的共同生活让石光荣和褚琴学会了忍让和理解，他们在冲突和摩擦中不断地贴近对方。褚琴清楚地感受到石光荣的激情依旧在燃烧，而且越发炽热。在石光荣生命垂危的时候，褚琴和孩子们才真正认识到他们和他的感情有多么深，在这个英勇的军人身上蕴藏着多么可贵的品格，他是那样的称职，他是一代具有英雄主义气概的纯粹军人的典型代表。

《激情燃烧的岁月》既保持了军旅小说传统主旋律艺术的精神内涵，又融入了当代通俗小说的欣赏诉求，成为主旋律通俗化的精彩变奏。在大众娱乐和体现主旋律的主流意识形态之间架设通畅的桥梁，这是《激情燃烧的岁月》成功的重要原因，也是当代军旅小说通俗化的典型代表。石钟山在创作上始终贯彻通俗文学的通俗性原则（浅显、简单、鲜明）、戏剧性原则（石光荣和褚琴的冲突、蘑菇屯和军队高干的冲突、石林和农村兵张永厚的冲突等）、故事性原则（生动曲折和连绵不绝）、情感性原则（以情动人为主，以理服人为辅）。军队本来就自成一体，特别是军人的私人生活历来鲜为人知，读者的好奇和期待在这里形成了高潮，蘑菇屯人对衣锦还乡的小石头的极端艳羡就是最形象的例证。这也是石钟山的军旅小说的重要特点，他一般不直接正面描写战争本身，多把目光放在军人的生活角度，多讲述和平年代的军人生活，如《幸福像花儿一样》，在看似平淡的叙述中不露声色地塑造出让大家震撼的英雄形象。当代社会已经不需要政治说教式的军旅小说，所以在当代社会，大众对于军旅小说的创作价值与意义的期待已经不再是以前的英雄主义精神教育，而更多的是一种情感的寄托与慰藉。

选择和平年代，选择军人的生活，并不代表着放弃军旅小说的核心艺术特征，即英雄主义关怀，相反石钟山笔下的军人因为与老百姓有很多的相通之处而让他们的“英雄”品质更容易走进大众读者的心中。这位农民出身的将领拥有一种令人向往的文化品格和精神气质，这就是纯净的品质、挺拔的个性和灼热的激情。这种纯净、挺拔和灼热都源自本色的生命，生长在理想化的年代，因而显得真诚。无论是曾经的辉煌还是现实的痛苦，石光荣都能以极端的方式将这种本色的生命和真诚的情感发挥得淋漓尽致。他们并不是那个时代中不食人间烟火神化的英雄式人物，他们是生活在和平时代中的人，他们是和大众一样经历诱惑、经历喧嚣、经历欲望的人，所以他们的性格是多样化的，不再是以前的崇高模板。而在小说中主要人物多样化的性格背后所体现出来的核心品质是一样的，就是在当代社会中大众都渴望、珍惜，但却又似乎已经慢慢消逝在各种诱惑与欲望中的最宝贵的——真。这样一方身处当代，却又充满真的净土无疑可以给现代人带来一种情感的寄托与慰藉，带来一种喧嚣中难得的静谧。这也应该是《激情燃烧的岁月》感动万千老百姓的非常重要的原因。

当然，石钟山小说中的英雄不是孤独的，在《激情燃烧的岁月》中还塑造了许多好看的角色，如与石光荣一起走过多年婚姻生活的褚琴。在以往的军旅小说中，与众多成功的男性形象相比，女人在某种程度上只是英雄身边的一个扁平的符号和一个美丽的陪衬，是英雄的一面镜子，是强化英雄主义的一种策略，女性形象无疑是虚浮苍白的，女性形象塑造一直被有意无意地忽略淡漠着，大多都是作为配角出现的。《激情燃烧的岁月》中的褚琴不再像军旅小说的传统模式那样，而是有思想有知识有自己的爱情和事业追求的新时代军嫂。而他们的婚姻也没有被绑上以往军旅小说中的“革命爱情论”，而是像所有相爱的人一样，从爱情走向婚姻的过程中她们也会和爱人发生一些分歧，而此时并不会因为爱人是军人、是英雄就能解决一切，军人的家庭也和其他家庭一样，需要沟通、需要理解与宽容。如“父亲对四个孩子，没有费过什么心思，却费了不少力气。他的力气都用在暴打孩子上”，作为母亲的褚琴经常与他发生冲突，但最终胜利总属于父亲。石光荣不顾妻子的反对将儿子石林送到边远的哨卡当了一名边防军人，由妻子实施的调动计划也在他的干预下最终破产。最后石光荣的三个孩子：石林、石晶、石海，都参军了。褚琴让大众能从另外一个角度来了解军人的伴侣，了解她们的婚姻观、她们的家庭生活。

石钟山的长处就是能够在看似平淡的叙述中让我们感受到英雄的伟大精神，而又能让我们在英雄主义的光环下触摸到他们最真实的生活。

徐贵祥（1959— ），原籍安徽霍邱，笔名楚春秋，现任解放军出版社科技编辑部主任兼副编审，中国作家协会会员。1978 年，徐贵祥离开安徽到河南参军。1984 年，徐贵祥去了边境前线，在那里，他深深体会到了生与死，这段经历很大程度地影响了徐贵祥后来的小说创作，从那时起，徐贵祥开始踏上了文学创作的道路。后来，徐贵祥又进入解放军艺术学院文学系学习。徐贵祥的长篇小说创作主要分为两类，一类是站在新历史观、新文学观、新价值观看战争历史，代表作品有《历史的天空》《八月桂花遍地开》等；一类是回眸历史，放眼未来，代表作品有《仰角》《明天战争》等。徐贵祥的中短篇小说也颇具成就：中篇小说《弹道无痕》获 1991—1992 年《解放军文艺》

优秀作品奖，中篇小说《潇洒行军》获 1991—1992 年《昆仑》优秀作品奖，中篇小说《决战》获第七届“中国人民解放军文艺奖”，电影文学剧本《弹道无痕》(已拍摄发行)获第二届中宣部“五个一工程奖”、中国电影华表奖等。徐贵祥可以说是军旅作家的典型代表，他一直都坚持认为作家应该有作家的责任感，这个责任感就是对民族负责、对历史负责、对自己负责。

《历史的天空》一书获得第六届茅盾文学奖、第三届人民文学奖、第十届“中国人民解放军文艺奖”、第八届“五个一工程奖”等奖项，可以说《历史的天空》一书让徐贵祥成为当代军旅小说代表作家。后该书改编成 32 集同名电视连续剧，在中央台一套黄金档播出后，不仅拥有很高的收视率，而且还得到了广泛好评。

《历史的天空》讲述了一个既起伏跌宕，又错综复杂的漫长故事，贯穿了从抗日战争到拨乱反正时期四十多年的历史。故事从梁大牙迎亲说起，路上，在蓝桥埠遭到了日军轰炸，火光中逃出 4 个年轻人。命运阴差阳错，想投奔国军的梁大牙却碰上了八路军游击队，受到司令员杨庭辉人格的感召和女八路东方闻音气质的吸引，留在了游击队里，开始了他有声有色的战斗生涯，也开始了从一个匪气很重的流氓无产者向一个自觉自愿的真正革命者的艰难转变。而陈墨涵却碰上了国民党驻凹凸山地区的旅长刘汉英，并由此介入了七十九团与国民党嫡系部队之间的矛盾和仇恨。国共双方都在对日作战，在作战行动中有某种程度的配合，在合作中也依然存在着矛盾。而八路军内部，各种思想和路线之间的斗争也使梁大牙变得更加成熟。抗日战争结束，解放战争打响。陈墨涵率领七十九团余部起义投向共产党，梁大牙与陈墨涵结为战友，直到从朝鲜战场凯旋以后，两人才奔赴不同的岗位。但是没过太久，“文化大革命”开始，二人被下放到同一农场，共处一室。在天长日久的劳动生活中，他们从敌视到冷漠，从冷漠到和解，又从和解到互相理解。“文革”结束后，梁大牙、陈墨涵和窦玉泉在经历了一段非常时期后重新出山。已过花甲的梁大牙、陈墨涵决定从自我做起，从现在做起，为建设一支现代化的军队站好自己的这一班岗。

徐贵祥一直都有英雄情结，而他对“英雄”形象塑造的改革应该说是他的小说创作成功的重要原因。《历史的天空》中的“英雄”梁大牙即是非常成功的一个典型形象。梁大牙不是那种高、大、全的英雄，他并不完美，身上有诸多缺点，这个人的命运反差特别大，他从社会最底层走向高层，从人格的最底层走向高尚，而正是这种巨大的反差吸引了读者。这种反差的塑造恰恰是明显的通俗小说的成长模式的重要构成部分。《历史的天空》中的梁大牙最初的形象俨然就是一个土匪气质很足的无赖，连加入八路军的动机也是因为看见了两个青年女八路冲他笑得如此灿烂，心里顿时一热——“他娘的这个八路咋就当上了”。就是这样的角色最后成长成为一个顶天立地的将军。梁大牙区别于以往的“高、大、全”模式的英雄，不再是简单的“忠”，而是有情有义、具有江湖义气的侠客英雄。

当然，不论如何改革，英雄都要亮出军人最核心的精神，英雄军人的某种信仰。英雄之所以是英雄，必须要有他令大众读者深深叹服的精神与信仰，这种崇高的精神境界与小人物的成长经历并不矛盾，经过革命洗礼而一步步成长起来的英雄才更可贵。梁大牙本来的主意是要去投奔被他视作正规部队的国民党军队的，而同样是举起抗日武装斗争旗帜的八路军，则因为其满身的土气和装备的简陋，被他所鄙视。但是，阴差阳错地，他不但在凹凸山的八路军中留了下来，还在一连串的或者悲喜交加或者啼笑皆非的事件中成长起来：挥舞大刀伏击日本军，与窦玉泉拼刺刀赌胜负，大闹逍遥楼歼灭汉奸“特勤队”，身为地方武装县大队长却与县委书记李文斌斗法，为了江湖义气冒险下山给朱二爷祝寿，出于本能反感抵制窦玉泉和张普景的冒险进攻命令，又经过了因为所谓的朱一刀“通敌案”受到牵连，遭受监禁和酷刑，仍然不失其对革命的忠诚，从而在八路军的队伍中逐步地成长了起来。

麦家(1964—　)，原名蒋本浒，1964 年出生于浙江富阳一个普通家庭，曾从军 17 年，辗转 6 个省市，历任军校学员、技术侦察员、宣传干事、处长等职。1983 年毕业于解放军工程技术学院无线电系，1991 年毕业于解放军艺术学院文学系，1997 年转业到成都电视台担任编剧，后专心于小说创作。著有长篇小说《解密》《暗算》《风声》《风语》，中篇小说《陈华南笔记本》，短篇小说《两个富阳姑娘》，小说集《紫密黑密》《地下的天空》《让蒙面人说话》《充满爱情和凄楚的故事》，随笔集《捕风者说》《人生中途》等。2008 年调到杭州市文联任专职作家，现居杭州。《解密》获中国小说学会 2002 年中国长篇小说排行榜第一名，第六届国家图书奖、第六届茅盾文学奖提名；《暗算》获第七届茅盾文学奖；麦家凭《风声》获第六届华语文学传媒大奖“年度小说家”奖。

长达 17 年的军旅生涯为麦家的文学创作积淀了厚实的养分，他的大部分作品都取材于军事情报战争，特别是无线电侦听、密码破译等不为人知的领域。特殊的选材使麦家的小说总是笼罩着一种神秘的色彩，这种神秘既取决于情报工作本身的性质，又来源于小说真假难辨的叙述方式和罗生门式的叙事视角。麦家的作品在当代小说中独树一帜，被称为“间谍小说”“特情小说”“密室小说”或“新智力小说”等等。

《暗算》讲述的是国家安全部门701的故事，小说通过《听风》《看风》《捕风》这三章，分别描写了特别单位701的三个部门监听局、破译局、行动局中的传奇人物。听风者讲的是监听局历史上最天才也是最接近疯子的一个侦听员瞎子阿炳，他在中外关系最紧张的时刻侦听出敌军的107部秘密电台从而为国家做出了巨大的贡献，也为自己带来了无上的荣耀。而这个天才同时也是脆弱的、愚昧的。他没有性能力，以为只要跟妻子抱着睡在一张床上妻子就能怀孕。妻子怕离婚与人偷情生下了孩子，他异于常人的耳朵却从孩子的啼哭声中听出了自己被戴了绿帽子，并因此自杀。看风者讲述了破译局欧洲处先后两任处长黄依依和陈二湖的故事。黄依依是破译局历史上唯一的女处长，被人称为“有问题的天使”。她在一年的时间里破译了苏联保密期限在十年以上的高级密码，却死于医院厕所的一扇弹簧门。在701内部，黄依依的存在和离去都像是一个传奇。破译处后来成就最大的陈二胡，在退休后患上了职业病，把日常的生活当作密码一样去探求真假虚实，陷入破译的迷阵中不能自拔，最终因为成功破译一部被弃用的密码而导致心脏病发去世。捕风者中的两则故事，一个是我党利用越南士兵韦夫的尸体向美军传递了假情报，使我军取得了战斗的胜利。另一个则是潜伏在国民党保密局中的我党人员“鸽子”，因为在分娩时情不自禁地喊出已经牺牲的丈夫的名字而暴露被捕。

《暗算》并不是一部简单的讲述无线电侦听与密码破译的作品，小说包含着丰富的主题意蕴和人生命题。在卷首语上，麦家引用了博尔赫斯在《神曲》中的一句话：“所谓偶然，只不过是我们对复杂的命运机器的无知罢了。”阿炳、黄依依、陈二胡……他们既是天才又是疯子，他们在这个最阴暗最危险最不可理喻的工作中抽丝剥茧、层层推进、纠结反复、歇斯底里。他们拥有异于常人的禀赋，每个人的贡献可以抵得上一支军队，然而他们的命运却如此多舛，或英年早逝，或疯癫痴傻，或不得终老。人物性格的必然性，加上命运之手的推波助澜，故事的发展令人匪夷所思，却又在情理之中。麦家用必然和偶然的组合，营造出虚虚实实、亦真亦幻的小说体验。

麦家的故事之所以好看，是因为他讲故事的方式是很值得玩味的。除了传统的叙事手法，现代主义小说的许多技巧，诸如迷宫叙事、互文、复调、元叙事等，在《解密》《暗算》《风声》等小说中也交替出现。对于《暗算》的结构，麦家自己是这样说的："坦率说，我对《暗算》的结构是蛮得意的。《暗算》是一种'档案柜'或'抽屉柜'的结构，即分开看，每一部分都是独立的，完整的，可以单独成立，合在一起又是一个整体。"①小说不是单一的线性结构，而是发散状的，《听风》《看风》《捕风》三部分各自成章又相互关联。另外，小说采用罗生门式的叙述视角，既有"我"这个局外人——墨镜记者，又有当事人钱院长、安院长，还有旁观者陈思思等；每个故事的叙述方式也不尽相同，以回忆为主线，又插入了陈思兵和陈思思的信件，还有施国光的日记等。作者利用多视角的倒叙、插叙，将故事发生的时间和讲述的时间打乱、杂糅，用时间交错叙述产生的假象迷惑读者，令人眼花缭乱却又井井有条，营造出一种难以置信却又貌似合情合理的不甚可靠的真实感，让读者带着怀疑的目光继续阅读下去。

2005年，40集电视连续剧《暗算》播出后，马上引发了收视狂潮，有人称其为"开中国特情剧的先河"。2006年，麦家的小说《暗算》由人民文学出版社出版，销售成绩斐然。

第二节　生态小说：讲述自然和谐平衡

随着环境保护理念的深入，生态问题越来越被人们所重视，中国当代通俗小说出现了一种新的类型小说：生态小说。生态小说披露了人类对动物的屠杀、对自然资源的掠夺和破坏的行径，要求人们在经济建设与环境保护的矛盾冲突中保护生态，宣扬一种人兽和谐、天人合一的文化观念。近些年来，比较畅销的生态小说有姜戎的《狼图腾》和杨志军的《藏獒》，其他作品有郭雪波的《狐啸》《沙狐》《银狐》《狼孩》，哲夫的《猎地》《猎天》《黑血》《毒吻》《极乐》，杜光辉的《哦，我的可可西里》，杨志军的《环湖崩溃》，亦秋的《潮涨时分》，张炜的《怀念黑潭中黑鱼》，贾平凹的《怀念狼》等等。

---

① 麦家：《暗算》，人民文学出版社2006年版，第323页。

生态小说中最有代表性的作品是姜戎的《狼图腾》和杨志军的《藏獒》。姜戎(1947—),北京人,1967年到内蒙,1978年返城。《狼图腾》主要通过一个下放蒙古草原的北京知青陈阵的视角,来探索草原狼与人类的关系以及与大自然的关系。狼吃牲畜,吃黄羊、黄鼠、旱獭等动物可以控制草原上动物的数量;草原上动物的数量控制住了,草原的草皮承载量就控制住了;草皮的承载量控制住了,草原也就保住了,就不会沙化了;草原不沙化,草原上的生命才能生生不息。也正因为有狼,草原上的牧民才英勇善战,草原上的马才跑得快。

杨志军,1955年出生于青海,曾以记者身份在青藏高原6年。《藏獒》讲述了"父亲"汉扎西在藏獒的帮助下,几经波折,成功地解救了7个上阿妈草原的孩子的故事。7个孩子从上阿妈草原来到西结古草原,由于两个草原的人们世代结仇,他们被西结古草原上的人追捕,藏獒冈日森格带领汉扎西等人追寻并解救他们。西藏草原上的藏獒,体型高大,英勇善战,经常保护人和家畜,使之免遭狼、豹等动物的伤害,它们是人类忠实的朋友。

这两部小说有着神奇曲折的故事情节,更多的是文化思考。

令人尊敬的动物。人和动物都是大自然中的一员,在生态系统中,无论是人、动物还是植物都是平等的。因此,在生态小说中,人们对动物有了重新的认识,这些动物都有自己的行为准则,有些动物甚至表现出了比人还要高贵的品格。

狼的智慧让人自叹不如。狼抓黄羊是有计划有步骤的,先选好打围的地点。狼打围有着足够的耐心,选好埋伏地点,忍耐住饥饿和风的吹刮,静静地等待最佳战机,否则一旦被黄羊发现,到嘴的黄羊肉就跑掉了。等黄羊吃饱喝足,肚子鼓鼓囊囊的,跑也跑不快了,这时再去围攻,狼从三面将黄羊往雪窝子里逼。黄羊们慌不择路,狼王故意放走一部分逃得快的黄羊,这就是狼的高明之处,不赶尽杀绝,留着来年再吃。一部分埋在雪窝子里的黄羊留在雪地这个天然的冰箱里,来年开春的时候还可以吃。一次围猎下来,不但现在的食物有了,明年春天的食物也有了,让人不得不佩服狼的智慧。

狼团结,组织纪律性强。在小说《狼图腾》中,狼很团结,狼在夏天也捕猎黄羊,而且捕猎很多,自己吃不完,就留给狼群里的老弱病残吃,如果还吃不完,就留下来招待草原上沾亲带故的其他的狼。在围猎狼群的战斗中,狼虽然处于包围圈中，但仍然没有失去理智，它们不像那些拼一个够本，拼两个就赚一个的莽汉，而是尽可能多地杀伤围场中的主力——猎狗。狼群三五成组，互相配合，下口极快极狠，一口咬透，口口见血。几条大狼巨狼还使出了蒙古狼极其残酷的战法：以轻伤换重伤，以重伤换敌命，故意露出非要害处让大狗咬住，然后置自己伤口于不顾，而猛攻狠咬狗的喉咙和肚子。结果，狼倒下的极少，而狗却被咬得渐渐退出战斗。从中可以看到狼在战斗时不但凶猛，而且还知道团体协作的重要性。

狼也有“自由”“独立”和“尊严”。《狼图腾》中的主人公陈阵掏狼崽留下了一只小狼养着。迁往秋季草场的时候，小狼已经长大了，不再是抱着就能走了，但它怎么也不肯走。尽管平时陈阵多次训练牵着它走，但它长大后一直是它牵着陈阵走，被拉急了，它就咬人。后来陈阵把它牵在马车后面，它还是不肯跟着马车走，不愿被牵着走，宁愿承受疼痛一直在地上拖着。对此作者认为，狼拒绝被牵，是它与狮虎熊象，与大部分人的根本界限。拒绝服从，拒绝被牵，是作为一条真正的蒙古草原狼的绝对准则，即便是这条从未受过狼群教导的小狼，这是它神圣不可侵犯的自由、独立和尊严。

小说《藏獒》中，作家主要写了藏獒对人类的忠诚。藏獒就是这样一种为了主人，不畏艰难险阻，哪怕失去生命也在所不辞的动物。“藏獒的生存意义永远超越着包括食物在内的任何功利目的，它们和狼群搏杀，和陌生人搏杀，和一切野兽搏杀，完全不是为了吃掉它们和他们，甚至根本与自己的生存以及温饱没有任何关系，而是为了对人类（确切地说是主人）的忠诚和仗义，是为了帐房和领地的安全，就跟一个国家的军队那样。”①

藏獒把职守看得比生命重要。只要是西结古草原上生活的人，不管是富贵的头人还是贫穷的牧民，不管是藏民还是汉人，它们都要确保他们的安全，这就是它们领地狗的职责，在它们看来这比什么都重要。如果不能成功解救人们于危难之中，那就是它们的耻辱。藏獒在生前保护人类的生命和财产，即使死后也要忠于职守，保护牧民和牲畜。在狗瘟肆虐的年代，得了病的藏獒为了不把病传染给人类和牲畜，会选择远远地离开，来到昂拉雪山。死后的尸体会被狼吃掉，这样还能把病传染给狼，狼吃了也会死去，狼死了，就不能祸害牧民的羊群了。“藏獒就是这样一种猛兽：把职守看得比

① 杨志军：《藏獒》，人民文学出版社 2005 年版，第 64 页。

生命更重要。永远不想着自己，只想着使命；不想着得到，只想着付出；不想着受恩，只想着忠诚。它们是品德高尚的畜生，是人和一切动物无可挑剔的楷模。”①

草原上的藏獒有很多祖先遗传下来的行为准则，就像人类的道德一样，它们能够坚守这些规则，哪怕吃亏也不能违背。规则之一“男不跟女斗”。雄藏獒绝不愿意与母藏獒斗。规则之二“主人一对一打斗，狗不上去帮忙”。主人们打斗，藏獒们只能在一旁观战，不能加入战争，只有主人命令时它们才能出动，大家都能坚守规则。

作者写动物们这些美好的品质，目的是重新审视人和动物、人和大自然的关系。无论是人还是动物都只是自然界的一部分，人类的生存和发展必须依靠大自然。两部小说都控诉了人类对大自然的破坏，呈现了人类对动物的赶尽杀绝及对大自然的大肆掠夺，而其结果是受到大自然的惩罚。例如姜戎的《狼图腾》中，以包顺贵为首的一伙人，打着革命的幌子，在草原上大开杀戒，只要是能吃的或能换来钱的动物，无不被他们赶尽杀绝。草原没有了，羊群没有了，狼就向人进攻。作者认为人与动物、人与自然应该和谐相处。《狼图腾》中认为，“天兽人草合一”，草原上的草和草原是大命，人和其他的动物都是小命，小命要靠大命才能活命。草虽是大命，但草的命又是极其脆弱的，草的根很浅，长在薄薄的土地上，很容易就被夺去生命，草原上的草没了，草原人就失去了家园，这就是“大命没了，小命也就没了”的道理。正因为明白了这个道理，草原人才能生生不息。在《藏獒》中，人与自然界和谐相处的典范就是人和藏獒的和谐相处。

生态小说方兴未艾，这是中国的社会环境所需要、所逼迫必然要发展的小说文体，期待着更多有丰盈的现实启示和深刻的文化意蕴的作品出现。

第三节　当代官场小说：民间吏治表情

所谓官场小说就是描写、揭露官场生活和官场腐败现象的小说总称。官场题材贯穿整个中国文学史的创作历程，但集中描写官场现象的小说潮流却只有两次，一是晚清的谴责小说，二是 20 世纪后期一直到当下的官场

① 杨志军：《藏獒》，人民文学出版社 2005 年版，第 47 页。

小说。

以官场为题材的小说各国皆有，大概只有中国有“官场小说”的名称。这是因为中国文坛有一个专写官场小说的作家群，他们相当集中地暴露官场的内幕，并形成了一股官场小说的创作潮流。当下中国官场小说主要代表作家作品有张平的《天网》《抉择》、陆天明的《苍天在上》《大雪无痕》、阎真的《沧浪之水》、王跃文的《国画》《梅次故事》《苍黄》、周梅森的《人间正道》《中国制造》《绝对权力》、王晓方的《驻京办主任》等等。中国作家集中写官场是中国的政治生态环境所决定的。在中国的国家体制中，政治权力高度集中，官场就是整个社会生态的“纲”，它的影响辐射到社会的各个行业，纲举目张，写的是官场小说，描述的是整个社会。中国作家写官场小说的另一个重要原因，是中国官场确实有话可说，它给作家们提供的创作素材实在是太多了，而且是层出不穷、稀奇古怪。这些源源不断的创作素材不仅给作家们提供创作灵感，还给作家们提供思考的空间。中国作家写官场小说的再一个原因，是中国的官场体制并不完全透明，与普通老百姓有着一定的距离。距离带来了关注度，也带来了神秘感。充满着神秘感的关注度必然带来各种添油加酱的道听途说，其中发生了什么以及怎么发生，正常的消息途径的空缺给文学创作带来了想象空间，读者的需求给了作家们创作的动力。

官场小说兴起于 20 世纪 80 年代末，繁荣于 20 世纪 90 年代中后期，至今延绵不断。官场小说的内容比较庞杂，创作倾向多元并存，概括一下大致有三种类型，这三种类型的划分并不是绝对的，只是根据小说文本意蕴有所侧重而已。

第一种类型表现的是官场中现实与人性、道德的冲突。当代的中国官场是由排斥力、吸附力、升迁力、下降力等诸多向力组构的力场，这一力场的合力总体上趋向于负面效应。身在官场就得遵照官场的生存法则来进行主体建构，个体的思维、言语、行为方式都要符合官场规范。浑浊的官场现实，其冷漠无情的规则，对以接受传统教育的人文知识分子为主体的官员群体而言，是残酷的挣扎，面对现实，他们做出了各自的抉择，一部分人固守自己的道德理想，另一部分人在经历了抗拒、挣扎、动摇之后最终走向了道德的彼岸。当代官场小说对各类官员在善恶抉择中，丰富复杂的内心世界进行精确描写的是王跃文的《国画》和阎真的《沧浪之水》。

王跃文，(1962—　)，湖南人，1984 年大学毕业后进入政府机关工作，出版有小说集《官场春秋》《官场无故事》，长篇小说有《国画》《梅次故事》《苍黄》等多部。王跃文官场题材的小说主要描写艰难而沉重的官场现实生活。他的作品中极少有鲜明的反腐宣言，反腐的主题被他虚化处理了，他实写官场生活中的冷漠、黑暗的一面，反对腐败的态度隐含在对官场污浊的描写之中，所以如果从文本表层来看，王跃文的小说更确切的表述是“官场生活小说”。

王跃文表现官场生活的小说首先是一些中短篇，在这些作品中，他刻画了各类官员千变万化的丑恶嘴脸。《结局或开始》中孟维周、张兆林和万明山最初身处同一利益联盟，后来万明山犯事，这一联盟迅速瓦解，孟、张为求自保，立即与万划清界限，甚至采取卑鄙的手段让万明山承担一切罪责。《今夕何夕》描写地委秘书孟维周腐化的官路历程，作者运用了以小衬大的表现手法，孟只是一个官职卑微的秘书，其尚且如此为非作歹，那些实权在握的高官要员又将如何抵制物欲诱惑。《很想潇洒》中陶凡和张兆林本是师徒关系，但陶一退休，接班的张便排挤、打压陶培养的干部人才，培植自己的势力。造成这些官场丑恶现象的最终因素是权力和利益，为了实现自我的欲望，官员们扯破面皮，相互倾轧，争权夺利，作者对此的描写可谓精辟独到，生动形象。

王跃文小说中存在一个“堕落模式”，他总会描写一个官员堕落的过程。像《今夕何夕》中的孟维周、《夜郎西》中的王永坦，《秋风庭院》中的张兆林，作者对这些人物物质堕落和精神堕落的轨迹进行了详细表现，并对其堕落过程中复杂的内心变化进行深刻反映。这种“堕落模式”的表现在《国画》中达到一个高度。

在王跃文看来，文学作品就是写人。他说：“事实上，这世上自有作家以来他们都在写人，而且是写现实（或说现在）的人。”[①]他在《国画》中正是描写了朱怀境这样一个官场中人。朱怀境靠自己的真才实干，年方三十便已升任乌县副县长，仕途可谓不可限量，然而当他被调到市政府这一相对庞大复杂的官场结构中时，他的才干得不到充分发挥，三年未见升迁迹象，三年的光阴虚度已磨光了他的锐气，他发现勤勉为政是升不了官的，他也发现官场上围绕权力人物，都形成了一个个生态圈，凡圈中之人都将获利匪浅，于

① 王跃文：《拒绝游戏（代后记）》，《国画》，人民文学出版社1999年版，第688页。

是他想方设法把自己融入到皮市长这一权力生态圈中去。应该说，朱怀镜是一个有正义感的传统知识分子，他深知礼义廉耻，当他第一次卷入权钱交易时，他的心灵受到强烈震撼，他感到自己面红耳热，然而官场的现实以及对权势的趋近欲望使得他逐步放弃了自己的原则，越陷越深，他的灵魂已被官场上权钱酒色麻醉以至于麻木了，作者对朱变质过程中的心理变化描写得极其细致，他把一个有良知的官员，昧着良心损人利己时的心灵挣扎表现得淋漓尽致。而放弃做人原则、接受官场规则的朱竟闪电般地由副处长升至处长，最后升至副厅长，这种违背事理的官场升迁，无疑是对当代中国官场极大的讽刺。

另一位准确把握各类各层官员在官场生活中的道德与现实冲突时复杂矛盾的内心世界的作家是阎真。阎真（1957—　），湖南长沙人，现为中南大学文学院教授，著有小说《曾在天涯》《沧浪之水》。阎真官场题材的小说数量不多，但仅有的一部表现官场的《沧浪之水》却成为当代官场反腐小说屈指可数的几部精品之一。和王跃文的小说一样，阎真的小说也是“官场生活小说”，反腐批黑的宗旨不是很明显，作家实际上是以官场生活为背景，描写这一特定背景下的人格与人性。

《沧浪之水》生动记录了官场小职员知识分子在社会、家庭的多重压力下，放弃对自我人生价值的追求屈服于现实，走进官场规则的过程。这部小说重点刻画了池大为这个人物，他有着令人羡慕的学历，是单位唯一的硕士研究生，且为人正直、理想远大，本想投入社会成就一番大业，造福于民，不料想其传统的人格理想与现实官场格格不入，英雄无用武之地。池大为的精神理想源自《中国历代文化名人素描》，这是他父亲遗传给他的精神血脉，他子承父志，是非分明，仗义执言，心中容不下一丝黑暗与瑕疵，这样一位祖国的栋梁因为看不惯官场上权力的明争暗斗，只能在中医学会靠下棋虚度光阴、耗费青春。然而生活窘迫、妻子埋怨、孩子上学受气的现实压力，压得他喘不过气来，他终于突破了自己的人格底线，向官场权力低下了高贵的头，于是他平步青云，当上了厅长，生活的压力随着权势的获得而减轻，然而人格与心灵的自责却使得他活得像一条狗。最后，池大为在他父亲的墓前把那本《中国历代文化名人素描》烧掉了，这一寓意深远的结尾暗示，随风飘去的不仅是灰烬，还有人格、理想和精神的消逝。小说在一种悲壮的氛围中，透露出作者的忧郁与无奈。

第二种类型表现的是官场中权与法的较量。这一类型的官场小说侧重于反腐，小说往往以侦破案件为贯穿全文的主线索，围绕案件的侦破来逐步展示权力与法律的正面交锋。代表作家是张平与陆天明。

张平，1954年生，陕西西安人，现为国家一级作家。主要作品有长篇小说《天网》《孤儿泪》《法撼汾西》《抉择》《十面埋伏》等，《抉择》获第五届茅盾文学奖。张平是当代官场反腐作家中坚持平民立场最持久，也是最明显的一位作家。他以丰富的生活积累、勤勉的人生态度关注老百姓生活的创作视角来体察当代中国官场，时刻充当为人民代言的角色，他的作品中充满了高昂的激情和深切的人民关怀。

张平的小说创作可分为两个阶段。第一个阶段是关注社会中的小我，即社会大环境下个体、家庭的命运，作者在叙述他们的命运时趋向于悲情的结局，代表作有《祭妻》。第二个阶段由个体家庭转向对社会现实的反思，反映民生疾苦、揭露官场黑暗，代表作有《刘郁瑞办案记》《天网》《抉择》等。

张平的小说中存在着一张无形但却孕育了官场黑暗错综复杂的网，这张网形成的巨大合力与法律相抗衡。官场的"场"首先指的是一种关系，上下级关系、平级关系、政敌关系、同盟关系、裙带关系、官商关系、官民关系，林林总总的关系纵横交错便形成了官场这张密不透风的网，在这张网的庇护下，非正义、不公平、无视法纪一次又一次重演着。《天网》便是对官场关系网最精辟的概括，这是一张无法无天的罪恶之网，它由市、县、乡之间各式各样的关系构成，在这张网的姑息下，贾仁贵横行霸道、强奸民女、挪用公款、危害百姓。《抉择》中存在另一张罪恶之网，这张网以清官李高成的妻子为核心，遍撒党政机关、要害部门，他们相互勾结，侵吞国家资产。有邪恶必然会有正义，张平的小说中有邪恶之网，也有正义之网。正直无私的党员干部在党和政府核心人物的坚强领导下，依靠法律的威慑力，形成了令邪恶闻风丧胆的正义之网。党员干部的正义之剑刺破了邪恶之网，从而使黑暗昭然若揭，找回官场日益丧失的净土。张平小说的网结是对当代官场深入骨髓的理解与概括，正义之网扶正祛邪的威力也寄托了张平对当代官场和谐生态的期望。

张平对黑暗的揭露是在中国传统文化情境中展开的。张平笔下的官场仍是人治官场，其官员宗法制观念异常浓厚。中国历来是重视关系、人情、面子的国度，这三个元素构成了中国官场的内核，反对腐败就是要反对几千年来形成的官场陋习，与集体无意识斗争难于上青天，作者实际上暗示建立和谐健康的现代政治文明和法治文明任重道远。此外张平小说中的“清官模式”以及“大团圆结局”也是中国传统文化心理的一种体现，然而，在目前情况下这只能是一种美好的理想。

陆天明(1943—　)，生于昆明，长于上海，现为国家一级编剧。代表作有中篇小说集《啊，野麻花》，长篇小说《桑那高地的太阳》《苍天在上》《大雪无痕》等，另有剧作多部。陆天明是一位多才多艺的作家，其创作横跨电影、电视、话剧、小说等诸多领域，然而真正给他带来巨大声誉的是官场反腐小说。陆天明官场反腐小说的创作是从《苍天在上》开始的。《苍天在上》以侦探模式，记述了代理市长黄江北与贪污贿赂案的犯罪分子英勇斗争的基本情节。黄江北反对的不是别人，正是举荐他担任代理市长的田副省长，其权力高于黄江北。黄代市长的身份限制了其职权和行动的范围，增加了反腐的难度，田还幕后操纵着章台关系网络、万方集团，形成了铺天盖地的腐败网，黄江北不仅要战胜权力大于自己的高官，还要打击一个关系复杂的腐败集团。最终，黄江北以个人英雄主义气概挫败了腐败集团的猖獗。陆天明在这部小说中初步探索了反腐主题与通俗叙事的结合，这一探索在《大雪无痕》中进一步深入。

《大雪无痕》中的侦探英雄模式更为明显，主人翁再也不是处处受限的国家中层干部，而是专职侦破的警探，因而其在反腐行动上更为职业化、专业化。在这部小说中陆天明借鉴了传统侦破小说的叙事技巧，把它更为巧妙地与主题相结合。小说以张秘书被害的凶杀案和东钢30万股票贿赂案为双重线索，凶杀和腐败交织在一起，扑朔迷离，围绕两起案件展开的侦破紧张、惊险。侦破与反侦破力量的激烈斗争，疑团悬念的层设与破解，缜密的情节推理使得整部小说高潮迭起，有张有弛。除了侦探的叙事手法之外，言情的通俗叙事手法也得到合理运用。作者构造了一段三角恋爱，方雨林心仪丁洁，丁洁爱恋方雨林，周密追求丁洁，本来方雨林和丁洁可以成为一对令人羡慕的情侣，但来自丁母门当户对的封建思想，使得丁方二人一直有缘无分。方雨林没有周密显赫的社会地位，但他有一颗追求正义的善良之心，周密外表正直的面具之下却是卑污的灵魂，在这段三角恋中，方雨林是正义的化身，周密是邪恶的代表，丁洁与方雨林最终有情人成眷属，实际上表明作者与腐败决裂的立场和鲜明的价值判断。

《大雪无痕》成功塑造了一批多面性格的人物形象，其中刻画最为生动饱满的是周密。周密出身于普通工人家庭，少年生活清贫，通过自身后天的努力成为高校的教师，并出国留学深造，后调任政府秘书长，仕途顺畅，又即将被提拔为副市长。应该说出身贫寒的周密具有勤恳、上进的优良品格，从周密受贿后忏悔的内心看得出其善良的本质，他的骨子里充满了正义的本色，然而一失足成千古恨，一旦卷入腐败的旋涡就身不由己了，虽然表面上周密为误导办案人员消灭罪证表现得很理智，其实他的内心已因犯罪而恐慌变态，他知道自己是一个没有未来的人，惩罚的来临只是时间早晚的问题。周密这一形象之所以能够成功，主要在于他性格上的两面性，作者没有像大部分官场反腐小说那样把人物符号化，而是尝试塑造出真实的人物，其次是作者对周密心理变化的细节描写比较成功，增加了周密这一人物的生动性、形象性。周密是当代文坛不可多得的人物形象。

第三种类型表现的是对官场体制的思考与探讨。腐败的本质说到底就是权力的腐败，权力的膨胀、失衡、滥用都将导致腐败。部分作品在描写腐败与反腐败的过程中，已注意花费大量笔墨对官场体制进行认真思考，代表作家是周梅森和田东照。

周梅森(1956—　)，江苏徐州人，曾挂职出任过政府官员，现为中国文联委员，一级作家，代表作品有《人间正道》《天下财富》《中国制造》《绝对权力》《至高利益》等多部。周梅森是煤矿工人家庭出身，矿工生活对他来说再熟稔不过，他的成名作《黑坟》就是以煤矿的生成史为题材的长篇小说，小说场面壮阔、气度恢宏，给读者一种崇高、悲壮的美感。然而其历史题材的小说创作并未延续多久，他很快转入现实题材的创作。由历史现实转而关注社会现实，体现了周梅森作为作家强烈的神圣使命感和崇高的社会责任感，他没有在尘封已久的历史中左右徘徊，而是以博大的人民情怀关注现实的社会，以维护人民群众的根本利益为出发点，来抨击官场腐败的罪恶。在周梅森的作品中始终包蕴着高昂的激情，他的小说洋溢着高尚的英雄主义品格和追寻人间正道的宝贵精神，他直面官场的现实，以人文知识分子的眼光来观照现行的官场体制，对官场体制弊端的抨击尖锐深刻。《人间正道》《中国制造》最能代表20世纪90年代周梅森反腐小说创作的这一特点。

《人间正道》是一部正面歌颂国家干部和人民群众众志成城、齐心协力，打击黑暗势力的长篇小说。原平川市委书记突然逝世，于是选择最佳的市委书记接班人迫在眉睫，而就在此时，平川的农民为争夺水源而发生械斗，砸坏变电站造成全市大面积停电，煤矿的食堂因断电将无法正常供应就餐，在如此严峻的形势下，新任市委书记吴明雄走马上任，带领平川人民开天辟地、艰苦创业，使平川地区缺水的历史性问题得到根本解决，又进一步带动了平川地区经济的腾飞，在建设的过程中，以吴明雄为代表的一批刚正不阿的干部与平川市委领导班子中玩弄权术者斗智斗勇，为寻求官场正义而勇往直前。作者在这部小说中以一种崇高的英雄气概试图唤醒领导干部的良知，呼吁他们为维护人间正道而舍利取义、以身作则。

《中国制造》以平阳市委书记高长河赴任以及开始执政为主要线索，同样将经济建设和官场体制结合起来思考，发现并解决一些深层次的腐败问题。平阳市的经济实力全省第一，建设事业蒸蒸日上，然而其繁荣的表象却掩盖了巨大的隐患，平轧厂不顾市场规律盲目投产，造成 12 亿资金流失。此外平阳市委部分领导好大喜功，为追求政绩不惜牺牲老百姓的利益，大量进口国外不合格的机器设备，从中捞取回扣。领导干部借出国考察为名任意挥霍国家和人民的财产。和吴明雄临危受命不一样，高长河是在平阳市一片欣欣向荣的形势下上任的，腐败问题比较隐蔽，因而高长河遇到的阻力更为巨大，其反腐成功的意义更为重大。小说还提出了集体腐败的概念，并对这一现象进行了充分描写。烈山县委书记耿子敬利用职权倒卖土地，以他为代表的烈山县党委政府两套班子集体腐败，最终导致烈山政府领导系统瘫痪。周梅森指出集体腐败现象的出现，实际上是体制的弊端造成的，在一条腐败的生物链中，谁破坏其平衡将遭到打击，有一些干部是被逼受贿，这显然与官场体制的不完善有关。高长河对田立业任命的坚决与遭到的强烈反对反映了当代中国官场仍存在人治的现象。

周梅森反思中国官场体制的创作宗旨还在其他许多小说中得到体现。在《绝对权力》中他探讨了官场权力的界限与约束的问题，不过在这部小说中作家并未提出合理的解决问题的建议，而是通过描写人性的善良和人与人的真诚理解来达到不同权力的调和。在《至高利益》中作家提出了官员执政与人民群众的根本利益的关系问题，小说通过某市领导围绕经济建设、环境保护等问题而进行的改革与整顿，表现了造福于民的思想，小说严厉抨击了那些不顾人民群众的根本利益而追求虚假政绩工程的现象。可以说，周梅森是当代中国文坛对中国官场体制思考最多、最深沉的作家。

作家田东照对当代中国官场体制的思考，主要表现在他的《跑官》《买官》《卖官》三部中篇小说中。这三部小说通过描绘官场黑暗的现实，在关系交错的背景中对现行的国家干部选拔和任命制度的弊端进行深刻反映。《跑官》描写了一个正直官员被逼跑官的事件。县委书记郭瑞明是全市公认的不跑官的老百姓的好官，可是在跑官成风的社会现实中，他最初的坚定信念动摇了，在家人劝说的直接推动下，他最终屈服于官场现实，为自己跑官。小说通过郭瑞明的口提出了一个很严肃的问题，跑官的刘佳平在学历资力上都不如自己，而且政绩平平，可是他却优先提升了，郭瑞明却迟迟得不到重用，这种明显的不公平竞争正是对干部选拔制度弊病的最好揭露。作者设计了一个圆满的结局，当郭瑞明跑官成功后，他的属下又开始向他跑官，他终于体会到跑官的丑恶与无耻，于是不再关心官职权力，而是投身到为老百姓办实事的实际工作中去。《买官》和《卖官》中官职成了金钱交易的对象，这完全违背了国家相关的人事制度。《买官》中陈小南为得到副县级职位而以重金贿赂市委书记赵凯，向他买官，遭到拒绝，虽然用钱没有能直接达到买官的目的，但是陈小南的拍马逢迎最终撕开了市委书记赵凯虚伪的面具。《卖官》中则公开把官职拍卖以换取暴利，清廉的市委书记陆浩宇在即将退休之际变得优柔寡断，拗不过自己的妻子，他决定通过操办儿子的婚礼来获取贿赂，而他付出的代价是利用手中的权力来变卖官职，他的儿子收取他人的现金要求他卖官，而他自己为了买官也放弃了国家干部的良知大肆卖官，在违法的道路上越走越远。田东照的三部小说虽然不是长篇巨制，但是他对官场中跑官、买官、卖官现象的描绘具有极大的讽刺意味，可谓“当代官场的现形记”。

20世纪90年代的官场反腐小说在发展的过程中，形成了一套稳定的叙事模式，这套叙事模式作为反腐小说家们的创作自觉一次次被执行着、重复着，仔细品味我们会发现这些叙事模式与反腐小说意义指向之间的关系颇为耐人寻味，其叙事模式中蕴涵的意识倾向，与反腐小说潮流整体的思想意旨是不同步的。

官场小说表现的是一种“草根心态”。这种“草根心态”具有两种表现形式。一是社会心态。官场小说都是从老百姓的视角看官场。既然中国当下的官场有问题，老百姓当然就关心它，可是中国的官场体制透明度不够，大众媒体上的粉饰的话较多，官场小说却告诉读者官场的内幕以及一些官员是什么样的人。读者知道这是作家笔下的官场和作家描绘的官员，并不一定符合真实的现状，但是通过阅读可以满足对官场和官员的好奇心；读者也知道其中很多的情节并不合理，破绽那么多，但是却能够表现出巨大的容忍和宽容，就因为小说的草根视角与他们的观感相一致。大众文化要求着作家站在大众文化的立场上看问题，官场小说做到了这一点。二是自然心态。官场小说除了满足读者的好奇心之外，还刺激着读者的潜意识。那些内幕、美色、阴谋刺激着读者，它们与曲折离奇的故事情节搅拌在一起能产生巨大的吸引力。虽然老套，却没有疲态，因为这些潜意识是人的自然心态，不但具有普遍性，而且永远处于更新的状态。

第十七章　心中历史：当代历史小说、大陆新武侠

历史小说是当代中国通俗文学成就较高的文类，原因有二，一是中国历史源远流长，给历史小说创作带来了无尽的创作源泉；二是这类小说一直得到主流文学的认可，是获得茅盾文学奖等主流文学奖中较多的通俗文学文类。历史永远是人心中的历史，而人又永远是时代中的人，所以，历史小说说的是历史，表露的一定是时代中的观念。1949 年之后的中国人的人生价值观念随着社会的变动一直处于起伏中，历史小说也就呈现出来丰富多彩的状态。由于历史小说说的是历史，是历史上有过的人和事，以史为鉴，历史小说也就有了隔代借鉴的价值。一部历史小说是否具有借鉴的价值，决定于小说创作的选材以及作家的创作观念和文学修养。无论是时代性还是史学的借鉴性，应该说，中国当代历史小说表现得都很优秀。

中国当代武侠小说影响最大的是港台地区的作家作品。不过，大陆的武侠小说创作在 1990 年以后也逐步复苏，出现了一些优秀作家作品，这些作家作品被称作“大陆新武侠”。将武侠小说与历史小说放置在一起评估，是因为都涉及历史。

第一节　姚雪垠等作家的政治历史小说

1963 年，姚雪垠的长篇历史小说《李自成》第一卷由中国青年出版社出版，这在当代历史小说史上是一件大事。《李自成》共五卷，第二卷出版于 1976 年，而第五卷直到 1999 年姚雪垠去世时才出版。三百万字皇皇巨著，开了当代历史小说超长篇创作的先河。

姚雪垠（1910—1999），河南邓州人，原名姚冠三，字汉英，少年家贫，但学习勤奋。抗战中曾任中华全国文艺界抗敌协会理事，新中国成立后历任上海大夏大学（今华东师范大学）教授、湖北省文联主席、中国新文学学会会

长，第五、六、七届全国政协委员。1938 年，在茅盾主编的《文艺阵地》上发表短篇小说《差半车麦秸》，获一定的文学声誉。给姚雪垠带来文坛地位的，是他的长篇历史小说《李自成》，其第一卷出版时有洛阳纸贵之势，其第二卷曾获茅盾文学奖。自 20 世纪 50 年代姚雪垠开始《李自成》的写作以来，一直到 1999 年中国青年出版社出版《李自成》的第四、五卷，历时虽长，但较之其他作家，写作环境比较稳定。姚雪垠去世后，根据其遗愿，“姚雪垠长篇历史小说奖”得以设立。

姚雪垠的《李自成》内涵丰富，单用通俗小说的标准来量度是很难形成客观的评价的。阅读这部小说，可以对当代历史小说的写作动力问题和“史诗”的标准有更为直观的认识。姚雪垠创作的《李自成》应当被看成是对现实主义史诗化的美学追求的自觉归位。姚雪垠说：“我写《李自成》，目的不仅仅是反映历史事件和历史发展的规律，而且还要通过小说的艺术反映，让读者认识历史上的经验和教训，从而对人们认识历史上的重大事件时起积极的作用。”[①]谈到《李自成》的创作动机，《李自成》的责任编辑王维玲曾在她的《怀姚雪垠　说〈李自成〉》中对姚雪垠的话有所引述，大致是姚雪垠读了毛泽东写的《中国革命和中国共产党》，受到很大启发。评价《李自成》的贡献，应当考察姚雪垠在将主流意识形态与政治观念转化为小说内容时所做的努力。

《李自成》中的英雄典型人物，“农民革命的领袖”“时代的先进人物”李自成的形象相对比较容易把握。作品一开始，就让李自成处在斗争最困难的时刻，处在革命发展的逆境中，由于统治阶级残酷的镇压，农民起义军“十三家”遭受了严重的挫折，“有的击溃，有的歼灭，有的投降”，这样，李自成的队伍就成了统治阶级反动武装合力扑灭的一星火种。而李自成的英雄性格，正是在这样一个艰苦的斗争环境中得到了全面展现：在敌人几路大军的层层包围下，他临危不惧，迎险而上；在遭到敌兵两面伏击，起义军处于极端劣势的情况下，他坚贞不屈，宁为玉碎，不为瓦全，大义凛然地焚毁敌人的劝降书，坚决粉碎敌人诱降的阴谋；在全军覆灭、严重失败面前，他不悲观、不动摇，“跌倒了，爬起来”，并鼓励战友：“一定要使‘闯’字大旗不倒下去，不推倒明朝的江山永不罢休。”最后，为了扭转局势，他又冒着极大的风险，亲赴

---

① 转引自王维玲：《怀姚雪垠　说〈李自成〉》，载《文艺理论与批评》2000 年第 2 期，第 40 页。

谷城，说服张献忠，终于推动了张献忠重新起义，从而使整个革命形势立刻改变。作者通过这一系列情节，充分显示出了英雄人物在斗争中的英雄行为，一个相当具有时代特色的英雄典型人物在既定的描写程式中逐渐显现其全部的革命先进性。《李自成》在后几卷中还表现了李自成的帝王思想、天命观和儒家思想，使这个人物更为复杂。但也应该看到，《李自成》一、二卷中对于李自成人物形象的塑造，特别是李自成超越其时代局限而带有“现代化”的气息符合了时代对于英雄人物、典型人物塑造的要求。

《李自成》一、二卷采取了复线发展的结构方式：以李自成起义军和明王朝的阶级矛盾为主线，明王朝与关外清朝的民族矛盾为副线，而其他矛盾，如李自成与张献忠的矛盾，李自成起义军内部的矛盾等等则处于服从、配合、衬托主线的地位。《李自成》的另一个突出的结构方式是将全书分成许多章，将若干章联结为一个单元，每一卷都分成大大小小的若干单元。这与中国古代说书人的“花开两朵，各表一枝”的叙事模式不谋而合。

《李自成》是一部具有很强的现实性的政治历史小说。沿着这样思路进行创作的历史小说还有刘亚洲的《陈胜》、鲍昌的《庚子风云》、凌力的《星星草》、熊召政的《张居正》等。

凌力，本名曾黎力，汉族，1942 年 2 月出生于延安。主要作品有《星星草》《少年天子》(获第三届茅盾文学奖)、《暮鼓晨钟——少年康熙》(获 1995 年国家图书奖提名奖、北京市庆祝国庆 45 周年征文佳作奖)、《梦断关河》(获第二届北京市文学艺术奖、首届老舍文学奖和姚雪垠长篇历史小说奖)。1980 年出版的《星星草》可以看作为中国当代历史小说转型期的一部作品。虽然还是对农民起义军的歌颂，对封建统治阶级和知识分子批判，但是，统治阶级和知识分子身上的个人优秀的素质开始得到肯定，例如《星星草》下卷中对曾国藩的塑造。

2000 年出版、2005 年获得茅盾文学奖的熊召政的《张居正》也可看作政治历史小说。当然，小说已不再以阶级斗争划分敌我，而是探讨历史上的政治改革和经济改革以启发人们对当代中国的关注。

熊召政(1953—　)，湖北英山人，木工家庭出身。1967 年初中毕业后参军、下乡。1973 年开始发表作品，1979 年写出的诗歌《请举起森林一般的手，制止！》获 1979—1980 年全国中青年优秀新诗奖，后调入湖北省作协，历任《长江文艺》副主编、湖北省作家协会副主席。还曾创办湖北万象文化传播有限公司，并任总裁。已出版诗集、散文集、报告文学集、长篇小说等多部。2005 年以 150 万字的长篇小说《张居正》获第六届茅盾文学奖。

《张居正》的影响力在于，它所描写的大明立志改革的故事，正与时代的主潮、与大众读者的关注点有契合之处。《张居正》是当代历史小说表现现实社会热点问题的典范。

《张居正》共四部，分别为《木兰歌》《水龙吟》《金缕曲》《火凤凰》。《木兰歌》最早于 2000 年由长江文艺出版社出版，其后三部分别于 2001 年至 2002 年在该出版社陆续出版。

《张居正》所述之重点，在于张居正所发动的改革。张居正改革是中国历史上最著名的改革之一。张居正改革的内容主要集中在吏治、经济等方面，他的改革使明朝在万历年间有了很大的起色，其中尤其是经济改革，使得国力大为提升。熊召政选择张居正改革作为创作对象，其中是有“忧患意识”的。此忧患意识的具体内涵是什么呢？熊召政说：“仔细研究中国历史，就会发现朱元璋创立的明朝国家管理体制，对今日中国的参照意义，远远超过清朝。”①

《张居正》是一个悲剧，故事的悲剧性集中在小说的第四部，张居正死后，他所致力的改革兵败如山倒，张居正本人生前所得的荣华富贵也被全部掳夺。小说写到这里，正是使一切有意义的事情变得无意义。但这不是关键，作品的独具匠心之处在于，它在第一部中以整整一部的篇幅来描述张居正任首辅前勾心斗角的政治斗争。如果说张居正的改革是极具意味值得大书特书的话，那么，这场改革的前戏则非常对立地显现出不光明不正大的一面。这样的情节编排，显然是对崇高的消解，背后有很深的大众文化根底。文化的亲和性使得《张居正》对大众阅读者产生了更大的吸引力，也在一定程度上消弭了经典文本与大众阅读的心理距离。

小说中，张居正呕心沥血、励精图治，在与清流的对立中突出了自身的实干家的形象，在处理繁难的过程中显示出铁腕的手段，在面临困境时又表露出决绝的精神状态。作者力图将张居正塑造为一个相对正直的改革家。但是留给读者深刻印象的倒是那些所谓“负面”描述，李贵妃对张居正的倾情，张居正与大太监冯宝的勾连等描述，尽管小说用做大事不拘小节等种种

① 周百义、熊召政：《关于历史小说〈张居正〉的对话》，载《出版科学》2002 年第 2 期，第 72 页。

理由为张居正开脱，但也展现了张居正的种种手段，更为重要的是，为后面改革悲剧留下了伏笔。

茅盾文学奖给《张居正》的颁奖词是："四卷本长篇小说《张居正》，以清醒的历史理性、热烈而灵动的现实主义笔触，有声有色地再现了与'万历新政'相联系的一段广阔繁复的历史场景，塑造了张居正这一复杂的封建社会改革家的形象，并展示出其悲剧命运的必然性。作者因其丰赡的文史修养、恢宏均衡的艺术架构能力、对特定历史底蕴的富于当代性的揭示，获得本届大奖。"颁奖词重点突出的"当代性"，显然能够很好地揭示出《张居正》的价值。

第二节　二月河、凌力等作家的帝王历史小说

1985年前后，以封建帝王为主要人物的历史小说开始大量出现。如吴因易的《唐明皇·宫闱惊变》(1985年)、二月河的《康熙大帝·夺宫》(1985年)、凌力的《少年天子》(1987年)。20世纪90年代以后，帝王历史小说的创作还在继续。二月河的《雍正皇帝》和《乾隆皇帝》均出版于1990年以后，此外，凌力的《倾城倾国》和《暮鼓晨钟》也分别于1991年和1993年出版。这两部作品与《少年天子》被作者称为"百年辉煌"系列。帝王历史小说在大众中影响非常广泛，以它们为底本改编的电视连续剧进一步拓展了小说文本的受众面。介入的作家及作品多不胜数，成为了当代历史小说中最繁盛的部分。

二月河，原名凌解放，1945年出生于山西昔阳。他的历史小说《康熙大帝》《雍正皇帝》《乾隆皇帝》，统称为"落霞三部曲"。在"落霞三部曲"中，《雍正皇帝》是二月河更为喜爱的作品。

《雍正皇帝》以人与人之间的关系作为叙事动力。小说中，作为主要人物的雍正的人生轨迹清晰可寻：争皇位、登位后革新、离世。小说的精彩在于写雍正的人生经历时将其与他人的关系或矛盾作为小说发展的推动力。

君臣关系是小说中的首要关系，随着雍正由臣到君的身份的改变，君臣关系也体现出不同的特征。在雍正为臣时，所做各项事务，就君臣关系而言，其最终目标只为一个：明里暗里讨好康熙，以期成为承继大统的人选。而一旦登上大宝，雍正即由臣变为君。作为君主的雍正一方面要依靠臣子

来为他做事，以保障他江山的稳定，另一方面又对臣子颇多猜疑，以密折的方式实现对臣子的监控。在雍正看来，臣子与君王关系最重要的一个部分就是忠诚。只要有了忠诚，即使犯错，也可谅解；倘使起了异心，则断断不可饶恕。但无论雍正为君为臣，在小说中，帝王之术才是真正决定他行动的原则。处于臣位，依靠对帝王之术的了解，知道如何去逢迎君王；处于君位，则大肆利用帝王之术使臣僚服帖。小说为君臣关系提供了一个楷模，那就是雍正和李卫的关系。李卫既可大字不识，也可频频犯错，但却深得雍正信任，其关键之处就在于他坚决地把自己定位为雍正的奴才。小说以雍正和李卫的关系为例证，实则是想论证，理想的君臣关系就是主奴关系。

兄弟关系也是推动小说情节的重要关系。在《雍正皇帝》中，就兄弟关系而言，帝王之家和俗世民间是同构的：一旦涉及利益，定会争得头破血流。或者，这是二月河以民间视角来解构帝王之家的秩序。为小说提供动力最多的是雍正和八爷党的对立关系。此对立关系不仅存在于雍正为人臣下时，也存在于他登位后。雍正为人臣下时，兄弟之间明争暗斗为的是将来的皇帝宝座，为此即使正事无益也可撇开不论，歪事若有利也亲力亲为。雍正登台以后，考虑的则是铲平八爷党，却又有名义上的顾忌，而八爷党则暗中发力，力图把雍正拉下马来。这与民间的兄弟争家产并无二异。相比较而言，十三爷对于雍正的忠心耿耿倒显得波澜不惊。

男女关系则是《雍正皇帝》佐餐的开胃菜。雍正与小福的爱情的悲惨固然为这个帝王增添了不少人味，他与乔引娣的关系则是二月河的特意安排，目的是用男女柔情来消解雍正身上的凶煞逼仄之气。当然，雍正与乔的关系也是解构小说的一个重要因素，正是通过他们之间悲剧的逐步揭示，不仅串联起原本散乱的情节，也为小说的终了画上能自圆其说的句号。

二月河之所以将关系作为小说的叙事动力，其最主要的目的在于，在这些关系中凸显以雍正为代表的理想人格。

建构理想人格的主要部分是雍正与文化的关系。这个文化可以区分为世俗的智慧与脱俗的精神。世俗的智慧的代表是邬思道。在《雍正皇帝》中，邬思道是帝王之术和处世之道的最权威的阐释者，他不仅帮助雍正体味康熙的缜密心思，从而投其所好，而且在处理具体的政务过程中，也表现出高超的人际关系处理的手腕。雍正在登极前对邬思道的言听计从实则是对世俗文化的尊重与依赖。脱俗的精神又分为几个不同的向度，即儒、佛、道三家。在小说中，佛对雍正的影响被刻意淡化，仅是雍正身边的和尚若隐若现，以作为佛存在的符号。相比较而言，儒与道被雍正看得很重。儒以大臣张廷玉为代表，修身养性、调和阴阳、治理国家，全身心为政权稳定而工作，此外，布衣大臣方苞也是忠于国家、忠于君王的大儒的代表。这两个人正好互为补充地体现了“济天下”“善其身”的儒家处世法则。雍正对于他们的倚重正体现了对中国几千年来传统文化主体的尊重。对于道的追随则是雍正对于自身能力的焦虑和对于超自然力量的崇敬。与这几种文化关系的正确处理，事实上使雍正获得了在文化上的统治资源和合法性，也为雍正的理想人格加上了浓重的一笔。

理想人格的塑造还体现在小说对雍正刻薄名声的特意开脱。在民间记忆中，雍正的形象不好。不好者有三：一是雍正篡改康熙遗诏，谋权夺位；一是雍正大兴文字狱，株连无辜无数；一是雍正待臣下过于刻毒，无仁君之风。针对这些不良的民间印象，小说一一进行辩解。关于篡改遗诏事，小说花了整整一卷书的篇幅，从几个方面来论证雍正是理想的皇位人选：康熙对诸皇子品行进行考察，特别是对皇孙（即乾隆）青睐有加，以佳孙可保三代繁盛的理由为雍正登极造势；邬思道以超乎常人的智慧为雍正谋划，每个动作均深得君心；雍正努力于国家政务，而其他诸皇子则致力于争权夺利，合法性输雍正一筹。从这几个方面，小说得出结论，雍正登极是水到渠成，绝无矫诏的可能。关于雍正待臣下刻薄一事，小说也从两个方面来为他辩护：一是天下几乎无好官，被雍正惩罚乃天经地义，这里尤其是年羹尧的被诛，小说暗示他实际上是不忠不义之人，虽有战功，不足补过。一是通过雍正的大段大段的内心独白，以告示天下，其之所以如此，乃为天下民心而谋，为天下福祉而谋。这两点的强调使雍正的刻薄被减轻了若干分量，转身变为小说中少有的好皇帝。由于是好皇帝，则文字狱就略写了，唯一明写的文字狱，也是因为事主强奸民女在先，雍正在民间道德的法庭上已然占了先机。

刻意在雍正刚正性格的基础上涂抹一点柔情也是《雍正皇帝》塑造理想人格的重要方式。作品的最初就娓娓地叙述了雍正和小福的情爱故事，始乱终弃的模式或者一旦得势、霞帔加身的模式都是读者所耳熟能详的，倘使《雍正皇帝》采用如此模式，均不能突出雍正的用情之专。小说的高明之处就在于，用生离死别来结束这二者的情感，从而使得雍正拥有了更多的抒发内心的机会。也正是这样的抒发内心，明示读者其乃是一重情重义的好汉子。如果说读者看皇位之争等情节多少还有点隔岸观火的意思，那么，把雍正装扮成这样一个多情种，就拉近了小说中的雍正与大众读者之间的心理距离。"无情未必真豪杰"这样的老话事实上是生动地概括了大众读者对小说中人物形象的期待视野，《雍正皇帝》对雍正与小福或者雍正与乔引娣关系的叙写正是表现了作者对通俗小说这一规律的深谙。

《雍正皇帝》以人与人之间的关系作为小说的深层结构，在关系中树立雍正的理想人格，这一系列的做法，其最终目标就一个：说明一点道理，所谓"文以载道"是也。作品要讲述什么样的"道"呢？最普通的看法是，《雍正皇帝》所写雍正改革的举步维艰，正是为了映衬今日改革的艰辛。这种观点有其一定的合理性。历史小说的创作和阅读中存在一种心理结构，即看历史不是仅为了看历史，更是为了用历史为镜子来看待今天。所谓"一切历史都是当代史"，讲的就是这个道理。

二月河的帝王历史小说就把着力点放在宫廷的权力斗争中，这里面尽管也夹杂了诸如爱情等一些东西，但这些都只是增添少许阅读的乐趣。凌力的作品则表现出一个女性作者在处理帝王生活时自然而然地向阴柔方向靠的一面。

凌力有《百年辉煌》长篇三部曲，分别是《倾城倾国》《少年天子》《暮鼓晨钟》。在《暮鼓晨钟·后记》中，凌力阐述了自己创作小说的动机：揭示在封建君主时代，作为大清皇帝的康熙所具有的决定性作用。《暮鼓晨钟》就是着力塑造康熙形象。

小说写康熙怎样从一个孩子成为了一代圣主，重点写了他与三个人的关系：鳌拜、孝庄与冰月。

康熙与鳌拜的关系比较复杂。他们之间的关系经历着一个从亲密到间离的转变。亲密关系主要局限于康熙幼时，出于少年对英雄的无条件崇拜，康熙将鳌拜视为崇拜对象，这种关系在鳌拜赠康熙骏马等事件后越发亲密。小说通过康熙之思把康熙与鳌拜定位于忘年交的关系，但这种关系其核心更类似于父子。尤其值得注意的是，在康熙与鳌拜交往日深的时期，正是康熙父爱缺席的时期。小说特意安排了辅佐大臣推翻康熙之父的各项政策并反其道而行之的情节，从而让康熙自然表达对父亲的爱戴与遵从。这样的心理基础给鳌拜以父辈身份介入提供了极好的契机。从这个角度看过去，对康熙与鳌拜的决裂的解释，可以是民间流传的所谓鳌拜势大压主，当然，小说也遵从了这样的解释，描写了极多的鳌拜狂妄自大的场景。但也可以是康熙弑父情结的极度膨胀。在小说中，康熙从幼年到少年，是一个逐步成熟的递进过程，但鳌拜骄纵却依旧，为何康熙幼年能够容忍而少年却不能，变化的只是康熙个人意识的张扬，是康熙帝王意识的张扬，是康熙唯我独尊意识的张扬。

康熙与孝庄的关系和康熙与鳌拜的关系形成了鲜明的对照。同样是成长过程，同样是意识苏醒，鳌拜就必须要被弑，而孝庄的地位却越加巩固。孝庄与康熙有三大潜在关系：从血缘上来说，孝庄是康熙的祖母；从政治上说，孝庄是康熙的提拔者与依托；归结到最后，从伦理关系上来说，康熙是君，孝庄是君之亲。由于有这三大关系作为基础，孝庄就担当了康熙的启蒙者和领路人的角色。之于康熙，孝庄是无法突破的宏大话语体系，孝庄的每项决定都使康熙只能叹为观止，使康熙只能俯首遵从。康熙的自我意识、康熙的君主意识皆由孝庄启发，并且也只能在孝庄划定的轨迹中运行。所以，当康熙以"得民心者得天下"之宏大话语批驳鳌拜勇猛有余的武力得天下的观念时，康熙看似操持了最为有力的思想武器，事实上也只是在孝庄的权威阴影下表演罢了。孝庄的权威从何得来？还是从儒家文化中来。康熙接受了儒家文化中的民心天下观，就不能摆脱一个事实：在个体之上，还有天地君亲师存在。

康熙与冰月关系的核心则是爱欲。从康熙与冰月的两小无猜到冰月的委身于康熙，这个情节序列的推动力量是纯粹的个人情感，是自然存在的。但康熙毕竟无法娶冰月，这归结到最后，还是冰月的身份问题。冰月的身份纠集着众多矛盾。首先，如果冰月是康熙的堂妹，则因血缘关系太近而不能结婚；其次，如冰月不是康熙的堂妹，则会导致欺君之罪；最后，不论冰月是否康熙的堂妹，她也是藩王女眷，康熙若迎娶，必定引发重大政治动荡。事实上，第一条理由只是表面成立，后两条理由才真正存在。康熙经过深思熟虑后决定放弃冰月，这是政治思想战胜了个人情感，这标志着康熙成长过程的实现。

说到底，小说通过这三个关系，表现的是康熙的成长过程，其背后却是外在价值体系逐渐战胜个人情感并全面占据心灵世界的过程。凌力的历史小说并不追求激烈的矛盾冲突，更注重于人情关系，有着细腻的知性女性的细腻。

第三节　唐浩明、刘斯奋等作家的文化历史小说

中国当代最优秀的文化历史小说应该是唐浩明的《曾国藩》、刘斯奋的《白门柳》。

唐浩明(1946—　)，湖南衡阳人。主要作品有《曾国藩》《旷代逸才》等。

《曾国藩》以丰富的历史及人物史料为基础，以史与诗的交融，在广阔的晚清历史背景中刻画了曾国藩这一晚清重臣和文化名士的历史形象。小说将曾国藩置于晚清政权平定太平天国的战争、晚清政治社会的剧变，以及中西文化的冲突等历史漩涡中，通过曾国藩在时代激流中的起伏浮沉，忧乐荣枯，展示了这一历史人物的心路历程。小说从曾国藩因母丧返乡开始，详尽地述说了他充满传奇色彩的人生道路。小说分三部分：血祭、野焚、黑雨。本书既写曾国藩的文韬武略，也写他的待人处世与生活态度；既写他的困厄与成功，也写他的得宠与失宠。曾国藩制胜的兵法、治军行政的方针，他独特的人生观、处世哲学，他的文化素养和人格品位等等，都在书中得到精彩的体现。小说同时还塑造了左宗棠、李鸿章、李秀成等一批具有鲜明个性的艺术形象。小说气魄雄伟，典雅宏阔，融历史风情、典章文物与诗情史实于一体，堪称当代文学一部重要的史诗性作品。

《曾国藩》最引人注目的地方不在于多少战争传奇和人物传奇，而在于写了一个深谙程朱理学的中国知识分子的心路历程。这位知识分子就是具有“中兴之臣”之称的曾国藩。

小说中的曾国藩实际上在三条战线上作战：

第一条战线是与太平军作战。从军事才能上说，曾国藩是不如他的对手的。咸丰四年(1854)靖港之败、咸丰五年(1855)鄱阳湖之败、咸丰六年(1856)南昌之败、咸丰十年(1860)祁门之败。这四败都把曾国藩逼进了死地。然而，每一次进入死地的曾国藩都被救了回来，原因是每一次他失败的同时，他的部将却打胜了仗。这就说明曾国藩虽然军事才能不济，但是他善于用人。曾国藩用人讲究才能，不论出身，他身边的文臣武将几乎都是一些小人物，但都成为了他克敌的能人强将。他用人还有一个标准，那就是中国传统的做人的伦理道德。小说侧重写了曾国藩起用的三个人。一个是康福。曾国藩将其收为贴身保镖，不仅因为他的武功高强，还在于他“孝母爱

悌,正直诚实”“家风纯良,祖德深厚”。一个是彭玉麟。曾国藩将水师交付于他,不仅因为他有治军才能,还在于他是一个钟情钟意的“奇男子”。一个是李鸿章。曾国藩竭力地扶持他,是因为与他患难与共多年的李元度改换门庭,而遭到疏远的李鸿章忠心不改。曾国藩看中他既为他的才情所动,更为他的忠心所感。任才而用,是历来统帅的成功之道;德才兼备,是重理学的曾国藩的选人的标准。既是名将,也是君子,这样的军队打败了太平军就不仅是军事上的胜利,还有文化上的胜利。

第二条战线是与朝廷、官场作战。身为汉人的曾国藩深知手握兵权的危害性,他明白:“朝廷对于长毛的起事,对于吏治的腐败,对于民生的凋敝,对于洋人的欺凌,都是软弱无能、束手无策的话,对汉人的防范,尤其是对于有重兵的汉人的防范,却是老谋深算、戒备森严的。”为了达到自己施展政治抱负的目的,他既要取得朝廷的信任,又要避免朝廷的猜疑,他精打细算、小心谨慎,生怕踏错了一步。他从不为来自皇帝、太后的嘉奖而喜,相反,任何一句来自朝廷的言语,他都要琢磨几天,甚至“从头到脚一身冷汗”。对于官场,曾国藩运作起来就得心应手得多了。他做了这样的总结:“世事纷繁,人心不一,官场复杂,尤为微妙,识见固要闳深,行事更需委婉,曲曲折折,迂回而进,当行则行,当止则止,万不可逞才使气,只求一时痛快。”“行”就是进,就是要进攻,“止”就是要忍,就是要韬晦,无论是“进”,还是“忍”,都需要“识见”。曾国藩就因为看准了自己的位置,看准了自己的作用,从招募团练的时候起就与那些汉官满将周旋在一起,“进”时,他找准机会将那些仕途的敌人一个个扳倒,即使是多年的朋友也不顾,冷酷无情;“忍”时,他可以将自己的数十万军队全部解散,即使是身边的亲兵也不留,做得彻底。他是一个深谙程朱理学的知识分子,一个手握重兵的汉将,也是一个谙熟中国官场之道的老手。他身上的三种成分决定了他特有的人生理念和处世的手段。

第三条战线是与他身上的欲望作战。放在曾国藩面前的最大的诱惑是东南的半壁江山。这个欲望从他手握兵权之时就已存在,随着战事的进展,兵重权重,战功卓著,这一欲望表现得越来越强烈。再加上他先后五次受到了身边的好友、战将的蛊惑,其欲望之火终于在心中升腾起来。曾国藩的过人之处突出地表现在他战胜了自我的欲望。他冷静地分析了朝廷的态度、同僚的态度、自己兄弟的态度以及自己的出身、自己的信念,最后得出了结论:“时机,对于他来说,这一辈子都没有成熟的可能性。这一点,他比所有劝他问鼎的人都清醒得多。”他的结论一旦得出，就毫不犹豫地落实下来。军事上的胜利和官场上的胜利还是外在的，对自我欲望的胜利是内在的。通过这条战线的描写，作家将曾国藩的人格形象推到了一个新的境界。

刘斯奋(1944—)，广东中山人，1944 年出生于一个书香门第，父亲刘逸生是民国时期的一位较为知名的报人。刘斯奋 1967 年毕业于中山大学中文系，此后在广东省的宣传文化部门供职，历任广东省委宣传部副部长、广东省文联主席、广东画院院长、广东省政协常务委员。刘斯奋最著名的作品是他的长篇历史小说《白门柳》，包括《夕阳芳草》《秋露危城》《鸡鸣风雨》三部，《白门柳》曾获第四届茅盾文学奖。刘斯奋自幼喜好绘画与古诗词写作，除《白门柳》外，刘还著有《岭南三家诗选》《黄节诗选》《苏曼殊诗笺注》等学术著作，并出版《刘斯奋人物画选》《刘斯奋人物画新作》《刘斯奋书法》等画册，其人物画被誉为“新文人画”。

刘斯奋的《白门柳》立意在通过描述明清之交的知识分子所走过的坎坷道路，揭示民主思想的生成过程，为康梁变法及此后的民主革命找寻历史的渊源。这一立意使《白门柳》触及了社会文化的深层问题，也使其在诸多当代历史小说作品中呈现鹤立的姿态。

《白门柳》写作历时 16 年，第一部《夕阳芳草》1981 年开始写作，由中国文联出版公司于 1984 年 12 月出版，而最后一部《鸡鸣风雨》于 1997 年 3 月方才改毕。

关于《白门柳》的创作立意，刘斯奋在他的创作谈《〈白门柳〉的追述及其他》中有过这样的表述：“通过描写明末清初著名思想家黄宗羲以及其他具有变革色彩的士大夫知识分子，在‘天崩地解’式的社会巨变中所走过的坎坷曲折道路，来揭示我国 17 世纪早期民主思想产生的社会历史根源。”①在《白门柳》处于酝酿期的 20 世纪 80 年代初，“知识分子”和“社会巨变”这两个词汇是宏大话语体系中的重要组成部分，《白门柳》可以说是抓住了当时的热门话题。

《白门柳》对知识分子多维形象的塑造很有意味。钱谦益是最重要人物，小说对他的塑造超出了“封建官僚兼大地主”的定位。小说的生动之处在于，在最开头的地方，它就对钱谦益和柳如是的关系作出了大胆的诠释。

---

① 刘斯奋：《〈白门柳〉的追述及其他》，载《文学评论》1994 年第 6 期，第 26 页。

在钱谦益给柳如是的诗笺最末处留下了这样的附注:“辛巳冬,河东君赴姑苏疗疾,越岁未归,不胜蒹葭之思。诗以促之。越三日,谦益舣舟姑苏,迎返常熟。眷眷此情,耿耿是心,河东君当能察之也。”而柳如是在看到这句话时的态度是“目光在最后几句附注上逗留着,终于哼了一声,把诗笺放在一边”。钱、柳在历史上是否真有此事并不重要,重要的是,在作者的意识中到底要把他们两位的关系如何定位。选择了这样的细节来解释他们的关系,事实上是对才子佳人这一故事模式的解构。与此相对应的,是叙事者在叙事过程中不由自主流露出来的态度。在《白门柳》中,钱谦益的内心活动被记录为:“自己一生营营役役,机心用尽”,总算弄到今天这样一个“东林领袖”“文坛祭酒”的显赫地位;而且,把父祖辈传下来的一份家业,又扩大了好几倍,满以为上可无愧钱氏列宗之灵,下可振兴子孙于后世了。所谓的“营营役役,机心用尽”等等,不过是作者对这个人物的评价,跟人物自身并没有必然的关系。而这类具有贬义的词汇的使用,正暴露出了作者的潜在立场。这是一个什么样的立场呢?从世俗的角度解读一些原先比较正经甚至有神圣倾向的东西,解读的态度是蔑视、嘲讽,解读的结果是滑稽、无意义。这与20世纪末的“消解崇高”的思潮大致类似。除钱谦益外,《白门柳》中还有两个重要知识分子:冒辟疆和黄宗羲。冒辟疆虽为佳公子,却被家庭所累,无法在政治上大展拳脚,只能在乱世中拖家带口,疲于奔命,仅存的男人脾性全体现在对董小宛的无端指责和阴暗猜测上。黄宗羲在历史上虽为近世民主思想的重要代表人物,在小说中却过于稚嫩,书生气十足。小说突出的是他们与老百姓平常生活相契合的一面,不过分高估,不刻意贬低,更不上纲上线。当然,经过这样的解读,“英雄”或者“崇高”也就失去了立足之地。

历史感的营造也是《白门柳》较突出的一个方面。《白门柳》的历史感当然首先来自对发生在特定时代的故事的叙述。但在叙述这些故事的时候,作者往往特意要给它赋予一些特别的意味,从而使得它寓言化。拿刘斯奋在《〈白门柳〉的追述及其他》里的话来说,是“更自觉地从历史中看到人类前行的艰苦而壮丽的历程,更自觉地从历史中发现文化之美”。①《白门柳》的历史感还来自一些有意味的符码。这符码有两种,一种是具有历史时代特征的物品,比如小说一开头就着力渲染的柳如是闺房中的物事:梅花暖帘、

① 刘斯奋:《〈白门柳〉的追述及其他》,载《文学评论》1994年第6期,第31页。

雕花窗棂、北宋院画人物、古琴、线装书、悬着流苏锦帐的月洞式门罩架子床等。另一种是特定时代的人际关系，比如丫鬟与女主人、老爷与门客等。倒不是说这些物事或关系就一定是明末的，但至少对大众来说，它不是现世的。这些物事是《白门柳》历史感的直接来源。当然，拟古的语言也为《白门柳》的历史感增色不少。这拟古的语言首要来自对小说中人物的书信文章内容的原单照录，譬如上文中引到的诗笺附注等。这些符码、这些语言是刘斯奋非常重视的。在《〈白门柳〉的追述及其他》和《一孔之见》中，他一再强调：应该为读者提供比历史事件更为丰富的东西。①

除了唐浩明和刘斯奋之外，杨书案的《孔子》《孙子》《庄子》等作品，也是具有影响的文化历史小说。

第四节　大陆新武侠小说的多元多彩

经过三十年的努力，中国大陆形成一个武侠小说作家群，代表作家有沧月、王晴川、凤歌、小椴、步非烟、沈璎璎、红猪侠、时未寒、杨叛等。他们以其大量的作品在中国建立了比较稳定的创作阅读圈，成为了新时期中国武侠小说的主要作家群。

这批中国大陆崛起的武侠小说作家群，有着“新武侠”的风格。首先这批作家大多是具有高学历的身份，经历过比较完整的学院式教育。他们学历教育的时期正是中国大陆改革开放的时候，开放的国际视野使得他们的文化熏陶更为广阔而庞杂。他们接受中国传统文化的教育，但是并不注重于儒、墨、道、佛哪一家，他们受到现代外国文化的影响，却是感觉多于理性。他们注重的是生活在当代社会中的“活法”以及感觉。他们身上的文化构成具有改革开放以后中国大陆那一代人共有的特征。这样的文化特征在他们的小说中纤细毕露地表现了出来。我们可以在金庸等人的小说中分析出什么是“儒家之侠”“道家之侠”等指归型的结论，对他们的小说中人物却很难作出这样的指归和结论。

大陆新武侠的作家都是编故事的高手，情节传奇，故事生动，几乎每一篇小说都能刺激和满足读者的好奇心。但是他们的故事没有“根”。金庸等

---

① 刘斯奋：《一孔之见》，载《文学评论》1995年第6期，第44—45页。

前辈的小说都很注重事情发生的人文环境的描述，写大山就写出是哪一座山（例如李寿民《蜀山剑侠传》等小说），写历史就写出哪一个朝代（例如金庸、梁羽生的小说）。大陆新武侠也写山，但是并不指明是哪座山，而是“有那么一座山”；大陆新武侠也写历史，但是读不出来是哪一个朝代，而是“有那么一个皇帝”。金庸等前辈们编故事是要在传奇之中突出故事的真实性，那些真实的人文环境是故事的“根”，传奇故事似乎是从“根”中生发出来的“果”；大陆新武侠作家追求的不是故事的真实性，他们需要的就是传奇，需要的就是那些“果”。正因为这样，大陆新武侠的小说故事显得很飘逸，主体色彩很浓。

在创作风格上，他们越来越走向玄幻。小说的主观想象很丰富，主人公活动在修真世界、幽冥世界或者意念世界之中，再加之神魔文化、原始神秘文化、异域文化和各种作者主观想象的文化境界浸润，小说的情节显得更为神奇。

沧月，1979 年 5 月 15 日出生于浙江台州，原名王洋，浙江大学建筑学硕士，现为职业建筑师。因喜爱唐代李商隐的律诗《锦瑟》，取首句“沧海月明珠有泪，蓝田日暖玉生烟”中的字作为笔名。沧月中学时开始武侠创作，其间一度中断。就读于浙江大学后，再度开始武侠创作。2001 年开始在榕树下、清韵书院等各大武侠 BBS 上发表文章，并陆续在《今古传奇》《大侠与名探》《热风武侠故事》等杂志上发表武侠中短篇，之后转为奇幻创作。其武侠作品主要有“听雪楼”系列：《血薇》《护花铃》《荒原雪》，“鼎剑阁”系列：《大漠荒颜》《帝都赋》《曼珠沙华》《幻世》《剑歌》《七夜雪》。

沧月作为当下最有影响力的女性武侠作家和网络武侠创作的代表，其作品文字华美瑰丽，注重人物尤其是女性人物的内心情感，具有动漫化的倾向，受到大批青少年的喜爱。

《东风破》发表于《今古传奇·武侠版》2004 年第 7 期，后作为沧月奇幻作品“镜”系列的番外篇附在《镜·破军》中由世界知识出版社 2005 年出版，并入选过多部年度武侠小说精选作品集。

《东风破》是沧月的奇幻史诗“镜”系列的番外篇。小说在对侠义精神的探讨方面，达到了大陆新武侠的最高水平。这部作品的主题，可以总结为两点，一是政治对人的异化。这个主题在许多前辈作家尤其是金庸的笔下已经有过非常精彩的演绎，但在沧月的笔下，又有了新的风貌。小说的主人公夏语冰，是一位极具悲剧色彩的非武之侠。他本是个有治国平天下之志的儒者，他的恋人慕湮说："学剑有成，最多不过为百人敌，而语冰在朝堂上如果能将太师一党连根锄去，却是救天下苍生于水火！"这也正是夏语冰的志向，在这里，他的侠义精神被上升到了"为国为民，侠之大者"的境界，并且超越了一般意义上武侠的范畴。为了他的理想，他牺牲了自己的爱情、尊严、良知甚至生命，伤害了自己所爱的人和爱自己的人，从这一点讲，夏语冰要胜过郭靖，郭靖还有盖世武功，夏语冰却手无缚鸡之力。他胸怀大志，以"要荡尽这天地间奸佞之气，还天下人一个朗朗乾坤"为毕生之任，却不过是帮一群贪婪的官僚完成了一次肮脏的政变，连他的死也被用来鼓动民心，巩固新政权。他的悲壮更胜萧峰，萧峰至少阻止了辽军南侵，夏语冰穷尽一生心力也不过为少数人主持了正义，他想荡尽的奸佞之气，不但毫无收敛反而变本加厉。

夏语冰的名字，出典于《庄子·秋水》："夏虫不可以语于冰者，笃于时也。"意思是不能和生长在夏天的虫子谈论冰，比喻时间限制人的见识，也比喻人的见识短浅。以这样一个典故为他命名，作者应是语带讽刺。夏语冰的见识毫不短浅，只是知其不可为而为之，正是儒者的大无畏精神。与众不同的是，夏语冰并没有被政治异化多少，他确实做了些违背良心的事，但他心中还是是非分明，志向在历经黑暗现实的洗礼之后仍然高远。读者很难去谴责夏语冰，因为他确实是情非得已，所作所为完全是环境所造成的。而被极力描摹的黑暗的政治现实，在某种程度上揭露了中国政治制度的荒谬，让人联想起重礼的孔子也曾迫不得已不守礼去见南子，结果被自己的弟子子路质问得张口结舌连连发誓以示清白。

小说叙述的是在严酷的现实面前侠的无能为力，没有丝毫童话式的理想色彩，所表现的黑暗真实得让人难以接受，同时也引人深思。小说的结尾很有名，"何为正？何为邪？何为忠奸？何为黑白？堪令英雄儿女，心中冰炭摧折。"多数人以为这个结尾表现出多元的价值取向，但实际上，是作者也无法做出一个判断，因为在异化的政治制度之下，本就没有正邪黑白可言。于是沧月在篇末提出了"为天下人拔剑"作为侠的标准，看似气贯寰宇，也确实振奋人心。

《东风破》的另一个主题，则是爱情。沧月的小说可以用"少女情怀总是诗"来概括。小说中，慕湮是一个美丽的少女，为了自己的爱情几乎牺牲了一切，每日昼伏夜出保护背弃自己的恋人，还要看着他和自己的情敌举案齐眉。“五年来，自己丝毫没有长大。自从作了不见天日的影守，她根本没有多余时间去看看外面世界的变化、看看语冰的变化——她依旧停留在十八岁那个相信绝对黑和白的时候，无法理解黑和白之间还有各种不同的混合色。”《东风破》中，在感情上其实并没有花费多少笔墨，却在只言片语中传达出浓烈的情感，极大地丰富了作品的表现空间。

小椴，1973年2月27日出生于黑龙江齐齐哈尔，原名李氖。常居湖北随州，偶居深圳。做过裁缝、推销员等工作，1997年开始自由撰稿人的生涯，主要是给妇女和青年类杂志写情感故事、随笔、杂文等文章。2000年开始创作《杯雪》，随后致力于武侠小说的创作，主要作品有《长安古意》系列、《杯雪》（又名“乱世英雄传”）、《洛阳女儿行》《青丝井的传说》《隙中驹》《借红灯》《魔瞳》《开唐》系列等。他的创作大致以历史和武侠的结合为主线，行文流畅富有诗意，坚定地以自身的独特思考来构建作品深度，个人风格非常鲜明。

《杯雪》以“乱世英雄传”的名称首发于2001年创刊的《今古传奇·武侠版》，分上下部连载在试刊号、创刊号和2003年的4月上半月版到5月下半月版，2005年由新世界出版社出版单行本，更名为“杯雪”。

《杯雪》的故事，起源于一个杯子，而这个至关重要的杯子，却在故事快结尾的时候方才有所提及。这其实是小说所选择的特别的叙事方式，小说的主人公骆寒在全篇正面加侧面出场的场景，不过占篇幅的三分之一左右。然而这个少年却是令人印象深刻的。骆寒不再是之前那些天赋英才、屡逢奇遇、一鼎江湖的武林宠儿，他虽然拥有来自塞外永闭武库的绝顶武学，却不再可能以一己之力打遍天下无敌手，因为他所在的江湖，已不是以前的江湖。

《杯雪》的江湖，比《笑傲江湖》中的叙述更加贴近政治的现实。袁辰龙的缇骑、宗室双歧的野心、江船九姓的抱负、易杯酒的淮上义军，还有那虽没有正式出场却几乎无处不在的秦桧，其实就是数股不同的政治势力，而他们在骆寒没有入中原的时候，各自做出妥协维持了平稳的态势，虽然只是水下暗潮涌动、表面一潭死水的态势。然而这种胶着的态势“由各种人间权力交叠在一起的，充满了奇怪的压迫着人的力量”，使江湖缺乏勃勃的生机。骆寒来了，只了解江湖规则的他打乱了自己并不了解的态势，于是身陷局中无法自拔。事件的起因在于那批镖银，秦桧想要，淮上义军想要，缇骑想要，江湖草莽也想要，于是构成了一个完美的夺宝格局。与众不同的是，镖银来源于一桩秦桧的政治阴谋，被多股政治力量觊觎，而能否得到它其实也关系到政治格局的变化，于是这个看似平常的夺宝格局的背后，不仅是武力的角逐，还有各种政治势力的争斗，这就超出了一般江湖争斗的范畴，带有更深远的意义。

骆寒之于江湖，其实讨论了一个非常有趣的问题：侠与政治的关系。从公案小说中作为名臣能吏的下属为之驱走的侠客，到民国武侠中杀尽贪官污吏甚至揭竿而起的义士，侠之于国家所能做到的，无非是尽匹夫之力。至于《射雕英雄传》里坚守襄阳的郭靖，却是将武侠小说理想化的一面发挥到了极致，基本不具备可操作性。在侠客没有能力改变不合理的现实制度的前提下，《杯雪》所提供的几条道路非常值得玩味。首先是中州大侠耿苍怀，这是一个标准的儒家意义上的完人，一生忠君爱国光明磊落未曾有丝毫有愧于心的行为，然而武功绝世的他一生中所能做到的却是拯救个别细民的微末小事。倒袁盟固然能够扳倒缇骑，但他看到的却是为了一己之私仇不顾大义的同盟者和其背后若隐若现的秦桧的身影，坚辞不肯。一言以蔽之，水至清而无鱼。其次是袁辰龙。他出身寒微，屡经挫折，身具绝世武功、无双才干，靠自己的魄力赢得了许多坚定的支持者，起码可以称为枭雄。而他本人的行为，经耿苍怀之口说出，却也是有些为民除害的。缇骑之所以被人诟病，一是因为触犯了许多势力的既得利益，二是因为其中有一些怙恶不悛之徒，但是，后者存在的原因却是袁辰龙和许多利益集团进行妥协的后果，并非出自他的本意。平心而论，袁辰龙品行虽然不是无懈可击的，相对于耿苍怀而言，却更能够有所作为，在当时的局势下也更具有现实性，从这个人物的身上，更多地显示了一个成熟的政治家的风范。第三条道路则是易杯酒，凭一己之力聚集义士经营淮上，军饷不够就四处借贷甚至劫富。从某种意义上说，他选择的其实是和袁辰龙一样的路，只不过更艰辛，因为他同样要在政治势力的夹缝中取得生存，却没有诸多势力的支持，最后还是和缇骑妥协，颇有些英雄末路不得不低头的意味。而骆寒，即使是心机敏锐，一开始却只能看透他们做了什么、要做什么，却无法了解他们为什么要做，他从当初的格格不入，到最后成长为代表淮上与他所不喜的缇骑结盟，其取向更是不言而喻——侠在这样的江湖中，如果不妥协的话，是不会有什么作为的。种种人物最后的选择，揭去了武侠小说理想性的面纱，却具有更为深广的社会历史和文化价值。

《杯雪》虽然只是小椴的第一部武侠作品，却无疑已经是椴派风格的代表作了。作为"金古黄梁温下的椴"，小椴的个人风格非常鲜明。乍一看他的作品，往往会误以为是金、梁一路，如果是从对社会历史的关注和中国文化的化用方面来说，这样的看法并没有错。而骆寒这样一个来历不明、孤独忧伤、武功高绝的侠客形象，又有些古龙主角的影子。他的小说从历史现实出发，却并不拘泥于历史，行文间充满了诗情画意，故事情节布局很有金、梁的风范但并没有被大家的作品所制约。小椴与金、梁最大的区别在于他放弃了以传统道德作为价值评判的最高标准，文中几条道路的探索，明显摆脱了儒家僵硬的价值观，相对于与他同时只能用古典诗词来装点自己的小说的作者们，小椴无疑是高明的。他已远远超出了对文化元素的运用的层面而进入到了对文化心理的阐释的境界。此外，他的武侠世界无疑更质朴和悠远。金、梁两位大家将明清章回体这一中国最为广大读者所接受的传统小说样式发挥到了极致，其立足点也是明清以来集大成的中国传统文化和现代文化。而《杯雪》中的故事意象回到了明清之前、唐宋之前的魏晋和汉唐，进入到传统文化更幽深的地方。在没有种种刻板规则的规范下，魏晋风骨无疑成为中国历史上极令人向往的人生境界，其诗文没有堆砌的典故，没有华美的辞藻，一切皆出于本心。《杯雪》具有自己非常独特的视角和价值观，其所描绘的江湖和故事，就像书末所言的秣陵冬一样，令人难抛又难忘。

步非烟，1981 年 7 月 11 日出生于四川成都，原名辛晓娟，1999 年考入北京大学中文系学习古典文献专业，后在北大中文系继续深造，获得古代文学博士学位，现为奇幻杂志《幻世绘》的主编。2004 年起，步非烟在武侠刊物《今古传奇·武侠版》《武侠故事》《新武侠》上发表作品上百万字，至今已出版作品 10 余部。武侠作品主要有《华音流韶》系列、《武林客栈》系列、《剑侠情缘》《修罗道》等。现主要进行奇幻作品创作。

步非烟作为女性武侠作家的代表，突破了女性写作武侠的局限，提出"中性武侠"的概念，其武侠作品文字功底娴熟，情节带有奇幻色彩，想象力汪洋恣肆，善于借用异域文化元素，笔锋变化多端，极受青年读者的欢迎。

《修罗道》分为上中下三部连载于《今古传奇·武侠版》2006 年 4 月上半月版、4 月下半月版和 5 月上半月版，2006 年 11 月由二十一世纪出版社出版单行本。

什么是侠？在古代，侠被总结成了“路见不平，拔刀相助”，是公平正义的代名词。在当代，金庸说“为国为民，侠之大者”；梁羽生说“正义就是对大多数人有利的行为”，而侠的职责，就是维护正义。这些观念，深受儒家思想的浸润，成为侠义思想的主流、武侠小说永恒的主题。然而步非烟却说：“我希望有朝一日，大家能认同，在儒家之侠之外，还有另外一种侠客。这种侠客也许并不以为国为民为己任，而是遁世而出，逍遥天地之间。”“这是另一种侠，道家之侠，逍遥之侠。”她认为侠是一种理想的自由生存状态，对于人对其他的社会存在所应负有的义务，是不宜强调的，高扬实现个人价值的大旗。从某种意义上说，《修罗道》是步非烟的侠义观的最好注解，也是她最优秀的武侠作品，因为推动整个故事发展的动力，正是12位杀手对自由的渴望，她所写的就是她理想中的道家之侠。

但“修罗道”的名称却来自佛经。小说的全称是“人间六道·修罗道”，人间六道原指轮回中“三恶道”——地狱道、饿鬼道、畜生道和“三善道”——人道、修罗道、天道，但是修罗道带有嗔恨之心，常常兴风作浪，介于善恶之间，死后堕落三恶道机会甚大，渐渐划归恶道。小说中故事发生的地方被命名为修罗镇，意为杀戮，同时也暗示着主人公们的生存环境，人人都身处修罗道。小说具有双重的故事结构。第一重是在唐代裴铏所编纂的传奇小说集《传奇》的基础上进行的经典重述。《传奇》这本书早已散佚，但其中名篇很多，小说从中精心挑选了13篇妇孺皆知的传奇给小说中的人物命名，并随着情节的进展将《传奇》中的故事和小说人物对应起来，甚至让编撰者裴铏也以画师非衣和剑客铏的形象直接出现在故事中，如真似幻，令读者分不清是传奇还是小说。第二重则是悬疑故事的层面。从小说的第二章起，一个复杂非常的“暴风雪山庄”的大致轮廓就已显露无遗。而步非烟早在她之前的作品《海之妖》中就已运用过这一模式。在读者已知道故事的大致发展进程的基础上，如何能让他们保持高度的阅读兴趣而又不重复自己，无疑是给作者的故事讲述能力和悬念制造能力提出了极高的挑战。在这一层面上，小说交上了一份高分的答卷。不管是故事情节的组织还是增添阅读快感方面，《修罗道》都做到了极致，从裴航的出场开始，读者随着人物的视角，开始惊心动魄的逃亡生涯，作者融合了比拟杀人的特点，将故事组织得密不透风，高潮迭起，12个杀手的相互狙击，过程机巧百出，令人目不暇接。没有一个情节不是出乎读者的预料，没有一个悬念不令人穷尽心力想要探究根底，不容阅读者放松一刻，阅读的过程也就是读者沉浸其中不能自拔的过程。

小说的另一大成功之处则是塑造了一系列特出的人物——异化的人。传奇中的每一个人都由传奇的主人从危难之中救出，主人教给他们武艺，把每一个人都培养成为最完美的杀人机器。而他们的命运甚至生死，都被主人掌控在手中。他们每个人都不甘于工具的身份，而是希望能够得到自由，哪怕心中明知所谓的最后活下来的人能得到自由的希望非常渺茫。然而，每个被异化的人都被塑造得面目各异。王仙客在得知自己的"妹妹"谢小娥尚在人世后，找到亲人就成为了他生命的终极目的，甚至凌驾于自由之上。他对"妹妹"的愧疚，甚至令他不忍伤害一心想要杀死自己的谢小娥。谢小娥因为生生被从连体孪生兄弟身上割下并遗弃，一心想要报复自己的兄长，而愿望达成后，人生完全没有了其他的寄托，只好怪罪他人来减轻自己的罪恶感。霍小玉对步非烟那近似信仰的爱和悲惨的生存状态，惨烈得令人不忍卒读。柳毅和红线女之间惺惺相惜的感情，红娘和姐姐之间的相互依持，任氏对对手的信任，以及聂隐娘对柳毅的情感，都令人印象深刻。在弥漫着惨烈杀戮的迷雾中，总有点点温情照亮视野，也使这些异化的人的性格变得血肉丰满。作者受弗洛伊德"童年阴影"理论的启发，用种种常人难以想象的悲惨幼年往事完成了对这些极端性格的合理化塑造，也让小说有了更加坚实的伦理基础。

在大陆新武侠中，步非烟是一个另类而执着的存在。作为最有影响力的女性武侠作家之一，她的创作并不能被归并到所谓的"女子武侠"中去，作为传统文化功底应当最好的作者，传统文化对她的创作影响却几乎为零。女子武侠当然是指女性所创作的武侠，提出这个概念本身，就承认了女性的武侠创作与男性的有所不同。而这表现出了女性主义的因素，肯定了女性的主动地位。从这一点出发来观照步非烟的武侠创作，就会发现她的创作除了文风的轻灵华丽之外，并不具有女性独特的视角和强调女性的自我价值表现，而她自己也并不赞同用性别来区分武侠创作，而是尝试"中性武侠"。她的创作极力求新求变，众家兼收并蓄却坚持自己的独立思考，与其说她所写的是追求逍遥的道家之侠，毋宁说是她自己理想中的追求自由的平凡人。

第十八章　随风起舞:公安法制小说、科幻小说

公安法制小说同我国其他题材的文学相比,既有共性,也有其独特的题材内涵,它的题材范围取向是政法、公安生活。具体说,就是表现当代社会中国家安全、公共安全、公众安全以及社会安定领域内的斗争生活,表现以此为神圣使命的司法、公安人员及人民大众的斗争生涯和人生历程、心灵历程以及法制对抗冲突。[①]由于公安法制小说具有如此强烈的国家意识和政治意识,1949 年之后,公安法制小说存在于各个时期,随风起舞,有着不同的表现,可以看作为当代中国国家政治脉搏。科幻小说同样也以相当强的政治适应性存在发展于当代中国的各个时期。值得提出的是,21 世纪以来,中国科幻小说有了相当大的发展,相当一部分作品可以媲美于世界科幻小说文类。

第一节　中国当代公安法制小说从政治化走向人性化

1949 年以后,中国大陆的侦探小说被称为公安法制小说,纯粹的侦探小说没有了。因为侦探小说有一个基本特征:以私人侦探为小说的主人公。而现在私人侦探消失了,取而代之的是代表国家意志与利益的公安司法人员,原来的警察、侦探、罪犯之间的三角关系变成了公安人员与罪犯的二元关系,变成了国家利益与罪犯危害性的两极对抗。侦探小说所特有的私人角度演变成国家角度。

1949 年以后,中国的公安法制小说走过了一段艰难曲折的道路,究其发展历程来看,还是相当清晰的,每个时期都有优秀的作家作品,各有价值

① 张子宏、高润平在《啄木鸟》(发表于 1990 年第 3 期的《公安文学四十年》)中将符合以上内容的文学称为“公安文学”。本文求同存异,觉得以“公安法制文学”命名更能体现此类小说的特点。

并显示出时代特色。

1949年至1957年，中国公安法制小说的主题相当明确：肃反反特。代表作主要有陆石、文达的《双铃马蹄表》，俞林的《并非虚构的故事》，木林、寒星的《407号图纸》，张志民的《空山不见人》，尾山的《第四者》，白桦的《山间铃响马帮来》《无铃的马帮》，公刘的《国境一条街》和《祝你一路平安》，史超的《擒匪记》，姚冷的《带警犬的"帕巴"》，林予的《森林之歌》等。这些作品从不同的角度，通过各种锄奸反特侦破案件，努力塑造不同类型的公安英雄和人民群众形象，追求情节扑朔迷离、惊心动魄，但人物思想感情的表现变化不多，显得板滞单一，人物形象脸谱化比较严重。

1957年以后公安法制小说主题未变，依旧是肃反反特，但视角更广。由于公安生活、公安斗争总是和大千世界、社会生活有着千丝万缕的联系，创作者们将视野放开，投入了更广阔的天地中，从城镇、农村、海防、军营、荒山、工矿的生活中寻找和发现素材，创作了一大批反映各个领域的对敌斗争的公安法制小说。如反映农村反特锄奸斗争的作品有田瑞玉的《春到月阳》、克非的《阴谋》、张万林的《黑头火柴》等；反映东海沿线反特擒敌的作品有张明的《海鸥岩》、邵泽节的《发生在"威尔号"上的事件》等；反映工矿企业、机关学校医院反特斗争的作品有《爱甩辫子的姑娘》《蛛丝马迹》等。与此同时，创作者们还十分关注军营反特斗争，创作出了诸如《黑眼圈的女人》（史超）、《连长的未婚妻》（陆扬烈）、《吕主任的亲属》（从云）等佳作。视角的扩大，也使得公安法制小说扩展了表现生活的高度和深度。

"十七年"的公安法制小说的作者大都是部队作家、公安作家，他们从自己的亲身经历和感受、从现实斗争中开发题材，在侦破、反特、剿匪斗争故事框架中展示我公安保卫战士和敌特内奸的较量和斗争。这一时期围绕同一主题的创作较繁盛，短篇较多，长篇较少。在创作美学上明显受到苏联的公安法制小说影响，如阿达莫夫的《形形色色的案件》、别列耶夫的《水陆两栖人》、沃斯托柯夫和施美列夫的《追踪记》，以及电影《侦查员的功勋》等等。这些苏联的小说和电影在中国有着广泛的影响，它们在很大程度上规范了中国公安法制小说的主要框架和基本走向。

"文化大革命"中，其他类型小说基本绝迹，唯有公安法制小说还在创作中，这是因为公安法制小说能显示出极强的政治取向性。其代表作是伍兵的《严峻的日子》。作品发表于1976年6月号《北京文艺》，同年第4期《人民文学》予以转载，在全国产生了极为恶劣的影响。在那种政治背景下，虽有一些公安文学作品并非为特定的阴谋政治服务，但仍然适应着政治路线的需要，对极“左”思潮基本采取接受与迎合的态度。这类作品虽有一定的生活基础，能在一定程度上注意人物形象的刻画，具有一定的艺术性，但政治色彩仍然是极强的，从而导致了人物脸谱化、情节模式化、冲突简单化、情感直露化。这类作品代表作有龚成的《红石口》，李良杰、俞云泉的《较量》，尚方的《斗熊》等，都显得粗劣雷同，形象呆板、语言干巴。这类作品对极“左”思潮也起到了推波助澜的作用，是特殊政治条件下的文学的特殊产物。

“文革”后期人们开始将视线转入地下，四处搜寻精神宣泄渠道，而远离政治。于是，讲述惊险故事的手抄本文学就成为人们理所应当的选择。据不完全统计，1974—1976 年短短 3 年间，社会上广泛流传的手抄本就达 300 种，其中大多以侦破和反特故事为主，代表作有《一只绣花鞋》《绿色尸体》《火葬场的秘密》《梅花党》《叶飞三下江南》《第十三张美人皮》《地下堡垒的覆灭》等。其中尤以张宝瑞创作的《一只绣花鞋》成为“文革”期间最著名的手抄本小说，广为流传，并出现了许多不同版本。电影《雾都茫茫》便是取材于《一只绣花鞋》的故事。

1976 年 10 月，“文革”结束了，我国当代文学的发展进入了一个新时期。公安法制小说成为最早复苏的文类。从 1976 年 10 月粉碎“四人帮”到 1978 年 12 月党的十一届三中全会的召开，这一时期内当代公安法制小说一下子就涌现出很多作品。代表作品有张昆华的《在勐巴纳森林中》，邹尚庸、朱美伦的《罕达犴的足迹》，林文烈的《归侨儿女》，李迪的《野蜂出没的山谷》，徐本夫的《降龙湾》，应泽民的《A.P.案件》，王岭群的《南疆擒敌》等。

这些小说的创作已逐渐摆脱“文革”阴影，淡化政治主题，开始注重艺术性，极力去塑造正面人物形象。但概念化、脸谱化仍然明显，艺术感染力仍然欠缺。因此，这一时期的作家们虽然已经肩负起时代赋予文学的使命，但由于惯性思维的制约，他们还没有能更好地进入时代赋予他们的角色状态。一切都在恢复调整。这个时期只能算是新时期公安法制小说发展繁荣的序幕，文学伤痕反思精神的序曲。

最值得肯定的是在随后而来的伤痕文学、反思文学的创作热潮中，公安法制小说的表现相当亮丽。王亚平的《刑警队长》、从维熙的《大墙下的红玉兰》和《第十个弹孔》、文兰的《幸存者》、彭荆风的《爱与恨的边界》、冯苓植的

《神秘的松布尔》、木青的《幼林里的墓碑》等等。以《刑警队长》《大墙下的红玉兰》等为代表的公安法制小说反思了“文革”之中中国司法制度的残缺和人性的失落,同时真实地表现了革命集团和反革命集团在党内甚至公安领域内部的严酷斗争。

当然,新时期有新的时代特点、斗争特点,作家们以敏锐的艺术感受及时捕捉了转折时期新的生活矛盾,然后迅速地反映到小说中来。如1981年计红绪的长篇小说《九马疑踪》是反映国际刑警组织活动的作品,而在当时国内这类题材的作品很少。梁晓喻写作发表于1985年的小说《黑夜,潜伏着危险》则是描写一场惊心动魄的反毒品走私的斗争。当时中国大陆上毒品还没有大面积地肆虐。但梁晓喻敏锐地感受到了公安斗争新方向的迹象,并大胆走进新的题材领域,为后来反毒品题材的小说大量涌现做了奠基准备工作。

另外,新时期文学又重奏起“人的觉醒”的主题,人性中自然性的一面受到作家们的关注。人性的塑造表现在两类小说中,一类是在警察形象的塑造上,注意挖掘他们为普通人的一面,赋予他们人情、人性的色彩,告诉读者,警察是有着生活烦扰的普通人,又是有着生活理想的非常人。这类作品比较成功的有张策、张卫华的《警察生活录》,魏人的刑警系列小说等。另一类人性的抒写表现在罪犯的刻画中,李建的《她在歌声中死去》,写追踪罪犯的同时,挖掘罪犯犯罪的原因。李迪的《傍晚敲门的女人》,采用了虚实两条线,虚线写侦查员追踪秃耳母狐狸,实线写侦查员追踪罪犯,最后虚线和实线交织在一起。罪犯的惨叫声和秃耳母狐狸的惨叫声交织在一起,“……啊嗷……”“咔呕……”,令人心颤。虚线是人性的闪躲、避让和绝望,实线是现实的逼迫、邪恶和毁灭。人的意识是新时期文学的重要标志,渗透于公安法制小说中别有风味。

公安法制小说不仅仅为政治意识形态服务,而且立足于国家,立足于法制,立足于人的生活,题材的选择、人物的刻画以及价值取向必然会发生深刻的变化。另一个重要原因是伴随着国门的开放,西方各种现代文艺思潮大量被引进借鉴,对我国文学发展产生了重要的影响。作家们的艺术视野被大大拓宽了,他们欢天喜地从外国文学宝库中获得有益的信息并进行借鉴,采取的是有选择地而不是全盘照搬“剥离”的做法。与20世纪二三十年代相比较,新时期侦探小说的译介达到空前的繁荣。除了传统型的古典侦探作品以及苏联的"反特防奸"作品再次引起阅读热外，二战以后的很多现代型的侦探小说越来越受到人们的欢迎。如以日本作家森村诚一、松本清张、水上勉等为代表创作的社会推理小说；欧美作家谢尔顿的《天使的愤怒》《午夜情》，罗宾·科克的《昏迷》《狮身人面像》，杜伦马特的《诺言》，西默农的《玻璃笼子》等等，作家们从中吸取了大量有用的营养，开始了立足于中国社会、立足于本民族欣赏习惯的文学创新之路。

公安法制小说作家们正是带着这股求新求异的思维模式上下求索。聚集在这条充满挑战性的道路上的公安法制作家越来越多，他们活跃在各条战线上，有的是犯罪学、法学专家；有的则直接来自公安工作第一线，本身就是与犯罪分子打交道的警察，如公安作家海岩、张策、修来容、彭祖贻、孙丽萌、尹曙生、胡祖富等。大批精英文学作家的加盟使得公安法制文学这块尚未完全开垦的沃土变成了希望的田野，如钟源、蓝玛、李迪、汤保华、冯苓植、王朔、范小青、叶永烈、徐本夫、刘醒龙、叶兆言、海男、余华等。正因为有这样一大批作家从事公安法制文学的创作，使新时期的公安法制小说在创作领域、创作模式、创作风格上日趋多样化，造就了小说创作多元美学形态的新格局。

第二节　海岩小说："披着狼皮的羊"

海岩，1954 年出生于北京，当过兵、工人、警察、共青团干部等，现从事饭店管理工作。他的作品并不算多，1985 年创作了长篇小说《便衣警察》，1986 年创作了中篇小说集《死于青春》后，搁笔十年，于 20 世纪 90 年代中期陆续发表了中篇《堕落人间》，长篇《一场风花雪月的事》《永不瞑目》《玉观音》《拿什么拯救你，我的爱人》《你的生命如此多情》等，但是这些在不同时代间歇式问世的作品，却总能吸引读者的目光，产生广泛的社会影响。在市场竞争激烈的影视剧市场，由他的小说改编的电视剧更是拍一部火一部，这不能不算是一个奇迹。

具体来说，海岩作品创作具有三方面的特征：关注英雄形象塑造，英雄形象的政治性弱化，人性在增强。公安法制文学的重要美学价值是呼唤英雄，塑造英雄，而英雄崇拜也正是万千读者的心灵呼唤，读者们希望在和平年代，在平淡无奇的生活中获得浪漫与激情的审美需求。海岩很好地做到了这一点。他以真实的笔触塑造了一个又一个英雄形象。但我们也发现，海岩小说中的英雄形象内涵发生了异变，早期作品英雄形象内涵以理想主义、集体主义为主，有较强的政治色彩，而后期则以现实主义、个性主义为重，人性意识增强。换句话说，英雄形象内涵已由英雄的人转为人的英雄。

《便衣警察》中的周志明与《死于青春》中的陆小祥是海岩作品早期英雄形象的代表。

1985年出版的《便衣警察》是我国新时期公安法制文学具有突破意义的重要作品。这篇小说以年轻的公安侦察员周志明在1976年到1979年冬的一段曲折的人生历程和心灵历程为线索，展开了我公安机关在这一风云变幻、世易时移的特定历史背景下错综复杂、艰苦卓绝的反特斗争的图景，塑造了一批各种各样的公安干警形象，谱写了一曲雄伟壮阔的共和国卫士的英雄赞歌。作品的最大成功之处在于把人物塑造作为小说的中心，成功塑造了具有时代典型特征的侦察员周志明的形象，完成了公安侦破小说由重写“案”到重写“人”的质变过程。周志明内向、沉稳、腼腆、内秀、刚直、坦诚，有强烈的事业心、责任感，意志顽强，如果说最初还有些稚嫩，但在现实的磨炼中逐渐走向成熟，他一直保持着对真理、对爱情、对友谊、对人生真挚和认真的态度，保持着一个公安战士的正义感、责任感。周志明这个人物的最大特点就是他不仅是一个英雄的侦察员，同时还关注着时代社会的重大问题，对生活有自己的认识和思考，把个人的情感、命运与时代和社会生活紧紧联系在一起。可见作者其实是把他作为一个推动社会进步的时代英雄来塑造的。而《死于青春》中，陆小祥凭自己个体的力量、正义感、良知去对抗当时极不正常的政治生活，使他的行为从一开始就具有了古典英雄的悲剧色彩。在人的价值与社会现实的矛盾冲突中，陆小祥的英雄本色展露无遗。

20世纪90年代中期，当海岩再次拿起笔创作时，笔下的英雄形象发生了变化。作家在关注这些英雄的理想主义的同时，更多地关注个人命运，关注作为个体的人的价值，重视人的自然性的满足，道德内涵、精神追求和个性主义、人本主义的色彩同时闪现，这是所谓“人的英雄”。英雄的色彩表现在事业的追求上，而人的色彩更多地表现在爱情的追求上。

《玉观音》中杨瑞的形象一开始并不能体现出英雄特点，他思想开放，强调自我感受，喜欢玩乐，缺少事业心，对生活的态度有时近于玩游戏，给人一种玩世不恭的感觉。但是在爱上安心后，毅然抛弃了金钱、权势和地位，无怨无悔地投入到与安心相识、相恋、相爱、相亲、相待的爱情之中去，而且他的性格也在一系列惊险遭遇后明显地发生了变化，由玩世不恭变得踏实、平和、有责任感、意志顽强，对自己的追求坚贞不渝，至死不悔。《永不瞑目》中，肖童给人的感觉是热情单纯，富于理想化，不够成熟。当他爱上了女警欧庆春后，没有多少犹豫就答应了欧庆春的请求，冒着风险深入毒犯集团内部做卧底，忍受了很多常人无法想象的苦难，最后甚至付出了自己年轻的生命。杨瑞与肖童的伟大之处就在于他们对于爱情的追求与坚持，并且甘愿为爱忍受常人无法忍受的苦难和牺牲。他们对爱的坚守和忠贞不渝能唤起人们心中淡忘的崇高感，他们是儿女情场中的英雄。《一场风花雪月的事》中的女警察吕月月在大起大落、大彻大悟后坚守住了和潘小伟的爱情田园，毫不后悔，在情爱天地里，她也是英雄。

与周志明、陆小祥相比，这些新的英雄形象显然有了很大变化。首先现实主义代替了理想主义。人物行为的选择首先是基于现实的需要，而不是理想的召唤，基于自我的需要，而不是社会的需求。其次，个性主义压倒集体主义。虽然从表面上看，他们仍有异于常人的英雄壮举，但追根溯源，无外乎一个“情”字。如大学生肖童冒着生命危险去和毒犯打交道，他为的是什么？是欧庆春的爱情。虽然传统的中华民族精神给了他精神上的动力和支撑，但那些常见于英雄人物身上的正义感、社会责任感在爱情的映衬下已显得模糊不清。再次，英雄不再是完人，身上有许多的缺点甚至错误，而不仅仅是成长道路上性格不成熟，如杨瑞的放浪形骸、安心的出轨之恋、吕月月的叛变堕落、肖童的吸毒，“英雄”已逐渐大众化、平庸化。

从传统观点说，他们或许不是真正意义上的英雄，因为他们缺乏社会理想主义的支撑，身上存在为主流社会意识所不容的问题，有的甚至是原则性问题。但是从个体的价值看，他们都能体现出作为一个普通人的英雄的品质，他们对自己的选择都是真诚的、负责任的。为此而不惜忍受一切来自敌我精神和肉体上的双重打击。因此，他们虽不是国家的英雄、人民的英雄，却是每一个凡人的英雄，仍然值得我们赞颂。

海岩小说是公安法制题材与爱情题材融合的作品。海岩 20 世纪 90 年代创作的小说都是写爱情的，而承载爱情故事的载体又必定是个侦破故事，这就将公安法制题材与爱情题材结合在一起，形成了双线，以爱情为主。王朔曾形象地将海岩的公安法制小说称为“披着狼皮的羊”。这个“羊”就是爱情。而且由于双线的结合，使故事具有很强的可读性。读者一方面在正邪势力的斗智斗勇、推理历险中获得阅读快感，另一方面荡气回肠、缠绵悱恻的至纯爱情又让读者在柴米油盐的世俗中获得片刻浪漫纯真的享受和感动。悬念代表理性，爱情代表感性，它们既可以并行发展，也可以对立，海岩喜欢将它们对立来写，使得在人性的挖掘上有较强的深刻性。另外由于爱情依托于案件而面向社会，折射现实社会中的公安工作，这就使得海岩小说中的爱情比琼瑶小说营造的爱情故事更深厚一些。海岩这种公安法制小说与爱情题材进行融合的探索无疑是成功的。

海岩小说中的爱都是神秘之爱，男女主人公的爱情总是笼罩在神秘氛围之中。曾有人形象地将海岩的小说称之为“爱情＋警匪”，意思是说海岩的爱情故事总是与警匪有关，而警与匪之间的捉与逃、生与死对过惯平静日子的百姓来说永远是一个神秘世界。因此海岩小说中爱情的展开往往同时也是悬念的解开，揭示谜底尤其是身份之谜，或躲避仇人，或为黑帮分子之弟，或为富家子弟。爱情线也总是与破案线交织在一起。再者，海岩总是喜欢将男女主人公处理成对立或近似对立状态，以此反衬爱情的纯洁与唯美。《一场风花雪月的事》讲的是警花吕月月与一个黑社会老大的弟弟之间的爱情故事，他们身份极度对立，但是二人之间却产生了真挚的情感；《你的生命如此多情》中，林星与吴晓是两个家庭背景经济状况差异极大的人，两者可谓贫富对立，而纯洁的爱情依然在两颗年轻的心中潜滋暗长起来；《永不瞑目》中，欧庆春是一个成熟稳重的女警察，而肖童则像他的名字一样，始终像一个小孩，两人的性格阅历有不小的差距。可是谁也阻挡不了肖童对欧庆春的爱。《玉观音》中的杨瑞是一个典型的浪荡公子，却去追求纯朴、善良、认真的安心，而正是安心的爱使他变成一个勤恳、务实、平和的青年，这里，爱情已有了救赎的味道。可见，海岩所写的爱情都是男女主人公内心深层对对方的爱慕与欣赏以及彼此的默契，和金钱、身份、个性关系不大。由于海岩这种与现实社会中日益商业化的爱情形成强烈反差的童话般的爱情，应和了大众内心深处向往追求纯真爱情的心理，人们自然对这样的作品喜爱有加。最后，海岩小说的爱情浸透着浓浓的悲剧意识。他尤其擅长把故事中美好的爱情放在一种无奈的环境、事件或人物关系中，由外在的自然条件而导致两人心灵的冲突，最后以个人价值遭到毁灭，个体情感得不到现实作为结局。与《便衣警察》《死于青春》中的社会悲剧不同，海岩20世纪90年代发表的小说都体现了浓浓的爱情悲剧意识，常常把人生最美好的青春、纯真的爱情展示的同时又加以毁灭。如《永不瞑目》中欧庆春为执行公务，让肖童去冒险，以致青春健康的肖童吸毒成瘾，最后牺牲在所爱的人的面前；《一场风花雪月的事》中吕月月与潘小伟真心相爱，但她的身份地位都不允许这种爱情产生，而且自始至终遭到来自双方阵营的强烈反对，她也自始至终在情与法之间摇摆不定，最后以潘小伟对她的误解与自杀收场；《玉观音》最终也是以杨瑞与安心的别离来落幕。海岩毫不吝啬地在小说中表现爱情悲剧，使作品产生震撼感，引人思考，也让人产生情感。

海岩作品特别注重与影视的联姻。海岩作品之所以在20世纪90年代家喻户晓、妇孺皆知，而且其作品几十年能一直保持畅销，除了他的小说本身独特的美学特征外，更与他巧妙地进行商业操作，将文学与影视接轨、联姻有着密切的关系。影视艺术对海岩的创作产生了影响，使得他的前期小说与后期小说风格发生了较大变化。后期的创作中海岩大量借鉴了影视剧的写法，将平行剪辑、快速场景、时空转换和压缩、特写等影视技巧引入小说创作，改变了传统的故事铺垫、背景介绍、心理描写的叙事习惯，运用画面的调度和叠化减去很多的铺垫。这在《你的生命如此多情》中运用得尤为充分，完全可以把它当作影视剧本来读。

第三节　当代科幻小说的科学崇拜与科学拷问

1950年天津知识书店出版的张然的《梦游太阳系》是20世纪中国科幻小说创作历程中的重要的转折点。这部标明“新少年读物”的科幻小说开了中国少儿科普型的科幻小说的先河。这以后的20多年的时间内，中国科幻小说创作时断时续，时急时缓，基本上是这种创作思路的反复。科幻小说作家肖建亨对这样的创作思路作了如此形象的概括：“无论哪一篇作品，总逃脱不了这么一关：白发苍苍的老教授，或戴着眼镜的年青的工程师，或者是一位无事不晓、无事不知的老爷爷给孩子们上起课来了。于是，误会——然后谜底终于揭开；奇遇——然后来个参观；或者干脆就是一个从头到尾的参观记——一个毫无知识的‘小傻瓜’，或是一位对样样都表示好奇的记者，和一个无事不晓的老教授一问一答地讲起科学来了。参观记、误会法、揭开谜底的办法，就成了我们大家都想躲开，但却无法躲开的创作套子。”[①]

为什么就躲不开这样的创作套子呢？可以从两个方面分析。

一方面是时代的要求，1949 年以后中国的科幻小说的发展有两个波段相当明显。20 世纪 50 年代末到 60 年代初是第一个波段，新中国的很多科幻小说都发表在这个时期。此时之所以能出现一系列的科幻小说，与 1955 年《人民日报》发表《大量创作、出版、发行少年儿童读物》的社论与中共中央发出“向科学进军”的号召是分不开的。1978 年中共中央召开全国科学大会，在欢呼“科学的春天”来到的社会环境中，科幻小说迎来了创作的第二个波段。可以看到，1949 年以后中国大陆的科幻小说创作的潮起潮落，根本动力不是科幻小说特有的魅力，而是时代的需要。在相当长的时期内，中国大陆的各类小说创作都与时代的需求紧密相连，但是表现在科幻小说身上尤其突出。

另一方面与长期以来的中国科幻小说的“科普观”有很大关系，这是更深层的原因。科幻小说“科普观”的最早提出者是顾均正，1946 年他在《和平的梦》的序言中说：“我们能不能，并且要不要利用这一类小说来多装一点科学的东西，以作普及科学教育的一助呢？”[②]顾均正提出的“科普论”显然是 20 世纪 30 年代以来文坛上盛行的科学小品创作观念的一脉相承。由写科学小品转写科幻小说的顾均正提出这样的小说观是很自然的。但是，“科普论”对科幻小说的创作是很不利的。它不但强化了科幻小说的“工具论”，还将这种“工具”局限于科学知识的普及上。这种伤害首先就在理论提倡者自己的小说中表现出来。《和平的梦》等作品为了承担“科普”的任务，他不惜几页的篇幅集中介绍无线电、强导磁场等知识，甚至还画了磁力线图、摆出了化学方程式。顾均正的小说一半是文学作品，一半是物理教科书。好在这种各居一半的表述方式虽然给小说增添了很多“知识硬块”，但小说情节还是完整的，人物形象的塑造和人格、人性的挖掘在小说的这一半还是生动的。他的小说创作文本形成了这样“小说”和“科普”各自表述、互不干涉的模式，也许是不得已而为之，却是中国科幻小说发展史上不幸中的幸事。

顾均正的“科普论”在 1949 年以后的中国科幻小说作家身上得到了彻

① 肖建亨：《试谈我国科学幻想小说的发展》，黄伊主编：《论科学幻想小说》，科学普及出版社 1981 年版，第 24 页。

② 顾均正：《和平的梦·序》，《和平的梦》，文化生活出版社 1946 年版，第 2 页。

底地贯彻。20 多年的科幻小说创作几乎一律是少儿科普作品。不是说科幻小说不能创作为少儿科普作品，科幻小说创作为少儿科普作品的确是其长项，但是，当科幻小说完全与少儿科普等同起来，而这类少儿科普又以传授科学知识为主要目的，实在是科幻小说发展中的极大的束缚。处于这种状态下的科幻小说强调的是少儿科普观：科学进步总是和美好的生活联系在一起，作品一律是科学畅想曲；人生观念总是一片灿烂，不是充满幻想的天真烂漫就是满腹知识的循循善诱；情节的构思和故事的编造只有一个目的，就是如何将作家心目中的“科学知识”有效地传递给小读者。结果，造成作品文学性淡薄的结果，难以深刻地反映社会现实。

1978 年童恩正在《人民文学》上发表了《珊瑚岛上的死光》，小说被评为“全国 1978 年优秀短篇小说奖”。这篇小说的创作思路是 20 世纪 40 年代“顾均正式”的科幻小说创作思路的延续，人物形象也不够生动，马太教授、布莱恩、陈天虹还是些类型化的人物。但是这篇小说对中国大陆的科幻小说的发展具有重要的意义：它使得中国大陆的科幻小说创作从 20 多年的少儿科普的模式中摆脱出来，使得科幻小说再次与“成人”联系了起来，与中国科幻小说的“爱国强国”的传统连接了起来。中国科幻小说自清末民初以来，就充满了爱国情绪，并由此产生出浓厚的忧患意识。童恩正《珊瑚岛上的死光》只不过是这样的传统的延续。小说被拍成了电影，影响就更大。之后，一批“爱国强国”的科幻小说出现在文坛，代表作品有郑文光的《飞向人马座》、王晓达的《波》、金涛的《月光岛》等。

20 世纪 80 年代以后中国的科幻小说可谓是“青黄不接”，全国只有四川的《科学文艺》和上海的《少年科学》还有“科幻小说”的专栏。这种局面一直到跨世纪以后一批新生的科幻小说作家出现才得以打破。这批新生的科幻小说作家主要有吴岩、星河、杨鹏、韩松、王晋康、刘慈欣等人，还有偶尔涉足科幻小说的毕淑敏。

这批新生作家最引人注目的突破是打破了中国科幻小说惯有的“少儿科普”和“爱国强国”的思维，他们将科幻小说与人类的终极关怀联系了起来。这批新生作家与高科技日新月异的发展同时成长，高科技自然成为他们小说的主要题材。这批新生代作家大多是 1977 年高考改革后的大学生，具有世界文学的眼光，对世界科幻小说的发展十分熟悉。借传统文学作品的“壳”展开现代科学想象也就成为这些新生作家常用的创作手段，将世界科幻小说作为参照系，进行科幻小说创作是他们追求的目标。他们将中国科幻小说创作带到了一个新的境界。

第四节　刘慈欣、王晋康、韩松：中国科幻小说“三剑客”

在这批新生代的作家中，成绩突出者是刘慈欣、王晋康和韩松。刘慈欣以他的《三体》而引人注目，王晋康以他勤耕不辍的系列小说浸润着市场，韩松以他的诡异之风吸引着读者的眼球，他们被称为当代中国科幻小说的“三剑客”。他们的作品显然将中国科幻小说创作带入了新的阶段。有意思的是，这三位作家风格是如此的相异，一个大气、宏大、瑰丽而气势磅礴，一个小巧、缜密、隽永而吐纳绵长，一个则是迷乱、跳跃、新奇而思绪惆怅。值得思考的是，这三位风格相异的作家在作品中却显示出很多相同的追求。这些相同的追求正是中国科幻小说新的创造和变化，正是中国科幻小说进入新阶段的标志。

刘慈欣（1963—　），祖籍河南罗山县，1963 年 6 月出生于北京，在山西阳泉长大。他在对自己创作的回顾中就说过，在思维方式上，他的科幻创作经历了三个阶段，从纯科幻阶段到人与自然的阶段再到社会实验阶段。1999 年至 2006 年间，他连续获得中国科幻银河奖。1999 年发表第一篇作品——短篇小说《鲸歌》，同年首次以短篇小说《带上她的眼睛》获得中国科幻银河奖一等奖；2000 年《流浪地球》获中国科幻银河奖特等奖。2015 年获得了第 73 届科幻小说雨果奖的《三体》之《地球往事》是刘慈欣迄今为止最重要的作品。《三体》备受读者与媒体的赞誉，被普遍认为是中国科幻文学的里程碑之作，在国内有超过千万册的销量，成为近几十年来最畅销的科幻小说，并且被翻译成了英文①，在美国出版发行，成为 1949 年以来第一部被引进到美国的中国长篇科幻小说。《三体》为中国科幻确立了一个新高度。

地球往事三部曲（《三体Ⅰ·地球往事》《三体Ⅱ·黑暗森林》《三体Ⅲ·死神永生》），又名“三体三部曲”，是刘慈欣的长篇系列小说，由科幻世界杂

① 《三体》英文版由美籍华人刘宇昆译自《三体》三部曲的第一部。英文版的名称被译为 *The Three-Body Problem*（《三体问题》）。

志社策划制作，重庆出版集团出版。其中的长篇力作《三体Ⅰ·地球往事》开创《科幻世界》月刊连载原创作品之先河，一举成为2006年度最受关注、最畅销的科幻小说。《三体Ⅱ·黑暗森林》也因此被读者誉为“最值得期待的科幻小说”。《三体Ⅲ·死神永生》更是备受期待和关注。

在《三体》之前，在世界上产生重要影响的科幻小说都来自西方社会。著名的科幻小说作家有海因莱因、阿西莫夫、阿瑟·克拉克这样老牌的科幻“三巨头”，也有新的领军人物，如奥森·斯科特·卡德、丹·西蒙斯、约翰·斯卡尔齐等人。刘慈欣《三体》的出现说明中国拥有了与世界顶尖科幻作品的水平相当的作家作品。

《三体》是一流的科幻小说，他与科幻“三巨头”的作品《星际迷航》（海因莱因）、《基地》（阿西莫夫）、太空奥德赛系列《2001：太空漫游》（阿瑟·克拉克）等级别的小说不分上下。对于“三巨头”的世界影响力，刘慈欣在采访中提到，他也受到他们的影响①。在语言方面，他同意阿西莫夫所说的，科幻文学的一大要素是语言要透明，所以在创作中他力图做到让读者看到的是内容而不是形式，说什么比怎么说更重要。在科幻小说形式上，刘慈欣也被称作是中国的阿瑟·克拉克。刘慈欣甚至将克拉克看作是自己进入科幻世界的领路人，在创作上表达了对克拉克的致敬，并谦虚地说他的所有作品都是对《2001：太空漫游》的拙劣模仿。在致敬和模仿之外，《三体》更多的是让读者看到了刘慈欣开创的专属自己的科幻风格，他的作品呈现出绚丽的科学想象、独特的空间思考和哲学的深入思考。

合理的想象是科幻小说作家追求的思维，刘慈欣表现得相当充分。在《三体》最后一部《死神永生》中，给我们呈现出了很多让人意想不到的情节故事，这部书主要围绕一个贯穿人物，也可以说是此部书的第一主角程心展开。《死神永生》的发展阶段有：公元1453年，君士坦丁堡遭遇围城，战争场面先声夺人；危机纪元（公元201×年—2208年），老李接受安乐死，程心参与“行星防御理事会战略情报局”关于外太空“阶梯飞行”计划的讨论；威慑纪元（公元2208年—2270年）最后10分钟，程心作为“执剑人”，掌握全人类和地球命运的最终解决方案；威慑后（公元2270年—2272年），外星文明对地球人的殖民统治……纵观整部书，我们不难看到，在第一次看到了宇宙黑

① 刘慈欣：《中国的科幻市场还没有启动》，载《南国都市报》2015年3月15日第023版。

暗的真相后，自以为历经沧桑的地球文明只能在黑暗中瑟瑟发抖，宇宙的绚丽，宇宙的缥缈，宇宙的未知，宇宙的生存，宇宙的灭亡，宇宙的真相……一切精彩都在作者飞驰宇宙中完成，似乎也很合理。

作者作为一名工程师，除了有关计算机方面的专业知识之外，对物理学、天文学和宇宙学方面的涉猎，都为其创作提供了科学基础和灵感。“在叙事特征上，刘慈欣承袭了古典主义科幻小说中节奏紧张，情节生动的特征，并且在看似平实拙朴的语言中，浓墨重彩地渲染了科学和自然的伟大力量。”①《三体》三部曲以宇宙为背景，完成人类在与三体文明之间从未知到对抗，再到人类几乎灭亡这样一个宏大的叙事。在《三体》中有许多详尽的技术细节描写，甚至是艰涩的科学理论概念。《三体Ⅰ：地球往事》中讲述了智子相关技术。智子通过将一个质子二维展开，将其改造后，又变回高维的超级计算机，它能以接近光速的速度移动。虽然没有实战攻击能力，但它可以锁死人类的科技发展。《三体Ⅱ：黑暗森林》讲述了降维技术。人类毁灭了，整个银河系都要重新组合。降维让整个文明重置，重新定义了时间、安排了万物的起源。无论是智子相关技术还是降维打击，小说中都对其科学技术原理有非常详尽的描述。科幻小说中的科学知识不具有证伪性，科幻小说将科学理论的推测及阐释限定在一定的范围之类，其目的是保持小说的一种科学的思维方式。刘慈欣的贡献在于将科学知识演化成一种人类危机产生的原因或人类拯救的一种力量，于是科学知识、科学作用也就演化为小说情节的一个组成部分。正因为如此，《三体》中尽管有些专业、枯燥的知识阐释，却成为了奇绝想象描写的一个部分。对广大读者来说，感受到的不是枯燥和沉闷，而是科学的伟大和神秘莫测。

在一个大格局小说中，整个宇宙空间涉及人类生死存亡，及人伦难题交织布控，作者为《三体》构造了一个很严密的逻辑系统。这与阿西莫夫的《基地三部曲》以“心理史学”为预见未来的基础进行科学想象相似，《三体》设立了“宇宙社会学”的系统。“宇宙社会学”建立的基础是将宇宙看成一个既相互依存又相互竞争的社会。这样的观念就打破了中国科幻小说长期以来一直秉持的“科学春天说”。由于近现代的中国一直处于后进的位置，科学文明一直被看作为人类的先进的对应物和参照系。在科幻小说中，科学文明

① 王泉根：《现代中国科幻文学主潮》，重庆出版社 2011 年版，第 376 页。

就像春天一样抚慰着人类的心灵或像明灯一样引领着人类的前行，刘慈欣说得不错："那时的科幻小说中，外星人都以慈眉善目的形象出现，以天父般的仁慈和宽容，指引着人类这群迷途的羔羊。"①在《三体》中那个比人类社会文明先进的三体人，不再是天父般的仁慈和宽容了，而是要将人类征服、消灭，并占领地球的宇宙恶魔。人类与宇宙文明不再是依存和被依存的关系，而是适者生存、弱肉强食的关系。刘慈欣设立"宇宙社会学"确立了小说内涵与外延，也规定了小说通过合理的逻辑思维推动故事情节发展的走向。在对各种人物关系处理和故事发展走向中，对这些情节进行了"宇宙社会学"概念下的大加工之后，各种符合逻辑的情节就应运而生。在科幻世界中设立了一个社会学的理论逻辑，并从中演绎一个社会生活的故事；站在地球上设想了一个宇宙争斗的空间，并进行地球人类的最终关怀，这是刘慈欣《三体》超越中国其他科幻小说的地方。

既然设立了"宇宙社会学"，也就不可避免地有了宇宙道德问题。讲到道德，也就要讲到利益集团之间的和平相处。当读者理所当然地想到通过相互沟通和平相处的时候，刘慈欣的回答出人意料："不要回答！不要回答！不要回答！"作者作出这样的结论，基于他设立的"宇宙社会学"中的两个原理：一是"猜疑链"，即：宇宙各文明之间无法进行及时有效的交流沟通，任何一个文明都不可能完全信任别的文明，因此宇宙中是零道德。文明又需要生存及不断扩张，所以在高级文明面前，人类文明不应该把自己暴露给对方，免得付出毁灭文明的代价。在《三体Ⅱ：黑暗森林》的结尾，罗辑与史强的对话中，罗辑说道："在这片森林中，他人就是地狱，就是永恒的威胁，任何暴露自己存在的生命都将很快被消灭。这就是宇宙文明的图景，这就是对费米悖论的解释。"这种视野不是以人类为中心，而是从宇宙的视角看人类。二是种族存续。刘慈欣认为在宇宙竞争中，种族存续最重要。怎样做到种族存续呢？与那些完全将种族存续交给科学发展不一样，作者以其对人性深度的悲观看到了人类的悲剧。到了三部曲的结尾，他非常冷静地塑造了程心这个角色来毁灭地球。他曾在采访中说，程心是一个代表着人类共同的价值观和道德符号的人物。人类所追求的共同的价值观和道德却成为了地球毁灭者，这是作者个人的价值观念。对小说创作而言却是一个突破。

① 刘慈欣：《三体》第一部，重庆出版社 2008 年版，第 300 页。

在科技与人性之间,他没有走向科技至上或是反科学这两个极端,而是更多地思考人文价值和意义。这也成为了他的小说挖掘深度的一个突出向度。

这样的一个科幻故事,体例宏大,起点却很微妙。"文革"中叶文洁在遭受了一系列诸如目睹身为理论物理学家的父亲被红卫兵小将们打死,而母亲为了自保不惜出卖人格的精神打击之后,她终于在"红岸"研究基地对人类这个种族彻底死了心,成了一名反人类主义者。在国家的"外星通信工程"中,她向外星球发布了地球的消息,呼唤外星球人来净化地球。之后,她遇到了亿万富翁伊文斯,创立了反人类组织 ETO。三体文明就通过一种叫做"智子"的高科技产物与 ETO 联系,开始实施地球殖民计划。文章的开头将我们领进了"文革"题材小说当中,这与作者年轻时所经历的生活相关,他想要将科幻的起点扎根在一个现实的历史记忆当中,将虚无缥缈的地外文明跟真实的历史结合起来,从而增加了作品的厚重感。我们说科幻是关注现实的,"为我们探索当下的现实提供了文本资源,使得我们有机会反思自己所处的文化和时代,一个历史、现在和未来相交融的时代。"①关于"文革"的内容只是这部小说的一个出发点,这当中也多少透露出了一些反思的情怀。《三体》关注的现实主要是落在中国的社会变革和发展中进行,使我们了解过去的灾难,也清楚当今的现实。小说中的三体社会的描写其实就是中国当代社会的变形。作者用反乌托邦写法对社会中人们功利的追求、僵化的社会运行机制等等进行了夸张描写,都使人产生了现实社会的联想。"黑暗森林"理论所阐释的宇宙间的斗争模式是博弈论的展开,其内核也使人在现实中似曾相识。作者将各种社会制度和人性放在极端的状况下面,去预测会出现怎样的状况,没有直接的批判现实,只是进行冷峻的测试。这些描写,熟悉中国现当代史的人们读之,都懂得。

上下五千年求索,古今中外纵横,"漫无边际"地展开想象是科幻小说的特征,问题是如何设立这些求索和纵横的叙事结构。在以往的因果关系的时间叙事结构中,科幻的虚拟世界就处于他者的位置,因为因果关系的时间叙事总是从人类发展的角度思考问题,处于他者位置的虚拟世界中的神奇,以及对人类现实社会的各种关系、影响均是从人类的角度获取认知,得到感

---

① SLUSSER, GEORGE, SHIPPEY T. Fiction 2000: cy-berpunk and the future of narrative [M]. Athens: University of Georgia Press, 1992:28.

受。如今，这种主体与客体、接受与影响、主动与被动的视角被打破了，他者的位置消失了，现实与虚拟均是主体，它们之间的关系是两个相同的主体之间的对话、碰撞，或者交融。刘慈欣的《三体》的第一部《地球往事》虽然空间意识很强，但基本上还是时间叙事，小说基本上是从天体物理学家叶文洁的家庭出发，父亲在"文化大革命"中的劫难和母亲对父亲的背叛，从知识青年到进入神秘的"红岸"基地，从一个边缘的科学家进入核心领域，从星球探秘者变成了地球叛军领袖，曲折的人生，苦难的经历构成了小说的叙事主体。到《三体》的第二部《黑暗森林》中时间叙事渐渐弱化，空间叙事上升为叙事主体。面壁者和破壁人的设立为小说建立了二元空间。从面壁者的角度揣测三体世界如何侵害地球，并设置防卫措施，再从破壁人的角度分析面壁者的防卫，并一击而置面壁者于死地，二元空间展开了激烈的对抗，不同的空间，不同的视角，不同的思维，形成了不同的智力角斗，这是相当激烈而又相当精彩的空间叙事艺术。到了《三体》的第三部《死神永生》中出现了执剑人和反执剑人的二元对立，就当读者对小说叙事角度的重复有所失望时，聪明的作者在小说最后将地球文明和三体文明结合在一起，并将文明的发展看成一个历程，将毁灭看成新生的起点，于是小说叙事结构的空间对抗变成了融合循环，形成了一个精美的轮回式的叙事结构。

刘慈欣的小说有着精彩的情节。小说写了地球文明与三体文明的对抗，并以此叙述故事，于是小说就演变成争斗与争斗、计谋与计谋对抗的叙述，情节自然就很紧张和紧凑。刘慈欣的小说运用的是武侠小说的"争霸模式"。地球文明和三体文明像世界中两大集团，一个处于守势，一个处于攻势，面壁者、破壁者，执剑人、反执剑人，就如武侠小说中的执法者、护法者，他们各有绝招，却都受制于各自首领的指挥，双方的争斗既有充满阴谋的斗智，也有极为刚烈的斗力，互相渗透、互相利用又互相依赖，最后没有什么霸主，一切争斗都弭于新的力量的出现。

王晋康(1948—)，1948 年 11 月 24 日出生于河南南阳，集多重身份于一身，高级工程师、中国作家协会会员、中国科普作协会员兼科学文艺委员会委员、河南作协会员、民盟南阳市委副主委等。王晋康闯入科幻文坛具有偶然性，1993 年因 10 岁儿子逼迫讲故事，在这种"逼迫"下创作出了处女作《亚当回归》，获 1993 年全国科幻征文的首奖。迄今已发表大量的科幻短篇小说和《生命之歌》《生死平衡》《逃出母宇宙》等数十部长篇小说。出有个人专集《王晋康科幻小说精选》4 卷本。蝉联 1993—1998 年全国科幻文学奖的特等奖和一等奖，获 1997 年国际科幻大会颁发的银河奖。

从上世纪 80 年代开始中国的科幻小说开始建立了人类思维角度，科学作为人类的对应物和参照系，像春天一样抚慰着人类的心灵或像明灯一样引领着人类的前行。当下的科幻小说家颠覆了这样的观念，他们对科学抱着警惕的心态，甚至把科学看作损害人类的一种存在，是“恶”而不是“善”。在众多作家中，对此命题写得最深刻的当数王晋康。对生命本源和动力的挖掘是人类科学探询的本能目标，而要证明生命本源和动力科学探询的正确性就必须要有科学的印证，于是机器人就成为了最佳的印证物。然而机器人一旦被输入正确的生命密码，它们必然以其纯正性和严密性战胜人类，甚至毁灭人类。一方面是人类要探索自我的本能追求，一方面是人类自我毁灭，这就是他的名作《生命之歌》所揭示的问题。同样的思考在他另一部小说《生死之约》中得到更为精彩的表现。绝大多数的人都想长生不老，于是研究“寿命基因”就成为了热门的科学探讨，问题是如果人真的可以长生不老了，这个世界又是什么样子呢？小说中的那个活了 170 岁的萧水寒，还能结婚生子，的确令人羡慕，可是他还是自绝了生命，并将长生不老的秘方永远地带走，理由简单而又沉重：如果人人都长生不老，“世界要为此而颠覆了，人类社会的秩序要崩溃了。谁不想长生不老？什么样的人才有资格得到这个特权？如果全人类都长生不死，后来者怎么办？一个在组成成员上恒定不变的文明会不会从此停滞？”[①]这是对那些寻求长生不老的人的发问，又何曾不是对科学作用的发问？同样的发问出现在韩松的小说中，高铁和地铁是人类社会科学技术发展的重要标志，可是却将人的生活放置在全新的狭隘、压抑的空间，结果是人的伦理、思维心理都狭隘了、压抑了，发生了撕裂和扭曲，人类在科学技术的追求中将自己推向了种族变异甚至毁灭之途，读之令人恐惧！

王晋康小说展开的是本体与异化的对话和对抗。本体是人类现实的生存状态，异化是人类虚拟的生存状态，或者是极其聪明、无所不能的机器人，或者是长命不衰、生命永恒的特异人，或者是永远利他、幸福快乐的伊甸园……这些异化的生存状态几乎都是人类的生活追求、生存追求和理想追

① 王晋康：《生命之歌》，中国华侨出版社 2011 年版，第 211 页。

求，这样的对话构成了人的现实的本体与虚拟的异化之间二元时空叙事结构。韩松干脆将现实生活和虚拟空间打碎了融合在一起写，形成了一种多维度、多层次、立体型的叙事结构。作者反复提醒读者，现实社会和虚拟空间其实没有什么区别，人就是生活在一种真真假假的感受和理念之中。刘慈欣的小说常用武侠小说的“争霸模式”，王晋康的小说一般是亲情故事和侦探小说的“推理模式”的结合体。父子之情、男女之爱、兄弟之义常常是他小说中的故事元素，这些情感元素缠绵、动人、曲折而又煽情，抚触的是读者心灵的柔软之处，它使得王晋康的小说具有婉约之风。侦探小说的“推理模式”是指他的小说中的叙事方式。他的小说一般是采用倒叙的方式，开篇是一种奇异的自然现象的表现，就如推理小说的开头悬念设案；发展是奇异的自然现象产生原因追溯，就如推理小说的破案过程；结尾是自然现象的科学解释，就如推理小说的结案说案。始终充满着好奇心，是王晋康小说阅读的推动力。中国当代科幻小说向类型小说靠拢，说明科幻小说作家开始注重故事性，注重市场效益和读者的反应，其结果是：好看了！

当代中国科幻小说作家都注意到中国事件的描述。王晋康写得最多的是“文化大革命”。王晋康写尽“文化大革命”的荒唐。在荒唐的事件中产生了奇幻的科学思维，最后再让荒诞的现实击碎奇幻的科学思维，是他常用的手法。最有代表性的小说是《天火》。小说根据物质无限分的原理说明隐身术和钻墙术的可能性，想象虽然荒唐，但是在人人自危的“文化大革命”中似乎有着现实的需求，有荒诞意味的是，就在主人公的实验即将成功之际，竟被“一身‘文革’标准打扮，无领章的军装，敞着怀，军帽歪戴着，斜端一支旧式步枪”的民兵开枪打死了。“文化大革命”成为了刘慈欣、王晋康这一辈作家无法抹去的历史记忆，将这些历史记忆作为中国元素表现，实属必然。

出生于重庆的韩松最有影响力的作品是《高铁》与《地铁》。韩松是当代科幻小说作家中运用现代主义手法的创作者。对科幻小说的创作，韩松曾有这样的期盼：“科幻还应该更奇诡一些，更迷乱一些，更陌生化一些，更出人意料一些，更有技术含量一些，更会讲故事一些，更有思想性和社会性一些，这样，就还会不断吸引新的读者。”①如果说刘慈欣和王晋康属于“更会讲故事”的那类作家，韩松则属于奇诡、迷乱、陌生化和出人意料的那类作

① 韩松：《科幻文学期待新的突破》，载《文艺报》2006年9月13日第4版。

家。他的叙事有着现代主义的变异风格。无论是时间叙事还是空间叙事，连贯性是基本原则，而韩松打碎的就是小说叙事的连贯性，跳跃性的思维在诡异的事件中穿行，乃至于晦涩。他的很多作品甚至是要到读完之后，回过头来对阅读思维重新复合才能明白作者为什么如此叙写，例如他的名作《高铁》《地铁》几乎都是主人公的意念叙述，阅读过程中觉得情节很散乱，读完小说之后回想那些散乱的情节碎片，就感到很贴切，因为作者写的是科技的发展对人的意念产生的压迫，处于压迫之中的人的意念自然是跳跃而迷乱的。现代主义文学都十分迷恋文字的组合，韩松创作同样如此，他特别喜欢用一些具象化的文字进行陌生化组合，达到刺激读者感官的效果。例如，他将地铁站的建筑比喻成“巨大的坟冢”，进入地铁当然也就进入了坟场，将地铁站牌比喻成墓碑，坐在飞驰的地铁上当然也就如在坟场中穿行。既然是坟场，谁又能在坟场中活动呢？当然就是那些鬼魅了：“仔细一看，吓得一哆嗦。原来，乘客们正挤在一起埋头吃东西。他们拿着的，是人手、人腿和人肝……大家吃得满嘴鲜血淋漓。”他的小说文字更是诡异：“这时，漆成军装绿的列车从地窖中钻出了浮胖的、蛇颈龙似的头来，紧接着是肿胀得不成比例的身躯，大摇大摆、慢慢吞吞停下”；“他定睛去看女人，发现她的头发间，生出了大把的银丝。仿佛霜打的冬树；眼角绽出了火星裂谷似的深黑色皱纹；口红和容妆正在雪崩般脱落，她的脸孔已然变化成了一种迷彩掩映下的冰地鬼魅。”①用这样的语言写美感，很容易使人想到波特莱尔的《恶之花》。诡异的叙述、诡异的语言组合叙述着诡异的故事、描述着诡异的人物，始终保持着叙事和文字的新奇性和压迫感，是韩松小说的阅读推动力。

当代中国科幻小说作家实际上提出了两大问题，一是人本的科学观念，二是人类生存的法则。

宇宙中最优秀的生物是人，最美好的社会是人类社会，最科学的进化是人依据自我的规律的发展，正如王晋康在《蚁生》中所揭示的道理：“并没有可靠的机制来持续产生出一个个善的、无私的上帝”；“本性自私的人类，磕磕绊绊，最终走到今天的文明社会，而且显然比野蛮时代多一些善，多一些‘利他天性’，这说明上帝的设计还是很有效的”。② 如果改变人的基因，改

① 韩松：《高铁》，新星出版社 2012 年版，第 133 页。

② 王晋康：《蚁生》，福建人民出版社 2007 年版，第 243 页。

变人类的社会规则，改变人的进化规律，不是人类的幸福，而是人类的伤害，最后必然导致人类的毁灭。从这样的基本点出发，科学永远只能是人类的工具而服务于人类，任何想改变人类基因的科学必然是一种邪恶；科学发展永远只能受制于人类的发展，任何想超越人类的发展的科学进步同样是一种邪恶。人，也只有人，才是万物之灵，才是宇宙的主宰。如果人类与其他灵类发生碰撞和冲突，谁赢呢？是人！在《三体》第一部中被描述得那么强大的三体舰队，在《三体》第二部中已经被人类所击败，为了保存人类的基因而被冷冻起来的罗辑醒来后，听到的是：人类的太空战舰要比三体人的战舰厉害得多，不但多，而且强大，三体舰队已经变得稀稀拉拉，溃不成军。人类赢了。

既然外在的科学社会是一个充满着自我欲望、自我色彩的实体，人类社会怎样与这样的实体打交道呢？正如刘慈欣所担忧的那样："我认为零道德的宇宙文明完全可能存在，有道德的人类文明如何在这样一个宇宙中生存？"[①]据此，他提出了"宇宙道德"的命题。这个命题的核心就是一个关系问题。他用远距离看足球的状态，图像地解释了他的"宇宙道德"："就像在体育场的最后一排看足球，球员本身的复杂技术动作已经被距离隐去，球场上出现的只是有二十三个点构成不断变化的矩阵（有一个特殊的点是球，球类运动中只有足球赛呈现出如此清晰的数学结构，这也可能是这门运动的魅力之一）。"状态、变化、穿梭、竞争、夺取胜利、身心愉悦、和谐交融，但是这一切都是在双方承认的游戏规则中进行，这就是刘慈欣的"宇宙道德"。他的《三体》写地球文明与三体文明关系及其发展，就是他的"宇宙道德"的演绎。王晋康笔下的科学社会（人）是人类社会（人）异化的结果，他强调的不是关系，而是制约。能够制约得住，科学社会（人）就是健康的，如果制约不住，科学社会（人）就是邪恶的。对于制约不住的科学社会（人）该怎么办？王晋康的办法是：中止它的发展，甚至是毁灭它。相比较而言，韩松要悲观得多，他认为人类社会的科技发展的欲望不止，悲剧就会不断出现，这是人类发展的宿命。《高铁》中小说主人公周原在高铁中寻找失踪的妻子，发现高铁是个人工宇宙，生活于其中的人都很怪诞。很有意味的是，周原在寻妻的过程中与女列车员生下来一个男孩周铁生，而这个周铁生长大以后，又在

① 刘慈欣：《三体》，重庆出版社 2008 年版，第 301 页。

重复周原的生活：寻找父亲。父子之间在寻找之中互相猜忌，最后竟然是儿子杀死了父亲。循环往复，不断地探寻、寻找，而结果是心灵的扭曲，直至悲剧的发生。在韩松看来，所谓的“宇宙道德”根本不能成立，因为人的科学探索的冲动永不止息。

长期以来，对科幻小说评价的一个重要的标准是：它能够作为科学发展的前景，或者是它的科学预言经常被科学发展所证实。这是一种实证法的评价标准，是一种物质的检验和证明。如果用这样的标准对照中国当代科幻小说，中国当代科幻小说显然不合标准。因为，作家们笔下的科学不再是科技，而是智慧，强调的不是功能，而是思想。“现在的科幻迷们已经打开了天眼，用思想拥抱整个宇宙了。”[①]智慧和思想是不能用物质来检验和证明的，却能提供警示和启发。警示和启发也就是当代中国科幻小说作家科学思考的角度和价值。它揭示的不是人类发展中步骤，而是人类发展中的隐忧，不是人类发展中的形而下，而是人类发展中的形而上，正因为如此，中国当代科幻小说的思考显得沉重，但却深邃。

① 刘慈欣：《三体》，重庆出版社 2008 年版，第 301 页。

第十九章　欲望责任:青春小说、婚恋小说、情爱小说

表述自己熟悉的事情,表现自己熟悉的生活,表达自己熟悉的情感,这是通俗文学的重要特点。跨世纪以后,一批年轻作家登上文坛,他们写校园、写职场、写婚恋,这些小说散发着青春的气息。作家们一时成为了当代青年人追逐的偶像,其小说自然在青年人中成为了最为畅销的作品。这些小说没有训诫,只有呈现;不做批判,只有生活;不分高低,只有倾诉。它们是当代中国社会青年人的情感和矛盾的宣泄之处和润滑之处。

第一节　当代青春小说的反叛和宣泄

当代中国青春小说的代表作家作品有韩寒的《三重门》、郭敬明的《幻城》、张悦然的《樱桃之远》、春树的《北京娃娃》、李傻傻的《红 X》等。其中韩寒最具有代表性。

韩寒,1982 年 9 月 23 日出生于上海金山。1999 年,韩寒以《杯中窥人》获得第一届"新概念"作文大赛一等奖。2000 年,韩寒出版长篇小说《三重门》,对应试教育进行了自己的思考。之后又陆续尝试了多种题材、体裁的创作,发表了散文集《零下一度》《通稿 2003》《就这么漂来漂去》和《杂的文》,小说《像少年啦飞驰》《长安乱》《一座城池》《光荣日》《他的国》和《1988:我想和这个世界谈谈》等作品。在此期间,韩寒一直以其特立独行的作风高调站到时代的风头浪尖上:主动退学放弃正规教育,因酷爱赛车而加入车队,出唱片,代言广告,开博客,织微博。韩寒惯以犀利的言语对各种社会热点进行评论,包括与文学评论家白烨关于 80 后的争论、关于抵制家乐福和封杀莎朗斯通的评论以及对杭州"七十码"事件的关注等;他也一直以桀骜不驯的反抗者姿态出现在人们面前:曾拒绝可在复旦旁听深造的邀请,曾公开表示不屑加入中国作协等等。

韩寒这一系列的行为举止以及惯有的批判性思维使"叛逆"成为他的符号，他当之无愧地成为了80后一代青年的代言人。

作为80后青年作家中的领军人物，韩寒最初的作品是与社会现实紧密联系在一起的。他的首部长篇小说《三重门》描摹了一幅当代应试教育下的师生群像图。在这幅图中主人公林雨翔是一名中学生，小说围绕他的学习、情感、生活展开描述。林雨翔从小被父亲灌以古典文学，有较强的文字功底但偏科严重。初中时凭借与语文老师马德保之间"惺惺相惜"的"互助"关系，他在校文学社中崭露头角，甚至获得过全国作文竞赛一等奖，但这一切都不能抹杀他成绩不理想的现实。初中期间，林雨翔的恋爱之心开始萌芽，恋上了温婉多才的Susan，常借机接近Susan，而Susan的态度却很模糊。中考时，凭借紧急补课，以及父母的"努力"，林雨翔以体育特长生的身份进入市重点中学。之后，林雨翔一边进行着艰苦的体育训练，一边极力争取进入学校各种社团以期能够获得认同，然而事与愿违，他并未进入心仪的记者团，最终凭借初中全国作文大赛一等奖的余荫进入了文学社，之后阴差阳错当上文学社社长。在学习上，林雨翔依旧考运不佳，一路考试红灯高挂，甚至连英语也坠入红色的世界。在高中，林雨翔认识了许多举止怪异，性格与他格格不入的同学、老师，有"暴发户"式的钱荣，书呆子式的谢景源，废话连篇的钱校长等。形形色色的人物群像将林雨翔的高中生活搅得更加枯燥苦闷。而初中同学带给他Susan已有男友的消息更是令他沮丧，于是他趁着夜晚暂时逃离校园寻找清净。最终，他萌生了逃离的念头，但不知前路该如何行走……

《三重门》是一部以校园青春为题材的轻小说，是韩寒出版的第一部长篇小说，一面市就获得良好的销量，并不断再版，甚至改编成电视剧。就《三重门》的内容来说，这是一部描绘青春期少年叛逆反骨而又内心孤独的作品。作品的阅读群体一般为初高中少男少女，因此作者在创作的时候使用轻松易懂的语言进行故事叙述，口语化程度较高。为了迎合此阶段少男少女要求放松、宣泄紧张、追求怪诞新奇想象的阅读要求，语言较为浅显，故事情节也不复杂，多以对话、冥想的形式进行情节推动，但小说内容极具冲击力。韩寒在创作的时候把思想矛头直指当今教育，将自己化身为小说主人公林雨翔，以自己作为学生的所思所感揭露出应试教育下师生的丑态。除此之外，韩寒的《三重门》还较为细致地关照着处在敏感期的青年人枯燥单一的生活以及孤独寂寞而又躁动不安，渴望被注视的内心世界。

作为80后写手的代表作之一，《三重门》很多方面都反映了“80后”这一群体的心理状态。伴随着个人生理成长到一定阶段，80后一代的心理也逐渐出现成人感，要求独立，要求摆脱束缚管制，追求自我意志的表达。同时，他们从对外在世界的关注开始转向对内在自我和他人的审视。而随着对社会认知的提升以及自主能力的提高，他们急于表达自我，有着强烈规避现状的冲动。而韩寒《三重门》的出现恰好使得80后青少年找到了这种特殊矛盾心理、情感宣泄的宣泄口。

韩寒的《三重门》从叙事结构上来说采取了“流浪——回归”的模式。主人公林雨翔从某种程度上说是个精神的漫游者。他具有自己独立的思维意识，除了钦慕对象Susan外，他对周围的同学、老师，甚至父母都是一副嘲讽的状态。因此，林雨翔时刻都处在一种“抗争与拒绝”的状态。但这种“抗争与拒绝”都只存在于林雨翔的内心，他的反抗意识在精神层面上起伏流浪，却不会以激烈的形式爆发出来，因为他自己明白爆发的后果不是自己所能承受的。这种精神的自我放逐呈现出一种孤独迷惘的状态，想要逃离却无处可逃，只能沉浸在自己的世界中。唯一一次在现实生活中真实地逃离与流浪是到了小说快结束的时候。当林雨翔因为在学校中寻找不到自己的位置以及受到失恋的打击之后，他终于逃离出校园，在校园外游荡。看着街上灯火通明，人来人往，他并没有感到轻松自在，反而感到怅然若失。靠在路灯边，林雨翔竟然睡着了。等冻醒之后，他继续漫无目的地瞎走。等到天空微明，林雨翔结束了这次出走，回归校园。这种“流浪——回归”的模式从一定意义上来说表现的是青春期对自由、自我的渴望。《三重门》这种“流浪——回归”的模式给平淡的故事结构增加了些许色彩。用韩寒自己的话来说，流浪并不是80后的人所能真正承受的生活方式，“我并不坚定，很大程度上我只是想离开一会儿，给平淡的日子加点味道，再回来过平淡的日子”①。

除去叙述模式，《三重门》另一大特点是它的语言。从整部作品来看，《三重门》复制了《围城》的很多方面，其中最成功的就是语言艺术。在作品中，韩寒大量沿袭了钱钟书“掉书袋”的幽默讽刺手法，将古诗词堆砌整合，甚至用谐音恶搞诗词的方法表达作者意志。有时又故意拆离原本词意，在各语素间加上其他词语；有时又大词小用，运用夸张诙谐手法讽刺当今教育

① 韩寒：《早已离开》，《零下一度》，上海人民出版社2000年版，第168—169页。

下的师生故作深沉，不懂装懂的丑恶嘴脸。虽然从功力上说，韩寒的语言刻画无法具备钱钟书的神韵，但虽神不似，形上还是有点意思的，些许矫揉造作的刻意下表现的是作者一种对经典的尊重。

从韩寒的经历中，我们可以看到一个桀骜不驯的青年的成长轨迹；而从《三重门》中，我们可以看到一个青年对于社会、人生直戳要害的犀利揭露。韩寒将自己对世界的独特看法以智慧、幽默甚至有点尖刻的方式叙述出来，具有个人色彩。

虽然稚气，却有着批判的锋芒，这是韩寒小说在众多的青春小说中突出之处。《三重门》之后，他又创作了《像少年啦飞驰》《光荣日》等小说，作品的思想深度和批判的锋芒也是与作品俱增。

郭敬明的小说思想性逊于韩寒小说，却有着更为浓厚的青春气息，忧伤、孤独、浪漫和漫想是他小说散发出的气息，不过，他后来的小说却追求时尚，有些炫富的意味，例如《小时代》。他的小说基本采用两种手法，一是奇幻的想象，例如他的名作《幻城》；二是青春流行语写作，其中夹杂着网络语言和动漫语言，例如《梦里花落知多少》等。

青春的迷茫和追求，身心的体验和痛苦，几乎是所有青春小说的基调。张悦然的《樱桃之远》等小说和春树的《北京娃娃》《红孩子》等作品，都是以细腻的笔调写青春期的敏感心态。与这些书写青春情调的小说不同，李傻傻的青春小说将笔触伸向了现实的生活体验，他的《红 X》写一个农村少年进城打工的故事。小说不仅仅写生活的漂泊和困苦，更为突出的是，写出了一个农村孩子在城市里的精神上的无依归感。

2004 年 2 月，美国《时代》周刊亚洲版刊登了春树的封面特写，同时还报道了韩寒、李扬和满舟。他们被视为中国 20 世纪 80 年代出生的年轻一代的代表，并用了一个汉语词汇 linglei（另类）来定义这些让社会不安让父母尴尬的一代新人，并把这个词和美国的嬉皮士及“垮掉的一代”①相提并

---

① 20 世纪 40 年代中期，一些对美国当时令人窒息的社会文化感到难以忍受的年轻人用一种极端的方式——吸毒、酗酒、纵欲、热衷爵士乐、“在路上”游历想要从精神内部寻求解脱。他们认为现世生活的可靠性是不可把握的，自然会对存在主义尤其是东方宗教哲学（佛教禅宗）产生共鸣。这个群体被称为“垮掉的一代”（Beat Generation），是由有“垮掉派之王”（king of the Beats）称号的杰克·克鲁亚克在 1948 年取的。随着“跨掉”运动的发展，“Beat”的意思也变得丰富多彩，从贫困、打垮、厌倦、筋疲力尽到灵魂的赤裸和精神上的极乐、至福（beatitude）等等，达数十种之多。它其实是对“垮掉的一代”矛盾而复杂的精神状况的概括，其词义的变化和丰富也反映出那些年轻人的追求和探索历程。文楚安：《“垮掉一代”及其他》，四川大学出版社 2002 年版，序言，第 1—2 页。

论。无论自己是否承认，别人怎样评价，这批作家确实以不同的文学面貌展现于世人。他们展示了一种在磨难中成长成熟的青春历程。文本中的主人公们所做的一切都是遵从着青春的意志，而不是家长、老师、学校和社会的道德意志。主要人物都是年轻的女孩子，但她们并非世俗社会所认定和希望的那样：在十几岁二十几岁时仍能保持一种青春的清纯和浪漫，而是青春的迷茫和痛苦。这些小说的价值在于：这就是青春。由于这些作家大多出生在1980年代，所以又被称为中国文学创作群体中的“80后”。

第二节　当代女性婚恋小说的情感纠葛

男女、家庭是当代女性婚恋小说关键词，情感和纠缠是当代婚恋小说的流行色。当代女性婚恋小说极多，被改编成影视剧作品的也极多，占据当下中国影视剧市场半边天下。当代女性婚恋小说的代表作家有虹影、王海鸰、六六、艾米等。

虹影（1962—　），出生于重庆。主要作品有《饥饿的女儿》《阿难》《一个流浪女的未来》《K》等，其中《K》的影响最大。

小说写的20世纪30年代的故事。1935年，二十多岁的裘利安从剑桥大学来到中国的青岛担任大学英国文学教授。在这里他与一位已婚的中国知识分子女性闵发生了艳情故事。闵美丽、温柔、优雅，才华绝世，床上功夫一流，她痴情、浪漫、愿为情人费尽心思地打扮。她带着裘利安看京戏、吃鸦片、买丝绸，用房中术让他享受性，可是裘利安不安于这样的状态，他想要去“革命”。不辞而别的裘利安在追寻中国红军的道路上，看到了血腥的杀戮，他认为这不是他应该加入的革命，于是又返回了青岛。再一次与闵约会时，被闵的丈夫发现。裘利安虽然眷恋着闵的身子，同时也深爱着闵，但心底却又害怕婚姻，他的灵魂深处藏着对中国人的轻视，爱情发展到最后只剩下无言的苦涩。他决定离开闵，回老家去。不久，他加入了国际纵队到西班牙参战，闵在一次次的自杀未遂后，终于离开了这个世界。当然，裘利安的日子也不多了……

《K》发表之后，读者反应强烈，作家曾集中回答了三个问题：中国是这样的吗？东方女人真那么诱人而缠人吗？这本小说是不是太情爱了？这三个问题实际上给这部小说三种定性：传奇、女性和情爱。这些还都是在故事情节层面上。要真正地解读这部小说应该将其定位于文化层面上。小说的两个主人公都是文化的符号。闵是英国布鲁姆斯伯里(英国伦敦一个街区的地名,此街区住过很多名人,特别是范奈莎和弗吉尼亚·伍尔芙姐妹等自由主义者)的中国传人,裘利安却是英国布鲁姆斯伯里的正宗传人,英国自由主义文化的第二代的骄傲。裘利安来到中国标志着正宗的英国自由主义文化进入中国,他的逃离标志着正宗的英国自由主义文化在中国根本无法立足。他与闵的悲剧,与其说是爱情悲剧,不如说是文化悲剧。他与闵从聚合走向消散,与其说是小说情节的跌宕起伏,不如说是英国自由主义文化的消解过程。从这个层面上看,也就能看清小说所包含的更深刻的内涵。

小说首先消解的是中国布鲁姆斯伯里的传人们身上的自由主义。小说中闵说她身上有着两重人格:“在社会上是个西式教育培养出来的文化人,新式小说作家;藏在心里的却是父母、外祖父母传下的中国道家传统,包括房中术的修炼。”此话不错。问题在于她身上的这两重人格究竟哪一种是主导人格呢?小说的情节发展告诉我们:是后一种。前一种只是一个面子,一个在中国土地上的对外形象,他们骨子里浸透的还是中国文化。小说一开始就是英国的布鲁姆斯伯里的正宗传人对中国的布鲁姆斯伯里的传人们所表现出来的自由主义精神进行了消解:在裘利安看来“缺少智性的张力”的泰戈尔却成了中国的布鲁姆斯伯里的传人们“集体的崇拜对象”;只是“三等雪莱的货色”的徐的诗歌居然被认为是最好的诗;“俗气”而又“廉价的滥情”的曼殊菲尔在中国却成为了偶像。在正宗的布鲁姆斯伯里的传人看来中国的布鲁姆斯伯里的传人们所表现出来的自由主义是那么的浅薄和无知。这种消解最深刻地还是表现在“性”和“爱”的观念上。真正的布鲁姆斯伯里原则是将“性”和“爱”分离的:“布鲁姆斯伯里的人,最崇拜《道德原理》,以‘享受美’为第一道德原则,这个原则总与其他古老道德原则相冲突。”闵和裘利安在一起,最早是依据这样的原则进行的,他们只享受性,而不讲“爱”。闵是裘利安的第 11 个女人——K,裘利安则是闵修行多年的房中术的实践对象。他们整天在新的技巧和新的刺激中度过,整天漂浮在快感之中。然而,中国的布鲁姆斯伯里传人毕竟是中国人,闵并不能真正达到布鲁姆斯伯里自由精神境界。在性的享受之后,她要求了“爱”的占有。性爱合一,终身厮守,是中国文化的情爱观。闵身上的中国文化观念最终还是占据了上风:“当她把她的肉体展现给他看,她同时也将她的世界——那个文化最深刻的底蕴，没有保留地揭示给他看。”但是，闵和裘利安之爱只能依据布鲁姆斯伯里原则进行，一旦偏离了航向，只能是自寻烦恼，只能是走向悲剧。

反过来说布鲁姆斯伯里的自由主义精神在中国这块土地上能不能实行呢？小说的回答是否定的。如果说闵这些人骨子里流淌的还是中国文化的血，裘利安则是地地道道的布鲁姆斯伯里的传人，甚至自诩为比他的长辈更具有自由精神的新自由主义者。他来到中国剥掉了中国自由主义者的表象，同时，他的所作所为以及最后的结果说明他所奉行的自由主义精神在中国根本就扎不了根。他曾自傲于他的那些长辈们：“我们新的自由主义者敢尝试，甚至学会东方房中术，敢为理想主义而到东方打仗，咱们走着瞧！”房中术——中国的文化底蕴；打仗——中国的社会现实，这是他在中国展开他的自由主义精神的两条战线。事实上他在这两条战线上都失败了。他并没有真正学会房中术，反而差一点被房中术所代表的中国文化所俘虏。他准备接受闵的“爱”了，虽然是被迫的；他并没有能在东方打仗，因为他根本就不能理解那种煽动阶级仇恨的杀与被杀、恨与被恨的革命，根本就不能接受那种野蛮的血腥场面。他跑了一趟四川，终于狼狈地回来了。在一个雨停的秋天的上午，这个“骨子里还是一个真正的英国绅士”的人似乎明白过来了：“他的确是个十足的英国人，中国女人，中国革命，中国的一切，对他来说，永远难以理解。他既不能承受中国式的革命，也不能承受中国式的狂热的爱情。”他带着无法说清的情感，离开了这块神秘的东方大地：“他只能回到西方文化中闹恋爱，闹革命。此时，他突然想起，K，是‘神州古国’，中国古称 Cathay 的词源 Kitai，他命中注定无法跨越的一个字母。”

自由主义精神在中国的失败，有着自身的缺点，因为“这儿的一切真像一个差劲透了的小说”。裘利安的父亲，老自由主义者克莱夫作了一个很中肯的评价。它脱离生活，脱离社会的现实。但是，尽管它脱离现实和社会，自由主义精神还能够在英国存在下去，甚至还很风光，在中国则寸步难行了。说到底还是一个文化土壤的问题。

东方女人与西方男人的爱恋，情与欲、血与泪的交融的情节，死亡的悬念和结尾，东湖和珞珈山的山湖艳影，是一套通俗小说创作模式。在通俗小说模式中讲述了一个文化的沉重的故事，是作家的聪明。

王海鸰，女，1952 年 12 月出生于山东。总政话剧团编剧。16 岁在济南军区某海岛部队当兵，做过通信兵、卫生兵、业余文艺宣传队队员，调离海岛前为医院宣传干事。1986年毕业于解放军艺术学院文学系。1983年调至总政话剧团任编剧。1980年开始发表作品。主要作品有长篇小说《牵手》《大校的女儿》《不嫁则已》《中国式离婚》《新结婚时代》《成长》等；电视剧剧本《爱你没商量》(合作)、《妈妈今晚去远航》《牵手》《不嫁则已》《中国式离婚》《新结婚时代》《相伴》等；电影剧本《小岛》《走过严冬》等；话剧《洗礼》《送你一支玫瑰花》《我想跟你说句话》等。《牵手》《中国式离婚》和《新结婚时代》合称"婚姻三部曲"。王海鸰作品着重表现当代中国社会婚恋家庭伦理问题，反映出在社会转型的大背景下，普通百姓婚姻生活的挣扎与痛楚，反映出传统婚姻观念在时代激荡下所受到的冲击和变化。王海鸰被誉为"中国婚姻第一写手"。

《新结婚时代》是王海鸰"婚姻三部曲"的第三部。如果说在第一部《牵手》中婚姻的第一杀手是第三者，那么随着时间的推移和人们对婚姻问题更为深入的思索，第二部《中国式离婚》则让读者更清醒地意识到，即使没有第三者出现，家庭的矛盾和危机依然存在，婚姻仍然难免破裂的结局。到第三部《新结婚时代》中，婚姻中同样没有出现第三者，但"门不当户不对"的现实成为男女主人公要面临和跨越的巨大障碍。

《新结婚时代》是先有剧本，然后被改成了小说，之所以题名"新结婚时代"，王海鸰表示，是因为现代人对婚姻的看法和以前有了很大不同，她想用婚姻当中的极端的错位现象，如穷富恋、姐弟恋、忘年恋等，来传达这样一种认识："社会越来越宽容，婚姻越来越成为个人的事。我的目的也是为未婚的朋友提供一个间接生活体验，在尚未了解婚姻是什么之前，先不要急于迈入其中。如果觉得自己没法承受，那不结婚要比结了再离要强。"因为在王海鸰看来，在婚姻家庭生活中，仅仅有爱情是不够的。

《新结婚时代》讲述了男女主人公何建国和顾小西这对年轻夫妻，因家庭背景不同和城乡差异的难以调和最终离婚，并在经过了一系列磨合和考验后重又复合的故事。何建国来自贫困的农村，他考取了北京的大学并在毕业后留在了北京工作。顾小西是出版社的编辑，她出身于一个典型的城市知识分子家庭，母亲是医院的外科主任，父亲是教授。何建国和顾小西原本是幸福的小两口，故事开始时，两人正沉浸在婚姻的甜蜜中。而接下来发生的一连串的事件引发了两人的矛盾：何父领着农村亲戚到北京看病引起顾小西不快；何家盖房子要两人出钱，争执中何建国打了顾小西；何家农村老家的货车因私自进京被警察扣住，顾小西从中帮忙但由于误会再次引发夫妻纷争；两人回何建国老家过年，顾小西身体不适却必须在婆家扮演小媳妇角色，最后不辞而别；何父领着何建国哥哥何建成来北京找工作，顾小西好心帮忙却被何父误会，不了解情况的何建国一气之下提出离婚；何建成妻子的爷爷去世，顾小西不情愿地回去给何家撑门面，结果自己母亲病故，没见到母亲最后一面的顾小西心灰意冷，与何建国离婚……

从以上一系列事件来看，导致婚姻解体的并不是婚姻本体，而是双方家庭（最主要的是何家）的介入，正像母亲对顾小西所分析和感叹的那样，婚姻不仅仅是两个人的事：在他们看来，你嫁给了他，都等于嫁给了他全部社会关系的总和。你们俩的结合就是两个家族的结合，他娶了你，就等于娶了你的一切包括你的社会关系你的父母……

《新结婚时代》对中国传统的"门当户对"观念进行了现实思考，何建国和顾小西由相爱走向分手，正是"门不当户不对"的结果，门当户对在当下的爱情婚姻中仍具有很强的现实意义。对此有人提出质疑，王海鸰在《婚姻是个人的事情 门当户对很重要》一文中坦言："我个人认为，如果在其他条件都相同的情况下，门当户对无疑是很重要的，但是这不等于说门不当、户不对的婚姻就注定失败，只不过是门不当、户不对肯定会有一些矛盾和摩擦，但这些矛盾和摩擦不是不可以通过磨合、沟通解决的，但是双方的人生观、价值观一定要一致。""《新结婚时代》正是基于这种想法，才写了三对错位的婚姻，所谓的'错位'就是与人们目前公认的一种条件般配标准的不一致，比如说门当户对、男大女小、男高女低等等，这三对正好是相反的。在这里，我想说的是，婚姻是个人的事情，应当尽量减少两个人之外因素的干扰，但在目前还达不到。"

何建国和顾小西婚姻的错位在于"门不当户不对"，另一对婚姻错位的是顾小西的弟弟顾小航和顾小西的同事简佳，这是"男小女大"的一对，而且之前简佳是一个有钱的已婚男人的情人，错位的状态成为简佳不敢接受顾小航的原因，在小说中顾小航在一张纸上用利弊关系来为简佳一一解除顾虑："先来说弊。第一，年龄差距。……女大男小，容易遭受世俗偏见的打击，但婚姻和爱情是两个人的事情，只要你不理会，那些偏见就打击不到你，所以，这不算弊。"说着在"第一"上打一个叉。接着写第二条"女方有前史"。之后又说："女人在遇到真爱的时候，会担心自己配不上，这是非常普遍的心理……""你是想追求永恒！谁不想？我也想。可以呀，我们努力呀。谁也不会在有了结果之后再行动，有了结果就没必要行动了，你把顺序搞颠倒了亲爱的简佳小姐!"的确，一直以来"男大女小"的婚恋组合模式更为人们所认同，但随着社会的发展和进步，传统的婚恋观也在发生着方方面面的改变，顾小航和简佳的故事告诉我们，并不一定要合乎公众标准的婚姻才幸福，幸福与否的标准在每个人的心里。

顾小西父亲与小保姆的结合也是错位的一对，他们的忘年恋出乎很多人的意料，很多人不理解一个城市里的知识分子，一个从农村来的保姆，两个人无论在生活环境、文化背景和年龄上都存在很大的差异，何以他们也会走到一起呢？王海鸰说，"顾小西的教授父亲和保姆的婚姻可能会有人质疑，事实上，生活中就有一些公众认为不那么般配的错位婚姻存在。比如老人群体，他们大多是生存型婚姻，不仅是情感诉求，更是生存诉求，老人需要一个伴。"由于何建国和顾小西的婚姻故事是作品的重点，因此顾父和保姆的错位婚姻没有在电视剧和小说中更多地展开，他们之间关系的微妙变化和最终走向婚姻的结局似乎缺少逻辑支持，一定程度上给人以突兀之感，的确如此。事实上，老年人的婚恋问题作为当代中国社会婚恋问题的一个重要方面正在引起越来越多的关注，如果作家能够以此为主题来展开另一部小说，相信读者和观众的遗憾会得到弥补和消除。

尽管错位的婚姻带给人无尽的烦恼，甚至会毁掉婚姻，但《新结婚时代》的结尾却是大团圆式的，充满温情和期待：何建国与顾小西在分手后经过冷静的思考，慢慢理解了对方，两人最终紧紧地拥抱在一起。不仅如此，顾小西的不孕症也治好了，一年后他们生下了一个可爱的女儿。如果说是城乡差别使两个相爱的人一度分手，那么这一大团圆结局则告诉我们，这一差距可以在相爱的前提下经过男女双方以及双方家庭的共同努力得以拉近和弥合。另外两对错位婚恋的大团圆结局也显示出，社会在进步，婚恋观也应与时俱进。虽然《新结婚时代》和《牵手》与《中国式离婚》一样，仍然以揭示婚姻家庭生活中的隐痛为主要表现内容，但《新结婚时代》圆满的结局表现出作家对传统家庭伦理道德回归的诉求。

六六，原名张辛，安徽合肥人。1995 年毕业于安徽大学国际贸易系。1999 年赴新加坡定居，上网之初取网名"少妇六六"，意思是少妇闲来无事，到网上遛遛。后改为"六六"，意为"风顺、水顺、六六大顺"。主要作品有小说《王贵与安娜》《双面胶》《蜗居》《浮世绘》《心术》等；散文随笔集《温柔啊温柔》《仙蒂瑞拉的主妇生涯》《偶得日记》《妄谈与疯话》等。小说多被改编成电视剧热播，引起广泛反响，其中表现都市婆媳关系的《双面胶》被誉为“经典的婚姻教科书”，《蜗居》和同名电视剧由于触及社会敏感热点问题而备受关注，并由此引发了读者和观众对房价等现实问题的热议。

《蜗居》，原名“房事”“蜗牛”，“蜗居”是出版时的名字。小说讲述了由“房事”引发的一系列让人唏嘘不已的情感故事。故事主要围绕一对姐妹展开，姐姐郭海萍在上海某名牌大学毕业后，和丈夫苏淳选择了留在繁华的大都市上海，两人在租住的10平方米蜗居里开始了他们踌躇满志的奋斗生活，然而五年过去了，直到儿子出生，他们的蜗居生活依然没有一点改观。当最初的豪情和斗志被琐碎而残酷的现实吞没后，海萍对当初留在大城市的选择有了迷茫和动摇，夫妻俩无奈而绝望地发现，在这个无比繁荣但却如镜花水月般的大城市里奋斗这么多年，却没有一片瓦属于自己。在中国人的传统观念里，安居才能立业，为了尽快摆脱蜗居生活，在大都市占有一席之地，小夫妻俩省吃俭用筹划买房，可是他们辛辛苦苦积攒下来的钱，对于买一套属于自己的房子而言，简直是杯水车薪，就连交首付都成了难题，夫妻俩开始切实地感受到房子给他们带来的重压，乐观开朗的海萍慢慢由淑女变成了泼妇，爱情在已成为家常便饭的摩擦和争吵中慢慢销蚀着。妹妹郭海藻见证了姐姐从爱情到婚姻的整个过程，面对姐姐惊人的变化，海藻对爱情和婚姻有了悲观的认识，“婚姻是爱情的坟墓，房子是婚姻的坟墓”，“这就是婚姻吗？这就是婚姻。婚姻是什么？婚姻就是元角分。婚姻就是柴米油盐酱醋茶。婚姻就是将美丽的爱情扒开，秀秀里面的疤痕和妊娠纹。”

海藻同样毕业于上海的名牌大学，天真单纯的她听从姐姐的劝说也留在了上海，姐妹情深，再加上海藻的男朋友小贝对她体贴备至，海藻的生活比起姐姐来似乎少了一些纠结。然而当房子的压力开始成为全家人的压力之后，一切都变了。苏淳谎称向父母借了6万元，实际上是借了高利贷，海藻在向小贝借钱遭到拒绝后，找到了对她暗生爱意的有妇之夫宋思明，身为市长秘书的宋思明轻而易举地帮助了她，海藻感情的天平开始摇摆在小贝和宋思明之间。随着故事的进一步发展，宋思明一次次地替姐妹俩解围，海藻也因此深陷宋思明的情感漩涡中不能自拔，从一个简单清纯的少女，一步步地堕落成一名职业二奶，然而她虽然摆脱了姐姐为生计而四处奔波的困境，却也在衣食无忧的“地下”生活中深感迷茫。最后在宋思明的腐败堕落败露并最终死于车祸后，海藻不仅失去了孩子，而且永远失去了做母亲的权利，承受着身体和心灵的双重伤痛。

《蜗居》全方位地展示了现代都市人的生存困境和情感困境，其中既有来自生存空间“房子”的物质压力，也有恋爱和婚姻的精神压力。小说直逼老百姓现实生活中很多敏感的热点问题，诸如房价、房奴、择业、啃老族、钉子户、负翁、二奶、腐败等。就拿啃老来说，海萍苏淳夫妻俩以前一直是鄙视啃老族的，然而他们最终也落到啃老的地步，正像海萍抱怨的，“现在谁不啃老？我们不啃他们，社会就要啃我们。这房子涨得！你见过这种涨法吗？青蛙爬井还进三尺退两尺呢！房价只涨不跌。”同时小说改编成电视剧后，剧中大胆的情爱场面和生猛火爆的性爱台词也把《蜗居》推到了舆论的风口浪尖上，一时成为人们热议的焦点。《蜗居》火了之后，高房价引发了人们的高度共鸣，让我们看到在经济繁荣的今天，普通老百姓在享受着由经济高速发展所带来的福利和便利外，他们也正承受和背负着改革的负面影响，“攒钱的速度永远赶不上房价上涨的速度，而且距离越来越远”，“如果30年还完贷款，利息都滚出一套房子来了”……严峻的现实让人们陷入痛苦和迷惘中，从这一个意义上来说，《蜗居》的故事用“由一套房子引发的血案”来概括也许并不为过。

除此之外，海藻和宋思明的婚外情也备受关注，在社会转型期，有权有钱的人“包二奶”已经成为一个无法回避的社会现象。不可否认，宋思明的无微不至和无所不能的确很让人心动，但这一切都建立在他的权势和地位之上，正如剧中宋思明对海藻说的，“人之所以慷慨，是因为他拥有的比挥霍的多。”海藻和宋思明的爱情故事虽然在某些层面打动了读者，但当身心疲惫的海藻在街上与小贝和他的新女友擦肩而过的时候，海藻对往事的追忆留恋、对现状的无奈沮丧之情，就已经说明她对自己的选择产生了怀疑和动摇。更重要的是，小说给海藻和宋思明都设置了悲惨的结局，这本身就表明了作家的价值观，小说告诫着那些企图走捷径的、在欲望中挣扎沉浮的年轻女性，要获得幸福，还是要靠踏踏实实的努力，只有在情感上和经济上都独立了，才能最终获得幸福和自由。“蜗居”的双重意义也正于此，身处蜗居固然带给现代人无尽的烦恼，但如果我们的心灵也因此蜗居在逼仄的空间内，那才是最可怕的。

在小说的主人公们经历了一系列生活的洗礼之后，幸福的感觉愈发清晰起来，小说借海萍之口说出了对幸福的感悟："幸福是放心底的东西，是一种信任，愿意生死与共。也许平时并不觉察，但到关键时刻就会跳出来，让你感受。我一直以为我的爱已经被生活磨平了。直到苏淳出事我才知道，我们俩此生就在一条船上了。同甘姑且不说，共苦一定可以。"

第三节　当代情爱小说的欲望表达

20 世纪末一股都市浪漫之风在世纪之交的中国大陆蔓延，有一批年轻作家写了一批作品，它们是卫慧的《上海宝贝》系列，棉棉的《糖》等作品，木子美的《遗情书》，春树的《北京娃娃》，九丹的《乌鸦》等，这些作品反映了世纪之交中国年轻人与众不同的生存方式、价值取向、性爱观念等内容，而且这些内容与中国人传统的做事立人的道德标准大相径庭，尤其是作品中不约而同地赤裸裸地以性爱、性的欲望为主要基调，展示了现代年轻人在后现代社会多元的支离破碎的喧嚣繁华的都市生活中爱情和性的欲望的纠缠、割裂、疏离与对立，反映了现代世俗社会中年轻人在感情和性的欲望织就的大网中的冲撞、挣扎、彷徨甚至呐喊。在这类小说中，爱情的隐匿——要么早已成为昨日黄花，要么就是灰色的令人压抑的存在，要么根本就不存在，从另一个角度对当代社会和青年一代作出了深刻的诠释。舆论对这些作品批评较多，认为这是"身体写作"。应该承认，在社会舆论对这些小说的贬抑之辞中的确有些真知灼见，但这些作品仍然受到了年轻人的欢迎，仍然引起了他们的共鸣。

这些作品中最有影响的是卫慧的《上海宝贝》。卫慧（1973—　），浙江余姚人，被称为"晚生代""新新人类"作家。她生于 1973 年，在浙江余姚长大；1990 年在南昌陆军学院参加为期一年的军训；1991 年就读于复旦大学中文系。1995 年毕业后，卫慧曾有过一年搬 16 次家的经历，平均不到一个月就要搬一次；做过记者、编辑、电台主持、咖啡店女侍、蹩脚的鼓手、不成功的广告文案，自编自导自演过话剧。卫慧的主要作品有《欲望手枪》《蝴蝶的尖叫》《上海宝贝》《水中的处女》《我的禅》等。部分作品被译成 31 种文字，并登上日本、英国、意大利、德国、法国、美国、西班牙、阿根廷、爱尔兰、新加坡等国的各类畅销榜前十。现居上海，专职写作。

卫慧的半自传小说《上海宝贝》,1999 年 9 月由沈阳的春风文艺出版社推出,半年内售出超过 11 万本,引起了中国文坛广大争议,在中国年轻一代读者中风靡一时,也吸引了国际媒体报导。因为《上海宝贝》所描写的吸毒、女性手淫和同性恋等内容,被裁定为“腐朽堕落和受西方文化毒害”的典型,中国官方在当年 5 月中旬发布全国禁售令。

《上海宝贝》采用的是第一人称叙事,讲的是一个三角恋情,上海女作家倪可(CoCo)、中国男人天天、德国男人马克。天天是一个典型的中国好男人,对女朋友 CoCo 体贴备至,她的需要他知道,他是她的知心人,可是,有一点,可能对于 CoCo 来说最为重要的一点他无法满足,那就是性,他是一个性无能的人。虽然通过就医、药物等各种方式想方设法试图解决这一缺陷,可是却无济于事,对于 CoCo 的性要求,他只能以爱抚予以安慰。而这方面马克就拥有着优势,西方男子对女性的体贴、超强的性能力,完全地吸引住了对此方面渴求着的 CoCo。马克就因此成功诱惑了与天天同居的 CoCo。可是,马克是一个有家室的男人,这就使 CoCo 陷入欲近不能、欲罢不舍的两难局面。阻挡不了马克的肉体诱惑,可是面对天天又觉得心中有愧。12 月,这是天天每年需要出门旅行的日子,他去了南方。这以后,CoCo 的性需要可以在马克那里得到极大限度的满足,即使听到电话那头天天的声音有所愧疚。最后,天天吸毒致死,马克返回德国,CoCo 孤影独酌。

有些小说还是需要仔细地阅读的。如果一般地翻一翻《上海宝贝》,感受到的只是浓浓的咖啡气息和怪怪的肾上腺素的味道,如果再仔细地读一遍,还是颇有意味的。

先读小说中的这段文字:

> 我的本能告诉我,应该写一写世纪末的上海,这座寻欢作乐的城市,它泛起的快乐泡沫,它滋长出来的新人类,还有弥漫在街头巷尾的凡俗、伤感而神秘的情调。

这段文字中有几个关键词特别重要:“世纪末”“新人类”“凡俗”“伤感而神秘的情调”。这部小说就是写的一些“新人类”在“世纪末”演绎的人生片段,追求的就是“凡俗、伤感而神秘的情调”。这些“新人类”由“真伪艺术家、外国人、无业游民、大小演艺明星、时髦产业的私营业主、真假另类、新青年”

组成，他们似乎都有人生的创伤，但绝对富有；他们游移于公众的视线以外，自己形成一个圈子；他们绝对人数并不多，但始终占据着城市时尚生活的绝对部分。由于他们的生活就是展现欲望和享受欲望，行为的注脚是人生苦短和及时行乐，这样的生活片段自然就洋溢着“世纪末”的情绪。又由于他们只对自己负责，与社会无关，对小圈子负责，与公众无关，他们表现出来的自然是“凡俗、伤感而神秘的情调”。他们的生活和思想情绪不是社会的主流生活和主流思想情绪，但确实存在，只是一种“另类”罢了。现实生活的存在决定了这部小说存在的价值。

在认定这部小说的文化视角和肯定这部小说的生活价值的同时，也很可惜作家对这样的文化和生活挖掘得不够深刻。如果仅从“另类”生活来说，郁达夫的小说可说早已有之，为什么这部小说没有郁达夫小说的分量呢？为什么有一种漂浮的感觉呢？除了文学修养之外，究其原因，大概是两个，一个是作家对“另类”生活理解得不够。“另类”的生活有着社会多余人的意味，其中包含着社会批判的成分。而这部小说只注意到“另类”生活的展示，而忽略了“另类”生活的批判性；只注意到了“另类”生活的私密的特征，忽略了“另类”生活背后的社会排斥性。她的那些“另类”生活经验可能来自自己（如她在《后记》中所说“这是一本可以说是半自传体的书……”），大多数则来自外国小说的阅读体验（从小说每一章开头的“题记”中可以看出），真正的生活思考还不成熟。另一个原因也许就是对通过“另类”生活写社会的批判的做法根本就不屑一顾（如果是这样的话，这几句“可惜”的话就是多余的了）。

在这部小说里作家显然是想说明一个问题：什么才是真正的女人。在作家看来真正的女人应该是身心都应该得到满足的女人。倪可身边有两个男人，东方男人天天是她的男朋友，身体瘦弱，行为乖僻，但是感情细腻，可以看作倪可的感情的符号；德国男人马克是她的情人，身材魁梧，行为粗鲁，但却直截了当，可以看作倪可的身体的符号。对于天天，倪可“天天”少不了他，不管行为如何放肆，如何出格，她对天天的感情始终没有变，至死不渝。但是，天天只能给她感情上的慰藉，马可也就成为了她生活中不可缺少的一个组成部分。倪可常常抗拒马可的诱惑，但每次都是情不自禁地迎合他。为了说明身心的健全对一个女人来说多么重要，作家还设计了两个女人的感情生活，马当娜（麦当娜，性感的象征？）只追求身体的满足；朱砂（贞洁的象征?)第一次婚姻之所以破裂,是因为她只要求感情的满足。这两个女人感情生活的残缺衬托出倪可感情生活的健全。但是现实生活中的"健全"的生活是难以实现的,小说的最后,天天死了,马可走了。这样的结局意味深长。从创作意图上说,作家追求的不是"身体写作",而应是"身心写作"。那么,这部小说为什么常被讥讽为"身体写作"呢?原因是作家在性的描写上出了问题。小说中性的描写不是不可以存在,关键在于怎么去写,如果仅仅停留在动作行为的层面上,渲染的只是动作性,那是很卑俗的;如果提高到文化层面和精神层面上,强调的是文化性和精神状态,那是有美学价值的。这部小说中的性的描写不是不要,而是不能缺少。但是表现出文化性和精神状态的描写太少,而那些停留在动作层面上的描写实在太多。有些描写是不必要的,如女性的生理特征和一些性行为的具体描述,它们没有什么美感,反而令人恶心,但是作者却不厌其烦地津津乐道。这些描写将小说中感情慰藉都掩盖住了。

在叙述结构上,作家还是颇具匠心的。小说创作本来就是一种感情释放的过程,作家将此作为一条线索,与主人公的情爱经历糅合在一起写,形成了一种相得益彰、虚实相间的效果。小说创作中的焦虑、停顿、欢畅等各种情绪往往成为主人公现实生活中行为的犹豫、迷茫,甚至是放纵的感情源泉。小说的最后,倪可身边的两个男人走的走,死的死,她的生活道路中的一段旅程结束了,她的小说创作也画上了句号。小说创作本是一场虚构的感情经历,而现实生活却是实实在在的,但是作家却有意将它们混合起来写。在小说的第六章,倪可当着朋友的面朗读的她小说语句就是《上海宝贝》中的语句。通过这一细节,作家似乎在暗示读者倪可只是小说中人,倪可的感情经历是小说的感情经历。既是小说家言,自可不必当真。

第二十章　文学信息:中国网络小说

网络小说是当下中国阅读量最大、读者最多的文学类型,受到了管理层和批评界越来越多的关注和重视。文学批评的有效性建立在批评对象的契合性上。网络小说是文学,也是一种信息,只不过是具有文学色彩的信息。因此网络小说的批评既需要文学的角度,也需要网络的视野。

如果对网络小说种类进行划分,网络小说大致上分为三种类型,一种是网络上所刊登的文学作品。从这个意义上说,网络只是文学作品的储存器和写作工具;第二种是在网络上进行创作的原创作品,这是接受并利用网络的功能在网络上展开的文学思维和文学书写。这是当下中国网络文学的主要类型;第三种是完全利用网络的功能所进行的文字编码或页面转换,它只能称作为网络的文字游戏。这里所评估的是第二种的网络小说。

第一节　链接互动:网络小说最重要的特征

网络小说是网络中的一种信息。因此,对网络小说首先要有一种互联网的思考。

互联网的主要功能是一种信息平台,是用链接的方式将信息源和信息传播构成一种网络系统,使信息的采集和发布达到最大化。1988 年到 1992 年一批有文学兴趣的北美留学生在 UNIX 网络中接收信息之余进行文学创作,并互相传送。1991 年《华夏文摘》在这个系统上诞生,这是全球第一家中文电子周刊,也是中国网络小说最早的创作平台。1991 年第 4 期《华夏文摘》发表的少君的《奋斗与平等》据说是现今能找到的最早的中文网络小说。1995 年万维网开始出现汉语诗歌网站。1997 年网易公司提供个人免费网页。网络小说开始盛行。

在信息平台上创作小说实际上存在着三对“误差”。一是真实与虚拟的误差。信息的采集和传播是一种真实的显现,并以其事实显示它的生命力,文学的创作则是一种虚构的想象,并以其深入的人生感悟显示它的穿透力。二是渠道与信息的误差。互联网就是一个信息的输送渠道,互联网最大的功能就是将最大化的信息传播至个人空间,而文学创作是一种个人行为,是表达人生感悟的一种信息。三是即时与感悟的误差。对即时发生的事件进行即时发布是信息的生命所在,而文学创作是触于心、动于形的抒情想象,酝酿中感悟是触发文学创作的动力。在信息平台上创作小说,小说自然就有很强的"信息平台"的特色,文学创作就不会将通过文学形象进行深刻的人生哲理思考或者充满着浪漫情怀的人生情愫抒发作为基本条件(虽然可以做到),那种平面化的文学构造和新闻性的故事叙述就有存在的合理空间,因为这些平面化的文学构造和新闻性的故事叙述与网络信息平台的性质更加切合,事实上,这样的文学构造和故事叙述正是中国网络小说的主体。既是一种渠道,小说创作就是一种信息流量,小说创作者自然追求传播的最大点击率,那种既可以寄居自我的感情,又能够得到大众青睐的创作模式自然就被写手们所追求。在即时性的信息平台上创作小说,灵感的触发自然就会即时化和碎片化。网络小说创作可以沉淀,可以玄思,但是即发性的当代社会人生的思想掠影似乎有着更多存在的理由。

与其他媒介相比,互联网最重要的特征是链接。链接带来了互动,互动带来了丰富多彩。在链接的互联网上进行文学创作给创作的过程带来了革命性的变化:小说创作公众化了。平等、自由、开放,由于链接的功能,互联网也就是一个公共领域。根据哈贝马斯对公共领域的解析,公共领域的核心是社会成员享有平等权利和机会,是给社会成员对公众事务参与和发表意见的可能。当一个写手进行小说创作时,在互联网中就是一个公共事务。当一部小说受到关注时,就会激起读者参与的激情,参与者越多关注度就越高,读者的激情就会如旋风般提升。网络的链接此时将发挥巨大的作用,写手每一天的更新都会引来众多的跟帖。无论是"赞"和"踩",这些跟帖都努力地发表自己的意见。读者们都成为了小说的关注者,更重要的是他们成为了这部小说创作的参与者。写手们对这些意见显然十分关注。道理很简单,网络上的写手依靠着点击率而生存,读者关注就是他们的饭碗,他们将这些意见看作是自我创作小说的资源,并取最大的公约数将这些意见融进于小说的创作之中。从这个意义上说,读者实际上是网络小说创作中的隐藏写手。网络小说创作实际上由两类作者完成，开创者是显性写手，发展和结尾是显性作者和隐藏作者共同完成。这样的创作方式完全颠覆了传统文学创作中的个人性（尽管有时有编辑的意见）。于是我们在网络小说创作中就看到了这样的现象：小说中所表现的思想情绪就是一种公众意见，是一种普识性的社会思潮，个人独特人生见解和价值判断，在网络小说创作中并不受欢迎；小说美学流行的是一种社会认可的形态，那种独创的美学形式，在网络小说创作中也不受欢迎；小说语言流畅而至浅白，符合网民们需要的语义和语态的共通性和大众化，而不是充满着个人色彩奇异的语言搭配或者散发着地域气息的方言传达（虽然有这样的方言小说，如《繁花》，但它已趋于小众）。互动，既给网络小说创作提供了丰富多彩的素材和极为广阔的人脉，构成了网络小说特有的阅读网，却也迫使着网络小说创作形态的大众化、流行化。

通过媒介让人们知道身外的事。中国古代社会信息的传递依靠的是走街串巷的商旅或者是走四方的戏班子，人们需要亲眼所见、亲耳所闻来了解信息。到了现代社会，由于报纸、杂志、电影、电台、电视的出现，人们了解的信息量越来越大，而获取信息的空间越来越窄小。到了互联网时代，信息量的传播达到最大化，而获取信息的空间达到最小化，也就是一间斗室，一台电脑，一部手机，关门闭户，就畅游其间。自由的链接带来的是网络小说作者的草根化，谁都可以成为写手；获取信息空间的私密性催生了网络小说作者的潜意识的冲动，在一个个人空间中似乎怎么样都可以。特别是当网络文学中大多数的写手和读者都是青年人的状态下，充满着情绪冲动的狂欢化自然就会出现，巴赫金所说的那种“翻了个的生活”“反面的生活”自然就成为了网络小说的主要的生活题材，[①]“翻了个的生活”或“反面的生活”是以不同于日常生活的面貌而存在的，其中蕴含着创造力的释放。文化的多元和学识视野的开阔使得网络小说写手们有了创造的能力和条件，很多经典的网络小说也确实令人耳目一新。然而，“翻了个的生活”或“反面的生活”又是以反抗规矩和秩序而显示出特色。在这些“翻了个的生活”或“反面

---

① 巴赫金认为人类有两种生活状态，一种是日常生活，一种是狂欢生活。日常生活是遵守秩序和规范的，狂欢生活则是“脱离了常规的生活，在某种程度上是‘翻了个的生活’，是‘反面的生活’”。“翻了个的生活”和“反面的生活”就是对日常的生活的反叛。参见（俄）巴赫金：《陀思妥耶夫斯基诗学问题》，白春仁译，生活·读书·新知三联书店1988年版，第176页。

的生活”中原来压抑在潜意识中的各种欲望似乎有了合理化的寄予体，可以堂而皇之地表达出来，并且成为支撑网络小说写作和网络小说阅读的情绪支撑源。杀伐心理与武侠类、玄幻类小说；好奇心、窥私欲与侦探类、悬疑类小说；爱情幻想与情爱类小说；性爱心理与色情小说；争胜心态与职场类、穿越类小说；财富心理与盗墓类小说……随影随行、互为抬哄、吐槽踩赞、众声喧哗，狂欢情绪怎么能不产生呢？

作为一种媒介，互联网产生了互动网游，建立了链接的私人空间，如QQ；发布着私人话语，如微信、微博等。严格地说，网络小说只是互联网众多功能的一种表现形式而已。既然同时存在于互联网上，互联网的众多功能就是一个整体，它们之间的互相影响自成必然。网游也是互联网中的情节表述，它与网络小说的创作密切互动，很多网络小说的情节推进与画面想象来自网游的启发。电脑是互联网的操作平台。由电脑符号所构成的电脑话语以及各种装饰品，如魔法表情、首页动画、颜色皮肤等等，在电脑的写作中已成为了共同意会的某种暗示、情趣和所指，网络小说是敲键盘“敲”出来的，这些键盘符号和电脑装饰品转化为小说语言，自然而又顺势。

从纯粹文学的角度分析信息的采集与传播，其中的各种特征都将被视作不足和弱点，如果从信息平台的角度看待网络小说，网络小说的那些不足和弱点都将获得理解，它们都是网络小说的特征。网络小说的批评者不仅应具有文学研究的素质，也应该具有媒介研究的素质，对网络媒介的形成、产生过程和传播功能有着一定的研究，自然会体会网络小说的媒介特征，自然能深入到作品的内部，对网络小说的得失进行科学的批评。

第二节　情绪倾泻：网络小说的社会价值

既然众生喧哗是网络小说的特性，网络小说产生泡沫就是一种常态。问题是除了泡沫之外，网络小说有没有思想内容呢？创作实践告诉我们，网络小说不但有思想内容，而且很深刻，很强烈。当下中国网络小说最风行的文类是玄幻、悬疑、穿越、后宫职场、盗墓和大陆新武侠。只要对这些小说稍加阅读，就会感受到一股思想情绪扑面而来。

人性畅快淋漓的释放几乎是每一部网络小说最为突出的形态。或者是丑恶，或者是阴谋，或者是机关，或者是陷阱，或者是陈规陋习，小说的主人公所面临的都是压迫和压抑。这些压迫和压抑都被道德和规矩包裹着，因此有着正当性。破除这些压迫和压抑是网络小说主人公展示自我形象的最主要的方式，甚至不惜将自己变换成反面人物。正面人物要遵守道德和规矩，反面人物就可以任意挥洒人性，因为是坏人啊，自然就无所顾忌，例如很流行的玄幻小说《诛仙》中的主人公张小凡，做正面人物处处受制于道德和规范，人性就要收敛，干脆就变成鬼厉，成为了一个恶人，于是想干什么就干什么，人性毫无节制。网络小说都表现出一种强烈的愿望，人为什么不能活得自由自在呢？《诛仙》开头就是这样一句话："天地不仁，以万物为刍狗"，一切事物的运行都应该顺其自然，本没有什么仁慈正反之说，更何况那些所谓的仁慈和正反都是人为设置的，在实际生活中显得那么虚伪和丑陋。

不择手段地竞争以博取上位，在网络小说中总能得到大量的"赞"，无论是后宫小说《后宫·甄嬛传》，还是职场小说《杜拉拉升职记》都曾引起阅读的疯狂。这类小说作者都是将主人公从善良变成恶毒写成是客观的逼迫，或者客观环境造成，或者竞争对手的陷害，可是留给读者最深刻的印象还是成功来自不择手段。这样的阅读印象并不好，可是为什么还有那么多人喜欢？仔细阅读就会发现那些最后不择手段获取上位的人，有两个共性：一是他们都是弱者，在竞争中逐步变成强者；二是他们都是通过个人努力，在竞争中成为了向心力。不在于结果，而在于过程。对那些即将踏入社会的青年学生和那些正在各种职场中打拼的年轻人来说，这些通过一个个鲜活的形象和曲折的情节演绎的故事就是一部部生动的教科书和一次次的写实体验，就如《杜拉拉升职记》的广告语所说：这是一部职场宝典。认可了过程，感受到实际，手段如何，结果如何，也就都不重要了。

网络小说都弥漫着一股财富观念，发财和迅速地发财是涌动于其中的潜动力。那些悬疑小说的谜底大多与财富有关，那些盗墓小说更是奔着财富而去。迅速地获取财富对当下大多数人来说有着巨大的吸引力。财富只是一个目标，不足为奇。网络小说财富观念的特别之处是它的获取财富的路径和手段。这些路径和手段不外两种，一种是偶得，即：天上掉下一块大馅饼；一种是冒险，即：虎口拔牙或狼窝中抢崽。前者是运气，后者是拼搏，两种看似矛盾的路径和手段在网络小说中却得到了高度的统一，即：满足和迎合了很多人的现实中的期待和愿望。偶得就是机会，冒险就是能力。每个人一生中都有发展的机会，就看你能不能、敢不敢、会不会把握；机会变成现实，需要的是勇气、果敢、富于牺牲精神等各种能力。机会人人都有，能力高低不同，只有抓住机会的高能力者才能成功。这样的人获取财富理所当然，他们是人们心目中的成功人士。

敬仰成功，歌颂成功，崇拜成功几乎是所有类型的网络小说的共同价值取向。那种通过人们日常生活的描述追寻人类生命的终极价值的文学思考，被大多数网络小说所摒弃，它们要的就是成功。这种只论结果，不论思想的情节描述，自然使得网络小说文化平庸，思想浅薄。问题是在这些追寻成功的网络小说中，我们又感受到什么呢？首先是成就感。小说的主人公基本上都是目标明确、意志坚定，为了情感的占有，或者财富的攫取，或者权力的获得，克服着一个接一个的障碍前行着，最后达到目标（结果是喜剧还是悲剧并不重要）。一次次地战胜对手或者战胜自我，就是一种成就感的叠加，最后达到目标就是成就感的升华，读者与主人公一起充满着快感。其次是实际性。什么是成就？成就就是克服障碍、战胜对方，直截了当，甚至理由都懒得寻找。举个例子，传统的侠义小说中获取钱财，还要找个"不义之财，人人皆可得之"的理由，网络小说中那些盗墓小说获取钱财，根本就没有这些说教，直奔钱财而去，钱财在此，能者得之。再次是现实性。网络小说中也写文化，但是这些文化基本上是为了增强主人公的功力或者是增大主人公前行的阻力而设置，所以显得神秘而玄虚，很少与生命价值、生活价值联系在一起。人生很现实，成功就是最大的享受，其他都是虚无而多余。

我们无法为网络小说的思想情绪概括出什么中心思想，也无法为网络小说的思想情绪分析出什么理论和体系，它们是杂乱的，是无序的。但是它们的特征也相当鲜明：第一，网络小说所反映出来的思想情绪具有反传统、反常态、反权威的性质，循规蹈矩和听从安排被看成是僵化和无奈，看成是人生生活的烦恼所在。在别样的生活中表现别样的思想情绪成为了基本形态，反传统构成了特别的个性，反常态构成了传奇的生活，反权威构成了追求的目标，以传统文化、文学观念评判，网络小说的思想情绪就是一种叛逆。叛逆也恰恰是网络小说写手创作的新意和动力所在。第二，网络小说所反映出来的思想情绪基本上属于非理性的情绪化表达，具有自由主义和个人主义的倾向。小说的主人公随着写手们的键盘任意驰骋，读者在本能的满足中快意地阅读，那种道德的评判、理性的思维都过于沉重，更别说是掩卷长思和读后思索了。第三，网络小说的思想情绪常常以一种趣味化、游戏化的形态出现。尽管是叛逆和非理性，网络小说的思想情绪的表达从来不与传统、常态和权威发生直接和明了的对抗，有时候它们还借助传统、常态和权威的壳贩售自己的思想。它们与传统、常态和权威的对抗表现在别样的情绪的趣味中和戏谑的语言表达中。第四，网络小说的思想情绪具有青春化、草根化的性质。年轻人是网络小说写作和阅读的主要人群，而这些年轻人大多数处于人生奋斗阶段，充满着各种欲望的潜意识和活出精彩的奋斗目标，写手如此创作，读者如此阅读。从这样的意义上说，网络小说成为了很多年轻人成长过程中的精神享受。

网络不仅仅是网络小说思想情绪的传播渠道，也是制造网络小说思想情绪的合谋者。它不仅使得网络小说的思想情绪变成了一种文类的特征，也使得网络小说的思想情绪在链接中蔓延开来，在反复的眼球轰炸中厚重起来，终而成为了一种强大的社会思想情绪。同样由于是网络，常常使网络小说的思想情绪出现"羊群效应"而具有着波段性的特点。《武林外传》式的戏谑情绪是对金庸式小说一本正经的反叛，戏谑式情绪宣泄显示出个人主义的自由，于是玄幻式武侠小说一哄而上；玄幻小说的上天入地太不靠谱了，流行一阵之后一些理性的科学性思维要求回归，于是《三体》式的科幻小说开始走红。网络小说的思想情绪如波浪，起伏翻滚前行，网络也就成为了小说思想情绪的聚集者和推动者。

网络小说的思想情绪的根源说到底还是社会，在网络时代变成了强大的思潮。必须指出的是，这样的社会思潮在广大民众（特别是青年群体）中有着很强的感召力和亲和力，视而不见或者不切合实际的自以为是的批评都是不可取的批评态度。

第三节　传统组合：网络小说的文学价值

美国学者西摩·查特曼(Seymour Chatman)在《故事与话语》中将叙事结构分成两个系统：故事和话语。"故事是叙事表达之内容，而话语是该表达之形式。"①根据作者描述，故事是由行动中的事件、人物、背景的实存以

① 查特曼：《故事与话语》，《小说和电影的叙事结构》，徐强译，中国人民大学出版社2013年版，第10页。

及将事件和人物联系在一起的情节组成，而话语则是能够传达故事的媒介。作者这样的叙事结构分析给我们理解网络小说文本很大的启发。

从故事角度分析，网络小说是中国现当代通俗小说的延续，是中国现当代通俗小说的美学拓展。

玄幻小说可看作为武侠小说和神魔小说的结合体。以人物成长作为情节线索，玄幻小说走的是传统武侠小说的套路；以神界、魔界及其打斗作为人物活动的主要空间，玄幻小说接受的是神魔小说的影响。玄幻小说弱化了武侠小说所宣扬的“侠之大者为国为民”的理念，弱化了神魔小说中的神仙的尊严和道貌岸然，强化的是个人的理念的茫然、突围和自由，强化的是人物成长中的逐渐成熟。所以，事件总是与个人境遇有关，武功总是出神入化，情节总是阻碍和克服的循环往复，最后，人物在顿悟中升华。例如萧潜的《飘邈之旅》、萧鼎的《诛仙》。

悬疑小说可看作为侦探小说和推理小说的结合体。悬念和解谜，悬疑小说还是运用侦探小说基本元素构造故事情节；推理和设证，悬疑小说还是运用推理小说的情节递进构成故事发展。与侦探小说和推理小说不同的是，悬疑小说不再局限于刑事案件侦破，不再局限于谜团的设置和线索的迷惑，也不注重侦探的聪慧和神勇，它强调的是神秘氛围的设置以及所营造出的文化溯源，因此，玄幻小说要求的是对读者心理的冲击和心灵的熨帖，而不仅仅是好奇心的刺激与满足。例如蔡骏的《地狱的第十九层》、那多的《那多灵异手记》。

张恨水、琼瑶式的言情浪漫，网络小说将其继承了下来，然而，它们已不是道德的评判指标或者是人生终极理想，而只是作为一种青春的线索存在于个人情感的抒发和人生目标的追求中。没有什么道德和非道德之分，也没什么纯真和杂乱之别，它就是一种青春的混合剂，与青春的迷茫、青春的冲动、青春的痛苦、青春的快乐一起涌动，因此网络小说将之称为“青春小说”。例如安妮宝贝的《告别薇安》。

历史环境、历史人物、历史事件，网络历史小说延续了下来，但是，历史的真实，这个曾经被历史小说视作为生命的元素却被网络历史小说摒弃了。小说的主人公是从当代社会穿越到古代社会，不仅具有当代人的眼光，当代人的观念，当代人的知识，更重要的是他（或她）还知道历史发展的趋势，他（或她）是小说真正的主人公，历史只是成为了他（或她）发挥自我才情的背景，是当代生活的参照系，成为小说的主要引睛处，是否真实并不重要。正因为如此，网络历史小说就被称作为穿越小说，强调的是主人公的当代性，或者称作为架空历史小说，说明它历史真实的不实在。例如金子的《梦回大清》、桐华的《步步惊心》。

传统社会小说中的社会黑暗的揭露在网络社会小说中继续进行着，不过，那些社会黑暗的揭露很少与社会批判结合起来，而是被视作为一种社会常态，视作为社会生存和发展的规则。受制于这些规则并有深刻的认识，利用这些规则并取得上位，就成为了网络社会小说人物成长、成熟以及情节设置的基本思路。例如李可《杜拉拉升职记》、赵赶驴《赵赶驴电梯奇遇记》。

网络上的后宫小说在传统的通俗小说的谱系中被称作为宫闱小说，只不过宫闱小说中的那些韵事和丑闻的描述已经演化成为竞争的手段和欲望的表达；网络上的盗墓小说在传统通俗小说中属于黑幕小说，挖掘别人的祖坟，盗取别人的财宝，黑幕小说中作为不耻的行为揭露之，盗墓小说却堂而皇之地表现，并将其过程作为情节的设置。例如流潋紫的《后宫·甄嬛传》、天下霸唱的《鬼吹灯》、南派三叔的《盗墓笔记》等。

由于具有后发的优势，将传统通俗小说中经典的故事情节综合起来表现是网络小说常用的手段。例如《诛仙》，序章讲述一番天下玄理，引入正文，这是中国传统小说的常用手法，我们在《三国演义》《水浒传》《西游记》中都可以看到；在第一章和第二章中引出一个调皮而聪明的孩子张小凡出现以及两个功力相当的老道打斗，这显然是受《神雕侠侣》等金庸小说开头的影响；至于两个老道打斗中的气场和奇异的武功描述那就具有李寿民《蜀山剑侠传》的味道了。当然，网络小说自有特色，《诛仙》开头是“时间：不明，应该在很早、很早以前。地点：神州浩土”。并不注重时间、地点，告诉读者讲的就是一个无根的虚拟故事，这是网络小说典型笔法。源自传统的通俗小说，并将其引入新的天地，网络小说实际上就是互联网时期的通俗小说。

更值得分析的是网络小说的话语系统。根据西摩·查特曼在《故事与话语》中的分析，话语就是一个表达平面，是小说叙事结构的一个组成部分。当不同的媒介与故事结合在一起的时候，就会形成具有媒介特点话语系统[①]。

① 西摩·查特曼：“每一个叙事——按照本书的理论观点——都是一个结构，它含有一个内容平面（称为‘故事’）和一个表达平面（称为‘话语’）。”（西摩·查特曼：《故事与话语：小说和电影的叙事结构》，徐强译，中国人民大学出版社2013年版，第130页）

根据这样的理论,报纸故事、期刊故事、电影故事、电视故事都有自己的话语系统,网络小说当然也有自己的话语系统。这是网络给予小说的特有元素,并与故事一起构成了网络小说的结构。可以将网络小说话语系统分成两个部分,一是内部平台,一是外部平台。

先说内部平台。网络小说中的人物形象是写手实现自我的欲望(或理想)的行动符号。既然是自我的,情绪化、欲望化,甚至有些自恋倾向是网络小说形象的思维特性;既然是符号的,单一化、片面化,甚至有些固执任性是网络小说形象的行为特性。纸质媒体所追求的那种内涵丰富充满多重意味的生动性格的细节网络小说中几乎见不到,因此网络小说也就鲜有丰富复杂的人物形象。信息化、个人化、情绪化的网络特征制约着网络小说塑造人物形象的规定动作,深刻性、哲理性、复杂性人物形象的塑造不是网络写手们追求的目标,因为,这些形象塑造并不适合网络写作。

互动型的创作方式形成网络小说冗长的长篇结构。作为一种追求新闻性的信息平台,网络小说表现为说故事理所当然。问题是为什么会这么冗长呢?百万字的网络小说也就算短的了。原因有两个,一个是网络小说是依靠作品吸引读者(而非纸质小说具有作者的品牌因素),并以作品的点击率获取经济报酬。当一部作品吸引了读者眼球时,写手们是不会轻易结束而放过好不容易聚结起来的人气的;另一个原因是具有人气的小说常常是在作者和读者的互动中完成,互动型的创作方式既是写手们聚集人气的手段,也为小说创作创造了无尽的话题和无尽的创作思路。

规律性的千字波段形成了网络小说波浪化的情节滚动。网络小说面对着最刁钻的读者,只要觉得不好看或者不合胃口,读者马上就会轻点鼠标(或者手机转换键)换过,哪怕他还是你上部作品的忠实读者。为了抓住读者,具有人气的网络小说一定是设计抓住读者的开头,千字一个小高潮,万字一个大高潮,一层一层地波浪式滚动。网络小说的读者并不在乎小说是否结构完整,也不在乎情节似曾相识,在乎的是在阅读时是否获得了阅读快感。千字一停,万字一变,这样的情节起伏滚动最符合读者的阅读习惯。

故事形态构成了网络小说的叙述语言。既然是说故事,传奇和突变自然就成为了网络小说的写作中心,制造紧张的故事情节并且说清楚来龙去脉成为了网络小说语言承担的主要任务,因此叙述性也就成为了网络小说语言最鲜明的特征。网络小说很少有大段的环境描述,复杂的心理描写几乎没有，人物性格刻画不是重点，形象化、意象化的语言只会造成阅读障碍。

再说外部平台。网络写作是一种屏幕写作，为了清楚地快速阅读，短章、短节、短句是自然的选择。纸质小说上经常出现的大段整页的情节描述，网络小说中几乎不见。网络小说又是一种键盘写作，键盘符号也就常常成为了小说，这一方面是为了新奇，一方面也是为了表述的便利。不过这样的键盘语言在早期的网络小说中比较流行，例如痞子蔡的《第一次亲密接触》，在当下的网络小说中很少运用。

第四节　平台操作：网络小说网站[①]

中文网络文学开始于20世纪90年代初期，最早出现在海外华人创立的网络文学刊物中。1991年中国留美学生王笑飞创办海外中文诗歌通讯网，1994年2月方舟子等人创办了第一份中文网络文学刊物《新语丝》，1995年3月，诗阳、鲁鸣等人创办网络中文诗刊《橄榄树》等，发表的网文多抒写对祖国和家乡的思念之情。中国大陆网络文学起步稍晚，1994年中国大陆正式加入国际互联网，获得“.cn”的域名，1995年8月，清华大学网络论坛——水木清华BBS建立，随后各大学纷纷响应，早期的网络文学作品多出现于此。

跨世纪以后，中国的网络小说发展迅速，各网点均建立了网络小说网站，曾经出现或至今尚存的网络小说网站大致有：小说阅读网（www.readnovel.com）、网络小说（book.qqee.com）、热门网络小说精选（store.sohu.com）、书路（www.shulu.net）、文学小说网（www.xs52.com）、网络小说排行（2013217.881166.com）、新语诗（www.xys.org）、花招（www.huazhao.com）、橄榄树（www.wenxue.com）、榕树下（www.rongshuxia.com）、雅虎（www.gbchinese.yahoo.com）、网易文化（culture.163.com）、搜狐（www.sohu.com）、新浪读书（book.sina.com.cn）、小说网（www.xiaoshuonet.com）、碧海银沙原创文学空间（wind.yinsha.com）、南方网络文学（www.nfwx.com）、全景中文图书/小说大全（www.cnovel.com）、中国新小说网站（www.china-

① 本节参阅了刘祖凯《网络小说》中的文字，见汤哲声主编《中国当代通俗小说史论》，北京大学出版社2007年版。

novel.com)、网斋中文小说(www.wangzhai.net)、中国武侠网(http://wuxia.cn)、起点中文网(http://www.cmfu.com)、小小说网(http://www.xiaoxiaoshuo.net)、我看看(http://www.wokankan.com)、星空中文网(http://www.starbook.cn)、红袖添香(http://www.21red.net)、第九中文网(http://www.dijiuzw.com)、天涯在线书库(http://www.tianyabook.com)、文学家园(http://novel.525200.com)、所有小说网(www.allnovel.com)、潇湘书院(http://www.xxsy.net)、异侠江湖(http://www.yixia.net/)、幻剑书盟(http://www.hjsm.net/)、17k 小说网(http://www.17k.com)等等。

网络小说网址汇集网主要有:好东西/文学小说(http://www.haodx.com)、中国精彩网址/文学(http://www.5566.net)、网址之家文学(http://www.hao123.com)、网址大全文学(http://www.da123.com)、好看 123 名站导航(http://www.haokan123.com)、423 网址文学(http://www.432.cn)、网络大排档(http://www.pp369.com)等等。

1999 年开始出现的促进网络文学创作的一个网络行动就是原创作品大奖赛。影响比较大的主要有榕树下(www.rongshuxia.com)网络原创文学作品评奖、网易(www.163.com)的网络文学作品评奖、清韵(www.qingyun.com)《网络新文学》优秀作品评选活动。其中榕树下、清韵网络原创文学评奖活动呈现一定的连续性并形成一定的风格和影响。

1999 年,榕树下网站开始举办第一届网络文学大奖赛。尚爱兰的《性感时代的小饭馆》摘得一等奖桂冠,老谷的《我爱上那个坐怀不乱中的女子》、mikko 的《英雄时代》荣获二等奖,分子的《春天很好》、水晶珠链的《丹青》、成刚的《秦朝女子》获得三等奖。这些作品都由榕树下以“性感时代的小饭馆”“我爱上那个坐怀不乱中的女子”等书名结集出版。2000 年榕树下第二届网络文学大赛活动同样评出了一些较好的作品,并涌现出今何在(真名曾雨)、心有些乱、瞎子、燕垒生、稻壳、南琛、宁肯等一批写手。今何在、心有些乱就是由此成名的两个写手。今何在的获奖作品是《悟空传》,语言调侃灵动,成为又一部消解经典《西游记》的作品。后来被拍成了电影,排成了粤剧。其中那句比较经典的句子“我要这天,再遮不住我眼,我要这地……”后来成了评论的亮点。

与纷纷创建的各大网站相匹配的是一批网络小说作家作品的走红。

第一个波段主要是痞子蔡的《第一次亲密接触》的延续，保持了“幽默网语＋感伤爱情”的风格。代表作家有邢育森、宁财神、俞白眉、李寻欢和安妮宝贝。其中邢育森、宁财神和李寻欢被称为“网络文学的三驾马车”。工科博士毕业的邢育森1997年开始网络写作，他的网络小说代表作品有《网上自有颜如玉》《活得像个人样》《柔人》等。宁财神，原名陈万宁，1998年开始网络写作，主要小说作品有《无数次亲密接触》《缘分的天空》《假装纯情》《卤煮男女》《聊天室泡妞不完全手册》等。2000年后他淡出网络写作，开始剧本创作。俞白眉，1998年开始网络写作，流传较广的网文有《网络论剑之刀剖周星驰篇》《网络论剑之大梦先觉篇》等。学经济出身的李寻欢，原名路金波，榕树下网站主编，1998年开始网络写作，主要作品有短篇小说《数字英雄》《一线情缘》，中篇小说《迷失在网络中的爱情》《边缘游戏》和长篇小说《虚构》等。写于2002年的《粉墨谢场》是其告别作，他带着对网络生活的怀疑以及对真正文学的敬畏之心，宣告李寻欢“死”了。安妮宝贝，本名励婕，1998年开始网络写作，以城市游离者的生存和生活状态为主要题材，主要小说作品有《告别薇安》《七年》《七月与安生》等，以“辞藻阴郁艳丽，行文飘忽诡异”的独特风格闻名于网络。

如果说以“三驾马车”为代表的第一代网络写手开启了大陆网络小说的先河，那么以今何在、王小山、慕容雪村等人为代表的第二代网络写手则掀起了网络小说写作的第二波浪潮。网络小说的第二个波段以古今对称显示特点。古，是指对古典名著的改编；今，是指对现实社会的描述。今何在，原名曾雨，从厦门大学毕业后，曾在广东东莞一家电脑游戏公司做游戏策划，并为游戏写一些背景小说。2000年，今何在的长篇小说《悟空传》在新浪网金庸客栈论坛上连载发布，各大网站的BBS争相转载，一时间吸引了无数网民的眼球。《悟空传》获榕树下举办的第二届网络原创文学奖的“最佳小说奖”和“最佳人气小说奖”两项大奖，有“网络第一书”的美誉。随后，《唐僧传》《天蓬传》《沙僧日记》等《悟空传》的模仿复制品出现。王小山曾供职于多家媒体，代表作有《这个杀手不太冷》《大话明星》《亲爱的死鬼》等，开创了网络黑通社（黑色幽默通讯社）写作风格。2002年，慕容雪村的长篇小说《成都，今夜请将我遗忘》在网络上产生了很大影响。

2003年，网络玄幻武侠小说自萧鼎的《诛仙》开始流行，标志着网络小说第三波浪潮的开始。网络小说创作的第三波浪潮以玄幻创作为特点。

《诛仙》是一部最早连载于幻剑书盟网站上的网络玄幻武侠小说，小说将中国古典文化和新兴的魔幻潮流很好地融合在一起，发布后引起极大轰动，获得了"后金庸时代的武侠圣经"的极高赞誉，这部小说和《小兵传奇》《飘邈之旅》一起被称为"网络三大奇书"。2005 年 5 月《诛仙》纸质书在大陆地区出版，带动了沧月的《血薇》《护花铃》等一系列武侠小说的热销，2005 年也因此被称为"奇幻小说年"。2006 年网络小说的主题词是恐怖和灵异，具有代表性的是 2006 年 1 月网络写手天下霸唱在天涯发表的《鬼吹灯》和 2006 年起点网站连载的南派三叔的《盗墓笔记》。天下霸唱，本名张牧野，学美术出身。南派三叔，原名徐磊，自由职业者。《鬼吹灯》和《盗墓笔记》包含了现实、虚构、盗墓和探险等众多元素，讲述了盗墓者的一系列诡异经历。两部小说后来均纸质出版，销量极高。

2010 年以后，流潋紫等人的后宫小说受到关注，网络小说又进入了一个新的时期。

第二十一章 草根平民:都市小说、职场小说、戏谑小说

网络小说作者具有草根心态和平民心结。漠视宣教,要求本色;反对空洞,要求实用;鄙视经典,享受戏谑。平民百姓生活中最真实的状态、最需要的生活、最好笑的语言,就是他们最喜欢写的小说内容。网络读者基本上是都市年轻人,一些具有浓厚的青春迷茫气息的都市小说就开始流行起来;那些都市年轻人或者正在漂泊,或者正在打拼,那些职场小说成为了阅读热点,被称作为"职场宝典";生活的教育使得这些年轻人实在不愿意再承受那些经典之重,需要精神放松,并在放松中发现自我,那些戏谑小说的阅读就成为了他们的精神释放的渠道。体验生活,享受小说,是网络小说的价值所在。

第一节 疼痛并享受:安妮宝贝等人的网络都市小说

安妮宝贝,浙江宁波人,1974 年 7 月 11 日出生。原名励婕,曾经任职金融、编辑、广告等行业,后从事文化产品的策划及内容制作。自 1998 年 10 月起在网络上写作并发表小说,因作品风格独特而引起广泛关注。题材多围绕宿命、自由、漂泊等命题思考,表现工业化大城市中游离者的生活,以及繁华表象之下人心的孤独感和焦灼,对自我的追寻。第一本短篇小说集《告别薇安》出版后随即登上畅销书排行榜,轰动一时。接着又出版散文及短篇小说集《八月未央》,长篇小说《彼岸花》,摄影散文集《蔷薇岛屿》,长篇小说《二三事》,摄影图文集《清醒纪》等。所有作品均持续进入书店系统和全国文艺类图书畅销榜前十名,在众多读者中已深具影响力,并被介绍或选载进入中国香港、中国台湾、德国、日本等地区。

安妮宝贝的作品针对城市文化和边缘人群的生存状态,从内省的角度

带来全新的气息，富有独特的个人风格和艺术特性。

《告别薇安》于2000年1月出版。全书共有23个故事，每一个故事的篇名简单而醒目，都是安妮宝贝早期在网上风靡一时的代表作。通篇浸透了“爱情”“告别”“欲望”“疼痛”等字眼的小说集，长长短短的故事看似独立，诉说了不同的事情，但却又极其相似；看似相关，却又有着着实的疏离。小说中散发出浓厚的城市现代丛林工业化气息，人物多是在大都市中孤独的精神飘荡者，外表冷漠，内心狂野，虚空与焦灼的背后隐忍着叛逆的激情。他们穿梭于城市的各个角落，男子通常都英俊潇洒，干净，喜欢穿棉布衬衣，他们结合了大多数女生爱慕的外表和个性特征，在各自不同的环境下遭遇不同的经历，沉默的外表之下有着一颗多愁善感的柔软的心。女子多取名安或与此相关，喜欢穿纯白色棉布裙子，光脚穿球鞋，她们身上都有着不同的伤疤，经历过波折，深深浅浅，在自我的世界中尽情地宣泄情感。如此这般，小说的男子和女子注定有着剪不断、理还乱的复杂关系。小说正是以精致的文笔通过对男女主人公爱情纠葛的描绘，在一幅幅、一幕幕感伤、斑驳的场景中展现他们飘忽不定、亦幻亦真的精神体验，在颓废、压抑的气息中我们感受到的是来自主人公内心深处难以掩饰的孤独寂寥、空虚落寞。他们尝试着离开，行走或告别，却因为感情的虚幻、生活的压力，物质与精神总是显得难以相称，最终不得不选择自我封闭和逃离现实，在流浪中不断地执着追寻，完成自我的倾述或是探究关于生死、宿命、时间等命题的答案。

《告别薇安》作为网络文学诞生时的旗帜性作品，其影响力不可小觑，直至今日它仍然可被视为网络文学的经典之作。安妮以她的全部精力依托网络作为传播媒介，以不同于其他作家的文体意识和个性意识平静地叙述游走在都市中的人们寂寞的灵魂，创造出了一种颓废、阴暗、冷艳的新文风，在此之前，没有任何一位作家有过如此透彻的笔调。她的故事总是以爱情的悲剧收尾，浓厚的宿命观和绝望的爱情观成为她悲剧的主要构成要素。如《如风》中“我”最终与通过网络认识的罗决绝地离别；《交换》一文中“她”用一生的时间等待“他”一句无法实现的诺言。如果说这一切还不够彻底，那么死亡则是最后的归宿，正如《七年》中孤独冷漠的蓝最后选择了自杀来解脱自己；《疼》描写了一段荒芜的恋情，或者只是暂时的情感寄托，因而放纵过后是心理的变态扭曲，心理失衡的男子最后将刀刺进了女子的心房……小说中，男女主人公的性格均是单调、冷漠的，他们彼此并不善言，我行我素，彼此之间没有任何的信任和安全感，由此导致他们的爱情总是不圆满，终究以碎裂的伤痛、苍凉的绝望而告终。安妮宝贝的文字充斥了寂寞、孤独、谋杀、死亡以及宿命，基调总是灰色的、悲观的，这样的风格也影响了后代很多新锐作家。

安妮宝贝还以华丽狂野的语言为读者展示了一种具有高雅品位的“小资”情调：小说中的人物喜欢听帕格尼尼的音乐，买几百块钱一瓶的香水，出入喧嚣的酒吧、喝双份的ESPRESSO咖啡、用雅诗兰黛的化妆品……他们追求丰富的物质生活，甘愿投身物欲给他们带来的欢娱享受，表面生活的富足却带来了精神世界的空虚，愈是极尽奢侈地疯狂追求物质，愈是表现他们灵魂的困顿、迷茫。于是在寂寞中，生命成为了一场背负汹涌情欲和罪恶感的放逐式游戏。男子和女子情爱的表达方式只是无止境的粗暴与沉溺，比如《最后约期》中安与林的爱情充满了血腥与伤痛，他们近乎疯狂的性缘于他们对爱情的绝望，只有在彼此沉沦的宣泄中才能得到一丝情感的慰藉。《七月与安生》中生命的卑微和苦痛给安生留下了刻骨的阴影，她通过割腕等方式来获得快感，通过流浪来逃避现实，“她的性格是不会自杀的”，所以只能在虐待自己中得到情感的宣泄。然而，越是逃避却越得不到自由，安生最终还是只能归来。安妮笔下的人物总是在暧昧和模糊的状态中显得无助又无奈，人们灵魂深处的柔弱感、虚空感正是个人面对生活、生命的内心体验，所以《告别薇安》无疑是一部阐释真实人生中虚幻与漂浮的小说。

在安妮宝贝的作品中，对物的欲望、对身体的欲望、对生存的欲望不是作为一种人性本原单独存在的，而是与人物的灵魂、情感追求、价值取向紧密相连，这也使得她的自传体写作呈现出一种丰富的精神内涵。她将视角集中于都市人的情感困境上，在这些悲剧和黑暗的体验中，她敢于以自由表达化的写作对传统文化的表达模式加以挑战，表达一种生命的状态，探讨生存的价值意义。她说：“我的作品核心基本上是工业大城市中有自省意识的人的状态，他们或许特立独行，或许颠沛流离，一直在寻找与失望的过程之中，但其间是有一种力量的，那就是审视自己生活与内心的能力。”[①]《告别薇安》中展现了四个不同的人物：林、薇安、乔、地铁站女孩，他们是一群孤寂

---

① 余敏：《背离传统主流意识的表达》《由安妮宝贝小说看其创作特色》，载《文教资料》2008年第14期，第16—17页。

的人，在他们的内心深处其实都渴望真实的爱情发生，然而他们又不相信现实中遭遇的爱情，但是对爱情的追求都很执着。林与薇安通过网络邂逅认识，薇安始终不敢面对现实，所以林在现实中寻找他爱情的支撑点，未果，当他试图将地铁站女孩当作薇安的替身时却又惨遭拒绝，地铁站女孩自愿沉迷于物欲而放弃爱情。作为同事的乔执着大胆地爱着林，但是林却无法爱上她，于是当乔落寞地自杀时林选择了出走逃亡，他开始在沉沦中思考，直至告别薇安——这个素未谋面的女子。毫无疑问，他们都是个性极为鲜明的人物，面对着矛盾的生活他们坚持自我，只是作为个性张扬的独立个体，他们或者“只需要相伴，不需要相爱”，或者“肉体纠缠得越久，灵魂走得越远”，因而导致他们的爱情不可能长久。他们的偏执意念使得他们的心灵越发扭曲，必然走向自我封闭的无限孤寂之中。安妮宝贝在每篇作品中将这种伤痛和孤独的味道抒写得淋漓尽致，它间接地指出了孤独、冷漠、残酷是现实社会中人们的通病。在对都市男女情感刻画中蕴含对个人生存的独立思考，文字背后隐藏着更深层次的领悟正是安妮小说的一大亮点。

安妮宝贝亦是天才的语言家，总是喜欢把小说当散文来写，她用所有的奢华美丽堆砌起一座属于她理想的文字城堡。她的文字飘忽诡异，然而给人的感觉却是真实清纯的。由于受到20世纪法国女作家玛格丽特·杜拉斯的影响，她喜好大量使用简洁的语句，但是简洁并非意味着简单，不带任何感情色彩的渲染，看似平淡，然而一字一句中充满着冷静和张力，甚至蕴含着丰富的哲理。《无处告别》中，她认为最刻骨铭心的是切肤之痛：“在美好的东西面前，你的感觉是什么？/我说，是痛。/为什么？/痛过才会记得。/如果不痛呢？/那就只能遗忘。”她于《告别薇安》中的一句“我想给我的灵魂找一条出路。也许路太远，没有归宿。但我只能前往”成为了众多读者的座右铭……在物欲冲击下的人们时常流露出脆弱彷徨，对信仰持有怀疑的态度，然而却一直在追寻，安妮的文字在抵达自己灵魂的同时也抵达了他人的灵魂。

安妮宝贝用其简洁、空灵的笔触抒发对生活的认识和感悟，以描写流浪、“小资”、颓废的生活为主题，以一种忧伤、绝望的笔调描写都市情感故事，在很大程度上是极具浪漫氛围而又很有独特个性的。她在作品中表现出人的寂寞、孤独以及面对世事的无奈无力，是现代人的共同体验，所以能够引起很多读者的共鸣。作品中她从未解释过对爱情悲观的缘由以及他们性格中为何具备那种孤寂、偏执的本质，爱情不过只是一场自欺欺人、逢场作戏的表演。其作品代表了八九十年代的网络文学、大众流行文化、社会发展交融下的一种趋势。当然，不似传统文学作品，她的作品缺乏文化和历史积淀的厚重感，对于都市心灵和生活状态的描写缺乏前瞻性，是一种强调自我内心的个性化自由写作。

网络都市小说中，慕容雪村的作品有着较大的影响力。慕容雪村，学法律出身，2002 年开始专职写作，是个神秘的网络写手。2002 年，慕容雪村的长篇小说《成都，今夜请将我遗忘》在网络上引起巨大轰动。2003 年创作的《天堂向左，深圳往右》是《成都，今夜请将我遗忘》的姊妹篇。慕容雪村获 2002 年中国新锐榜年度网络风云人物。慕容雪村的小说多以现代都市为背景，表现都市中芸芸众生灰暗的生存现实，揭示出在欲望和生活重压下人性的扭曲与变形。他的小说少有浪漫，多是质疑。“如果问我想在小说中表达什么，我想写对人性、对生活的质疑”，这是慕容雪村的自我告白，这种质疑人性和生活的写作态度始终贯穿于他的小说中。慕容雪村是“2008 年度小说家”的提名作家，其《原谅我红尘颠倒》被认为是 2008 年度最好的小说之一。

网络都市小说受到很多读者追捧的作品还有何员外的《毕业那天我们一起失恋》、菊开那夜的《空城》等。

第二节 拼搏并追逐：李可等人的网络职场小说

跨世纪以后，写那些白领职场拼搏的小说开始流行，影响最大的是李可的职场小说“杜拉拉”系列。李可，女，本科毕业后，担任了十余年外企职业经理人，从事过销售和人力资源工作。职场小说“杜拉拉”系列，分别为《杜拉拉升职记》《杜拉拉 2：华年似水》《杜拉拉 3：我在这战斗的一年里》《杜拉拉大结局：与理想有关》，其作品受市场欢迎，十分畅销，堪称中国当代职场小说的代表作。

《杜拉拉升职记》主人公杜拉拉，出身平凡，姿色中上，大学毕业后进入民营企业，因老板胡阿发的骚扰，她辞了职。后来杜拉拉如愿进入通信行业著名美资 500 强 DB，担任 DB 公司行政部助理。部门接到公司装修任务，上司玫瑰在没有任何交接的情况下以怀孕为由休假，人力资源总监李斯特将装修工作的一堆乱摊子交给了刚成为行政助理的杜拉拉。杜拉拉排除万难努力工作，其个人能力得到了同事及中国总裁何好德的赏识，而其认真执着的工作态度也让公司同事年轻英俊的销售总监王伟对其逐渐产生了好感。经过辛苦的工作，杜拉拉终于圆满完成装修任务，然而人力资源总监李斯特却过河拆桥没有给予杜拉拉应有的回报。杜拉拉为捍卫自己的权益进行了机智勇敢的斗争，最终大获全胜，升任行政经理，薪水也从 6 800 元一下子跃升 10 000 元。同时王伟也主动找杜拉拉示好，两人开始交往，拉拉一时之间爱情事业两得意。当上经理后，杜拉拉认识到在经理的位置上压力更大，需要不断学习，她以自己的聪明才智和不懈努力成功地解决了一个又一个工作中的难题。在爱情方面，她也经受了不断的考验。王伟前女友岱西想和王伟重归于好，而王伟因不忍心拒绝前女友的最后一次"要求"而就范，当岱西发现王伟另有所爱时感觉受到伤害，开始了报复。在发现王伟并没有换掉两人房子的锁后，她设计让杜拉拉相信王伟脚踏两条船，来离间杜拉拉和王伟两人的感情。在避孕套事件后岱西又利用打扫卫生的阿姨在王伟床下安装了录音笔进行窃听，录下了王伟和杜拉拉两人私密的谈话内容。在工作中岱西违规使用带金销售，并利用公司的种种顾忌和录音相要挟。为了不伤及杜拉拉，王伟辞职离开了 DB。离开 DB 的王伟像在人间蒸发一般，直到一年后才再与杜拉拉重聚。

作为中国当代一部有广泛影响的小说，《杜拉拉升职记》的吸引力首先在于其实用功能。白领职场生存的智慧和技巧是该部小说最大卖点，在小说的封面上就赫然有"中国白领必读的职场修炼小说""她的故事比比尔·盖茨的更值得参考""白领丽人世界 500 强职场心得 揭示外企生存智慧"等广告宣传字样。小说在点点滴滴的叙事中生动地描绘了 500 强公司"DB"的组织构架、管理理念、工作流程、行政制度、人际脉络、快节奏高效率的工作状态以及以业绩论英雄的评价体系等等，这些都可以让想进外企、刚进外企或者好奇于外企的读者满足认识上的需求。作者还巧妙地安排杜拉拉进入外企之前，先让她"历经民营企业和港台企业的洗礼"，于是读者还可借助杜拉拉，窥见国内民营企业、港台企业的运营生态和人情世故，进一步扩大眼界。

与内容的实用性相辅相成的是其独特的文本形式。从目录看，该小说更像是一部职场手册：每一个标题已经不仅仅是每一章节内容的概括和提炼，更多的是在传授职场定律和经验，例如"和上司要保持一致""要当经理就别想轻松：学习与承压""设定工作目标要符合 SMART 原则"等等，这样的目录无疑加强了对读者的吸引力。在小说中，职场生存打拼战斗的情节无疑是重点，在跌宕起伏的叙述中，小说着力渲染了许多简单易学的工作理念和方法，并创造性融入了许多简明的"职场小贴士"，解答了如何捍卫争取自己正当的权益，如何处理上下级、同级以及客户关系，如何辨别好的工作，怎样获得一份好工作等等诸多敏感而又重要的职场问题。此外书中还充满着实用的职场知识，例如"SWOT 分析""360 度评估""SOP（标准操作流程）"等等。在情节之外，通过主人公的邮件、日记等形式将职场心得一一展示给读者，这些和人物成长经历融为一体的心得，使得小说全然没有说教意味，但又可以给职场新人和即将毕业的大学生以一定的启发和借鉴。

在注重传授职场智慧经验的同时，小说还蕴含着很强的励志性。主人公杜拉拉，姿色中上，没有特殊背景，走正规路子，靠个人奋斗获得了事业爱情的双丰收，这就给绝大多数出身"草根"的白领和准白领以希望和鼓励，尤其多年来就业难、工作压力大、竞争激烈的社会大背景下，小说就不失为一碗心灵鸡汤，在让读者放松休闲的同时，补充了能量又温暖鼓舞了奋发向上的意志。榜样杜拉拉的奋斗史，又展示了当代中国女性尤其是新一代知识女性对自身命运与价值的深度思考，闪耀出独立的意识、理性的精神以及顽强务实的品性。杜拉拉也因此成为中国当代文艺画廊中著名的"白骨精"——"白领、骨干、精英"。

小说的主人公是生活在繁华都市中的外企精英，她们的生活观念和收入消费状态，无疑是时尚的代表。而小说确实没有让读者失望，书中人物大都有一个洋派的名字，张口便是英文，出入知名的连锁咖啡厅、酒店，购买国际名牌……他们吃、穿、用、住、行各方面的生活消费都被生动再现，而典型的外企在华各层级薪酬不再讳莫如深，成为了公开的秘密，这些都可以给好奇白领生活、追求时尚的读者以满足。然而与一般小资文学有所不同，小说颠覆了"小资文学"所追求的情调与高雅，而以世俗的物质消费观念作为标签来瓦解"小资"的自鸣得意。"经理以下的级别叫'小资'，就是'穷人'的意思，一般情况下利用公共交通上下班，不然就会影响还房贷；经理级别算'中产阶级'，阶级特征是他们买第一个房子不需要靠贷款，典型的一线经理私家车是'宝来'，公司提供的交通补贴能涵盖部分用车费用，二线经理则开

'帕萨特',公司提供的交通补贴基本能涵盖用车导致的日常费用;总监级别是'高产阶级','高产'们有不止一处房产,房子得是在好地段的优质房产或者'别墅',可以自愿选择享受公司提供的商务车,或者拿相当于公司商务车型的价格的补贴额度自己买车,和车相关的费用完全由公司负担;VP和President是'富人',家里有管家和门房,公司给配着专门的司机,出差坐头等舱。拉拉想,自己不能一直做销售助理,否则只有当'小资'了。"在这段叙述中,小说中的"小资"早已不是那个有几分"做作"的"小资"了,我们看到的是一个努力寻求世俗认同、追求世俗成功的都市女性。

职场小说中文本的重心已不在爱情,文本中的女性也已不在情河爱海中寻找自我,这就明显出离了女性写作的习惯范畴,在一定程度上昭示了女性主义在文学发展上的新历程。不过吊诡的是在这可贵的新发展中,女主人公的情爱却并没有新的特质,依旧徘徊在自恋式的虚妄想象中。职场中的爱情浪漫完美,年轻英俊能干有钱有地位的公司高管对女主人公一往情深,"爱得好深好固执",可以说小说在现代都市生活的包装下沿袭了上世纪畅销纯情小说的惯用手法,这种模式符合传统求偶心理,也反映出一种女性的集体潜意识——希望被男性重视、关注和追逐,并能在爱情中享有"唯我独尊"的特权。这样的情爱叙述很好地满足了女性读者的爱情想象。不过从这带有自恋倾向的虚妄爱情想象中,我们可以看出当代中国的都市白领女性在独立强悍的表征下,实际内心深处依然充满困惑与矛盾,女性的解放并没有完全的实现,还有很多问题有待解决。

小说《杜拉拉升职记》被改编为同名广播剧、话剧、电影、电视连续剧等,受到大众媒介的广泛关注。"杜拉拉"打造出的图书产业链,带动了图书、听书光盘、话剧、电影、电视、服装、鞋业、游戏、音乐剧、网络剧等多个领域,创造了市场新神话。

同样写职场小说的还有赵赶驴。赵赶驴,原名聂海洋,男,1979年出生,湖北襄樊人。目前已确认的曾用网名:刘秀、燕王朱棣、毛小强、赵赶驴,在网络各大中文论坛专写网络小说。2006年4月,所写的一部网络小说连载初期叫"我和美女同事一起被困在电梯一夜的故事",引发网上阅读狂欢,被称为2006年网络第一火爆的爱情小说,他也因之成为2006年网络上最红的超级写手。同年9月,北京中信出版社以"赵赶驴电梯奇遇记"为名,将这部当红网络小说正式出版。该小说后被改拍成网络剧,于2009年12月首播，成为首部职场网络贺岁片。

没有《杜拉拉升职记》那么沉重，《赵赶驴电梯奇遇记》写得相当轻松。从被困电梯中与美女相遇开始，一个叫"赵赶驴"的年轻人与几个不同背景的美女相会、相约，于是一边谈恋爱，玩感情，一边职场上不断发展。通过偶遇，利用女人，完成职场上的打拼，这部小说也就是一些职场年轻人的事业梦游。

第三节　解构并自嘲：宁财神等人的网络戏谑小说

网络戏谑小说的题材多涉及网恋、搞笑、武侠、鬼故事、玄幻等，写手们的写作目的主要是情感的宣泄和娱乐游戏，自娱也娱他。宁财神就曾这样描述他的写作初衷："以前我们哥几个曾经探讨过这个问题，就是说咱们是为了什么而写，最后得出结论：为了满足自己的表现欲而写、为写而写、为了练打字而写、为了骗取美眉的欢心而写，当然，最可心儿的目的，是为了那些个在网上度过的美丽而绵长的夜晚而写，只是该换个名字，叫记录。"因此和传统文学创作的严肃和庄重相比，网络小说更具游戏性和狂欢化。怎样达到游戏和狂欢的效果呢？对经典的解构是常用的方式。

如果将很受欢迎的周星驰的"无厘头"电影联系起来考虑，就会发现这种对经典的解构在当时就是一种文化风气。"无厘头"来源于粤方言，相当于普通话里的"无来头"，由于粤方言中"厘"字和"来"字的发音差不多，而被写成"无厘头"，意思是一个人的言行毫无意义，莫名其妙。根据新华新词语词典的解释，无厘头是故意将一些毫无联系的事物现象等进行莫名其妙组合串联或歪曲，以达到搞笑或讽刺目的的方式。开创"无厘头"先河的是周星驰主演的电影《大话西游》，今何在的《悟空传》也是一部无厘头风格的网络小说，小说以大话的方式将经典名著又游戏了一把，比如孙悟空的名字是这样来的："菩提长叹一口气，每个字咬得清清楚楚道：'你像个猢狲，不如便姓孙吧。鸿蒙初辟原无姓，打破顽冥须悟空，你便叫做孙——悟——空吧。'"唐僧的告白像顺口溜一样："我要这天，再遮不住我眼，要这地，再埋不了我心，要这众生，都明白我意，要那诸佛，都烟消云散！"另一部网络小说《沙僧日记》是《悟空传》的模仿之作，小说追求的就是"快乐不要命，搞笑无厘头"。无厘头的电影和小说有着后现代文化及时行乐、消解深度和意义、蔑视和颠覆正统与崇高等特点，其背后有着深刻的社会背景和文化内涵，呈现出对传统和既定秩序的质疑和反叛。

网络戏谑小说影响最大的作家是宁财神。宁财神（1975— ），住在北京的上海人，原籍东北。本名陈万宁。当初上网注册网名时，他本意是想叫“宁采臣”，可惜这个和著名女鬼小倩恋爱的痴情书生已被别人抢注。考虑到广东话里，宁采臣谐音宁财神，于是就有了这个网名。1997 年宁财神第一次听说因特网，23 岁的他正式开始“触网”，成为中国第一批接触网络的网民。他以一系列网络鬼故事起家，又以独特的京味幽默小说闻名网络，短短半年时间就迅速占领各大书库的原创文学排行榜首位，与李寻欢、刑育森并称为“网络文学的三驾马车”。

作为中国第一代网络写手的领军人物，宁财神的作品在艺术创作和风格表达上都极具代表性。他将荒诞戏谑与质朴清淡融入自己的创作，消解了神圣、权威和经典，带给读者不一样的阅读体验。宁财神的主要作品有《假装纯情》《无数次的亲密接触》《财神传奇》《寻找猪二》《网络鬼故事系列》《诱惑》《方寸之间》《都市情绪》等。2002 年网络泡沫，他辞职离开网站转行做起了影视编剧，其作品有情景喜剧《健康快车》《武林外传》，特别是《武林外传》成为如今最热门的电视剧之一。宁财神的走红是中国“第一代网络红人”的经典案例。

《武林外传》并不是网络小说，只是一个电视剧本，却是最能展现宁财神戏谑风格的最好的网络文字。《武林外传》的成功之处在于它对传统的武侠经典进行了颠覆。在传统经典的武侠作品中，江湖永远是个血雨腥风、刀光剑影的是非之地，侠者永远是飞檐走壁、武功盖世的英雄人物，然而在《武林外传》中，一切均被解构得面目全非，英雄非英雄，捕头非捕头，都是空有名号的平常人。更为重要的是这部电视剧本充满着网络语言。其特点就是将经典语言解构，并融合了诸多的时尚元素加以戏谑。其中有经典解构语言——身为同福客栈老板娘的佟湘玉的人生哲言是：“路漫漫其修远兮，吾将上下左右东西南北中发白，所到之处无不披靡而求索！”有现代的网络时尚语：“地球人都知道”“菜鸟”；有广告语：“你的美由内而外，活血养颜，冰清玉洁惹人怜”“鸟牌皂角粉，洗出一代好掌门”；有简单英语：大嘴的玄铁菜刀正面刻着“旺德福”，意为 wonderful，反面刻着“泰瑞宝”，即 terrible，等等，滑稽搞怪，妙趣横生。此外，《武林外传》中选用戏仿的形式也多种多样。有对经典名言的戏仿，如：第二十三回中秀才被小郭绑在模板上练习飞刀，用《哈姆雷特》中的经典台词“To be or not to be, that is the question”来表达自己视死如归之情；不仅如此，他还经常套用“子曰”（“子曰：知识就是力量”“子曾经曰过：武力是解决不了任何问题的”）来展示自己的学问等等；有对传统民间艺术的戏仿：“郭蔷薇信口传谣言”一回中郭芙蓉摇身一变成为说书家，“（一拍惊堂木）这位看官你问得好……”像极了民间说书的艺人；还有对娱乐节目的戏仿：小郭和无双才艺比拼的场景描写很明显采用了大陆综艺节目《幸运 52》和台湾综艺节目《我猜我猜我猜猜猜》的模式。宁财神灵活地运用拼贴、戏仿等表现手法，不受时空的限制，于玩笑中掩盖了阶层矛盾、贫富差距、性别差异等，在缺乏人情的现代语境下建构了一个同福客栈式的乌托邦，从形式上证明了《武林外传》的风格先锋、时尚，更加贴近大众。

第二十二章　虚拟畅想：玄幻小说、悬疑小说、穿越小说

网络小说的另一个特征是在虚拟世界中表现个性、宣泄情绪。玄幻小说是各大网站点击率最高的小说类型。玄幻小说是武侠小说的变形，将武侠小说的江湖世界转型为修真世界。修真世界更远离现实生活。不过，也正因为离现实生活更远，个性和情绪就有了更自由的发挥空间，写作和阅读玄幻小说享受的就是淋漓酣畅的表现和宣泄的快感。悬疑小说是侦探小说的变形，重点在“悬”和“疑”上，好奇心还是阅读的推动力，人物的情感体验已成为写作与阅读的主要目标。穿越小说是历史小说的变形。既然是穿越，也就穿破了时间的外壳，将历史人物和历史事件与现代人物和现代事件贯通起来，小说写作与阅读的出发点均在当下。网络小说写的就是当下年轻人的思想感情，这些类型小说的美学特征均是表现途径，可遵守，也可发挥，完全随性而定，虚拟畅想。

第一节　修真世界的故事：网络玄幻小说

20 世纪 90 年代末，一种新文类“玄幻小说”开始在网络上传播和流行。2003 年时，“玄幻文学”已经成为了网络上的关键词之一。据谷歌和百度公布的数据显示，2004 年玄幻小说《小兵传奇》是唯一入选“十大中文搜索关键词”的文学相关词语，它在网上的搜索率超过了 2004 年的任何一本书。新浪网 2004 年的热词榜中，《小兵传奇》也位列十大热门小说榜首。2005 年，萧鼎创作的《诛仙》点击率突破 30 000 000 大关，而各类相关的搜索网页多达 265 000 项。同年出版的玄幻作品《昆仑》《搜神记》《幻域》等也稳居 2005 年畅销书榜单前列，创造了惊人销量，2005 年甚至被出版业称为“玄幻元年”。2006 年时，玄幻小说风行之潮步步高涨，《诛仙》《飘邈之旅》《小兵

传奇》等作品依然高居年度百度“十大网络小说”排行榜前列。

作为一种新兴的小说文体，玄幻小说骤然间成为一股不可抗拒的网络文学力量的现象，在文化逻辑和文学逻辑上是有一种必然联系的。

20世纪90年代末期，西方与日本的影视、动画、漫画、电脑游戏等娱乐形式，在我国逐渐流行起来。1996年以后，国外著名奇幻文学《龙枪》系列、《魔戒》系列、《哈利·波特》系列、《银河英雄传》等作品进入中国。这些外国大众文艺的新形式的大量涌入和多种大众娱乐形式的普及，为新的文类出现提供了足够的异类思维想象元素和无限的想象空间。

玄幻小说是在“武侠小说”文体演变过程中衍生并兴起的一种新型的纯娱乐故事文本。它的创作深受武侠小说、科幻小说、神话小说、传奇和西方魔幻小说文体和手法的影响。

玄幻小说是从黄易的“玄异武侠”脱胎而出的。武侠小说是中国特有的小说类型，流派众多、风格各异。李寿民的《蜀山剑侠传》是现代剑仙小说代表作，有着玄幻的因子。20世纪90年代迅速壮大的数字化媒体，给武侠小说文体“突变”提供了契机。这场武侠文体变革的关键性人物是黄易。他借鉴了科幻小说和魔幻小说，“自觉地把‘幻’作为武侠文体的一条创新之路，向远古追寻是魔幻，向未来拓展是科幻，科幻加魔幻则是玄幻。”①这样，国内网络开始流行了一种新的文类形式，即“玄幻小说”。叶永烈曾解释过此词的来源，他说：“‘玄幻小说’一词，据我所知，出自中国香港。我所见到的最早的玄幻小说，是1988年香港‘聚贤馆’出版的黄易的《月魔》，该书的出版商赵善琪先生在序言中写道：一个集玄学、科学和文学于一身的崭新品种宣告诞生了。这个小说品种我们称之为：‘玄幻小说’。”②这是“玄幻小说”这一新文类名词首次出现，并有定义。孔庆东在《通俗文学十五讲》中也提到“黄易发明了一种‘玄幻小说’”③。

玄幻小说从武侠小说转变而来。武侠小说中对武艺较量描写已发展到人的精神境界层面的较量，有了玄学化的特征。这种对中国功夫超越限制的想象，以让生命的面貌由世俗纷扰和未知宿运中得到净化为目的，玄幻小

① 韩云波：《论90年代“后金庸”新武侠小说问题实验》，载《重庆大学学报》，2005年第11卷第4期第71至75页。

② 叶永烈：《奇幻热、玄幻热与科幻文学》，载《中华读书报》2005年8月3日第014版。

③ 范伯群、孔庆东主编：《通俗文学十五讲》，北京大学出版社2003年版，第274页。

说围绕这一点构造了“修真世界”来阐明自己设定的虚拟世界中的人生观点。科幻小说存在异度空间的想象，涉及不在人类生活中存在的异力奇人，总设法以科学知识来解释。玄幻小说发扬了这一特点，用现代科学观念来阐释中国功夫的深刻内涵，并且赋予了合乎情理的逻辑推理性。西方奇幻小说有关于魔法、精灵、矮人、巫师等源自西方文化传统的描写对中国人而言是一个完全新奇的想象空间，却开拓和激发了想象力。中国传统文化中已有的神话、传奇的作品，富于浪漫、想象、奇幻色彩，更为玄幻作品创作提供了从开天辟地到诸神战争的无尽素材。

中国玄幻小说是任何一个网络小说媒体的主要文类，作家众多。知名的作家有黄易、萧潜、萧鼎、血红、唐家三少、我吃西红柿等。

萧潜，本名刘晓强，南京人，供职于南京一家机关。工作很稳定，白天上班，晚上写书，代表作为《飘邈之旅》。《飘邈之旅》2005 年成书，最早以连载形式出现于网络。小说将原本只在乎场景打斗还未脱离出武侠的仙侠文类改造成一套完整的修仙体系。

《飘邈之旅》这部小说作为玄幻修真类小说的开创之作，它最大的贡献在于创造了一个体系完整的修真世界。这个世界几乎完全架空于现实世界之上，由修真者的修为境界层级、修真的派系、修真者活动的星球系等庞大的想象体系建构，吸收了传统武侠、东西方神话传说、神魔玄幻小说、科幻小说等众多元素，宏阔、杂糅、丰富、多变。首先是修炼的层级就有十一种：旋照、开光、融合、心动、灵寂、元婴、出窍、分神、合体、渡劫、大乘。修真者到了最后大乘期后就可飞升仙界。其次，修真者的修炼过程很多都是先在一个星球修炼，能力提升或受外力影响再到不同的星域提升等级，小说中的李强作为一个凡人从地球来到火星又在一个不知名的星球上修炼，历经凡界、仙界和神界，最终修成为神。再者，小说内容新奇，极富创造性。高手、法宝、功法、丹药、怪兽等新鲜的人、事、物都层出不穷，作者花费大量的心血，以造物主的姿态，创造出无数新事物、新名词。那些本来“莫须有”的东西，在萧潜的笔下，变得鲜活生动。一个曼丽奇妙的世界，一个虚无缥缈的历险旅程，展现在我们眼前。而这种创造从未间断或停止过，在各集甚至各章节里，总会有许许多多让人惊喜的地方。

从故事构造来看，作者在一个完全脱离现实世界的虚构体系中，塑造了一个侠肝义胆、悟性超凡、心胸开阔、慷慨博爱、攻无不克、战无不胜，视名利如浮尘的平凡人的英雄形象，这种安排可以在一定程度上抚慰读者在现实生活中遭遇的挫败，缓解了现实生活中的种种不如意带来的焦虑感。小说开头的情节是李强在现实生活中遭遇事业和爱情的双重打击，如果是现实主义的作品，整部作品都会充满压抑的基调，而本书作者灵机一动，笔锋急转让主角进入修真界，开始了在修真界所向披靡的“飘邈之旅”。可以说这个情节本身就是小说缓解现实焦虑功能的隐喻。但仅有这些还不够，作者还给李强加上了许多凡人的特征：时常油腔滑调地轻松搞笑，强敌当前的第一个念头就是“逃”，无论师尊朋友还是敌人，都拿他赖皮的本事无可奈何，而且运气超乎想象力得好。所有的劫难和困境都被他的法宝和不小心学到的本领化解掉，这些特征在文本中投射了日常生活中消解困境、逃避压力的行为模式，消解了英雄一本正经、高高在上的威严带来的距离感和压抑感，读者尽可以将自己的欲望投射于李强的形象中，获得假想的满足，所以李强的形象符合当代青年融合传统和现代的审美期待，发挥了强大的满足读者超脱现实困境、寄托自由精神的功能，从而化解焦虑带来感官的愉悦，读者自然会享受阅读的过程。

《飘邈之旅》场面宏大，想象奇异。虽是一部消遣之作，但也不乏深刻之处。作者通过对李强救危扶困、化敌为友、乐善好施等一系列言行的描写，在迭起的悬念和迅速变迁的新奇环境背后，所折射出来的是一种乐观的人生态度。此外，不像很多通俗小说那样，在这部书里，没有嚣张傲慢、凶横残暴的极端英雄主义，没有矫情造作，甚至虚情假意。它所具有的是淡泊名利，是自然平和，是真挚的友情与超越了人生聚散离合的豁达心胸。《飘邈之旅》的精髓正是以道家为主的中国传统哲学思想，它在被大众接受的同时，也在潜移默化地影响着很多人。

萧鼎 1976 年生于一个普通工人家庭，福州仓山人。从小就喜欢看武侠小说，毕业于中华职业大学（今福建工程学院）。2001 年接触网络，在玩网络游戏的同时，无意中闯进玄幻武侠小说的网站，于是开始写作，并逐渐成为网络玄幻武侠小说写手。萧鼎的代表作是 2003 年 3 月在台湾出版的《诛仙》。2005 年 4 月大陆版《诛仙》正式面世。2007 年 4 月《诛仙》同名网络游戏问世。2007 年 7 月《诛仙 8（大结局）》出版。

系列小说《诛仙》以其天马行空的想象、雄健恢宏的叙事迅速成为华语奇幻文学巅峰之作，扬名海内外。整部小说真可谓波澜壮阔，爱情、亲情、友情与佛、道、魔、妖以及波澜壮阔的正邪搏斗、命运交战汇集在一起，文笔优美，故事生动，令人手不释卷，被称为“后金庸时代的武侠圣经”。以网络点击数超过30 000 000人次，内地销售量已逾千万册，成为国内奇幻小说最畅销之作。《诛仙》被誉为可媲美还珠楼主《蜀山剑侠传》的国内新一代有浓郁中国风骨的奇幻精品巨著，与《飘邈之旅》《小兵传奇》并称为“网络三大奇书”。

书中反复探究的一个问题就是“何为正道”。“天地不仁，以万物为刍狗”是这本小说的主题思想。与传统武侠小说善恶分明的二元对立模式不同，作者有意解构正邪之间的界限。为了达到这种效果，作者构思精巧、缜密布局，不仅从人物形象入手，不惜笔墨使每个人物都复杂多变起来；而且也从故事情节进展中，设置逆转，使得故事的发展总是出乎读者意料。就小说中的人物而言，无论是正道中德高望重的道玄掌门、苍松道人、焚香谷云易岚、佛门高僧普智还是主人公张小凡，或者是魔教中不起眼的野狗道人乃至南疆土地的玲珑和兽神，对他们的评价都不能简单地从正邪两面来划分。小说中没有绝对的好人与坏人，也没有绝对的真理，就像那把震古烁今、被正道人士封为至尊的诛仙古剑也杀戮了无数生灵，毁去了无数人的性命。世间哪有什么正道邪道，就像张小凡说的，错的不是那些邪恶的法宝，而是人心，一切都是由人心来决定的。所有的外力都不是我们退缩的理由和借口，正邪仅在一念之间。小凡的一句“什么正道？什么正义？你们从来都是骗我。我一生苦苦支撑，纵然受死也为他保守秘密，可是，我算什么”道出了他对所谓正道的强烈质疑。的确，一切不过都是谎言。那些所谓权威定下来的传统只不过是用来维护他们利益的工具罢了。作为普通个体，人往往会被这些条条框框束缚住了手脚，而一旦发现那些表面的义正言辞只是为了掩盖内心的龌龊时，个体的生命价值将从此大不相同。小凡的人生即如此。

爱情是文学永恒的主题，而让人流连忘返、扼腕叹息的爱情多半又是以悲剧收场的。小说给我们展现了张小凡坎坷的情感之路。小说里面没有完美圆满的爱情，都充满了绝望与艰难，甚至像妖兽与玲珑之间因爱而衍生出人世的浩劫来。而这些爱情悲剧也都超越了那种两情相悦、恶人作梗的俗套情节，更多的是从人物性格、社会环境中挖掘出更为深刻的原因。

作为一部影响深远的网络奇幻小说，《诛仙》较之传统武侠小说，它的童话色彩更加浓厚。小说中的人物个个都本领非凡，除了拥有武林人士精湛的武艺外，还都能驾物腾空，法宝功力了得。小说中出现了名目繁多的神兵仙器如诛仙古剑、噬魂魔棒、天琊神剑、琥珀朱绫、伤心花、合欢铃等等，这些器具赋予了人物上天入地的超能力，比起武侠人士飞檐走壁的本领高超了许多，因而打斗起来的场面也更加精彩。现代生活的程式化、竞争的激烈很大程度上挫伤着人的成功感，而人总是幻想自己是英雄拥有强大的力量去征服外面的世界。《诛仙》则给了人们这种满足。此外，作为一部网络小说，其结构也别具一格，只有中心主人公而无中心事件，从总体来看，小说情节是以小凡的成长推进的，而每个阶段又有很多扑朔迷离的小故事，各个小故事既相连又彼此独立，形成网络式格局，使小说具有了开放式结构。《诛仙》文笔细腻，语言优美，作者用他天马行空的想象征服了无数读者。不过，小说也存在明显的不足：作者设置的很多悬念直到最后也没有给出答案，最为读者诟病的当是结尾处理有失妥当，有虎头蛇尾之嫌。

盗墓小说是玄幻小说的一个分支，只不过将玄幻小说中的修真世界转换到古墓之中。盗墓小说最初由天下霸唱 2006 年发表《鬼吹灯》开创，之后，2006 年南派三叔发表《盗墓笔记》将盗墓小说推向高峰。

天下霸唱，1977 年出生于天津，原名张牧野，笔名“天下霸唱”(也叫“本物天下霸唱”)来源于网络游戏。到目前为止，张牧野一共以“天下霸唱”为名发表小说：《凶宅猛鬼》《雨夜谈鬼事》《迷航昆仑墟》《鬼吹灯》系列作品共 8 部、《鬼吹灯之牧野诡事》《贼猫》《迷踪之国》系列作品 4 部、《死亡循环》等。张牧野系列小说在短时间内风靡网络，其小说作品一出现便受吹捧并引起了畅销书市场上“盗墓”小说的流行，从而逐渐引领了一个畅销书的流派，使得“盗墓”小说声名鹊起。

南派三叔，1982 年出生于浙江，原名徐磊。他最知名的小说是《盗墓笔记》系列小说，主要有：《盗墓笔记壹——七星鲁王宫》《盗墓笔记贰——怒海潜沙》《盗墓笔记叁——秦岭神树》《盗墓笔记肆——云顶天宫》《盗墓笔记伍——蛇沼鬼城》《盗墓笔记陆——谜海归巢》《盗墓笔记柒——阴山古楼》《盗墓笔记捌——邛笼石影》《盗墓笔记——大结局上、下》。

盗墓小说最大的特点就是离奇古怪、神秘恐怖。

首先是故事线索都是古今穿越，留有悬念。《鬼吹灯》的故事情节大致如下:民国时期,胡八一祖父胡国华因为家道中落和自身吃喝嫖赌抽样样俱全而被迫去盗墓,却被一看风水老先生制止,老先生在去世后传授给他一本秘书残卷《十六字阴阳风水秘术》,懂此书可知风水,可观天文,并以此可知隐藏在奇川大山中的琼楼古墓,此书历经磨难最终传到胡八一手上。“文革”时期上山下乡的热潮使得胡八一和胖子(胡八一的哥们)开始探秘之行,期间又由人介绍认识考古队的 Shirley 杨和陈教授,以四人为主开始梦幻奇绝的探秘之旅。《盗墓笔记》的故事情节大同小异:50 年前,一群长沙土夫子(盗墓贼)挖到一部战国帛书,残篇中记载了一座奇特的战国古墓的位置,但那群土夫子在地下碰上了诡异事件,几乎全部身亡。50 年后,其中一个土夫子的孙子在先人笔记中发现了这个秘密,他纠集了一批经验丰富的盗墓高手前去寻宝。但谁也没有想到,这个古墓中竟然有着这么多诡异的事物。

情节的展开均是神秘离奇、惊悚恐怖。故事的发生地当然是古墓,但是环境都很神秘,沙漠中的古城、峻岭中迷窟、深山里的虫谷、深海中的沉船……在这些地方会发现很多失踪的人和神秘的事情,并循着这样的思路叙述故事,故事就显得相当的离奇。在情节发展中会遇到各种古墓中出现的灵异之物或者灵异之兽,于是人和那些灵异之物、灵异之兽展开了生死相搏,整个场面惊悚、恐怖、紧张。在异常离奇诡秘的地下世界和故事叙述中,历史的神秘面纱也正一层层地被揭开,人物命运也在历史一层层的剥落中跌宕起伏。

在离奇古怪、神秘恐怖的故事情节展开中,盗墓小说还披上了一层薄薄的知识的外衣,这些知识亦真亦假:三国时曹操以挖掘古墓充军饷、“摸金校尉”的别称、盗墓的程序和各种规矩,甚至是盗墓者用的“洛阳铲”的描述等等。这些所谓的“知识”稀奇古怪,匪夷所思,很新奇,也很吸引人。

盗墓小说的情节结构叙述完整,情景人物构造虚虚实实。看似兴之所至的随意描摹却往往起到承上启下或画龙点睛的效果。例如《鬼吹灯 1》,从精绝古城的鬼洞出发到龙岭迷窟中对于奇甲龟文的解读,再到获得献王墓中的髦尘珠和到雪域藏地为解读髦尘珠而牵扯出来的古格王国,全然不同的墓葬地点,却因为人物命运的转折起伏而联系到一起,以不同的方式过渡却又浑然天成无懈可击。这说明作者有着驾驭长篇系列小说的高超能力。

盗墓小说是虚构的情节小说，人物只是故事中的一个元素。尽管如此，这些小说中的人物形象也有闪光之处。例如《鬼吹灯》系列小说中，胡八一的胆大心细、胖子的仗义豪情和好财如命、Shirley 杨的坚持和韧性等都各具特色。

第二节 神秘文化的探询：网络悬疑小说

中国悬疑小说起步比较晚。一开始它是网络文学的重要组成部分，网络是它赖以生存的土壤。2001 年，蔡骏开始在互联网上连载《病毒》。2004 年，美国经典悬疑推理小说《达·芬奇密码》引进大陆，引发悬疑推理小说阅读热潮，促使随后几年"不折不扣地成为了中国图书的悬疑年"。2005 年，中国悬疑小说创作驶上快车道，鬼谷女创作出版了《碎脸》，网络点击量短短数周就超百万。同年，李忆仁的《枯叶蝶》被出版界誉为"东方的《达·芬奇密码》"。2007 年"《死亡笔记》事件"爆发以后，[①]悬疑小说的出版受到冲击，以装神弄鬼、感官刺激、血腥暴力为主要内容的作品受到限制，但是，尽管受到制约，悬疑小说创作还是生生不息，悬疑小说的销售还是极为火爆。当下中国的悬疑小说创作的领军人物是蔡骏和那多。

蔡骏（1978— ），男，上海人。作为中国悬疑小说的主要作家，他的作品极多，主要代表作有《荒村公寓》《荒村归来》《地狱的第十九层》《旋转门》《天机》（4 卷）、《幽灵客栈》等。

那多（1977— ），男，原名赵延，上海人。那多最具特色的作品就是《那多灵异手记》了，由 16 部小说组成：《凶心人》《坏种子》《铁牛重现》《幽灵旗》《神的密码》《过年》《亡者永生》《返祖》《暗影三十八万》《变形人》《纸婴》《亡者低语》《把你的命交给我》《世界尽头》《一路去死》《喂食者协会》。

根据作品的表现手法，可以将悬疑小说分为现实型悬疑和超自然悬疑两类。现实型悬疑小说指偏重推理分析的悬疑小说，作品中没有过多的笔墨去渲染恐怖诡异的气氛，而是把离奇的情节作为推进故事发展、引发读者好奇的主要手段，运用的是缜密的推理分析来进行解疑。现实型悬疑小说

---

① 2007 年，充满着恐怖神秘气氛的日本漫画《死亡笔记》在我国中小学生中流行，受到了广大家长和教育工作者的关注和批评。2007 年 5 月 25 日，全国"扫黄打非"办下发通知，要求各地开展一次为期一周的查缴日本漫画《死亡笔记》等恐怖类非法出版物专项行动。

作家以蔡骏为代表。蔡骏的小说一般都有一个重要的历史事件做为引子，而这个历史事件确实是真实的。根据真实的历史事件赋予离奇的生活细节，敷演出神秘的情节推理，这是蔡骏经常使用的创作思维。例如伦敦泰晤士河畔，国会广场屹立百年的大本钟在格林尼治时间 2005 年 5 月 27 日 10 点 07 分毫无预兆地突然停摆。这是一个真实的事件。与此同时，留学英国的春雨与恋人高玄擦肩而过；在发现高玄完全丧失记忆后春雨又亲眼目睹他遭遇一场车祸……；与此同时，春雨正抱紧高玄躲过飞车，自己却卷入银行劫案，中枪卧倒街头……；也是与此同时，没有撞车巨响，没有子弹呼啸，春雨和高玄登上同一节地铁车厢，却因为分别来自不同时间，即使重逢对面，也终将永别……。这就是蔡骏的名著《旋转门》的故事情节。大本钟停摆是真实发生的，故事生活细节却很离奇，在离奇的生活细节的组合中，真实的历史事件却成为了神秘故事的起因。由真实性触发，运用偶然性推理，达到必然性的结论，蔡骏的小说有着自我的特色。

超自然悬疑小说以那多小说最具有代表性。运用超自然的神秘，构思故事情节是那多常用的创作思维。问题是这些超自然现象的运用常常会造成不可思议的阅读效果，而"不可思议"太多了，又常常让人们对他的小说的真实性产生怀疑。对这样的怀疑，那多心知肚明，他采用了两种手法加以弥补，一是用一条似乎真实的新闻作为故事的引子，例如他的名作《那多灵异手记》，由 16 部小说组成的系列，每一个故事都是从一条新闻引发开去。二是充分渲染一些超自然的心理情绪，以说明每一个人都有自己的心理世界，于是弗洛伊德的内心力量实验、茨威格的人类诅咒等超验幻觉以及巫术幻术在他小说中被反复使用，例如他的《百年诅咒》《甲骨碎》等小说均可以看作为超验文本。似真似假，似乎都有那么一个生活或者心理的根据。从一个看似真实的新闻事件出发，写离奇的生活，并用超验的心理灵异证明其合理性，灵异而又飘忽，构成了那多的小说特色。

现实型悬疑小说和超自然悬疑小说的分类也只是创作手法不同而已，将离奇的生活碎片编织成充满悬念的逻辑推理，并从中发散出神秘气氛，这才是悬疑小说的创作思维核心，也是悬疑小说的美学特征所在。在阅读心理维度上，它的侧重点不是价值观的启迪、正义感的激发，也不在于情感的煽动、英雄性的渲染，而在于好奇心的满足，在于在匪夷所思的情节中获得的一种可信(也可以是不可信)的阅读快感。这样的阅读快感离社会意识形态的要求较远，却扎根在人类的本能之中。因此，它没有社会批判的深刻性，没有生活反思的厚重感，却具有心理情绪释放的普遍性。这就是当下中国悬疑小说得到普遍欢迎的重要的原因。

要论悬疑小说的鼻祖，当推美国作家埃德加·爱伦·坡(Edgar Allan Poe)。爱伦·坡对悬疑小说的贡献是他推崇的艺术创作的统一效果论。在《创作哲学》(*The Philosophy of Composition*, 1846)中，他提出了创作的统一效果论(*The Unity of Effect*)。他认为聪明的艺术家不是将自己的思想纳入他的情节中，而是事先精心策划，想出某种独特的、与众不同的效果，然后再杜撰出这样一些情节——他把这些情节连接起来，而他所做的一切都将最大限度地有利于实现那预先构思的效果①。技巧娴熟的文学艺术家应该从"效果"入手进行创作。

蔡骏、那多等人的创作几乎毫无例外地是这种效果论的追随者。蔡骏、那多的小说的主题都相当明确，在对丑恶人性批判中达到对美的人性的赞美。惊险、恐怖和强烈情感冲击都是他们的小说所要追求的效果。在叙事中，蔡骏整篇作品就是一个大的悬念，解读这一悬念就是小说的目标设定。围绕着这一悬念，小说精心构思了一些离奇的细节，用层层推进的方式引导读者进一步阅读，层层地达到了惊悚恐怖的效果。例如《地狱的第十九层》就从女大学生春雨收到一则短信开始，"你知道地狱的第十九层是什么?"看似一则游戏短信，多读几遍以后，就会让人的思绪不可自拔。春雨深陷其中，并且踏上了地狱真相追寻的不归路。"你已通过地狱的第 1 层，进入了地狱的第 2 层。""你已通过地狱的第 2 层，进入了地狱的第 3 层。"……通过地狱层数的不停地暗示，读者随着主人公的脚步仿佛被一只无形的手牵引着，充满好奇地要了解一个名为"地狱"的短信游戏。随着一步一步的通关，一个叫春雨的女生经历一系列恐怖故事，读者的听觉、视觉被调动了起来，感受到神秘恐怖的气氛一阵阵袭来，并且越来越强烈。那多小说的叙事常常与蔡骏相反，他经常一开始就设定一个惊险、恐怖的悬念，这个悬念就是他的小说预先设定的效果。然后通过多重论证说明这个惊险、恐怖事件的合理真实的存在。由于这些预先设定过于灵异，很多细节仅靠逻辑推理解

---

① 盛宁:《爱伦·坡与"五四"运动以后的中国现代文学》，载《国外文学》1981 年第 4 期，第 1—10 页。

释不了，那多就常常使用超验的本能加以化解，例如《凶心人》中幻术、《幽灵旗》中的催眠术。

中国作家对爱伦・坡的追随，甚至沿用了意象设定。“猫”这个意象在西方文学作品中经常出现，是具有某种灵性的邪恶力量的意象。人类最原始的情感之一就是惧怕①。黑猫让西方人心生恐惧。西方作家喜欢借用“猫”这个意象，给作品增添魔幻和奇诡的色彩。爱伦・坡的作品常常写到猫，他还专门写了一篇小说《黑猫》，写猫受虐，使主人疯狂犯下杀妻之罪。在蔡骏、那多的作品中，猫也时常会带来恐怖的讯息。“春雨养了一只美丽的猫，有一天它不幸地被汽车撞死了，她将猫埋葬到了宠物公墓后边的泥土中。但是，在第二天的清晨，那只猫敲响了她的房门……”（《地狱的第十九层・第28节》）。在小说《天机》《猫眼》中更是让一只白猫反复出现，并且赋予它阴柔的神态，蔡骏以此来营造惊悚的氛围。那多在《变形人・九命黑猫》中，一开始就用一只“骨骼柔软，被卡车轧，从楼上摔下摔不死的黑猫”营造诡异的气氛，接着就是一声声凄厉尖锐的猫叫会时常回荡在读者的耳畔。在小说《清明幻河图》中，那只叫做“小煤球”的黑猫能使裘泽面对古董心有灵犀，仿佛就成为了裘泽手中的一把具有魔力的钥匙，协助裘泽缓缓开启那扇巫术时代的大门……爱伦・坡是西方悬疑小说的鼻祖，当代的东方中国悬疑小说也深受其影响。

爱伦・坡的小说是影响中国当下悬疑小说的远方的足音，美国作家丹・布朗（Dan Brown）的小说是影响中国当下悬疑小说的近期的镜像。丹・布朗的小说“不光是集谋杀、恐怖、侦探、解密、悬疑、追捕、言情等多种畅销因素于一身，还融各种文化符号和当代高新科技于一体”②。在《达・芬奇密码》中，丹・布朗在保持小说节奏紧凑、悬念迭起的同时，还创造性地对西方宗教进行了重新阐释，而这些新的阐释足以动摇西方人的信仰基础。为了破解密码、找出真凶，这部小说巧妙地穿插了各领域的知识：密码学、符号学、艺术史、中世纪教会史、秘密社团、加密术等，最后是哈佛大学宗教符号学教授罗伯特・兰登携手密码破译天才索菲・奈芙，破解了隐藏在达・芬奇艺术作品中的西方宗教的天大的秘密，而这一秘密的揭破又直接触动

---

① 《马克思、恩格斯・马克思恩格斯选集（第4卷）》，人民出版社1972年版，第320页。

② 朱振武：《数字城堡・译者序》，人民文学出版社2004年版，第3页。

了西方人的人生信仰的根基。《达·芬奇密码》给蔡骏的创作产生了很大的影响，让他“明确了悬疑小说的定位”，同时给了他极大的自信心——悬疑小说创作同样可以创作经典。密码解密是《达·芬奇密码》解密的关键，在蔡骏的小说中也经常借用，其中最为明显的小说就是《地狱的第十九层》。这部小说的主人公叶萧是这样解密的：首先推断英文字母为密码，那么最简单的设置就是——a=0、b=1、c=2、d=3、e=4……依此类推，直到z=25。如此这般，用26个英文字母与0到25的数字互相替换，这是换字式暗号的基础。解开“741111”这个号码，首先要把“7、4、1、1、1、1”这6个数字分解，再重组得到“7、4、11、11”，分别以换字式暗号规律的英文字母来替换。最终，叶萧不但立刻读出了它的英语发音“hell”，而且明白了它的意思——地狱。这样的解密方式明显地受到《达·芬奇密码》的启发。丹·布朗的创作喜欢在历史中寻找疑案。先将其设置成悬念，再用知识作为解密的钥匙，在解密的过程中产生颠覆性的结论。这样的创作手法同样频频出现在蔡骏和那多的小说中，蔡骏接受采访时说他阅读最多的是各种不同的历史资料。他的小说确实展示了他的丰富的历史知识，他常用一个历史事件作为背景，罪恶之源都来自那个历史上曾发生的疑案。在充满悬念与推理的故事中，不断地增加知识元素，这些知识元素既是解密的难度，也是解密的趣味，由此形成了蔡骏小说“知识悬疑”的显著特点，具有一定的历史知识厚重感。那多的小说更是如此，几乎都是历史追踪、文化寻迷，将历史文化的神秘转化成生活本色，将崇高敬畏转化成苍白可笑，从而影响人们的历史观念、文化观念，乃至生活信仰，例如他的小说《神的密码》《甲骨碎》等均是如此。将陈旧事件赋予新的解读，并给予观念上的更新，这是典型的丹·布朗式的思维，中国的悬疑小说作家们显然跟随其后。

爱伦·坡、丹·布朗等西方悬疑小说作家们实在是太强大了，跟随其后的中国当代悬疑小说作家们要超越他们实在是太难了。问题是中国作家们有没有“设法偶尔偏离主道，有所发掘”呢？也还是有的，那就是在中国本土特色元素中寻找灵感，并给自己的小说赋予本土化的色彩。正如那多所说：“中国的悬疑作家完全能从本民族传统文化中汲取养料，写出民族风格的，并能为世界所接受的东方悬疑畅销书。”①

① 徐璐明：《那多：写能让世界接受的“东方悬疑”》，载《文汇报》2010年12月5日第1版。

最能体现中国本土特色的元素不外乎两个，一个是中国特有的自然环境，一个是中国特有的历史和文化。这两点正是蔡骏、那多等中国悬疑小说作家体现本土化的两种努力。蔡骏的小说《幽灵客栈》是个典型的例子。作者不仅让读者感受到了在那个疯狂年代，人性的扭曲和泯灭，更是通过这样的事例披露出人性的弱点，拷问人的灵魂。进而读者从中可以读出中国传统文化"是非分明"地"劝人"的道德规训。用中国特有的事件构成中国环境，并从中展现中国式的道德意识的人文情怀，这样的小说本土色彩自然就十分浓厚。与蔡骏的政治敏锐性不同，那多更喜欢中国人文景观的点缀，在《甲骨碎》中，欧阳文澜居住的院子是按照苏式园林风格布置的，随处可见奇山假石，配合老树隔挡出许多景致，充分体现了东方建筑美学特征。在《清明幻河图》中，汝窑的碎瓷片、充满悬思的对联、东方巫术、罗汉床、澄泥砚、韩愈的古诗、惠山泥人……这些中国风韵晕染其中，使得作品散发出中国画的气息。生活在上海的那多，作品中的海派地方特色自然少不了。《甲骨碎》中的一些场景，就设置在了最具上海特色的石库门中，读者从这里追随主人公，进入了那些老旧的弄堂里，沉浸在作者精心编织的新奇想象而又充满逻辑和推理的世界中，时而还能聆听到独具地方特色的上海方言："侬有毛病啊，侬阿是毛病又犯了。"①"我看她眼乌珠定洋洋，面孔煞煞白，赶快朝她眼睛盯牢的方向看。"②还能陪同主人公何夕"品尝"到上海本帮菜："烤子鱼，马兰香干，外婆红烧肉，扣三丝，蟹粉豆腐，水晶虾仁。两个冷菜四个热菜，外加一份小吃糯米红枣。"

在中国传统文化的挖掘上，中国悬疑小说作家显然更喜欢在原始文化和民间传说中寻找灵感，地狱惩罚、生死轮回、阴阳交错、灵魂附体、神怪显灵、蛊术巫术等成为了中国悬疑小说作家情节设置时的常用手段。蔡骏在小说中常将这些原始文化和民间传说作为一种知识宣导，例如中国老百姓祭奠去世的亲人时，会有一些中国民间特有的丧葬民俗。在《地狱的第十九层》中，清幽的妈妈来收拾女儿的遗物，春雨"看到她在楼下的空地用粉笔画了一个圈，然后把箱子里的东西一件件放到圈里……。清幽的妈妈用打火机点燃了一条白色的睡裙——这是清幽那晚中邪似的转圈时穿的睡裙。这

① 那多：《甲骨碎》，万卷出版公司 2009 年版，第 30 页。
② 同①，第 76 页。

时春雨才明白了她在干什么，原来是在焚烧死者的遗物，将死者生前用过的东西化为灰烬，寄给阴间的鬼魂使用。几千年来，中国人一直都是这么处理逝者的遗物的，春雨记得小时候家里也烧过死去的长者的衣服。粉笔画出的圆圈旁边还有一个小开口，大概是要把这些东西送到阴间去的通道吧”。蔡骏显然是要告诉读者中国人祭祀亲人的一种方式。同样在这部小说的第39节中，蔡骏这样写道：“他在纸上缓缓地写下——地狱的第1层：拔舌地狱‘挑拨离间，拆散他人，诽谤害人，说谎骗人，将被打入拔舌地狱，用铁钳夹住舌头，生生拔下’。”在我国原始文化中，地狱是阴间地府的一部分，用于关押生前罪孽深重的亡魂。蔡骏通过古老的地狱传说，让读者了解有关地狱的知识，什么人将要受到什么样的惩罚。这样的文字显然是蔡骏有意而为之。

与蔡骏相比，那多笔下的中国原始文化和民间传说显得更为灵异。他很喜欢写巫术和幻术。当读者看到“清明幻河图”这个书名时，自然会联想到北宋张择端的名画《清明上河图》。可是这部小说并不是写人间生活世态，而是写支配人间生活的巫术。巫术一直被认为是支配人类生活的超验现象，古老而又神秘的巫术，旋绕人间挥之不去。《清明幻河图》的封面上写着此书“解救禁锢了200年的巫术精灵”。远古流传的巫术仪式失效了，新的巫术开始了，照相巫术、假货巫术、对联巫术、LV包巫术、车巫术、《清明上河图》巫术、龟甲巫术在这部书中神奇地轮番上演。从这些巫术的名称就可以体会到，老的巫术没落了，新的巫术在新的时代、新的人类身上诞生，有了新的生命。小说再现了一个亦真亦幻的巫术世界，弥漫着灵异气氛，其中不乏诡异的内容。在那多的笔下，巫术和幻术是超验的力量，只有阶段性，没有终结性，绵延流畅，世代传递，因此一些历史秘密、警示和教训借助巫术和幻术，同样可以绵延流畅，世代传递。例如，生存对于我们来说到底意味着什么？这样的问题几乎是所有的作家在小说中所要揭示的人类的最终关怀。作为悬疑小说家的那多就用幻术来回答这样的问题。在《凶心人》中，当朱自力、何运开为保命争抢食物时，那多“看着朱自力手里的那根白骨，百年前这里曾经发生过的事，刚刚开始的时候，是不是，也是这样……最高等的教育，再昌明的社会，人骨子里的丑恶，还是一样抹不去。或许，那并不能叫丑恶，只是动物的生存的本能吧”。那多认为死去的萧秀云一定是利用幻术，传递信息给幸存者。他丝毫不怀疑萧秀云有假扮鬼神的能力，令他心惊的“是她对人性负面情绪拿捏把握得竟然这样精准”。生存对于我们到底意味着什么，那多的回答是：本能，从古到今都是如此。不过，他是利用幻术作出了这样的回答，这是悬疑小说式的回答方式，是那多式的回答方式。

中国的悬疑小说作家都很喜欢《聊斋志异》，蔡骏和那多也不例外，蔡骏作品中的女主角大多都有“聂小倩”气质，沉默、忧郁、敏感，却又有执着的追求，例如《幽灵客栈》中的水月。蔡骏并不隐瞒自己对聂小倩的喜欢，他有时在小说中直接用聂小倩给他的女主人公命名。他的小说的结构也常显《聊斋志异》痕迹，例如《猫眼》就是《聊斋志异》式叙事方式：充满秘密的黑色的房子，两个毫不知情的男女，故事在不断的探秘的过程中展开。那多似乎更喜欢《聊斋志异》的氛围。在《变形人》中，那多“有些不安地再环视了一下，赫然发现在离我不远处的工地旁，竟然有一个孤零零的白色的影子……那惨白色的影子徐徐转过身来，我这时才看清，原来是一个长发女子”。妖异的长发白衣女子突然出现在视野中，这样的描述是《聊斋志异》中比较典型的女妖现身法。

蔡骏平时喜爱的唐诗、宋词、历史悠久的昆曲艺术也影响到了他的创作。在《神在看着你》第25章中，老人轻轻地吟出了苏轼的水调歌头：“但愿人长久，千里共婵娟。”并以此来构造故事的氛围。在《天机·第八章·山间公墓(5)》中，将昆曲《牡丹亭》中杜丽娘游园的那段“那荼蘼外烟丝醉软”的唱词穿插其中，刚刚目睹春天的美丽，便将要郁郁寡欢而死，唱的是杜丽娘的情绪，显然也是小说主人公的心境，给人一种凄美的感觉。那多小说很少有蔡骏那样的雅致的情调，但他却有一段新闻记者工作经历。这段经历虽然短暂，却影响到了他的新闻写作模式。新闻稿件看似客观记录，却又给不在现场的读者留下了想象空间。那多充分利用了新闻稿这样的真实感和疏离感，在似真亦假的新闻写作中做足了文章，写出一幕幕真实的幻境。

中国悬疑小说深受西方悬疑作家作品的影响，从最初的单纯模仿，到今天融入大量的中国特色的民族元素，创作出具有个人特色的悬疑作品，发展着实令人瞩目。但是与西方悬疑作品相比较，中国作家创作的悬疑作品虽有佳作，却没有经典。分析这些作品，存在的问题大概有三方面：

一是西方的悬疑小说基本上是“人类视野”，一般是从人类发展的角度思考哲学、宗教、政治等宏大的话题，追寻人类生存的根据，还原人类活动的本色(当然是小说家言)。而中国的悬疑小说基本上是“中国视野”，写中国人的文化环境和生存法则。当然我们可以说“越是中国的越是世界的”，但是当中国话语与世界主流话语偏离的时候，中国话语就显得偏窄和狭小，特别是当悬疑小说的美学结构基本上还是追寻人类生存根源的西方话语的时候，中国视野就有了很多难以展开的局促的地方，这就是为什么当下中国很多悬疑小说缺少深度，读起来很像刑事侦破小说的原因。

二是对本土文化需要淘洗和超越。从中国丰厚的原始文化和民间传说中汲取创作营养，是中国悬疑小说作家得天独厚的创作优势。问题是如何拿捏超验的灵异之感和科学解密的关系。在笔者看来，科学解密还应是悬疑小说解密悬案的主要依据。如果总是依靠灵异之感解决悬案的难题，就很容易堕入灵异故事的窠臼之中，就会与中国民间流行的“鬼”故事无异。

三是应该强化小说意识。小说就是要写生动而具有个性和内涵的人物形象，尽管是类型小说，同样是悬疑小说作家追求的目标。与西方的悬疑小说相比较，这是中国悬疑小说普遍的弱点。中国的悬疑小说注重情节的诡异，很少见到丰厚的人物形象，即使是蔡骏、那多等优秀作家作品中，人物基本上是情节的一个符号，有时也就是扮演了一个故事的叙述者而已，例如《那多灵异手记》中的那多。另外，应该挡得住影视的诱惑，作品被改编成影视作品，当然会提高作家作品的知名度，但是作家决不能为了“触电”而有意为之。影视剧本的写法会增加小说技法的丰富性，但是小说绝不是剧本，否则会影响小说的整体美感。这样的问题在蔡骏和那多的小说中都有。

究其原因，可以看出中国的悬疑小说作家的个人文化素养和知识储备都有提高的空间。只有站得高，才有远视的前景，但是站得高需要文化和知识的支撑。文化和知识需要中国的，更需要世界的。中国悬疑小说作家应该有文类自信，任何一种小说文类都可以创作经典，悬疑小说同样如此，何况中国的悬疑小说创作正处于方兴未艾的阶段呢？

第三节　将历史“随意”组合：网络穿越小说

穿越小说即穿越时空小说，它与历史有关，可以称之为“架空历史小说”。穿越小说的情节通常是描述一个当代青年遭逢变故，机缘巧合下，进入古代，以在场的方式参与见证了种种众所周知又知之不详的历史事件。穿越小说，最早可溯至清末民初，有两部小说不得不提，一本为吴趼人的《新石头记》;另一本是陈冷的《新西游记》。《新石头记》讲的是古代人贾宝玉和林黛玉穿越时空出国,领略现代西洋文明;《新西游记》讲的是唐僧师徒四人到上海,“在上海的物质文明的面前显得那样的愚笨”。这两部小说都是采用古代人穿越到现代的故事模式,这种故事模式,正反映了当时国人渴望实现富国强民之梦。当代穿越小说在2003年初露头角,2007年便已经达到巅峰,拥有众多写手,还受到年轻人的追捧。其中代表性的作品有金子的《梦回大清》、李歆的《独步天下》、波波的《绾青丝》、桐华的《步步惊心》、晓月听风的《清宫、晴空、净空》、之之的《望天》以及被作家出版社以百万高价签下的“四大穿越奇书”——海飘雪的《木槿花西月锦绣》、天夕的《鸾:我的前半生,我的后半生》、夜安的《迷途》、晓月听风的《末世朱颜》等。

穿越小说最重要的特点就是解构历史的真实性,解构历史的实质是想象历史。穿越小说中所表现的历史,是作者心目中的历史,或者说是想象的历史,历史已成为他们心灵休憩的场所。就拿《美人殇》中的历史人物董卓来说。在《三国演义》中董卓是一个“欺天罔地、灭国弑君、秽乱宫禁、残害生灵、狼戾不仁、罪恶充积、上欺天子、下虐生灵、罪恶贯盈、人神共愤”的家伙,外表是脑满肠肥。而在《美人殇》中,董卓摇身一变,成了能屈能伸、重情重义的汉子,心性凉薄、手段毒辣,却也是为了在冷漠的乱世存活,作者煞费苦心,甚至将董卓所有的恶行都归因于:为了保护想要保护的人。有了这顶光环,董卓的任何行为都变得合理、悲壮,甚至感人。又如《独步天下》中褚英骄傲、深情的形象。历史上的他为人张狂、独断、专横霸道,很不得人心。但是作者给他的一切行事都找了个为爱情的理由,把他的形象完全翻了过来。这种想象服从于两个原则:一是要起娱乐的作用;二是要反映现代人需要减压的特殊心理。

穿越小说对历史宏大叙事解构的策略是采用“青春叙事”。穿越小说中的“青春叙事”主要体现在文本中大量运用诙谐幽默、机智风趣的青春流行元素。如不少小说都会称呼古人为“同志”①,例如称康熙为“老康同志”。还有的作者常常运用一些与现代社会相关的比喻,造成幽默的效果。如《独步天下》中写明朝士兵的军纪松散:“熙熙攘攘地你推我挤,热闹得像逛菜市

① “同志”一语最早见于东汉时许慎所著《说文解字》:“同志为友。”但是“同志”作为称谓,最早出现在辛亥革命时期反帝反封建的革命组织内部,之后才被广泛接受、运用。

场”，“……乱哄哄的，像是小学生从学校放学，虽然有排队，然而约束力和自制力却是奇差无比”①；又如《梦回大清》中把书信比成间谍速成班的材料等等。因为穿越小说最大的作者群与读者群是现代年轻女性，所以作者在“青春叙事”时，未忘记使用现代女性的思辨方式。让现代文化与历史文化相碰撞，现代女青年可以在历史人物面前尽情展示她们的生存智慧，并可惬意地体味现代人在历史面前的优越性。譬如《梦回大清》中茗薇与四福晋关于女人地位的对话：

“男人的事儿咱们女人不懂，都说兄弟如手足，妻子如衣服，这衣服不穿也罢了，女人对他们而言，也不过如此，是不是?”四福晋面带笑意却目光炯炯然地看住了我，我用手指揉了揉耳边的翡翠坠子，若有所思地说：“是呀，所以我早就决定做胤祥的裤子了。”

“什么……”四福晋一愣，不明所以地看着我。我呵呵一笑：“衣服可以不穿，裤子总不能不穿吧。”②

四福晋认为“女人如衣服”，衣服是经常可以换的，女人的地位是从属的，这是封建时代的女性地位观，同时，也是在警示茗薇，你若想跟了四阿哥，命运就如衣服一样。茗薇四两拨千斤，以“决定做胤祥的裤子”回之。寥寥数语，恰如其分，拿捏得当，不但轻松化解了女人之战针锋相对所带来的尴尬，而且茗薇的这一番无异于四阿哥委婉表白调节了氛围。读者在虚惊一场后，深深为茗薇娟秀灵慧、玲珑宛然所折服。茗薇的女性地位观显然是现代人的女性地位观，即女性不是男性的附属，而是互补的、对等的、必不可少地存在于男性面前，茗薇思辨时拥有的智慧显然来自现代女性比古人优越的生存智慧。

在穿越小说里，我们看到的更多是时空的交错。主要体现在两个方面。一方面，时空转换，主人公在不同时空自由穿越，既可以灵魂穿越，也可以身体穿越。网上还流行一句广告语“不穿不成书，穿穿更好看”。粗略统计一下，三国、唐朝、宋朝、清朝是穿越最多的，原因是这几个朝代为青年人熟知。

---

① 李歆：《独步天下》，朝华出版社 2007 年版，第 229 页。

② 金子：《梦回大清》，朝华出版社 2007 年版，第 174 页。

特别是清朝，甚至还形成了一个固定的称谓“清穿”，其中又以写雍正的居多，如欣情的《梧桐锁清秋》、蓉蓉的《水晶帘卷近秋河》、沧海月明的《尘世羁》等，然后是写十三阿哥胤祥的也不少，如《梦回大清》《红牡丹》等，写八阿哥胤禩的如《瑶华》《绝梦瑶》等。这些小说的作者被读者亲切地称为“四爷党”“十三爷党”和“八爷党”；另一方面，在时空转换的同时，文本注入不同时代流行的元素，特别是现代社会流行的生存与竞争的技能，让主人公在心里已熟知的古代社会生活起来游刃有余。如波波的《绾青丝》中，女主角穿越后误入青楼，却把流行的现代歌舞搬出来，让从未看过现代歌舞的古人们为之着迷，从此女主角一举成名，英俊潇洒的公子少爷们也都围着她转；犬犬的《第一皇妃》中女主角利用现代医疗技术妙手回春，得到皇帝的重视；又如《木槿花西月锦绣》中女主角虽在古代生活着，却有着前世当白领训练出来的特有的精明头脑，所以在皇宫生活得如鱼得水，穿越后，由一个王府的洗衣丫头很快就变成了皇后；《绾青丝》中的卡门，穿越回古代后，一开始作为艳妓不被人接受，但她的卡通绒毛玩具、旗袍、吉他、火锅等无一不刺激着古代人的感官享受。再如《穿越成为霸道少爷的小丫头》中现代少女艾小萌穿越成富家二少爷王梓枫的通房丫头小叶，小叶的现代女性思想、独立人格意识及坚忍不拔的精神越来越吸引王梓枫，逐渐改变了王梓枫的爱情观。如果说这种时空转换仅是现代人穿越到古代变成了具有现代思维的古代人，那么同一个人的前世与今生都能出现在古代，更是令人称奇。如《鸾：我的前半生，我的后半生》中的女主角在前半生中穿越到苏麻喇姑身上，和康熙发生缠绵的爱情；后半生中，以自己的本来面目出现在康熙面前，同样赢得康熙的爱怜，甚至比苏麻更胜一筹。穿越小说的这种时空交错可以给读者带来新奇感和刺激。时空穿梭也成为一些热播影视（如电影《时间机器》《大话西游》，电视剧《魔幻手机》等）很大的卖点。

穿越小说的实质是文化消费主义的一种文学表现。在消费文化的视野中，文学创作根本就不思考人的终极价值，也不去思考文学的内在规律以及自我特性，它就是将文学当作时尚生活消费品一样看待。穿越小说只不过是按我所需地将历史小说的一些元素拿了过来作为一种时尚商品消费。由于是商品消费，当然就没有什么思想的崇高性、生活的真实性的追求，有的只是一种商品消费过程中必然出现的大众性狂欢。穿越小说作者几乎都来自草根阶层，它的读者也大多来自平民，创作和阅读构成了中国平民社会的集体愉悦。由于这些作者和读者以青年人为主，愉悦之中自然就充满着青春气息，有着一种自恋的罗曼蒂克的气息。既然是商品，也就可以复制，可以批量生产，穿越小说的模式化显而易见。当然，只要有人消费，商品就有生命力。

当代中国穿越小说最有代表性的作家作品是金子的《梦回大清》。2006年《梦回大清》引领全国书市“穿越”风暴，至今畅销不衰。2007年《梦回大清》终结篇出版，其畅销使作家金子一下子成为网络文学界领军人物。《梦回大清》已被改编成广播剧，数十家影视公司争购《梦回大清》的影视改编权。2011年以后热播的清朝穿越剧《宫锁心玉》《步步惊心》都有《梦回大清》的影子。

金子，生平不详，是从晋江原创网(www.jjwxc.net)以青春穿越小说《梦回大清》走红的穿越小说女作家。金子主要作品还有：《我不是精英》《玫瑰花精》《绿红妆之军营穿越》《夜上海》等。

第二十三章　传承创新:台湾地区的通俗小说

由于社会环境不同,台湾地区的通俗小说自成系统。台湾地区的通俗小说开始繁荣是在20世纪60年代。台湾地区通俗文学创作繁荣先于大陆,台湾地区的通俗小说就成为了大陆通俗小说创作的先导,这是台湾地区通俗小说的一个价值。

第一节　台湾地区通俗小说创作语境评估

1949年以后,台湾地区满天飞的文艺口号是:战斗的时代,带给文艺以战斗的任务。以政治意识为主导的军中文学占据了主流地位。通俗小说创作虽然没有停止,但是即使写言情的小说也要带有一点战斗的色彩,成为"战斗言情小说"。文学创作与整个社会一样,处于僵硬板结的状态。纯粹的类型化的通俗小说一直处于社会的边缘化,甚至受到打压。20世纪60年代台湾地区的通俗小说在琼瑶小说的带领下有了极大的发展,台湾地区的文坛也进入了多元时代。

20世纪60年代以后,台湾地区通俗小说创作逐步繁荣其根本原因当然是政治力量对文学创作的介入逐步减弱,以及社会氛围的逐步宽松。政治介入的减少带来社会活力的加强,而社会活力的加强使得文学自身的魅力开始展现出来。文学说到底是一种修身养性的精神愉悦的活动,它刺激的是人们心目中最柔软的地方。于是既有传奇故事,又有感情慰藉的言情小说在台湾文坛流行起来了。紧随其后,各种类型的通俗小说开始流行起来,台湾地区通俗小说创作进入繁盛时代。

显示出台湾社会活力的是出版业的快速发展,出版业的发展带来的大众文化繁荣是通俗小说创作的重要推动力。1960年以后,台湾的出版社数量每年都有很大的增长,到20世纪90年代,已经有4 000多家出版社。与出版社捆绑在一起的是大量的期刊，再加之一些报纸副刊，台湾的文化、文学发表阵地出现了急速扩张的状态。为了生存和发展，这些期刊和副刊均将具有广大读者面的通俗小说作为主要的发展方向，例如 1962 年琼瑶凭借着长篇小说在台湾的《皇冠》杂志上走红，其中重要的原因就是《皇冠》明白，琼瑶式的言情小说拥有很大的读者群。推动这些期刊热衷于通俗小说的另一个原因是书商对文学出版的介入。这些以卖书为职业的书籍经济人对图书市场有着相当敏锐的嗅觉。他们一方面压迫着出版社对通俗小说的出版加大投入，另一方面也展开一系列的通俗小说的发行推介活动，例如阅读排行榜的设立、图书专柜的开辟、作家签名活动等等，这些都有助于具有市场面的通俗小说创作。

对台湾通俗小说创作有着巨大推动力的是电影。1962 年，台湾设立电影"金马奖"。从第一届开始，通俗小说的电影改编就开始获奖，而琼瑶电影则成为了获奖大户，被称为是"琼瑶现象"。具有极广受众的电影如此地青睐通俗小说，对通俗小说的创作产生了很大影响。无论是先有小说，还是先有电影后有小说，电影走红，小说都会成为畅销书。更为深刻的影响还是在小说创作美学上，从 20 世纪 60 年代开始到 20 世纪 70 年代后期乡土化小说盛行，台湾小说创作的通俗化倾向是一种时尚。

1960 年以后，台湾的通俗小说创作的繁荣是台湾地区文艺政策软化的产物，是台湾文学发展进步的重要标志，是读者需求的一种迎合，是市场文化推动下的文学现象。如果说 20 世纪 60 年代以后，余光中等人的现代诗是向欧美文学借鉴，是一种横向的受益；那么琼瑶等人的通俗小说是向传统借鉴，是一种纵向的传承，他们的作品是当时台湾文坛的两股力量，功不可没。

台湾的通俗小说大致上分为两大类，一类是传统传承较强的（并不是说没有世界眼光），以言情小说和老派武侠小说为主。如果以发展的眼光来看，从清末民初的言情小说，到 20 世纪 40 年代的传奇浪漫小说，再到琼瑶的言情小说是一条发展链，当然不同时代有着不同时代的时尚，但是既浪漫又保有理性是其主导风格，有着浓厚的中国传统的闺秀气息。1949 年之后，武侠小说的创作在台湾并没有中断过，作品风格基本上是现代武侠小说的延续，江湖世界的描述，中华武功的编演是情节表现，中国传统的伦理思想和做人的规范的宣扬是其内核。第二类是外来借鉴较强的（并不是说没有中国因素),以科幻小说、推理小说以及古龙式武侠小说为主。这些小说的外来借鉴是全方位的,既有英美传统,如科幻小说,也有日本元素,如推理小说和古龙小说。将中国传统类型的美学要素与外来文学的美学要素结合起来,无论是以外来形式为主,如科幻小说、推理小说,还是以传统形式为主,如古龙的武侠小说,这一类小说都有了新的面貌,也常被看成是台湾通俗小说的创新。第一类通俗小说在20世纪60年代和20世纪70年代颇为流行,第二类通俗小说在20世纪80年代之后成为主流,这种变化也说明了台湾社会风气的变化。

在相当长的时期内,台湾地区的通俗小说都成为了大陆通俗小说创作的先导。琼瑶小说和琼瑶电影在20世纪80年代以后风靡大陆,其影响力穿越几代人。古龙小说在金庸小说之后成为了大陆武侠小说热门书籍,对大陆新武侠的形成产生了深刻的影响。特别值得一提的是蔡智恒(笔名痞子蔡)的网络小说《第一次亲密接触》对大陆的网络小说创作的引领功绩。1998年3月22日,台湾写手痞子蔡的小说《第一次亲密接触》开始在BBS上连续发布,到5月29日连载结束,历时两个月零八天,这是一部真正意义上的网络畅销小说,它的出现,引起极大轰动,其受追捧的热浪,从台湾开始,迅速蔓延到整个华语网络。1998年9月,繁体版的纸质《第一次亲密接触》出版,发行量超过30万册;1999年11月,简体字版发行,当时的发行量超过50万册,名列大陆畅销书排行榜首位。《第一次亲密接触》让大陆的网络写手开了眼界,无论是主题还是语言风格都直接影响了后来的大陆网络小说创作。

第二节　琼瑶等人的言情小说

1949年以后,台湾的言情小说继续发展着,到了20世纪60年代逐步走上高峰,此时台湾言情小说代表作家有琼瑶、玄小佛、金杏枝、禹其民、徐蕙兰、郭良蕙等人。他们的作品伴随着影视剧很为风行。20世纪80年代以后,作为台湾言情小说最为重要的代表琼瑶小说进入大陆,更是引发大陆一股言情小说阅读狂潮。

琼瑶(1938—　),出生于四川成都,祖籍湖南衡阳,原名陈喆,琼瑶是其笔名[1]。1947年9岁时在上海《大公报》儿童版发表其创作生涯第一篇小说《可怜的小青》，1949年随家人迁往台湾。1963年出版第一部自传体小说《窗外》，引发社会热议，扬名文坛。从此一发而不可收拾，以饱满的创作激情写作了近百部小说。她的小说大多被改编成影视剧，这些影视剧影响至今。1998年由其小说《还珠格格》改编的电视剧《还珠格格》热播，"小燕子"风潮席卷大陆。2001年其小说《烟雨濛濛》被改编成电视剧《情深深雨濛濛》在大陆播出，悲壮沉郁的国恨家仇、曲折复杂的爱情、观众喜爱的明星阵容再一次创下了高收视率。2007年6月湖南卫视播放了独家制作的唯美爱情剧《又见一帘幽梦》，在开拍之前还举办了大型选秀活动《寻找紫菱》，掀起了新一轮的"琼瑶热"。

琼瑶小说受到欢迎的原因在于她构造的"爱情模式"的特殊的魅力。从发展的角度上说，琼瑶小说的"爱情模式"是20世纪40年代徐訏和无名氏爱情小说的延续，但是出自二十年以后的女性作家手中，这样的"爱情模式"有了新的内涵。

与徐訏和无名氏一样，琼瑶小说也宣扬"性格决定爱情"的爱情观念。与徐訏和无名氏的作品不一样的是，她的小说的侧重点不在性格决定爱情的命运上，而在于性格决定有无爱情上，换言之，她宣扬的是择偶标准的性格决定论。这种观念宣扬的择偶标准不是金钱，不是社会地位，不是显赫的家庭，也不是迷人的外表，而是一种与自己相投的性格，用当今流行语言来说，就是"是否来电"。以这样的标准选择的爱情在别人看来也许非常怪异，难以接受，但是却投我缘，活得舒畅。根据这样的标准，也就不论对方是老师还是学生，是有夫之妇还是有妇之夫，只要性格相投爱情就有可能产生于其中。江雁容和康南相爱根本就不考虑是学生还是老师的身份；结婚后的江雁容始终想念着康南是因为与眼前的这个丈夫始终性格不投；最后，江雁容又与康南相见了，这对有情人是否会成眷属呢？看来也不会，因为康南身上的那种吸引她的性格特征已经没有了，肮脏、委琐、酒气熏天的康南给江雁容带来的只是同情，而不是爱情(《窗外》)。杜小双与性格变得怪异的卢友文离婚了，但她就是不愿嫁给在旁死死苦等的朱诗尧，自己坚信终会和卢友文破镜重圆(《在水一方》)。性格好坏的标准不是社会舆

① 出自《诗经·卫风·木瓜》"投我以木桃，报之以琼瑶"。

论，不是别人的看法，而是自己。琼瑶自己说过："我从不解释我的小说，但这一点我要说明：许多（不是全部）悲剧都是自己的性格造成的，聪明的人驾驭感情，愚笨的人为感情所驾驭，而愚笨的人总比聪明的人多。"[①]琼瑶小说是言情的，但不是泛情的；是讲究一见钟情的，但不是见义忘情的，因为性格决定了感情。

20 世纪 40 年代徐訏和无名氏的爱情小说，女性已占据了小说的中心地位，但是它们还是几个女人和一个男人的故事。琼瑶小说同样是以女性为中心，但是她写的是一个女人和几个男人的故事，是多角恋爱的模式。中国传统的言情小说很少有多角恋爱的。多角恋爱是 1930 年张恨水的《啼笑因缘》创造的，之后，多角恋爱的言情小说开始流行文坛。琼瑶小说同样是写多角恋爱。与众不同的是她小说中的多角恋爱的中心不再是男性，而是女性。男性为中心的多角恋爱，女性处于被动的地位，或者被接受，或者被抛弃，爱情的悲剧往往表现在功利性污染了纯洁的感情，从而产生对感情的赞美、对功利性批判的阅读效果；女性为中心的多角恋爱，女性处于主动的地位，付出与索取并存。她的恋爱过程有情感的付出，或者是错误的付出，或者是正确的付出，不同的付出有不同的效果。但是错误的付出之后却还可以索取回来，因为主动权在女性手中。这样的角色变换最为积极的效果是给琼瑶小说带来了女性的现代意识。另外，它还给琼瑶小说带来了两大阅读效果，一是小说中的爱情波折往往表现为感情的磨难，经过磨难后的感情再得到某种归属，感情就显得更加纯洁和可贵。事实上这就是琼瑶设计故事情节的常用手法。在多角的恋爱线索之中必然有数角是写感情磨难的，在数角的感情磨难的衬托之下，那正确的一角必然是让人读得荡气回肠、唏嘘不止。二是女性的情感世界得到了充分的释放和细腻的表现。那种隐秘的，奔放的，迟疑的，热情的，悲痛欲绝的，激动人心的，女性的情爱心理和情爱生活伴随着曲折的故事情节，在琼瑶小说中得到了最生动的展现。

琼瑶小说是言情的，但决不写性；对爱情的追求是执着的、坚韧的，但也是含蓄的、温柔的；人物的观念是现代的，甚至是前卫的，但故事往往在一个

---

① 转引自古远清《台湾关于"琼瑶公害"的批判和"三毛伪善"的批评》一文，载《通俗文学评论》1994 年第 2 期。

传统的大家庭中展开。在现代和传统之间琼瑶非常准确地控制着一个度。这个“度”使得琼瑶小说既有现代气息而又不违背传统。在《我的故事》中，琼瑶说：“我想，在我的身体和思想里，一直有两个不同的我。一个充满了叛逆性，一个充满了保守性。叛逆的那个我，热情奔放，浪漫幻想；传统的那个我，保守矜持，尊重礼教。”琼瑶“身体和思想里”的两个“我”，恰如其分地交融地占据在她的小说之中，而且我们看到那个叛逆的“我”是显形的，那个保守的“我”是隐性的，隐性的“我”支配着显形的“我”。我们看到琼瑶的小说恋爱和感情实际上是分开着的，恋爱是可以多角的，但感情却是一角的；恋人的身份是毫无顾忌的，但感情的真挚是必须的；男女主人公也许并不能终成眷属，给小说留下遗憾，但男女主人公的感情一定会有一个落实，无论满意不满意最后总有一个交代，从一定程度上说，磨难的感情是以喜剧告终的。看似热情奔放、浪漫幻想的琼瑶，她骨子里是保守的。

琼瑶小说是“诗意小说”。人物是理想型的。男主人公都有英俊的外表，坚韧的性格和宽广的爱心；女主人公无论是泼辣还是含蓄，其内心都是温柔的，都有丰富的感情世界。环境描写是有意境的，无论是现代的、古典的，室内的、室外的，自然景观、人文景观，都很整洁优美，而且都与人物的感情的起伏相协调，很有韵味。书写的文笔充满了诗情画意，不仅是小说的名称诗意十足，就是叙述语言、人物语言也满是诗画气息。这种风格给琼瑶小说带来了正负两面的效应。从正面说，说明了作家有很高的中国文学的修养；从负面方面看，使她的小说减少了叙事作品应有的生活气息，而生活气息减少，小说的现实社会性自然就不够了。

玄小佛(1950—　)，原名何隆生，台湾人，主要作品有《天鹅与风筝》《踩在夕阳里》等数十部小说。她有十多部小说被拍成电影，其中《小葫芦》获第18届台湾金马奖最佳编辑奖。后来，她放弃了写作和在台湾的一切产业，嫁给了上海导演杨延晋，来大陆生活。也正因为急流勇退，使得她的作品的影响远不如同时代的琼瑶和后来者们的大。她的作品和琼瑶的一样是爱情至上的纯情路子，也写了各种爱情的存在，不论故事情节怎么发展，结局怎样，核心思想只有一个，那就是真爱难求。《天鹅与风筝》中纯洁善良、有着亿万家财的崔蝶兮在财富一夜之间化为乌有的时候，仍得到了有为青年罗劲白的爱情，并在她最无助最贫穷的时候给她婚姻的归宿；自幼孤苦同父异母的妹妹也得到了属于自己的那份爱情。小说颇有一种爱情童话的感觉：

历经磨难的一对有情人从此一起过着幸福美满的生活,永不分离。

20 世纪 90 年代以来台湾年轻的言情小说作家纷纷涌现,她们继承了琼瑶等前辈作家的纯情之路,其中席绢、于晴、沈亚和林晓筠四人被誉为“四小名旦”。她们的作品行文轻松愉快,没有悲情,远离感伤,不需要读者为主人公的爱情神伤,因为他们的爱情在经历了小小的挫折后终会成为眷属。为了吸引读者,作品中还汇入了武术、黑社会、江湖等内容。

于晴(1973—),原名范静郁,台湾台北市人,1993 年 2 月起效力于台湾万盛出版社,开始其写作生涯,迄今有作品数十部。于晴首先擅于将各种矛盾集中在一个人物身上,让人物在爱恨情仇中煎熬,复杂的人性表现使人物获得一种真实的艺术生命力,使作品获得一种张力。《杀手情人梦》中爱情与正义的取舍集中在了杀手楚淙琴身上。《戏潮女》中方再武同样是个矛盾冲突聚焦点,国恨家仇和兄妹之情构成了主人公的两难境地,也为主人公的刻画留下了空间。于晴的作品同样宣扬“爱情至上主义”。为了表明这一态度,作品常常具有这样的模式:女人自幼便会对一个男人许下终身或跟定一个男人,不论环境怎么改变都始终如一地爱他。

席绢(1971—),台湾鹿港人,原名吴珍英。1993 年 10 月发表第一篇小说《交错时光的爱恋》,迄今有作品数十部。席绢的作品于 20 世纪 90 年代初“席卷大陆”,强调男性贞操观,富有女权主义色彩。她作品中的人物有着“纯男童女”的特点。男性端正清明、温文儒雅、努力求知、不玩弄男女关系,对女人从不轻易动心,一旦动心就是全心全意相待。他们娶妻之前往往仍是童子之身,从未近过女色,恋爱结婚后更是专一有加。女性总是很纯真,在男女关系中处于主动的地位。女孩子见到中意的男性总是努力追求,尽管还很陌生,即使分离一段时间,再见面后还是要嫁给他。在小说情节中有时还增加一些武术、黑社会等内容。小说尤其喜欢大团圆结局,是一种典型的“好事多磨”的创作思路。在语言叙述上太过直白简单,就像一个没有多少世事经验的大姐姐讲故事,随情绪而定,发挥得好,则故事精彩,不好则一盘散沙。不过,在细读简单而模式化的席绢的小说后,还是会感受到作者的“爱情观”。例如她非常强调两情相悦、两相情愿的爱情模式,她认为一厢情愿是残缺的爱情,是悲剧的根源。再例如她强调“随缘”,她的作品中的人物总是认为自己和谁恋爱结婚是一种命中的注定,既逃不脱,也强求不了,命运安排,姻缘天定。这一些“爱情观”并不复杂深奥,很迎合现代年轻人的心理需求。文字有些秀稚之气乏于雕凿。于晴、席绢等人的小说在艺术性上明显逊于琼瑶一辈，但却较为流行，其法宝就在于现代观念和轻松阅读。可以这样说，过去受众因为生活的刻板单调而对言情小说的简单幼稚不加选择，现在因为生活的复杂艰难而要求言情小说简单省心。

第三节 卧龙生、司马翎等人的武侠小说[①]

如果以1949年作为台湾武侠小说创作阶段的开始，那么1950年5月台湾《自立晚报》发表的夏风的《人头祭大侠》是开山之作。之后基本上是郎红浣独撑局面。到20世纪50年代后期成铁吾、卧龙生、伴霞楼主、司马翎、诸葛青云等人登上文坛。到了20世纪60年代，又增加了陆鱼、慕容美、柳残阳、云中岳、独抱楼主、上官鼎、古龙、萧逸等人，他们一起造就了台湾20世纪60年代到70年代武侠小说的鼎盛期。1970年以后，很多作家宣布停笔，或者移居国外，而古龙佳作不断，并且越来越具有自我风格，台湾武侠小说进入古龙时期。1979年之后，金庸小说通过正式途径进入台湾，台湾的武侠小说也就始终在其笼罩之下了。

卧龙生(1930—1997)，原名牛鹤亭，生于河南省南阳县镇平镇，卒于台湾。年少时，他就是一个武侠迷，尤其喜欢还珠楼主和朱贞木。他自1957年在台湾台中的《成功晚报》上发表处女作《风尘侠隐》，从此一发而不可收，创作生命持续到1994年在《新民晚报》上发表的《梦幻之刀》，共发表作品54部[②]。卧龙生的代表性作品有《飞燕惊龙》《玉钗盟》《天香飙》《金剑雕翎》《飞花逐月》等。

卧龙生小说重视凸显女性的主体性。武侠小说很大程度上就是男人的世界，武侠小说与其说是“成人的童话”，不如说是男人的童话，小说中的打打杀杀、争霸江湖，几乎都是男性施展本领的空间。卧龙生的小说中，女性的主体地位却得到凸显与深化，这也形成了卧龙生武侠小说的特色之一，也成为其亮点。

---

① 本节参阅了刘全宗《武侠小说》中的文字，见汤哲声主编《中国当代通俗小说史论》，北京大学出版社2007年版。

② 依据是经过卧龙生本人授权的太白文艺出版社1996年出版的《卧龙生真品全集》和1998年出版的《卧龙生真品集外集》。

小说以刻画人物取胜。卧龙生的小说是男性形象单薄和女性形象鲜活并存。在卧龙生的武侠小说中，男主角往往具有一副英俊的面孔，但行事思考却有些弱智，毫无性格可言；而女性角色不仅具有美丽的姿色，更是身怀绝技并兼足智多谋。走出女性叙事关键一步的是《天香飙》，小说讲的是黑道武林盟主胡柏龄欲改恶向善，但其作为既为黑道不齿，也为白道不容。结果，在一场正邪双方的激战中，胡柏龄为武林正义捐躯，可谓“出师未捷身先死”。胡柏龄的妻子谷寒香在“恨”的作用下，从幕后走到前台，从一个柔弱的女子成为左右武林大局的人物，她以美色换取武功，后得到三妙书生的帮助，苦练绝技，造成武林杀劫，结局是香消玉殒。在这部小说中，女性作为第一叙事主人公开始崭露头角，类似的还有《无名箫》等作品。女性英雄既然已经走到前台也就逐步成为故事的第一叙述主体，如《天龙甲》《女捕头》《袁紫烟》等作品。《天龙甲》的主人公是庄璇玑，她聪明、美丽、武功神奇，众多男性以她为中心形成了挽救武林危亡的力量，她不仅要抛头露面擒拿强敌，而且出谋划策她也是当仁不让的核心。在斗智斗力的较量中，她降服了活人冢，擒其首脑谭奎、高空。在这里，男性角色成为为女性主人公推波助澜的力量，这一反众多武侠小说中的江湖世界是男性世界的规范，有其独创性。到了《袁紫烟》中，女性更是当仁不让地占据了第一、第二主人公的位置，男性角色的边缘化在这部小说中显露无遗。

女性成为武侠小说的主人公，女性的主体性追寻自然就得到表现。小说中女性主体性的追寻集中地表现在女性对自己爱情的积极争取。卧龙生的小说《风尘侠隐》里的凌雪红，之后的沈霞琳（《飞燕惊龙》）、梅绛雪（《绛雪玄霜》）、百里冰（《金剑雕翎》）、朱盈盈（《飞花逐月》）等众多女性都是爱情的自主追求者。即使是一些次要的女性角色，作者也写出了她们自我意识的苏醒过程，如《春秋笔》里的绿荷、黄梅、红牡丹等人。

卧龙生是新派武侠小说中机关方术描写的集大成者。机关方术的形成与道家的修炼丹药有直接的关系，也与中国的传统文化紧密结合在一起。在新派武侠时代，卧龙生则将机关方术发扬光大，小说中机关的精巧、神奇、玄妙是他的创造，也是其小说的特色。《金笔点龙记》最具代表性，小说中五毒门、璇玑宫、造化城的精巧布局和构造的刻画令人拍案叫绝。作者对正邪交战的主战场——造化城的描写更是精彩，作者写出了“人间地狱”的阴森，“万家院”的恐怖。造化城内的设计凸显了作者丰富的想象力。

卧龙生小说的模式化是比较明显的。综观他的作品，大致可以总结出两种情节或故事模式。

模式一：小说开头往往是大祸来临（经常是主人公的父母或者师门惨遭横祸），接下来故事一般有两种走向：一是惨遭横祸的主人公拜名师学艺然后再图复仇；一是时光流转，转瞬数年，主人公直接插手追查凶手。在寻找仇人过程中却发现江湖已是暗潮汹涌，故事发展到这就进入了正义与邪恶的较量。正邪之战中，正方往往处于局势危急的劣势，这时往往会有名门正派的武林人士前来相助，是助人也是为己，但名门正派这时发现为时已晚，自己派内已是岌岌可危，江湖处于千钧一发之际。故事的走向又可分为两种，一是主人公得前贤之助（此前贤智勇双全，武功可与邪魔抗衡，但往往不是邪魔之对手，但又完全有震慑邪魔的作用，起码可以延缓邪派发动最后一击的时机。这更大程度上是为了让主人公最后亲手降魔成就一世功名）。一是得异宝（像武功秘籍、利刃、神丹等皆在此列）助主人公战斗力急剧增强。这样，斗争双方的力量就会出现正长邪消，局势开始向着有利的一面发展（需要说明的是，在挽救江湖危亡中，主人公往往发现自己的敌人本来就是邪派的首脑，要么就是与邪派首脑有着千丝万缕的联系，这样维护武林正义和为自己的师长复仇就融为一体了）。最后，在正邪关键一战中，主人公（也可能几人合力）力敌邪魔，当然，锄恶过程大多充满艰难却也有惊无险，少量小说也存在主人公与邪魔同归于尽（也存在魔未亡，而主人公则殒命的，但魔还是为正义力量铲除或者是自己忏悔而永离江湖，这增添了小说的悲剧力量，从而更能引起读者的共鸣。《玉钗盟》就是一例）。这种模式的小说几乎占卧龙生小说的一半，如《风尘侠隐》《惊鸿一剑震江湖》《玉钗盟》《绛雪玄霜》《天剑绝刀》《花凤》《春秋笔》《飞燕惊龙》《无名箫》等等。

模式二：小说一开始，江湖大局在经过了数十年的安稳后又潜伏着一股暗流，暗流的端倪经常是一件离奇的事件（如镖局失镖，神医、状元失踪等），暗流的涌现则往往是传统的名门正派内部出现内乱并且在江湖上威信受到极大挑战但挑战者是谁无人得知，这个时候，主人公或受师命或受门派之托，入江湖查原委；经查，暗流始作俑者目的就是为了江湖霸权。于是，一场交战就此展开，交战过程和正邪的比拼，与模式一大致类似。这种模式的故事的趋向是主人公对暗流的摸索是由枝节到主干直到查出其幕后主首，最终，道长魔消。代表性作品，如《天龙甲》《飞花逐月》《神州豪侠传》《金笔点龙记》《剑气洞彻九重天》《烟锁江湖》《翠袖玉环》等等。

司马翎(1933—1989),本名吴思明,另有"吴楼居士""天心月"等笔名,广东汕头人。1947 年移居香港,1957 年到台湾,就读于台湾政治大学政治系,大二时试作《关洛风云录》一举成名。接着休学一年,同时撰写多部小说在报刊连载,一时声名鹊起。毕业后曾任台湾《民族晚报》记者、台湾《新生报》编辑。司马翎的代表性作品有《关洛风云录》《剑气千幻录》《剑神传》《剑胆琴魂记》《圣剑飞霜》《帝疆争雄记》《纤手驭龙》《八表雄风》《剑海鹰扬》等。

与卧龙生相同,司马翎小说营造了武侠小说的女性情感世界,构成了侠情特色。

司马翎武侠小说中的女性形象基本可划分为三种类型:

一是"弱女不弱"。在司马翎的作品中,很多女子看似楚楚可怜急待拯救,却以她们柔弱的身躯焕发出别样的风采。例如《帝疆争雄记》中的凌玉姬,她虽然有一个武功盖世、号称"帝疆四绝"之一的父亲凌波父,但她本身却并不会武功,加上她那倾国倾城的美貌,更使她在险恶的江湖中居于弱者的地位。可就是这么一个弱女子,她在被别人保护,被别人拯救的同时,亦充当了一个拯救者的角色。与凌玉姬相比,《纤手驭龙》中的云秋心更是一个不折不扣的弱女子,她被西域高手博勒拿来作为与药王梁康比试的武器,以致浑身是毒,必须得靠毒药来延续生命。可就是这么一个"一片秋心"的纯情少女,她在面对裴淳、朴日升这一正一邪,却同样出色的男人时,固然柔情似水,但却始终没有放弃自己的主见,并没有在这两个伟男子面前成为一株只会依附的藤萝花。

二是"魔女淫娃"。司马翎将这些反面女性描绘得血肉丰满,将她们的内心世界、心路历程予以了最为翔实的展现。《帝疆争雄记》中的美艳夫人,是一个艳绝当世的尤物,平生以色相布施天下,媚惑天下男人,是一个典型的反面角色。司马翎在塑造这一形象时,固然突出了她性格中阴狠、毒如蛇蝎的一面,但对于她性格中的一些软弱的因素,如对于年华老去,青春不再的悲哀,及对于自己女儿(凌玉姬)的真挚的亲情,亦给予了充分的展现,最后更写到她为了女儿的终身幸福,不惜放弃一切而出家为尼,着实把一个反面角色写得活灵活现,真实可信。比及普通武侠小说中那些性格恒定的"天生色情狂",甚至是古龙武侠名篇《多情剑客无情剑》中的林仙儿形象,都可谓是高出一筹。与美艳夫人不同,《血羽檄》中的裴夫人更多展现在我们面前的是一个复仇女神的形象。司马翎描写这一形象时，写出了其内心活动的复杂，善与恶的纠葛，把裴夫人描写成一个为爱所困而变得不择手段的女人，写出了她的苦衷和种种不得已，而并非一般意义上符号化的“魔女淫娃”。

三是“侠女柔情”。相对于前两种女性类型，对于“侠女柔情”型的女性，司马翎的描写最为成功。

在司马翎的武侠小说中，女性的情感历程及其心理得到了充分的展现。相较于大多武侠小说中“数女追一男”的模式，司马翎往往反其道而行之，在一个女侠的身边安排了几个各具风采和特色的正派、邪派青年高手，让他们共同闯入该女侠的情感世界，让女侠在爱情的取向和选择上经受充分的考验，使其自主性和独立性得到充分的发扬，在众多选择中剖分其优劣，以定归宿。在司马翎的成名作“石轩中系列”中，女主角白凤朱玲的周围，既有气质轩昂、风采拔俗的石轩中；又有从小一起长大，对自己呵护备至的大师兄西门渐；有俊美无俦，狂傲却又深情款款的宫天抚；又有无情而深情的“无情公子”张咸。他们之间的关系及各自的情感历程一波三折，虽然最终的选择仍然是情归侠客，但在其间却充满了误会和波折。男女侠客已不再是道德上的完美形象，误会、嫉妒、私心，使两两之间的感情波澜连连，随时可能导致逆转，正是连连的波澜，使女侠在感情选择上的“自主性”得以充分凸显。正缘于此，司马翎笔下的女侠，以其“情感的自主性”获得了在其他小说中难以企及的丰富深刻的生命内涵。

司马翎小说的局限性在于其小说结构不严谨，许多故事情节缺少铺垫；喜欢在细枝末节上大做文章，显得尾大不掉，如《剑海鹰扬》中，作家在千钧一发的情势下插入文达、莲姬二人的爱情故事的描写。小说局限性还体现在为迎合商业化而导致的媚俗。司马翎在武侠小说中不断求新求变，固然是由于他对于武侠小说的不断探索，同时亦是由于其对武侠小说的通俗性地位的认识，他必须不断地满足和适应观众随时变化的喜好与需求。无可讳言，司马翎在其创作中有“为稻粱谋”的一面，其性格中更有一些商人的品性，故而其有一些作品为了迎合观众的某些庸俗性需求而曲意迎合，在武侠小说中对于女性的描写有时过于开放，失之于度，以至于失去了武侠小说应有的对于情感描写的含蓄的美。其晚期作品更是出于求新求变的目的而学步于古龙，失其故步，“成也萧何，败也萧何”。

第四节 古龙的武侠小说

古龙(1938—1985),原名熊耀华,祖籍江西,出生于香港。14岁时,随着父母从香港移居台湾读书,4年后,父母离婚。他靠朋友接济和半工半读,完成了台湾淡江英专(今淡江大学)外文系的学业。工作了一段时间后,就以古龙的名字专职写小说,靠稿酬为生。1960年发表武侠小说处女作《苍穹神剑》,但故事俗套、技巧甚劣,乏善可陈。古龙的小说创作从艺术性上来说有明显的分期:第一阶段是起步阶段(1960—1965),代表作有《孤星传》《浣花洗剑录》《大旗英雄传》;第二阶段是成熟和高峰阶段(1966—1975),代表作有《武林外史》《绝代双骄》《楚留香传奇》《多情剑客无情剑》《萧十一郎》《陆小凤传奇》《七种武器》等;第三阶段是衰退阶段(1976—1985),代表作有《白玉老虎》《猎鹰·赌局》等。古龙一生没有离开过酒,最终也因酗酒于1985年离世。

古龙曾创作纯文艺作品,1960年,他向读者展示了自己的武侠小说处女作《苍穹神剑》,但不管是在故事情节还是小说技巧上,都是俗套的,毫无新意。在古龙的创作道路上,《浣花洗剑录》迈出成功的第一步,小说塑造了方宝儿这一人物形象,尤其可贵的是小说开始运用诗意的、富有哲理的语言,这是形成古龙风格的开端。《武林外史》是古龙小说创作的转折点,它的里程碑的意义在于:小说将侦探小说、推理小说的手法运用于武侠小说的创作;同时,小说刻画的主人公沈浪也是作者"浪子形象"系列的开端。《武林外史》以一场血腥惨案为开始,敷衍出一个又一个曲折的武林故事,王怜花的妒忌、朱七七的任性、沈浪的机智,都刻画得惟妙惟肖。《绝代双骄》是一部古龙研究中绕不开的作品,小说结构恢宏、情节扑朔迷离、人物栩栩如生。书中,移花宫的邀月、怜星公主因爱生恨,将天下第一美男江枫及其妻子花月奴杀害,并把两个孤儿分别抚养,布下"棋局",企图让两个孤儿在长大后自相残杀。作为孤儿之一的江小鱼刁钻古怪、聪明机灵,他在出道江湖后,见义勇为、乐于助人,同时,又喜欢捉弄别人,凭着机智聪敏,他不仅为父母成功复仇并且与自己的亲兄弟花无缺相认。相比于古龙后来成熟期的系列小说,该小说结构庞大,情节环环相扣,在大起大落中塑造刻画人物,江别鹤的伪善、江玉郎的阴险、"十大恶人"的众生相,都塑造得入木三分。之后,古龙将自己推理和设置悬念的特长发扬光大，推出了《楚留香传奇》《多情剑客无情剑》《陆小凤传奇》等侦探推理武侠小说，这时期的古龙创作已经形成自己鲜明的风格。《楚留香传奇》写的是楚留香的破案传奇，如侦破无花杀人案、掷杯山庄借尸还魂案等；《多情剑客无情剑》则以李寻欢破“梅花盗”案为线索，揭开了林仙儿和上官金虹的阴险毒计；《陆小凤传奇》中的陆小凤则俨然是一个中国的福尔摩斯，他是江湖世界中的大侦探，他从细节出发查出杀害大金鹏王的真凶，从对话中发现破绽，揭开“红鞋子之谜”，侦破“老刀把子”真相。《陆小凤传奇》洋洋百万言，事实上写了六个主人公破案的故事，是典型的武侠推理小说。“七种武器系列”也是古龙的优秀的作品，包括《长生剑》《碧玉刀》《孔雀翎》《多情环》《霸王枪》《离别钩》和《拳头》，小说讲述了七段完全独立的故事，塑造了七个不平凡的人，刻画了七种不可思议的武器。“七种武器”分别象征着七种力量——笑容、信心、诚实、信任、勇气、谦虚和智谋。[①]这七种力量就是人格的力量。七个故事的主人公，都不是武功最强的人，但他们凭着这人格的力量，战胜了对手，也战胜了自我。这七种力量，才是最有力的七种武器。之后，作者陆续推出了《剑花·烟雨·江南》《边城浪子》《飞刀，又见飞刀》《火并萧十一郎》《猎鹰·赌局》等作品，但已经大不如前了。

在古龙开始武侠小说创作时，金庸、梁羽生都已经大红大紫，他尝试超越前人，金、梁的小说对人生书写都是在传统的道德世界范围内，古龙“求新、求变”，形成独具一格的小说特色。

中国武侠小说的文化取向是中国的传统文化，儒释道的思想精髓常被演化成武侠小说的某种理念。与其他作家不同并显得特别突出的是，古龙把世界文化之中的现代意识和现代情绪引进了武侠小说之中，从而大大拓展了中国武侠小说的文化空间。人类的思维总是处于二律背反之中，在人类的社会活动越来越集团化的同时，人们对社会集团化的意义产生了怀疑；在人们都在寻求某一种信仰作为生存的精神动力时，人们似乎又对信仰中的某些既定的人生的结论产生了怀疑。这种思维常使现代人的行为和理想、理性和感性产生矛盾。在社会生存空间中，人们却越来越感到孤独；在

① 古龙“七种武器系列”的最后一部小说《拳头》代表什么力量有不同解读。有人说是智谋，有人说是不放弃，也有人说是共有等等。

既定的人生模式中，人们对自我价值的存在越来越感到恐慌。这就是现代社会的孤独感和寂寞感。古龙的小说表现的就是这样的现代意识和现代情绪。李寻欢、萧十一郎、楚留香、陆小凤，这些古龙笔下的英雄人物无不是这种现代意识和现代情绪的象征。他们是侠肝义胆的武林高手，他们为江湖世界而生，也为江湖世界而死，他们离开江湖世界就无法生存。然而，他们又是那么孤独和寂寞，他们所遇到的人，无论是男女老少，几乎都心怀叵测，阴险毒辣；他们很少有朋友（小说《流星·蝴蝶·剑》的主题竟是“你的致命敌人，往往是你身边的好友”），即使有一两个朋友，也很难与他们达到思想交流的境界。他们自称是匹“孤独的狼”，而不同于成群的“羊”（《萧十一郎》中萧十一郎语），羊受伤了有人照顾，狼受伤了只能依靠自己，“狼被山猫咬伤，逃向沼泽，它知道有许多药草腐烂在那里，躺了两天又活了”，“暮春三月，羊欢草长，天寒地冻，问谁饲狼？人心怜羊，狼心独怆。天心难测，世情如霜……”萧十一郎的这番凄凉的话和这首凄凉的歌裹挟着更多伤感和无奈。

也许是因为与这世界格格不入，他们对死亡也就看得很轻。死亡在他们看来只不过是人的一个正常的归宿，他们所需要的是快意的生活、快意的人生，“人生得意须尽欢，莫使金樽空对月”。《多情剑客无情剑》中的李寻欢既喝了一口毒酒，那就干脆把一壶毒酒都喝掉，“我为什么不多喝些，也免得糟蹋了如此好酒。”就是死也要死得快活。金庸、梁羽生小说中的大侠在决战之前，总是闭门静思，或加紧研练心法绝技，古龙小说《武林外史》中的沈浪在与快活王决战之前是美餐一番：“快下去吩咐为我准备一笼蟹黄汤包，一盘烤得黄黄的蟹壳黄，一大碗煮得浓浓的火腿干丝，还要三只煎得嫩嫩的蛋，一只甜甜的哈密瓜……快些送来，我现在什么都不想，只想好好吃一顿。”侠盗楚留香的那只漂流不定的船，也许有着暗示主人人生飘忽的含义，但装饰之豪华令人咋舌，另外还有美酒、美肴和三位充满魅力的美女宋甜儿、李红袖、苏蓉蓉。至于那位不知生死在何处的、有四条眉毛的陆小凤更会享受：“舟，扁舟，一叶扁舟。一叶扁舟在海上，随微波飘荡。舟沿上搁着一双脚，陆小凤的脚。陆小凤舒适地躺在舟中，肚子上挺着一杯碧绿的酒。他感觉很幸福，因为沙曼温柔得像一只波斯猫那样腻在他身旁。沙曼拿起陆小凤肚子上的酒，喂了陆小凤一口……”不再是苦守古墓，勤学苦练，也不再是古庙晨钟，枯坐守禅，而是生命无畏，人生无定，充满了情欲和物欲。今朝有酒今朝醉，古龙的小说夹杂着一股世纪末的情绪。

在武侠小说作家中，写作最轻松的大概要数古龙了。他后期的小说中没有什么历史背景，他无需为是否违背历史的真实而拘束；他笔下的人物没有什么国家的大业、民族的复兴的重任，他们介入江湖纠纷相当程度上是由于自我的兴趣，随兴所至，作家的笔就显得特别的潇洒；古龙似乎不愿意在纸上摹画武功，那就干脆不写武功的招式，只写武斗的结果。《多情剑客无情剑》中是这样写李寻欢的飞刀和阿飞的快剑的："他瞪着李寻欢，咽喉里也在'格格'地响，这时才有人发现李寻欢刻木头的小刀已到了他的咽喉上。但也没有一个人瞧见小刀是怎会到他咽喉上的。"这是李寻欢的飞刀。再看阿飞的快剑："忽然间，这柄剑已插入了白蛇的咽喉，每个人也瞧见三尺长的剑锋自白蛇的咽喉穿过。但却没有一个人看清他这柄剑如何刺入白蛇咽喉的。"要想达到这么快，就要达到人剑合一的上乘的武功境界。既遮掩住了自己的弱项，又将其美化，这实在是聪明之举。这种聪明还体现在小说的情节安排和人物的刻画上，最能体现这一特色的作品是《绝代双骄》。这部小说的故事就像一个大恶作剧，情节安排就像做游戏，移花宫的两位宫主所设计的让江枫的两个亲生儿子互相残杀的诡计是游戏的开始，江小鱼和花无缺的兄弟相拥是游戏的结束。这其中，江小鱼和花无缺所做的每一件事，又无不是依据游戏的规则在进行。小说中最生动的人物都带有游戏色彩，恶人谷的"十大恶人"、占小便宜吃大亏的"十二星象"、耍尽心机的江玉郎，特别是油滑的江小鱼，本来就是恶作剧的产物，又被"恶作剧"般地培养，而他又恶作剧地对待每一个人。作者写得轻松，读者也读得轻松。聪明的是作者没有忘记要在游戏之中写出人性来。游戏本来就是假的，人性却是真的。在游戏中，机智、贪婪、恶毒、狡诈……人性中的所有的特点都会充分地暴露出来，古龙将这些人性表现得淋漓尽致。

这就是古龙小说中的英雄和美女的形态和心态，他们潇洒人生，却又多愁善感；快意恩仇，却又自伤自怜。不过，虽然古龙笔下的英雄美女表现了作家的人生理念，但男女之别又决定了他与她的不同位置。在大多数武侠小说之中，女性的位置是微不足道的，甚至是卑下的（有些作家对女性比较尊重，如司马翎、卧龙生）。金庸小说中女性总是为情而活，被情所累。这些女性形象尽管都不完美，但她们都还有自己的意志和奋斗的目标，她们还是一个人。在古龙的小说中，女性只是一个符号，代表了情欲和淫欲。朱七七为了追到沈浪，历经千辛万苦，日散千金在所不惜(《武林外史》)；凤四娘为了萧十一郎会从花轿中跳下逃跑(《火并萧十一郎》)；楚留香身边的那三个女人更是争风吃醋(《侠盗楚留香》)……这些女人都在追逐她们心中的偶像，她们是情欲的象征。还有一些女性也在追逐她们心中的偶像，但其手段卑鄙毒辣，《绝代双骄》中的邀月公主、怜星公主、屠娇娇；《侠盗楚留香》中的石观音、水母阴姬；《多情剑客无情剑》中的林仙儿……这些女人追逐男人不是为了情，而是为了自我的淫欲，她们是淫欲的象征。无论是情欲和淫欲，她们都依靠男人而生存，都缺乏女性自我的人格。不仅如此，古龙小说中还有不少对女性的不健康的描写，《武林外史》中漂亮的朱七七被易容成又丑又哑的老太婆，得到解救后放到药水盆里数日方才泡松皮肤。小说还让沈浪为赤裸的朱七七一根一根地拔掉身上的麻丝。《陆小凤传奇》中最后陆小凤杀掉了宫九，不在于陆小凤武功高强，而在于身后的沙曼脱光了衣服引诱宫九犯病(其实就是性变态)。不仅如此，古龙常常用对女性的杀戮和女性的情欲的表现来刺激读者的感官。我们举《陆小凤》中的两则例子加以说明：

屋子里的情况，远比屠宰场的情况更可怕，更令人作呕。

三个发育还没有完全成熟的少女，白羊般斜挂在床边，苍白苗条的身子还流着血，沿着柔软的双腿滴在地上。

一个缺了半边的人，正恶魔般箕踞在床头，手里提着把解腕尖刀，刀尖也在滴着血。

她的呼吸更急促，忽然倒过来，用手握住了陆小凤的手。

她握得实在太用力，连指甲都已刺入陆小凤的肉里。

她的脸上已有了汗珠，鼻翼扩张，不停地喘息，瞳孔也渐渐扩散，散发出一种水汪汪的温暖。

一是写恐怖，一是煽动情欲，这样的感官描写几乎遍布古龙的小说，是古龙小说特有的风景线，它们与神奇的人和离奇的事裹挟在一起，大大刺激了读者的阅读欲望。女人就如玩物和工具一样，她们只是提供给男性享乐或为男性所用。对于古龙小说中的“重男轻女”的现象，有人认为这是作者重友情轻爱情，表现出了英雄的人格。这是粉饰之词，应该看到古龙的小说有着严重的歧视女性的倾向。

古龙说："我们这一代的武侠小说，如果真是由平江不肖生的《江湖奇侠传》开始，至还珠楼主的《蜀山剑侠传》到达巅峰，至王度庐的《铁骑银瓶》和朱贞木的《七杀碑》为一变，至金庸的《射雕英雄传》又一变，到现在又有十几年了，现在无疑又已到了应该变的时候！"①古龙竭力地使自己的小说求新求变。那么古龙又是怎样变革武侠小说的呢？这与他接受的教育有很大关系。古龙就读于台湾淡江大学外文系，大学期间他阅读了大量的外国小说，接受的是现代教育。在创作上，他最初是以创作纯文学登上文坛的，写过一些爱情小说。这些文化经历都在他的武侠小说创作中留下了痕迹。他说："要求变，就得求新，就得突破那些陈旧的固定形式，尝试去吸收。《战争与和平》写的是一个大时代中的动乱，和人性中善与恶的冲突，《人鼠之间》写的却是人性的骄傲和卑贱，《国际机场》写的是一个人如何在极度危险中重新认清自我，《小妇人》写的是青春和欢乐，《老人与海》写的是勇气的价值和生命的可贵……这样的故事，这样的写法，武侠小说也同样可以用，为什么偏偏没有人用过？谁规定武侠小说一定要怎么样写，才能算'正宗！'"②从这段话中可以体会到古龙变革武侠小说的基本思路：从外国小说中接受养分作为武侠小说的新的元素。

"外国小说"，这是一个泛化的概念，但是与以中国文化为中心的东方文化比较起来，却说明了另一种价值取向。古龙这段话中列举的小说虽多，却有一个共同点，那就是它们都表现了不同于中国文化的人性。古龙小说中的现代意识和现代情绪正是源于这些外国小说所表现出来的人性。不仅是小说的价值取向和人物形象的塑造，古龙的小说情节同样受到外国小说的影响，其中最为深刻的影响是英美的"硬汉派小说"和日本的推理小说。

"硬汉派小说"是起源于英美的侦探小说的新形式，比较著名的作家有美国的达希尔·哈米特(Dashiel Hammett，代表作《马耳他雄鹰》)、美国的雷蒙德·钱德勒(Raymond Chandler，代表作《长眠不醒》)、英国作家伊恩·弗莱明(Ian Fleming，代表作 007 系列小说)等。"硬汉派小说"起源于 20 世纪 50 年代，盛行于六七十年代，20 世纪 80 年代走向高潮，至今继续流行。这类小说以侦破案件和捉拿刑犯作为小说的主要情节，主人公被卷入案件，

①② 古龙：《多情剑客无情剑·代序》，海天出版社 1988 年版，第 2 页。

或是被派遣;或是无意中被拖进去了;或是为了说清自己身上的冤情去抓真正的罪犯。他们总是单枪匹马,其危险不仅来自对手,还来自身边。他们的心永远是孤独的、寂寞的,却又是顽强的。拼搏生活也享受生活、忍受折磨也迎合诱惑、坚持原则也不拘小节,这是他们的生活的态度。当然在他们侦破案件时,身边都有一两个美貌的女性,她们无论是敌是友,最后终被主人公的魅力所征服(如007邦德)。个人英雄主义的主题,曲折离奇的情节,阳刚阴柔相兼的格调是"硬汉派小说"的基本风貌。将这些特征与古龙的小说相比,就会发现,它们太相似了。楚留香、陆小凤、沈浪、李寻欢、萧十一郎,他们既是一位大侠,又何尝不是一位侦探。他们的所作所为就是侦破一个案件,这个案件就是一个江湖秘密。他们身边也有很多女人,这些女人无论是敌是友,见到他们都是要死要活的。"硬汉派小说"给古龙提供了构思小说情节结构的蓝本,给他的小说人物带来了现代的气息,说古龙的小说是"硬汉派武侠小说"也不过分。

日本的推理小说同样是层层推理的情节推进,是侦探小说模式。它的特点是情节神秘和离奇,同时在层层推进中逐步地展示人性。受到日本推理小说的影响,古龙对武侠小说的情节神秘和离奇进行了极大的渲染和夸大。他的小说不写朝廷王室,也很少写武林派别,总是写邪派魔教如何在江湖上兴风作浪,而这些邪派魔教的所在地总是在人迹稀少之处,要么是大沙漠,要么是海底,要么是冰封的北国,要么是陡峭的绝壁。这些地方本已足够神秘离奇了,作者还写了邪派魔教在这里设置了种种的机关,那就更不可思议了。环境描写是静态的,很多作家都可以写,古龙的特色是写神秘离奇的人。明明是寻常之辈,却是武林高手;明明是仁慈之辈,却是邪恶魔头。愚者弄巧,智者中计,凶手背后有凶手,圈套背后有圈套。以他的《七种武器》为例,小说写了七种武器,也就是七则意外的故事。《碧玉刀》中段玉要到"宝玉山庄"当女婿,半路上受到青龙会的暗算,他舍身相救的那个女孩,竟然是青龙会所设的"香饵"。段玉开始以为凶手是铁水,后来又以为是顾道士,最后才发现真正的凶手是顾道士的妻子花夜来。凶手和圈套扑朔迷离。《长生剑》中方玉香处处讲朋友的义气,被白玉京视为朋友,实际上却是一个阴险的小人;那个在白玉京面前那么温柔的女人,竟然是青龙会的女魔头。值得提出的是,古龙在渲染和夸大小说的神秘和离奇的同时,还在人性的挖掘中为这些神秘和离奇寻找根据,因此,他的小说中的某些情节那么神秘和离奇，大多数读者却能接受，似乎还从中有所悟，有所得。同样以《七种武器》为例，《离别钩》中，狄青麟与万君武赌气买马，赢了马的狄青麟却又将马送给了万君武，然后又将万君武杀了。小说的人物如此善变，读者却能接受，因为读者知道甚至欣赏狄青麟的阴险和狡诈，谁会相信如此慷慨的送马者竟是凶手呢？狄青麟明明喝下了美女青儿下毒的酒，然而他却没有死，而且杀了青儿以及幕后策划者花四爷，人物如此神奇，令人吃惊，但细想起来，却能接受，因为狄青麟本就是一个善于伪装之人。不可思议是侦探小说的特点，古龙则把不可思议推演到人际关系之中，并从中寻找出根据，这是古龙的艺术功力。

古龙的小说受到“外国小说”的影响是明显的，聪明的是他对其做了中国化的处理。这种处理表现在四个方面。他在小说之中尽管表现了很多新的思想，但从不走极端。现代意识和现代情绪体现在小说情节发展的过程中，结尾从来都是“中国式”的。个性主义体现在人物的行为上，并且尽量地与中国的道家文化结合起来，善恶是非的评判标准也从来都是“中国式”的。恶有恶报，善有善报，作恶者必自毙，好心人必得好报，这是中国人处人遇事中的最基本的告诫，也是古龙小说中最常见的结局和道德底线。有了一个令人满意的结尾和做人的标准，中间不管你怎么变，怎么西方化，中国读者似乎都能接受。

仔细分析古龙这些方面的中国化处理，可以看出他实际上是在修正小说中可能出现的过分的“西方化”的倾向。应该说，他修正得不错，使得他的小说既摆脱了中国传统的武侠小说的创作之路，给他带来了独特的风格，又保持了“中国武侠小说”的基本原则。

优秀的武侠小说总是不甘心停留在武功和侠义的层面上，总是要展现更多的人生内涵。金庸和梁羽生的小说是江山和江湖的结合体，他们将人生和生活哲理通过历史的评判和人物的刻画表现出来，古龙的小说是探案和江湖的结合体，它缺少历史沧桑感，却具有情节的多变，于是他干脆就根据情节的发展来点评人生哲理性，例如：

> 一个人绝对不能逃避自己——自己的过错，自己的歉疚，自己的责任都绝对不能逃避。因为那就是自己的影子，是绝对逃避不了的。
>
> ——《碧血洗银枪》

只要是人，就有痛苦，只看你有没有勇气去克服它而已。如果你有这种勇气，它就会变成一种巨大的力量，否则，你终身被它践踏和奴役。

——《七种武器》

和赌鬼赌钱时弄鬼，在酒鬼杯中下毒，当着自己的老婆说别的女人漂亮，无论谁做了这三件事，都一定会后悔的。

——《多情剑客无情剑》

这些表现人生哲理或生活哲理的语言都出现在小说情节发生转变的时候，并且都有事实的证据，似乎也就成为了人生经验的某种总结。由于古龙小说情节多变，这样的语言也就遍布古龙的小说。

与注重情节相匹配的是古龙小说的叙述语言。他很少用长句，而多用短句，而这些短句又常常如散文诗式排列。这些排列的短句总是抓住中心词，反复地变换意思，如：

屋子里有七个人。

七个绝顶美丽的女人。

七张美丽的脸都迎着他，七双美丽的眼睛都瞧着他。

阿飞怔住了。

这段表述中，"七"是中心词，围绕着"七"字，作者在推动情节的发展。这样的句型排列，增加了小说的节奏感和紧张感，还带有一些俏皮的意味。这是古龙的创造。

古龙将电影分镜、换景手法用于小说创作，这在古龙后期创作中体现得最为明显，代表性作品有《萧十一郎》《陆小凤传奇》《七种武器》《天涯·明月·刀》《流星·蝴蝶·剑》等。《萧十一郎》更是由电影剧本转化成小说，其中保留了诸多电影镜头的特色。

古龙是中国武侠小说的革新者，然而，革新者的价值除了自己的成功之外，还应该带领后来者一起形成一个新的局面。从这个意义上说，古龙并不成功。古龙之后武侠小说的创作者中再也没有出现读者基本认同的武侠小说大家，为什么呢？是后来者不会讲故事么？不是。是后来者缺少才气吗？

也不是。在我看来是后来者对古龙的创新思维认识不够，只追随古龙的创新，却没有能充分地了解古龙小说创新中的求变，只看到古龙怎样地从外国小说中吸取营养，却没有看到古龙又努力地"修正"。

武侠小说毕竟是中国特有的小说类型，它是建立在中国传统的文化和中华武功之上的，排除了中国传统的文化和中华武功，"中国式"的武侠小说就难以成立了，或者就不能称为"武侠小说"。严格地说，古龙的创新思维与武侠小说传统文化的要求是相背离的，外国小说中的人性说到底是以个人主义为根本，侦探小说说到底是以法律作为它的价值取向，这些都与中国的传统文化和道德标准形成偏差。古龙的成功在于他在人物塑造和情节结构的层面上吸取外国侦探小说的营养后，在个性化处理中创造性地弥补外国小说吸取中的不足，虽然很多弥补显得相当的外露和吃力，但是他毕竟在基本原则上掌握好了一个"度"字。如果看不到古龙小说创新中的求变，以为只要将外国的新鲜的因素拿来改变武侠小说的模式就是创新（当代香港很多武侠小说作家追求武侠小说与魔幻、科幻小说的结合，大陆的新武侠小说作家追求武侠小说与动漫的结合），那就是走进了创新的误区。这些创新的武侠小说看起来有了新的因素，丢掉的却是小说的"武侠味"。武侠小说需要创新，但是创新之路究竟怎么走，古龙小说提供的是创新的勇气和成功的个案，还是放之四海而皆准的标准，这是值得后来者们思考的问题。

第五节　高阳等人的历史小说

台湾的历史小说大致上分为两条路线。走"贵虚"路线的代表作家是南宫博。南宫博的历史小说基本上依据大众耳熟能详的历史人物或者历史事件铺演现实观念、表现现代情绪。代表作品有《风波亭》《江山美人》《武则天》《杨贵妃》等。南宫博的小说迎合着商业需求和娱乐的欲望。台湾的另一位作家李敖也走着"贵虚"路线，只不过他是借历史写思想。他的长篇历史小说《北京法源寺》是近年来被大众关注较多的作品。《北京法源寺》有一个故事的外壳，在这个外壳中，康有为、谭嗣同、梁启超为民族、国家存亡而心怀忧虑、探寻出路，他们发起了戊戌变法，最终又走向失败。这些活动通过北京法源寺串联在一起，寺的存在意义，在于它是英雄们的精神寄托。在故事的外壳下，这部历史小说的核心是思想。这恐怕跟李敖的身份有关系，他毕竟是一个思想斗士。在作品中，人物通过大段的对话，来论述作者关注的主题：生死、鬼神、僧俗、出入、仕隐、朝野、家国、君臣、忠奸、强弱……[①]作者在《我写〈北京法源寺〉》中说，之所以以大人物为表现对象，集中阐述思想，一是因为要突破其他历史小说"替杨贵妃洗澡""替西太后洗脚"的无聊境地，一是要扭转传媒时代以来小说在视觉映像上的落伍局面和在传播媒体上的败绩，通过加强仅能由小说来表现的思想来巩固小说的地位。

走"贵实"路线的是高阳。

高阳1922年生于杭州，原名许晏骈，1992年病逝于台北。台湾历史小说因高阳而辉煌。自1961年的《李娃》，到1992年的《苏州格格》，高阳一生共创作历史小说近六十部，其中以清代题材为最多，高阳最为人熟知的《慈禧全传》及"胡雪岩系列"是他清代题材小说中的佼佼者，此外，他的"曹雪芹系列"也具有相当影响[②]。高阳历史小说的最显著特征有两个：一是史料极为丰富。在《慈禧全传》中，高阳不仅采纳了正史材料、民间传说，同时对于朝廷制度、后宫规矩以及官场潜规则等等细节均有大量表现。高阳曾以"野翰林"自称，在他的小说中，能够增加作品历史感的细节都被大量运用，小说情节发生时代的社会情境被较丰满地建构。二是小说充满人情世故。对于小说中人物的行为，高阳往往赋予很浓的人情味，从人情人性的角度来揣度人物内心，推动人物行为发生。这两个特征使得高阳小说成功地营造了真实感，这个真实感很容易被读者大众所认同。

"胡雪岩系列"大陆出版时分为5部：《平步青云》《红顶商人》《灯火楼台》《萧瑟洋场》《烟消云散》，并冠以总题目"胡雪岩全传"，叙说胡雪岩由富及贫的人生历程。《胡雪岩全传》是历史商贾小说，在历史事件中写了一个血肉丰满、性格鲜明的商人形象：胡雪岩。商人当然有商人的精明，有商人的算计，有商人的钻营，也有商人的失算，与其他的商贾小说一样，小说写了胡雪岩身上的这些商人特色。与其他商贾小说不同的是，《胡雪岩》并没有

---

① 李敖：《我写〈北京法源寺〉》，《北京法源寺》，中国友谊出版公司2004年版，第284页。

② 林青先生在他的著作《描绘历史风云的奇才——高阳的小说和人生》中将高阳的历史小说分为6类：宫廷系列、官场系列、商贾系列、红曹系列、名士侠士系列、青楼系列，基本涵盖了高阳的大部分历史小说。林青：《描绘历史风云的奇才——高阳的小说和人生》，学林出版社1996年版。

把商场看成战场，写其中的明争暗斗、尔虞我诈，而是写一个成功商人独特的经营之道。这个经营之道充满了个性，是“胡雪岩”式的。

胡雪岩之所以成功，最重要的秘诀是他善交朋友。他的做人原则很明确，即：有饭大家吃，决不吃独食。小说第24章讲了一个票号的故事：京城里最大的四大票号，号称“四大恒”，联手欺压异军突起的票号“义源”。结果，不但没有把“义源”压下去，自己反而损失惨重。对这则故事，胡雪岩做了这样的总结：“你做初一，人家做初二，弄义源不倒，义源来整我的阜康，岂不是自讨苦吃。”虽是胡雪岩嘴里的一则故事，却是胡雪岩心里的一条底线。他的票号阜康成立以后迅速地崛起，是因为他不计被扫地出门的前仇，与他原来做学徒时的钱庄的掌柜和了好，于是，他就有了本金；他又将自己的利益分给了江湖人物郁四和在洋人身边周旋的康白度、古应春，于是，他的货物不仅在交通道上畅通无阻，赚钱的触角也伸到了上海。事业做大了就要建立分号，每一处分号都与当地的票号联手，看似少了一点利润，却在当地扎下了根。就像一棵大树，它的枝叶向四处伸展，每伸展一处都有得力的人帮衬，这棵大树就越发根深叶茂。

胡雪岩成功的第二个秘诀是知人善用，识人才。他的发迹首先在于他在王有龄最困难的时候帮助了他。小说说王有龄是“三十多岁的人，潦倒落魄，无精打采，叫人看了起反感，他的架子还大，经常两眼朝天，那就越发没有人爱理他了”。唯一愿意与他亲近的人就是胡雪岩。胡雪岩愿意结交他，是看中他的才，认定他将来必发达。果然，王有龄发达了。王有龄的发达就是胡雪岩发达的开始。胡雪岩识人有过人的本领，一旦他认为某人有才就不遗余力地将其收为己用。伙计刘庆生打得一手好算盘，又有多年的钱庄学徒的经历，胡雪岩认准他是一个经营的好人才，委以重任，果然，在胡雪岩的帮衬之下刘庆生将阜康经营得蒸蒸日上。船夫老张识蚕丝的成色，懂水路的交通，胡雪岩就让其负责船丝的运输，还委其妻以“湖州老板娘”的称号。赌徒刘三爷一生落魄，却交结广泛，胡雪岩就让其负责外事活动。小说侧重描写了胡雪岩收服名士嵇鹤龄的过程。穷困潦倒却自视清高的嵇鹤龄谁也不放在眼里，胡雪岩却认定此人有才，可以委以重任。他采用了赎典、赠妻、帮其打通关节等各种手段将其收为了己用。嵇鹤龄对胡雪岩曾有这样一番话：“有钱没有用，要有人；自己不懂不要紧，只要敬重懂的人；用的人没有本事不妨，只要肯用人的名声传出去，自会有本领好的人，投到门下。”

这段话实际上是为胡雪岩做了总结。

巴结官府、利用官府是胡雪岩成功之道的第三个秘诀。胡雪岩认定在官府与“长毛”的争斗中，官府必胜，利用官府做事可以达到事半功倍的效果。于是他做了两件事，一是通过各种人脉与官府拉上关系，他常用的手段就是拉拢官员身边的师爷，甚至是门房。小说中刘二只是抚院的一个门房，胡雪岩对其巴结不遗余力。小说中有这样一个小插曲：阜康刚刚开业，胡雪岩就给刘二一张存折，上面已存银二十两，说是先付利息。刘二一分未存，先得一笔钱财，此手段实在高明。二是培养自己的人在官府里做官。湖州是浙江最富足的州县，王有龄升任知府。胡雪岩到湖州就如同回到家一样，要什么有什么。此时正是漕运改海运的时候，掌握着这条生命线的海运局是一个肥差，在胡雪岩的运作之下，此肥差交给了他的好友嵇鹤龄。既为朋友谋了差事，又为自己开辟了一个巨大的财源。三是为官府、官员排忧解难。阜康刚刚成立，恰逢朝廷发“户部官票”，明知要亏损，也去积极认购，结果受到朝廷的嘉奖。钱是少了些，信誉上去了。转调的官员要填补任上的漏洞，阜康出钱去补，明知风险很大，却开辟了新的财源。

这些成功的秘诀还是胡雪岩个人的人生经验。在这些人生经验的背后小说实际上写的是中国的一种处世文化和商业文化。所谓的“和气生财”“多位朋友多条路”“士为知己者死，女为悦己者容”“滴水之恩，涌泉相报”，这些中国人的处世格言已被胡雪岩活用到从商之道上去了。靠官发财更是中国人从商的必经之路。胡雪岩曾经说过这样一句话：“做官跟做生意的道理是一样的。”一切都为了“利”，以“利”为中心，在中国官、商常常是不分的。胡雪岩是把中国商场、官场看透了。

胡雪岩是一个商人，商人身边的人不在于社会地位有多高，而在于是否有用和实用。以胡雪岩为中心，小说中写了大量的三教九流中人。作家对这些三教九流的来龙去脉和各种称号如数家珍。小说中对漕帮变成青帮作了演叙，对官员身边的“幕友”的黑幕作了披露。小说还对人物的各种称号作了介绍：管出纳的叫“帐房”、管写信的叫“书启”、为子弟授书的叫“教读”、帮忙考试的叫“阅卷”、征收地丁的叫“征比”、负责案件审理的叫“刑名”、负责征收粮食的叫“钱谷”……这些掌故给这部小说带来了很浓的世俗文化气息，也是高阳小说的一大特色。

第六节　张系国等人的科幻小说

一般认为1968年9月张晓凤在《征信新闻》上发表《潘渡娜》是台湾科幻小说的起点。在这以前虽有赵滋蕃所写的《科学故事丛书》，也只是介绍科学知识的常识书。在张晓凤发表《潘渡娜》以后，1968年10月，张系国的《超人列传》在《纯文学杂志》上发表。黄海1969年出版了他的科幻小说集《一〇一〇一年》。这些作家作品开辟了台湾科幻小说创作的新天地。

从1975年开始到90年代初是台湾科幻小说创作的高峰期，表现在：一、《明日世界》《宇宙科学》《少年科学》《新生副刊》《明道文艺》《幼狮文艺》《宇宙光》等杂志开辟专栏刊登科幻小说，在数量上保证了科幻小说的创作。1978年美国经典科幻电影《星际大战》和《第三类接触》在台湾上映，20世纪80年代倪匡25部科幻小说由远景出版社出版，这些电影和小说对台湾的科幻小说的创作更是一种强有力的推动，台湾的科幻小说创作高潮迭起。二、为了保证科幻小说的创作质量，从1984年到1989年，《中国时报》连续举办了6届科幻小说征文大赛，并评奖出版。三、1991年举办了首届"世界华人科幻艺术奖"。奖项有科幻短篇小说奖和科幻漫画奖两种。

20世纪90年代以后台湾的科幻小说创作走向了衰退，其中一个重要的标志就是张系国为主导的《幻象》杂志的停刊。这部创刊于1990年的科幻小说的专门杂志几乎集中了台湾科幻小说创作的所有作家，可是只办了8期就由于销路不好而停刊。虽然张系国将其转移到网络上去，但科幻小说创作的颓势已经显露出来。

台湾的科幻小说有相当多作品是属于"宇宙探险"类型，代表作家是黄海，他的代表作品有《一〇一〇一年》《新世纪之旅》《银河迷航记》等。这些小说都是从物理层面上的时空观念论述和评析道德层面上的人类生活，以科学论证、神奇之旅、人性批判而吸引读者，很像美国那些科幻灾难性的影片。"宇宙探险"还是属于19世纪以来的传统的科幻小说创作的延续。20世纪60年代以来，美英等国开展了科学幻想小说的"新浪潮"运动，开始将科幻小说向人道、人性等更深层次的思考空间开拓，更加关注人类的生存状态。人口膨胀、环境污染、能源危机、基因变异等各类困扰当今人类发展的问题往往成为作家展开科学想象和思考社会现实的主要的创作题材。张晓风的《潘渡娜》就是这个时期世界科幻小说的转向在台湾的表现。张晓风的小说实际上提出了一个人类生存的问题：人类的发展是否就要向科学性那样做到完美无缺呢？小说告诉我们并不一定。小说中的那个无性繁殖人潘渡娜从形象到行为无可指责，科学家却在其面前精神崩溃，潘渡娜也在“究竟缺少什么”的自责中死去。小说告诉我们“让一切照本来的样子下去，让男人和女人受苦，让受精的卵子在子宫里生长，让小小的婴儿把母亲的青春吮尽，让青春老，让老年人死。大仁，这一切并不可怕，它们美丽，神圣而庄严”。什么是人类最好的生存环境？那就是一切依据自然规律办事，尊重自然、顺应自然的环境。科学发展也许会给人类的发展带来害处。这是张晓风小说中的答案，也是英美科幻小说“新浪潮”所要倾诉的理念。台湾专门创作科幻小说的作家并不多，他们往往是社会小说创作兼作科幻小说，例如黄凡等人在创作社会小说方面取得的成就也许更高。正因为这样，这些作家笔下的科幻小说社会性、时代感都很强烈。黄凡的《皮哥的三号酒杯》在幻想的神奇中批判社会的势利和人性的沦丧，同时也营造出工商业蓬勃发展的时代气氛。

1982年台湾作家开始进行科幻小说理论的探索。这一年台湾《联合报》举办了科幻小说座谈会，提出“中国科幻小说”的观念。什么是“中国科幻小说”呢？理论倡导者们说：“必须同时在内容和形式两方面求变求新，发挥最大的创造力，或许真能塑造中华民族的民族意识，为廿世纪的中国文学放一异彩。”[①]为了达到“民族意识”，他们对中国传统的神话、传说以及幻想小说表现出浓厚的兴趣，认为它们能够“激起我们的创作和创造欲，是中国科幻小说的方向。”从中国传统文学中培养出“中国科幻小说”的方向，的确是很有价值的创作思路，问题是怎样使传统的文化与现代的人文精神和现代科学技术交融起来。从台湾作家的创作实践中看，他们是做了很好的努力。

在台湾的科幻小说作家中，张系国是一位很有成就的作家。

张系国，1944年出生于重庆，原籍江西南昌，在台湾长大。台湾大学电机系大学毕业后，赴美国伯克利加州大学专攻电脑科学，获博士学位。后在美国康奈尔大学、伊利诺伊理工学院任教。张系国从20世纪70年代开始

---

① 张系国：《试谈民族文学的内容与形式》，《张系国自选集》台湾黎明文化事业股份有限公司1982年版，第173页。

进行小说创作，主要作品有《皮牧师正传》《棋王》《昨日之怒》《黄河之水》《香蕉船》《不朽者》《孔子之死》等。科幻小说以1980年结集出版的《星云组曲》最有名，除此以外，还有《城》三部曲。

《星云组曲》一共收录了10部小说，它们是《归》《望子成龙》《岂有此理》《翦梦奇缘》《铜像城》《青春泉》《翻译绝唱》《倾城之恋》《玩偶之家》《归》。这部作品集既有世界、台湾科幻小说的特色，又有张系国科幻小说创作的个人特色，代表着台湾科幻小说的创作成就。

通过对科学技术的描绘开展对人类前途的思考是世界科幻小说的主流趋向。能源开发、基因转换、时光隧道、意念组合等等高新科技的迅猛发展给人类生活带来便利的同时，也吞噬着人类的本性和生存空间，与世界各国的科幻小说作家一样，张系国同样依据着这样的思路来处理高新科技与人类之间的关系。《玩偶之家》所描述的是吃铁条、喝铜汁的机器人世界，而曾经创造它们的人类已经成为了这些机器人的玩偶，这些玩偶被叫做灵灵，在机器人的眼中，他们与熊猫一样是一种宠物，只是特别聪明而已。小说试图说明，贪婪自私的人类有着被自己创造的完美无缺的机器人所替代的危险。深有意味的是，小说中的机器人并不承认自己是机器人，而称自己为人类，而且还在创造着他们自认为的机器人。也许，不久的将来，地球将被另外一批更为完美的自称是人类的机器人所统治。幻想着未来，但并不悲观，张系国与那些对于人类的未来充满悲悯、恍惚的科幻小说作家不同，他对这些人类的灾难不同情，甚至还认为这是一种必然。《玩偶之家》中的那只灵灵，虽然抱着"不自由毋宁死"的信念绝食而死，但是他对改变现状根本就无能为力。同样的理念还表现在《翦梦奇缘》中。在人的大脑中装上一个电极，就可以与固定的情人空间神交，情人们在竭力打扮自己、竭力创造浪漫的故事的同时，其意念也被天视台所控制。故事情节的构思显然来自当今网络功能的启发。这部小说的科技描述并不出奇，小说的结尾却相当出彩。作家并不赞成小说中"反天视联盟"要求恢复人类本来面目的主张，反而将这些人视为非法，还设计了一个由空间神交转为人间美好婚姻的结局。在科技与人类的冲突中，作者对科技世界表现出如此大的容忍和赞赏，张系国的价值观在众多科幻小说作家中颇为独特。张系国这种价值观念的形成与他的人生观念有着密切的联系。张系国显然对人类自私、虚伪的劣根性深恶痛绝。《玩偶之家》中的人之所以沦为机器人的宠物，是因为他们的劣根性；在

《翦梦奇缘》中，他之所以反对那些“反天视联盟”，是因为这些人打着恢复人类本性之名，行争名夺利之实。人类的智力受控于机械的确单调，但却比人类的自私、虚伪要干净。张系国甚至要求将这些自私、虚伪的物种逐出星球。在《翻译绝唱》中，那些盖文族人为了满足自己的欲望竟去吞吃自己的同胞，此为自私；明明是自私残暴的民族却把自己打扮成爱好和平的民族，此为虚伪。作者指出那个包含着“特别好”的意思的口头禅“盖”字就是“吃”的意思。对于这样的民族，张系国给予了他们全体气化灭族的处分。小说人物可以由作者随意处置，现实社会呢？张系国只能发出感慨：“别的星族也许同样在吃人，只是吃法更精，连吃完满足的盖声都掩饰掉了。吃人者不自知在吃人，被吃者不自知被吃。耿耿星河里，究竟有多少这样的吃人族呢？”虽是感慨，作者要求净化的人生观念却很清楚。

科幻小说的精彩要与科幻世界的博大和神奇直接相连。由于当今世界欧美、日本，他们众多的科技实验代表着人类科技探索的、最新的成就。这就给中国的作家出了一个难题，要创作科幻小说自然要追寻人类最高、最新的科技成果；而写这些最高、最新的科技成果，小说就不得不表现出那股“西方味”。因此，那些明明是中国作家创作的科幻小说读起来就像是一部翻译小说。既要表现当今世界最高、最新的科技成就，又要有“中国味”是中国作家必须解决的问题。张系国对此所做的努力应该给予高度评价。他小说中的“中国味”表现在两个方面。首先是他有一股很浓的“中华情结”。1980年发表的小说《归》写的是海底探矿，这是高科技。小说情节的处理却相当的中国化和现实化。小说中的一些关键词联系起来会感受到小说浓浓的中国味以及从中散发出来的张系国政治理念。更能体现“中国味”的还表现在他在中国传统文化中展开科幻思维。其中写得最精彩的作品是《望子成龙》。从科学层面上说，小说描述了试管婴儿、代腹生养的过程，这在20世纪七八十年代是轰动人类的高新科技；从社会管理上说，小说构造了一个按需分配、高度管理的社会；从哲学伦理上说，小说试图说明一个真正和谐的社会，需要的是男和女、美与丑、聪明和愚笨的统一，缺少一方面社会就会失衡。然而，小说辐射出来的各种层面都是从中国传统文化观念的剖析中产生：望子成龙。奇巧的构思与中国世俗意识相融合，构成了一部中国式的科幻小说。在中国传统文化中，来世和转生同样是影响很大的世俗观念，它有着人的永生欲望追求和满足，可以精神延续，音容永驻；它也包含着道德律，要求着现世的人积善积德、祈求善报。张系国在《青春泉》《翻译绝唱》等小说中创造了“转世中心”，并展开对生命、青春、爱情等人生问题的思考，对贪婪、自私、虚伪等人生劣迹的批判。写的还是科幻小说中常见的人性问题，却与中国的传统文化结合了起来，张系国在构思这些小说时动了一番脑筋。文学体裁的民族化是此类文学题材成熟的重要标志，特别是对科幻小说这样的舶来品来说，民族化就显得特别的重要，张系国完全明白其中的重要性。

与很多作家的大场面、大背景、大制作不一样，张系国科学构思的规模并不大。《星云组曲》中，他的科学幻想的思维向两极发展，一是他把科学幻想与人的精神需求和生活需求结合起来，写的似乎都是一些平常事。人都需要传宗接代，还希望自己的孩子是人中之龙、人中之凤，于是就有了《望子成龙》；人都有自我返老还童的愿望，于是就有了《青春泉》；人都有浪漫的情怀和爱美爱俊的要求，于是就有了《岂有此理》《翦梦奇缘》……科学幻想不仅仅是给人类提供非凡的工具或者是不可思议的空间，而且是人的需求和欲望的延伸，张系国的科幻小说有着更多的人情味和生活味。二是他将科学幻想的触角伸向了历史和神话。历史和神话留有很多悬念，悬念中又有很多的遐想空间，张系国神游于其中。如果将历史中人放置于现代社会将会发生什么样的情形？在《岂有此理》中张系国发明了“精神面貌的沉淀、过滤与重组之理论及其应用”的论述，把关云长、郭子仪、妲己、褒姒、西施都复原到现代社会，演绎了一场现代人生悲喜剧。呼河流域的索伦城中铜像怎么就消失了？攻占索伦城的蛇人怎么又神秘绝种了？依据着这样的神话悬念，张系国构思了《铜像城》和《倾城之恋》两部小说。《铜像城》中作者写了权力的争斗以及所产生出来的对异己物的敬畏；《倾城之恋》则在杀戮之中夹杂着缠绵的恋情。运用现代科技破解神话悬念，作者的思维是向后看的。从中，我们可以体会到张系国创作科幻小说不是要追求将来得到证实的未来意义，他追求科幻小说的神秘感、厚重感和趣味性。

《星云组曲》的最后一部小说同样是用“归”来命名。小说中那一对青年男女燃烧自己的生命蜡像来说故事、听故事。那些听起来匪夷所思的故事，却是由生命所组成，是生命换来的，“因为即使是回忆，也需要生命的照耀”。小说的最后这句话，是小说人物的感慨，同样是作家的感慨。创作科幻小说、设立科幻小说大奖、努力建立中国科幻小说理论，张系国为中国科幻小说的发展燃烧着自己。

第二十四章　混杂文化：香港、澳门地区的通俗小说

与内地(大陆)和台湾地区不一样,香港地区特殊的历史和现实的地位,使得它有着一种文化形态:混杂文化。香港既有传统继承又有国际视野,这样的特点和优势在文学创作中自然能表现出来。香港安身立命之本是商品经济,大众文化是主要的文化潮流。在这样的社会和文化的土壤中通俗文学得到充分的滋长。紧张而高节奏的商业运作当然需要轻松愉悦的文化加以调节,这是一个面上的理由,更深入的理由还在于文化产业和文化资本的运作需要有更大市场性的支撑才能生存与运转,香港地区的武侠小说那么盛行的根本原因就在此。从金庸等人的创作实践可以看出,武侠小说的创作是新闻写作的经济支撑点和新闻传播市场的突破口。对经历过相当长一段时间封闭的内地(大陆)读者来说,香港地区通俗小说有了很多的新的东西;对外国读者来说,香港地区的通俗小说又很有中国味道。在内地(大陆)风靡,又被外国引进,也就成了理所当然的事情。

澳门地区的文学并不繁荣,但诗歌、小说、戏剧、散文创作却也连绵不断。澳门地区的小说主要是通俗小说,其特点明显受到香港地区小说和影视剧的影响,可以看作是香港通俗小说的延伸。

第一节　香港、澳门地区通俗小说的创作语境

评估香港地区通俗小说的创作语境,以下三个文化概念是思考的出发点。

首先是“混杂文化”。1997 年 7 月 1 日香港回归前,与内地(大陆)相比较,在文化上没有那么明确的统一性和同一性。应该看到这样的“混杂文化”有着很强的再生能力,看起来不中不西,一种新的文化形态却在其中显

示出优势。清末民初时期以上海为中心的海派通俗小说创作主要秉持着中国传统文化；20世纪30年代以天津为中心的北派通俗小说将传统文化与“五四”以来的新文化融合在一起；香港地区的通俗小说创作的文化特色在于将中国传统文化、中国新文化与西方文化混杂在一起：武侠小说运用了西方的叙事手法，科幻小说出现不同的国家和人种，言情小说出现异国恋情等等。所以说，港澳地区通俗小说既是中国文化的延续，也是世界文化的映照。

其次是“副刊文化”。香港地区通俗小说创作最为繁荣的时期是20世纪50年代到90年代。这个时期也是香港地区报刊最繁荣的时期。以1990年的统计为例，香港地区日报63份，期刊598份，当时香港地区人口大约是600万人，根据人口比例计算，在报刊数量的繁多上，这显然属于世界第一。香港报纸的重要特色是副刊之庞大，有时一份日刊，副刊栏目多达十个，每个栏目再分门别类，有一两面之多，最多时一份日刊就如一本生活杂志。报纸副刊与那些政治信息、社会新闻不一样，它需要对读者具有吸引力的软性文字，通俗小说创作自然就成为了副刊的重要门类。报纸副刊的需求给予通俗小说创作的平台，通俗小说创作使得报纸副刊更加丰富多彩，它们之间互相联手，且互为助长。

最后是“商业文化”。香港地区是世界的经济、金融中心之一。成熟的商业文化使得通俗小说创作纳入了多样的商业运作之中。就香港而言，大大小小的印刷机构接近4 000家，出版社200多家，书店、售书点1 000个，报摊3 000档，其中能卖期刊、书籍的两千档。它们是通俗小说得以流行的基本渠道。港澳地区几乎所有的通俗小说都是报纸副刊的连载小说，再结集出版，然后在各售书摊流向市民；阅读通俗小说的市民有了更大的需求，就要求售书点提供更多、更丰富多彩的通俗小说，售书点就会向出版社索取更多的通俗小说和通俗期刊，出版社也就要求报纸副刊刊出更多的通俗小说创作。香港的通俗小说创作就在这样的渠道中流转。出版社为了提高效益，变着法子增加通俗小说的销量。例如在20世纪六七十年代出现的“三毫子小说”①就流行了十多年。通俗小说的畅销，促使着作家多多地创作。以倪匡为例，他最多的时候，一天同时写12部连载小说，武侠、爱情、侦

① 报章连载的小说，以单行本出版，每本售价三毫。后来加价至四毫，便称为“四毫子小说”。

探、科幻都有。一年出书的数量最高超过三百本。到1980年底,他写了四百多个剧本,被拍成电影的有三百多部。香港有每年一度的香港书展,除了售卖新旧书籍外,作家临场与读者见面,为读者签名,更成为书展中的"指定"活动,吸引着大批粉丝和书迷,也是一年一度的促销活动。刺激香港地区通俗小说创作的另一个动力是通俗小说向影视艺术的转移。香港是世界知名的影视中心之一,具有东方文化神韵是香港影视艺术的特色。通俗小说讲的就是中国的故事、东方的传奇、传统的神奇,给香港影视提供了无尽的素材。香港影视在世界流行反过来要求着通俗小说作家提供更多的作品。在香港,几乎每一个通俗小说作家都是影视剧本的写手,这个现象很能说明它们之间的互动关系。

"混杂文化""副刊文化""商业文化"是香港地区文化语境的三个维度。这三种文化如此强大也构成了通俗小说创作的强盛。在香港地区也有精英小说,如刘以鬯和西西等人,但是即使这些精英小说作家也编通俗小说的栏目,写过追求市场效应的通俗小说。所以说,在香港地区,通俗小说无疑是小说创作的主力。

香港地区的现代通俗文学发展,当由1954年的一场比武拉开序幕。当时有两位掌门人,在澳门打擂台。《新晚报》看中了这个"商机",就要求当时在报馆里工作的陈文统创作武侠小说,连载于晚报上。因此,陈文统以"梁羽生"为笔名,在极短的时间内,创作了《龙虎斗京华》。后来,同是在《新晚报》工作的金庸,创作了他的首部武侠小说——《书剑恩仇录》。

然而,香港地区的通俗文学的发展却可追溯至晚清。王韬(1828—1897)被称为香港通俗文学的鼻祖,也是香港开埠后第一位作家。他的作品学效《聊斋志异》,为传统的笔记体。这样的文笔传承到后来的何筱仙、罗澧铭、黄守一等,对香港通俗文学的发展有了影响①。

民国以来,粤港有不少作者采用笔记、粤讴、班本、龙舟、戏曲等形式来创作,或是表达个人喜好,或是感喟时代等。当中的作者包括:郑贯公、黄言情、吴灞陵等。粤讴、班本等形式的创作,成为粤港文学的特有品种②。

---

① 刘以鬯:《香港文学的起点》,《今天》,1995年第1期。转引自黄仲鸣主编《香港文学大系1919—1949·通俗文学卷》,商务印书馆(香港)有限公司2014年版,第47页。

② 黄仲鸣主编:《香港文学大系1919—1949·通俗文学卷》,商务印书馆(香港)有限公司2014年版,第44—45页。

香港地区通俗文学的另一朵奇葩，是李我的天空小说①。李我先在广州通过电台广播说故事，后来到香港“丽的呼声”电台任职，继续通过大气电波说故事，然后将这些声音故事出版单行本，并创造了“天空小说”一词②。天空小说在当时甚受读者欢迎。

此外，还有借壳小说。所谓借壳小说，是指以旧的、知名的小说名称，配以全新的故事，例如黄言情的《新西游记》和侯曜的《摩登西游记》。这两部小说都是借《西游记》的壳而写成的。在20世纪50年代的香港，有不少作者以这种方式创作，报章上亦多有连载③。

香港地区通俗文学主要是武侠、言情、科幻三大类。《龙虎斗京华》和《书剑恩仇录》开创了以人物为中心带动情节发展的小说叙述模式，有别于过去以情节为中心带动故事发展的传统写作模式。梁羽生和金庸开创了新派武侠小说的套路。二人不断创作，借着报章的连载，受欢迎程度无人企及。言情小说则是香港主要的通俗小说类型，例如亦舒创作的言情小说，至今已有约二百五十本。其他的作者还包括：依达、严沁、岑海伦、林燕妮、西茜凰、梁凤仪、张小娴、郑梓灵、林咏琛等，作者之多，产量之丰，尤胜其他类型。在香港，科幻小说的产量较少，却是比较特别的题材。倪匡的“卫斯理”和“原振侠”系列是当中的佼佼者。严格来说，倪匡的科幻小说并非严肃的科普小说，或正宗的科学小说④。倪匡以科学为包装，加入大量的幻想，奇人奇事，还有外星人等，再配上推理、武打、言情的元素，因此他的小说甚受读者欢迎。当然，这三类并不是截然分开的，而是武侠中包含了言情，科幻中包含了侦探。这些类型后来出现了变化，加入了更多元化的元素，例如穿越、鬼怪等。

随着时代的发展，报刊上的连载小说渐渐被淘汰，网络小说渐渐兴起。科技的发展为小说创作提供了更大更方便的平台。受欢迎的小说不但成为

---

① 黄仲鸣主编：《香港文学大系1919—1949·通俗文学卷》，商务印书馆（香港）有限公司2014年版，第49页。

② 吴昊：《天若有情天亦老：试论天空小说》，香港《作家》第14期，2002年2月。转引自黄仲鸣主编《香港文学大系1919—1949·通俗文学卷》，商务印书馆（香港）有限公司2014年版，第49页。

③ 黄仲鸣主编：《香港文学大系1919—1949·通俗文学卷》，商务印书馆（香港）有限公司2014年版，第49—50页。

④ 汤哲声：《中国现代通俗小说思辨录》，北京大学出版社2008年版，第171页。

网络上的明星，更受到电影商的青睐，买下版权，拍成电影，同时再印刷成书，推入市场，其中的佼佼者包括《一路向西》①《那夜凌晨，我坐上旺角开往大埔的红 VAN》②。

近年来，有不少人提倡本土文化，于是有不少作品呈现了本土意识。本土特色成为了香港通俗文学的一大特色。语言是最明显的。香港市民以粤语为日常生活语言。粤语口语与书面语有一定距离，即使以书面语写作，港式中文与现代汉语仍有一定差距。然而，部分书中人物对白以粤方言（或称香港话）甚至“潮语”呈现，对香港读者而言，更觉亲切感。

相比较而言，澳门地区的文学创作就贫瘠多了。要说历史，明清时期都有文学典籍，但是始终不成气候。这种状态在现当代的澳门同样如此。有人对 1950 年到 1985 年的澳门文学做了这样的文学扫描：“三十六年来澳门还没有出版过一本公开售卖发行的文学杂志，也很少出版文学创作单行本或丛书。有过的只是社团或同人性质出版的以赠阅为主或收取少量工本费的文学性期刊。”③这种状态与热闹的香港文学出版业相比较，简直是天壤之别，也决定了澳门地区的文学创作只能跟在香港后面走。1970 年《澳门日报》邀请香港作家阮朗到澳门主持文学创作的两次讲座。这位曾经写过《金陵春梦》的作家的讲座吸引了大量的文学青年。从一定程度上说，这两次讲座也是为了点燃澳门文学创作的火种。

说澳门地区文学创作不成气候，不是说澳门地区就没有文学作品。戏剧、散文、诗歌，特别是古典诗歌的创作也是延绵不断，不过主要刊载在个人的别集或者同人期刊上。然而要说小说，也只有通俗小说可以一说。澳门的小说主要是报刊连载小说。据刘登翰主编《澳门文学概观》转引澳门资深报人刘大白的《回忆录》所述，20 世纪 30 年代澳门地区有了本地的报纸，有的报纸增设副刊，连载小说也就出现了。大约在 1938 到 1939 年间，陈霞子在其主持的《大众报》副刊上连载自撰的侦探小说《侦缉胆》和武打小说《芝

① 原为网络小说《东莞的森林》，于高登讨论区连载，后来被改编成电影《一路向西》，是第一部被改编为电影的高登连载小说，并以“一路向西”为名，出版纸质书。

② 原为网络小说，后来获出版社青睐，出版纸质书，其后再获改编成同名电影，由陈果导演，黄又南、文咏珊主演，任达华、惠英红、林雪等知名影星参演。

③ 李鹏翥：《澳门文学的过去、现在与将来》，《澳门文学论集》，澳门文化学会、澳门日报出版社 1988 年版，第 168 页。澳门同人期刊坚持时间比较长的有《新园地》《澳门学生》等，主要刊登同人作品。

加哥杀人王》，刊出后，很受欢迎。到了1941年余寄萍在《大众报》副刊上连载言情小说《温柔滋味》。考虑到在这些小说之前，澳门地区几乎找不到中文小说，说通俗小说开了澳门地区小说创作之路也是可以成立的。1958年8月15日《澳门日报》创刊，从创刊起《澳门日报》就创建了副刊《新园地》，最初只是刊登了阮朗的《关闸》。到1961年4月，《新园地》副刊上专门开列栏目《小说丛》刊登小说。《小说丛》最多同时连载6部小说。所载作品有蕊韵的《风尘人语》、余福崇的《阿福日记》、何耿刚的《风雷夺魄剑》、张璧的《死亡采访》、麦思远的《铁掌情仇》等。从20世纪60年代开始，鲁茂就开始在《澳门日报》上连载小说。他数十年笔耕不辍，连载了十多部长篇小说。20世纪70年代以后，周桐也在《澳门日报》上连载小说数部。鲁茂与周桐也就成为了当代澳门地区通俗小说创作最丰的作家。为了增加精英文学的创造力量，1983年6月30日，《澳门日报》增设了《镜海》栏目。这个栏目为精英文学的散文和评论提供了一个平台，也发表了一些短篇小说，主要作者是东亚大学（澳门大学前身）的师生，后来将其中12篇小说结集出版，名为“心雾”。①

澳门地区有着丰厚的文化积淀和多彩的文化生活，而最能反映社会世情的小说创作还是比较薄弱的，有着很大的提升空间。

第二节　梁羽生等人的武侠小说

以1954年梁羽生发表《龙虎斗京华》开始，中国武侠小说进入了新时期，之后的武侠小说被称作为新派武侠小说。之所以被称为“新”，时间是一个因素，更为主要的原因是它们的文化内涵明显加强，西方流行小说和影视创作手法的渗入扩大了艺术表现力，整个武侠小说的创作出现了新的面貌。

香港是新派武侠小说的开源地，也是新派武侠小说成就最高的地区。香港很多人都创作过武侠小说，成就最高者是梁羽生、金庸、温瑞安和黄易。

梁羽生（1924—2009），广西蒙山人，原名陈文统，笔名梁慧如、梁羽生。梁羽生1949年起定居香港，供职于《大公报》。他平时爱看武侠小说，1954年创作《龙虎斗京华》。之后，他陆续写出了《萍踪侠影录》《白发魔女传》《七

① 香港教育学院杨雷力博士对本节的写作有贡献，在此特别说明。

剑下天山》《云海玉弓缘》《狂侠 天骄 魔女》等优秀武侠小说，到 1984 年“封刀”，一共创作武侠小说 35 部。

梁羽生是新派武侠创作第一人，是现代武侠小说中最具有名士味的作家。他精通文史，小说中的历史内涵尤其深厚。他的小说特色是中国传统历史框架中的江湖世界，可以说是历史中的江湖世界，这也使得他的小说具有人文武侠的特色。

正宗的人文武侠有着正统侠义观念，这是梁羽生小说的灵魂。具体表现为：

第一，国家为上，汉族中心。梁羽生在小说中刻画了诸多矛盾冲突，可简单归纳为三种，即：“江湖—庙堂”冲突、民族冲突、正邪冲突。在这多重的矛盾冲突中，三者往往交织在一起，既有对立，也有统一，但大原则是国家为上、汉族中心。在“天山系列”小说中①，以清代为背景，站在江湖的立场上反对朝廷，站在汉族的立场上反对满清，站在正义的立场上扶助弱小民族，站在祖国的立场上“宁与清室，不与番邦”并与一切爱好和平者实现民族和解。“义和拳系列”小说表现了保家卫国的主题，《龙虎斗京华》的反清灭洋、扶清灭洋是突出表现，其中有明显的汉族中心的思想，反清除满是他的小说中的一个常见主题。《七剑下天山》中天山英雄的壮志雄心就是开辟反满抗清基地，以杀死当朝皇帝康熙为第一要务。也正是在这个大原则的区分下，楚昭南就成了江湖正义人士的头号敌人，也成为作者塑造的第一反面人物，小说潜在的话语就是有骨气的汉人是不能为满人皇帝出力的。《萍踪侠影录》中，云蕾一出场就身负双重仇恨：父亲云靖被明英宗赐毒酒害死，这形成了“江湖—庙堂”之仇；云靖在瓦剌被扣二十余年，这是与瓦剌及其丞相张宗周的民族之仇。张丹枫也是如此，一方面有先祖大周皇帝张士诚与大明朱姓皇帝的江湖之仇，一方面是身为瓦剌丞相之子而被云蕾等人误会的民族纠葛，在这种情势下展开情节，就把这两类矛盾交织在一起了。在众多矛盾的主次轻重上，本来是以家仇为重，但在土木堡之变的民族危亡时刻，他们却毅然不顾家仇，与朝廷和解，主动帮助朝廷。云蕾之兄云重考取武状元，成为明朝大臣。张丹枫向明廷献出先祖张士诚留下用于复国的宝藏，献出

① “天山系列”具体包括《塞外奇侠传》《七剑下天山》《江湖三女侠》《冰魄寒光剑》《云海玉弓缘》《冰川天女传》《侠骨丹心》《风雷震九州》《冰河洗剑录》《游剑江湖》《牧野流星》《弹指惊雷》《绝塞传烽录》《剑网尘丝》《幻剑灵旗》《武林三绝》等。

元末奇人“彭和尚”彭莹玉绘制的天下军事地形图，而这些本来都是准备用于对抗明朝廷的。张丹枫又全力协助于谦镇守北京，取得抗击瓦剌的胜利。这是典型的侠者个人江湖恩怨让位于民族大恩怨。张丹枫身为瓦剌丞相之子，却反过来抗击南侵的瓦剌统帅也先，这使江湖矛盾全面让位于民族矛盾。张宗周一家受到瓦剌蒙族的迫害，在小说的结尾，云重出使瓦剌，飞马赶到，救了张家满门。可以看出，作者将张丹枫、云蕾放在民族大义和家族世仇“非此即彼”的极端状态中刻画，尤其显示了国家为上的权威性，在国家大义面前，张丹枫化解了与云蕾的世仇，成为侠之大者，小说成功塑造了大侠张丹枫这个人物形象。

第二，道德人格模式。梁羽生再三强调：武者以侠为宗，宁可无武，不可无侠。他说：“我以为在武侠小说中，‘侠’比‘武’应该更为重要。‘侠’是灵魂，‘武’是躯壳；‘侠’是目的，‘武’是达成‘侠’的手段。与其有‘武’无‘侠’，毋宁有‘侠’无‘武’。”①这可视为梁羽生武侠小说的神髓。侠的魅力，就在于侠者的道德人格模式，在于侠者的人格意气，它可以超越一切矛盾冲突，凸现侠义人格的光华。梁羽生对武侠小说的一大贡献在于他塑造了一系列独特的女性形象。作者以《白发魔女传》为开端，塑造了“玉罗刹”练霓裳形象，之后又打造出《江湖三女侠》《冰川天女传》《散花女侠》等作品，为读者奉献出了独特的女性人物形象系列。在这些小说中，梁羽生注重男女平等、坚持一夫一妻思想，但作者的正统思想观念往往使得这些人物形象有着概念化的局限，与小说中男性角色相比，女性形象还是显得有些单薄。在侠者人格的刻画上，《飞凤潜龙》比较突出。小说中，主人公鲁世雄、孟中还、独孤飞凤三人分别是蒙古、宋国和金国的好手，都是顶天立地的侠义之人，但他们各自为了自己的民族和祖国，在情与义、义与忠的两难选择间，最后选择了悲壮的死亡。蒙古高手鲁世雄10岁时就进了金国济王府，多年后他成为金国第一高手、御林军统领完颜长之的干女婿。南宋高手孟中还潜伏金国，成为完颜长之的爱将。作为完颜长之的左右手，他们在金国潜伏多年，都是为了被金国抢去的大宋国宝“穴道铜人”和内功心法“指元篇”。独孤飞凤夹在中间，孟中还是她昔日的恋人，鲁世雄是她现在的丈夫，她自己则是一个地

① 参见佟硕之：《金庸梁羽生合论》，江堤编选《金庸：中国历史大势》，湖南大学出版社2001年版，第256页。

地道道的金国子民，最后，终于是情感夹杂着正义占了上风，国宝回归大宋。然而江湖的义气侠道、民族的忠孝伦理又使三人处在难堪的境地。鲁世雄行迹已露，自然不能继续留在金国，却又没有完成潜伏的使命，只好自杀以殉。独孤飞凤帮助了孟中还，因此愧对丈夫、愧对义父，愧对自己民族的利益，虽为正义、为挚情，却解不开纠缠不清的忠义情理之结，也只好自杀而死。孟中还虽然完成了民族的使命，却使得独孤飞凤因他而死，是为不义，所以也一刀插进自己的心窝，倒在独孤飞凤身旁，这是殉情，更是殉侠义之道。三位主人公的悲壮之死，消融了一切矛盾，这是侠义道的悲剧，也是侠义道的光彩。在这里，作者刻画了侠义的力量，也是道德的力量。

在现代武侠小说史上，梁羽生是最重历史的，几乎他的每一部武侠小说都充满厚重的历史感，甚至可以说，他的小说是"历史武侠小说"。综观梁羽生的创作生涯，历史武侠始终是他的重要叙事模式，可以说，梁羽生是在历史的视野中完成江湖世界的传奇。梳理梁羽生的小说创作的背景，他的处女作《龙虎斗京华》是以义和团运动为背景，《七剑下天山》《云海玉弓缘》等"天山系列"创作则是以清初至清中期的历史风云为叙事框架，《萍踪侠影录》《白发魔女传》则渗透了明朝的历史，《大唐游侠传》《女帝奇英录》则是唐代的历史传奇。可以说，梁羽生的优秀武侠小说均有明确的历史背景，并以历史的大事件为情节构架，大量的历史名人（如康熙、乾隆、于谦、纳兰容若、李自成等）也进入了他的小说视野，可以说，在武侠小说创作中，他的小说具有空前强烈的历史感。梁羽生习惯于在历史的大环境下构建自己的江湖世界。如代表作《白发魔女传》，展现的就是一个明朝末年英雄辈出的历史画卷。在小说中，梁羽生写到了明万历四十三年（1615），明廷内部腐败黑暗，皇帝昏庸，奸佞当道，民不聊生的社会现象。写了明代三个皇帝——神宗朱翊钧、光宗朱常洛、熹宗朱由校，竟是一个比一个昏聩无能。在这样的情况下，必然是时势造英雄，于是作者为我们塑造了一系列有情有义的英雄豪杰：有出身江湖的练霓裳、卓一航等人，也有历史上的农民起义领袖李自成、李岩、红娘子等人，还有忠心维护大明王朝、辅佐天子的忠臣良将。作者把这些历史人物与传奇人物汇集一起，增强了作品的感染力。

梁羽生的小说语言优美、典雅古朴，充满诗情画意。他的小说文采飞扬，字里行间透出浓郁的书卷气，书中还常常用诗词歌赋、民歌俗语点缀其间，以创造优美的意境、气氛，烘托人物的内心世界。他的小说技法以传统继承为主，多用章回小说的形式铺张故事，表现出民族风格和民族气派，作者文笔严谨而流畅，古典诗词造诣更见功力，小说中许多自创诗词都很具可读性。从其处女作《龙虎斗京华》起，每部小说的回目都用诗句概括，同时，在小说中多用一阕词来表达感情。小说中的主人公也往往是文武全才的英雄儿女，既是武功超群的侠客，也是吟词歌赋的文人，如《七剑下天山》中的纳兰容若等。

梁羽生小说中诗词运用已到化境，诗词成为小说的重要组成部分，并具有独特的审美价值。其开篇词也渗透着浓厚的诗情画意，如《白发魔女传》的开篇是一首《沁园春》，其词曰：

> 一剑西来，千岩拱列，魔影纵横。问明镜非台，菩提非树；境由心起，可得分明？是魔非魔？非魔是魔？要待江湖后世评！且收拾，话英雄儿女，先叙闲情。
>
> 风雷意气峥嵘，轻拂了寒霜妩媚生。叹佳人绝代，白头未老，百年一诺，不负心盟。短锄栽花，长诗佐酒，诗酒年年总忆卿。天山上，看龙蛇笔走，墨泼南溟。
>
> ——调寄《沁园春》

这首词概括了全书的内容和主人公的命运，成为小说的总纲；不仅如此，该词优美动人，其中的感情更让人心动、心醉。在其他小说中，类似的诗词比比皆是，《七剑下天山》卷首的《八声甘州》，《云海玉弓缘》开篇的《滴滴金》等都是妙词。

梁羽生的小说有鲜明的特色，但也有明显的局限。梁羽生是个高产作家，有些小说更是洋洋洒洒数百万言（如《鸣镝风云录》），加上其小说多是系列小说，存在明显的模式化现象。作者创造了适合自己的创作模式，但是缺乏自我超越精神，同一系列的小说变化不多。梁羽生有众多长篇巨制的小说，由于作者能力所限，有些因前后呼应不周全而显得缺乏严谨的结构。

相应地，在人物塑造和情节安排上，梁羽生也显得有些底气不足。他笔下的人物，基本上都是正邪善恶，分得清清楚楚。正义者总会胜利，邪魔们则最终罪有应得。小说中各个角色也安守本分，说话办事井井有条，却欠丰满，立体感不足。小说的情节也略显平淡，少有奇峰突起，而且很多部小说的结局都差不多:最终时刻到来,正邪人物云集,双方各派一名代表决斗,正方代表不负众望,取得胜利,于是皆大欢喜,天下太平。

温瑞安,1954年出生于马来西亚霹雳州,祖籍广东梅县,现居香港。诗人出身,创作遍及诗歌、散文、剧本、评论等多种文学类型,在内地以武侠小说最为著名。温瑞安笔名有温凉玉、舒侠舞、王山而、项飞梦、温晚、柳眉色、风玲草等。9岁时创立文学社,武侠小说处女作《四大名捕震关东》一举成名,之后又写了《白衣方振眉》《逆水寒》《杀楚》《刀丛里的诗》《大侠传奇》《布衣神相》《说英雄,谁是英雄》等优秀小说。

温瑞安被看作新派武侠小说转型期的代表作家。所谓"转型"就是与前辈作家相比有创新。

温瑞安小说在人物塑造上的创新表现在塑造了"平民之侠"形象系列。王小石(《说英雄,谁是英雄》)、李布衣(《布衣神相》)和方振眉(《白衣方振眉》)不同于前辈武侠小说中大侠的非凡和光鲜,他们是真正的平民之侠。王小石不是争取建功立业的英雄,也不是为国为民的大侠,更不是争霸江湖的枭雄,而是个普通人。他年轻、洒脱、衣衫寻常,他也有年轻人面对自己喜欢的女孩的羞涩,但他也是"天衣居士"的衣钵传人,所以他有江湖人羡慕的绝技。他一身正气,路见不平、拔刀相助是他的本性,他讲义气,义薄云天,他身居高位却淡泊名利,能够功成身退,他是平民化的英雄。主人公的英雄色彩是江湖人物给的,他自己甚至就只是想做个讲义气的小百姓。王小石给自己的定位是他不当英雄,他只愿做一个普通的平凡人。李布衣武功超强,为民除害,在人们的想象中他一定是个非凡之人。但事实上,李布衣如书生般文弱,似乞丐般贫寒,他手执竹竿,活脱脱一个江湖相士,唯一特别的是他身怀绝技,为江湖道义两肋插刀。《白衣方振眉》的主人公方振眉一生不杀一人,以德服人并一生不败。他不好名、不好利、不好色,拒绝一切不良嗜好,这成就了一个平民之侠。

温瑞安小说的另一个创新在于探索了武侠小说创作的新技法和新形式。温瑞安以写新诗、散文和纯文艺作品踏入文学圈,他正是以自己的特长发展了武侠的形式,以诗、散文写武侠小说。可以说,将武侠小说诗化,是温瑞安武侠创作的特色。温瑞安的小说在语言形式上继承了古龙的体式——散文诗化的语言,但他加入了自己的创造。他在小说中创造出诗的意境,用诗化的语言,把平平常常的场面写得美丽如画。温瑞安的小说,就是能达到这种画面"定格"的效果，那些美丽而经典的镜头，让读者感动和难以忘怀。且看作者写温柔的哭：

> 她哭。
>
> 大哭。
>
> 大哭特哭。
>
> 但不出声。
>
> 为了要作无声之痛哭，她咬住枕头噎住自己的声音，她套住厚被来闷住自己的哭声：
>
> ——绝不可以给那女子听到！
>
> ——她决不给王小石听见！
>
> （我哭我知）
>
> （我泣我狂我痛我苦我的事！）
>
> （我哭给自己听）
>
> （我只为我伤的心而哭）
>
> ——《朝天一棍》

表面上看像是作者在玩文字游戏，仔细体会，则能品出其无尽意味，利用这样的形式，极至地表现出温柔刹那间内心的变化，同时也很好地表现出一个女孩子微妙的心理特征。短小精悍的形式取代了长篇大论的心理描写，有别具一格的妙处。

> ——你·还·是·不·是·我·的·兄·弟？
>
> ——你·是·不·是·背·叛·了·苏·大·哥？
>
> ——《伤心小箭》

顿开不仅仅为了强调说话时的一字一句，而更侧重于表达感情的沉重，无论是对白愁飞还是王小石，对于他们两个来说都是一个事关大义的问题，而答案对于两个人来说也是同样的至关重要，所以问得审慎、问得沉重。作者利用特别形式的标点，就能很好地将这种特别的意味表达出来。可以说，这是作者的成功创造。

再看,作者对王小石与冷血拼杀的描写:

(那不是剑!)
(那是一种感觉,死亡的感觉)
(他从来就没有感觉到死亡如此地逼近,会逼得如此之近)
(从来没有过!)
(他疾闪、翻身、激射、站稳——刚刚才立定,死亡又第二次逼近!)
(这使他几乎忍不住要拔剑——或者拔刀,来砍断、截阻、粉碎这死亡的侵略)
(可是王小石忍住了)
(强忍)
(死亡自喉咙的右侧,相差不到三分处掠过,然后又迅疾兜射了回来!)
(死亡第三度逼近)
(他一闪就闪进了牢栅里)

——《说英雄,谁是英雄》

作者描写了王小石和冷血打斗的激烈程度,但二人并没有真正意义上的交锋,在没有拔刀时却有比别的打斗更令人血脉偾张的效果,将二人的较量极为逼真和生动地刻画出来。可以看出,温瑞安发展了古龙小说营造氛围的长处,他用标点符号和文字的技巧,营造出镜头感和氛围感,令读者能切身体会这种氛围的紧张和压迫。

温瑞安大胆地将阐发道理和辩证论述运用于其小说创作中,尤其是小说中的人物在做出某个关键性选择时,更是如此。作者的高明之处在于,不仅将道理论述和小说情节发展紧密地结合在一起,而且说明道理时往往是小说发展的最紧张的时刻,讲述道理有助于缓和读者紧张的神经。作者在阐述他的道理时,经常把自己的理由以一二三来标示,如:

如果硬要打进去,他们又觉费事,主要是因为:

一、他们要打的是龙八太爷,也就是蔡京手上的一大红人,亦是横跨武林、朝野的一大无耻之徒,而不是打他的喽啰小卒。

二、如果从外面打起，就算打得进去，龙八也一定望风而逃之夭夭，打草惊蛇，反而赶出一群蚊子！

三、他们自恃身份，才不愿跟龙八的手下厮缠——要打，就打头头，打头头，才算件大事！

——《伤心小箭》

温瑞安小说的局限性在于，由于作者在创作过程中毫无节制，许多小说都陷入有头无尾的局面，比较典型的是“少年四大名捕”系列。形式上过度创新而导致创作尴尬。尤其是后期创作陷于矛盾的境地，最终到了剑走偏锋的地步，以失败告终。温瑞安对自己“新、怪”的风格过于自负，对自己独特的语言风格和文字技巧盲目自信，喜欢在小说中玩文字游戏、标点符号游戏。在他中期的作品中，就隐隐有这种不好的倾向。有时候某些词句一味求怪，令人费解。以致到后来完全陷入文字游戏的怪圈中不能自拔。如：

他要出剑！
他，要，出，剑！
他——要——出——剑。
他……要……出……剑……

——《少年冷血》

这是冷血中毒之后想要拔剑杀敌的一段描写。这些符号究竟有什么意义呢？事实上，是作者在玩一种文字游戏而已。

除了——
这颗：
及时
飞
来
的
石头！
这一颗石头，很小，是一颗小石头。

一颗小小小小小小小小的石子。

——《伤心小箭》

他一直看到旭日东升，万里晴空，王小石走出青楼来的时候，长长长长、长长长长地吁出了一口长长长长长长长长的气。

——《温柔一刀·一怒拔剑》

类似的玩文字游戏的现象在温瑞安小说中大量存在。可以说，温瑞安是以他自己赖以成名的独特文笔为丝，做了一个茧，把自己封在里头了。

黄易，1952年出生于中国香港，原名黄祖强，香港中文大学艺术系毕业，曾专攻传统中国绘画，并获得“翁灵宇艺术奖”。其后，黄易出任香港艺术馆助理馆长，专责推动香港艺术与东西文化交流。1989年辞职，并开始从事小说创作，以独树一帜的写作风格，席卷港台两地区。他的小说创作可分为两大系列，即：“异侠系列”和“玄幻系列”。“异侠系列”的代表作有《荆楚争雄记》《大唐双龙传》《覆雨翻云》《破碎虚空》等，“玄幻系列”的代表作有《寻秦记》《星际浪子》《大剑师传奇》等。

黄易被看作是新派武侠小说创新转型的旗手。

黄易把科幻与中国传统文化的玄学、易理、星象等有机地合为一体，开创了玄幻武侠的先河。《寻秦记》是黄易的成名作，也是代表作。小说写的是21世纪中国特种部队的精锐战士项少龙，被高科技送回到公元前的战国时代，可是时空机器在这时发生了毁灭性爆炸，所有参与的科研人员均不幸遇难。项少龙流落到两千多年前的战国时代。为了生存，他凭着强壮的体魄，以及掌握的历史知识，以现代人的眼光、先进的技术和丰富的经验，与战国的名将们斗智斗力，并成功地在一次又一次的阴谋诡计中化险为夷，还赢得了多位美女的芳心，最后与心爱之人和挚友一起在塞外开创另一种美好人生。全书结构紧凑，连接紧密，令读者欲罢不能。《破碎虚空》是作者的一部重要作品，在小说中，流传千百年的武功玄学“战神图录”和武林人物梦寐以求的宝物“岳册”重现江湖。少年传鹰参加武林侠士韩公度、凌渡虚等的武林人物聚会。这时，蒙古亲王思汉飞已经调派黑白两道及蒙古一流高手，在惊雁宫中布下重重兵力，准备屠戮武林侠士。传鹰的故事就在这样一个背景之下浩荡展开。《覆雨翻云》是黄易小说中最接近传统意义上的武侠小说的一部。小说写江湖黑道三大帮之一“怒蛟帮”面临着其他两大黑帮的入侵，作为帮内支柱的浪翻云与凌战天临危出面，成功平息了帮内内讧和其他两帮对己帮的不轨图谋。此时，蒙古人想推翻明朝，朱元璋也想巩固王权，江湖上又掀风波。而魔道宗师庞斑为达到魔道巅峰要求与浪翻云决战，小说在这样的一波三折中发展，情节峰回路转，以大团圆结局告终。《大唐双龙传》是黄易小说中最受好评的一部。小说写隋朝末年，隋炀帝当政期间，由于内外失政，导致国中战火四起。时势造英雄，寇仲、徐子陵两个平凡小子，内以天赋之资，外凭机缘运数，最后成为绝代大宗师，改变了武林乃至天下的命运。其中的爱恨交缠，悲欢离合，离奇情节，无穷意境，都造就了该小说的成功。

黄易擅写战争、谋略，并且始终贯彻玄妙的“道”学意味，这是他对武侠小说增加的新的文化内涵。黄易的小说包括历史、天文、医术、科学、宗教、宇宙奥秘等知识，更突出的是作者对生命哲学的省思。纵观黄易的作品，可以看出他不断挖掘武侠小说潜藏的可能性。他将武艺追求提升至“道”的地位，大大拓展了武学的可能性。求得“道”的过程，则必须经由武道追求的过程，不但要对抗敌人，更要击败自己、不断地试炼自己的最大极限，进而以武道窥至道！作者的很多小说是把武功的最高境界的追求落点到生命的极致上，道学的玄思充盈着小说的始终。

在人物形象的描写刻画上，黄易着力突出了“异侠”之“异”。第一，黄易小说的主人公往往是那些黑帮头领。黄易小说中的大侠是黑道中的大侠，这颠覆了传统武侠小说中的侠客传统。如《覆雨翻云》中塑造的浪翻云、范良极和庞斑，前二者都是黑帮的高手，也是江湖黑帮的重要人物，但是作者正是以他们为刻画的重中之重，白道的侠者反沦为二流。但他们有着侠的本质，他们是义气大于天，尽管身处黑道但正气浩然。第二，黄易小说中的大侠不再是为国为民的侠者，而更着重于小帮小派的利益和以个人幸福为己任。《覆雨翻云》中风行烈追求的是理想的爱情。在他的生命中，曾有三位女子，即：靳冰云、水柔晶、白素香，但她们都一一离他而去。对于这三个女子，风行烈是用纯真、博大、至诚的爱去用心地呵护她们。韩柏、戚长征等人相较于风行烈的追求则更多的是招惹狂蜂浪蝶，欲的追逐占了更大的层面，他们拼杀的目的更大程度上是为了证明自己的能力和赢得自己想得到的名与利。

黄易小说情节离奇玄幻，在场面上也力求“玄幻”，充分借鉴漫画和电影特写画面的手法，以达到一种极具感染力的视觉效果。黄易小说风格比较西化，故事变幻无方，人物性格复杂莫测，作者善于把普通的场面写得美丽如画而又杀机重重。小说中两个不同的战斗场面的转化毫无征兆，借鉴的完全是电影中的镜头转换的手法，小说镜头感较强。

黄易小说有着明显的网络化的痕迹。黄易的不少小说中往往只写欲，不写情，某些场面的描写近于色情。小说人物描写力度尚嫌不够，有符号化痕迹。小说语言也常出现古人说现代汉语的现象。网络小说中的那些流弊，黄易小说都有不同程度的表现。

第三节　金庸的武侠小说

金庸，1924 年生于浙江海宁。原名查良镛，笔名金庸。大学主修英文和国际法。毕生从事新闻工作，曾任《大公报》和《新晚报》的记者、翻译、编辑，1959 年创办《明报》，任主编兼社长，期间创办《明报月刊》《明报周刊》、新加坡《新明日报》及马来西亚《新明日报》等。他写有诸多政治评论、随笔、电影评论、戏剧评论、佛学研究及历史人物研究和电影剧本等。1955 年，查良镛偶试身手，写出其武侠小说处女作《书剑恩仇录》，一举成名。“金庸”作为一个“神话”由此诞生。此后，一发不可收，共创作了《射雕英雄传》《天龙八部》《笑傲江湖》《鹿鼎记》等 15 部武侠小说，它们经过作者花时十年的修订后更加完善，奠定了金庸在现代武侠小说史上的王者地位。金庸的小说以中国传统文化见长，他的小说宣扬的是中国传统文化中的精髓，其中儒家伦理和侠义道德尤其是作者所津津称道的，也是支撑起小说中人物精神的标杆，成为其小说中正与邪的分水岭。

金庸小说所涉及的中国的文化形态是丰富多彩的，所表现的中国文化也是最规范的。他是用最规范的中国的文化建立了他的武侠世界的基本秩序，确立了他的武侠人物是非评判的基本标准。

就武林世界的构造来说，金庸小说是最规范的。师弟、师兄、师父构成了各种帮派；各种帮派构成了一个完整的武林世界。在各种帮派中师兄大于师弟，师父统领徒弟，德高望众者统帅全帮派，此为“掌门人”；在整个武林世界中帮大于会，派大于帮，少林、武当统帅各种帮派，此为“武林领袖”。这样的构造在金庸小说中不但相当规范，而且相当权威，长幼不容颠倒，尊卑不容侵犯。杀害兄弟、同门者绝对没有好下场；向少林、武当挑战者都是身败名裂。在金庸小说中只有一例稍有例外，那就是《笑傲江湖》中岳不群和令狐冲的关系，但责任不在于令狐冲不尊师，而在于岳不群自己为师不尊。金庸小说中的武林构造是一种典型的“家长制”的统治体系。这种“家长制”的统治体系就是中国传统的伦理道德的社会化的表现。尊卑、长幼、德性缺一不可。但是在这三者之中起决定作用的还是德性，其他二者是外在的，只有德性才是内在的，没有德性也就无尊可敬，无长可敬了，也就没有“掌门人”或“武林领袖”的资格了。于是，岳不群只能是为武林所不耻（《笑傲江湖》），玄慈只能是自责自绝（《天龙八部》）。武侠小说都写了武林世界，但没有哪一位小说家像金庸这样能把武林世界写得如此的伦理道德化。金庸写的武林世界实际上是最正宗的中国社会。而维系这种社会的又是最正宗的中国的道德文化。

中国传统的道德文化实际上是一种自我规范、自我约束的自省的文化。无论是孔子提出的“仁、知、勇”，还是孟子提出的“五伦十教”，都是从自我规范约束的角度评价自我、评价他人和评价集体。金庸正是用这样的文化为标准来区分他小说中的人物的正邪是非，反过来，也正是通过对这些人物的褒贬来弘扬这样的文化。在金庸的小说中真正的大侠都具有以下品德：

仁爱忠孝。真正的大侠都具有仁爱之心，这种爱心甚至推及他们的敌人身上。己立立人，己达达人。己所不欲，勿施于人。在他们的心目中没有什么正邪之分，只有好坏之别，四海之内皆兄弟。郭靖、杨过、张无忌、虚竹、令狐冲等人无不具有这样的品质。郭靖与“东邪”之女相好（《射雕英雄传》）；杨过认“老毒物”欧阳锋为义父（《神雕侠侣》）；张无忌成了明教教主（《倚天屠龙记》）；虚竹成了灵鹫宫的主人（《天龙八部》）；令狐冲则娶了魔教之女为妻（《笑傲江湖》）。小说还告诉我们，这些大侠处人及物从来不在乎对方的正邪，而看对方是否可交。有意思的是，这些所谓的“邪派”一旦与这些大侠们相交往，往往就能改邪归正，这其中有意无意地透露出大侠们的人格力量。仁爱之心，不仅显示出大侠们胸怀博大，而且给他们带来了很多“机遇”。可以这么说，正因为有了这样的爱心，他们才能得到一身超凡脱俗的武功。金庸小说中的英雄几乎都是无父之人，寻父或者报父仇也就成为了他们成长过程中的一个精神支柱，成为了金庸小说中的一个叙事线索。

在寻父或报父仇的过程中他们可能会出现一些偏激的言行，但却能得到人们（包括读者）的理解和原谅，有时还能提升人物的内在形象。之所以如此，是因为忠孝在中国道德文化中是做人的起码的标准，是品格高尚的一个标志。金庸以此作为小说的写作线索，一方面是他作为小说家的聪明，另一方面也是他对这一种文化的认识。

诚信知报。诚，是为人诚恳；信，是讲究信用；知报是"投之木瓜，报之琼琚"，是"滴水之恩，当涌泉相报"。诚信相报是要求做人内心坦荡、光明磊落。金庸小说中大侠们之所以能有仁爱之爱心，能够如此的忠孝，就在于他们具有诚信知报的基本品质。郭靖虽然愚笨，但为人诚信，忠孝俱全，终成一代大侠；杨康虽然聪明，但为人狡诈，不忠不孝，只能沦为一个大奸（《射雕英雄传》）。令狐冲既然答应岳灵珊保护林平之，虽然心中极不情愿，但一诺千金，决不负义（《笑傲江湖》）。至于知恩思报，在小说中更是比比皆是，写得最为感人的大概是被称为"金庸小说中第一英雄"的萧峰。他受到阿朱的相伴之恩，相报于其妹阿紫之身；他受到汉族的抚养之恩，相报于保宋卫疆之德。知恩思报在他的身上已泯化了仇恨，也泯化了民族之分。金庸告诉我们，知恩相报不仅人知道要这样做，就是动物也知道要这样做。杨过善待大雕，于是大雕就助其练功（《神雕侠侣》）；张无忌治愈白猿，白猿就送来水蜜桃（《倚天屠龙记》）。金庸小说中塑造了众多的人物形象，诚信知报者必然得到极大的赞赏，不诚不信和忘恩负义者必然受到严厉的谴责。

精忠爱国。这是中国道德文化中的"大节"。金庸小说并不以保家卫国作为创作主线，却以此为每一部小说的大背景。是否爱国，是评判人物是非的最基本的标准。在这一问题上，金庸毫不含糊。小说中的大侠们无不是精忠爱国的民族英雄，即使是如此滑头的韦小宝在爱国的问题上还是坚持原则，他的"大节"还是纯真的（《鹿鼎记》）。

修己慎独。这是中国道德文化中的"小节"。所谓"吾日三省吾身：为人谋而不忠乎？与朋友交而不信乎？传不习乎？"（《论语·学而》）内省修身是君子风格，薄责于人是小人作风。金庸小说中的大侠们，从陈家洛到令狐冲无论遇到什么冤屈，从来都是反躬自问，自我反省（韦小宝例外，不过他算不上是大侠），所以他们的人格就愈发受到人们的推崇，而那些制造冤屈者，其人格就越被人们所鄙视，岳不群可以说是最好的例证。

金庸是典型的中国道德文化的维护者和宣扬者，金庸小说是典型的中国道德文化的宣扬书。自“五四”新文学登上文坛以后，维护和宣扬中国道德文化的文学作品并不间断，但如此集中和完整地写中国的道德文化，金庸是第一人。他所表现的中国的道德文化涉及各个方面，甚至一些消极因素也保存下来，如对女性的态度，金庸不太尊敬。他笔下的女性几乎个个狡诈（小龙女是例外），而且“越是好看的女人越会骗人”（《倚天屠龙记》中殷素素临终遗言）。这种歧视女性的观念也来自中国的传统的道德文化，在中国传统的道德文化中女人和小人从来就是相提并论。

作为一个小说家，金庸的贡献在于将中国的传统文化与“人的文学”结合了起来，比较圆满地解决了依据中国传统文化写“人的文学”的问题。他写的“人的文学”有与“五四”以来的新小说相同的地方，笔下的人物符合周作人提出的自然属性和社会属性两大标准。[①]也有不同的地方，他的人物不像新小说那样在肯定和要求人的价值的同时，对既有的文化提出疑问或抨击，从而达到改变既有文化的目的；而是在肯定和要求人的价值的同时，依据既有的文化进行人格的自我完善，其目的在于维护和宣扬既有的文化。

很有必要指出的是，论述金庸的传统的道德文化，绝不是说金庸小说就没有现代意识。如果把人的生命的阐释、个性的追求、孤独的情绪、离别的伤感等观念和情绪看作是现代意识的话，金庸小说同样表现得淋漓尽致。只不过，金庸并没有将这些观念和情绪与传统道德文化割裂开来，而是将它们作为传统道德文化的一个部分在小说中加以表现。另外，这些现代意识往往表现于人生演绎的一个过程或一个阶段之中，并不体现为人生的结果或结论。

金庸小说依据一种“成长模式”来写人，即：以人物的成长作为小说的创作中心。“成长模式”确立了小说以写人为中心的创作观，不同的“成长模式”也就表现出人物不同的成长道路，不同的成长道路也就写出不同的人物个性，表现出不同的人生欲望来。金庸小说能够塑造出不同的人物形象，能够化解武侠小说的各种模式，把人和事都写活了，其根本原因就在这里。

陈家洛和袁承志的性格特征最为完美，作者几乎将他们作为做人的典范来写，他们的道德完善之途也就最痛苦。不断地克服自我的欲望，将“小

---

① 周作人1918年在《新青年》上发表《人的文学》。他说：“我们要说人的文学，须得先将这个人字略加说明。我们所说的人，不是世间所谓天地之性最贵，或圆颅方齿的人。乃是说从动物进化的人类。其中有两个要点，（1）‘从动物’进化的，（2）从动物‘进化’的。”

我”服从于“大我”之中，他们达到了做人的最高境界。

郭靖的最突出的性格特征是愚笨，智商不高，但忠诚老实，他的道德完善在他以诚待人的处世作风中完成。通过这个人物，作者意在说明中国一句老话：老实人不吃亏。与他相对应的是杨康，他虽然很聪明，但他的处世为人的标准是以自我为中心，与中国的道德文化背道而驰，他是道德败坏的典型。作者也意在说明中国一句老话：聪明反被聪明误。

杨过的聪明并不亚于其父，他不讲礼节，却很重情义；他不拘小节，却是非分明。他的有情有义、有家有国的人生态度，使他成为了一代大侠。

张无忌的为人相当“泥”，他身边四个女人的爱情纠葛，与其说是女人的争风吃醋，不如说是张无忌性格的拖泥带水所造成。但是他遵诺言、讲信用，诚信相报，同样达到了中国道德文化的做人的境界。

萧峰是金庸小说中顶天立地的英雄，他身上有着男子汉最完美的素质，社会心、责任心、诚信相报、忠孝节义都完美无缺。他的道德完善在中国道德文化的最高境界“杀身成仁”中完成。

令狐冲生性率直，豪放不羁，活得潇洒，是金庸小说中最洒脱之人，但是他又是最遵守中国传统道德文化之人。他依恋师门，极力维护师父、师弟；他交友只认情义，不分正邪；他受到委屈从来是反躬自问，不责怪他人。个性的张扬和道德的完善在他身上得到了最完美的结合。与他相反的是他师父岳不群，此人的形象塑造，一方面是为了衬托令狐冲光明磊落的形象，一方面也是为了告诉读者，什么是真君子，什么是伪君子；什么是真道德，什么是假道德。

……

性格的不同使得各位大侠处理问题的态度不同，成长道路的各异又显示出大侠们的性格的多样化，金庸小说中的人被他写活了。不管是什么性格的大侠，他都经历了道德完善的过程。金庸意在说明，他笔下的大侠是具有个性的人物，是具有绝顶功夫的武林高手，更是一位品格高尚的贤者。

武功是武侠小说的第一要素。中华武功第一次真正进入小说是在《水浒传》中。《水浒传》之前，有一些神怪小说。这些神怪小说中的人物的举动只能称为“仙人举动”或者“神魔举动”。《水浒传》是实实在在的中华武术美学化的体现。可以这么说，一直到 1949 年之后的梁羽生的小说，都是中华武功的体现。金庸的小说却有所变化。概括一下，金庸武侠小说具有四个层面，也可以说是四种境界。

第一种境界自然就是中华武功，这是传统的延续，源于中国传统武术。比如说，琵琶手、蝴蝶掌、蛇骨鞭。真正体现他成就的是后面三种境界。

第二种境界是他把中华艺术和学术融于武侠小说中。在他的小说里，琴棋书画都能化作武功。比如说《连城诀》中最厉害武功是"唐诗剑法"（却被不识字的师父误作为"躺尸剑法"），最厉害的一招是"大漠孤烟直，长河落日圆"，这就是武功的美学化。又如李白的同名诗歌《侠客行》也被写成一套绝世武功。再如《射雕英雄传》中，为了体现黄药师武功之奇妙，作者让黄药师吹了一曲《碧海潮生曲》。箫声一起，"万里无波，远处潮水缓缓推近，渐近渐快，其后洪涛汹涌，白浪连山，而潮水中鱼跃鲸浮，海面上风啸鸥飞，再加上水妖海怪，群魔弄潮，忽而冰山飘至，忽而热海如沸，极尽变幻之能事，而潮退后水平如镜，海底却又是暗流湍急，于无声处隐伏凶险，更令聆听者不知不觉而入伏，尤为防不胜防。"黄药师先以玉箫吹奏此曲试探欧阳锋功力，后又以此曲考校郭靖。内功定力稍弱者，听得此曲，不免心旌摇动，为其所牵。轻者受伤，重则丧命。（但是有研究者把这段描写与还珠楼主的《蜀山奇侠传》做过比较，发现金庸这段和还珠楼主的一样，所以说他有抄袭之嫌。但不管怎么说，总能发现其中的美学境界。）金庸小说在学术上更显高明。但高明并不是让人难以捉摸的高深。比如，郭靖的降龙十八掌来自《易经》，段誉的北冥神功来自《庄子》，全真教来自道教……这些都是把学术小说化。又如，文学艺术的最高境界是"化境"，即化有形于无形。《倚天屠龙记》中有这么一段，张三丰和徒孙张无忌在交谈，突然门外有人来向张三丰挑战，要与他过招。张三丰怎么会轻易出手呢？当然是张无忌代为出手。张三丰现教张无忌三招，张无忌每学完一招后，张三丰问的不是"你记住了吗？"而是"你忘记了吗？"忘记了招数才能继续往下学。强调一个"忘"字，化有形为无形。小说中把学术化成武功，意味深长。

前两种境界很多武侠小说作家能够做到，例如梁羽生。相比之下，金庸小说的后两种境界就很少有人能达到了。这与他的人生阅历有关。第三种境界是把个性和人生经历融入到作品中去。比如说，降龙十八掌一定要像郭靖那样的老实人才能学，因为他肯勤学苦练；而黄蓉只可能练打狗棒法，因为那是一种灵巧的武功；老毒物欧阳锋练的就只能是蛤蟆功，而周伯通是顽童个性，所以他练的是"双手互搏"，这其实就是两种意念的互相搏斗。武功必须与个性相结合，每个人必须练和他个性相符合的武功，选择不对就要受到惩罚，就会出现像东方不败、岳不群、林平之那样的变态人物形象。《神雕侠侣》中杨过遇到了一个异类朋友，雕兄。杨过曾经救过它，作为回报，雕兄把杨过带到它的主人独孤求败那里。独孤求败向杨过展示了他的剑冢，上面都立有碑，碑上题着字，剑冢里埋着好几把他用过的剑。独孤求败告诉杨过他用这些剑的经历，在20岁以前，他用的是刚猛之剑，取其锐利刚猛；30岁以前，他用紫薇软剑，取其灵巧机智；40岁以前，他用玄铁重剑，取其大巧不工；40岁以后，他用的是木剑，此是万物皆为剑的境界；而到了50岁，他不用剑了，用的是剑气。就是这么五个阶段，可再仔细想想，这哪里是在讲剑，明明是在讲人生，正是人生的五重境界。金庸将自己的人生经历和感悟贯穿于作品中，这恰恰是他的作品高人一等之处，也是现在那些年轻的武侠小说作家达不到的境界，因为他们缺乏的正是这些人生的阅历，没有这些经历写不出那么深刻的作品来。

金庸小说中武功的第四种境界是把有形的武功化为无形的武功。武功作为自己的一部分，彻底参悟，从而达到人武合一化境，这是武功的最高境界。这样的武功一定是独创的，它与习武者的个性、经历、情感息息相关，相互渗透而成。在金庸小说中，这个类型写得最好的要算令狐冲和杨过了。令狐冲在华山顶上面壁的时候，正是他参悟武功，走向化境的过程。他就是把自己的思想和意念完全融入到练武过程中。再说杨过，他的独门武功是黯然销魂掌。为什么会叫黯然销魂掌的呢？这和他与小龙女的16年之约有关。“杨过自和小龙女在绝情谷断肠崖前分手之后，不久便由神雕带着在海潮之中练功，数年之后，除了内功循序渐进之外，无可再练，心中却整日价思想小龙女，渐渐地形销骨立，了无生趣”。在这样的百无聊赖中他创成这套掌法。他16年里的苦闷和煎熬通过黯然销魂掌反映出来，这是和他的经历、感觉和心境融为一体的武功，要别人来学，肯定是学不来。我们来看看这黯然销魂掌的17招都有些什么招式：心惊肉跳、杞人忧天、无中生有、拖泥带水、徘徊空谷、废寝忘食、孤形只影、饮恨吞声、六神不安、穷途末路、魂不守舍、力不从心、行尸走肉、倒行逆施、面无人色、想入非非、呆若木鸡，招招都是心声。

下面我们总结一下金庸武侠小说中武功的四种境界，第一种境界其实讲的是中华武功的招式，第二种境界是武术与学术和艺术的结合，第三种境界是写个性与人生，其实是和“人”这个要素结合，第四种境界达到人武合一的地步，就是最高境界，与人的“灵魂”相结合。这就是金庸小说武功的“门道”。

与武功的独创性相比，金庸写女人显得相当保守。金庸小说中的女性没有大英雄。简单地归纳，金庸小说中的女性形象大致分为六类：

第一类：纯情类，代表人物是小龙女、仪琳。她们毫无杂念，用情专一，完全以情作为自己的生命支柱，作为自己是非判断和行动的指南。

第二类：痴情类，代表人物是穆念慈、岳灵珊、李文秀、程灵素、马春花。她们往往表现出一种单相思，爱上了一个根本就不爱她的人，但却痴心不改。“早已明知对他的爱，开始就不应该，我却宁愿改我生命，痴心也不愿改。”这是香港电视剧《射雕英雄传》中为穆念慈配的歌词，用在这些女性身上非常恰当。

第三类：聪慧类，代表人物是黄蓉、赵敏、任盈盈。她们多计善谋，行为常在正邪之间。因为嫁了一个大英雄，最后修成正果。

第四类：端庄类，代表人物是宁中则、双儿。她们往往表现端庄、懿淑，而她们身边的那个男人则奸诈、虚伪。

第五类：乖张类，代表人物是周芷若、郭芙、哑婆婆。她们因妒而偏执，因情而乖张，其行为不可理喻。

第六类：邪恶类，代表人物是李莫愁、叶二娘、阿紫。她们因情生恨，走向变态，是一种“情疯子”。

从以上的分类可以看出，金庸小说中的女性形象丰富多彩，而且性格鲜明，蕴涵丰富。作家在塑造这些女性形象和描述她们的心理世界时都显得相当用心、精心。她们构成了金庸小说特有的风景线。但是，从两性的角度，我们将会看到，这些女性只是一些配角，她们为了男性而存在，都是男性英雄或男性小人的陪衬人。金庸的小说中的男性，无论是英雄还是小人，他们心中都有社会的理想和个人的奋斗目标：陈家洛、袁承志背负着反清复明的大任；郭靖、杨过、萧峰是抗金保宋的英雄；令狐冲、石破天化解了江湖的纠纷；即使那些邪派人物张召重、杨康、慕容复、段延庆，以及亦正亦邪的韦小宝，都有他们的人生目标。女性却没有什么社会理想和人生目标，在金庸第一部小说《书剑恩仇录》中的霍青桐的身上还有一点痕迹，之后的女性皆被情所淹没，她们为情而生，为情而争，为情而累，为情而死，得到、保护、跟随她们心中的理想的男人是她们人生的最高理想，是她们喜怒哀乐、行为举止的出发点。在以情作为终极目标的前提下，她们的个性随着婚嫁的变化也发生了变化。一个很明显的情况是，一旦她们的婚恋对象得到了落实，不管她们之前是多么顽皮，多么乖张，多么无所顾忌，此时都只有一个模式：从夫。黄蓉是那么有个性，但她一旦与郭靖的婚嫁关系明确以后，她满脑子满嘴的只有“靖哥哥”了，《射雕英雄传》中的黄蓉与《神雕侠侣》中的黄蓉性格差距那么大，根本原因是她有了丈夫；小龙女初登场，虽不谙人事，却很有主见，但她情属杨过以后，也就唯杨过一人了；至于《鹿鼎记》中韦小宝身边的七个夫人，婚前个个都是一只“凤”，婚后都成了一条“虫”，只有生儿育女，保护丈夫的责任了。女性为男性而存在，这就是金庸小说中女性角色的定位。理解了这一点，我们就会对金庸小说中的很多惨烈的、令人唏嘘的场面有了更深刻的认识。我们将会更深刻地认识到叶二娘、殷素素、阿紫等人为什么会那么惨烈地死去；会更深刻地认识到岳灵珊、马春花等人临死之前为什么会出现“悲喜交加”的场面；会更深刻地认识到为什么穆念慈只被脱了一只鞋，也就终身不悔地随杨康而去；同样，也会更深刻地认识到段正淳身边的那些女人为什么受到遗弃，却始终对段正淳爱恨交加，情意绵绵。女为悦己者容，女为悦己者死，这是被很浓的感情层面深深掩盖住的金庸小说的文化层面。武侠小说张扬的是武侠精神，是爱国的情绪，是自我的个性，而金庸武侠小说中的女性都被情“锁”住了，当然就出不了大英雄，自然是男性的配角。

金庸小说还有很多引人入胜的生活文化技艺的描写，涉及饮食、茶饮、酒器等各个方面。在表现技巧上，影视手法的运用也给小说增色不少。

第四节　亦舒、梁凤仪、李碧华等人的社会言情小说

与台湾地区的言情小说不同，香港是社会言情小说。虽然还是女性为小说的主人公，还是写女性的情感，但是小说中女性情感几乎都是在社会磨难和职场拼搏中展开，因此女性形象似乎更为刚强，有着女性独立的精神气息。香港社会言情小说中女性形象有一个发展变化的过程，起初女性在未结婚之前是有个性、有主见、有职业、独立要强的人，但仍是与富家公子一见钟情，并以嫁入好人家或者豪门很快生养后代为最终的归宿。岑凯伦的作

品便是这一时期的代表作。后来亦舒、梁凤仪等人的作品就完全是女性独立形象的展示。亦舒笔下的女性追求自我完善，其作品中的女性很多以摆脱婚姻的困境，独立开始新生活为终结；梁凤仪笔下的女性简直就是叱咤风云的商界复仇女神。

亦舒(1946—　)，1946 年 9 月 25 日出生于上海，祖籍浙江镇海。原名倪亦舒，另有笔名梅峰、依莎贝和玫瑰。哥哥是香港著名作家倪匡。亦舒早在 14 岁时便在《西点》杂志上发表其第一部小说《暑假过去了》，首部个人小说集《甜吃》则在 1963 年出版。到目前为止，亦舒已结集出版的作品有二百多部，包括小说、散文等多种文学类别，当然其中的爱情小说占据主导。金庸创作武侠小说，倪匡创作科幻小说，亦舒创作言情小说，他们被称为“香港文坛三大奇迹”。亦舒小说中的男女主角各有特色，她是以一种简洁的文字描写冷漠的都市、苍凉的爱情。

亦舒小说中的大多数女主人公既有着令人一见而无法忘怀的美貌，同时又十分聪慧有才干，多数有文凭，尤其是名牌大学的学历，所谓“每个淑女都得有一纸文凭”。(《胭脂》)就连作主妇也不能示弱，“女孩子最好的嫁妆是一张名校文凭。”“带着它嫁人，夫家不敢欺侮有学历的媳妇。”(《曾经深爱过》)才貌双全说明这些女性是现代女性，有着良好的个人素质，在她们身上发生的故事有着更多的现代都市浪漫气息。为了充分展示女性才貌双全的魅力，亦舒小说中的女性发生故事的时间似乎有一个相对固定的年龄段，那就是 30 岁以上的女性，有的甚至是四五十岁的妇女。亦舒对于 30 多岁的成熟女性给予了高度的评价，“一个人真正心智成熟，非要到 30 岁不可。”(《银女》)不是初恋式的单纯爱情，是成熟的感情的磨合，亦舒小说要塑造的是才貌双全的成熟女性，讲述成熟女性的现代浪漫故事。

她作品中的女性总是独立自强，不断地寻求自我、完善自我，不论是大龄未嫁还是爱情婚姻受挫、触礁，最终总是以自己的勤奋努力重新过一种完全属于自己的生活，常视自我为归宿。这些人物可以分为三大类，一类是有着良好教育背景、职业，有着优越的社会地位的女性，立足于竞争激烈的香港社会上层。如《绝对是个梦》中的程真、《银女》中的林无迈、《我的前半生》中的唐晶。第二类则是具有奋斗历程的女性们，她们起初不名一文，甚至可能在社会底层沉沦，但经过努力和痛苦的挣扎，终于成功自立生活。如《我的前半生》中的子君、《胭脂》中的杨之俊、《银女》中的银女。第三类是一些平凡的女性对自我的一种寻找。如《玫瑰的故事》中的苏更生、《曾经深爱过》中的邓永超和利碧迦、《喜宝》中的姜喜宝。这些女性都用自己的生活经历说明，只能将男性视为生活的伴侣，而不是依附对象。女性要想找到幸福，只能是由经济上的独立走向社会角色的独立，再走向人格的独立，这些是亦舒塑造女性形象的基本思路。

围绕着女主人公人格独立展开情节的是她们爱情生活的起伏。亦舒的小说也宣扬一种爱情至上的婚姻观，主人公们会因为爱情而生活在一起，但不爱了或者结婚后发现自己并不爱对方时就会选择平和的分手，清醒的决裂，而不是一定要用道德和责任将两个人绑在一起。《玫瑰的故事》中周士辉发现爱的是玫瑰，所以离婚。《曾经深爱过》中的利璧迦和邓永超发现曾经深爱自己的丈夫不再关心自己，而是完全漠视她们的精神需求时，她们选择离婚。《银女》中林无迈忍了 15 年终于决定离婚。《我的前半生》中涓生不再爱一无所知、一无所能的子君时决然分手。《绝对是个梦》中董昕和程真的婚姻无法继续时也选择分手。另一方面，那些为了现实的功利而做出爱情或婚姻选择的女人，在亦舒的小说中就是一群不幸福的女人。

伴随着女性自强自立和爱情至上描述的是对男性存在着严重的信任危机。亦舒从两个方面批评这些男性。一是“童年危机”。小说中很多女主人公年幼时都缺失父爱。她们的父亲是极不负责任的，在她们童年或者更小的时候，她们和她们的母亲就被她们的父亲所抛弃，这不仅使她们的家庭生活不健全不完整，带来生活上的经济危机，而且最大的负面影响是使她们一生都无法信任男人，无法走出父亲给她们带来的阴霾。如《胭脂》中的杨之俊、《喜宝》中的姜喜宝、《银女》中的银女、《幽灵吉卜赛》中的丘灵。二是“感情危机”。女性为了感情愿意奉献出自己的一切，但是那些极不负责任的男性往往成为了感情的杀手，这些男性毫不怜惜地对女性心中的感情痛加践踏，把女性推向了绝路。如《玫瑰的故事》中的周士辉、《她比烟花寂寞》中的张煦。亦舒对男性的批评并不尖刻，她将之软软地融化于情节的描述之中，但留给读者的印象却是十分地鄙视而态度决绝。

才貌双全是条件，独立自强和爱情至上是过程，怀疑男性是出发点，它们构成了亦舒女强人小说形象塑造的“平台”，显示出亦舒小说深刻之处的是，她将笔伸向了这些女性的内心深处。亦舒指出，别看她们的外表是那么风光，别看她们表现得是如此的刚强，她们的内心深处却是很寂寞的。为什么呢？因为她们是“强人”，因为她们是“女性”。在事业上，女性要取得成功就要与男性一样在社会上拼搏，“人们不会因为我们是穿裙子的而予以迁就、让步与通融，女性一样要面对江湖风险，倦怠不得。”①然而，中国的世俗社会力量又是那么强大，要求着女性对家庭负有更多的责任，否则人们就会认定她们是工作狂，缺乏柔情，不懂真情，总是拿家庭尤其是男性的幸福作牺牲。一方面要努力工作，另一方面还要全力做个传统意义上的好女人，女性面临社会和家庭的双重压力，她们比男性更容易陷入困境。“女人有了职业，生活是不忧了，但感情生活同五十年前一般黑暗。”作为现代职业女性的亦舒，对现代香港女性内心深处的苦楚与寂寞有切肤之感。她的不少作品就是以寂寞为题，比如《寂寞小姐》《寂寞夜》《她比烟花寂寞》《寂寞的心俱乐部》《寂寞鸽子》等。当然，男性也会寂寞，《我的前半生》中，涓生因为寂寞，逃到了给他温情的地方去，找了一个从长相到品位都在子君之下的菲籍女影星。《银女》中的陈小山也很寂寞，因为他无法和自己所爱的女人进行感情沟通，于是他愈发地在外面疯狂。《喜宝》中勖家的每一个男人都是寂寞的，勖存姿可以买断喜宝的青春，从她旺盛而强硬的生命力中排解他的寂寞。但是男性的寂寞有着排解之法，大多数的女性却无法这样做，刚离婚的子君比涓生更寂寞，林无迈比陈小山更寂寞，喜宝比勖存姿更寂寞，因为女性对感情的要求是身心合一的，她们寂寞得无路可逃。于是，她们往往走向极端。《银女》中的银女之所以和尊尼仔这样的社会渣滓混在一起，是因为她寂寞，她从家庭从社会都得不到温暖，尽管她明明知道尊尼仔在利用她和她妹妹的美貌挣钱。《玫瑰的故事》中少女时期的黄玫瑰之所以会和周士辉在一起，是因为寂寞，因为父母不理解她，大哥只是给她钱花，而周士辉对她好，关心她。《喜宝》中的喜宝自幼缺乏父爱和家庭之爱，父亲是个浪子，根本不顾她们母女的死活，等于根本没有父亲。与母亲相依为命，后来母亲在澳洲跳楼自杀，喜宝失去了唯一的亲人。做了勖存姿的情人后，她失去了与勖聪慧纯真无邪的友谊。喜宝爱上了剑桥物理系教授，但他却被勖存姿以打猎失手为名除掉，她不仅失去了自由，还失去了爱情和对生活的斗志。《她比烟花寂寞》中的姚晶是一个正当红的影星，但她却在生命最灿烂的时

---

① 梁凤仪：《我是怎样与写作结缘的》，庞冠编《梁凤仪现象》，人民文学出版社 1993 年版，转引自赵稀方《小说香港》，生活·读书·新知三联书店 2003 年版，第 233 页。

候选择逝去，就如夜空中绽放的烟花，人们看到的只是光鲜而又体面的外在，却不能体会她内心深处深切的寂寞与苦楚。为了拍片，她放弃了自己的孩子和丈夫，为了体面，她选择了世家出身又是律师的张煦为伴侣，但是却因为以前的身世不为张家所容。她只能把死后的财产赠给只有过两面之交的记者徐佐子，因为没有人要她姚晶的钱，也没有人要她的爱。想通过一些极端的方法摆脱寂寞，反而更加寂寞了，亦舒揭示的是现代女性的悲哀。

亦舒的作品极多。与那些通俗流行小说一样，她的小说有极品、精品，但是读得多了就会感觉到她的小说的模式化也相当严重。

梁凤仪，(1949—　)，香港女作家。香港中文大学博士，曾留学英美，曾任电视节目监制、编剧，证券公司、银行、集团公司主管。20世纪80年代后期开始文学创作，以写作速度惊人、高产而著称，迄今出版图书一百多种，体裁涉及小说、散文等，其中以小说誉满香江，蜚声海内外，代表作品有《花魁劫》《醉红尘》《豪门惊梦》《九重恩怨》《花帜》等。1992年，北京人民文学出版社出版发行了梁凤仪的财经小说系列作品，从而在国内掀起了一阵“梁旋风”，梁凤仪因此名扬内地(大陆)。梁凤仪系香港商界成功人士，其坎坷的职场经历和丰富的从商经验，极大地影响了她的小说创作。她的小说之所以被称为“财经小说”，是因为她的小说以特定时期的香港工商金融界为背景，将个体的悲欢离合、恩怨情仇融入冷酷无情的商场战争之中，从而描绘出经济社会中的人生百态。

以商界为背景，展现人生、人性的善美和丑恶。“商场如战场”，梁凤仪的小说创作始终遵循着这条格言构思。于是她的小说中的争斗显得特别激烈和残酷。例如《九重恩怨》中杜青云为报复江福慧，利用江福慧对他的爱欺诈夺取了江家的产业：利通银行。江福慧痛定思痛，为报复杜青云，她卧薪尝胆、左右逢源，为达目的，不择手段，最终又夺回利通银行。报复与反报复、夺取与反夺取构成了其小说的结构框架。小说斗争场面冷酷无情，人性的善恶被推向了极端。为了计划成功，江福慧牺牲色相在所不惜；为了金钱与美色，昔日助杜青云成功诈取利通银行的盟友，又成了背叛者。利益之下，没有人性，当然更无友情、义气。风云变幻、残酷复杂的你争我夺的商战背景使得梁凤仪的小说情节跌宕起伏、悬念环环相扣；人性的极端展示、善恶的转换和拼搏使得她的小说人物极度张扬，个性分明。

她的小说往往存在双重线索，一方面是冷酷的商场争斗，另一方面是一段缠绵的感情纠葛。商战是故事的背景，爱情是故事的内核。梁凤仪试图探索现实的金融社会里爱情的本质，商场的场景写得精彩，商场中的爱情写得也毫不逊色。与其他作家的爱情生活描写相比，梁凤仪小说中爱情描写最为突出的是女性意识十分强烈。在她的小说中，女性不是生活的弱者，也不再是男权社会的附庸。生活的变幻无常使得她们遭遇了不幸的人生变故，然而她们并没有因此沉沦消亡，百折不挠的生命意识促使她们与命运抗争，成为生活的强者。在挫折和抗争中，她们自立、自强、自信，外秀内慧的性格充分地展现了出来。梁凤仪的小说基本上依据这样的创作思路进行，《九重恩怨》中的江福慧，《誓不言悔》中的许曼明，《花魁劫》中的容璧怡，《今晨无泪》中的庄竞之，《风云变》中的段郁雯，都是具有这样的生活经历和性格的女强人。在梁凤仪看来，女性的幸福爱情生活须以自己成功的事业为前提，而成功的事业又需要性格上顽强不屈和独立自主的精神。渗透在商战背景中的爱情故事和拼搏中的女性人生传奇，使得她的小说可读性极强。

梁凤仪根据自身丰富的商场实战经历，在小说创作中穿插运用了大量的经贸、金融和管理经验和知识。事务洽谈、人际关系、往来应酬、商场政界、房地产业、股票交易，这一系列财经交往的经验随处可见，即使是描写倾轧争斗也客观化、生活化、知识化。有些故事情节简直可以作为经商指南。小说的场景切换得很快，显然是借鉴了影视的创作技巧。小说语言短句居多，三言两语，哲理意蕴却相当浓厚，用以警醒世人。浓浓的商业气息和直接快速的叙事模式与香港的文化风气和社会生活完全合拍。

李碧华(1959?—　)，祖籍广东台山，出生、成长于香港，原名李白。李碧华是才女型作家；同时也担任人物专访记者、电视编剧、电影编剧及舞剧策划等职。李碧华生长在一个大家庭里，祖父以前在乡下很有钱，有四个老婆，还有妾室。父亲做中药生意，住的是祖父的房子，所以李碧华从小生活在那种楼顶很高，有着木楼梯的旧式楼宇之中，听过很多旧式的人事斗争。这种环境和残余的记忆为李碧华提供了创作的素材和灵感。她从小喜爱文学艺术，学生时代便向《幸福家庭》和《中国学生周报》投稿，之后当过教师，从事多种职业。1976 年至今任职记者(人物专访)、编剧，又在《东方日报》撰写专栏及小说。代表作品：《川岛芳子》《霸王别姬》《青蛇》《胭脂扣》《生死桥》《秦俑》《饺子》《潘金莲之前世今生》《诱僧》等。专栏和小说在中国香港、台湾地区，以及新加坡、马来西亚等报刊登载，并结集出版逾百本并有多国译本。

与其他社会言情小说作家一样，李碧华也宣扬着爱情至上。但是她总是将爱情的追求推到男女不分、人戏不分、生死不分、人鬼不分的境界。再加之她描述的爱情追求又总是以悲剧告终，所以她的小说有着一股特别的冲击力。

虽然是将爱情的追求推到无边的境界，但是她从来没有忘记小说中的现实社会的描述，例如《霸王别姬》写的是爱情，跨度却是近百年的中国社会的变迁。民国来了，鬼子来了，国民党的兵来了，中华人民共和国建立了，坎坎坷坷，磕磕绊绊，程蝶衣在变幻的舞台上左挥右舞，还算保住了那份真情。但是，他终于没有过得了"文化大革命"的这一关。他与段小楼的那一场"互相揭发"，说的是"霸王"段小楼的事，撕的是"虞姬"程蝶衣的心，真是声声是血，字字是泪。小说写的就是那份真情，却又那么有现实感。这是作者的聪明，也是作品的特色。

李碧华小说艺术上最重要的特点是将影视文学的表现手段引入到了小说中来。

> 头抬起，只见他一张年轻俊朗的脸，器宇轩昂。他身旁的他，纤柔的轮廓，五官细致，眉清目秀，眼角上飞，认得出谁是谁吗？
>
> 十年了。

> 只见都是衣饰华丽的遗老遗少，名媛贵妇。辫子不见了，无形的辫子还在。如一束游丝，捆着无依无所适从的故人，他们不愿走出去，便齐集于此，喝茶嗑瓜子听戏抽烟。

这两段都是小说《霸王别姬》中的片段。"头抬起"后孩子的脸变成了青年的脸，小说告诉我们"十年了"；人还是原来的人，但是"辫子不见了"，小说告诉我们，进入民国了。前一个例子写的是人生的变化，后一个例子写的是时代的变化。与传统叙事方式的描述不同的是，它们是靠镜头的切换和叠化来完成的。大量的影视手法的运用，减少的是语言的说明和介绍，增加的是形象性和动作性。这样的叙述方式与小说的故事和主人公的身份相得益彰，小说故事本身就是一段舞台传奇，人物本来就是舞台人物。在这样的叙述方式中，故事和人物都显得动感十足。

说作家善于形象性的描述，并不是说作家的语言表述能力差，相反，作家的语言表述能力相当强，特别是在汉语的指认功能上，作家运用得相当出色。《霸王别姬》中程蝶衣把生活当作舞台，把自己当作“虞姬”，男女不分；把段小楼当作自己的“霸王”，容不得别人染指。一曲《思凡》唱下后，作家将“他”的称呼，改称为“她”，一字之改，将程蝶衣的心态、情态充分地表现了出来。段小楼被日本人抓去，菊仙来求程蝶衣。程蝶衣不允许菊仙喊他师弟，而他自己却称呼段小楼为“师哥”。小说是这样书写程蝶衣的语言的：“‘我’师哥怎么啦？”师哥是“我”的，不是“你”的，这么一个单引号，意思全在里面了。小说的最后，程蝶衣晕倒在段小楼的怀中：

> “师弟！”
>
> 小楼摇撼他：“戏唱完了。”
>
> 蝶衣惊醒。
>
> 戏，唱，完，了。
>
> 灿烂的悲剧已然结束。
>
> 华丽的情死只是假象。

“戏，唱，完，了。”标点的隔开，使得一句话一字一字地吐出，是说程蝶衣和段小楼正在演出的“霸王别姬”这出戏，还是说他们一生都在演的那出戏？大概都有吧。

第五节　倪匡等人的科幻小说

香港是一个商业气氛十分浓厚的城市，出现在其中的科幻小说发生了基因变异。一种追求商业价值的科幻小说在这里诞生，那就是奇幻型的科幻小说。说其是“奇幻型”是指小说中的幻想达到了离奇的状态；还称其为“科幻小说”是因为它还披着一件“科学”的外衣。香港的奇幻型科幻小说的代表作家是倪匡和黄易。

倪匡，1935 年出生于上海，原籍浙江镇海，原名倪亦明，后改名倪聪。1957 年到达香港，最初创作武侠小说，后以卫斯理为笔名创作科幻小说。

从人物角度上说，倪匡的科幻小说分为三个系列：卫斯理系列、原振侠系列、其他人物系列，其中以卫斯理系列最为有名。卫斯理系列开始创作于20世纪60年代初，第一部小说为《钻石花》。经过三十多年的创作，以卫斯理为作品人物的小说、散文、随笔达到一百多部(篇)。

倪匡的科幻小说根本就不顾忌作品中有多少科学的成分，那些枯燥的科学的原理在作者看来可能还会影响小说的趣味性。科学在他的小说中只是想象的代名词，他只是依据故事情节创作出一些科学的因子，并凭借着这些科学因子大胆地、充分地发挥出想象，这些想象往往达到了奇幻的地步。这样的小说有其优点，那就是小说悬念丛生、情节完整流畅，有很强的可读性。但是缺点也相当明显，那就是那一点“科学”根据无力或无法解释那些疯狂的想象时，小说的故事情节也就沦为了荒诞。由于是为“稻粱谋”，倪匡的小说创作得极快。小说质量良莠不齐，学术界从各自的价值标准出发对他的小说评价也高低不等。不管怎么评价，倪匡确实为中国的科幻小说提供了另一种思维。

与小说的传奇性和故事性相匹配的是倪匡超常的想象力。倪匡的想象空间有两个延伸点，一个是纵向型，它往往将过去、现在、未来连成一线；一个是横向型，它往往在人类社会之外，开辟一个充满超验色彩的灵异世界。纵横交错，使得他的小说有了特有的表现空间，前因后果，使得他的小说情节有了很强的神秘性。如他的名作《蓝血人》。这部小说讲到体内流着蓝色血液的蓝血人，讲到国际警方组织，然后再讲到土星的一个异星人，还有日本最大的组织“月神会”，最后是现实社会中的日本帮派、某个大使馆等多方的争夺打斗，也就是点缀了一点科幻的因子。不得不佩服作者神思缥缈，奇思妙想。

倪匡是个编故事好手，他似乎对各类小说文体都非常娴熟。这使得他的小说有特别的韵味：故事并不复杂，线索却很繁复。例如他的小说《传说》并不长，将其情节梳理开来，它实际上说了五则故事。第一则是政治故事。统治一个亿万人口大国的总统居然是一个只知道玩游戏机的傻子。他所倚重的军队总司令等人居然是一个受贿集团。真正控制国家政治、经济命脉的居然是一个商人。意味深长的是这样的领导集团居然还受到民众的尊敬，国家太平无事了数十年。小说似乎在描写一个荒诞的政治社会，在展示一个社会生存的哲理。第二则是侦探故事。小说一开始就是卫斯理接到朋友温宝裕将要来访的电话，然而，温宝裕不但没有来，而且失踪了。从解温宝裕的失踪之谜开始，小说破解了一个国家总统的失踪之谜。整部小说的情节依据着规范的侦探小说的模式进行：设谜—破谜—说谜。层层推进，又层层设障，最后一切都恍然大悟。第三则是科幻故事。人有人话，鸟有鸟语。鸟既然有自己的语言，它也就有自己生存世界。人有身体，也有灵魂，灵魂支配身体。当灵魂被画中的情景所摄入，就可以达到随心所愿的境界。因此，只要愿意，傻子也能当总统。同样，因为有了灵魂，就有了超验的力量。有了超验的力量，人就可以感应别人，统摄别人，当然，也可以被别人所感应、所统摄。因此，就有了"降头术"的存在。作者知道，他的这些幻想和所谓的科学依据，是经不起科学家们批驳的，在小说中，他声明在先："我当然不会和这种毫无想象力的所谓科学家去争论——这类所谓科学家由于缺乏想象力，所以永远不会成为真正的科学家。"第四则是怪异故事。那些"降头师"不仅能感应别人，而且有很多怪异的行为。小说详细地描写了找人专家如何放出小虫子找温宝裕的过程："随着那怪人手指略动，只见一股绿线自怪人指尖激射而去，其快无比，一下子就射在温宝裕照片上。那股绿线，至多只有头发般粗细，却笔也似直，在阳光之下，闪烁着碧绿的光芒，竟像是那怪人的手指可以随意地放出镭射激光一样……紧接着，只见那怪人双臂向上一振，突然之间，在他身上，起了一大团碧绿的浓雾，那团浓雾把他整个人全部包住，看起来只见一个直径约两公尺的绿色圆球。那团绿色的浓雾，看起来翻翻滚滚，灵动无比，像是活物一样。"怪异之人和怪异的举动，让人匪夷所思。第五则是传说故事。整部小说的情节就建立在一个传说上：人到达一个神秘的地方，只要从这个神秘的地方带回一样东西，就可以随心所愿。最早进入该地的人带回了一只死蚊子。这只蚊子曾经叮在他身上，被他拍死后随身带回的。于是这个人就当了这个国家的总统；他将其传给了一个小警察，这个小警察也当上了国家总统。

这五则故事就是倪匡小说的五大要素，是他小说构思的五条思路。这五条思路的总原则是"传说"，是传奇性和故事性，有了传奇性和故事性，小说就有人看，就有了出版市场。只要能达到这个目的，在倪匡看来，这部小说就算成功了。科学只是他的多条思路中的一条，所起的作用只是为他的"传说"提供自圆其说的答案，至于小说的情节是否符合逻辑性，那并不重要。因为根据虚构的东西推断情节是否合理是永远也说不清的，能自圆其说最好，不能自圆其说也没关系，用《传说》中的话来说，有那么一点感觉就行了。他的小说基本上都是这五大要素的糅合，只不过各自侧重不同，《传说》是如此，他的其他小说也是如此。

在香港有影响的奇幻型科幻小说作家还有黄易。与倪匡比较起来，他们之间有着很多的相同点，他们都是力图走市场路线的作家；都是由写武侠小说转向写科幻小说，因此，小说中都有很浓的武侠味；都是将传奇性和故事性作为创作原则展开奇幻的想象；都是创作量极为丰富的作家。但是由于文学修养和创作时代氛围的差异，他们之间的差异也很明显。接受过现代高等教育的黄易的知识面显然要比倪匡广阔。除了一些宇宙奥秘之外，黄易还更多地展示出他的历史、天文、医术、宗教、艺术等多方面的才能。他的小说同样反映出对社会、政治层面的思考，但是更多地是指向人生和生命哲学的层面，因此，他的小说人物没有倪匡的小说人物那样具有明显的道德感、正义感，而有着更多的人性（无论是优是劣）表现的个人主义者。黄易小说的这些特点在他的《凌渡宇系列》和《寻秦记》中有着集中的表现。

严格地说那些正宗的科幻小说在香港并不多见，也没有形成什么气候。当然，这些正宗的科幻小说在香港也不是无迹可寻。在倪匡、黄易的奇幻型科幻小说盛行之时，杜渐在《商报》上开辟了《怪书怪谈》的专栏，推广正宗的科幻小说，之后，他编辑了一套《世界科幻文坛大观》，向香港读者介绍什么是正宗的科幻小说。20 世纪 90 年代初，杜渐、李伟才、黄景亨、潘昭强等人协力创办《科学及科幻丛刊》。李伟才还编撰了《超人的孤寂》，夹叙夹议地介绍了一些世界科幻小说的经典之作，并阐述自己的科幻小说的观念。然而，香港除了这些介绍和评价之外，至今就没有一个正宗的科幻小说的创作大家，也没有一个刊登正宗科幻小说的杂志，与红红火火的奇幻型科幻小说相比，这些正宗的科幻小说的声音实在是太弱小了。

第六节　澳门地区作家鲁茂和周桐的通俗小说

鲁茂和周桐是当代澳门地区最著名的通俗小说作家，也是澳门地区最有影响力的两位作家。

鲁茂（1932—　），笔名柳惠，原名邱子维，出生于广东佛山，1953 年由香港到澳门濠江中学任教。自 1968 年到 1995 年，他创作了二十多部小说。

鲁茂的小说集中在两个主题，一是少年的成长和拼社会，二是底层民众艰难的生活。他最有影响的作品是1995年出版的《白狼》。[①]正如作者在扉页上所提，这本小说写的是“值得骄傲也值得警惕的年轻人”。小说以情节紧张取胜，写一个名叫吴白朗的年轻人辍学成为黑社会的马仔，后在打斗中被毁容，在复仇中自省，走上了自新的道路。小说情节明显受到香港反骨仔等黑道江湖影视剧的影响。根据作者原来设想的故事梗概，应该有作为私生子的白朗在黑社会中顺风顺水，受到他已为高官的亲生父亲的庇护的情节。如果根据原来的构思写作，小说的社会批判性将大大增强。可能是有所顾忌，在正式出版的小说中没有了这样的情节，因此私生子的情节描述也就显得多余，再加上白朗的自新转变显得很突然，小说的社会深刻性和人物形象的圆满性等方面均留下了不少遗憾。

周桐（1949—　），原名陈艳华，笔名周桐、沈实、沈尚青等，原籍广东新会，任职《澳门日报》英文编辑。自20世纪70年代开始，她创作了十多部小说。她的小说以言情为主，其中代表作是1988年出版的《错爱》。周桐是编故事的高手。小说构造了一个关系错综复杂的家庭，有一个荒唐一夜留下一个私生子的男人，有一个割去双乳患有神经质忧郁症的女人，有一个趁着姐姐家庭危机要夺取姐夫之财的小姨子，还有一个天真可爱的私生子。各种关系以及背后的目的形成了欲望、贪婪、阴谋和忏悔，最后又都归结于大爱。周桐的笔触相当细腻，特别是心理描写很是出色，因此小说就有了生动、深入的特点，很有可读性。女性及其生活是周桐小说的主要题材。两性关系紧张和被男性抛弃，周桐小说在哀叹女性的不幸的同时，对男性充满了不信任感。一个男人既然抛弃原配，就能抛弃第三者，因为这样的男人不可靠，于是她写了小说《胜利者》。男人的信誓旦旦不可信，他们只要性，不要爱，相信他们的甜言蜜语，女人就会吃亏，于是她写了小说《楢山盟》。当明白了这些道理之后，女人就清醒了，清醒的女人就有了智慧，就有自己的生存之道，这是周桐这些两性小说的另一个侧面。

鲁茂和周桐都是澳门地区的报刊连载小说家，而且坚持了数十年。在澳门地区能够坚持不懈地进行小说创作，显示出他们对小说创作的真爱。

---

① 鲁茂的小说都在报纸上连载，几乎没有结集出版。《白狼》大概是他第一部结集出版的小说，其情节是他根据相关类型小说筛选情节、润饰文字而成。

报刊连载小说使得他们的创作量多，作品能够接地气，世俗性强。但是另一方面，由于是随日写作，小说在总体结构、情节逻辑、文字的修饰方面都有着瑕疵。更为重要的是作者似乎也对自己的作品不够珍惜。如鲁茂的很多作品也就是停留在报刊连载上自生自灭，后来作者并没有对这些作品进行修改，更没有结集出版，这是很可惜的事情。

澳门作家并没有刻意地专门创作精英小说或者通俗小说，其创作手法既有精英小说的现实性或者现代性，也有通俗小说的类型化和模式化，例如林中英、梁荔玲、陶里等人写了一些偏向精英小说的作品，也写了不少通俗小说作品，例如林中英与寂然合作的青春小说《一对一》、梁荔玲的传奇小说《他来自越南》。陶里 1987 年出版小说集《春风误》，所收 9 篇小说，不少可看作为通俗类的黑道小说，例如《迟来的缘》等。

附录　中国现代通俗文学作家小传(52位)

现代部分

一、向恺然(平江不肖生)
二、顾明道
三、包天笑
四、曾朴
五、刘鹗
六、李伯元
七、程小青
八、俞天愤
九、陆澹安
十、张碧梧
十一、徐枕亚
十二、毕倚虹
十三、王西神
十四、周瘦鹃
十五、程瞻庐
十六、吴双热
十七、王钝根
十八、马二
十九、姚民哀
二十、郑逸梅
二十一、陈冷血
二十二、范烟桥
二十三、姚鹓雏
二十四、朱鸳雏
二十五、江红蕉
二十六、张舍我
二十七、恽铁樵
二十八、刘铁冷
二十九、李定夷
三十、叶楚伧
三十一、严独鹤
三十二、李涵秋
三十三、贡少芹
三十四、徐卓呆
三十五、汪仲贤
三十六、平襟亚
三十七、吴绮缘
三十八、张秋虫
三十九、张恂子
四十、张春帆
四十一、许指严
四十二、陆士谔
四十三、王小逸
四十四、陈亮
四十五、王度庐
四十六、刘云若

四十七、李寿民　　五十、朱贞木
四十八、白羽　　五十一、张恨水
四十九、郑证因　　五十二、耿小的

现代部分：

一、向恺然(平江不肖生)

向恺然(1889—1957)，原名泰阶，又名逵，字凯元，笔名不肖生，祖籍湖南平江，常署名“平江不肖生”。14岁考入长沙高等实业学堂，不到一年，因为纪念蹈海的陈天华被开除学籍，随即东渡日本留学。两年后毕业回国，担任倒袁运动的北伐军第一军法官，讨袁失利，再次赴日。后进入华侨中学与法政大学，文学与武术事业由此开始。1922年受邀为包天笑主编的《星期》撰稿，写下《留东外史补》和《猎人偶记》。1923年1月以“不肖生”之名开始在《红杂志》第22期上发表《江湖奇侠传》,《红杂志》改版成《红玫瑰》后仍陆续连载，同年6月在《侦探世界》上连载《近代侠义英雄传》。1928年《江湖奇侠传》改编成电影《火烧红莲寺》，大受市民欢迎，平江不肖生声名益震。1932年“一·二八”事变后，应湖南省政府主席何键之聘，回乡兴办国术，任湖南国术俱乐部、湖南国术训练所秘书。抗战后，随桂系廖磊去安徽，任第二十一集团军总办公厅主任，历任安徽省政府顾问、安徽大学文科教授等职。1947年中国人民解放军第二野战军南下，向恺然被俘，审查后释放，经蚌埠、南京而回湖南。1957年68岁时准备撰写《中国武术史话》，不幸患脑溢血在长沙逝世。

向恺然的主要作品：武侠小说《江湖奇侠传》《近代侠义英雄传》《江湖大侠传》《江湖小侠传》《江湖异人传》《现代奇人传》《半夜飞头记》《猎人偶记》《江湖怪异传》《烟花女侠》《双雏记》《艳塔记》；武术专著《拳术见闻录》《拳术传薪录》《拳师言行录》《拳经讲义》等；谴责小说《留东外史》(中国早期的留学生文学，曝光了留日学生的丑行丑闻)；参与制作电影《火烧红莲寺》《神侠金罗汉》《飞仙剑侠大破谋人寺》《江湖奇侠》。其中代表作《江湖奇侠传》以湖南省平江、浏阳交界地居民争夺赵家坪之归属问题为主线，以昆仑、崆峒两派剑侠分头参与助拳为纬，带出了紧张热闹、生动有趣的故事情节，同时又跳出了清代侠义小说与公案小说的框子，将武侠小说引入"江湖"。小说的章法略微散漫。奠基作《近代侠义英雄传》则以霍元甲和王五为贯串人物，以爱国的挚诚深情和民族的凛然正气为魂魄，塑造了一代气贯长虹、铁骨铮铮的侠客义士、英雄豪杰的群像，成为了民国武侠小说中的扛鼎之作。向恺然的作品特点：其一，受湖南民俗影响，写实与神怪相结合，很善于编故事；其二，常常信手写来，滔滔不绝却缺乏连贯，导致结构松散。向恺然是民国旧派武侠小说一代宗师，与赵焕亭并称"南向北赵"，被誉为"现代武侠小说开山之祖"。

二、顾明道

顾明道(1897—1944)，原名景程，苏州人，别署正谊斋主，石破天惊室主，又号虎头书生，另有笔名侠儿、梅倩女史(《眉语》上发表文章用)、日月生(《学生杂志》撰文用)等。1897 年生于苏州，8 岁时父亲去世，上学时因膝部患骨结核而致残，行走须拄拐杖。顾明道自小聪慧，刻苦好学，苏州振声中学高才生，毕业后留校任教，并成为基督教徒。1914 年开始，在许啸天夫人高剑华主编的《眉语》杂志上发表言情小说。1915 年 3 月又被聘为《小说新报》特约撰述。1922 年 8 月 29 日，与范烟桥、赵眠云、郑逸梅等 9 人成立文学团体星社。1923 年投入武侠小说创作，共写下了 23 部武侠小说。1926 年 10 月底娶田氏为妻。1937 年抗战爆发后一直寄居上海同孚路。创作之余，办"明道国文补习馆"，并在郑逸梅主事的国华中学任教。因营养不良，患上肺病，于 1944 年 5 月 14 日病逝，终年 48 岁。

顾明道的主要作品有：言情小说类有小说集《啼鹃录》《啼鹃续录》《茉莉花》，长篇小说《美人碧血记》《红蚕织恨记》《哀鹈记》《蝶魂花影》，以虞山名士钱谦益(牧斋)与吴江名妓柳如是的情史为题材创作的《章台柳》,以清代名姝刘三秀一生事迹创作的《念奴娇》。1929 年 3 月出版的短篇集《小说新铃》值得一提。此集可以看作社会小说,从各个侧面对当时的社会现实作了揭露。1939 年 11 月出版的中篇《雪里残红》里,出现了反抗"父母之命"的叛逆者形象和以北伐为背景的革命加恋爱的故事。1931 年出版的短篇集《芳菲录》则由哀情小说发展到了问题小说。上述三部作品标志着顾明道创作道路的发展,反映了鸳蝴派第二代作家的创作接受"五四"新文学影响的事实。武侠小说有以《荒江女侠》为代表的包括《怪侠》《侠骨恩仇记》《草莽奇人传》《黛痕剑影录》等二十三部作品。顾明道的作品特点:其一,充满忧国忧时之感,借小说寄托爱国和民族思想;其二,作品虽然以情为书魂,以女性为主要描写对象,但难能可贵的是在那样的社会气氛中,作品中绝无薰香摘艳之句,淫靡猥亵之词,因而深得时人好评,均赞其"意境清高""思想高超"。顾明道以言情成名于 20 世纪 20 年代,又以武侠著名于 20 世纪 30 年代文坛,然而站在艺术的角度来看,其言情尤其是哀情小说的艺术水准与艺术价值都大大超过了武侠小说。

三、包天笑

包天笑(1876—1973),生于苏州城内西花桥巷。原名清柱,又名公毅,字朗孙,号包山。笔名有天笑、天笑生、微妙、迦叶、钏影楼主等。包天笑早年倾心科举,14 岁开始参加"小考",19 岁即进学,成为秀才。后中断"科举之路",追赶新潮流,热衷新学。1900 年,包天笑与七位志同道合的朋友组织了"励学会",办起了东来书庄,自任经理。次年,与杨紫麟合作翻译《迦因小传》,始用笔名"天笑"。同年 10 月,与人创办《苏州白话报》(旬刊)。1902 年,受人委托,在沪筹备金粟斋译书处,出版严复翻译的《穆勒名学》《原富》《社会通诠》《群学肄言》等。1904 年,经人推荐,赴山东青州府中学堂任监督。1906 年,任《时报》外埠新闻编辑,并同时兼任《小说林》杂志编辑。1908年,被选为江苏教育会干事。1912年,应张远济邀请,在商务印书馆编辑所兼职,主编国文教材和课外读物《新社会》。次年,应日本新闻界邀请,赴日参观访问。回国后,撰写《考察日本新闻纪略》一书。1915年至1917年,主编《小说画报》。包天笑先后入南社、青社,曾任青社社刊《长青》周刊编辑主任。1924年,应聘为上海明星电影公司编剧。1936年10月,与鲁迅、郭沫若、沈雁冰等共同署名发表《文艺界同仁为团结御侮与言论自由宣言》。七七事变后,滞留上海,为《申报》《南京晚报》《小说日报》《万象》《大上海》《风雨谈》等报刊杂志撰稿,以维持生活。1947年,由上海赴台湾。1949年,由台湾赴香港定居。1973年,病逝于香港法国医院。

包天笑的主要作品有:译作《馨儿就学记》《苦儿流浪记》《双雏泪》《世界末日记》《秘密党魁》《欲海情波》《六尺地》(《天方夜谈》)等;著作《一缕麻(秋星阁笔记之三)》《青灯回味录》《电话》《飞来之日记》等。《一缕麻——秋星阁笔记之三》可谓影响甚大,在作品中,包天笑为了说明封建包办婚姻的野蛮性,用重彩渲染"某女士"的聪颖丽质,又写尽"某氏子"的丑陋痴呆。但这条盲婚罪恶的线索未能贯串始终。结婚次日,女郎即患白喉。"痴郎乃不避……凡汤药之所需,均亲自料理。"待到新郎因传染而病亡,女士才"一易向者厌薄之心而为感恩知己之泪,盖郎固不痴,其志诚种子也"。这就超越了控诉盲婚的界线,成为先结婚后相知相爱的"患难知己"。嗣后,这位"未亡人心如枯井","至今人传某女士之贞洁,比之金石冰雪云"。这样就从控诉盲婚一变而为宣扬"从一而终"的封建伦理小说了。包天笑作品特点有:其一,局面开阔而偏于散漫;其二,作品反映社会现实。综观包天笑的部分创作题材、体裁,考察他所编的刊物的面貌和情趣,再参照他加入的团体之后,可以肯定,他应作为"鸳鸯蝴蝶派"或礼拜六派的主要成员。将包天笑看成是这个通俗文学流派中的大师级人物,他完全当之无愧。

四、曾朴

曾朴(1872—1935),初字太朴,后改字孟朴,又字小木、籀斋,笔名东亚病夫,江苏常熟人。十三四岁时就学于名儒潘子昭先生,开始课艺的研讨。1891年考中举人,此后便离家进京,拜李慈铭为师,研究《元史》、西北地理和金石考古学。又与一些前辈学者、当朝辅臣来往,期间对官场生活、朝野掌故、时政得失耳闻目睹,为以后的创作积累了丰富的素材。入京第二年,

曾朴即返回故里，此后其父因中风一病不起，他遂继承父志，赴上海力求发展实业。在沪期间，他结识了维新派谭嗣同、林旭、唐才常、杨深秀等人，并开始致志于法国文学的研究。此后，他受旁人怂恿开始经营丝业，但当时洋丝倾销国内市场，丝业一蹶不振。经营虽遭败绩，却也积累了他与上海市场接触的经验。此后，他决意在沪创办书店，专以发行小说为目的，命名为“小说林”，广泛征集创作小说及外国小说的译本，《孽海花》亦于此时开始着笔。1907 年正月，《小说林》正式创刊。这一时期，反清革命运动蓬勃发展，民间政治团体纷纷成立，改专制为立宪的呼声遍及全国，曾朴也成为“预备立宪公会”的中坚分子，并因参加一些抗议活动，几遭清廷缉捕。1912 年，曾朴参加了以张謇为首的共和党，次年当选为江苏省议员，直到 1926 年，他度过了漫长的政治生涯。1927 年，曾朴重返文艺舞台，与其长子曾虚白开设“真美善”书店，并于同年 11 月发行《真美善》杂志。后来，因为经济拮据，曾朴返回常熟故里，过起了隐居生活。1934 年其母作古，病中的曾朴极度悲痛，病益加重，于 1935 年 6 月 23 日逝世。

曾朴的主要作品：小说《鲁男子》第一部《恋》、第二部《婚》(未完)；诗集《未理集》《羌元集》《呴沫集》《毗辋集》《龙灰集》《续未理集》；戏曲《雪昙梦院本》四卷；论著《吹万庼文录》二卷；随感笔记《象记》二卷，考证《补后汉书艺文志》一卷，《历代别传》四卷等；还有一些译著如《夫人学堂》《九十三年》《吕克兰斯鲍夏》《项日乐》《吕伯兰》《钟楼怪人》等。当然，能使他享誉文坛、风行海内，为后人所传诵的，还是名列晚清四大谴责小说之一的《孽海花》。《孽海花》以金雯青和傅彩云的故事为线索，穿插了大量官门文人的琐闻逸事，展现了清同治初年到甲午战争失败这整整三十年间中国社会的政治和思想文化状况，并对清王朝封建统治的腐朽和帝国主义列强的侵略野心和侵略行径，做了比较深刻的揭露。《鲁男子》是一部回忆录式的系列小说，是曾朴仿效法国作家左拉的《卢贡-马卡尔家族》的体例，准备以自己一生经历为背景，描写清末到民国革命成功年间社会的变迁，遗憾的是全书宏大计划终未能完成。曾朴的作品特点:第一,体现出了匡时救国的抱负,迫切盼望祖国能日益强盛起来,报国之心始终未曾动摇。第二,深受维新派思想的影响,也十分同情革命党人,常在作品中宣传自由平等,主张识洋务,学西法,认清世界大势,寻求富国强兵之道,表现出了很强的革命倾向。第三,从艺术角度来看,作品结构工巧,形象刻画的手法多样,且文采斐然。曾朴的一生,或驰骋文坛,或浮沉宦海,然而不管何时,他始终不失文人本色。他进步的文学观和对新文学的态度,也使他在新旧文学交替的时代,成为诸多新文学作家的先驱。

五、刘鹗

刘鹗(1857—1909),原名孟鹏,后改名鹗,号云抟,也作云臣,又号铁云。原籍江苏丹徒(今江苏镇江),后定居淮安。刘鹗出生在一个封建官僚家庭,但他自幼不爱做八股文章,不愿走科举道路。他在逍遥散漫的生活中,随自己兴之所至,获取了广泛的知识,钻研了治河、天算、乐律、词章等等。后来,刘鹗遇到太谷学派的李龙川,乃拜从受业,接受了太谷学派的哲学思想和政治思想。1888年,黄河决口,刘鹗设法将缺口堵塞,因此受到河督吴大澂的赏识,并委以重任,但他未就此跻入官场。此后,刘鹗到上海开设了石昌书店,与友人合资开办了百货商店"五层楼商场",又独资办蒸汽机织布厂、手工织布厂,还与友人在株洲办实业钢铁厂,从这里我们可以看到一个为发展民族工商业而奔走谋划的身影。1900年,八国联军侵占北京,交通梗阻,粮运断绝,京津一带发生粮荒。刘鹗主动捐凑银两,与当时的救济会联系,后来救济会意欲中止,刘鹗便筹借款项,独力承担,因此经济上也弄得很窘迫。1908年,因仇家的诬陷以及散发国家粮仓的存米,刘鹗被清政府逮捕,流放迪化(今乌鲁木齐),于1909年病死此处。

刘鹗的主要作品:小说《老残游记》及续集;诗集《铁云诗存》及《〈铁云诗

存〉补遗》,考古著作《铁云藏龟》《铁云藏陶》《铁云藏印》;科技学术著作《治河五说》《历代黄河变迁图考》《勾股天元草》《弧角三术》等。《老残游记》写的是河南、山东一带的事,多半是刘鹗的经历见闻。所谓"游记",并非专写自然山水、风土人情,而是借游行记录作者的言论闻见,表达作者的内心思想。历来小说,皆揭赃官之恶,而揭清官之恶者,自《老残游记》始。《老残游记》小说中的两大酷吏自称清官,却刚愎自用、任性妄为,其恶行可能更甚于赃官。而在《老残游记》续集中,作者虽然也有对官僚子弟肆意蹂躏妇女的恶行的揭露,但更主要的是宣扬体真悟道的妙理和惩恶劝善的主旨。刘鹗的作品特点:第一,深受太谷学派思想的影响,表现作者"以养天下为己任"的思想。第二,继承了晚明的性灵说,讲求作品情感的抒发,要动人以心,唤人以情。第三,景色描写和人物形象塑造不仅包含真实性,并且具有鲜明的个性特征。美籍华人马幼恒在所编的《中国古典文学辞典》里说刘鹗是"对中国传统文化的继承和对西方知识的介绍均有贡献的小说家、诗人、哲学家、音乐家、医生、企业家、数学家、藏书家、古董收藏家、水利专家和慈善家",这些名头看似夸张,实际却不过誉。

六、李伯元

李伯元(1867—1906),名宝嘉,又名宝凯,字伯元,别号南亭亭长,笔名游戏主人、蒲郎、讴歌变俗人等,江苏武进(今属常州市)人。1867 年出生于山东,6 岁丧父,由堂伯李翼清(历任山东肥城知县、胶州知州、兖州同知、东昌府知府、山东候补道等职)抚养,幼时即对官场黑暗留有深刻印象。1893 年中乡试第一名秀才。1894 年甲午战争爆发,受变法维新思想影响,放弃科举,1896 年到上海创办《指南报》。1897 年离开《指南报》创办《游戏报》。后将《游戏报》转让他人,于 1901 年创办《世界繁华报》,从此正式开始了他的文学创作生涯。1900 年初创办"海上文社"等文艺团体,出版社刊《海上文社日报》。1901 至 1902 年在《世界繁华报》上连载第一部文学作品《庚子国变弹词》。1903 年应商务印书馆之聘，担任《绣像小说》主编，连载一些创作，如《文明小史》《活地狱》《海天鸿雪记》《中国现在记》《醒世缘弹词》等。但李伯元的生活并不景气，常常负债，某年除夕，讨债人接踵而来，他只得跑到一个茶馆躲避，工作的繁重和生活的困顿使他患了最重的肺病，1906年因肺病恶化在上海逝世，年仅40岁。

李伯元的主要作品：《庚子国变弹词》《官场现形记》《文明小史》《中国现在记》《活地狱》《海天鸿雪记》《李莲英》《海上繁华梦》《南亭笔记》《南亭四话》《滑稽丛话》《尘海妙品》《奇书快睹》《醒世缘弹词》等。其中代表作《官场现形记》从中举捐官的下层士子赵温和佐杂小官钱典史写起，集中描绘了清末官场的卑鄙龌龊、荒唐丑恶，向人们展示了一幅由昏暗、愚昧、无耻、卑劣所构成的封建官僚群丑图，与吴趼人的《二十年目睹之怪现状》、刘鹗的《老残游记》、曾朴的《孽海花》并称为晚清"四大谴责小说"；《活地狱》以犀利的笔锋暴露了官僚的贪婪无耻、衙役的横行无忌、刑罚的残酷恶毒；《文明小史》则批判了清朝政府的腐朽无能与假维新派的投机把戏。李伯元的作品特点：其一，改良主义的思想倾向，既对封建王朝存有幻想，又深感其无药可救，复杂矛盾的心态时时从笔端溢出；其二，精妙绝伦的讽刺笔法，通过揭露官场人物堂皇的虚表与丑恶的内心的矛盾，剖心刻骨般地对其灵魂进行狠狠鞭笞，将人物灵魂深处最隐秘肮脏的东西暴露于光天化日之下。李伯元以其如椽之笔，浓墨重彩渲染了晚清社会的种种污秽与黑暗，让形形色色的魑魅魍魉尽会笔底；李伯元是晚清上海小报创始人，他创办的报纸和创作的谴责小说让人们看到了晚清政府的衰颓之势，进而认识到封建官僚制度的种种弊端，"翻然思改革"。

七、程小青

程小青(1893—1976)，出生于上海淘沙场(今南市)一个小职员家庭。16岁即入上海亨达利钟表店当学徒，边工作边在附近的补习学校补习英文。1914年秋，上海《新闻报》副刊《快活林》举办征文竞赛，程小青的《灯光人影》入选。其侦探主角名为"霍森"，但或是由于编者的改动或是因为排字工人的误植，印出来时改为"霍桑"。程小青将错就错，陆续写起"霍桑探案"来。1915年，程小青担任苏州天赐庄东吴大学附属中学吴语科临时教员。1916年与周瘦鹃等人用文言翻译《福尔摩斯探案集》，并陆续出版。同年，

被聘为苏州景海女子师范学校语文教员。1917年,经人介绍,加入基督教监理会(后改为“中华基督教卫理公会”)。1922年,主编《侦探世界》月刊(由世界书局发行),共出36期。程小青先后加入南社、青社、星社等团体。1923年,被东吴大学附中破例聘为正式的语文教员,专教写作。当年,在苏州天赐庄附近的寿星桥(今望星桥)北堍弄内购地营造房屋十多间,自题“茧庐”。1924年,担任《锡报》副刊编辑,并通过函授学习美国某大学的“犯罪心理学”“侦探学”等课程。1927年,与徐碧波等人合资创办了苏州第一家有发电设备的“公园电影院”。1930年,应邀再次为世界书局重新编译《福尔摩斯探案大全集》。他还先后为上海友联影片公司、明星影片公司、国华影片公司等改编电影剧本《窗中人影》《慈母》《可爱的仇敌》《夜明珠》《杨乃武》《孟丽君》《金粉世家》等。1938年,和徐碧波合编《橄榄》杂志。1949年后,程小青任教于苏州市第一中学,担任民进江苏省委委员。

程小青的主要作品有:《灯火人影》《霍桑探案》《江南燕》《珠项圈》《黄浦江中》《八十四》《轮下血》《索命钱》《新婚劫》《活尸》《逃犯》《血手印》《黑地牢》《白纱巾》等三十余部侦探小说。程小青的创作,据另一位著名报人范烟桥称“模仿了柯南道尔的写法”,但他又塑造了“中国的福尔摩斯”。一方面,程小青是一位认真的、正派的侦探小说家;另一方面,他也是一位模仿多于创造的侦探小说家。他在整体上模仿“福尔摩斯探案”的“大框架”,霍桑和包朗的关系就脱胎于福尔摩斯与华生的搭配,但在局部中却发挥了一定的创造性,并将侦探小说“中国化”。程小青作品特点:其一,错综复杂的矛盾结构,多线索、多疑犯;其二,悬念迭生,逻辑严谨,结局却往往出人意料。程小青是在国内较早地为侦探小说争文学地位的先驱之一,是纯正的通俗文学领域中一位相当有成就的侦探小说家。

八、俞天愤

俞天愤(1881—1937),原名承莱,字彩生,海虞(今常熟市)人。1881年

4月出生在海虞范公桥畔一书香门第，其父俞钟銮，字金门，举人，是晚清常熟名士，有《养浩居诗集》传世。俞天愤年轻时候，就显出了他鲜明的个性，为人热情爽直，善于社交，热衷于社会活动。徐天啸称其"伉爽有丈夫气，重然诺，与人谋，虽蒙难不辞，辛亥建设之始，率健儿保卫乡里，有夜不闭户、路不拾遗之概"。因此被当地人称为"俞憨"。1924年江浙战争爆发，俞天愤参加了红十字会，加入战地救济队。在社会活动之余，俞天愤喜欢小说创作与绘画，尤擅山水古松。1937年，抗战爆发，战火蔓延至上海，12月俞天愤与家人离家逃难，于宜兴路上终经不起劳累惊吓而致疾去世。

俞天愤主要作品有：长篇小说《镜中人》《薄命碑》，短篇集《中国侦探谈》《剑胆琴心录》，以及散见于《红杂志》《红玫瑰》《礼拜六》《小说日报》《小说新报》《小说丛报》等杂志上的短篇小说数十篇。综览俞天愤的小说创作，可以发现，他以众多的社会小说，从各个不同的视角，通过对各个阶层，各类人物的描绘，再现了民初以来中国社会的现实，颇具立体感。他的作品与众多新文学作家的小说一起，构成了中国社会那个历史阶段的一副完整的社会势态图。俞天愤虽然是以侦探小说成名，然而他的社会小说的思想意义和艺术上的客观写实的风格以及白描的笔法，却使他的创作获得了更高的成就。徐天啸当时就评论他"能折衷得新旧两派"。俞天愤作品特点：其一，侦探小说中以第一人称写亲身经历且带有一种研究性，别出心裁；其二，作品中会大量指涉世情风俗和社会阴暗面，暴露社会众生相。谈到俞天愤的小说创作，人们首先想到的是他的侦探小说，因为在当时的文坛，俞天愤的名字与侦探小说是连在一起的。俞天愤不无自得地说："中国侦探小说，本是在下创始的"。徐天啸也曾这样说："中国之有侦探案，实天愤创造也。"

九、陆澹安

陆澹安(1894—1980)，原名陆衍文，字澹庵、澹安，斋名琼华馆。江苏吴县(今苏州)东山镇人，早岁就读于沪南民立中学，与周瘦鹃同为班中作文之杰出者，且从吴江(今苏州)孙警僧学桐城派古文，于新学外兼习诗古文辞。

以古文笔调写《百奇人传》，与林琴南等作家相颉颃，一时名播江南。1915 年，陆澹安加入南社，与此同时，考入上海江南学院法科，钻研法学。毕业后并未能靠法学谋生而代之以国文功底。在 1949 年前的三十几年中，他历任同济大学、上海商学院、上海医学院国学教授，正始中学校长。1923 年 6 月，陆澹安与严独鹤、程小青、施济群一起，在上海编辑《侦探世界》半月刊，由世界书局出版。至第十三期，赵苕狂加入编辑，陆澹安自行辞退。1923 年 10 月 18 日，陆澹安又与朱大可、严独鹤、郑子褒、施济群、严芙孙等十人在上海创办了《金刚钻报》。解放后，陆澹安长期在上海文史馆工作。1980 年，病逝于上海，享年 86 岁。

陆澹安的主要作品有：侦探小说集《李飞探案集》（包括《绵里针》《古塔孤囚》《隔窗人面》《夜半钟声》《怪函》五个侦探小说），《绵里针》反映的是一则侦破盗窃案件的故事，这个故事，悬念迭起，推理奇巧，但又都在情理之中，并不给人以离奇之感。长篇言情小说《落花流水》，小说研究专著《说部卮言》，唱本《啼笑因缘》正续集、《满江红》《秋海棠》等十余种。并编著《弹词韵》，京剧剧本《霍小玉》《风尘三侠》《龙女牧羊》，还有《诸子本议》《隶释隶续补正》《小说词语汇解》《戏曲词语汇释》《古剧备览》《汉碑通段异体例释》诸书，长篇弹词《九件衣》，散文集《怀旧集》，以及为好友绿牡丹编写的回忆录《绿牡丹传》。陆澹安作品特点是注重文章形式技巧，小说机警、灵活、富有青春才思，郑逸梅在“陆澹安小传”中认为：《李飞探案集》“思维缜密，布局奇诡，使人莫测端倪，大得一般读者的欢迎”。陆澹安是中国侦探小说家中被认为很有才华和颇具影响力的作家，他的《李飞探案集》脍炙人口，在侦探小说史上地位显著。

十、张碧梧

张碧梧（1897—?），江苏扬州市仪征县人。幼时就读于扬州两淮高等小学，后家道中落，被迫辍学谋生，表兄毕倚虹见其聪颖过人，带去上海，并购买了一些英文小说让他翻译，不久，张碧梧以他的聪颖和孜孜研求的刻苦精

神，翻译了《断指手印》《海盗欤》《电贼》等中长篇小说，以“毕倚虹”“张碧梧”之名刊登在《小说大观》和《小说时报》上。张碧梧在学长们的鼓励下尝试小说创作，不久就以短篇小说创作跻身当时的作家群。在《礼拜六》1921 年 3 月复刊时，张碧梧的名字已经作为“撰述者”列入了周瘦鹃开列的《礼拜六》主要作者名单之上了。以后，在毕倚虹的介绍下，他曾任无锡《商务报》《梁溪日报》的主笔。两报停刊后，他到浙江萧山任头蓬沙地事务分所主任。大约一年左右，他回到上海，协办《乐园日报》，并在《中外新报》做翻译。他还参加了两部在中国文坛上产生了极大影响的外国小说的翻译，即美国布朗的《人猿泰山》(译名“野人记”)和法国玛丽瑟・勒白朗的《侠盗亚森罗平》。他的《野人记》翻译曾被人视为中国翻译文本的标准。

张碧梧的主要作品有：反战小说《劫后余生》《豹头山》，问题小说《奁具中的毒针》《杀父之仇》《苦乐与诚实》《弃儿》《循环》《诟谇》《生前与死后》《不相关的夫妻》等近百篇短篇小说和侦探小说《双雄斗智记》《家庭侦探宋悟奇新探案》等长篇小说，以及数十篇外国风情译述。张碧梧作品特点：其一，以家庭关系为重点来表现复杂的社会关系；其二，作品充满中国传统的国民心态和东方的宽容心态。张碧梧是一位密切注视着社会时代发展的作家。“五四”之前他的作品主要反映离婚问题、教育问题，赌、嫖、烟的问题，“五四”之后，反映婚姻问题、留学生问题等。

十一、徐枕亚

徐枕亚(1889—1937)，常熟人，原名觉，字枕亚，别署泣珠生、东海三郎、青陵一蝶。南社社员。1904 年，徐枕亚从常熟虞南师范学校毕业后，在本乡担任小学教师。1909 年，他执教于无锡西仓镇小学。1912 年，徐枕亚出任《民权报》编辑，在编报的同时开始创作小说《玉梨魂》。1914 年，徐枕亚主编《小说丛报》，次年即创作了另一部长篇小说《雪鸿泪史》。1918 年，《小说丛报》停刊，徐枕亚独资创办清华书局，先后编辑出版《小说季报》《小说日报》。徐枕亚在无锡任教期间爱上了寡妇陈佩芬，世俗礼教促使陈佩芬促成

了其小姑蔡蕊珠与徐枕亚的婚姻，徐枕亚始终不能忘怀这段感情，就以此为原型创作了《玉梨魂》。1923年，蔡蕊珠被徐母逼死，徐枕亚悲痛异常。中国历史上最后一位状元刘春霖的女儿刘沅颖被其《玉梨魂》和《悼亡词》打动，与其互通书信，发誓非徐不嫁。他们的婚姻轰动一时，但很短暂，不久两人即分居上海和北京两地。家庭屡遭变难，徐枕亚早已无心创作，不久也无钱无力经营出版业。1934年，清华书局盘给了大众书局。徐枕亚回到故乡常熟，开设"乐真庐"，以卖书、篆刻为主，兼营古董。1937年，徐枕亚在贫病交加中死去，终年49岁。

徐枕亚的主要作品有：长篇小说《玉梨魂》《雪鸿泪史》《双环记》《余之妻》《刻骨相思记》等。还有《枕亚浪墨》初续集四本，内容比较庞杂，大致有中短篇小说、散文、杂记、野史、跋序、诗词等，其中的中短篇小说多为言情小说，风格由《玉梨魂》承袭而来，如《弃妇断肠记》(初集)、《余归也晚》《毒药瓶》等；其中的散文、杂记、野史等类文章中好些是消闲笔墨，如《懵腾室丛拾》《冰壶寒韵》《快活三郎文集》等。徐枕亚作品特点：其一，特别强调情感在小说艺术中的作用，在艺术表现方面，为了达到"至情"的艺术效果，突出强调题材选择的重要性："凡属言情之作，总不能脱离佳人才子之范围"；其二，十分重视对读者心理的了解和分析，这是徐枕亚小说能抓住读者的诀窍所在。

十二、毕倚虹

毕倚虹(1892—1926)，江苏仪征人，15岁时随父赴京，捐班买得陆军部郎中之职，做起小京官。武昌起义成功后，弃官从学，在上海中国公学攻读法律专业。之后父畏三公去世，亏空公款甚巨，父债子还，因无力还清，被官府软禁，后在好友帮衬下得以释放。包天笑是他一生文字生涯的引荐人，他们约在1914—1915年间相识，包引荐毕倚虹进入《时报》编外埠新闻和《余兴》副刊。1925年6月6日毕倚虹创办三日刊《上海画报》，一度掀起了上海的画报热，创刊号及时反映了五卅惨案，其余波延续至以后几期。画报创办

初衷是为了娱乐读者，但他在民族生死存亡的关头，拍案而起，在爱国大潮中，大显身手，这表现了拳拳赤子之心。在毕倚虹谢世之前，有一个十年挂零的创作期，在人间留下了数百万言。诗词、小论、杂著和短篇甚多，一生动笔写过十个长篇，但十中之八，皆是未竟之作。

毕倚虹的主要著作有：长篇小说《十年回首》《人间地狱》《苦恼家庭》等，短篇小说《北里婴儿》《一个星期的买办》《儿时》等。其中《十年回首》《人间地狱》是其代表作。《十年回首》是其发表在《小说画报》上的第一部长篇，笔名为春明逐客，原拟从丙午年(1906)自身投身社会写起，直写到丙辰年(1916)的生活经历。写到二十一回，因《小说画报》停刊而中途夭折，但它奠定了毕倚虹在通俗文学领域中技高一筹的起点。《人间地狱》自 1922 年 1 月 5 日起，连载于周瘦鹃所编的《申报》副刊《自由谈》上，计六十回，共 53 万字。它的开端，可谓起笔不凡，剔除了生活中猥亵侧面，使狭邪小说人情小说化，使之配得上称为民国通俗文学中最出色的“传世之作”之一。毕倚虹作品特点：一、善于在平凡中见奇警，提炼生活哲理；二、方言运用略作点缀，恰到好处，文字功力可算上乘，同时又以诗词见长，尤有字里花飞之致，读者为之击节叹赏；三、善于写情，一再通过人物之口，酿造“情字为上”的议论；四、善于运用生动的细节，营造令人拍案叫绝的场景；五、“照相式”的小说创作方式，既继承了中国传统小说的风貌，又以改良礼教为准则，努力加强谴责小说的醒世劝惩作用，但又非真的全无取舍，其“照相”的灵魂在于“情理”二字。毕倚虹小说当然也免不了败笔，有时在一个场面中，嫖客和倌人“出”了一大群，乱而无序。在通俗文学作家群中，他是一个既会“照相”，又发“奇想”的作家，同时又敏感多思，正是这种素质使其作品立意独特，内涵也较经得起咀嚼。在娱乐读者之余，也会使人们去思考某些生活哲理。

十三、王西神

王西神(1884—1942)，原名蕴章，字莼农，别号西神残客，作品多署王西

神，江苏无锡人，清光绪壬寅科（1902）举人。后来治词章，擅书法，又通英语。其生平经历，现所能见到的材料都语焉不详，只知他是南社成员，曾为商务印书馆创办《小说月报》，兼编《妇女杂志》，任《新闻报》秘书，主持正风文学院，为沪江大学教授。在通俗文学界，他是受人尊重的前辈。除了他从事通俗文学的创作以外，主要因为他是《小说月报》的创办人。在共十一卷的《小说月报》中，王两任主编，所编近六卷，占半数以上。他与《小说月报》关系密切，对之影响也不小。

郑逸梅在《南社丛谈》的《南社社友著述存目表》中列出王西神的主要著作有：《西神小说集》《云外珠楼集》《雪蕉吟馆集》《梁溪词话》《梅魂菊影室词话》《南洋竹枝词》《可中亭传奇》《苏台雪传奇》《香桃骨传奇》《铁云山传奇》《碧雪花传奇》《霜华影传奇》《鸳鸯被传奇》《绿倚台传奇》《人间可哀集》《然脂余韵》《玉台艺乘》《多罗艳屑》《妇女艺文志》《劫花小影》《秋平云室丛书》《尊庐杂缀》《墨林一枝》《碑林奇字》《广侍儿小名录》《冒辟疆兰言笺注》等。其词话未能出版，其词学见解很难得知，但旁人评价甚高。他不仅精于词，而且还擅写传奇，但未见结集，只《小说丛报》《小说月报》等偶有揭载。王西神作品特点：一、因有较深的词章修养，其小说独具特色，语句之间，传神阿堵，或如郑逸梅所说“词翰赡丽，饶有六朝烟水气”，或有晚明小品叙事写景的艺术趣味。如《雪浪春痕》（见《西神小说集》）原是回忆旧时的生活，但对太湖雪浪山寓居的描写，就是精彩的山水小品；二、语言表达似散文小品，善用故实成语，写来贴切圆活，读来自然流畅，而又典丽华赡。王西神在人们的印象中主要是一个通俗小说家，是一个曾在通俗小说界执牛耳的人物，对其词章造诣，则未必了了，但正因为有词章的修养，其小说独具特色。

十四、周瘦鹃

周瘦鹃（1895—1968），原名祖福，字国贤，笔名有瘦鹃、泣红、紫罗兰主人等，江苏苏州人，现代作家、翻译家。6岁丧父，家贫如洗，全赖母亲女红度日。毕业后因不善管理顽童由英文教师转而从事译作。1914年，《礼拜

六》创刊,周瘦鹃为该刊台柱,创作、翻译哀情小说、伦理小说、社会小说、侦探小说、侠情小说等作品。1915年日本向中国提出“二十一条”后,周瘦鹃除仍发表言情作品外,较为集中地著、译爱国小说、军人小说、国民小说、复仇小说。他在《礼拜六》上热心介绍欧美名家名作,其中首次翻译高尔基的《大义》,为1917年结集出版《欧美名家短篇小说丛刊》打下基础。他的译作受到鲁迅和周作人的称赞。其时沪上的《新闻报》副刊《快活林》、《申报》副刊《自由谈》皆聘他为特约撰述,在这两刊上均每期一作。由此名声大振,并于1920年至1932年担任《自由谈》编辑,逐渐成为著名的编辑出版家。1921年3月《礼拜六》复刊,周任主编,同年又创办《半月》杂志。除此外,他还任多家报刊的主编。1922年创办个人杂志《紫罗兰花片》,均为个人作品,每年十二期,共出两年。期间,他平均每日工作十五个小时,自称“文字劳工”“写作机器”。解放前夕,回到苏州,重整故园,使“周家庄园”成为芳菲满目的名园。余暇时还为上海《新闻报》《立报》《铁报》等报纸写小品文。中华人民共和国成立后,先后被选为苏州市人民代表,江苏省人民代表,第三、四届全国政协委员,曾担任江苏省和苏州市博物馆名誉副馆长、苏州市园林管理处顾问等职。此外还加入了中国民主促进会。在文艺界,他是中国作家协会会员,当选为江苏省和苏州市文学艺术工作者联合会会员。“文革”期间,周瘦鹃横遭侮辱,1968年8月被迫害致死,1973年平反昭雪。

周瘦鹃作品以短制为主,很少有长篇问世。目前见到最早作品是短篇小说《落花怨》,刊于《妇女时报》的创刊号上。同年于《小说月报》第2卷连载他改编的新剧《爱之花》。翌年在《妇女时报》上翻译柯南道尔的小说《军人之恋》和马克思论妇女问题的短文《妇女之原质》。早期哀情短篇代表有《恨不相逢未嫁时》《此恨绵绵无绝期》《画里真真》《留声机片》《十年守寡》等。一方面他反对门阀等旧婚姻观念;另一方面又在小说中一再作“从一而终”等封建伦理的说教。他的爱国小说代表作有《祖国重也》《为国牺牲》《祖国之徽》《双十节之哀音》《亡国奴家的燕子》等。1919年5月周瘦鹃出版小说《亡国奴之日记》，研究了别国的亡国史，假想日寇如亡我，人民的惨状。但整体而言，这类作品说教味很浓，编造痕迹甚重。周瘦鹃的《檐下》《老伶工》《挑夫之肩》《血》《脚》等作品，同情下层社会民众和劳工的生活疾苦，受到评论界的注目。他的创作得力于深厚的翻译功底，较早地吸收了西方小说的表现技巧，诸如运用了日记体、书信体、心理分析体及抒情独白体等形式。各种文体相较，他的散文优于小说。1954 年起，在香港《大公报》《文汇报》《新晚报》及大陆的许多报刊上发表散文，散文结集成《行云集》《花花草草》《花前琐记》《花前续记》《花前新记》等。1962 年精选为《拈花集》，生前未能印行，于 1983 年方得面世。终其一生，周瘦鹃是一位充满爱国热情的作家。

十五、程瞻庐

程瞻庐（1879—1943），名文棪，字观钦，号望云居士，江苏苏州人。从小在苏州胥门外一家私塾读书，打下了扎实的古典文学基础，又进紫阳校士馆读书。24 岁入学江苏省高等学堂，与叶楚伧、王西神有同窗之谊，因品学兼优被选拔为该校中文学长。毕业后屡执教鞭，先后任于五湖两级学堂（吴县东山）、苏州晏成中学、振华中学、慧灵女学、景海女校诸校，以在景海女校任国文讲习为时最久，并担任该校中文教务长。民国初年，程瞻庐开始在《小说月报》《中华小说界》等刊发表小说，后来写了《孝女蔡蕙弹词》寄给《小说月报》。1919 年发表《茶寮小史》。20 世纪二三十年代，在《申报》《新闻报》《小说月报》《礼拜六》《半月》《快活》上刊登不少小说和小品文字，并一度被世界书局主持人沈知方聘为特约撰述。1936 年 2 月，进江苏省立苏州图书馆工作，居总务部主任之职，且在该馆主编内部刊物《读书》。1937 年抗战爆发后，到上海避难，和顾明道、程小青、范烟桥、郑逸梅等同在上海国华中学执教。1942 年秋天，从上海回到苏州。1943 年 3 月 12 日因患胃溃疡而去世（1943 年 4 月 1 日出版的《紫罗兰》，刊载了程瞻庐的《书林偶拾》，文后所附周瘦鹃的《编者短记》则称程瞻庐死于胃癌）。

程瞻庐的主要作品:小说《鸳鸯小印》《情血》《原谅》《茶寮小史》《新旧家庭》《社会写真箱》《众醉独醒》《新广陵潮》《黑暗天堂》《不可思议》《葫芦》《月下葡萄》《快活神仙传》《街谈巷语》《湖海英雄》《唐祝文周四杰传》《滑头国》《糊涂国》《健忘国》《小器国》;弹词《孝女蔡蕙弹词》《藕丝缘弹词》《同心栀弹词》《明月珠弹词》等。其中代表作《茶寮小史》通过茶寮里的见闻,反映了科举制度废除之后的知识分子的面目,讽刺了外表道貌岸然、内心鲜廉寡耻的文人;《唐祝文周四杰传》则主要描写明朝几位才子们的逸闻趣事,行文流畅自然,颇有才子格调。程瞻庐的作品特点:其一,涉及面广,生活容量丰富,社会变革带来的各种各样的影响在社会小说中都有反映;其二,多刻画知识分子,且笔下的知识分子形象总是能够呼之欲出、跃然纸上;其三,在暴露肮脏的同时,也常常赞扬忠诚、孝敬、信实等传统美德。“现代讽刺幽默大师”程瞻庐以滑稽、诙谐的文风而闻名,他的多数作品基本能做到谐而不亵,俗不伤雅,只有少数作品如《快活神仙传》有油腔滑调之处,他的作品在当时倒不失为“调剂苦闷社会的一副良药”。

十六、吴双热

吴双热(1884—1934),江苏常熟人。据郑逸梅所写小传说“名恤”。这“恤”字由“心”“血”两字合成,“双热”无非取既热心又热血的意思。有时又署“一寒”,那是和“双热”对偶的。而《常熟人物志》说:“吴光熊,字渭渔,别字双热。”看来吴光熊才是本名。《兰娘哀史》署“吴县吴双热著”,《〈孽冤镜〉自序》署“古吴吴双热”,而《哀史》结尾云及“予亦东洞庭山人,移家于海虞市三世矣”,此语如非为行文便利虚构,则可以断言吴双热原籍吴皋,自祖辈移居常熟的。曾主编《民权报》文艺副刊。该刊附赠有光纸石印的《民权画报》,他撰《兰娘哀史》,每天几百字,并请钱病鹤作画,逐期刊登在《画报》上,很能激动读者。又在附刊上撰长篇哀情小说《孽冤镜》二十章,与徐枕亚的《玉梨魂》相间刊登,其激动读者也和《玉梨魂》相伯仲。其后曾与徐枕亚编《小说丛报》,又曾赴广东任《大同日报》编辑。晚年任中学国文教员。

吴双热主要作品有:《兰娘哀史》《孽冤镜》《断肠花》《鹃娘香史》《快活夫妻》《燕语》《香国春秋》等多种。《兰娘哀史》中作者极力写出了“哀”,在故事的情节穿插及环境描绘上加工渲染,如“斯时也,秋风入幕,凉月凭棺,室中人影二三,状同木偶。幽灵耶,鬼蜮耶,若外人入其中,当为之悚且栗矣!”在语言上,也时而排比,时而倒置,时而重叠,调动各种表达方式,以激起读者的同情。《兰娘哀史》仅万言,正文占七十二页,而卷首序言、题词,竟达三十二页,几近全文之半。吴双热还曾出版《双热嚼墨》《双热新嚼墨》。前者与徐枕亚《枕亚浪墨》、徐天啸《天啸残墨》、刘铁冷《铁冷碎墨》齐名,书名皆用“X墨”。吴双热也有些滑稽短篇如《洪姥姥的洪运》《军门之犬》《一个自命晴雯的痴丫头》等,虽然表现形式是滑稽的,所写的题材主题是严肃的,没有那么庸俗。吴双热作品特点:其一,以多种形式渲染哀情,徐枕亚评价其“长于言情,必极其哀”;其二,善于滑稽,他的作品的幽默是易懂的。吴双热是民初与徐枕亚齐名的早期通俗文学作家,其在民初作家中,有一个“幽默派”的地位。

十七、王钝根

王钝根(1888—1951),名晦,字耕培,号钝根,江苏青浦(今属上海市)人。辛亥革命前夕,王钝根在家乡青浦创办《自治旬报》,宣传推翻满清、民主共和的进步言论。1911年8月24日(农历辛亥年七月初一),王钝根到上海首创《自由谈》,为《申报》副刊。并在其后不久,加入由柳亚子先生等人发起组织的进步文学团体南社。同年底,王钝根与天虚我生(陈蝶仙)改组《自由杂志》而创办《游戏杂志》,按月一期,仍然主要是结集《自由谈》中的重要作品。1915年初不得已辞去《申报·自由谈》编辑之职。王钝根开始编辑《礼拜六》周刊是在辞去《自由谈》职务之前不久。1922年12月,王钝根还与刘豁公、步林屋、袁寒云合辑《心声》半月刊,共出二十七期。1925年,王钝根又与刘豁公合作,编辑《说部精英》杂志,由上海五洲书社印行。1926 年,王钝根彻底抛弃笔墨,经营铁业。1933 年,营商失败,不得不重整笔墨,应上海《新申报》之聘,主编该报附刊《小申报》与《自由闲话》。同时,又与王天恨等人合作,出版《新上海》月刊,由沪滨出版社发行。其后,王钝根兴趣又有转移,撰写《聂慧娘弹词》,编刊《戏考》,提倡京剧。新中国成立后不久,王钝根在上海去世。

王钝根的主要作品有:反映社会问题、批判黑暗势力的《车夫问题》《小雅琴语》《可怜!买办》《反目病》等。《车夫问题》表现的是一个车夫拉外国水手没有得到报酬,而另一个车夫没有接受教训,继续争抢接客的故事。它不是对人力车夫单纯地施以人道主义的同情,也不同于对人力车夫进行浅薄的讥笑,表现出人力车夫既可怜又可叹的双重特性,在"哀其不幸,怒其不争"中指出了中国国民性的弱点。哀情小说《心许》,忏情小说《踏青记》《娶夫如之何》《黄钟怨》和《空影》,它们表现的都是爱情婚姻中的悲剧故事。王钝根作品特点:其一,着力关注和思考社会问题;其二,伦理小说乍新还旧,对于女权主义、自由恋爱、追求浪漫等等这些新的名目,王钝根并没有一概加以反对,甚至对主人公的做法还表现出了某种程度的赞许与支持。然而,又认为恰恰正是这些新名目,摧残了青年人的爱情婚姻,伤害了他们善良的心灵。王钝根确是一个矛盾的过渡人物。他的文学创作,乃至他的编辑思想,都统统打上了那个转折时代一个曾经受过传统文化深厚影响的知识分子的心灵烙印。人们还会记住他,只要回顾一下在 20 世纪一二十年代产生过广泛影响的《礼拜六》,自然也就忘不了他的名字。

十八、马二

马二(1883—?),原名冯远翔,字叔鸾,笔名马二先生,涿县(今河北涿州)人,幼时随先人游宦,北至燕都,南入粤中。马二先生是他创作小说时才取的笔名,自谓志不在成一小说家,故隐其真姓氏,将其"冯"姓拆字为"马二"。冯叔鸾很有辩才,在《晶报》期间,他常常发些新论、怪论而引起笔战。1922 年 8 月《红杂志》周刊创刊,冯叔鸾在该刊创办了《眼底微尘录》的栏目,每期写杂文一至二篇。冯叔鸾从事文学创作是从戏剧开始的。民国初年他来到上海,曾做过文明戏的演员,扮演《红楼梦》中贾琏的书童兴儿最为叫好,与此同时,他从事剧评的写作。1913 年由王纯根、天虚我生为主任编

辑的《游戏杂志》创刊，冯叔鸾又是该杂志“戏学讲义”栏目的主要撰稿人，在这里连载了他编写的《戏学讲义》，讲授演戏的基本知识和基本方法。同时，他还逐期发表《啸虹轩剧话》，这是我国最早对文明戏（新剧）评介的理论著作之一。

马二的主要作品有：《汽车》等二十篇的短篇小说，以及《叔鸾小说集》。这种状况和他的创作思想有关，他曾说：“世称为小说名家者，初不必以多胜人，吴敬梓、曹雪芹皆以一书而传，若夫今之杂缀字数，藉易杖头资者，我不为也。”冯叔鸾的小说就思想内容而言，大致可分为两类，一类是揭露官宦政海的黑暗，如《汽车》《三年间的功罪》《宦海中之不幸者》等，一类是对“痴情人”的赞颂，如《不是她的坟》《海外奇缘》《捉刀记》等。冯叔鸾的作品特点：其一，充满戏剧性，读者要么被奇闻轶事所吸引，要么被情节悬念所抓住。但是他的作品在反映生活的层次上是比较浅的，他只注意到事件的本身和其中的戏剧性，即使是那些批判现存社会制度的小说也只是停留在丑事丑闻的揭露上，只能引起几声笑或几声骂，难以引导读者进行更深层的思考。特别是作品中大量的偶然和巧合，影响了作品的力度，因为它会给人造成一种事件和人物非正常性的感觉，反映社会生活和人生哲理的层次比较浅。其二，小说结构巧妙和语言艺术的灵活。他尽量避免那种长篇小说缩写般的“全体”式的叙述，总是抓住事件和人生之中的一个横断面来写，也就是说他能够从烦琐的说明交待之中摆脱出来，致力于一些场面的描写。冯叔鸾是一位写作严谨的小说家。这种写作严谨的态度使其创作颇具特色，反而造成了较大影响，赵苕狂说：“上海社会中，无论识与不识，殆莫不知有马二先生其人云。”

十九、姚民哀

姚民哀（1893—1938），江苏常熟人。原名朕，又名肖尧，字天亶，号民哀；艺名朱兰庵（或作莱庵）；笔名护法军、小妖、老匏、芷卿、灵凤等；室名花萼楼、息庵、芝兰庵等。15岁毕业于虞西高等小学堂。他常与父同台鬻艺，

人称“大小朱”。辛亥之前，姚民哀至沪献艺。1910年结识革命党人，先后加入南社、光复会及中华革命党。1912至1913年间，姚又从同盟会员、南社社员太仓俞剑华、嘉兴沈道非及南社社员青浦邹亚云游，交流思想文学，复受益匪浅。南北议和时，袁世凯居心叵测，姚民哀上访弹劾，未果而返。于是隐居鸳湖，后又回上海，重操旧业，也写些诗词、小说。当时主要为《民国日报》副刊“民国小说”栏撰稿。曾于1919年主编不定期刊《小说霸王》。次年，入美商花旗烟草公司任文牍。1921年起，姚民哀开始以社会黑暗现实为依托，撰“党会说部”。对于姚民哀的结局，过去众说纷纭，莫衷一是。常熟有关部门和文史工作者就此进行过比较充分的调查，证实1938年姚民哀任职于由当地汉奸兼帮会头目徐凤藻充任司令的伪常熟绥靖队司令部，在传递公文途中被熊剑东部游击队逮捕，旋即处决。

姚民哀的主要作品有：《民哀说集》（包括《人之种种》《名花漂泊》等）、《山东响马传》《盐枭残杀记》《血誓》《龙驹走血记》《三凤争巢记》《独眼大盗》《侠骨恩仇记》《荆棘江湖》《箬帽山王》《四海群龙记》《生死朋友》等。姚民哀在《箬帽山王》“开场报告”中说，从《四海群龙记》开始，他即有意识地把这些作品构思为一套“连环格别裁小说”，每部相对独立，而又“彼此互有迹象可寻”。实际上，《江湖豪侠传》和《荊棘江湖》也是姚氏这套“连环格别裁小说”的组成部分。作者计划续写而未见完成的还有《洪英择婿记》《侠义英雄谱》《关东红胡子》《奇鹰怪象录》等。《南北十大奇侠传》，1930年1月上海大东书局初版单行，共八册，四十回。姚民哀党会武侠说部的“党会”部分有两大特色：一曰“纪实性”，所写及者，调查有据的多系清末民初实有党会及其人物；二曰“资料性”，文献等的引述繁丰。姚民哀之前，还没有一个能以武侠小说样式成功地表现党会题材的通俗文学作家（李定夷、叶小凤等稍曾涉及），更没有一个能以“党会武侠说部”为自己创作的中心任务，并由此形成鲜明创作个性的武侠小说作家。不管姚民哀的党会说部还存在多少局限和不足，毕竟是他第一个从实践上解决了“党会”和“武侠”结合的问题，推出了轰动一时的成果。

二十、郑逸梅

郑逸梅(1895—1992),本姓鞠,出嗣外家,改姓郑。原名郑愿宗,谱名际云,号逸梅,江苏苏州人。发表作品多署郑逸梅、纸帐铜瓶室主,也曾用疏影、冷香、陶拙安(庵)、拙鸠、大迂居士、郑文迂公、旧闻记者等名。当时杂志,每篇作品之后,版面如仍余空白,多以小文嵌补,谓之"补白"。其许多作品,发表在《民权素》《小说丛报》《小说新报》等各种报刊,几乎"无白不郑补"。因此,人多戏称之为"郑补白""补白大王"。郑逸梅曾先后在务本女学、徐汇中学、国华中学、江南联合中学、上海音乐专修馆、志心学院、诚明文学院担任教学工作,解放后曾在法商学院任教,曾主持陕北中学。郑逸梅还先后编辑过《游戏新报》《消闲月刊》《金刚钻报》《明星日报》《联益之友》《永安月刊》等报刊。郑逸梅是南社成员。

郑逸梅的主要作品有:小品笔记类文集《幽梦新影》《慧心集》《艺林散叶》。继《慧心集》之后,郑逸梅写作的内容渐广,人物掌故、逸闻轶事、名胜古迹,以及花木欣赏、书画鉴定,无所不有,形式"什九是小品笔记之类",如《人闻品藻录》《艺坛百影》《皇二子袁寒云》《今胆》《淞云闲话》等,不下几十种。其也有创作小说,长篇是《玉霄双剑记》,短篇有《羽翠鳞红集》。《羽翠鳞红集》收录较广,有《同居》《家庭会议》《急难姻缘》等。《玉霄双剑记》在写武功方面,在武侠小说中并无什么突破,但对世态人情刻画得相当生动,写地理名胜也如数家珍,可见作者的知识面是相当宽广的。郑逸梅还参加过由程小青主持的《福尔摩斯探案大全集》的翻译,还编写过一些电影剧本,《糖美人》曾引起轰动。郑还陆续写了若干小品文字,皆为言事抒情的短文,如《郑逸梅小品》之类,另有一种潇洒冲淡的韵致。还值得赞赏的是郑逸梅编著了两部较为系统完整的资料:《南社丛谈》《民国旧派文艺期刊丛话》,为学术研究提供了资料。郑逸梅作品特点：其一，知识性和趣味性相结合；其二，剪裁和表达上都有独到经验。尽管研究者未必能从这里了解其一生行状，但却可得到一些意外的线索，得知一些生动的片段或侧面。综其一生，从“补白大王”到资料专家，在通俗文学作家中，应该说郑逸梅是一个有特点有贡献之人。

二十一、陈冷血

陈冷血(1877—1965)，原名陈冷，字景韩，江苏松江(今属上海市)人，笔名有冷血、冷、新中国之废物。一生都和新闻打交道，是中国报学史上的著名的老报人，是《申报》的有声望的主持人之一。不过，他最早涉足新闻界不是任职《申报》而是任职《时报》——作为其经典栏目《时评》的主笔人。陈冷血是一位极具爱国情怀和理性战斗精神的人，《上海时人志》对其评价是“先生肃穆寡言，头脑冷静，总揽社政，守正不阿，笔苛如剑，尤注意社会黑暗面之揭发。凡大义所在，不为利诱，不为势屈，均能奋勇以赴。《申报》之超然姿态，独立风格，殆先生数十年来孕育葆养所致。左右以其资望日隆，力劝从政，而先生唯置一笑，仍坚守其新闻岗位不懈。嘻，如先生者，亦大足风世已!”

陈冷血的主要作品有：翻译小说《非洲石壁》《俄帝彼得》《怪美人》《销金窟》等数十种，小说《催醒术》《新西游记》(未完，仅见五回)、《刺客谈》《刀余生传》。陈冷血作品特点是其小说是政治理想小说，政治的图解，理想的演绎和小说的叙述在他那里是分不开的。他的基本思维来自当时在中国社会思想界盛行的“弱肉强食、物竞天择”的思想理论。严格地说，陈冷血是一位报纸政论家，而不是优秀的小说家，和其他通俗作家比较起来，他的小说概念演绎的痕迹很强，而且线条很粗，情节单纯。但是他的小说自有特点，他很喜欢写些奇异的环境之中的奇异的人，要么让人物到陌生环境之中去表演，从而引出很多戏来(《新西游记》)；要么把读者带到陌生的环境之中去目睹一下前所未闻的事(《刀余生传》)。因此说,他的小说不在人物描写和情节复杂上取胜,而在气氛上优先,这就要比梁启超等人的政治小说可读性强多了。陈冷血小说的书写方式在当时通俗作家之中比较独特,值得一提的是,他采用了一种短句排列的方式,如:“旅客闻此言,愤益甚,心中奇怪亦益甚。旅客正凝息,盗首促之行。试前!……”这种句式语短气极,干净利落,很能烘托奇异的气氛,颇引人注目。陈冷血倒并非要创造什么独特的小说书写方式,他是用写《时评》的笔法写小说的。陈冷血在中国报学史和文学史上的地位很高,胡适先生就把他看作当时的思想引路人。

二十二、范烟桥

范烟桥(1894—1967),名镛,字味韶,号烟桥,常用别名鸥夷,江苏吴江县(今苏州市吴江区)同里镇人。18 岁结“同南社”,因此识柳亚子,入南社,后又参与里人陈去病所结“雪耻学社”。范烟桥在结社方面是个健者,是个带头人,经常执牛耳。其自著年谱《驹光留影录》谓 21 岁“以小品文投上海《时报》副刊《余兴》,小说家包天笑主编,奖掖后进甚殷”。这是在创作上小试其芒锋的时候。29 岁移家苏州,受多家杂志约稿,自此从事创作,一发而不可收。20 世纪 30 年代后期,范烟桥还曾在上海明星、国华、金星等影业公司任职,并写了不少电影剧本,有些颇受小市民观众的欢迎。范烟桥是一个通俗文学作家,但还长期从事教育工作和文化工作。最初以吴江小学教员做到劝学员(督学),迁居后在东吴附中教国文,在东吴大学教小说史,著有《中国小说史》。抗战前、解放后两度在省立苏州中学任教,也曾在上海大夏大学、大同中学工作。从 1955 年起,先后任苏州文化处处长、苏州文物保管委员会副主任等职。1967 年因胃出血、冠心病逝世。

范烟桥一生著作丰富,据有些材料著录,早年写过一些武侠小说,如《忠义大侠》《江南豪侠》《孤掌惊鸣记》《侠女奇男传》,但目前已无从见到。《留影录》仅记《孤掌惊鸣记》一种。也许是悔其少作,记入《留影录》的是经过筛选的。记入《留影录》的著作有小品文《烟丝》,笔记《齐东新语》《茶烟歇》,小说《花蕊夫人》,电影剧本有《乱世英雄》《西厢记》《解语花》《长相思》等。所作《花好月圆》《拷红》等电影歌曲曾风行一时。解放后还写过《唐伯虎外传》《李秀成演义》《韩世忠与梁红玉》《南冠草》《苏州四才子》《李自成演义》,评弹《太平天国》《人民英雄郭忠田》,并辑成《拙政园志》。《留影录》未曾列入而他人提及的除几种武侠小说外,还有滑稽小说《别有世界》,短篇小说《范烟桥说集》,长篇《孤岛三年记》《家室飘摇记》,笔记《鸥夷室杂缀》。范烟桥于 1925 年至 1927 年的两年多间,时作时辍地(实际用五个多月时间)写成一部《中国小说史》。范烟桥作品特点:其一,不求甚工,而妙有性灵。范写作极为勤快,有点什么想写或需要写点什么,顷刻可成;其二,小说耽于旧形式和旧主题,笔记涉及见闻颇广。

二十三、姚鹓雏

姚鹓雏(1892—1954),名锡钧,字雄伯,别署鹓雏,松江(今属上海)人。年轻时读书便显露头角,得到郡守戚扬和乡前辈杨了公的赏识器重。他自叙:"余年十六岁时,毕业松江府中学堂,郡守戚公扬,亲临监考,于国文试场见余再取试卷纸,问前发卷已损污乎,余告已写完须赓续,戚公异之,嗣阅卷乃大称赞。时余父将命余习商,公闻之,传首县,谓姚某必宜升学,倘绌于资,宜饮助之,卒送余考京师大学。"又说:"在中学时,始作小说《洗心梦》一篇,乡丈杨了公见而叹为有夙根,属人致意……遂畅谈定交。"在京师大学堂(北京大学前身)读书时,为林琴南的得意门生。"先生掌教京师大学堂时,余为预科生。先生于吾班授人伦道德之课,讲时庄谐杂出,而终归于趣善,故听讲时无一露倦容。……月课时,甚赏余文,有二次加以极长之评语,悬诸阅报室之镜框中,有'非熟精于宋五子之说者,乌能鞭辟入里至此'云云"。姚认真写小说始于 1918 年。姚陆续编辑过几种文学刊物,《七襄》《春声》等。1916 年又继吴觉迷任《申报》副刊

《自由谈》编辑。姚又在新闻界工作多年，曾助叶楚伧编《太平洋报》，其后又为《民国日报》编辑，又去新加坡编《国民日报》。姚是一个有进步倾向的人，1949年后由于赚教同志的推荐，被选为松江县第一任县长。1954年病逝。

姚鹓雏主要作品有文言长篇《燕蹴筝弦录》，是其成名作。全书三十章(回)，其每一回目皆五言诗一韵两句，连读为一五言排律，论者常因此称道其煞费功夫。文言短篇《心谳》《玛老尼轶史》《圣乔治别传》，白话小说《孽海回风》《恨海孤舟记》，传奇《沈家园传奇》《菊影记传奇》。《南社丛谈》的《南社社友著述存目表》著录姚著作很多，有《梦湖阁说觚》《檐曝余闻录》《夕阳红槛录》《燕蹴筝弦录》《春夽艳影》《滨河鹣影》《龙套人语》《炊黍梦》《鸿雪印》《二雏余墨》(与朱鸳雏合著)、《佛学》(与杨了公合著)、《大乘起信论参注附卮言》等。很多未曾闻见。而《饮春庑笔语》等十多种，尚为稿本，并未出版。姚鹓雏作品特点：其一，言情成分较少，“平生不喜言情”；其二，出语隽永，语言高妙。郑逸梅曾称道姚“各体无不工妙”，还说姚“为文宗林畏庐，而婉约风华。却为畏庐所不及”。王西神以写字作譬，说他“格妙簪花”。

二十四、朱鸳雏

朱鸳雏(1894—1921)，原名朱玺，号鸳雏，松江(今属上海)人，师事姚鹓雏。松江古名云间，人称姚朱为“云间二雏”。关于朱鸳雏的出身，一说其实为苏州莫厘山人，随其父流寓松江，早丧父母，由杨了公在所办的松江孤儿院培育长大，以杨为寄父。又因朱自号“孽儿”，一说为一弃儿，朱氏拾之，松江音读“拾”如“孽”，因以“孽儿”为号。按朱的《与妇笺》有“君亦天性中人，独不能推爱于我母邪”句，有“我早孤家贫，父母不足恃”句，所附赠妇诗有“他日木厘山下路(余系出吴县)，种桑缫茧是何人”句，可见各说事出有因，未必尽确，但自幼孤苦是确实无疑的。朱玺由杨了公、姚鹓雏介绍加入南社，在《南社丛刻》上发表很多诗词。后为了谋食，流寓上海，不久即以肺病逝世，年仅27岁。

朱鸳雏的主要作品有：《芳时记》《当札记》等小说，死后由其夫人收集整理为《银箫集》《红蚕茧集》。《红蚕茧集》所写皆爱情故事，皆以“××记”为题。曾写文言长篇几种，并与刘铁冷合写《桃李因缘》。后期写有白话长篇《峰屏泖镜录》，与姚的《恨海孤舟记》同在《小说画报》连载，写旧社会男女之间的混乱关系，字里行间，自有褒贬。朱还写过《上海闲话》，发表在《紫罗兰》上，对旧上海的一些问题、一些现象，予以揭露和批评。姚朱师生还曾合出《二雏余墨》一书，由小说丛报社发行，其中有朱的《秋篱客噱》(笔记)、《双凤楼词话》《双凤楼词话续稿》《鳞译》《文羽(二)》(断片随感)、《霓裳余韵记》《与妇笺》《云屏私记》《情话钩沉二》《说集》(部分)、《笑政》(部分，署孽儿)、《游戏话三十八则》。《与妇笺》选录十九通，并记云:“二年中，愚夫妇往还书札，可百五十通。凡未粘成帙者，不在箧衍，故未能全录。若就事诠释，须十万言不尽。愚夫妇不德，然改革婚制，及男女爱好之序，自谓不越法度，即此往还文字，无不可示人处，他日印成专书，以视信我者。”第二十八通所附《再寄蟾仙》一诗:“征鸿无信想旌廉，尺寸河山畏鼓鼙。安得米盐诸事了，一家憩脚水云西。”颇为朋辈称道。于此十九通中，既可了解朱的爱情生活，也可了解朱的生活意趣。姚鹓雏写小说学林琴南，而朱鸳雏更学姚，所作短篇小说，酷似林琴南。朱在短促的一生中，使社会轰动，而自己也受刺激颇深者，是因唐宋诗之争为柳亚子逐出南社。叶楚伧为他写的墓志只含糊说:“(亚子)言诗宗盛唐”，“鸳雏独与姚鹓雏游，学为南北宋凄清枯涩之音，虽介以入社，社中人勿善也。”事后柳亚子颇感后悔，撰《我和朱鸳雏公案》一文致歉。

二十五、江红蕉

江红蕉(1898—1972)，原名铸，号镜心，江苏苏州人。其写小说受包天笑、毕倚虹的影响和培养。“红蕉”一名自1922年在上海写小说《沥血记》始用，后即以“红蕉”“江红蕉”为主要笔名。其作品发表在《礼拜六》《半月》《星期》《快活》《红玫瑰》等刊物为多，内容大多涉及言情，其次是社会的。1922年江红蕉编过《家庭》杂志，世界书局发行，栏目比一般刊物稍有差异，显得活泼新鲜，也出过讨论家庭设计的专号，插图是某些作家夫妇、子女室内布置的照片，也使人觉得洁净得多，刊物只办了一年，因“事忙”停刊，后有人仿效，也有同类杂志出现。1926年，又编《银灯》杂志，仅出一期，影响不大。

江红蕉的主要作品有：短篇小说《萧郎画樱记》《姊之名誉》，长篇小说《嫁后光阴》《交易所现形记》（署名“老主顾”）、《大千世界》等。世界书局曾出版一套《十家说粹》，内有《红蕉小说集》，大东书局另出一套《名家说集》，内有《江红蕉说集》，各选其所出版杂志上的作品，但仅为江作的一部分。其作品发表在各刊物，无法统计总数如何，且笔名甚多，更难断定何者是江作。《萧郎画樱记》《交易所现形记》是其代表作，使之饮誉小说界。江红蕉作品特点：一、言情小说风格温婉秀丽，情节描写细腻生动，结局多团圆美满；二、选材别开生面，甚至有上海股票交易所等，引起广泛注意，对人们有认识意义；三、其小说从外国作品吸收了一些形式技巧，能调动各种写作手段，语言也摆脱了较多早期白话的痕迹，但有时会自觉或不自觉地陷入“大团圆”模式。江红蕉是通俗文学作家中的后起之秀。他善于编织故事，手不停挥，如此便难得构思的从容。整体而言，其作品大多结构技巧尚可，但格调不高。

二十六、张舍我

张舍我（1896—?），原名建中，字子方，江苏省川沙县（今属上海市）人。出身贫寒、少小失怙。15岁时，以第一名的成绩小学毕业，进入一家报馆任编辑，但收入微薄，几易其职。后进入上海沪江大学高级预科读书，困窘的生活境遇迫使他靠翻译外国著名作家的小说来争取学费，同时自己也学写小说，并大胆向《小说月报》《新申报》文艺栏、《申报自由谈》等报刊投稿，得到主持这些报刊笔政的恽铁樵、周瘦鹃等人提携。毕业后，先后在英美烟草公司、金星保险公司和一家外国人办的人寿保险公司任职，生活逐渐安定，但仍继续执笔创作、翻译，并参加文学界的一些活动。1922年，上海成立青社，张舍我是发起人之一，还担任了庶务干事；同年，苏州成立星社，他也是后来加入的社友之一。次年，相继编辑两种刊物，一是《盍簪》，一是《千秋》,以"盍簪社"和"千秋社"的名义发行,但都只出了一期就停刊。1923年11月1日,在上海西门创办"小说专修学校",自任校长,听者甚众。1923年前后,其文学活动相当活跃。卒年不详。

张舍我主要作品有:婚恋小说《自由恋爱的究竟》《我的新婚》《结婚难》《三迁》,问题小说《最高点的爱》《一个问题的两面观》《两条法律》《牺牲》《千万人与一人》《朝中无人》《五十封信》《黄金美色》《阔绰》等,长篇侦探小说《尸变》,创作理论著作《小说作法》《戏剧构造法》,短篇小说集《舍我小说集》和《张舍我说集》。他的作品散见于《小说月报》《半月》《快活》《小说世界》《红杂志》《礼拜六》《长青》《笑画》《侦探世界》《盍簪》《千秋》《月亮》等十多种刊物,所作的短篇小说约有百篇之数。在创作和翻译方面,张舍我亦成绩可观。1925年大东书局出版了他和周瘦鹃、张蕨萍合作翻译的《福尔摩斯新探案全集》,共四册。此前,还为周瘦鹃译的《社会柱石》写过序。20世纪20年代中后期,世界书局和大东书局分别出版了《十家说粹》《名家说集》两种丛书,张舍我均跻身其间。张舍我小说特点:一、选材大多较为严肃,而思想倾向既有肯定的方面,也有相当糊涂之处,可谓良莠共陈;二、其问题小说的创作受到外国文学影响,带有一定的哲理探索色彩或社会功利意识,但作品并无改良人生的明确目的,消遣游戏的观念时有表露;三、小说题材广泛,涉及恋爱、婚姻、家庭、贞操、伦理、教育、就业、生死、国家主权、信仰与宗教等各方面的问题,具有一定的社会意义和认识价值;四、小说在思想倾向上,基本还是属于"维新的封建道德",掺杂着"教训小说"的气味;五、小说人物大多是小有产者或小市民、知识分子,面容苍白,缺乏个性,又置于模糊的背景中,时代感不强,可读性较差。综观通俗文学作家,张舍我是一位比较重要的小说家,在20世纪20年代的通俗文学文坛上,他以"问题小说"一枝独秀,成为一个具有独特风格的小说家。

二十七、恽铁樵

恽铁樵(1878—1935),名树珏,别号冷风、焦木、黄山,江苏武进县(今常州市武进区)孟河乡人。我国近现代著名的通俗文学家和中西医汇通学派的重要代表人物。幼年时,父母相继病故,生活艰辛。从小刻苦自励,奋志读书。13岁时就读于族人家塾,通诵儒家经典,打下了扎实的古文功底。16岁考中秀才,26岁时考入上海南洋公学(今上海交通大学),毕业后,至湖

南长沙任教，不久即回上海，在浦东中学执鞭。1911年，到上海商务印书馆编译所工作。仿效“林译小说”的笔法，用文言翻译了英国却尔斯·佳维的《豆蔻葩》《黑衣娘》《波痕荑因》等小说，发表于当时包天笑主办的《小说时报》。同时，又自作了《毁像造像》等文言小说，在小说界名震一时。1912年，恽铁樵接编《小说月报》，革新内容，一洗妓女照片做文学刊物封面和插图的秽风，提倡“清新隽永，不落恒蹊”，表达灌输新理、增进常识的进步理想，同时扩充版面，由原来主要编发小说创作与翻译的专门刊物，扩展到小说、传奇、新剧、诗歌、散文皆备的大型文学刊物。后又将十五开本扩大到十六开本，每期字数由六万增至十万。它的影响也从中国扩大到南洋、新加坡一带，销数超出一万份。主编《小说月报》数年，对于投稿的后进，诱掖劝勉，不遗余力。1918年，兴趣逐渐转向医学。在诊治之余，还创办“铁樵函授中医学校”，授业弟子达六百余人。又留心西洋医学，主张中西医汇通，各取所长。医学著作计22种，编有《药盦医学丛书》行世。弃文从医后，对文学兴趣骤减，也罕写小说，1924年底发表于《海报》的随感《画舫回头录》为现在所见最晚作品。1935年7月26日，在上海去世，终年57岁。

恽铁樵主要作品有：现实小说《工人小史》，社会小说《孽海暗潮》《泥忆云》《赣榆奇案》等，革命外史《村老妪》《血花一幕》《鞠有黄花》《新论字》《七十五里》等。他作文重质不重量，从数量上讲，在《小说月报》上只发表了三十余篇短篇小说和一些杂论。其中最为著名的是发表于《小说月报》上的《工人小史》，通过船厂工人韩孽人的悲惨遭遇，反映了“五四”前夕工人阶级的痛苦生活。这部短篇小说即使在20世纪五六十年代对“鸳鸯蝴蝶派”作品大加讨伐之时，也被称作“逆流中的现实主义”，赢得较高的评价。恽铁樵作品大都关注社会，比较真实地反映现实生活，抒发对人生态度的见解；同时他长于古文，所写小说绘声绘色、形象生动，富有艺术感染力。总的来说，恽铁樵是一个质直、敦厚的通俗作家，他不满于当时卿卿我我、诲淫诲盗的流行小说，试图以自己所掌握的刊物阵地进行某些革新，赢得了较高的声誉。

二十八、刘铁冷

刘铁冷(1881—1961),名绮,字文櫆,笔名铁冷,别署松涛、鸥梦轩主等。江苏宝应人,与徐枕亚、吴双热、李定夷等人为同辈作家。南社成员,曾参加《民权报》编务。《民权报》由于言论激烈,遭袁世凯当局封杀,销路仅限于租界,不得维持,被迫停刊。1914年刘铁冷与同事蒋箸超合编不定期刊物《民权素》,每隔二三月出版一集。1916年4月停刊。刘铁冷系上海龙门师范毕业,先后曾在上海徐汇公学、育才、开明、青年等中学任教。抗战期间,避居故乡,又先后在宝应县中、苏北中学任教。刘铁冷也曾经营出版事业,先后开设中原书局、崇文书局、真美书店。出版物多为中、小学读物及一般应时书籍。若将《民权报》作为鸳蝴派的发祥地,那么《小说丛报》就作为鸳蝴派的大本营,刘铁冷恰是身居两者之中。《小说丛报》陆续发表刘铁冷短篇23篇。

刘铁冷主要作品有:《铁冷丝谈》《铁冷碎墨》《碎墨续编》《官春风流史》,其中包含他的短篇小说《湘云惨史》《弱女流浪记》《忆香别传》《琼英女史叙略》,纪事小说《醉中错》,幻情小说《空谷佳人》,奇情小说《菱塘艳女》《坠鞭公子》《更无一个是男儿》,艳情小说《金闺第一宵》,怨情小说《莫是蒿砧归》,侠情小说《枫林血泊记》,趣情小说《归期未有期》,名人轶史《傅善祥别传》,札记小说《伏虎记》,长篇小说《桃李因缘》《斗艳记》《求婚小史》《野花草》《惧内日记》《维扬十日记》,游戏文章《让叩头虫文》《记滑稽贼》《扑满小传》等。其中《铁冷碎墨》是脍炙人口的代表作,其中包括多种门类的著作,有"艳情小说""忏情小说""怨情小说""幻情小说""言情小说""哀情小说""苦情小说",几乎囊括爱情小说所有名目。这些小说既不似有些作家爱写娼门妓院,也不都是一般的卿卿我我,多数通过故事的描述,揭露和鞭挞了当时的社会。刘铁冷作品特点:一、小说题材多样,构思常见精巧;二、语言风格多样,大略游戏文章通篇四六,小说则骈散兼用,叙述、描写、抒情议论,非一成不变；三、笔记文字朴实流畅，有浓郁的乡土风味。在文学形式方面，刘铁冷是个多面手，除长短篇外，比较突出的是笔记和游戏文章，笔记先后写作很多。其短篇与笔记更显优长，短篇既受外国小说的影响，也受旧小说的濡染。在通俗文学短篇小说作家中名仅列徐枕亚之后，作为“短篇小说”作者之第二人。

二十九、李定夷

李定夷（或作“彝”）（1889—1964），字健卿（一作健青），或署“墨隐生”“墨隐庐主”，江苏常州人。清光绪十五年（1889）出生于一个被称为“毗陵望族，江左世家”的家庭。外家汪氏，亦称“阳湖望族”。生母嫁后14年即守寡，家道中落。1908年夏，李定夷考入上海南洋公学（上海交通大学前身）预科，与赵苕狂、管际安、倪易时、顾靖夷等同学，师从许指严。在校时受梁启超一派的文学思想影响，尝试翻译英国作家Dr.DonStartward的小说，由《民权报》连载，国华书局出版的单行本《红粉劫》。1912年李定夷从南洋公学卒业，任《民权报》编辑，兼任《中华民报》编辑，先后发表《鸳湖潮》《霣玉怨》《茜窗泪影》等创作小说，其政治态度及对时事的敏感度从中可见一斑，促其成为最早触及“革命加恋爱”问题的作者之一。1925年，入北洋政府财政部。1928年入南京国民党政府财政部，任视察。同年冬，调入中央银行，先后任发行局秘书、文书科主任。1940年随行迁重庆，曾兼任中央银行行员训练班及“四联”总处行员训练班国文及应用文讲师。1949年，入中国人民银行上海分行学习，同年10月因病离职。1957年7月始任上海市文史馆馆员。1964年11月23日于上海逝世，享年74岁。

李定夷主要作品有：哀情小说《霣玉怨》《鸳湖潮》《潘郎怨》《千金骨》及短篇《冤禽泪》等，侠义言情小说《丝绣平原记》《镜花水月》等，长篇武侠小说《僧道奇侠传》《绿林剑侠传》《尘海英雄传》，短篇小说《顾曲缘》。其中《霣玉怨》《鸳湖潮》为其代表作。这两部小说和作者的其他哀情小说，都贯穿着一个共同倾向，即对纯洁、专一、坚贞的爱情的肯定、推崇和颂歌。李定夷写作特点:其一,擅用诗词表现主人公的心态,情感性极强;其二,构思最见功力,故事情节曲折离奇不落俗套;其三,其作品具有“心理小说”的特征;其四,哀情小说受林纾以古文笔法翻译西洋小说的影响,用文言写作。另外,李定夷作品中“才女”型悲剧女主角,风格趋近《红楼梦》与徐枕亚的《玉梨魂》,因模仿痕迹甚深而为人诟病。20世纪三四十年代著名的侠情言情小说作家王度庐,在李定夷所奠定的这一基础之上,使侠情小说实现了“中兴”,并成为一种成熟的通俗小说类型。

三十、叶楚伧

叶楚伧(1887—1946),原名宗源,字卓书,号楚伧,笔名小凤、叶叶、湘君等,江苏吴县(今江苏苏州市)周庄人。青年时代就读于上海南洋公学(上海交通大学前身)、浙江南浔浔溪公学、江苏苏州高等学堂,并开始接受、传播民主革命思想。1908年,代陈去病主汕头《中华新报》笔政。1909年,由谢逸桥介绍加入同盟会。1911年武昌起义,赴广州,任广东北伐总司令姚雨平秘书兼参谋。1912年,解军职,在上海创办《太平洋日报》,旋入《民立报》主编副刊,始用“小凤”笔名,共事者有于右任、徐血儿、张季鸾、杨千里、朱宗良、谈老谈等人。《民立报》停刊后,入《生活日报》,该所被封,又任教于上海城东女学、竞雄女学、开明女学,兼为“民鸣新剧社”编辑剧本,并著小说词章。1915年,任上海《民国日报》总编辑,致力于揭露抨击袁世凯帝制阴谋,共事者有胡朴安、成舍我、姚鹓雏等。1923年,出任中国国民党宣传部长、第一届中央执行委员会委员。此后,历任上海执行部青年部长、妇女部长、中央政治会议秘书长、中央宣传部部长、江苏省政府主席、立法院副院长、中央党史史料编纂委员会委员、中央出版事业管理委员会主任委员等职。抗战胜利后,奉派为苏浙皖三省及京沪两市宣慰使。1946年2月15日病逝于上海,葬在苏州灵岩山。

叶楚伧的主要作品:长篇小说《古戍寒笳记》《蒙边鸣筑记》《如此京华》

《壬癸风化梦》《陈大夫移宫记》(连载于1915—1916年《礼拜六》周刊，未完)、《前辈先生》等；短篇小说收入《小凤杂著》和《箫引楼稗钞》。其中代表作《古戍寒笳记》曾被改编为电影《乱世英雄》，内容是清初各地抗清义军的事迹，既有史实依据，又作了浪漫的传奇化处理，将历史、武侠、言情、谐趣熔为一炉，可以说开了后来现代武侠小说之先河；《蒙边鸣筑记》写江南生与侠女李朝阳，得"胡子"首领铁鹞王之助，擒日本奸细平小川，挫败敌国觊觎满蒙的阴谋，其间亦有"侠骨柔情"笔墨，当时标为"爱国小说"，情节结构比《古戍寒笳记》曲折严谨，更带江湖气息；《前辈先生》则被誉为反映民国初年学界政界弊端的"新儒林外史"。叶楚伧的作品特点：其一，明显的"宣教"意向，尖锐激烈的环境、作者的"革命党"身份地位、"教化"色彩浓厚的文学观，决定了他的作品具有强烈的时代感和针对性，而且他的教化不是说教，而是讲究寄托和移情；其二，语言表现力极强，富有立体效果，回目清雅不落俗套，人物对话传神，既有性格又出情趣；其三，布局疏密清晰参差有致，悬念钓得紧，闲笔又宕得开，如老将列阵，举重若轻。叶楚伧的小说创作态度严肃、现实感强，堪称民国通俗小说"教化派"代表。

三十一、严独鹤

严独鹤(1889—1968)，名桢，字子材，号独鹤，别号知我、槟芳馆主，生于上海，祖籍浙江省桐乡县乌镇。严独鹤自幼聪颖好学，12岁即能握笔为文，14岁考中秀才，有神童之誉。15岁入广方言馆学习英文及数、理、化诸科。正待毕业后出洋深造，其父却不幸亡故，家境窘迫，严独鹤不得不谋取职业以赡养全家，时19岁。1913年入中华书局任英文部编译员，业余时间从事文学创作。1914年应聘至《新闻报》执编，直至解放。严独鹤进《新闻报》后，担任副刊主编，同时撰写社评，不久又参加要闻栏的编辑工作，后来被提升为《新闻报》副总编辑。当时《新闻报》的资方并没有像《申报》那样锐意经营新闻事业，尽管如此，严独鹤的精心浇灌仍使《新闻报》副刊成为各报副刊中的翘楚。他还把旧式副刊《庄谐丛录》改名为“快活林”,编辑形式活泼多样,内容力求雅俗共赏,既有趣味性,又不失时效性。1932年上海“一·二八”事变后,“快活林”改称“新园林”。在编辑《新闻报》期间,严独鹤还先后兼任过通俗文学刊物《红杂志》《红玫瑰》《侦探世界》《月亮》《中华》《上海生活》等刊的主编或名誉编辑。中华人民共和国成立后,严独鹤任新闻图书馆主任,1958年任上海图书馆副馆长,并主持《全国报刊索引》编辑及剪报工作,晚年以“老卒”“晚晴”笔名在《新民晚报》上发表文章。“文革”时期遭到迫害,1968年8月26日含冤病故。1978年12月,获得平反。

严独鹤的主要作品:长篇小说《人海梦》以及发表在《红杂志》《新闻报·快活林》等通俗文学刊物上的短篇小说。1924年世界书局发行《独鹤小说集》一册,收录的《留学生(一)》《留学生(二)》《恋爱之镜》《月夜箫声》《如此牺牲》《可怜之女郎》六个短篇,都选自《红杂志》。1931年上海大中华书局出版的《小说集锦》两册,收入《海上月》《奇电》《蓬蒿王》《红叶村侠》《夜航船》《米珠》《怪手印》《珊瑚岛》《新嘲》《闺仇记》十篇“集锦小说”,都选自《新闻报·快活林》。此外,严独鹤还译过不少时政文章,并与陆费执、弟严畹滋等合编多种英文辞书,翻译的小说以十人合译的《福尔摩斯侦探案全集》最为著名。严独鹤的代表作《人海梦》属“社会小说”,以华国雄、钟温如表弟兄两人的经历为线索,反映辛亥革命前后中国社会面貌。其间作者历数新旧过渡时期种种笑话百出的怪现状,并且在展示辛亥革命的蓬勃情景的同时,也揭露了革命的复杂性,对我们全面认识、评判辛亥革命,有一定的参考价值。严独鹤的作品特点:第一,热心社会、伤时忧世,这种情怀是他小说的基调。第二,常以留学生和悲惨女子为描写对象。在辛亥革命前后,出国留学是社会的一大热点,严独鹤表现留学生的作品有《人海梦》《留学生(一)》《留学生(二)》等。而女子的悲惨大多由于陷入了不幸的恋爱婚姻,如《恋爱之镜》《月夜箫声》《朱楼锁恨》《春灯旧影》《干净的心》等。在这些作品中,人物的纯真与世态的丑恶形成鲜明的对比,使人痛恶世道之险,批判、谴责也更显力量。第三,除《人海梦》外,其余小说皆为短篇,且题材和形式多样,包括“滑稽小说”“讽世小说”“悬赏小说”“集锦小说”等。其中,“悬赏小说”和“集锦小说”属游戏文体,前者是作者将小说只做一半,后半部分向读者征稿接续。后者是由几个人合写,第一人先写一段,用“点将”的方法,在结束的句子里嵌入另一作者的名字,指定由他续写,余则类推;各人依据想象自由发挥。从各方面的修养来看，严独鹤已具备了一个小说大家应有的素质，但这位“快活林”中的忧世客，不欲专以小说鸣于世，却将一生的时间和精力都倾注于新闻出版事业，并与通俗文学的一度繁盛休戚相关。虽然他创作的通俗小说不多，但他仍在通俗文坛上占据着举足轻重的地位。

三十二、李涵秋

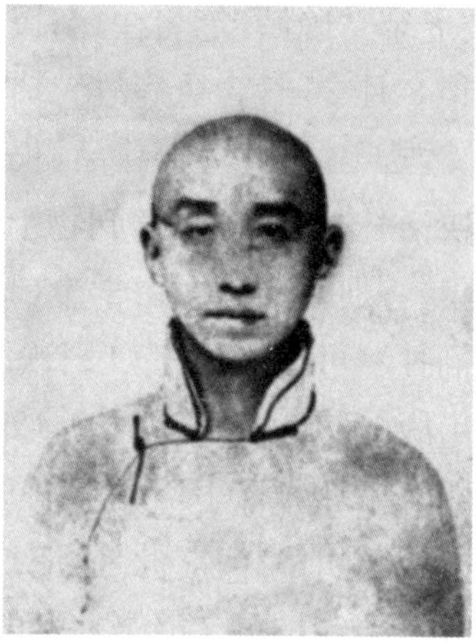

李涵秋(1873—1923)，名应漳，字涵秋，以字行，别署沁香阁主、韵花馆主，扬州人。李涵秋自幼受扬州评话精湛艺术的熏陶，在课余之暇还喜读《水浒》《红楼梦》《西厢记》《儒林外史》诸书。李家清贫，他17岁时就在家乡设帐授徒，当书塾先生。1902年，同乡李石泉在湖北武汉为官，驰书聘李涵秋为“西席”，客居中他开始在汉口《公论新报》的《汉上消闲录》栏内，与鄂中名士唱和。1905年创作小说处女作《双花记》，1909年开始连载小说《过渡镜》(后改名“广陵潮”)，同年，他随李石泉重返扬州。此后一直在学校担任教员，当然，他笔耕不辍，从未脱离过笔墨生涯。1921年，李涵秋应钱芥尘之邀到上海主编《小时报》及《小说时报》，并兼任世界书局《快活》旬刊的编辑主任，翌年因不习惯沪滨之生活而回故里。1923年暴卒于家乡。

李涵秋的主要作品：长篇小说《广陵潮》《双花记》《雌蝶影》《琵琶怨》《并头莲》《梨云劫》《双鹃血》《好青年》《怪家庭》《还娇记》《众生相》《平沙恨》《怪姻缘》《青萍吼》《滑稽魂》《瑶瑟夫人》《姐妹花骨》《侠风奇缘》《孽海鸳鸯》《镜中人影》《情天孽镜》《秋冰别传》《玉痕小史》《雪莲日记》《无可奈何》《绿林怪杰》《战地莺花录》《爱克司光录》《社会罪恶史》《剑钏双侠记》等，短篇小说《奇童记》《儿泪血》《磁菩萨》《怨偶记》《林芝祥的妻子》《一千个闹时髦的笑剧》等，诗文杂著《我之小说观》《沁香阁笔记》《沁香阁诗集》等。《广陵潮》是李涵秋的代表作，作品以百万字的篇幅反映鸦片战争直至“五四”运动前夕社会一隅的风貌。作为谴责小说代表作家，李涵秋写《广陵潮》的主观意图是为了“惩戒”，即所谓“移风俗，正人心”，而事实上却表现出了两面性，夹杂着反封建因素和封建说教的两个方面。《侠凤奇缘》写阿祥之于凤琴用情深挚,百折不回,此外,当时政界之黑暗,社会之龌龊,亦在小说中穷形极相。长篇小说《怪家庭》在一开端,李涵秋就明确地宣布他关注家庭题材的宗旨:从"整顿家庭"的目标出发。李涵秋着意刻画了绅商方定华一家的"怪现状",并且写尽了这个家族成员之间相互倾轧争斗、奸险欺诈的嘴脸。李涵秋的作品特点:第一,喜用一种"稗官体例",主要以维扬掌故为描写对象,热衷于反映街谈巷语、道听途说、闾里风俗、遗闻旧事,是"小"说,而非"大说"。叙述形式也常借鉴扬州评话。第二,擅长描写市井生活,强调作品的纪实性,这也使作品时不时流露出历史的真相来。这方面主要因为作者熟稔于市侩腐儒、地痞流氓的生活,并且考察过中下层社会的种种黑幕。第三,作品大致可分为社会、家庭、言情三大题材系列,但这三大题材有时又会汇流交错在某一长篇中,最典型的数《广陵潮》,其他如《侠凤奇缘》。李涵秋是一位勤奋而多产的作家,正是他的专心致志和创作的忘我,才有了累累之果,才使他成为著作等身的社会小说界泰斗。

三十三、贡少芹

贡少芹(1879—?),名壁,字少芹,别署天忏室、天忏生,江苏江都(今江苏扬州)人。与张丹斧、李涵秋并称"扬州三杰"。据严芙孙作《贡少芹小史》中说,贡少芹晚清时曾主中西日报馆的笔政,作过《苏台柳》《刀环梦》等传奇小说。民国初年,来到上海,通过李涵秋的关系,先后在进步书局、国华书局任编辑,并于 1922 年主编《小说新报》,从而名声大振。在上海期间,第一部作品《色镜相》大概在《小说新报》第二年第七期(1916 年 7 月)上发表,同期还有长篇翻译作品《变相之宰相》。长篇滑稽小说《傻儿游沪记》在《小说新报》第三年第一期开始连载。与此同时还连载了长篇社会小说《尘海燃犀录》;写下了一些笔记和长篇历史小说《近五十年见闻录》《黎黄陂轶事》《袁世凯轶事》《袁世凯轶事续录》《八十三日皇帝之趣谈》《洪宪宫闱秘书》;创作了哀情小说《美人劫》、社会小说《蠢众生》;编撰了《分类小说大观》《新式滑稽丛书》等。积极译述了不少外国文学作品，如英国哈葛德的《秘密女子》和法国大仲马的《盗盗》。辞去《小说新报》主编后，只有少量短篇小说在《小说世界》上发表，最后一篇文字是 1936 年 3 月由国华书局出版的翻译作品《假面具》。

贡少芹的主要作品：小说《亡国恨传奇》《苏台柳》《刀环梦》《傻儿游沪记》《尘海燃犀录》《盗盗》《春梦》《鸳鸯梦》《美人劫》《假面具》《秘密女子》《恨海鹃声谱》《女学生之秘密记》《新社会现形记》《天忏室稗乘》《血泪》《盗花》《春梦》《近五十年见闻录》《复辟之黑幕》《洪宪宫闱秘史》等，复有《女杰麦尼华传》《牧羊缘》《株归声》《天界共和》（以上四种均与蒋景缄合作），与许指严、李定夷合编之《分类笔记小说大观》与石知耻合作之《一粒钻》，与李定夷合作之《黎黄陂轶事》等；编有《李涵秋》《广陵潮索隐》。贡少芹的作品特点：其一，政治感觉敏锐，作品内容几乎涉及发生在当时的国内外一切大事，对那些唯我独尊、骄横跋扈的官员和营私舞弊、投机钻营的政客给予了无情的嘲讽，如《尘海燃犀录》；其二，善写传奇小说，而且从不涉古，都是以清末民初的奇人奇事为素材，写得最多的是西太后轶闻和洪宪秘事，如《洪宪宫闱秘史》；其三，幽默滑稽的才能，在荒唐滑稽人事的演述中能揭示出都市社会的畸形和罪恶，如《傻儿游沪记》。

三十四、徐卓呆

徐卓呆（1881—1958），原名傅霖，号筑岩，苏州人。他笔名既多，且怪，有半梅、闸北徐公、半老徐爷、羊老伶工、妙不可酱油。书斋名为“破夜壶室”。又因他的创作以滑稽为多，人们又称他为“文坛笑匠”和“东方卓别林”。徐卓呆是学体育出身，是我国最早的体育留学生之一，回国后创办中国体操学校，最早将体操引入中国，并成为中国现代体育的创始人之一。徐卓呆最大的业余爱好是戏剧，曾在《时报》开辟专栏宣传新剧，并协助办理通鉴学校，参与戏剧演出，其表演一度受到郑正秋的赞赏。除此之外，他还涉足电影事业，先后开办“开心”影片公司、“蜡烛”影片公司等。出品影片众多，例如：《神仙棒》《隐身衣》《爱神之肥料》

《临时公馆》《怪医生》《活招牌》《活动银箱》等，并在剧中担任重要角色。在文明新戏朝着杂耍活动和滑稽戏方向发展的社会大背景下，徐卓呆由体育事业转向文学创作。

创作之初，他力图写些“人生片段”，有《宴会后》《父亲的义务》等独幕剧本，但大多滑稽有余，思考不足，甚至单纯为了追求滑稽，作品不免流于庸俗。相比之下，小说创作将其出色的滑稽才能表现得淋漓尽致，同时也造就了徐卓呆在通俗文学领域的地位。徐卓呆小说创作的时间较早，其作品在早期的《礼拜六》《小说月报》均有迹可循。之后，笔耕不辍，成为通俗文学创作量最大的作家之一。他的小说以中短篇为主，着重抒写“人生片断”，并涉及社会生活的各个方面，笔法滑稽，笔调诙谐，并对人生哲理进行思考挖掘，将社会滑稽与时代变革紧密相联，形成独树一帜的创作风格，成为通俗文学作家之中影响较大、颇受欢迎的一位滑稽小说家。从滑稽剧到滑稽小说，徐卓呆从致力于家庭滑稽转向社会滑稽，使得自己逐步跨入优秀的滑稽小说家的行列。在这众多作品中，比较著名的有《乐》《何必当初》《万能术》《卓呆小说集》《李阿毛外传》《浴堂里的哲学家》《笑话三千》等。其中《万能术》是其哲理滑稽长篇小说中最杰出的一部，1924 年在《小说世界》连载。他的作品想象天马行空又有理有据，充分反映了作者知识的广博、政治的倾向和哲理的思考，具有强烈的“超现实性”，也可作为我国现代文学中较早的一部科幻长篇小说。一般而言，通俗文学人物流于类型化常常为人所诟病，而徐卓呆通过人的形体、语言和行动等外象表现形态，写出了滑稽的典型人物，充分显示了他的知识优势。此外，灵活多变的布局、不拘于传统力图创新的理念使他的作品散发出新的气息，徐卓呆也成为创作方法方面较新颖的通俗作家之一。

三十五、汪仲贤

汪仲贤(1888—1937)，名效曾，字仲贤，别号优游，笔名陆明悔、U·U，安徽婺源(今属江西)人。在上海长大，耳濡目染的上海市民生活成为他进行通俗文学创作的重要素材。汪仲贤从小热爱戏曲，十几岁时观看圣约翰书院的圣诞演剧开始对演剧产生了浓厚兴趣，并从此走上了创建中国新剧的道路。1905 年，在上海民主中学创办了文明戏发展史上专为演戏而组织的第一个团体。辛亥革命前夕，文明戏在中国盛极一时，1910 年加入进化

团，演出足迹遍及大江南北，剧目多体现革命思潮或对时事当头棒喝，《血蓑衣》《赤血黄金》《新加官》等均属此类。值得一提的是，汪仲贤聪敏善于模仿，又肯下功夫钻研演技，生旦丑末无所不能，以生角最为擅长。时人评汪仲贤最长于潇洒派："翩翩年少，彬彬儒雅，吐属隽而不俚，举止放而不佻，是曰潇洒。汪优游是所擅也。"在新剧的研究方面汪仲贤也颇有见地，重视剧本创作，强调理论学习的重要性，较早提出建立"新剧学"，这一行动使之率先跳出文明戏旧巢穴，成为走向"五四"新兴戏剧的建设者之一。这期间，以三件事最为突出：其一，1920 年 10 月，主持并与上海著名戏曲演员通力合作，演出萧伯纳名剧《华伦夫人之职业》，这部西洋戏剧正是《新青年》所提倡的写实派的现代戏剧代表，由此开辟了中国现代戏剧的一个新局面。其二，以建设中国现代戏剧为目标，发起与主持创办了民众戏剧社。其三，创办"五四"以来第一个专门性的新戏剧杂志——《戏剧》月刊。但随着现代戏剧运动的发展，汪仲贤思想逐渐跟不上革命潮流，只能返回自己的老路。

汪仲贤除演戏外，还写通俗小说。其短篇小说浅显有趣，可读性强，题材集中于上海下层生活和爱情婚姻领域，如《角先生》写上海低等白相人，人物情态呼之欲出；《毬大王》与《咖啡之妻》写有了官职、地位就与糟糠之妻分手，另娶新欢，对这种婚姻方面的不道德行为进行批评。除上述两种题材，还有一些体现社会意义的作品，如《红毛龟》《国家将亡》等直接表达了抗日战争时期对国事的忧患，体现了一个通俗作家的爱国意识。《歇力笑》写旧政府部门中下层职员的穷困生活与精神无聊，通篇运用纯客观描写手法，接近新文学的现代短篇小说样式。但整体而言，他的短篇小说受古笔记小说和说书（评弹）影响，故事性强，结构松散；叙述语言俗语、粗话、雅语混合使用，极其生活化。其小说创作才能真正体现在他的长篇小说中，作品主要有《歌场冶史》与《恼人春色》。《歌场冶史》全书三十回，专叙两位兄妹自北方来上海演戏而遭遇的一系列变故，最后都悲惨地死去。这部作品最初连载于《社会日报》，1935 年出版单行本。小说全篇采用旧派小说的叙述笔法，缺少心理描写，善于在对话中写人物，情节曲折，不加雕琢。《恼人春色》拾取另一个题材：女骗子骗婚诈财害命事件。全书三十九回(包括“前事”一回)，在汪仲贤去世后于1948年由上海万象书屋出版。比较而言，二者内容与写法均有明显不同：《歌场冶史》专写剧人生涯，《恼人春色》则写市民与社会生活；前者写主人公的悲惨命运，在写法上基本是平铺直叙的，而后者的突出点则是情节奇特，主人公的命运遭际不断出人意料；前者的写法是民国前期旧派小说的叙述法，而后者则结合了现代小说的艺术，更多描写，更多心理活动的刻画，这部小说的布局尤其发挥了汪仲贤熟谙戏剧编剧术的长处，巧妙布局，多伏笔、多悬念、多波澜。汪仲贤的小说充分发挥了他作为戏剧家的艺术才能，注重安排伏笔、伏线，情节曲折多变，波澜起伏，引人入胜。长期生活于民间的经历，使之熟谙小市民社会的风尚人情，描摹世态炎凉、人情冷暖，丝丝入扣。

三十六、平襟亚

平襟亚(1894—1980)，原名平衡，号襟霞阁主，笔名网蛛生、秋翁，常熟顾泾人。出身贫寒，十多岁出来做工，后考入常熟乙种师范学校读书。1917年孤身到上海，投稿报章杂志，在《时事新报》《沪江月》等报刊撰随笔、杂文，偶作短篇小说，开始卖文写作生涯。身兼编辑、报人的平襟亚，不仅从事写作，编辑报刊，还与朱鸳雏、吴虞公合办襟霞图书馆，自己搞出版发行。进入世界书局任编辑后，同时为上海各报刊特约写稿，另外还编辑了《妇女画报》《笑杂志》《滑稽新报》《武侠世界》等刊物。1927年，《人海潮》出版，它的问世使平襟亚名声大震，在此基础上，中央书局得以开设，前后共出版发行四百余种通俗小说，他也一度成为上海私营出版部门的巨擘。1941年7月，创办综合性刊物《万象》，该刊内容丰富，时事、地理、科学、杂记、小说等题材无所不包。在沉寂的杂志界得到巨大反响，其创刊号取得“由初版再版甚至于三版”的“意外的成就”。此外，平襟亚还对评弹情有独钟，早年曾参加苏州评弹团体光裕社，20世纪40年代编过一些评弹剧本，解放后将更多精力倾注于此，被聘为上海市新评弹工作者联谊会主任委员，又为上海市评弹团顾问，编写评弹剧本20多种。1957年8月由夏衍介绍进入上海市文史馆工作。晚年患耳聋、癃闭之疾。1980年8月5日上午病逝。

平襟亚的主要作品有长篇小说《人海潮》《人心大变》《人海新潮》《上海大观园》《百大秘密》《春上眉梢记》，短篇集《秋翁说集》《秋翁杂记》。其中《人海潮》为其代表作，全书50回，约五十万字，1927年3月出版后，号称"晚近第一部社会长篇小说部"，发行后声势浩大，袁寒云为之封面题签，李根源题扉页，胡亚光、张荻寒绘插图，郑逸梅校订，作序者有袁寒云、钱芥尘、程小青、张秋虫，题词者有杨了公、王小逸、顾佛影、赵眠云、范君博、郑逸梅、范烟桥。1928年，平襟亚作《人海潮》续集《人心大变》，全书40回，约三十三万字，中央书店1928年6月初版发行。《人心大变》与《人海潮》体例内容相类，二者所述，多为上海滩"凡艺林、花丛以及社会种种秘幕未经人道过者"，包括妓院、游乐所、出版界、官场、商业等三教九流的奇闻怪事，所以被视为黑幕小说的代表。这种小说，就社会效果而言，固然如有些批评者所言有负面作用："名为揭穿秘密，实在暗示门槛，可能会引起读者的模仿"。但换一个角度看，读者在得到消遣、娱乐的同时，还有助于对上海社会的复杂性的认识，对刚跨入上海的外地人，还可借此为了解上海的一面镜子。小说中所述的各种故事，都是作者在上海见闻的实录，故今天仍可从社会学、民俗学、人类文化学等角度考察，《人海潮》之类小说不失为研究旧上海的生动可感的资料。在结构上，《人海潮》《人心大变》基本上承袭了吴趼人《二十年目睹之怪现状》的类似话柄联缀的体式。每回由一两个相对独立的故事组成，分开来读颇精彩，但从全局观念出发，这种结构就会失之散漫，缺乏波澜起伏和详略剪裁，显得拖沓而芜杂，这一定程度上是由小说内容导致，同时也显出作者对于小说技巧之忽视与欠缺。《秋翁说集》，中央书店1942年10月初版，收入17个短篇小说，共约十一万字。这些小说都曾发表于《万象》月刊，模仿鲁迅《故事新编》的笔法，借历史故事或神话、传说材料，侧面影射现实生活。

三十七、吴绮缘

吴绮缘(1898—1950)，原名吴惜，字绮缘、起原，出身于江苏武进(今江苏常州)一个书香门第。他喜谈奇人异事，披露人间秘事，但不涉于怪诞，在

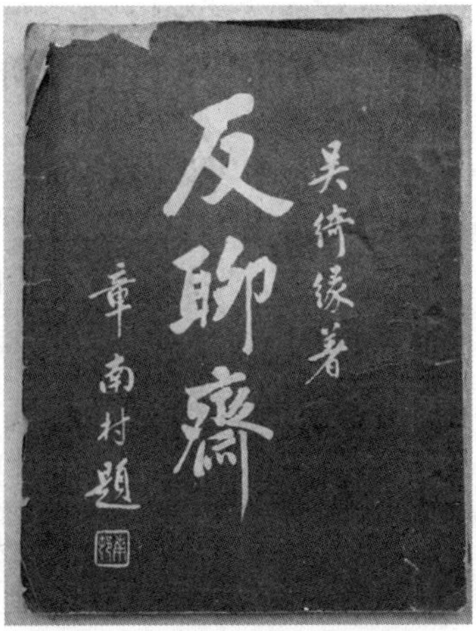

中国近现代通俗文学作家中别具一格,被视为"鸳鸯蝴蝶派"中的言情作者,有着不同凡响的审美追求与艺术品位。拥有少年才情的吴绮缘极早地步入了文坛。1914年,吴绮缘有《忆红楼记艳》等一批笔记小说在素有"鸳鸯蝴蝶派大本营"的《小说丛报》发表,藻思英发,别具才调。1915年,从《小说丛报》蜕化出《小说新报》,由李定夷任编辑主任。吴绮缘又有《忆红楼漫录》等一些笔记小说登载。同年,在《礼拜六》第六十八期中,他还发表了爱国短篇小说《莫教儿女误英雄》,表现家国之恨远胜儿女情长的题旨。18岁时,他创作的长篇小说《冷红日记》刊行,引起文坛的广泛关注,赢得"清高绝俗"之称。该小说得到哀情巨子徐枕亚"胸襟放旷,思想高尚,笔头干净"的评价,其在人们心目中的地位可见一斑。"吴绮缘"三个字最早见于1920年10月的《解放画报》第五期《偶鬼》,又用于上海《星光》等报刊,沿用至终。1918年前后,吴绮缘还写了许多《聊斋志异》式的短篇,在志怪小说领域,同样显示出高尚的品位与新的生机。朱华在《奇人奇事录·序》中对吴绮缘作了以下评价:"有着极大的胆量,极新的思想,目的只在于暴露现实社会的黑暗,鼓吹群众团结力量,发挥各个人的才能,反抗一切恶势力,争取最后胜利,与现行的新主义恰相符合。"1950年,吴绮缘在上海因病逝世。

吴绮缘作品主要有长篇小说《冷红日记》和两个重要的短篇小说集《反聊斋》与《奇人奇事录》。《冷红日记》凡六万余言,以文言写成,记述一年之中,正值豆蔻年华的冷红小姐的三十余则日记,继承传统的纯精神观念的爱情理想,在清末民初创作界"言艳情,十中八九涉于淫亵"的当口,能"谑也而不虐,乐也而不淫",无疑是一部真正"清高绝俗,无一滥竽者"的作品,这体现了作者出淤泥而不染的独立品格与高尚情操。但由于多种因素限制,《冷红日记》的现代意识高度明显不够。其两个短篇小说集《反聊斋》与《奇人奇事录》则有意识地弘扬现代科学精神,表现出文明与进步的主题。《反聊斋》是作者仿照蒲松龄志怪小说的写法而创作的短篇集,共12篇,七万余言。它在"五四"前夕,文明日进迷信渐除的背景下,模仿《聊斋志异》的格局,"运以新颖之思想，撷其精华，正其谬误，融新旧小说而一之”，确实有了一点继往开来的新鲜气息，以及谋求与时代并驾齐驱的进步意向。例如《棠仙》是一篇典型的仿志怪小说，其写法与《聊斋志异》中《连城》《宦娘》等作品几乎如出一辙。但后半部与之大相径庭，故事情节转向现实生活，突出表现了作者植根于现实世界愁苦生活的创作倾向。同样，在《林下美人》《笑姻缘》等作品中，作者也都在仿佛人鬼相杂、幽明相间的生活画面中，真切地表现了现实生活中广大青年男女对于自由爱情的憧憬和渴望。《碧海奇缘》还通过秦生汉璧出外经商因遭风暴而飘泊至一荒岛的经过，说明所谓仙境皆为人臆造的事实。这是对《聊斋志异》加以创造性发展的结果，也是作者能够在鸳蝴派作家中卓然独立的重要原因所在。与《反聊斋》中对花妖狐魅、幽冥等非现实存在加以科学说明不同，短篇集《奇人奇事录》描写的是作者所闻所见的轶事与趣闻，表现民众觉醒，宣扬阶级复仇的作品占了最大比重。《珠儿》《了凡僧》《柳生夫妇》诸篇，都表露出劳苦大众对黑暗势力积极抗争的呼声。

三十八、张秋虫

张秋虫（1903—1974），笔名有姜公、一沤、藕丝，浙江余姚人，祖籍江苏扬州，因此同时被列入通俗作家扬派。张秋虫出生于一个富足的官宦家庭，从小聪颖被誉为“神童”，1915年到上海教会学校读书，成绩名列前茅。曾有人将他和李涵秋并列，称作“二秋”。1921至1923年张秋虫在北京参议院秘书厅议事科任科员；1923至1926年为上海商报副刊编辑，从此进入上海文坛，并在其中流动多年，这期间当过《三日画报》《万岁》《响报》等刊物的编辑，还在大中华百合影片公司等地做过文牍。根据现有资料，他最早涉足文坛可追溯到1925年发表在《社会之花》上的短篇小说《江山芙蓉记》，自此创作不息，但成就不高，直至《新山海经》的出版。1958年12月进入上海文史馆。从小生活富足加之天资聪颖，使他一度认为社会奋斗之容易，以至于当挫折来临时猝不及防，成绩直落而下，在唯一引以为傲的球场上败落，压抑的时代情绪更使之低落失望，逃回乡里后，开始“卖文糊口”。因怨气无处发泄，便整日混迹于花界之中，其思想水平与之小说中人物处于同一水平线：对生活追求过，也苦闷痛苦挣扎过，但最终他们失望了，失望之后不是洁身自好，而是自暴自弃。在社会黑暗人生险恶的理由之中寻找自慰，成为“明白的糊涂人”，这也是那个时期知识分子精神面貌的一个方面，一定程度上为中国现代文学史上知识分子系列增添了新的人物形象。

张秋虫的主要作品有：长篇小说《新山海经》《海市莺花》，中短篇小说《失意》《真与假》《狂花梦寐记》等。《新山海经》是其一生之中最重要的作品，小说出版后吸引了大量读者，也使得张秋虫在通俗作家中站稳了脚跟。作品搜罗1928年前北京发生的一切怪异之事，小至家庭琐事，大至国家之变，千奇百怪，应有尽有。但一味追求“奇”“怪”的效果，却忽略了“正”的目的，为“奇”而“奇”，为“怪”而“怪”。张秋虫小说特点：一、知识性强；二、注重细节刻画，形象生动；三、塑造了睁着眼睛走向死亡的、具有独特性格的明白糊涂人形象，构成了其小说创作的基本模式；四、作品人物众多，情节发展线索繁杂，但由于对奇人奇事的过分贪食，导致人物有始无终，线索有头无尾。与包天笑、周瘦鹃、张恨水等人相比，在中国现代通俗作家中，张秋虫只能算是一位二流作家。

三十九、张恂子

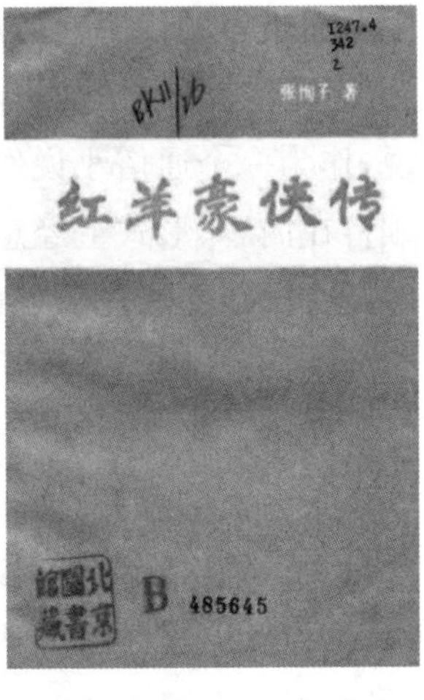

张恂子(1897—?)，名崇鼎，在通俗文学界向以字“恂子”行，江苏南汇人(今属上海市)。张恂子出身于书香世家，从9岁起就为外祖母念小说，直至14岁高小毕业，这些小说修养为他日后走上通俗小说创作道路奠定了基石。高小毕业后，进入法律学校学习，在校遭际为黑幕小说《欲海沧桑》的写作提供了创作素材。1914年袁世凯解散国会后，法律学堂解散，张恂子只得返家并在家人的催促下匆匆结婚。1920年代初，新文化运动蓬勃发展，王小逸、张恂子等人以文会友，成立了文友社第二支部，并发行月刊。后到上海，与顾佛影等人一起集合文友社旧友，创办地方小报《浦东旬报》，又改为《浦东星报》，并兼办三日刊《显微镜报》。1927年，其父张省疚与张恂子先后失去稳定工作，张家陷入经济危机，赚钱养家成为其写作通俗小说的主要动机。1928年4月出版第一本单行本小说《欲海沧桑》，从此埋头写书，一年之中，写成《海上迷宫》(正、续集)、《红羊豪侠传》(前六十回)、《人兽关头》《色界天》《隋宫春色》等长篇小说，速度惊人。张恂子的通俗小说创作，始于20世纪20年代中期，终于20世纪40年代末期，前后二十余年，创作长篇通俗小说二十余部，短篇小说若干；其创作题材广泛，遍及历史、宫闱、社会、黑幕、言情、武侠，而于历史、宫闱、社会等题材中，均有可观者。在20世纪二三十年代，张恂子在中国通俗小说界颇有美誉，是所谓"浦东三杰"之一。

张恂子主要作品有：《红羊豪侠传》《摩登小史》《欲海沧桑》《黑海潮》《姊妹侠》《剑珠缘》《隋宫春色》等。其中历史小说《红羊豪侠传》是其代表作，这部小说较为恰切地将太平天国作为一场推翻满清王朝统治的轰轰烈烈的农民革命加以表现，基本上把握了这一历史事件的本质方面。而在史实与虚构的关系上，作者大胆而有分寸：有生动的写实，也有浪漫乃至虚诞的想象。它的意义在于试图给太平天国一个本来面目。出版后被改编为连台京剧，走红于上海舞台；1935年又由新华影业公司拍成电影，也很卖座，可谓"一编既出，万口传诵"。张恂子小说特点：一、基本依赖文学传统惯例，其体制未脱"稗史"气味，略有模仿《老残游记》之处；二、抄袭"艳史"别具一格，对其中略而带过的地方充分展开渲染；三、在继承中国传统文学的基础上，也受到新思潮与新文学的影响，注意心理描写。综观其通俗小说写作历程，可以说，作为一个通俗小说作家，张恂子有一个逐渐演变的过程，从粗制滥造到颇肯在内容、形式上经意，从无结构到结构完整，从完全屈服于读者趣味到向新文学借鉴以充实创作。

四十、张春帆

张春帆(1872—1935)，原名炎，字春帆、春凡，笔名漱六山房、春驭，江苏常州人。早年曾在南京浦口海关供职，后辞职到上海，专为报馆撰写短篇小说。后至粤东，任随官学堂监督；民国光复后，任江北都督府；江北都督府裁撤后，复回上海。1925年《上海画报》创刊，画报主持人钱芥尘邀他续写《九

尾龟》，他慨然应允，在已出版的12集情节之后，洋洋洒洒地连载《续九尾龟》，由清末写到民国，又续成12册。1928年6月，张春帆在上海创办并主编三日刊《平报》，报馆的馆址即张春帆寓所，最初用红色纸印刷，颇为别致，该报一直到1932年"一·二八"淞沪抗战爆发时才停刊。此后他就一直在上海商业储蓄银行担任秘书。据《武进商报》1935年8月10日报导："张春帆先生年前虽曾患中风症，但经医治多月，也即告愈，任上海商业储蓄银行秘书如初。立秋日，先生忽口角歪斜，神志模糊，于昨日在沪逝世。"

张春帆的主要作品，除代表作《九尾龟》正续集外，社会小说尚有《黑狱》《未来世界》《宦海》《政海》《魔海》《情网球》《摩登淫女》《虎穴情波》《情毒》等，武侠小说则有《球龙》《天王老子》《烟花女侠》等，还有反案小说《反倭袍》。《九尾龟》被鲁迅评为狭邪小说中"溢恶"的代表，作品以上海妓院风光为基干，旁及天津、北京的窑子，还通过乡试情节，写南京钓鱼巷的妓家如何专骗"考呆子"的钱，直到最后触及广州嫖界时才匆匆煞尾。《黑狱》以一个白发乞妇手拍绰板、口唱莲花落，历数鸦片之害为开端，用这样一个民间说唱味很浓的劝善引子，引出了广东烟害横行下的种种惨酷景象。长篇小说《未来世界》是具有影响力的"立宪小说"之一，书中张春帆除了写"立宪以前的腐败"之外，还表达了立宪能使"三百年老大帝国，忽成独立之帮；四百兆黄种同胞，共进文明之城"的理想。张春帆的作品特点：第一，鲜明的两面性，一面是沉湎花丛，一面又忧国忧民。他将妓院与官场相提并论，在创作《九尾龟》揭露妓院的同时，也撰写《宦海》《政海》等揭露官场腐恶、政客寡廉鲜耻的讽刺小说。第二，人物塑造上具有典型性和创造性的特征。比如，《九尾龟》就为文学典型人物的画廊提供了一帧新的肖像——才子+流氓的典型人物章秋谷；还有《反倭袍》中追求婚姻自主的叛逆女性刘刁氏。第三，从民俗史的角度来看，其作品为上海"洋场"史提供了大量形象化的佐证。

张春帆涉及了官场、政治类的小说，他也忧国忧民，企盼探索富强祖国的道路。他并非两重人格，而是以暴露谴责的笔墨，去绘制两幅图画：一幅夹杂着点玩世不恭的色调，一幅却流露深恶痛绝的况味。

四十一、许指严

许指严(1875—1923)，名国英，字志毅，别署砚耕庐主、弹花阁主，江苏武进(今江苏常州)人。他出身于官宦之家，其祖父曾在清廷为官，习知朝局隐秘。得天独厚的家庭环境，自得其乐的性情旨趣，构成了他成为一位掌故小说大家的重要条件。1906年前后，许指严到上海徐家汇的南洋公学(上海交通大学前身)任教，教授历史。与历史学家汪荣宝合作，出版有《清史讲义》等书。李定夷、赵苕狂、管际安等人，都是他那时的学生。不久，受商务印书馆之聘，编辑中学国文、历史等教科书，有《中学国文史学讲义》等书面世。沈禹钟初进商务印书馆时，也曾沐受其教泽。辛亥光复后，他到南京金陵高等师范任教，又任财政部机要秘书。但终因书生意气，与同僚们落落寡合，不久便辞归沪上，开始了掌故小说的创作生涯。1915年，许指严在上海创办《小说新报》，发表有长篇小说《京华新梦》《十叶野闻》，笔记《小筑茗谈》和大量的短篇小说，他的掌故小说如《南巡秘记》《古今艳史大观》等也大都在这期间写成。1921年，许指严在《春声日报》上发表长篇小说《三海秘录》，后以单行本出版。此时因子女甚多，家累甚重，且嗜酒，一度清贫。1923年，许指严在上海因病去世。身后萧条，几不能成殓。1924年，上海大东书局又把他未结集的几篇短篇小说定名为“许指严说集”以单行本印行。

许指严主要作品有：笔记小说《南巡秘记》、掌故小说《清秘史十叶野闻》《奉安故事》《流星有声》《豹房故智》《四春琐谭》《玛葛喇庙》等，长篇小说《三海秘录》《古今艳史大观》，短篇掌故小说集《近十年之怪现状》等。民间故事和民间传说是其写作小说的一个重要来源。许指严的掌故小说中，描写最多的是清宫的秘事与轶闻。特别值得一提的是短篇掌故小说集《近十年之怪现状》。全书共四册,反映辛亥革命以后十年间朝野上下的各种情况。大东书局在“广告”上称该书“记近十年来政府、军阀、党人、政客、商工、学界、男女社会之奇情怪闻,如照妖镜纤微毕露”。对于生活在同时代的许指严来说,敢于大胆地披露达官贵人的隐私丑闻,确实需要相当的勇气与胆识。许指严小说特点:一、崇尚古文,以文言写作,胸中有着众多的掌故,但不以猎奇记艳为目的,恪守旨在惩淫与补正史之阙的信条;二、善于描写近代京师、苏州、上海、扬州、广州等妓院“艳话”,具有一定的民俗学与社会学的价值;三、体裁近乎短篇小说作法,重大事件各执一篇,拾阶而下,错落有致;四、小说大都以历史事实为依托,再加以民间传说与个人想象,生动地表现了众多清王室成员的生活,具有一定的可信性与文学魅力。除了清代掌故之外,许指严还在一些小说中记述了历代的奇闻、野史,显示出更为广阔的内涵。他生平著述小说约四十余种,十之八九属于掌故性质。因而在逝世时,有人这样认为:“指严死,掌故小说与之俱死。”可见,许指严是一位著名而又有权威的掌故小说家,一位掌故小说大家。

四十二、陆士谔

陆士谔(1878—1944),名守先,字云翔,号士谔,笔名沁梅子,江苏青浦县朱家角镇(今属上海市)人。自幼学医,后至上海谋生,迫于生活压力走上文学道路。开始时出租小说博取租金,他一面阅读这些小说,一面钻研写作,作品投稿竟也采登。这很大程度上激发了陆士愕的创作热情,小说创作篇幅逐渐由短篇、中篇而至长篇,其中多个小说稿被刊成单行本,风行一时。后在孙玉声开设的上海图书馆里挂牌行医,同时在《金刚钻报》上撰写《诊余小闲话》,大谈医理,其医学事业蒸蒸日上。由此,一边写小说,一边行医,先后完成《医学南针》《陆化王化医案》《陆评温病条辨》《士谔医话》,又主编《基本医书集成》等书。治文行医并行不悖,均取得较大成就,小说家、医学家名誉共负。“稗史风人、医经济世”概括的便是陆士谔的事业道路。

陆士谔主要作品有:《滔天浪》《精禽填海记》《鬼国史》《新三国》《新水

浒》《新上海》《新野叟曝言》《官场怪现状》等，武侠小说《三剑客》《白侠》《黑侠》《红侠》《八大剑侠》《血滴子》《七剑八侠》《七剑三奇》《小剑侠》《古今百侠英雄传》《新三国侠义传》《新梁山英雄传》等。他创作量极丰，而且大都是中长篇，仅据魏绍昌编《鸳鸯蝴蝶派研究资料》中所收，就达五六十种，这个创作量在善于写作的清末民初的通俗文学家中也是属于多产的。陆士谔作品特点：一、内容多涉及维新问题；二、小说语言轻松幽默，描写诙谐有致，从艺术影响力上看，作品的可读性相较大段的政治议论、文告式的政治小说略胜一筹；三、他清末时期的小说与其他的政治小说相比，作品独特性表现在小说的艺术处理上，即借传统小说的名，写新时代的事，与当时自抒胸臆、大谈政治理想的政治小说相比，颇为新颖；四、对市井能人的描写和医学脉理的穿插，使得其武侠小说出现了另一番情趣。综观陆士谔小说，从写政治小说转而写武侠小说，轨迹比较分明。就这条轨迹而言，应该说，他的小说成就主要表现在清末时期的政治小说，给人们留下印象的作品也都是这时期写的，但仅仅把小说视作为娱乐产物是不够的，缺乏思想性使作品缺少力度。

四十三、王小逸

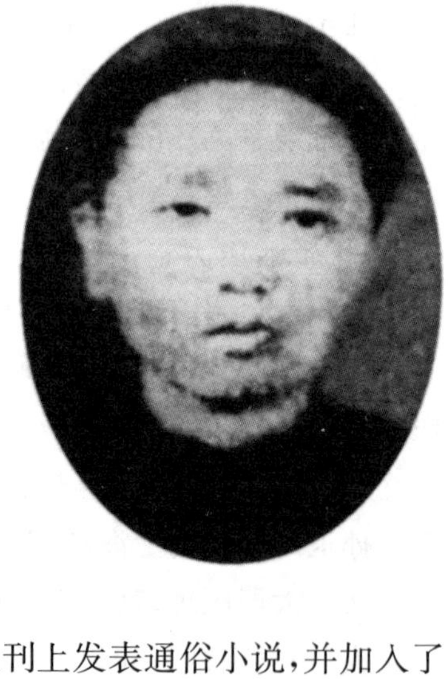

王小逸（1895—1962），江苏省南汇县川沙镇（今属上海市）人，名次鑫、鑫，字镕生、雄声、小逸。多笔名，举其要者，有捉刀人、春水生、王微波、爰去先生、何家支、乙未尘、石长宁、醉沙等。王小逸的小说创作兴趣始于1912年一位同姓同班同学的恋爱故事，其第一篇小说《痴情花》随之问世。1920年左右，王小逸进入上海的学校教书，和张恂子、顾佛影、吴觉迷一起创办了一张地方小报《浦东旬报》。在“报屁股”体制盛行的背景下，完成了第一部长篇章回小说：《海西花絮录》。此期间，开始在上海的通俗报刊上发表通俗小说，并加入了《金钢钻月刊》《金钢钻报》的通俗文人圈子，参与“金钢扶轮会”的具体编务。1925年开始在《紫罗兰》连载长篇小说《春水微波》，连载至1926年3月，因其弃文从军而中断，不久即脱离军界，而至天津任中华电讯社天津分社主任。从20世纪20年代至40年代,王小逸写作的长篇小说,有书名可考者百余部。解放后,为上海市市南中学教师,卒年不详。

王小逸主要作品有:《春水微波》《神秘之窟》《众生相》,滑稽小说《王公馆》《姊妹淘》《歪嘴吹灯录》《鸾和散辑》《笑之市》《女学生必读》《笑痕》等,"敌伪"时期小说《石榴红》《北雁南飞》《明月谁家》《蝶恋花》《同功茧》等,"孤岛"时期小说《四郊多垒》。其中《春水微波》《笑痕》为其代表作。《春水微波》是王小逸第一部单行本,小说述女学生丁慧因,因受社会物欲引诱、环境压迫而一步步走向堕落终至绝望轻生。作者因之在通俗读书界成名。短篇小说《笑痕》体现了王小逸"乱话"式讽刺幽默。小说利用三角性关系,始则讥刺女学生,继则嘲笑官场。王小逸作品特点:一、在一切社会关系中表现"物欲",这是王小逸通俗小说的"新特色",对市民阶层中小知识者生活的描写是他对通俗文学的"新贡献";二、"乱话"是其作品的重要特征,除便于写人而外,更主要的构成了小说的滑稽风格;三、小说已不用章回体,尝试用新的叙述技巧,以类乎散文的笔法,写主人公经历,颇见心理描写之长,但与环境不类;四、"性"是其通俗小说"美学"的发现,在一般的社会描写与"性"描写之间找到结合点,在文学与商品、读者与作者趣味之间找到了立足点。与其他通俗文学作家相比,王小逸不同于前辈作家从社会政治、经济或者新旧社会伦理、家长制与自由的关系这些角度看取生活,而是就"欲"这一点展开各种描写,体现了他独到的一面。

四十四、陈亮

陈亮(1911—1989),原名倪陈村,江苏丹阳后巷人,笔名有田舍郎、田池、司徒娃,其中"田舍郎"使用最多,以示其农村出身。1927年陈亮从丹阳来到上海,先后在佛及尼、公平、大东烟公司做练习生,此期间,教育水平有限的他不断地向报纸投稿,并发表了几篇小说。1938年到上海迅报社做编辑,一边做文字工作,一边随名中医丁济万学中医,成绩颇佳。故1939年9月迅报社倒闭时,他转而至华隆中医院分院做起中医师。然而,医学并非其兴趣所在,当黄觉、周天籁约他办《春秋日报》时,陈亮的医学生涯也随之结束。1941 年 8 月，陈亮成为小报文学的职业作家，从此进入了创作高峰时期，曾一天同时写七种小说，在报纸上连载。这以后，先后在《大英夜报》《商报》《飞报》《大报》《亦报》等报馆工作，直到 1952 年 11 月随《亦报》并入《新民晚报》。在《新民晚报》期间，陈亮改编过《虾球》《决战前夜》《祝你健康》等话剧和电影剧本，并创作了长篇小说《黑弄堂》，小说于 1962 年 7 月 24 日起在《新民晚报》连载。除《黑弄堂》外，其他作品都在上海四十年代的小报上连载过，在当时颇为风行，一时间，上海几乎人人都知道有一个“田舍郎”。

陈亮的主要代表作有：《小裁缝》《小梅香》《黑弄堂》《三姑娘》等。他写得最多的是那些在上海滩上挣命的小生产者、小职员、小商小贩以及女工等人物，表现十里洋场中的市民生活和市民的心态。描写了上海的市民意识、市民心态情绪、市民的生存状态和市民的生存技巧，它们散发出这座城市的最典型的文化氛围，即以沿海城市迅速开放，大都市迅速形成，中国传统文化受到巨大的冲击而又远未解体的状况。作为地域性文化心态显示器的小报文学，它所表现出的金钱的魅力一定程度上代表了通俗文学到 20 世纪 40 年代所表现出来的某些独特性。此外，市民女性是陈亮小说的创作中心，他的每一部作品都是围绕着一个或数个市民女性的婚姻命运展开情节。根据她们在作品中的位置可分成两大类：小梅香（《小梅香》）、桂英（《小裁缝》）、三姑娘（《三姑娘》）、梅英（《黑弄堂》），她们都是小说的主人公，她们的悲欢离合构成了小说故事发展的主要线索；大毛囡、宁波阿姨（《小梅香》）、大块头老板娘、铅皮店老板娘（《小裁缝》）、招囝（《三姑娘》）、福根嫂（《黑弄堂》），她们是小说女主人公的母亲、姐姐或邻居，围绕着女主人公的命运展示出她们的言行，构成了小说之中市民女性形象的第二类。她们是一些生长生活在都市社会弄堂里的女性，在她们身上，陈亮很真实地反映出了农村妇女和知识女性不能表现出来的中国妇女命运的另一个侧面。然而，陈亮对其笔下女性形象民族性的挖掘显然已不深，但他在写出她们可怜可悲可思的同时，也写出了她们可恨的一面，这固然和他的写作对象有很大关系，却也给中国女性形象的丰富多彩添上了重要的一笔。对其他层次的阅读对象来说，可以补充某些方面的生活知识的薄弱，或者可以获取某些民俗民情的间接体验，却难以透过这些文化现象挖取更深层的文化原态。综观小报作家群体，陈亮是一位后起之秀，他一方面保持小报文学创作的传统方法，另一方面又在生活反映上颇具特色，成为了 20 世纪 40 年代中国小报文学的代表作家之一。

四十五、王度庐

王度庐(1909—1977)，原名王葆祥，字霄羽，笔名柳今等。家庭贫寒的王度庐是满族人，出生于北京。他没有上过大学，但他曾在北京大学做过旁听生，自学过大学课程。王度庐 1934 年到西安短住两年，1936 年回北京，1937 年举家迁青岛。王度庐在北京时，为一些小报写文为生，为了找到一个稳定的工作才决定去青岛。1938 年青岛沦陷，为了生计，只能再次开始卖文生涯。1949 年以后先后到大连、沈阳教学，1977 年在铁岭去世。王度庐少年时期就开始在《小小日报》上开设“谈天”“小言”专栏写社会评论。1926 年到 1936 年，王度庐用自己的本名王霄羽和笔名“柳今”在专栏上发表社会评论一百四十余篇。王度庐的社会评论最大的特点是站在市民的立场上谈社会、论道德、品文化。例如其社评中出现频率最高的词是“钱”和“窝头”。作者常常从这两个概念出发论述社会的不平等，论述弱势群体的状态，作者认为当今社会“解饿”第一、“救国第一”“一切不能解饿，不能救国的东西，都是胡闹”。

王度庐的文学成就主要是小说创作。他早期作品主要是写侦探小说和言情小说。他的侦探小说主要有《半瓶香水》《黄色粉笔》《红绫枕》《红手腕》《自鸣钟》《触目惊心》《惊人秘柬》等等，他的言情小说主要有《战地情仇》《玉藕愁丝》《缠命丝》《燕燕莺莺》《蝶魂花骨》《古城新月》《虞美人》《落絮飘香》等等。他写侦探小说和言情小说数量不少，但并不突出。王度庐的名声还是由于写武侠小说而带来。王度庐大约写了 10 部武侠小说，其中最有名的是“鹤—铁系列”，它们是《鹤惊昆仑》《宝剑金钗》《剑气珠光》《卧虎藏龙》《铁骑银瓶》，这 5 部小说自成一体，又各自独立地写了五代武侠人物的恩怨情仇。王度庐小说的特点表现在两个方面：一、他将侠义、侦探和言情结合在一起，构成了侠情推理小说的叙事结构；二、他的小说情感细腻，叙事逻辑性很强。王度庐影响最大的小说是《卧虎藏龙》。小说从侦破“青冥剑”失窃开始，追寻到玉娇龙，发现九门提督之女玉娇龙看似大家闺秀，却是一位身怀绝技、争胜好强的女盗。以玉娇龙为主线，再写李慕白、俞秀莲、罗小虎、高朗秋和“碧眼狐狸”耿六娘等人的生活，构成了一个江湖世界。更生动的是王度庐小说中的感情描写，他特别善于描写正邪难辨、爱恨两难的感情纠葛。玉娇龙在她的感情世界中遇到了两个男人。父母安排的是出身世家的“探花”鲁侍郎，而她爱上的是沙漠中的强盗“半天云”罗小虎。亦恨亦爱，愈恨愈爱，作者生动地描述了玉娇龙在情感上的两难境地。王度庐被认为是中国现代侠情小说的代表作家之一。

四十六、刘云若

刘云若（1903①—1950），原名兆熊，字渭贤，生于天津。开始时刘云若也只是个到处投稿的文学青年，他 1926 年成为《北洋画报》的编辑，算是真正踏上文学之路。他此时虽然稿件极多，反响却平平。就在这个时候，有个人看中了他的才华，那就是沙大风。沙大风是民国时期天津的文化名人，是天津《商报》的编辑。1930 年沙大风得到了天津中原公司经理黄文谦和京剧四大名旦之一的荀慧生的资助之后，创办了《天风报》。创报之初，沙大风就邀请刘云若加盟，主持《天风报》副刊《黑旋风》。刘云若欣然前往。为了不辜负沙大风的期望，也想充分表现一下自己才华，刘云若在《天风报》上开始连载他的《春风回梦记》。这部小说在津京地区大受欢迎，人们争相阅读，报刊集中评说。刘云若一下子成为了天津的名作家。成名之后的刘云若辞掉了编辑的工作，专心写作。到 20 世纪 40 年代末时，他大概写了四十多部小说。1949 年之后，应当时军管会文教组负责人阿英之约，刘云若为新创办的《星报》撰写了长篇小说《云破月来》，歌颂中华人民共和国的成立。1950 年春节大年初二，刘云若心脏病突发，病逝，年仅 47 岁。

刘云若代表作品有：《春风回梦记》《小扬州志》《旧巷斜阳》《粉墨筝琶》等。刘云若小说特点是：他将这些故事情节置于天津的平民社会中表现，因此有着很浓厚的地域神韵。天津是个九国租界城市，围绕着租界的是华人区。刘云若的小说大多发生在华人区，故事环境是风尘女子常常涉足之地。烟馆、赌馆、茶楼、妓院以及黑黑的小巷之中的破旧的小屋……其中活跃着的是天津市井社会中的人物，因此小说散发出浓浓的世俗民风。刘云若小说最重要的特色就是将这些“津味”表现出来。他小说中的“津味”突出地表

① 关于刘云若的出生年份，有 1900、1903 和 1904 等说法，此处取刘云若两个女儿在《先父刘云若》中说法，即刘云若出生于 1903 年 2 月。

现在两个方面。一是小说中的“江湖气”。天津特有一种码头文化,而最能体现天津码头文化的人物是“天津混混”。对这些人物生动的描述充分体现出刘云若小说的“津味”。二是小说中的“脂粉气”。“脂粉气”构成了刘云若小说中主要情节,讲述的是爱情故事。不过,他小说中“脂粉气”并不高贵,散发出来的是廉价的油脂和香粉气味,那些女性不是市井女性就是风尘女性,她们的故事往往以悲剧告终。例如他的成名作《春风回梦记》。

四十七、李寿民

李寿民(1902—1961),原名李善基,后改名李寿民,四川长寿(今重庆市长寿区)人。祖上累代做官,父亲病故于六合任上,家道中落,随母到苏州生活,李寿民时年12岁。后随母回老家居住数年,18岁时到天津谋生,先后在胡景翼、宋哲元、傅作义等军中担任秘书。由于与傅作义的英文秘书段茂澜关系甚好,段茂澜出任天津电话局局长时,李寿民也到了天津电话局,任段茂澜的秘书。1932年为筹备婚庆,李寿民到处筹钱。刚好沙大风的《天风报》急需一部连载小说,沙大风找到他,答应稿费从优,李寿民答应了。李寿民之前没有写过小说,开始时他用“还珠楼主”的名字小心翼翼地写了几段,不料引起了读者的热捧,《天风报》销量激增。李寿民的创作也一发不可收,从1932年到1947年,他写了37部之多。其中影响最大的是《蜀山剑侠传》,到1949年时,小说还未终卷。1949年后,李寿民全家定居北京,在尚小云剧团担任编剧。1958年6月李寿民看到一篇文章《不许还珠楼主继续放毒》,突发脑溢血,1961年去世,时年59岁。

李寿民最著名的小说是“蜀山系列”武侠小说,其中《蜀山剑侠传》(正、后传)是本传,前传有《长眉真人专集》《大漠英雄》等,别传有《青城十九侠》等,外传有《青门十四侠》等。李寿民小说最大的特点是想象力极为丰富,可以说开了武侠小说想象力的“天眼”。人物是半人半仙或半人半魔,武功是神幻莫测的中华武功与神妖斗法相结合,环境是仙气袅绕的神仙洞府或阴气逼人的洞穴幽谷,情节构思和打斗场面均极为离奇。李寿民之前的武侠小说基本上是以儒家思想作为价值标准,可称之为“儒家之侠”。李寿民的《蜀山剑侠传》基本上是以道学思想为主,辅以儒学和佛学。他将武侠小说引向了“道家之侠”。离奇的想象以文化做为底蕴,使得李寿民小说怪异却不乏玄理。正如当时的广告所言:“内容虽神怪至于不可思议,而加以咀嚼,无不合于古今哲理、中外人情。绝非信口开河、胡言乱语者可比也。所有盈虚消长之理,邪正生克之势,风云雷电之变,情爱淫欲之别。山水花草之美,生老病死之苦等等,均有极切实之发挥。”李寿民的《蜀山剑侠传》对后来的武侠小说创作模式的影响极大。它首创了武侠小说人物的成长模式,开了中国现当代玄幻小说之先河。

四十八、白羽

白羽(1899—1966),原名宫竹心,曾用名宫万选,笔名有宫幼霞、杏呆、耍骨头斋主等。祖籍山东东阿,出生于天津附近的马厂(今位于河北省青县境内),1921年移居北京。凭借作邮递员的工作,结识了鲁迅和周作人。在周氏兄弟帮助下,开始了文学翻译和创作。1926年,白羽在北京《国民晚报》任编辑。白羽的第一部武侠小说是1927年创作的《青林七侠》,据说是受张恨水之托而写。不过纵观白羽的创作,此时白羽写武侠小说只能说是偶而为之,他真正的兴趣是写社会评论和杂文。据有关专家收集考证,白羽在天津的《中华画报》《北洋画报》《东方朔》和北京的《晨报》等刊物上发表社会评论和杂文二百多篇,1931年至1933年在他担任编辑的《中华画辑》上就发表有一百多篇。1937年春白羽迁居河北霸县,任师范学校国文老师。1937秋,白羽返回天津,在东方补习学校任教。1938年2月他开始在《庸报》上发表《十二金钱镖》。《十二金钱镖》给白羽带来了社会和经济的双效益,他一边创办正华学校,一边全心致力于武侠小说创作。1949年白羽被聘为天津《新津画报》社长,出席了全国第一次文代会。1950年任天津人民出版社特约编辑。1961年受聘天津市文史研究馆馆员,1966年去世。

白羽的主要作品有:《血涤寒光剑》《毒砂掌》《武林争雄记》《牧野雄风》《联镖记》《大泽龙蛇传》《偷拳》《摩云手》等等,大概二十部。白羽的武侠小说有两个特点:一个是写江湖中人,一个是写人性武侠。前者是指小说题材,后者是指小说的美学特征。小说《联镖记》写退隐江湖的小白龙方靖被逼出江湖,生在江湖,身不由己。白羽小说中的江湖中人写得相当出彩,自身经历给了他创作武侠小说很大的帮助。其文字也干净利落,近似白描。白羽的武侠小说对金庸、梁羽生均有影响。除了社评和武侠小说的创作之外,白羽还是个金甲研究专家。他的金甲研究大概从1937年开始,其文章散见在《立言画报》《庸报》等杂志上,开始时还是边小说创作,边研究金甲,到了1945年之后，金甲研究成为了他的主要工作。1990年，由宫以仁、高成元、刘荣华整理的白羽《金甲证史诠言》书稿在香港《中华国学》第二期刊出。这部书稿可以看作是白羽金甲研究的学术总结。

四十九、郑证因

郑证因(1900—1960)，原名郑汝霈，出生在天津运河边的一个古村落——西沽，属于世居西沽“郑家大楼后”郑氏家族成员。郑证因祖辈经营木材生意，至他出生时家道已经败落。1937年后，白羽创作武侠小说正盛，郑证因作为“技击顾问”参与了创作，之后到北平做生意。1939年，北平生意破产，他回到天津协助白羽创办正华出版部。大约1年的时间后，他再次到北平，居住在和平门，直至1950年被下放到河北省文化艺术学校，流居保定。郑证因终生未娶，1960年在孤寂中死去。西沽是天津江湖色彩最浓郁的地方之一，脚行林立。原来这里是郑氏的地盘，后来“大混混”杨氏在此发迹，郑、杨两大家族开始争斗，地方上帮会厮斗极为惨烈。在此地长大的郑证因不仅目睹了激烈的家族争斗，自己还练了武功。他创作武侠小说是受白羽的影响，开始时曾为白羽捉刀，后来自己进行武侠小说创作。据有关专家考证，他最早的武侠小说大概是1938年出版的《武林侠踪》。现在标有郑证因之名的武侠小说近百种。

郑证因的武侠小说主要有：《鹰爪王》系列、《太白奇女》系列、《铁狮王》系列、《女侠黑龙姑》系列等。其小说被人称作为“帮会技击武侠小说”，“帮会”和“技击”是他小说的两大特点。郑证因的代表作是1941年起连载于北平《三六九画报》上的长篇小说《鹰爪王》。《鹰爪王》主干情节很简单：号称“鹰爪王”的淮扬帮帮主王道隆早年与凤尾帮结怨，眼前徒弟又被凤尾帮所掳，新仇旧恨聚积在一起，使得他寻找凤尾帮总舵所在地“十二连环坞”进行决战。小说就是以这样的主干情节为线索，枝枝蔓蔓地引出了各类江湖人物，再从这些江湖人物身上演化出各种江湖故事，形成了皇皇一百五十万字的武侠巨著。“帮会”有着严密的组织机构和行规。《鹰爪王》中的凤尾帮，有外三堂、内三堂，每堂上有总舵主，下有众多分舵和香堂。为了统治整个帮派，设立十大戒律。郑证因将武侠小说引进了江湖世界中的另一个境界。据说郑证因会舞一手大刀，对技击套路相当熟稔。他将这些武功套路均写在小说中，形成了武侠小说的“郑氏硬派武功”。

五十、朱贞木

朱贞木(1905—?),名朱桢兀,字式颛,浙江绍兴人。大约在20世纪20年代中期进入天津电话局,作文书股科员,与李寿民(还珠楼主)相识。1932年,李寿民创作《蜀山剑侠传》,影响很大,他紧跟其后创作武侠小说《铁板铜琶录》,发表在《平报》上,却反响不大。1945年抗战胜利后,一批原来的工作人员回到电话局,朱贞木这些留守人员被逐步淘汰。据说,他后来在天津小白楼开饭馆维生。不过,有一点可以肯定,他创作武侠小说一直未停笔。1950年4月他在上海正气书局出版了后来被认为是他最优秀的武侠小说《七杀碑》。

朱贞木武侠小说有两大系列:苗疆系列和历史系列。苗疆系列的代表作品有《苗疆风云》《罗刹夫人》等等;历史系列的代表作品有《龙冈豹隐记》《虎啸龙吟》《七杀碑》等等。他的苗疆系列小说明显地受到李寿民的影响,走的是"述异"之路。朱贞木的小说最为人们称道的还是他的历史系列,代表作品是《七杀碑》。《七杀碑》是一部以张献忠进川为历史背景的武侠小说,分前后两部分:前半部分以杨展打擂台为情节中心,以明末社会变动为背景,侧重介绍七侠的生平奇事;后半部分以张献忠入川为线索,侧重于描述七侠纵横川南保全众人的事迹。在历史中写传奇武侠故事,如果将朱贞木的小说与梁羽生、金庸小说联系起来看,可以说,朱贞木和其小说是中国武侠小说由现代向当代过渡时期的作家和作品。

五十一、张恨水

张恨水(1895—1967),安徽潜山人,出生于江西广信,曾用名芳贵,原名张心远,谱名芳松。1914年给汉口某小报投稿时始用笔名张恨水,还曾用过哀梨、旧燕等笔名。1905年父亲调江西新城县(今黎川县)任职,全家随往。1912年,其父去世,随母回老家安徽潜山。1913年考入苏州孙中山所办"蒙藏垦殖学校",开始文学创作,向《小说月报》投稿。1918年任《皖江日报》总编辑,开始了记者生涯,但很快辞职。1919年底到北京,准备报考北京大学,先后任《益世报》《工商日报》记者。1924年发表成名作《春明外史》。1936年到南京办《南京人报》。1937年到重庆任《新民报》副刊主编。1946年回北平。1967年因脑溢血辞世。张恨水是著名通俗小说作家,其作品在中国产生广泛影响。张恨水文学创作极为勤奋,作品数量极多。

张恨水的小说大致上分两个系列，一是社会言情小说，代表作有《春明外史》《金粉世家》《啼笑因缘》等。他是中国现代社会言情小说最有代表性的作家。二是抗战小说，代表作品有《虎贲万岁》《大江东去》《弯弓集》等。他是中国创作抗战小说最多的作家之一。张恨水是中国传统文人，具有中国传统的人格气节：在外族入侵时，坚持国家意识，彰扬民族精神，态度鲜明，勤奋工作；在文化精神上，坚持中国的传统文化，并将其作为自己的人格底线；在文学创作上继承了中国传统的美学风格表现形式，并在新的时期作了改革；要说中国的传统文人在新时期的精神坚持和社会适应，张恨水最具代表性。

五十二、耿小的

耿小的(1907—1994)，名文濂，字郁溪，笔名小的(取自于《水浒传》中“小的”)、晓堤。北京人，1927年从北京师大休学后，为《北京白话报》《实报》《小小日报》等小报撰稿，曾任《小小日报》总编辑。20世纪40年代在《新民报》《三六九画报》上发表众多小说。耿小的曾在察哈尔省一中(张家口)、湖南襄阳五中、河南新乡师专等地任教，退休后回北京生活。

耿小的的小说创作最初是侦探小说，代表作品有《情杀》《箱尸奇案》等。到了20世纪40年代主要创作社会小说，代表作品有《滑稽侠客》《流水行云》《新云山雾沼》等数十部作品。与南方社会小说主要写都市生活不同，耿小的的社会小说写京津地区为中心的华北地域，因此所写的生活更加丰富和繁杂。耿小的的作品显然受到过新文学的影响，在美学表现上，很注重人物性格的刻画和人物形象的描述，因此，小说可读性较强。